Frank Miller

JOHANN STRAUSS VATER

Der musikalische Magier des Wiener Biedermeier

Bildquellen:
Historisches Museum der Stadt Wien: Seite 52, 62, 66, 82, 103, 121, 126, 137, 152, 154, 161, 247, 269, 281, 297
Archiv Werner Abel, Darmstadt: Seite 94, 302, 332 links
Archiv Alfred Dreher, Heilbronn: Seite 149, 159, 211, 235, 236, 239, 242, 243, 252, 254, 272, 275, 278, 298, 308 rechts, 309, 349
Archiv Helmut Reichenauer, Wien: alle übrigen Darstellungen

Für die freundliche Bereitstellung des Titelblattmotivs auf dem Buchumschlag (Tanzszene vor dem Café Dommayer) dankt der Verlag insbesonders Herrn Kommerzialrat Gert Gerersdorfer, Wien, Inhaber des Cafés Dommayer in Hietzing.

H-9800 Vasvár, Ungarn
Köztársaság tér 5
Telefon und FAX: 0036-94-371-103

ISBN: 3-9501095-0-1
Titel: Johann Strauß Vater
Autor: Miller, Frank
Layout und Satz: Zehetner Ges. m. b. H., A-2105 Oberrohrbach, Kirchenweg 1, Österreich
Umschlaggestaltung: Franz Hanns, A-1210 Wien, Nordmanngasse 9, Österreich
Druck: Druckerei Theiss GmbH, A-9400 Wolfsberg, Österreich

Frank Miller

Johann Strauss Vater

Der musikalische Magier des Wiener Biedermeier

Dokumentarbiographie

Castell-Verlag

Inhalt

Vorwort

Waren die Menschen des Wiener Biedermeier und des »Vormärz« in Österreich wirklich so gemütlich und naiv, wie es sich im historischen Gedächtnis mancher Geschichtsbetrachter darstellt? Entsprachen die historischen Zeitumstände zwischen 1814 und 1848 tatsächlich jener »guten alten Zeit«, die sich als geläufige Metapher unverrückbar in unserem Sprachgebrauch eingenistet hat?

Alle Anzeichen sprechen dafür, daß es so nicht war.

Natürlich können historische Zeitabschnitte, selbst wenn sie von gravierenden sozialen und gesellschaftlichen Spannungen erfüllt waren, durch oberflächliche Betrachtung im nachhinein verharmlost und verklärt werden. Es genügt, signifikant erscheinende Fakten willkürlich auszuwählen, Begebenheiten aus dem sozialgeschichtlichen Zusammenhang zu reißen, Tatsachen fehlerhaft zu interpretieren.

Mittlerweile haben zahlreiche Historiker aus aller Welt das gängige Klischee vom Wiener Biedermeier einer kritischen Analyse unterzogen und das Bild zurechtgerückt.

Heute stellt sich dem sachkundigen Betrachter das Wiener Biedermeier als buntschillernde, künstlerisch ungemein faszinierende, wohl aber auch widersprüchliche Geschichtsperiode dar, geprägt von der ökonomischen Stagnation eines Polizei- und Zensurstaates, dessen Bürger zu weitgehender politischer Passivität verurteilt waren. Paradoxerweise hat gerade dieser Umstand enormes künstlerisches Potential freigesetzt, sei es im Bereich der Architektur, der Malerei, der Literatur oder – und dies vor allem – in der schier unerschöpflichen Klangwelt der Musik.

In den zeitlichen Rahmen des Biedermeier fällt nun auch die Geburt des Wiener Walzers. Ein Phänomen, dessen formale Ausformung und Vollendung Joseph Lanner und Johann Strauß Vater zugerechnet werden darf.

Der erregende Drehtanz, der Millionen Menschen in Europa in einen rasenden Taumel der Begeisterung versetzt hatte und wie kein anderes Elementarereignis das Lebensgefühl mehrerer Generationen bestimmt und geprägt hat, ist ohne das künstlerische Wirken Johann Strauß Vaters nicht denkbar.

Die fesselnde Lebensgeschichte dieses ungewöhnlichen Mannes nachzuzeichnen und anhand von Originalquellen dokumentarisch zu belegen, hat sich der Autor dieses Werks zum Ziel gesetzt.

Die Erfolge des 2. »Walzerkönigs« Johann Strauß Sohn, der als »Doyen« der Wiener Operette weltweiten Ruhm erlangt hat, und statistischen Erhebungen zufolge der bekannteste Komponist der Erde ist, wären ohne Johann Strauß Vater, den Begründer der Strauß-Dynastie, nicht möglich gewesen. Mit gutem Grund hat man daher diesen schon zu Lebzeiten als 1. »Walzerkönig« Europas gefeiert.

Einen maßgeblichen Anteil am kulturellen Glanz des Wiener Biedermeier, das viele so gut zu kennen glauben, ohne sich mit dem gewaltigen kompositorischen Werk Strauß Vaters auch nur ansatzweise beschäftigt zu haben, darf ohne Zweifel der Kapellmeister aus der Leopoldstadt für sich beanspruchen. War er doch immerhin der erste »Hofballmusikdirektor« der einst so glanzvollen österreichischen Monarchie. Seine wahre Bedeutung aber liegt in seinem Schaffen, seinen Werken, die er uns hinterlassen hat.

Das Gedenken an des Meisters Todestag, welcher sich am 25. September 1999 zum 150. Mal jährt, mag äußerer Anlaß gewesen sein, dieses Buch herauszugeben. Das Bedürfnis, den kulturhistorischen Stellenwert eines von unendlicher Schaffenskraft Beflügelten in seiner Einzigartigkeit, aber auch Widersprüchlichkeit einer kunstinteressierten Weltöffentlichkeit näher zu bringen, darf als Hintergrund, Motor und eigentliches Anliegen dieser so lange erwarteten Publikation betrachtet werden.

Castell-Verlag Eisenburg, Vasvár 25. 9. 1999

Danksagung

Ein wissenschaftliches Werk von der Dimension einer Dokumentarbiographie kann ohne tatkräftige Mithilfe wohlwollender Fachleute und einschlägiger Experten nicht entstehen. Auch im vorliegenden Fall haben viele »Köpfe« harmonisch und einander ergänzend zusammengewirkt, sei es durch Ratschlag, Quellenhinweise, Fehlerkorrekturen oder Bereitstellung wertvoller Dokumente und Materialien. So konnte dem vorliegenden Werk zu jener Qualität verholfen werden, die der Verlag diesem gewichtigen Thema schuldig zu sein glaubte. Der Dank ergeht in alphabetischer Reihenfolge an:

Werner Abel, Darmstadt (Deutsche Johann Strauß-Gesellschaft)

Senatsrat Dr. Wilhelm Deutschmann, Wien (Historisches Museum der Stadt Wien)

Alfred Dreher, Heilbronn (Deutsche Johann Strauß-Gesellschaft)

Robert Lauermann, Wien (Verlags- und Musikhaus Doblinger)

Prof. Franz Mailer, Waidhofen a. d. Ybbs (Johann Strauß-Gesellschaft Wien)

Prof. Helmut Reichenauer, Wien (Kulturhistoriker)

Norbert Rubey, Wien (Wiener Institut für Strauß-Forschung)

Dr. Eduard Strauss, Wien (Urgroßneffe von Johann Strauß Sohn)

Univ.-Prof. Dr. Eberhard Würzl, Wien (Musikwissenschaftler)

In memoriam Prof. Max Schönherr (1903–1984), dem Pionier und Wegbereiter der modernen Strauß-Forschung.

1804
Ein Kaiserreich für einen Walzerkönig

»Schön bist du, doch gefährlich auch,
Dem Schüler wie dem Meister,
Entnervend weht dein Sommerhauch,
Du Capua der Geister ...«
Franz Grillparzer: »Abschied von Wien«

An der Wende vom 18. zum 19. Jahrhundert war Wien mit 215.000 Einwohnern nach London und Paris die drittgrößte Stadt Europas. Doch was besagen schon dürre Zahlen! Weit bedeutsamer wog der Umstand, daß die k. k. Residenzstadt an der Donau – allen Wirrnissen der napoleonischen Kriege zum Trotz – Welthauptstadt der Musik war. Und so geschah, was geschehen mußte: Wer mehr erreichen wollte, als eine provinzielle Künstlerkarriere, kam nach Wien. Und es kamen viele.
Joseph Haydn, Baumeister der klassischen Sinfonie, kam aus dem kleinen niederösterreichischen Grenzdörfchen Rohrau und hinterließ als Sängerknabe zu St. Stephan seine ersten Spuren in der Residenzhauptstadt. Beethoven kam aus Bonn, um in Wien seine Studien zu vollenden. Er hat die Stadt nie mehr verlassen. Gioacchino Rossini kam, sah und siegte. Er blieb zwar nicht in Wien, hat aber das Theaterleben des Wiener Biedermeier wie kein anderer gesteuert und gelenkt. Meyerbeer und Lortzing, Carl Maria von Weber und Hector Berlioz, sie alle kamen, um sich in unvergeßlicher Weise in das große Buch

Das basteienumgürtete Wien zu Beginn des 19. Jahrhunderts

der Wiener Musikgeschichte einzutragen. Frederic Chopin war hier, bevor er endgültig nach Frankreich emigrierte. Franz Liszt, ein junger Virtuose, studierte bei Carl Czerny, dem Schüler Beethovens, und Niccolò Paganini, der geheimnisumwitterte Genuese, versetzte mit noch nie gehörten Violinkaskaden das Wiener Bürgertum in einen rasenden Taumel der Begeisterung. Es stand ganz ohne Zweifel fest: Wien war zu Beginn des 19. Jahrhunderts die Weltstadt der Musik.

Unter dem Heer von Zuwanderern gab es auch zehntausende Menschen ohne Glanz und Gloria. Aus allen Winkeln der Monarchie strömten sie in die verheißungsvolle Residenzstadt und hatten doch nichts anzubieten als sich selbst und ihre bescheidene Arbeitskraft.

Bergbauernsöhne aus den Alpen, böhmische Dienstmädchen, Viehhirten aus der ungarischen Tiefebene, tschechische Handwerker, Taglöhner aus Kroatien, Bauarbeiter aus der Lombardei, polnische Bergarbeiter und Weber aus Schlesien. Sie alle und noch viele andere prägten das buntschillernde Bild einer Stadt, die ein Vielvölkerreich von 30 Millionen Menschen zu verwalten und zu lenken hatte. Faszinierend die Assimilationskraft der Donaumetropole:

»Wien veränderte sich nicht. Es veränderte die Zuwanderer. Die Stadt okkupierte das Brauchbare von den vielen Importen durch die Jahrhunderte und verband es zu einer eigenständigen Kultur, die schließlich nicht deutsch, nicht slawisch oder ungarisch, nicht französisch, spanisch oder italienisch war, sondern eben wienerisch.«[1]

Etwa um 1750 verließ der dreißigjährige Offiziersdiener Johann Michael Strauß zusammen mit seinem Herrn, dem Grafen Roggendorf seine Heimatstadt Ofen (ein Stadtteil des heutigen Budapest), um in die kaiserliche Residenzstadt aufzubrechen. Es schien ihm hier ausneh-

Der Wiener Stephansdom um die Mitte des 18. Jahrhunderts. Hier ehelichte der aus Ungarn zugewanderte Johann Michael Strauß am 11. 2. 1762 seine Frau Rosalia, geb. Buschin

mend gut gefallen zu haben. So wäre auch zu erklären, warum er seinen Dienst quittierte und sich in der Leopoldstadt als Tapezierer ansiedelte. Am 11. Februar 1762 trat er vor den Traualtar der Wiener Dompfarre St. Stephan[2] und ehelichte die um neun Jahre jüngere Rosalie Buschin, Tochter eines Jägermeisters aus Niederösterreich.

Als zweites von vier Kindern dieses Ehepaares finden wir im Taufregister der Pfarre St. Leopold[3] am 10. 10. 1764 Franz Borgias Strauß, der später – im Alter von 33 Jahren – an eben demselbem Ort die Tochter eines Wiener Fuhrunternehmers heiratete.[4] Sie hieß Barbara Dollmann und war die Mutter jenes außergewöhnlichen Genies, das die Nachwelt als Johann Strauß (Vater), den ersten »Walzerkönig« kennenlernen durfte.

Franz Borgias hatte sich viele Jahre hindurch als Kellner in der Leopoldstadt so recht und schlecht durchs Leben geschlagen. Soziale Not und familiäres Elend waren zeit seines Lebens unerbittliche Wegbegleiter und verdüsterten in zunehmendem Maße seinen Lebenshorizont. Nach dem Tod seines Vaters, der 1800 hochbetagt, jedoch völlig mittellos im Armenhaus verschieden war, verlor Franz Borgias 1802 seine Schwester im Alter von 26 Jahren. Wenige Monate später mußte er den Tod seiner acht Monate alten Tochter schmerzerfüllt hinnehmen.[5] Immer schneller und unerbittlicher schlug das Schicksal in den nachfolgenden Jahren den unermüdlich Kämpfenden bis zum tragischen Ende, das zugleich Erlösung war. Doch davon wird in späteren Kapiteln zu berichten sein.

Vorerst aber glaubte Franz Borgias einen Hoffnungsschimmer zu erblicken: 1803 war es ihm gelungen, eine Bierstube in der Floßgasse zu eröffnen. »Zum Heiligen Florian« hieß die Schenke schon seit altersher, vermutlich wegen des steinernen Schutzpatrons, der auf dem Tor-

Das Geburtshaus Johann Strauß Vaters in der Leopoldstadt Nr. 53. Heute II. Bezirk, Floßgasse 7

bogen zum Eingang der Gaststätte weithin sichtbar Wache hielt.

Der Platz war ideal gewählt. Nur wenige hundert Meter weiter schlängelte sich der Donaukanal zwischen Bastei und Leopoldstadt durch das mittelalterliche Häusergewirr. Der Anlegeplatz der Donauschiffer und Flößer lag in Sichtweite, und von der Schenke des Franz Borgias, welche hinter einem romantischen Gemäuer einen lauschigen Gastgarten bot, hatte man einen faszinierenden Blick über den Donaukanal und die Festungsanlagen direkt zum altehrwürdigen Stephansdom.

In diesem Jahr inneren Aufschwungs und hoffnungsvoller Zukunftsträume verehelichte sich Franz Borgias mit Barbara Dollmann, die ihm am 14. März 1804 jenen Nachwuchs bescherte, der als Gründer der Straußdynastie in die Musikgeschichte eingehen sollte.[6]

Im Haus einer Vorstadtschenke hat also Johann Strauß, der »Walzerkönig«, das Licht der Welt erblickt. Wenn der stilistisch begabte Straußbiograph H. E. Jacob in diesem Zusammenhang meinte: »Der Mann, der später zum Wiener Wein den Wiener Walzer fügen sollte, wurde in der unmusischen und räucherigen Umgebung von Bierfässern geboren«, so ist dies nur in sehr beschränktem Maße richtig.[7]

Wien war zu jener Zeit erfüllt mit Musik wie keine andere Stadt der Welt. Träger der Musikbegeisterung waren nicht nur Bürgertum und Adel, auch in der Welt hart arbeitender Bevölkerungsschichten – und gerade dort – war Musik ein Lebenselixier und unverzichtbarer Bestandteil eines kulturellen Selbstverständnisses, welches Wien von anderen Weltstädten der Erde so entscheidend abhob. In der Schenke des Franz Borgias herrschte nicht selten musikalischer Hochbetrieb. Die Linzer Geiger, aber auch die slowakischen Flößer, die donauabwärts bis nach Ungarn fuhren, kehrten gerne in der Leopoldstadt ein und ließen hier ihre ur-

Die Arbeit der Flößer auf der Donau. Auf dem Weg nach Ungarn pflegten viele Donauflößer in den Gasthäusern der Leopoldstadt Einkehr zu halten

wüchsigen Lieder und Tänze temperamentvoll erklingen.

Wie Johann Strauß als Kind diese musikalischen Impressionen aufgenommen und verarbeitet hat, darüber gibt es keine gesicherten historischen Quellen. Eduard Strauß berichtet immerhin ein Jahrhundert später in seinen »Erinnerungen«: »Das Einzige, was die Familie über die Kindheit Johann Strauß' weiß, ist, daß der Knabe Johann, wenn in der größeren der beiden Räumlichkeiten des Wirtshauses Musikanten spielten, unter einen Tisch kroch, um ungesehen vom Vater den Musikanten zuhören zu können.«[8]

Ob Franz Borgias Strauß bewußt wahrgenommen und begriffen hat, welch gravierende, politische Ereignisse in das Geburtsjahr seines Sohnes fielen, kann heute nicht mehr festgestellt werden. Der biedere Bierwirt aus der Leopoldstadt hat uns keine schriftlichen Aufzeichnungen hinterlassen.

Schon seit einem Jahrzehnt fegte der Sturmwind der französischen Revolution über ganz Europa. Kein Stein des brüchigen Feudalismus war auf dem anderen geblieben. Throne stürzten, Ländergrenzen wurden neu gezogen, und der Name Napoleon Bonaparte war in aller Munde. Die revolutionäre Losung von »Freiheit, Gleichheit, Brüderlichkeit«, mittlerweile schon etwas abgegriffen, hatte noch immer einen visionären Glanz für die Völker Europas, die von einer besseren Zukunft träumten.

Gerade eine Woche nach der Geburt Johann Strauß Vaters tritt in Paris der »Code civil« in Kraft, den man später auch »Code Napoléon« genannt hat. Mit diesem war eine bürgerliche Rechtsordnung geschaffen, welche die wesentlichen Errungenschaften der bürgerlichen Revolution in Frankreich juridisch sanktionierte: Gleichheit aller vor dem Gesetz, Freiheit des Individuums, Gewissensfreiheit, Aufhebung des Zunftzwangs, Trennung von Staat und Kirche, Abschaffung feudaler Vorrechte, Sicherung des erworbenen Eigentums. Im Zuge der militärischen Eroberungen Napoleons verbreitete sich der Code civil als grundlegendes und vorbildhaftes Gesetzeswerk über ganz Europa und behielt selbst nach dem Zusammenbruch des napoleonischen Imperiums in vielen Regionen Europas Gültigkeit.

Am 18. Mai 1804 jedoch geschah etwas Unerhörtes: General Napoleon Bonaparte hatte sich zum Kaiser der Franzosen ausrufen lassen. Und wenige Monate später, im Dezember, setzte sich der ehrgeizige, machtversessene Korse die Kaiserkrone selbst aufs Haupt. Im Beisein des Papstes. Ort der Handlung: die Kathedrale von Notre Dame.

Ludwig van Beethoven, Wahlwiener und größter Sinfoniker der Wiener Klassik, arbeitete zu

Ludwig van Beethoven. Der Komponist der »Sinfonia eroica« lebte 1804 in Wien. Die Napoleon zugedachte Widmung der 3. Sinfonie hat Beethoven nach dessen Kaiserkrönung empört zurückgenommen

diesem Zeitpunkt an seiner dritten Sinfonie. Als glühender Verfechter revolutionären Gedankenguts empfand er den napoleonischen Staatsstreich wie einen Schlag ins Gesicht. Sein Schüler Ferdinand Ries berichtet später in den »Biographischen Notizen« über diesen Augenblick:

»Bei dieser Sinfonie hatte Beethoven sich Buonaparte gedacht, aber diesen, als er noch Erster Konsul war. Beethoven schätzte ihn damals außerordentlich hoch und verglich ihn mit den größten römischen Konsuln. Sowohl ich als mehrere seiner näheren Freunde haben diese Sinfonie, schon in Partitur abgeschrieben, auf seinem Tische liegen gesehen, wo ganz oben auf dem Titelblatt das Wort ›Buonaparte‹ und ganz unten ›Luigi van Beethoven‹ stand, aber kein Wort mehr (...). Ich war der erste, der ihm die Nachricht brachte, Buonaparte habe sich zum Kaiser erklärt, worauf er in Wut geriet und ausrief: ›Ist der auch nichts anderes wie ein gewöhnlicher Mensch? Nun wird er auch alle Menschenrechte mit Füßen treten, nur seinem Ehrgeiz frönen; er wird sich höher als alle anderen stellen, ein Tyrann werden!‹ Beethoven ging an den Tisch, faßte das Titelblatt oben an, riß es ganz durch und warf es auf die Erde. Die erste Seite wurde neu geschrieben, und nun erst erhielt die Sinfonie den Titel: ›Sinfonia eroica‹.«[9]

Franz II., seit 1804 Franz I., Kaiser von Österreich

Franz II., von »Gottes Gnaden« Kaiser des »Heiligen Römischen Reiches Deutscher Nation« geriet in Panik. Würde der Korse eines Tages auch nach seiner Krone greifen?

Der mit Geistesgaben nicht sonderlich gesegnete Habsburger begriff immerhin, daß das »Heilige Römische Reich« – ein Konglomerat auseinanderstrebender feudaler Fürstentümer in Europa – morsch und brüchig geworden war.

Kurz entschlossen trat er die Flucht nach vorne an: Am 11. August 1804 verlieh er sich taxfrei den Titel und die Würde eines »erblichen Kaisers von Österreich« und vergaß nicht, zu betonen, daß die »vollkommene Gleichheit des Titels und der erblichen Würde mit den vorzüglichsten europäischen Regenten aufrecht erhalten und behauptet werden müsse.«[10]

Staatsstreich auf gut österreichisch. So war denn 1804 das Geburtsjahr einer »österreichischen Monarchie« und eines »Walzerkönigs«.

Franz Borgias und Barbara Strauß berührte es wohl kaum, daß Franz II. sich nun Franz I. nannte. In der Hofburg saß seit eh und jeh ein Kaiser. Mochte er sich mit Titeln schmücken, wie er wollte. Nur eines erhofften beide: in Frieden leben zu können und eines Tages frei von finanziellen Sorgen zu sein. Diese Hoffnung sollte sich als trügerisch erweisen.

1805–1808
Vom »Heiligen Florian« zum »Guten Hirten«

Spätestens seit den psychoanalytischen Grundlagenforschungen Siegmund Freuds wissen wir, wie bedeutend die ersten Kindheitsjahre eines Menschen für seine spätere Entwicklung, für die Ausformung seines Charakters und seines Wesens sind. Wenn wir im weiteren Verlauf unserer biographischen Darstellung von der unbändigen Schaffensenergie des Johann Strauß zu berichten haben werden, von seiner Schwierigkeit im Umgang mit der eigenen Familie, von seinem Jähzorn, seiner Impulsivität, von seinem neurotischen Drang zu reisen, aber auch von seiner unglaublichen Arbeitsdisziplin, können Ereignisse der Kindheit, traumatische Erlebnisse und außergewöhnliche Erfahrungen in frühesten Lebenstagen ein wertvoller Schlüssel zum Verständnis einer Persönlichkeit sein.

Der kleine Johann hat vermutlich gerade die ersten Gehversuche unternommen, als Napoleon im November 1805 mit seinen Heerscharen vor den Toren Wiens stand. Panik, Entsetzen, Ratlosigkeit. Der Kaiserhof hatte fluchtartig die Stadt verlassen, da eine Verteidigung , insbe-

Einzug der Franzosen in Wien 1805. Am 14. November 1805 fiel dem Kaiser der Franzosen Wien kampflos in die Hände

sondere der Vorstädte, strategisch aussichtslos erschien. Vorsorglicherweise hatte man auf dem Weg nach Olmütz auch gleich die Staatskasse mitgenommen. »Die Reichen liefen davon. Die Armen blieben. Wo hätten sie auch hin sollen? Die Stimmung war alles andere als kaisertreu-gemütlich ...«[1]

Begonnen hatte das militärische Abenteuer des Jahres 1805 mit der trügerischen Hoffnung, daß Österreich in einem dritten Koalitionskrieg – zusammen mit Rußland und England – Napoleon einkreisen und ihn zu einer Aufsplitterung seiner militärischen Kräfte zwingen könnte. Doch dem Strategen Napoleon war es nicht entgangen, daß der schwächste Punkt dieser Koalition zweifellos Österreich selbst war. Und während österreichisches Militär in Oberitalien und in Tirol auf den Feind wartete, marschierte die »Grande Armee« des Korsen durch Süddeutschland direkt nach Wien.

Eine Wiener Bürgerdelegation eilte den anrückenden Franzosen entgegen und bot Wien als offene Stadt an, mit der Bitte, den Schutz der Bürger zu gewährleisten und ihr Eigentum zu respektieren. Feldmarschall Murat ging auf das Angebot ein und erklärte seine Absicht, mit der Wiener Bürgermiliz militärisch zu kooperieren.[2]

Französische Truppen unter Napoleon I.

Während die Franzosen die Stadt von der Mariahilferlinie her besetzten, ritt Murat mit seinen Dragonern durch die Leopoldstadt und sicherte die Taborbrücke. Letztere war von strategischer Bedeutung, denn hier wollte Napoleon ans nördliche Donauufer übersetzen, um zu verhindern, daß sich österreichische und russische Truppen in Mähren vereinigten.

Mitte November war Wien fest in den Händen der Franzosen. Napoleon bezog Quartier in Schönbrunn. In der Nacht zum 15. November ritt der Kaiser der Franzosen inkognito quer durch Wien zur Taborbrücke, um das Gelände zu erkunden. Zwei Tage später marschierten 70.000 Soldaten durch die Leopoldstadt, um jenseits der Donau die feindlichen Truppen zu stellen. Viele Wiener waren starr vor Schreck. Zum erstenmal seit 300 Jahren gab es feindliche Truppenbewegungen innerhalb der Basteien der kaiserlichen Residenzstadt!

Just in diesen Tagen kam es im Theater an der Wien zur legendären Uraufführung von Beethovens Oper »Fidelio«. Es muß wohl etwas geisterhaft geklungen haben, als der Chor der Gefangenen die Worte intonierte:

»O welche Lust, in freier Luft den Atem leicht zu heben ...« oder »Sprecht leise, haltet euch zurück, wir sind belauscht mit Ohr und Blick ...«

Die Vorstellung fand vor fast leerem Hause statt.[3]

Am 2. Dezember 1805, im Morgengrauen eines feuchten, nebelverhangenen Wintertages begann unweit von Brünn, bei Austerlitz, das große grausame Gemetzel. Die russischen und österreichischen Truppenverbände erlitten eine verheerende Niederlage. 27.000 Österreicher und Russen waren in Austerlitz gefallen, verwundet worden oder in Gefangenschaft geraten. Unter den Blessierten befand sich auch ein Soldat der Wiener Bürgerwehr namens Martin Lanner. Eine Kanonenkugel hatte ihm ein Bein abgerissen. Für den Rest seines irdischen Daseins sollte er mit einer Prothese durch das Leben humpeln. Ein Sohn des Handschuhmachers Martin Lanner hieß übrigens Joseph, geboren 1801 in Wien. Er wird uns noch eingehender beschäftigen. Hat er doch zusammen mit Johann Strauß ein gutes Stück Wiener Musikgeschichte geschrieben.

Chaos und Elend, Hungersnot, Einquartierung verwundeter Soldaten, Kontributionen[4], epidemische Krankheiten und Übergriffe der Besatzungsmacht bestimmten das Alltagsleben der Wiener in den folgenden schicksalsschweren Wochen. Die politischen Folgen der verheerenden militärischen Niederlage waren nicht weniger traumatisch. Venedig ging verloren, Tirol und Vorarlberg wurden vom Reich abgetrennt und Bayern zugeschlagen, einzig das Bistum Salzburg kam zu Österreich. Die erzwungene Finanzierung der feindlichen Besatzungsmacht kostete die österreichische Staatskasse 40 Millionen Gulden, eine Summe, die durch eine rigoros-erbarmungslose Steuerpolitik in den Folgejahren der österreichischen Bevölkerung aus den Taschen gepreßt wurde.

Franz Borgias Strauß hat vermutlich nicht über das politische Schicksal Tirols oder Venedigs nachgedacht, sondern sich eher den Kopf zerbrochen, wie er den Betrieb seiner bescheidenen Schenke über Wasser halten und seine Lieferantenrechnungen bezahlen sollte. Offensichtlich war er nicht sehr erfolgreich, denn schon drei Jahre später wechselte er den Standort und eröffnete 1808 eine Schenke in der Weintraubengasse mit der verheißungsvollen Bezeichnung »Zum guten Hirten«. Er hoffte wohl, daß die Nähe dieses Gäßchens zur stark frequentierten Jägerzeile (heute Praterstraße) und der Zustrom eines etwas zahlungskräftigeren Publikums seine Umsätze heben würde.

Aber zu den wahren »Kriegsgewinnern« jenes chaotisch beginnenden Jahrhunderts gehörten ganz andere Leute, wie etwa Geldwechsler und Bankiers, Heereslieferanten, Waffenproduzenten, Schieber und Spekulanten, aber auch ein gewisser Siegmund Wolffsohn, Inhaber einer k. k. privilegierten Fabrik für chirurgische Prothesen (übrigens der einzigen, die es damals in Österreich gab). Mit der Produktion von gut beweglichen Ersatzgliedern und künstlichen Körperteilen aller Art machte der findige Unternehmer in Zeiten jahrzehntelanger Kriege in Europa das Geschäft seines Lebens. Er verdiente Unsummen, die er schließlich in die Vergnügungsindustrie investierte, um sein Kapital gewinnbringend zu vermehren. Und so kam es am 10. Jänner 1808 zur spektakulären Eröffnung des größten Vergnügungstempels, den Wien jemals gesehen hatte. »Apollosaal« nannte Wolffsohn sein luxuriöses Wunderwerk, das er in weniger als acht Monaten Bauzeit in der Vorstadt Schottenfeld errichten hatte lassen (heute Zieglergasse 15).

Liest man in der »Oesterreichischen National-Encyclopädie« des Jahres 1838 nach, staunt man über die Euphorie, in der dieses an sich sachliche Thema lexikalisch abgehandelt wird:

»Der Apollosaal in der Vorstadt Schottenfeld zu Wien wurde von dem Mechaniker Wolffsohn erbaut, und den 10. Jänner 1808 zum ersten Mahle geöffnet. Dieser feenartige Aufenthalt riß zum Entzücken, zur Bewunderung hin; so viel Schönes, Bezauberndes, Originelles hatte man in einem Ball-Locale noch nicht vereinigt gesehen. Selbst lebendige Bäume, Wasserfälle, natürliche Grotten waren angelegt; der ganze Frühling mit seinen Reizen war hier ausgebreitet. Alle diese Herrlichkeiten konnten von der geräumigen Terrasse gleich beym Eingang überschaut werden, was eine nicht zu schildernde Überraschung hervorbrachte. Die Blätter des In- und Auslandes erschöpften sich in Beschreibungen dieser nie gesehenen Pracht.«[5]

Zur Eröffnung dieses »Feenpalastes vom Brillantengrund«[6] hatte Wolffsohn den Beethovenfreund und Mozartschüler Johann Nepomuk Hummel engagiert, der eigens für diesen Anlaß eine Serie von zehn Walzern schrieb, die im größten Tanzsaal Europas am 10. 1. 1808 auch tatsächlich zur Uraufführung kamen.
Diese »Walzer« klangen zwar noch eher wie pompöse Menuette, aber der Anfang war getan: Der Drehtanz im Dreivierteltakt hatte endgültig Aristokratie und gehobenes Bürgertum erreicht. Eine Tanzwut ohnegleichen erfaßte nun die Bewohner der Donaumetropole. Und wer sich die sündteuren Eintrittsbillette nicht leisten konnte, ging in die weniger mondänen Vorstadtkneipen und drehte sich nach den Klängen der Musikkapelle Michael Pamers[7] oder anderer Ensembles, die es zu Dutzenden gab an der schönen blauen Donau.
Johann Strauß und Joseph Lanner brauchten den Walzer nicht mehr zu erfinden. Ihre historische Aufgabe sollte es werden, ihn zu vollenden, ihm neue Dimensionen zu verleihen.
Als Franz Borgias Strauß 1808 mit seiner Familie in die Weintraubengasse zog, um neuerlich sein Glück als Bierwirt zu versuchen, war Johann eben vier Jahre alt geworden.
Ganz Wien feierte in diesen Monaten den 77. Geburtstag des vielleicht populärsten Klassikers der europäischen Musikgeschichte. Joseph Haydn, dessen Oratorium »Die Schöpfung« am 27. März in einem feierlichen Festakt in der Aula der Universität zelebriert wurde und der im Volksmund liebevoll als »Vater der Sinfonie«[8] bezeichnet wurde, konnte auf eine Bilderbuchkarriere seines Lebens zurückblicken. Aus ärmlichen Verhältnissen kommend, Sängerknabe zu St. Stephan, Tanzmusikgeiger und Korrepetitor in jungen, entbehrungsreichen Jahren, war er bis zum fürstlichen Kapell-

»Apollos Maskenball«. Der Apollosaal wurde 1808 von Siegmund Wolffsohn errichtet und bestand bis 1839 als größtes Vergnügungslokal Wiens. Die Darstellung zeigt eine Szene in einem der zahlreichen Nebenräume des Etablissements

meister der Esterházyschen Dynastie aufgestiegen. Noch als alter Mann festigte Haydn seinen internationalen Ruf durch Konzertreisen nach England. Mit 104 Sinfonien hatte er so viele sinfonische Werke geschaffen wie alle übrigen großen Sinfoniker des 19. Jahrhunderts zusammen. – Musik lag in der Luft.
Am 28. Mai desselben Jahres schrieb die Wiener Zeitung zwei neue Sängerknabenstellen an der kaiserlichen Hofkapelle aus. Die Aufnahmsprüfungen fanden vier Monate später im k. k. Konvikt am Universitätsplatz statt. Einer der beiden neu Aufgenommenen, der die rigorosen Prüfungen mit Bravour bestand, war ein Bub von 11 Jahren, Sohn eines Vorstadtlehrers aus Lichtental.[9] Ihm sollte es bestimmt sein, die Musikgeschichte des 19. Jahrhunderts ähnlich tiefgreifend und doch wiederum ganz anders zu prägen, wie Johann Strauß. Sein Name war Franz Schubert.
Musik lag in der Luft. Und Johann Strauß, der Bub aus der Leopoldstadt, hat sie auch eingeatmet.
Mit einem »Donnerschlag«[10] endete das an musikalischen Ereignissen unglaublich reiche Jahr 1808: Bei klirrender Kälte dirigierte Ludwig van Beethoven, schon fast taub, im ungeheizten Theater an der Wien die Uraufführung seiner 5. und 6. Sinfonie.
»So klopft das Schicksal an die Pforte!« soll Beethoven das bezwingend-kraftvolle Eröffnungsmotiv seiner 5. Sinfonie erläutert haben. Mit den mächtigen Klangkaskaden diese sinfonischen Werks, aber auch mit der Gewitter- und Sturmszene seiner »Pastoral-Sinfonie« beschritt der geniale Sinfoniker der Wiener Klassik neue Wege:

Gebäude der alten Universität. Wien I. Bezirk. Im Festsaal dieses Hauses erklang am 27. 3. 1808 Haydns Oratorium »Die Schöpfung«

Ungeahnte, bedrohlich wirkende Klangwelten brachen da auf den zeitgenössischen Hörer ein, allesamt von einer elementaren Wucht, die so gar nicht in das eben beginnende Zeitalter des Wiener Biedermeier passen wollten.
Aber noch nie haben sich ökonomische Kräfte und gesellschaftspolitische Veränderungen nach menschlichen Wunschbildern oder Klischees entwickelt, sondern stets nur umgekehrt. Und so passierte, was kein Wiener Bürger zu Beginn des Jahres 1809 ernsthaft glauben wollte: Napoleon stand zum zweitenmale vor den Toren Wiens!

1809–1810
Danse macabre. Pulverdampf und Pleiten

Begonnen hatte das Jahr 1809 wie all die Jahre zuvor. Wien versank im Faschingstaumel. Die Tanzbegeisterung des Wiener Bürgertums – schon seit Jahrzehnten legendär – hatte in diesem Jahr offensichtlich einen neuen Aggregatzustand erreicht. Zeitgenössische Beobachter berichten von einer Tanzekstase, wie sie bisher noch nie beobachtet worden war.

Der Wiener Journalist und Schriftsteller Joseph Richter[1] – berühmt geworden durch seine periodisch erschienenen »Briefe eines Eipeldauers an seinen Herrn Vetter in Kakran« – schrieb 1809 ein Gedicht mit dem Titel »Der Langaus«. Es endet mit den Verszeilen:

»Der Deutsche schließt sein Mädchen
Gern ans Herz, und dreht es im Kreise,
Doch seitdem er nach einer fremden Weise,
Den halben Saal mit einem Schritte mißt;
Seit rasch und wild die Instrumente tönen,
Und Tänzerin und Kleid in Lüften wehen,
Glaubt man, statt deutscher eingezogner Schönen,
Betrunkene Bacchantinnen zu sehen.«[2]

Die Jägerzeile in der Leopoldstadt (heute Praterstraße). Schauplatz napoleonischer Truppenbewegungen 1805 und 1809. Parallel zur Jägerzeile (rechte Bildseite) verlief die Weintraubengasse, in welcher sich die Gastwirtschaft »Zum guten Hirten« befand

Adolf Bäuerle[3] – seit 1806 Herausgeber der berühmten »Wiener Allgemeinen Theaterzeitung« – beschrieb den »Langaus« als eine Walzerrunde, die von den Paaren auf einer Kreisbahn in rasend schnellem Tempo gezogen wird, wobei diagonal durch den Saal getanzt wurde, so daß in der Regel ein Langkreis bzw. ein Oval im Raum entstand. Da die Tänzer sich nicht nur um die eigene Achse drehten, sondern auch noch – planetengleich – in einer elliptischen Kreisbahn schwebten, entstand nach längerem Tanz eine Benommenheit, die nicht selten in rauschhafte Ekstase ausartete. Bäuerle wörtlich:

»Der Langaus erfordert die größte Bravour. Dieser schändliche Tanz stellte dem Tänzer die Aufgabe, sich mit seiner Tänzerin im rasenden Walzer von einer Ecke des Saales nach der entgegengesetzten zu drehen, bis etwa ein Lungenflügel gelähmt wurde oder ein Blutschlag eintrat.«[4]

Wenngleich solche Unglücksfälle eher vereinzelt auftraten, war die Gefahr, am Tanzboden vom Tod ereilt zu werden, ganz konkret gegeben. Lungentuberkulose war ein weit verbreitetes, damals unheilbares Übel – man bezeichnete sie gar als »Wiener Krankheit« – und die schlechten staubigen Straßen der Vorstädte und die im Winter eisigen Fallwinde des Wiener Beckens taten das ihrige dazu. Der fröhliche Langaus wurde auf diese Weise nicht selten zum »Danse macabre«.

Daß der Langaus in den ersten Jahrzehnten des 19. Jh.s langsam aus dem Repertoire der Musikkapellen verschwand, hatte wohl noch eine andere Ursache: Das Tanzen in der Kreisform erforderte viel Platz und verlangte eine choreographische Abstimmung der Tanzpaare untereinander. Daher ließ sich der »Langaus« beim Ansturm tausender Tanzbegeisteter in überfüllten Sälen nicht mehr realisieren. Auf diese Weise entstand wohl der noch heute gebräuchliche »Walzer«, der zwar auch im Kreis getanzt wird, aber nicht mehr paarweise hintereinander.

Zu den berühmtesten Tanzsälen Wiens zählte 1809 – unangefochten von der Konkurrenz des neuen Apollosaales am Schottenfeld – die »Mehlgrube«. Sie befand sich am Neuen Markt, gerade dort, wo heute das Hotel »Ambassador« steht.[5] Nachdem Kapellmeister Franz Pechatschek zehn Jahre lang Musikdirektor der »Mehlgrube« gewesen war, übernahm Joseph Wilde (der spätere Musikdirektor der k. k. Redoutensäle) am 8. Jänner 1809 die Leitung dieses Etablissements. Joseph Wilde war dazu berufen, zum bedeutendsten Tanzmusikproduzenten der Wiener Kongreßzeit aufzusteigen. Wir werden ihm an anderer Stelle noch begegnen.

Man kann davon ausgehen, daß Johann Strauß, damals ein Bub von fünf Jahren, offenen Auges und Ohres den Wiener Fasching mit all seinen Auswüchsen und Eigentümlichkeiten atmosphärisch aufgesogen und als frühe, prägende Kindheitserinnerung in sein weiteres Leben mitgenommen hat.

Der Fasching war kaum vorüber, da schlug der rauhe Sturmwind europäischer Großmachtpolitik von neuem der Wiener Bevölkerung ins Gesicht.

Napoleon Bonaparte

Seit Napoleons militärischen Erfolgen war Frankreich zum Beherrscher fast ganz Europas geworden. Waren die Revolutionsheere Bonapartes noch vor Jahren als Befreier von feudaler Willkürherrschaft gefeiert worden, wurden sie nun immer mehr als machtgierige Eroberer und Unterdrücker empfunden. Je größer die Zahl der okkupierten Länder, desto höher die Kosten militärischen Aufwands. Im selben Maße erhöhten sich auch die Kontributionen, die den eroberten Ländern abgepreßt wurden. Die französischen Armeen waren auch nicht mehr das, was sie in den sturmerfüllten Anfangsjahren der französischen Revolution zu sein beanspruchten. Statt für Gerechtigkeit und Freiheit einzustehen, lautete nunmehr die Devise: »Bereichert euch an Land und Leuten!« Armeelieferanten, Schieber und Spekulanten hatten Hochsaison.

Besonders schmerzhaft für Österreich war die Tatsache, daß Tirol nach dem Desaster von Austerlitz an Bayern verlorengegangen war. Bayern, ein Verbündeter Napoleons, hatte ganz offensichtlich die Absicht, Tirol für alle Zeiten seinem Königreich einzuverleiben. Mit dem Selbstbewußtsein, der Tapferkeit und dem Nationalstolz der Tiroler Bauern hatte man jedoch nicht gerechnet. Immer lauter wurde in den Bergen Tirols die Forderung nach Wiederaufnahme des Kampfes gegen Napoleon und seine bayrischen Verbündeten.

Am 9. April brach der Aufstand der Tiroler los. Ihr Anführer war Andreas Hofer, der Sandwirt aus dem Passeiertal. Innerhalb weniger Tage hatten die heldenhaften Tiroler die französischen und bayrischen Besatzungstruppen über die Gebirgspässe zurückgeworfen. Innsbruck wurde eingenommen und ganz Tirol befreit. Die Erfolge der Tiroler Aufständischen grenzten an ein militärisches Wunder. Und dennoch ist die Erklärung einfach: Die Bauern aus Tirol waren keine Söldner, sondern Patrioten. Und sie wußten, wofür sie kämpften.[6]

Da Napoleon in dieser Situation wohl kaum eine Chance gehabt hätte, mit regulären Truppen einen Partisanenkrieg in der Tiroler Bergwelt zu gewinnen, dirigierte er seine Armeen direkt nach Wien.

Vier Jahre waren seit der ersten Einnahme Wiens durch Napoleon verstrichen. Kaiser Franz hatte militärstrategisch seither nichts dazugelernt. Eine ernsthafte Verteidigung der Metropole war ihm gar nicht in den Sinn gekommen. Zu sehr beherrschte ihn die Furcht, daß Bürger, Handwerker und Arbeiter in Wien die Verteidigung der Hauptstadt in einen echten Volkskampf verwandeln könnten und dadurch politische Bewegungsfreiheiten erlangten, welche die Existenzberechtigung des Habsburgerregimes letztlich in Frage stellen würde.

Am 11. Mai rückten also die Franzosen unbehelligt in die Vorstädte ein. Napoleon war in Schönbrunn eingelangt und quartierte sich im Schloß ein. Die Wiener Innenstadt mied Napoleon konsequent. Die schaulustigen Wiener konnten ihn allenfalls bei Truppenparaden in Schönbrunn oder auf der Schmelz in »Augenschein nehmen«.

Selbst Franz Grillparzer, der den Eroberer haßte und kein Freund militärischen Schaugepränges war, konnte sich der Ausstrahlungskraft Napoleons nicht entziehen. So schrieb er viele Jahre später in seiner Autobiographie:

»Noch sehe ich ihn die Freitreppe des Schönbrunner Schlosses eher herablaufen als gehen und mit auf dem Rücken gefalteten Händen eisern dastehen, seine vorüberziehenden Gewalthaufen mit dem unbewegten Blick des Meisters überschauend. Er bezauberte mich, wie die Schlange den Vogel.«[7]

Am späten Abend des 11. Mai begann die Beschießung der Basteien und der Innenstadt durch die französische Artillerie.

»Ziegel und Steine fielen von den Häusern, Feuer brach aus, Geschrei auf den Gassen, niemand wagte die Brände zu löschen, aus Angst vor den Granaten und dem Bombardement.

Die Leute flüchteten in die Gewölbe der Kaufhäuser und nächtigten auf den Verkaufstischen, sie flohen in Kirchen, aber auch zu Nachbarn mit sicheren Kellern. In den Häusern verbaute man die Fenster mit Federbetten gegen Granatsplitter, Haustore wurden noch zusätzlich mit Nägeln gesichert.«[8]

Zu den Flüchtenden, die sich in einem Keller der Innenstadt verbargen, um das Bombardement heil zu überleben, gehörte auch Ludwig van Beethoven.

Am 13. Mai wurde Wien den feindlichen Truppen nahezu kampflos übergeben. Kaiser Franz war wieder einmal geflüchtet, und die Wiener durften zum zweitenmal die Kalamitäten der französischen Besetzung über sich ergehen lassen. Die Lebensmittelpreise stiegen sprunghaft an, die Versorgung stockte und die Kaufkraft des Geldes verfiel von Tag zu Tag.

Acht Tage später trafen österreichische Truppen, die sich bei Aspern, nahe Wien, gesammelt hatten, auf das Heer der französischen Besatzer und fügten ihm eine unerwartete Niederlage zu.

Der Sieg der österreichischen Truppen unter Erzherzog Carl war insofern bedeutsam, weil es zum erstenmal gelungen war, Napoleons Nimbus vom unbesiegbaren Heerführer zu erschüttern.

Der Rest der geschlagenen französischen Armee zog sich auf die Insel Lobau zurück, wo die französischen Soldaten mehrere Tage ohne Nahrung und Munition ausharrten, da die Österreicher die einzige Verbindungsbrücke zur Insel zerstört hatten.

In naiver Leichtgläubigkeit vermeinte nun Kaiser Franz, Napoleon werde nach der Niederlage von Aspern Wien räumen und Frieden schließen. Statt dessen benützte Bonaparte die höchstwillkommene Atempause, um seine Truppen zu reorganisieren und am 6. Juli die Österreicher bei Wagram in einer neuen Schlacht zu stellen, welche diesmal mit einem überwältigenden Sieg der Franzosen endete.

Das Zeltlager Kaiser Napoleons in der Lobau

Mit geradezu provozierender Gleichgültigkeit kommentierte Franz I. diese nationale Katastrophe:

»Hab ich's nicht gleich gesagt, daß es so ausgehn wird? Jetzt können wir alle nach Hause gehen.« Sprach's und bestieg seinen Wagen.

Es konnten nicht »alle nach Hause gehen«. 37.000 tote und verwundete Österreicher lagen auf dem Schlachtfeld herum. Die Verluste der Franzosen waren kaum geringer.

Die Leopoldstadt glich einem riesigen Lazarett, in welches Schwerstverletzte in Handkarren und Fuhrwerken bergeweise herangebracht wurden. Der fünfjährige Johann Strauß hat mit großen Kinderaugen Not, Tod und Elend, hausgemacht von Menschenhand, gesehen. Er wird es wohl nie mehr vergessen haben. Gesprochen hat er allerdings später nicht mehr davon. Es war vielleicht auch unaussprechbar.

Der Tiroler Freiheitskämpfer Andreas Hofer

Andreas Hofer hatte mittlerweile die Volkserhebung der Tiroler Bürger und Bauern fest in seine Hände genommen. Immerhin hatte Kaiser Franz feierlich versprochen, daß Tirol nie mehr von Österreich getrennt werden sollte. Nach drei erfolgreichen Abwehrschlachten am Berg Isel übernahm der wackere »Sandwirt« aus dem Passeiertal die Regentschaft in Tirol. Mittlerweile war es August geworden und Napoleon saß noch immer in Schönbrunn.

In diesem Sommer 1809 hätte der kleine Johann Strauß bereits einen Bruder und drei Schwestern gehabt, wenn damals jene hygienischen und medizinischen Verhältnisse geherrscht hätten, wie wir sie zu Beginn des 21. Jahrhunderts für selbstverständlich halten.

Ähnlich dem Schicksal der Schubert'schen Familie in der Alservorstadt hatte der Tod in der Familie des Bierwirtes Franz Borgias Strauß unbarmherzig seine Ernte eingeholt: Am 23. 7. 1802 war das erste Kind Anna im Alter von 8 Monaten verstorben, am 29. 3. 1806 folgte der Sohn Franz im Alter von 7 Monaten, am 28. 2. 1808 ereilte die Tochter Josefa das nämliche Schicksal im Alter von 10 Monaten und nun, am 15. August 1809 verlor das Ehepaar Strauß die 10 Monate alte Antonia, die laut Totenbeschauprotokoll einer Darminfektion erlegen war.[9]

So war es für die Strauß'sche Familie wohl eher eine schaurige Kulisse, als Napoleon Bonaparte am 17. August in Wien seinen Geburtstag feiern ließ. An allen Haustoren der Stadt wurde die Verlautbarung angeschlagen, daß während der großen Militärparade in Schönbrunn von den Basteien der Stadt 60 Kanonenschüsse abgefeuert würden und alle Glocken Wiens läuten sollten. Außerdem wurde allen Wiener Hausbesitzern »Festbeleuchtung« verordnet. Ein französischer Offizier berichtet in seinen Memoiren:

»Mit einbrechender Nacht wurde ganz Wien mit allen seinen Vorstädten beleuchtet, und ein prächtiges Feuerwerk prasselte in die Lüfte. Unter den vielen, selbst von Wiener Bürgern illuminierten und passend angebrachten Transparenten las man auf einem derselben: ›Zur Weihe An Napoleons Geburtstag!‹ War man nicht ganz in der Nähe, so las man: ›ZWANG!‹, weil die anderen Buchstaben so klein waren, daß sie schon in einer geringen Entfernung verschwanden.«[10]

Die Wiener durften das festliche Spektakel selber bezahlen. Mitte September wurde auf Anordnung Napoleons eine neue »Personalsteuer« eingeführt, um die Lasten der Besatzung finanzieren zu können.

Nach langwierigen Friedensverhandlungen kam es am 14. Oktober zum Frieden von Schönbrunn. Österreich erhielt die Auflage, 40 Millionen Gulden Kriegsentschädigung zu zahlen. Eine aberwitzige Summe für ein Land, das nach jahrelangem Kriegszustand ohnedies bankrott war. Außerdem verlor es Salzburg, Tirol, das Innviertel, Galizien, Oberkärnten, Istrien, Dalmatien. Der habsburgische Doppeladler war kräftig gestutzt worden.

Andreas Hofer aber konnte einfach nicht glauben, daß sein Land, welches seit 400 Jahren zum Kernbestand der Monarchie gehört hatte, vom »guten Kaiser Franz« innerhalb weniger Jahre zweimal verschachert worden war. Was eben in Wien passiert war, überstieg die Vorstellungskraft dieses aufrichtigen Tirolers. Der Wiener Historiker H. Andics bemerkt zutreffend:

»Der Sandwirt war kein Feldherr, kein Politiker, kein Diplomat, nur ein Mann echten Glaubens, wahrer Treue und heißer Vaterlandsliebe. In der Welt, in der Metternich sich eben anschickte, das Konzert der Mächte zu dirigieren, waren das keine Eigenschaften, die zum Sieg verhalfen.«[11]

Andreas Hofer gab nicht auf. Noch einmal sammelte er seine Getreuen um sich und stellte sich den Invasoren in einer vierten Berg-Isel-Schlacht. Diesmal hielt er der militärischen

Die Burgbastei vor der Sprengung durch napoleonische Truppen

Übermacht nicht mehr stand. Er mußte fliehen und sich in einer Berghütte verstecken.
Ein Mann, der es gewagt hatte, noch Widerstand zu leisten, nachdem selbst der Kaiser von Österreich kapituliert hatte, fand vor Napoleons Augen keine Gnade. Ein bezahlter Verräter hatte das Versteck des Freiheitskämpfers preisgegeben. Andreas Hofer wurde am 28. Jänner 1810 verhaftet, nach Mantua verschleppt und am 20. Februar standrechtlich erschossen.
Nachdem die Franzosen aus Wien abgezogen waren, kehrte Franz I. im November 1809 in die Residenzstadt zurück. Der österreichische Kaiser hatte sich als miserabler Militärstratege entpuppt, und sein Ruf als »guter Landesvater« war schwerstens angeschlagen. Daran konnte auch Haydns berühmte Hymne »Gott erhalte Franz, den Kaiser« nichts ändern.
Nun galt es, den zerrütteten Staatshaushalt zu ordnen. Wie immer, griff man in solchen Fällen zu einem üblen Trick: die Notenpresse mußte wieder anlaufen. Papiergeld wurde produziert, dessen Wert in keiner Weise gedeckt war. Die Folge war ein schwerer Kurssturz. Im Verlauf des Jahres 1810 bekam man für 1000 Gulden Bancozettel gerade noch 100 Gulden Konventionsmünze. Und die Lebensmittelpreise kletterten in schwindelerregende Höhen.
Der Gastwirt Franz Borgias Strauß wußte wieder einmal – trotz unermüdlicher Arbeit – nicht, wie er die Lieferantenrechnungen und die Miete für seine Bierstube bezahlen sollte. Den letzten beißen die Hunde.
Viele ahnten es, glücklich diejenigen, die es noch nicht wußten: Die soziale und wirtschaftliche Jahrhundertkatastrophe des Jahres 1811 stand vor der Tür.

Schloß Schönbrunn zu Beginn des 19. Jahrhunderts

1811–1815
Vom Staatsbankrott zum Wiener Kongress

Es zählt zu den bedeutsamen Errungenschaften der österreichischen Rechtsgeschichte, daß im Jahre 1811 – allen politischen Wirren zum Trotz – das Allgemeine Bürgerliche Gesetzbuch von namhaften Experten fertiggestellt wurde und in Kraft treten konnte. In seinen Grundzügen hat dieses Gesetzeswerk noch heute seine Gültigkeit in Österreich.

Um aber die »Freiheit des Bürgers« nicht zu sehr ins Kraut schießen zu lassen, hatte man rechtzeitig für die Neuauflage eines Zensurgesetzes gesorgt, dessen Formulierung an Deutlichkeit nichts zu wünschen übrig ließ.

»Kein Lichtstrahl, er komme, woher er wolle, soll in Hinkunft unbeachtet und unerkannt in der Monarchie bleiben, oder seiner möglichen Wirksamkeit entzogen werden (...). Aber mit vorsichtiger Hand sollen auch Herz und Kopf der Unmündigen vor den verderblichen Ausgeburten einer scheußlichen Phantasie, vor dem giftigen Hauche selbstsüchtiger Verführer und vor den gefährlichen Hirngespinsten verschrobener Köpfe gesichert werden.«[1]

Ab sofort hatte die »vorsichtige Hand« der Zensur tausende Bücher und Druckschriften aller Art in Beschlag genommen und deren Verbrei-

Volksszene im Prater. Kolorierter Kupferstich um 1820

tung bei Verhängung drastischer Strafen verboten. Das »unmündige« Volk sollte nicht selber denken, sondern williger Vollstrecker einer »gottgewollten« hierarchischen Ordnung sein. »Der Bürger jener Tage durfte träumen, aber nicht handeln, musizieren, aber nicht politisieren, spazierengehen, aber nicht reisen.«[2]
Der Ausspruch Kaiser Franz I., der ein Gesuch des Konviktschülers Franz Schubert mit den Worten ablehnte »Wir brauchen keine Genies, wir brauchen gute Untertanen«, paßt haargenau in diese politische Doktrin.
Metternich – seit 1810 Staatskanzler und rechte Hand des Kaisers – zögerte auch keinen Augenblick, eine Aufführung von Schillers »Wilhelm Tell« im Burgtheater zu verbieten. Nur allzu deutlich erinnerte der Handlungsablauf des Schiller'schen Dramas an die Aktivitäten des Tiroler Freiheitskämpfers Andreas Hofer, den man in schändlicher Weise der französischen Militärgerichtsbarkeit ausgeliefert hatte. Der im Geburtsjahr Johann Strauß Vaters entstandene »Wilhelm Tell« gehörte 1811 nach Einschätzung des Wiener Hofs offensichtlich zu jenen »verderblichen Ausgeburten einer scheußlichen Phantasie«, zu deren Verhinderung man ja »gottlob« die Zensur hatte.
Hand in Hand mit der Zensur blühte und wucherte das Spitzeltum, ein gesellschaftspolitischer Auswuchs, den es zu allen Zeiten gegeben hat, der aber in der Kaiserstadt an der Donau damals eine ganz spezifische Ausformung erfahren hat.
Charles Sealsfield[3] zeichnet in seiner bemerkenswerten Schrift »Österreich, wie es ist« (1828) die gesellschaftliche Entwicklung des beginnenden 19. Jahrhunderts in Wien bildhaft und eindringlich:
»Die Sinnesart der Wiener hat sich in den letzten 16 Jahren traurig verändert. Sie waren immer bekannt als sinnenfrohes, gedankenloses Volk, zufrieden mit einer Fahrt im Zeiselwagen oder in den Prater und entsprechendem Essen und Trinken. Dagegen war ihre Ehrlichkeit, Güte und Biederkeit sprichwörtlich (...). Seit dem Jahre 1811 sind jedoch die 10.000 ›Naderer‹ oder Geheimpolizisten am Werke. Sie stammen aus den niederen Klassen des Handelsstandes, der Dienstboten, ja sogar der Prostituierten und bilden eine Vereinigung, welche die ganze Wiener Gesellschaft so durchzieht, wie der rote Seidenfaden die Taue der englischen Flotte. In Wien kann kaum ein Wort gesprochen werden, das ihnen entginge (...). Der Volkscharakter hat sich diesen Zuständen gemäß verändert. Da die Regierung alles getan hat, um die Wiener von ernster oder geistiger Betätigung fernzuhalten, so sind der Prater, die Kaffeehäuser und das Leopoldstädter Theater die einzigen Ziele ihres Denkens und Wünschens. Das aber müssen sie haben, und wenn sie es nicht auf ehrliche Weise erreichen können, so gehen sie eben unter die ›Naderer‹ und verdienen dadurch einen Dukaten wöchentlich.«[4]
Die Zensur konnte den freien Meinungsaustausch und den Informationsfluß der Wiener Bevölkerung wohl behindern und beeinträchtigen, eines konnte sie jedoch nicht: wirksame ökonomische Kräfte außer Gang setzen. Die Kriege hatten Unmengen an Geld verschlungen, die Staatskasse war leer. Die Staatsverschuldung hatte schwindelerregende Höhen erreicht. Die in riesigen Mengen kursierenden Bancozettel verloren Tag für Tag rasant an Wert.
Nun war die Stunde gekommen für ein wahrhaft majestätisches Kriminalstück. Es trug den Titel »Kaiserliches Finanzpatent« und war in aller Stille unter höchster Geheimhaltung vorbereitet worden.
Heinrich Penn berichtet in seinem 1880 erschienenen Standardwerk über die Geschichte der Stadt Wien:
»Am 15. März 1811 brach eine grausame Katastrophe über ganz Österreich ein – der Staatsbankrott. Am Tage zuvor hatte Bürgermeister Wohlleben ein versiegeltes Paket erhalten mit

dem Auftrage, es erst nach Mitternacht zu öffnen und das darin enthaltene kaiserliche Patent am nächsten Tage, morgens 5 Uhr, an verschiedenen Punkten der Stadt anschlagen zu lassen. Nach dem Inhalte dieses Patentes traten die Bancozettel ganz außer Umlauf und wurden zum Course von 20 für 100 gegen die neuen Einlösungsscheine umgetauscht. Dieses neue Papier führte die Benennung ›Wiener Währung‹. Bald wußten Tausende, daß sie über Nacht zu Bettlern geworden waren. Tiefer Schmerz, Verzweiflung ergriff namentlich die Familien, die ihr Hab und Gut gegen die ungültigen Bancozettel dem Staate anvertraut hatten.«[5]

Mit diesem Geldabwertungs-Coup war der Staat auf einen Schlag 80 Prozent seiner Schulden losgeworden und kassierte ab sofort das Fünffache an Steuern durch die neue Wiener Währung. Das Barvermögen der Wiener Bürger aber hatte in diesem Augenblick nur mehr ein Fünftel seines ursprünglichen Wertes.

Papiergeld, sogenannte »Bankozettel« gab es neben Münzgeld in Wien schon seit dem 18. Jahrhundert. Es konnte anfangs jederzeit in harte Münze gewechselt werden. »Die Bank der Stadt Wien hatte damit eigentlich eine benutzerfreundliche Bequemlichkeit geboten: Niemand mußte sich länger mit gewichtiger Silbermünze beschweren, jeder konnte das leichte Papiergeld als Zahlungsmittel verwenden.«[6]

Die Zeit der napoleonischen Kriege hatte diesen ursprünglich stabilen Verhältnissen ein rasches Ende gesetzt. Als der Bevölkerung klar wurde, daß ihr Papiergeld nicht mehr gegen klingende Münze eingetauscht werden konnte, setzte ein wahrer Ansturm nach Silbermünzen ein. Bäuerle berichtet davon in seinen »Alt-Wiener Kulturbildern«:

»Die Papiergeldentwertung zeitigte eine wahrhaft tolle Begierde nach den Silberzwanzigern. An allen öffentlichen Orten, in allen Höfen, Häusern und Winkeln suchte man zu schachern und Agiogeschäfte zu machen (...). Das Silber wirkte wahre Wunder. Bestechungen waren um fünfzig Prozent billiger durchzuführen. Jedermann wollte Silberzwanziger in der Tasche haben und damit prunken. Und wie konnte man erst die Frauen fesseln, wenn man ihnen Silberzwanziger zum Andenken verehrte! Die Fiaker aber waren vollends verrückt – für sechs Silberzwanziger fuhren sie bis nach Baden und wieder zurück!«[7]

In der Vorstadtkneipe des Bierwirtes Strauß saßen Taglöhner, Schiffsknechte und Flößer, die kurze Rast einlegten, um sich ein wenig zu stärken. Keiner von ihnen hat mit Silberzwanzigern bezahlt. Und so mancher, der bisher anschreiben hatte lassen, konnte überhaupt nicht mehr bezahlen. Es gehört nicht viel Phantasie dazu, die verheerende finanzielle Lage des Jahres 1811 als Auslöser dafür anzusehen, daß Franz Borgias 1812 wieder in die Floßgasse zurückkehrte, wo Zins und Miete vermutlich billiger waren.

Der schmerzhafte Weg zurück an die Stätte seiner Familiengründung war diesmal besonders tragisch überschattet vom Gespenst des Todes, von der schaurigen Wirklichkeit der Endlichkeit des Seins. Am 28. August 1811 war Franz Borgias' Gattin Barbara den Tücken des »Schleichfiebers« erlegen.[8] Sie war 39 Jahre alt geworden. Die Begräbniskosten betrugen 887 Gulden Bankozettel, das »Vermögen« der Verstorbenen bestand aus einigen Wäschestücken im Wert von 125 Gulden.[9]

Das kurze und entbehrungsreiche Leben einer Frau, die immerhin Mutter des ersten »Walzerkönigs« war und einen gravierenden biologischen Anteil daran hatte, daß im Wien des 19. Jahrhunderts ein neues weltumspannendes Kapitel der Musikgeschichte geschrieben werden konnte, war erloschen. Die dürftige Quellenlage hindert uns daran, das Lebensschicksal dieser Frau genauer nachzuzeichnen, einer Frau, die allen menschlichen Katastrophen zum Trotz vermutlich eine gute Mutter und Ehefrau gewesen ist.

Es sollte noch zwei weitere Jahre dauern, bis das von verheerenden Kriegen erschütterte Europa zu einer neuen, stabilen Friedensordnung fand.[10] Im Sommer 1812 marschierte Napoleon mit einem Heer von über 500.000 Mann nach Rußland. Mehr als 300.000 Soldaten stammten aus den unterworfenen europäischen Ländern, die Napoleon nach fast 20jähriger Kriegszeit zu Vasallen gemacht hatte: Italien, Westfalen, Bayern, Württemberg, Baden, Sachsen, alle übrigen Staaten des Rheinbundes, Polen, Belgien, Holland.

Auch Österreich und Preußen wurde verpflichtet, beachtliche Kriegskontingente zu stellen.

Sowohl in Europa, als auch in Amerika, in den Kontoren der Großindustriellen und Kaufleute, aber auch an den europäischen Fürstenhöfen herrschte die Überzeugung, daß der geniale französische Feldherr das zaristische Rußland innerhalb weniger Wochen unter seine Herrschaft bringen könnte.

Das »militärische Genie« hatte seine außergewöhnlichen strategischen Fähigkeiten wohl unzähligemale bewiesen und verfügte in hohem Maße über jenen menschenverachtenden Zynismus, den man wohl braucht, um zehntausende Menschen innerhalb weniger Stunden als Kanonenfutter zu verheizen, wenn es darum geht, einen strategischen Vorteil zu erringen.

Was der französische Usurpator jedoch nicht bedachte oder nicht erkennen wollte, war die bedingungslose Bereitschaft des russischen Volkes, das eigene Vaterland mit allen nur denkbaren Mitteln gegen den frechen Eindringling zu verteidigen. Daß die russischen Bauern das Innere ihres Landes in eine Wüste verwandeln und ihre Dörfer verbrennen würden, um den feindlichen Besatzern die Nahrungsgrundlage zu entziehen und eher zu sterben bereit waren, als sich dem Eroberer zu unterwerfen, hatte Napoleon nicht vorhergesehen. Die Größe des Landes, die ungeheure Entfernung von der Ba-

Die Wiener Leopoldstadt um 1812. Die drei Kaffeehäuser vor der »Schlagbrücke« (heute »Schwedenbrücke«)

sis, die Unmöglichkeit, einen monatelangen Krieg mehrere tausend Kilometer von Frankreich entfernt in einem verwüsteten Land zu führen, hatte der große Feldherr wohl auch nicht in seine Überlegungen einbezogen. Wer sollte die schweren Kanonen Tausende Kilometer durch Steppen und Sümpfe ziehen, nachdem die Hälfte aller Pferde mangels ausreichender Nahrung verendet waren? Wie sollte die Nahrungsbeschaffung für hunderttausende Soldaten in einem Land funktionieren, in dem es nichts mehr zu requirieren gab?
Unter unsäglichen Verlusten erreichte Napoleon am 14. September 1812 Moskau. Von den 420.000 Mann, die im Juni die russische Grenze überschritten hatten, waren gerade noch 95.000 übriggeblieben.
Als er einzog, stand die Stadt bereits in Flammen. Auch die Moskowiter hatten es vorgezogen, dem unerwünschten »Gast« eine Ruinen- und Geisterstadt zu hinterlassen, statt ihre Unterwerfung samt Quartier und Nahrung anzubieten.
Der russische Zar Alexander dachte nicht im Traum daran, seine Unterwerfung anzubieten. 14 Tage später begann der unvermeidliche Rückzug dessen, was von der »Großen Armee« noch übrig geblieben war. Unerwartet heftig und früh setzte in diesem schicksalhaften Jahr der russische Winter ein. Zehntausende halb verhungerte und erschöpfte Soldaten erfroren jämmerlich in Eis und Schnee. Von den 500.000 Mann, die aufgebrochen waren, um Rußland zu erobern, waren etwa 30.000 zurückgekehrt. Der Mythos vom unbesiegbaren »Weltbeherrscher« war wie ein Kartenhaus in sich zusammengestürzt.
Das Wirtschaftsleben Europas war – abgesehen von einer Minderheit der am Kriegszustand Profitierenden – schwerstens beschädigt. Die Kontinentalsperre, die Napoleon schon vor Jahren über England verhängt hatte, um die Einfuhr englischer Waren auf den Kontinent zu unterbinden, hatte dem Schwarzhandel und Schmugglerwesen Tür und Tor geöffnet. Die daraus resultierende Preisexplosion wesentlicher Grundstoffe und Bedarfsartikel hatte zehntausend mittelständische Unternehmen in den Ruin getrieben.
Und in Wien drehte sich 1812 die Steuerschraube in atemberaubendem Tempo weiter. Zur »Klassensteuer«, die schon seit 1800 existierte, waren 1805 und 1809 direkte »Kriegssteuern« getreten. Die seit 1803 bestehende »Personalsteuer« wurde nun auf das Vierfache erhöht. Neben der »Nahrungs- und Hantierungssteuer« belastete man Hausbesitzer mit einer um 50% erhöhten »Hauszinssteuer«, um diverse »Kriegsdarlehen« abzustottern.[11] Seinen vorläufigen Abschluß fand das Steuerkarussell mit einem Patent Kaiser Franz I. vom 31. Dezember 1812, wonach von »Gewerbe, Fabriken und Handelsunternehmungen« unabhängig vom tatsächlichen Umsatz fixe Steuerleistungen erbracht werden mußten (»Industrial- oder Erwerbssteuer«).[12]
Wie schon oft in der Geschichte der Menschheit löste diese unvernünftige Anhäufung von Steuerzwängen das Desaster der Staatsverschuldung in keiner Weise, brachte aber dafür Handel und Wirtschaft weitgehend zum Erliegen.

Wien wäre nicht Wien, wenn in diesem von Inflation und Währungskrisen gebeutelten Jahr 1812 nicht trotz allem musikalische Aktivitäten stattgefunden hätten. So konnte die musikliebende Aristokratie und der bürgerliche »Geldadel« anläßlich der Geburtstagsfeier Franz I. am 12. Februar die glanzvolle Uraufführung von Beethovens 5. Klavierkonzert in Wien erleben, ausgeführt von einem Schüler Beethovens, dem meisterhaften Pianisten Carl Czerny.
Ins selbe Jahr fällt auch die Gründung der »Gesellschaft der Musikfreunde«, eine Initiative kunstbegeisterter Adeliger und Wiener Bürger, deren Hauptzweck »die Emporbringung der Musik in all ihren Zweigen« sein sollte. Die »Wiener Gesellschaft der Musikfreunde« hat

das musikalische Leben des Vormärz ganz wesentlich geprägt und ist bis zum heutigen Tag ein entscheidender Faktor des Wiener Musiklebens geblieben.

»1813« wird europaweit zum Jahr der Erhebung gegen die napoleonische Fremdherrschaft. Am 16. Oktober kommt es in Europa zum entscheidenden Aufeinandertreffen des antinapoleonischen Bündnisses gegen die Franzosen bei Leipzig.

Das Heer der verbündeten Österreicher, Preußen, Russen und Schweden mit rund 330.000 Mann steht unter dem Oberkommando des österreichischen Feldmarschalls Schwarzenberg und dessen Generalstabschefs Radetzky, der den Aufmarschplan entworfen hat. Napoleon verfügt über 200.000 Mann. Zunächst hat es den Anschein, Bonaparte könnte die zahlenmäßige Unterlegenheit durch sein enormes strategisches Talent wettmachen. Doch die verbündeten Kräfte lassen sich diesmal nicht aus dem Konzept bringen. Nach verheerenden Verlusten an Menschen und Kriegsmaterial macht Napoleon am 17. Oktober ein Waffenstillstandsangebot, das die Alliierten jedoch nicht annehmen. Am 18. Oktober rückt der preußische General Blücher von Norden heran, im Zentrum des Kampfgeschehens greift die Hauptarmee der Verbündeten energisch an. Immer enger wird der Ring um die von den Franzosen besetzte Stadt Leipzig. Am 19. Oktober erstürmen die Verbündeten in einem blutigen Straßenkampf die Stadt. Napoleon entzieht sich den feindlichen Truppen im letzten Augenblick durch Flucht und entkommt über den Rhein. Noch am selben Tag ziehen Zar Alexander von Rußland, der preußische König Friedrich Wilhelm und Fürst Schwarzenberg in Leipzig ein.

Lothar Clemens Metternich, »Dramaturg« und »Drahtzieher« des Wiener Kongresses 1814–1815

Es war ein teuer bezahlter Sieg: Die Verbündeten hatten 54.000 Mann verloren, die Franzosen 72.000. Immerhin: Der Traum von der Weltherrschaft Napoleons war endgültig ausgeträumt und die französische Hegemonie über Europa zu Ende.

Als die Schlacht bei Leipzig geschlagen war, stand neben dem österreichischen Kaiser, dem russischen Zaren und dem preußischen König ein gewisser Clemens Lothar Metternich auf dem Feldherrnhügel. Franz I. erhob kurz darauf seinen erfolgreichen Staatskanzler in den erblichen Fürstenstand. Für manche hatte das Inferno von Leipzig und die geänderte weltpolitische Situation durchaus nützliche Seiten.

Nach einem Vierteljahrhundert unaufhörlicher Kriege war das vormals revolutionäre, letztlich aber imperialistische Frankreich, das unter Napoleon den gesamten Kontinent beherrscht hatte, am Ende seiner Kräfte. Gegen die gemeinsam operierende Militärmacht Rußlands, Preußens, Österreichs und Großbritanniens konnte auch das exzentrische Militärgenie Napoleon nichts ausrichten. Am 31. März 1814 zogen die alliierten Streitkräfte in Paris ein, 14 Tage später mußte Bonaparte abdanken und wurde auf die Insel Elba verbannt.

Herbst 1814. – Der zehnjährige Johann Strauß erlebt in seiner Heimatstadt das größte Gesellschafts- und Politspektakel, welches die Donaumetropole in ihrer (an Ereignissen gewiß nicht armen) Geschichte jemals gesehen hat. Der »Wiener Kongreß« sollte der europäischen Landkarte wieder jenes Aussehen verleihen, das sie schon gegen Ende des 18. Jahrhunderts besessen hatte. Die Ordnung von anno dazumal sollte wieder hergestellt werden, geradeso als hätte die bürgerliche Revolution von 1789 nie stattgefunden. Den Kuchen der von Napoleon eroberten und neu geschaffenen Länder galt es schleunigst aufzuteilen.

Die europäischen Potentaten einigten sich schließlich darauf, ein Gleichgewicht zwischen Österreich, Rußland, Preußen, England und Frankreich herzustellen. Die während der napoleonischen Kriege ins Wanken geratenen aristokratischen Herrscherhäuser feierten fröhliche Auferstehung. Frankreichs Grenzen wurden auf den Stand von 1792 zurückgestutzt, Österreich konnte bedeutende territoriale Gewinne verbuchen, unter anderem die gerechtfertigte Rückgewinnung von Tirol und Vorarlberg. Aber auch die Lombardei und Venetien geriet in die Hände der Habsburger. Und in der Toskana, in Modena und Parma wurden habsburgische Sekundogenituren eingesetzt.

Das rücksichtslose Disponieren über fremde Völker sollte gerade im freiheitsliebenden Italien des 19. Jh.s gravierende Folgen haben. Der ungarische Staatsmann Kossuth kommentierte die Vorgangsweise der reaktionären Politstrategen des Wiener Kongresses mit den bedeutungsschweren Worten: »Und so hatte denn der Wiener Kongreß aus Italien, anstatt einer Dauer versprechenden Schöpfung, einen ewig gärenden politischen Vulkan gemacht.«[13]

Daß Johann Strauß Sohn ein halbes Jahrhundert später im habsburgfeindlich eingestellten Italien spektakuläre Erfolge erzielen konnte, ist der länder- und grenzüberschreitenden Genialität seiner Musik zuzuschreiben sowie einigen spezifischen Faktoren, auf die in späteren Kapiteln noch ausführlich einzugehen sein wird.

Doch zurück ins Jahr 1814. Wenn der österreichische Feldmarschall und Kongreßteilnehmer Charles Joseph Fürst von Ligne meinte: »Der Kongreß macht keine Fortschritte, er tanzt« (Le congrés ne marche, il danse), so hatte er wohl die Absicht, das Übermaß an rauschenden Festen während der Kongreßzeit bonmothaft zu charakterisieren. In Wirklichkeit steckt hinter diesem leicht hingeworfenen Ausspruch eine tiefere Wahrheit, die dem greisen Fürsten vermutlich selbst nicht bewußt gewesen ist: Die glitzernden Feste der Aristokratie konnten nämlich nicht darüber hinwegtäuschen, daß das eigentliche Hauptziel eines solchen Kongresses, nämlich Europa eine neue und gerechte politische Ordnung zu geben, überhaupt nicht erreicht wurde. Man begnügte sich im wesentlichen damit, die Beute aufzuteilen und die reaktionären Kräfte des vergangenen Jahrhunderts von neuem zu installieren. »Restauration« nannte man diesen Vorgang, der den historischen Ansprüchen zahlreicher europäischer Völker Hohn sprach.

Lajos Kossuth schrieb in seinen Memoiren: »Und dieser Kongreß, der sich rühmte, Europa eine dauerhafte Grundlage zu geben, kümmerte sich in seiner Vermessenheit weder um die Interessen noch um die Gefühle der Völker, dachte nur an die Dynastien und an die Verteilung der Macht.«[14]

Selbst Erzherzog Johann aus dem Hause Habsburg merkte kritisch an: »Es ist ein jämmerlicher Handel mit Ländern und Menschen! Napoleon haben wir und seinem System geflucht, und mit Recht; er hat die Menschheit herabgewürdigt, und eben jene Fürsten, die dagegen kämpften, treten nun in seine Fußstapfen.«[15]

Gastgeber des Wiener Kongresses ist Kaiser Franz I. von Österreich. Er hat illustre Gäste zu beherbergen: Alexander I., den Zaren von Rußland, Friedrich Wilhelm III., den König von Preußen, Friedrich IV., den König von Dänemark, Maximilian Joseph, den König von Bayern, Friedrich I., den König von Württemberg und viele andere.

Welche »Geistesgrößen« sich in jenen Monaten in der Wiener Hofburg ein Stelldichein gaben, hat Friedrich Gentz, kaiserlicher Hofsekretär und Protokollführer des Wiener Kongresses, treffend charakterisiert:

»Wenn man das Treiben des Kongresses beobachtet, so wundert man sich nicht länger darüber, daß ein Mann von Eisen wie Bonaparte ganz Europa unterwerfen konnte, und man würde für die Zukunft zittern, wenn nicht die Mittelmäßigkeit der einen der Mittelmäßigkeit der anderen die Waage hielte.«[16]

Mit einem phänomenalen Aufwand an Repräsentationsspesen hat der sonst eher knausrige Kaiser Franz den Kongreß geistiger Mittelmäßigkeit zum funkelnden Jahrhundertereignis herausgeputzt.

Die königlichen Gäste logierten samt Anhang in der Hofburg, die festlichen Redouten, Schlittenfahrten, Theateraufführungen, Kostümfeste und Lustbarkeiten aller Art finanzierte der Kaiser aus der Staatskasse, die sich trotz exorbitanter Steuereintreibungen von Tag zu Tag schwerer füllen ließ.

Insgesamt beliefen sich die Ausgaben für den Kongreß auf etwa 22 Millionen Gulden.[17] Graf de la Garde, Kongreßteilnehmer und Chronist der festlichen Ereignisse, berichtet:

»Um von der Höhe der Ausgaben des Wiener Hofs einen Begriff zu geben genügt es, wenn man hört, daß der kaiserliche Tisch täglich 50 Tausend Gulden kostete; das hieß wahrhaft kaiserlich offene Tafel halten. Man kann sich daher nicht wundern, daß die durch die Festlichkeiten verursachten Kosten des Kongresses während der fünf Monate, die er gedauert, sich

Wiener Kongreß. Luxuriöse Schlittenausfahrt mit goldbetreßten Pferdegarnituren nach Schönbrunn

auf 40 Millionen Franc belaufen haben. Vertrug sich wirklich der ernste Zweck dieser großen Versammlung, die schwierige Lage der Umstände mit dieser fröhlichen Verschwendung gleich nach dem Ende eines Krieges, der alle Quellen des Reichtums und des Vergnügens erschöpft zu haben schien?«[18]

Mit Recht mahnt der Historiker und ehemalige Burgschauspieler Fred Hennings:

»Das strahlende Licht der von tausenden Kerzen erhellten Säle der Staatskanzlei und der Adelspaläste des Kongreß-Wien verführt nur allzu leicht, über die graue Dürftigkeit breiter Schichten der Wiener Bevölkerung hinwegzusehen, denen der außerordentliche Zustrom zahlungskräftiger Fremder ihr ohnehin schon so armseliges Leben noch mehr verteuerte.«[19]

Bemerkenswert ist jedenfalls die »gezielte Einbeziehung der Unterhaltungsindustrie«[20] zur Erreichung politischer Verhandlungsziele. Mit seinen glanzvollen Festen und mondänen Tanzveranstaltungen bot der Wiener Kongreß einen geradezu idealen »Nährboden für den internationalen Triumphzug des Wiener Walzers, der zum beliebtesten Tanz dieser Zeit wurde«.[21]

Doch lassen wir den bereits erwähnten Zeitzeugen, Graf Auguste de la Garde, selbst zu Wort kommen. Über die Faszination des Kulturphänomens »Walzer« weiß er zu berichten:

»Nach dem Abgang der Souveräne begannen die Orchester Walzer zu spielen. Gleich schien sich ein elektrisches Fluidum der ganzen zahllosen Versammlung mitzuteilen. Deutschland ist das Vaterland des Walzers; in diesem Lande und besonders in Wien hat dieser Tanz bei dem musikalischen Blut der Österreicher, all den Reiz bekommen, der ihm eigen ist; man muß es nur mitansehen, wie der Herr seine Dame nach dem Takte stützt und hebt im wirbelnden Drehn und diese dem süßen Zauber sich hingibt und mit dem verschwimmenden Blick noch verführerischer wird. Man kann aber auch kaum die Macht begreifen, die der Walzer ausübt. Sobald die ersten Takte anheben, klären sich die Mienen, die Augen leuch-

Maskenball im Redoutensaal der Wiener Hofburg zur Zeit des Wiener Kongresses

ten auf und alle durchrieselt es. Die anmutigen Kreisel bilden sich, setzen sich in Bewegung, kreuzen sich, überholen sich, während die Zuschauer, die das Alter zur Untätigkeit verdammt, den Takt und den Rhythmus mit dem Fuße markieren, in Gedanken und in der Erinnerung noch in dem Vergnügen schwelgend, das ihnen versagt ist.
Man mußte diese hinreißend schönen Frauen sehen, ganz in Blumen und Diamanten, durch die unwiderstehliche Musik fortgezogen, hingegossen in den Arm ihrer Tänzer; (...). Erst die Nacht endete diese Freuden und nur die Strahlen der aufgehenden Sonne schienen dieser so animierten, blendenden Gesellschaft ein Ziel setzen zu können.«[22]

Für die Tanzesfreuden der Wiener Aristokratie war in erster Linie Joseph Wilde zuständig. Während der Kongreßzeit und auch später war Wilde als Komponist und Musikdirektor der Redoutensäle unermüdlich tätig. Er schuf eine Reihe von 12teiligen Walzerketten, unter denen »Alexander's Favorit Taenze« – komponiert zu Ehren des ungemein tanzfreudigen russischen Zaren – unbestritten zum Hit der Saison wurden. Die 12teilige Walzerkette hatte einen einzigen Nachteil: sie ohne Unterbrechung durchzutanzen, erforderte enormen physischen Kraftaufwand, dem nicht jedes Tanzpaar gewachsen war. So konnte sich der volkstümliche Konkurrent Wildes, der Tanzgeiger Michael Pamer mit seinen 5- und 6teiligen Walzerketten in der Wiener Vorstadt sehr bald einen Namen machen. Doch soll uns die weitere Entwicklung der Wiener Tanzmusik sowie der Eintritt des Johann Strauß in die Musikgeschichte des Wiener Biedermeier in den folgenden Kapiteln eingehender beschäftigen.

Titelblatt einer Tanzkomposition von Joseph Wilde. Die Cotillons und Walzer Wildes waren auch in den Jahren nach dem Kongreß tonangebend

1816–1817
Aufbruch zu neuen Ufern

Am 5. April des Jahres 1816 schwemmten die Fluten eines Seitenarms der Donau eine Leiche an das Ufer. Der Tote hieß Franz Borgias Strauß. – Hatte die unentwegte Kette von Elend, Not und Mißgeschick sich durch ein letztes Unglück schicksalhaft vollendet? Oder hat Franz Borgias sein Leben einfach nicht mehr ertragen können?
Die Version vom Selbstmord des Bierwirts aus der Leopoldstadt, der an seinen Schulden verzweifelte und mit dem Leben nicht mehr zurechtkam, ist jedenfalls bis zum heutigen Tag nicht verstummt. Doch gibt es weder einen Abschiedsbrief oder ein Testament des Verunglückten, noch eine überlieferte mündliche Äußerung, welche diese Version eindeutig erhärten könnte. Und so müssen wir uns eher dem Straußforscher Hanns Jäger-Sunstenau anschließen, der schon 1965 meinte: »Ob Franz aus Verzweiflung oder gar aus Gewohnheit zu tief ins Glas geschaut hatte und dann schwankenden Schrittes im Wasser verunglückte oder ob er mit Überlegung seinem Leben ein Ende setzte, kann man nicht entscheiden.«[1]

»Parthie beim Carolinenthor«. Im Jahre 1817 wurden die Basteien Wiens mit Alleebäumen bepflanzt und als Promenade freigegeben. Im selben Jahr wurde das Karolinentor eröffnet, ein Stadttor, das ausschließlich für Fußgänger bestimmt war und zu den Parkanlagen des Wasserglacis führte (heute I. Bezirk, Weihburggasse 26–27)

sten systematischen Violinunterricht« erteilt haben soll.[8] Dieser wertvolle Hinweis wurde in späteren Biographien leichtfertigerweise bagatellisiert bzw. vernachlässigt. Erst in jüngster Zeit hat der engagierte Wiener Straußforscher Herbert Krenn recherchiert, daß es diesen Musiklehrer tatsächlich gegeben hat.[9] Es handelt sich dabei um den aus Wiener Neustadt stammenden Johann Pollischanzky, der in Wien in verschiedenen Theaterhäusern als Orchestermusiker tätig war und seinen Wohnsitz in der Leopoldstadt Nr. 538 (heute Ferdinandstraße 25) hatte, »also nur knappe zwei Minuten Gehzeit von der Lehrstätte Strauß' entfernt«.[10]

Zu jener Zeit musizierte der um 3 Jahre ältere Joseph Lanner, Sohn des Handschuhmachers Martin Lanner, angeblich bereits als Geiger in der Tanzmusikkapelle Michael Pamers. Es sollte noch einige Jahre dauern, bis es zur schicksalhaften Begegnung zwischen Johann Strauß und Joseph Lanner kam. Eine Begegnung, die das ungeheure musikalische Potential zweier außergewöhnlicher Talente aufeinanderprallen ließ und potenzierte. Über sich hinauswachsend war es letztlich beiden bestimmt, eigene künstlerische Wege zu beschreiten und der Tanzmusik des Wiener Biedermeier den unverwechselbaren Stempel musikalischer Genialität aufzuprägen.

Das polytechnische Institut neben der Karlskirche um 1820. (heute Technische Universität, Karlsplatz). – Dieses 1816 im spätklassizistischen Stil errichtete Gebäude war als technische Lehr- und Versuchsanstalt eines der ersten seiner Art in Europa. Johann und Joseph Strauß (Söhne von Johann Strauß Vater) frequentierten im Jahre 1841 als Studenten die »kommerzielle Abteilung des k. k. polytechnischen Institutes«. 1872 wurde das Polytechnikum zur Technischen Hochschule erhoben, 1975 erfolgte die Umbenennung in »Technische Universität«

1818–1820
Aufforderung zum Tanz. Von Pamer und Drahanek zu Strauss und Lanner

Wer in den spätherbstlichen Abendstunden des Jahres 1818 seine Schritte durch das alte Kärntnertor lenkte, um einen kleinen Bummel in der Wiener Innenstadt zu machen, hatte allen Grund zu staunen: zwei engverwinkelte Straßenzüge abseits der Kärntnerstraße erstrahlten in ungewohnt hellem Licht und luden unwiderstehlich zur abendlichen Promenade ein. 25 Gaslaternen, versuchsweise aufgestellt, leuchteten um die Wette, als wollten sie die Nacht zum Tag machen. Staunen und jubelnde Begeisterung der Bevölkerung. Wie freundlich hell und fröhlich die Stadt doch aussah bei diesem wundersamen Licht, welches – so hofften alle – das Zeitalter der schmutzigen, trüb flackernden Öllampe rasch beenden sollte.

Schon seit zwei Jahren hatte Josef Prechtl, Physiker, Naturforscher und Direktor des Polytechnischen Instituts, daran gearbeitet, eine Anlage zur Erzeugung von Steinkohlegasen herzustellen. Erste Versuchserfolge hatten ihm bereits ermöglicht, Werkstätten, Stiegen und

Das alte Kärntnertor, einer der Zugänge in die Wiener Innenstadt (heute Kärntnerstraße, Ecke Walfischgasse). Abgebrochen 1861 im Zuge der Demolierung der Basteien

Gänge des Polytechnikums nach der neuen Methode auszuleuchten. Nun wagte Prechtl einen zweiten Schritt. In den Kasematten der alten Stadtmauer beim Kärntnertor baute er eine Kohlengasproduktionsanlage ein, mit der die Laternen der Krugergasse und der Walfischgasse versorgt werden konnten. Triumph der Technik und des menschlichen Erfindergeistes: Die erste funktionierende Leuchtgasanlage auf dem europäischen Kontinent war geschaffen![1]

Korrekterweise muß festgehalten werden, daß diese ersten Leuchtgaslampen nur aus einem geschlossenen Rohrstutzen mit kleinen Löchern bestanden, aus denen das Gas ausströmte. Sie waren nicht annähernd so hell wie der 1885 von Auer von Welsbach erfundene »Gasglühstrumpf«. Und dennoch war es ein Quantensprung in die Zukunft städtischer Lebenskultur.

Nach diesen ersten Versuchen dauerte es noch gute 20 Jahre, bis (1839) eine »Österreichische Gesellschaft zur Beleuchtung mit Gas« in der Roßau eine Gaserzeugungsanlage in Betrieb setzte, welche auch ein größeres Rohrnetz versorgen konnte.

Der Beginn eines neuen technologischen Zeitalters hellte nicht nur die Straßenzüge auf, sondern auch die Gemüter der Wiener Bevölkerung. Ein politisch offenes, liberales Gesellschaftsklima war allerdings unter einem Staatskanzler Metternich und einem Polizeiminister Sedlnitzky nicht möglich. Für den selbstbewußten, geistig regen Bürger war die »Wiener Luft« denkbar dünn, befand er sich doch nach wie vor im Korsett von Spitzeltum und staatlicher Zensur.

Eine politisch wahrhaft ungefährliche Dichter- und Künstlervereinigung mit dem romantischen Namen »Die Ludlamshöhle« rief im Jahre 1818 der Wiener Journalist und Dichter Ignaz Franz Castelli ins Leben. Daß Castelli seine beiden ihm treu ergebenen Hunde »Sedl« und

Der Graben in Wien. »Nach der Natur gezeichnet« von Rudolf Alt. Kolorierte Lithographie von X. Sandmann

»Nitzky« nannte und sie in aller Öffentlichkeit auch so rief, hat ihm der Wiener Polizeichef von Metternichs Gnaden vermutlich nie verziehen.

Die »Ludlamshöhle« befand sich in einem Hinterzimmer des Gasthauses Haidvogel am Graben (heute Haus Nr. 30), wo sich ihre Mitglieder fast täglich trafen. Auch Franz Grillparzer, der bedeutendste österreichische Dramatiker des Vormärz, gehörte zu den geselligen Herren dieser Vereinigung. Die »Ludlamisten« unterschieden sich von anderen Geselligkeitsvereinen des Biedermeier durch ihre Riten und Gebräuche. Eine besondere Spezialität war die skurril-humorvolle Namensgebung ihrer Mitglieder. (Die weltweit verbreiteten »Schlaraffen« huldigen heute noch diesem schönen Brauch). So hieß beispielsweise der Hofmusiker Sellner, der ein hervorragender Oboist war, »Hochholz von Sankt Blasius«. Carl Maria von Weber, der während seiner Wienaufenthalte eifriger Besucher der »Ludlamshöhle« war, wurde aufgrund seines überragenden »Freischütz«-Erfolges mit dem Namen »Agathus der Zieltreffer, Edler von Samiel« ausgezeichnet. »Der Polizei war diese humoristische Vereinigung höchst verdächtig, da man in der Gesellschaft eine Tarnung für staatsgefährliche Umtriebe witterte.«[2] Tatsächlich wurde die »Ludlamshöhle« einige Jahre später im Rahmen einer großangelegten Polizeirazzia aufgelöst und verboten. Keinem der Mitglieder konnte aber jemals etwas Belastendes nachgewiesen werden.

Der früher schon erwähnte Carl Maria von Weber, der bereits 1803 zum erstenmal in Wien weilte und sich als Pionier der deutschen romantischen Oper für alle Zeiten ins Buch der Musikgeschichte eingetragen hat, schuf 1819 ein zauberhaft-brillantes Werk, das in der Geschichte der Klaviermusik einzigartig dasteht. »Aufforderung zum Tanz« heißt dieses vital beschwingte Opus, in welchem »der Walzerrausch der tanzlustigen Biedermeierzeit in konzertante Form gefaßt worden ist«.[3]

In genialer Ahnung hat Weber die spätere Form des Wiener Walzers vorweggenommen. Einem achttaktigen Vorspiel feierlich-nachdenklichen Charakters folgt eine Kette von vier unterschiedlichen, höchst anmutigen Walzern, deren letzter nach stürmischer Erregung plötzlich abreißt und einem ruhig-friedlichen Nachspiel Platz macht. Walzerkette, Vor- und Nachspiel: die formale Synthese war geglückt, das Bild hatte einen Rahmen.

Weber selbst hat seinem musikalischen Geniewurf ein »Programm« unterlegt: Der Tänzer wirbt um seine Dame, die ihm nach anfänglicher Zurückhaltung den Tanz gewährt. Die Konversation der Tänzer findet ihren Niederschlag im Wechsel leidenschaftlich drängender Melodieanläufe und zart verhaltener musikalischer Erwiderung.

Carl Maria von Weber mit einer Illustration der »Wolfsschluchtszene« aus der Oper »Der Freischütz«

Kein geringerer als Hector Berlioz, Großmeister frühromantischer Instrumentationskunst, hat das zauberhafte Weber'sche Klavierwerk in eine wirkungsvolle Orchesterfassung übertragen.

So naheliegend es wäre, Webers »Aufforderung zum Tanz« als Auslöser und Vorbild für die weitere Entfaltung der Wiener Tanzmusik anzusehen, muß doch mit Nachdruck darauf hingewiesen werden, daß die Entwicklung des Wiener Walzers weitgehend unabhängig von diesem solitären Ereignis stattgefunden hat. Auch der namhafte Wiener Straußforscher Eberhard Würzl weist darauf hin, daß man Webers »Aufforderung zum Tanz« »nicht schlechthin als das Vorbild für die ›Walzerpartien‹ von Lanner und Strauß ansehen sollte«[4] und erwähnt in diesem Zusammenhang den »entscheidenden Anteil von Michael Pamer an der Entwicklung des Wiener Walzers«, aber auch den Einfluß des »begeisterten Lanner-Zuhörers Franz Schubert«. Immerhin hatte letzterer in den Jahren zwischen 1815 und 1827 rund 120 Walzer für das Klavier komponiert und als genialer Melodiker wie kein anderer die erstarrten Formen althergebrachter höfischer Tanzmusik von ihren Fesseln befreit.

Wer aber war nun dieser Michael Pamer?

Zweifellos gehörte er zur ersten Generation echt wienerischer Tanzgeiger des 19. Jh.s. Schon in der Zeit des Wiener Kongresses spielte Pamer in der »Goldenen Birne« auf der Landstraße, beim »Sperl« in der Leopoldstadt oder beim »Schwarzen Bock« auf der Wieden mit seinem Ensemble auf und sicherte den jeweiligen Wirtsleuten den erwünschten Zustrom tanz- und musikfreudiger Gäste. Seit 1815 erschienen Pamers Kompositionen in mehreren Wiener Verlagen. Drei Jahre später wurde der unermüdliche Tanzgeiger Musikdirektor des inzwischen berühmt gewordenen Etablissements »Zum Sperl« und bezauberte sein Publikum mit seinen 5- und 6teiligen Walzerpartien. Pamers Walzerabschlüsse erhielten erstmalig auch thematisches Material aus den vorausgegangenen Tanzabschnitten. Die Coda bekam eigenständige musikalische Bedeutung. Er setzte damit formale Maßstäbe, die ganz ohne Zweifel das Schaffen Lanners und Strauß' beeinflußt haben.

Unbewiesenen Gerüchten zufolge hat sich Pamer in späteren Jahren im Übermaß dem Alkohol ergeben, was auch zum Niedergang seiner Kapelle geführt haben soll. Dieses Klischee fügt sich zwar prächtig in die Dramaturgie sensationsgeladener Roman-Sujets, ist aber letztlich nicht nachweisbar.

Außer Frage steht, daß Lanner, Strauß und Pamer 1819 einander bereits kannten. Unrichtig ist hingegen, daß sich Strauß und Lanner als Orchestermitglieder in der Pamerschen Kapelle begegnet sind und dort gemeinsam musiziert haben.

Eine Mitgliedschaft Lanners ist bis heute nicht nachweisbar, der junge Strauß stieß vermutlich 1819 als Aushilfsgeiger zur Musikkapelle Pamers. Da er damals noch Buchbinderlehrling war, hatte er wohl kaum Zeit, an regelmäßigen Tanzveranstaltungen teilzunehmen und sich die Nächte um die Ohren zu schlagen. Eine permanente Mitwirkung ist daher wohl eher »in der Zeit zwischen der Beendigung der Buchbinderlehre im Jänner 1822 und dem Eintritt in die Lanner'sche Formation im Frühjahr 1823«[5] zu vermuten.

Am 22. Mai des Jahres 1819 herrschte am rechten Ufer des Donaukanals bei der Schlagbrücke aufgeregtes Leben und Treiben: Ein riesiges Prunkzelt, welches für die Mitglieder des Kaiserhauses zum Empfang bereitstand, zog tausende Schaulustige aus Stadt und Vorstadt an. Neugierde, Sensationslust, aber auch echtes Interesse an baulichen Veränderungen der Residenzstadt ließ die Bevölkerung in Scharen herbeiströmen. Frühlingshafte Fest- und Aufbruchsstimmung erfüllte die wogende Menge. Nach dem Abbruch der alten hölzernen Schlagbrücke[6] kam es an diesem Tag zur Grundsteinlegung der neuen, modernen Nachfolgebrücke, die exakt an derselben Stelle ihren Platz finden sollte. Mit der Errichtung der »Ferdinandsbrücke« – benannt nach dem habsburgischen Thronfolger – eröffneten sich den Wienern neue architektonische Horizonte. Der Bau der neuen Brücke über den Donauarm – fertiggestellt im November desselben Jahres – ist zweifellos als technische Großleistung jener Zeit zu werten: Der aus Quadersteinen errichtete mächtige Mittelpfeiler der Konstruktion wurde mittels eines Senkkastens in die Donau gesetzt, eine sensationelle Art des Unterwasserbaues, den man gerade erst in England und Frankreich versuchsweise angewendet hatte.

Wie auch die Abbildung deutlich zeigt, wies die neu errichtete Brückenkonstruktion mit unterteilten Geh- und Fahrwegen eine Verkehrskapazität auf, die den alten hölzernen Übergang um ein Vielfaches übertraf. Die bequeme Zufahrt in die Leopoldstadt ließ auch das Wirtschaftsleben der Vorstadt nachhaltig aufblühen.

Prägnantestes Beispiel dafür ist wohl Ignaz Wagners neues Kaffeehaus bei der Schlagbrücke. Mit enormem Kostenaufwand hatte der wohlhabende Cafetier, der auch Kaffeehäuser im Prater besaß, direkt an der Brücke ein altes verfallenes Gebäude zu einem dreistöckigen Haus umbauen lassen. Den Entwurf dazu hatte kein Geringerer als Josef Kornhäusl, der bedeutendste Biedermeierarchitekt, geschaffen. Parterre und erster Stock enthielten großartige »feenhaft« ausgestattete Räume, die die Vorübergehenden zum Verweilen einluden. In den darüberliegenden Stockwerken befanden sich Mietwohnungen und das private Domizil der Familie Wagner.

Weit über Lokalhistorisches hinausgehend, hat dieses Haus kulturgeschichtliche Bedeutung:

Die 1819 errichtete »Ferdinandsbrücke«, welche die Innenstadt mit der Leopoldstadt verbindet. Links von der Brücke das Wagner'sche Kaffeehaus, rechts von der Brücke die Kaffeehäuser »Hugelmann«, »Stierböck« und »Jüngling«. In letzterem konzertierte Joseph Lanner mit den Brüdern Drahanek

Ferdinand Raimund, der als junger Schauspieler eben seine ersten Sporen in Wien verdiente, lernte in diesem Hause des Cafetiers Tochter Antonia Wagner kennen, mit der ihn bis ans Ende seines Lebens eine wechselhaft-dramatische Beziehung verband. In späteren Jahren lebte Raimund sogar im Wagner'schen Hause. Die Errichtung des neuen Kaffeehauses durch Ignaz Wagner war wohl ein wirtschaftliches Risiko, befanden sich doch in unmittelbarer Nachbarschaft drei weitere alteingesessene Etablissements: Hugelmanns Kaffeehaus mit den prächtigsten Billardsälen Wiens, gleich daneben »Stierböck's Caffeehaus« mit seinem gläsernen Balkonvorbau, der den Besuchern eine prächtige Aussicht auf den vorbeifließenden Donauarm gestattete, und schließlich »Jünglings Kaffeehaus an der Donau«, dessen verglaster Terrassenvorbau sich in Richtung Jägerzeile erstreckte und tausende Besucher anlockte. Bald entwickelten sich die Leopoldstädter Kaffeehäuser am Donaukanal – vor allem auch wegen ihrer Nähe zur Innenstadt – zu einem quirligen Ort menschlicher Begegnung.
Bereits 1819 hatte sich Joseph Lanner als Primgeiger mit den Brüdern Johann und Carl Drahanek zu einem musikalischen Terzett zusammengeschlossen und debütierte mit großem Erfolg in Jüngling's elegantem Etablissement. Wenige Jahre später stieß der junge Strauß, der neben der Violine auch die Bratsche trefflich spielte, zu dieser allseits beliebten Tanzmusikformation und erweiterte sie zum Quartett.
Wurzbach berichtet in seinem »Biographischen Lexikon des Kaiserthums Österreich« bereits 1879 darüber:
»Eben um diese Zeit, 1819, spielte Lanner mit den Brüdern Drahanek öfter im Gasthause ›Zum grünen Jäger‹ in der Leopoldstadt und im Jüngling'schen Kaffeehause. Dieses musikalische Kleeblatt war seines trefflichen Zusammenspiels wegen sehr beliebt, und nachdem Strauß es einige Male gehört hatte, gerieth er auf den Gedanken, sich ihm als Vierter anzu-

Carl Drahanek: »Carnevals-Späße« op. 7. Titelblatt der Erstausgabe für Klavier

schließen. Lange zögerte er aus Schüchternheit, doch als er endlich so viel Muth gewann, seinen Antrag vorzubringen, wurde derselbe angenommen und Strauß der College Lanners. Dies fand im Frühling 1823 statt«.[7]
Die Brüder Johann und Carl Drahanek stammten aus dem Waldviertel und waren typische Vertreter der Wiener Unterhaltungsmusik des frühen 19. Jh.s. Sie beherrschten vorzüglich das Violin- und Gitarrespiel und profilierten sich Anfang der 20er Jahre mit zahlreichen eigenen Kompositionen. Durch das – zumindest vorübergehende – Zusammenwirken mit Lanner und Strauß sicherten sie sich einen dauerhaften Platz in den Annalen der Wiener Tanzmusikgeschichte. Später machten sich die Brüder als Kapellmeister in Wien selbständig und wirkten in der Donaumetropole bis weit in die zweite Hälfte des 19. Jh.s hinein als Tanzmusiker, ohne jedoch die weltweite Popularität der Strauß-Familie zu erlangen.
»1819« scheint überhaupt das Jahr der »Kaffeehausgründungen« in Wien gewesen zu sein. Ihren ersten Aufschwung erlebte die Wiener Kaffeehauskultur Ende des 18. Jahrhunderts unter Kaiser Joseph II. – Nach den Schilderungen damaliger Reisender waren diese frühen Stätten des Koffeingenusses allerdings sehr bescheiden ausgestattet und weit entfernt von jenem Kaffeehausflair, welches die Donaumetropole später weltweit berühmt machen sollte. Daß die neuen Formen gesellschaftlicher Kommunikation erst in den 20er Jahren des 19. Jahrhunderts wirkungsvoll einsetzen konnten, ist erklärbar: Zu sehr hatte die Kaiserstadt unter kriegerischen Ereignissen, Hungersnöten, Währungskatastrophen und Depressionen gelitten, wie in früheren Kapiteln bereits ausführlich dargestellt worden ist.

Die beginnende Industrialisierung hat zweifellos althergebrachte gesellschaftliche Strukturen aufgebrochen und verändert. Mit dem Ende der Handwerkszünfte und dem Entstehen fabrikmäßig organisierter Produktionsstätten drifteten Wohnort und Arbeitsstätte immer mehr auseinander. Das Bedürfnis der Menschen, die Freizeit sinnvoll und kommunikativ zu nutzen, Nachrichten auszutauschen, Regeneration zu finden, wuchs. Die Kaffeehäuser erwiesen sich dabei – mehr noch als Wirtshäuser – als vortrefflicher Ort der Begegnung. Sie waren gewissermaßen »zu einem neutralen Boden geworden, wo man ohne Rücksicht auf ›ständische Abgeschlossenheit‹ über Politik, Literatur, Kunst, Verkehr und Gewerbe diskutieren konnte«.[8]
Zu den schillerndsten Gestalten biedermeierlicher Kaffeehauskultur in Wien zählte der Italiener Pietro Corti. 1819 erhielt dieser umtriebige Geschäftsmann und Politagent für geleistete Spitzeldienste zugunsten der Habsburger vom Kaiser die Erlaubnis, ein altes, bestehendes Gebäude auf der ehemaligen Löwelbastei als Kaffeehaus einzurichten. (Heute steht an dieser Stelle das Wiener Burgtheater).
Eine Flugschrift aus dem Jahre 1825 beschreibt das Innere des Gebäudes:
»In demselben ist zu ebener Erde ein schöner Saal, der abends durch eine angemessene Zahl argandischer Lampen erleuchtet ist. Rechts im Innern dieses zierlichen Hauses ist die Kredenz, wo Kaffe, Chocolade und Erfrischungen serviert werden, eben daselbst werden auch Mineralwässer gereicht. Im oberen Stockwerk ist ein Billard- und zwey Nebenzimmer. Von hier aus übersieht man den k. k. Volksgarten und eine große Partie der benachbarten Vorstädte.«[9]
Der Berliner Schriftsteller Adolf Glaßbrenner, der 1835 als Gast in Wien weilte, kommentierte die Kaffeehausleidenschaft des Wieners humorvoll, ohne den sozialpolitischen Hintergrund aus den Augen zu verlieren.
»Der Kaffee ist seit dem Jahre 1683, nach der zweiten Türkenbelagerung, das Lieblingsgetränk der Wiener geworden, und noch zu jeder Stunde des Tages schlürfen sie ihn mit einer

Wollust hinunter, als seien sie eben von dem glücklichen Feldzug gegen die bunten Barbaren heimgekehrt. Das Kipfel, ein wohlschmeckendes Gebäck, wie ein türkischer Säbel geformt, erhöht noch die Illusion, und den Wiener kann die kleinste Illusion glücklich machen. Das wissen die Machthaber und machen ihn ungeheuer glücklich; sie wälzen ihn aus einem Genuß in den andern, bis ihm in einem leichten Rausche der Himmel voller Geigen hängt. Aber auf dem Lande und in den kleinen Provinzialstädten sieht es oft nicht so heiter aus, da hängt der Himmel nicht voll Geigen, sondern voll Flöten ohne Löcher.«[10]

Die anmutige Kaffeehaus- und Gartenanlage des Paradeisgartls sollte in den folgenden Jahrzehnten – geradeso wie das später errichtete Volksgarten-Café – zum exklusiven Treffpunkt des musikliebenden Wiener Bürgertums avancieren. Joseph Lanner und Johann Strauß Vater haben hier unvergeßliche Spuren ihres Wirkens hinterlassen. Wir werden diesen bedeutenden Ereignissen in späteren Kapiteln nachspüren.

Über die Wiener Basteien, jenen Festungswerken, die zur Zeit der Türkenkriege unentbehrlich waren, seit Napoleon jedoch jeden strategischen Nutzen verloren hatten, wehte nunmehr der Frühlingshauch beschwingter Tanzmusik. Und Metternich hatte diesmal keinen Einwand.

Cortis Kaffeehaus im Paradeisgartl auf der Bastei. (Heute steht auf diesem Areal das Wiener Burgtheater). Links im Hintergrund der Musik-Pavillon

1821–1822
Wien im Rampenlicht. Die Stunde des Theaters

Soweit man zurückdenken kann, hat Österreichs Hauptstadt Theatertradition. Die Wurzeln dieser Entwicklung gehen zurück ins Mittelalter. Mysterienspiele und barockes Jesuitentheater setzten erste bedeutsame Akzente einer städtischen Theaterkultur. Aber auch die Hanswurstiaden eines Thaddädl, Laroche, Staberl – und wie die Spaßmacher sonst noch alle heißen mochten – haben dem einfachen Wiener Bürger seit Jahrhunderten Abwechslung und Unterhaltung gebracht, haben seinen Sinn geschärft für Witz, Satire und urwüchsigen Humor.

Die beginnenden 20er Jahre des 19. Jahrhunderts zeichneten sich durch eine reiche Blüte bemerkenswerter Theateraktivitäten aus, die selbst den eingefleischten Liebhaber Wiener Bühnenkunst in Erstaunen versetzten. Das bürgerliche Kulturleben öffnete neue Horizonte.

Vorangegangen war den »Theaterjahren« 1821 und 1822 ein Knalleffekt:

Am 6. Mai 1819 war in der k. k. privaten Wie-

Das Theater an der Wien zu Beginn der 20er Jahre des 19. Jahrhunderts. Seitenansicht mit »Papagenotor«. Das vor dem Theater liegende Areal ist heute völlig verbaut. Die von Häuserschluchten eingeengte Papagenogasse gewährt jedoch einen Blick zum Papagenotor

ner Zeitung die Anzeige erschienen, daß das Theater an der Wien, welches vor dem finanziellen Zusammenbruch stand, versteigert werden sollte und in der Lotterie zu gewinnen sei![1] Trotz seiner enormen Schuldenlast verkörperte das traditionsreiche Theater mit seinem Fundus einen Immobilienwert von annähernd viereinhalb Millionen Gulden.

Wer nun das richtige Los zog, aber dennoch keine Lust verspürte, Eigentümer oder gar Theaterdirektor dieses Unternehmens zu werden, konnte sich seinen Gewinn mit 300.000 Gulden ablösen lassen. 221.000 Lose zu je 20 Gulden wurden tatsächlich verkauft. Am 1. September 1820 wurde der Haupttreffer gezogen: ein Weinhändler aus dem ungarischen Städtchen Tyrnau namens Mayer war der glückliche Gewinner. Der musisch völlig unbedarfte Rebensaftvertreter war klug genug, auf das gewonnene Theatergebäude zu verzichten und sich statt dessen mit der Abfindung von 300.000 Gulden zufriedenzugeben.

Der bankrott gegangene Theaterdirektor Ferdinand Graf Pálffy aber erhielt auf diese Weise nicht nur sein Theater zurück, sondern hatte mit einem Schlag auch noch eine ansehnliche Summe Betriebskapital in Händen, mit welchem die bauliche Substanz des Theatergebäudes saniert werden konnte. 1821 errichtete Pálffy rund um den bisher freien Theaterplatz weitere Zubauten, die heute noch bestehen.

Die unbürokratische Genehmigung, das bankrotte Theater in einer Lotterie auszuspielen, hatte Pálffy von Kaiser Franz deswegen so rasch erhalten, weil die aus der Privatschatulle des Kaisers investierten Darlehen samt Zinsen nun endlich zurückgezahlt werden konnten. Nichts lag dem »guten Kaiser Franz« ferner, als einem in Not geratenen Kulturbetrieb Geld zu schenken.

Die wahrhaft »volksnahe« Geldbeschaffungsaktion war nichts anderes als ein Spiel mit der offensichtlich unausrottbaren Hoffnung des einfachen Bürgers, auf einen Schlag reich werden zu können. Es sollte in der Wiener Theatergeschichte nicht zum letztenmal gespielt werden! Für den Menschen des 21. Jahrhunderts besteht durchaus kein Grund, einen »Finanzierungs-Coup« dieser Art mitleidig zu belächeln. Staatshaushalte und Regierungsbudgets zahlreicher Länder werden heute noch immer durch staatliche und private Lotteriesysteme kräftig aufgefettet.

Wohl weniger die Ironie des Schicksals, als vielmehr die merkantile Unfähigkeit des theaterbesessenen, wirklichkeitsfremden Grafen Pálffy brachte es mit sich, daß ein Jahr später die Schuldenlast des Theaters an der Wien schon wieder so groß wie vorher war. Nach weiterem Anwachsen des Schuldenberges blieb Pálffy nichts anderes übrig, als das geschichtsträchtige Haus zu schließen. Am 31. Mai 1825 fand die letzte Vorstellung unter seiner Direktion statt. Das zuletzt aufgeführte Stück trug den beziehungsvollen Titel »König Ottokars Glück und Ende«.

Den jungen Tanzmusiker Johann Strauß, der eben im Begriffe stand, seine Buchbinderlehre zu beenden, haben die finanziellen Geschicke des Theaters an der Wien im Jahre 1821 wohl weniger berührt. Freilich konnte er nicht wissen, ja nicht einmal ahnen, daß die weltumspannende Karriere seines erstgeborenen Sohnes ein halbes Jahrhundert später gerade mit diesem Theater unlösbar verbunden sein sollte.

Wollen wir den Aufbruch Wiens zur Welttheaterstadt umfassend würdigen, müssen wir noch ein wenig im Jahre 1821 verweilen. Die Entwicklung des Musiktheaters in der Kaiserstadt wäre nur unvollständig dargestellt ohne die Nennung des klangvollen Namens Domenico Barbaja.

Der Mann, der – überraschend für viele Wiener – vom österreichischen Kaiserhaus das Kärntnertortheater gepachtet hatte, war nicht nur Italiener, sondern ein höchst erfolgreich agierender kapitalistischer Unternehmer.

Begonnen hatte Barbaja als Kaffeehauskellner, das große Geld verdiente er jedoch als Waffenschieber. Bald nannte er eine Zahl von Spielhöllen und Casinos sein eigen und beschloß schließlich, als Impresario ins Theatergeschäft einzusteigen. Nachdem er die beiden führenden Opernhäuser San Carlo in Neapel und die Mailänder Scala als Pächter in die Hand bekommen hatte, galt er als reichster Impresario Italiens. Irgendwann scheint ihm der Boden unter den Füßen zu heiß geworden zu sein, denn 1821 emigrierte er samt seiner Operntruppe nach Wien mit der erklärten Absicht, der italienischen Oper in der Donaumetropole zum endgültigen Durchbruch zu verhelfen.

Seinen größten Triumph verdankte er einem Mann, der an ihn vertraglich gebunden war und der ihm alljährlich zwei neue Opern komponieren mußte, wofür dieser außer einem beachtlichen Jahresgehalt auch noch eine perzentuelle Beteiligung an den Umsätzen Barbajas erhielt: Der Mann hieß Giaocchino Rossini.

Getreu dem Motto »Figaro hier, Figaro da« (welches seinem populärsten Werk, dem »Barbier von Sevilla« entstammt), löste Rossini in den Folgejahren einen italienischen Operntaumel in Wien aus, der – sehr zum Leidwesen Beethovens, Schuberts und Webers – alle Grenzen der Vernunft sprengte.

»Rossini, das reiche und unerschöpfliche Genie, war der einlullende Orpheus der Kongreß- und Restaurationszeit kalkulierender Diplomaten, jubelnder Fürsten und bald murrender Völker. Das männliche Tun war vorüber. So wurde nun alle Welt einstweilen musikalisch und tauchte sich in die weichen und schmeichelnden Wellen der süßen italienischen Kantilene«[2] – so kommentierte Eduard von Bauernfeld, Schubertfreund und hellsichtiger Kritiker, in seinen »Erinnerungen aus Alt-Wien« den kulturpolitischen Marktwert Rossinis. Der deutsche Philosoph Georg Wilhelm Friedrich Hegel, der 1822 in Wien weilte, schrieb an seine Frau: »So lange ich Geld für die italienische Oper habe, gehe ich von Wien nicht fort.«

Der damals mit Leidenschaft und Vehemenz geführte »Wiener Opernkrieg« zwischen Anhängern der deutschen und italienischen Opernrichtung entlockt uns heute im Zeitalter globaler Weltkultur ein amüsiertes, wenn auch verstehendes Lächeln. Längst stehen für uns Beethovens »Fidelio«, Rossinis »Barbier von Sevilla« oder Carl Maria von Webers »Freischütz« als Kulturdokumente gleichbedeutend nebeneinander.

Unzweifelhaft ist, daß der junge Johann Strauß die spritzig-charmante Melodik und Rhythmik des »Schwans aus Pesaro« – wie man den Maestro aus Italien liebevoll nannte – tief und nachhaltig in sich aufgenommen hat. Schon wenige Jahre nach Rossinis furiosem Einstand in Wien schlägt sich dessen funkelnde Brillanz, die erfrischend-belebende Leichtigkeit der Melodien-

Giaocchino Rossini, der »Schwan von Pesaro«

führung, vor allem aber die dynamische Schattierungskunst des italienischen Klangzauberers in den Frühwerken des ersten Wiener Walzerkönigs deutlich nieder.
Daß Strauß Vater über die »Buffonerien« des italienischen Meisters kompositorisch bald hinausgewachsen ist, spricht für die Genialität und Eigenpersönlichkeit seiner künstlerischen Entwicklung. Doch davon wird später noch eingehend zu berichten sein.
Am 18. Juni 1821 erlebte Carl Maria von Webers Oper »Der Freischütz« seine Uraufführung im Berliner Schauspielhaus. Dieses Datum gilt allgemein als Geburtsstunde der deutschen romantischen Oper. Die naiv-verträumte, aber auch gruselig-gespenstische Geschichte von Max, dem Jägerburschen, der einen Probeschuß ablegen muß, um die Tochter des Erbförsters als Braut heimführen zu dürfen, sich dabei dem Teufel verschreibt und in der Wolfsschlucht »Freikugeln« gießt, hat innerhalb kürzester Zeit einen einzigartigen Siegeszug um die ganze Welt angetreten.

Carl Maria von Weber. Der Komponist der Oper »Der Freischütz«. Ihm kommt das Verdienst zu, den Walzer noch vor Strauß und Lanner in den Rang eines Kunstwerks erhoben zu haben

Zum Unterschied von vielen banalen, künstlich aufgeblähten Librettis heute vergessener Textdichter, bot die Freischütz-Thematik unvergleichlich mehr als die musikalische Umsetzung einer beliebigen Opernschablone. Der Kampf des Guten und Edlen im Menschen, der gegen die Mächte des Bösen siegreich endet, das Auftreten finsterer, reaktionärer Kräfte, die sich des Aberglaubens und der Einschüchterung bedienen, und der letztlich durchbrechende und erlösende Sieg der Vernunft ist in Wirklichkeit ein hochbrisantes, ideologisches Programm, das den geistigen Aufbruch eines neu entstehenden Bürgertums signalisierte. Eines Bürgertums, das gewillt war, seinen politischen Horizont ohne Bevormundung und Zensur selbst abzustecken und sich neu zu definieren.
Folgerichtig und historisch unvermeidbar hatte Webers »Freischütz« bald nach der erfolgreichen Berliner Uraufführung auch in Österreich ein kulturpolitisches Erdbeben ausgelöst. Daß dies in einem Land möglich war, das – nach Bauernfeld – »eine starre und unfruchtbare Felseninsel der Reaktion« geworden war, »an deren Klippen sich die heranflutenden Wogen der Kultur und Freiheit fruchtlos brachen«[3], war die eigentliche Sensation.
Als der »Freischütz« am 13. November 1821 zum erstenmal über die Bretter des Wiener Kärntnertortheaters ging, erlebte Weber zwar eine böse Überraschung: Die Zensur hatte es für notwendig befunden, die Jagdflinten der Jäger durch Armbrüste zu ersetzen, da alle mit Pulverdampf verbundenen pyrotechnischen Veranstaltungen auf Österreichs Bühnen verboten waren, aus den Freikugeln wurden folgerichtig »Freibolzen«. Auch die Gestalt des »Samiel« wurde verboten, da er »antichristliches Gedankengut« symbolisierte. Ja selbst der from-

me Eremit, der im letzten Akt der Oper in Erscheinung tritt, war dem Polizeiminister suspekt, da jener laut Textbuch »in die Anordnungen eines Landesfürsten einzugreifen wagte.« Die Wiener Premiere wurde also in verstümmeltem Zustand präsentiert, was Weber, der »ohnmächtig« im Parkett saß, mit Entsetzen mitansehen mußte.

Trotz dieser massiven Beeinträchtigungen war der Erfolg durchschlagend. Unter den Anwesenden, die begeistert Beifall spendeten, befanden sich auch Schubert und Beethoven.

Als Weber nach hartnäckigen bürokratischen Kämpfen mit der Zensurbehörde endlich doch erreichte, daß der »Freischütz« wenigstens in großen Zügen so gespielt werden durfte, wie es im Regiebuch stand, kannte der Enthusiasmus der Wiener keine Grenzen mehr. Am 7. März 1822 dirigierte Weber – gesundheitlich bereits sehr angegriffen – sein epochales Werk persönlich unter nicht endenwollendem, tosenden Applaus.

Das Melodiengut aus dem »Freischütz« ist seither zum Weltkulturgut der Menschheit geworden. In unzerstörbarer Frische ertönen auch heute noch in den großen Theaterhäusern der Welt die erdverbundenen Naturklänge der »Freischütz«-Ouverture, das zum Schlager mutierte Brautlied »Wir winden dir den Jungfernkranz« – von Heinrich Heine satirisch, aber erfolglos verspottet[4] –, der furchterregende Höllenspektakel der mitternächtlichen Teufelsbeschwörung, aber auch der unverdorben-frische Bauernwalzer, den die Landbevölkerung in der Waldschenke stampfend aufs Parkett legt. In seinem »Jägerchor« bringt Weber die Frische des Waldes und die Freuden der Jagd »mit so unwiderstehlichem Schwung und mit so bestrickendem Zauber durch die Hörner zum Ausdruck, daß nicht mehr die Bühne vor uns steht,

Das k. k. Kärntnertortheater. Heute steht an dieser Stelle das Hotel Sacher. Der Haupteingang zum Theater lag etwa dort, wo sich heute das Café Mozart befindet. Das Kärntnertortheater wurde 1870 abgerissen und durch die k. k. Hofoper ersetzt

sondern der echte Wald in seiner vollen Pracht; wir atmen Tannenduft und Erdgeruch aus dieser herrlichen Musik.«[5]

Ob Johann Strauß, der eben vor zwei Monaten seine Buchbinderlehre beendet hatte[6], den »Freischütz« im Kärntnertortheater selbst erlebt hat, ist ungewiß. Die »Highlights« aus Webers neuer Oper verbreiteten sich jedenfalls wie ein Lauffeuer durch die Stadt und aus unzähligen Fenstern bürgerlicher Wohnungen ertönten die »Freischütz«-Motive, mehr oder weniger musikalisch nachempfunden von den klavierspielenden Töchtern musikliebender Bürgerfamilien.

Den kulturhungrigen Bürgern der Stadt hatte das Kärntnertortheater aber noch mehr an musikalischen Neuigkeiten anzubieten:

Am 24. August 1822 steht der junge Schauspieler und Sänger Johann Nepomuk Nestroy auf der Bühne des altehrwürdigen Theaters und debutiert in Mozarts »Zauberflöte«. Der Theaterzettel verkündet: »Herr Nestroy wird in der Rolle des Sarastro seinen ersten theatralischen Versuch wagen und empfiehlt sich der Nachsicht des Publikums.«[7]

Am 3. November erklingt im selben Hause Beethovens »Fidelio«, und wieder war es Nestroy, der – im Alter von 21 Jahren – die Baß-Partie des Ministers in Beethovens Revolutionsoper sang.

Exakt einen Monat vorher hatte sich draußen in der Vorstadt Theatergeschichte ereignet. Es war der 3. Oktober, als Schauspieldirektor Hensler das völlig neu erbaute Theater in der Josephstadt eröffnete, nachdem das alte bereits im Mai zum Abbruch freigegeben worden war. Beethoven – fast völlig taub – dirigierte eigens zu diesem Anlaß die von ihm komponierte Ouvertüre »Die Weihe des Hauses«.

»Man kann sich den Enthusiasmus denken« – so berichtet »Der Sammler« am 17. Oktober – »mit dem der theure Zeitgenosse von einer gewählten Versammlung begrüßt ward. Jedes

Das Innere des Josephstädter Theaters. Xylographie aus der Leipziger Illustrierten Zeitung 1843, Nr. 51

Musikstück wurde lärmend beklatscht und am Schluße führte Hensler nochmals den gefeyerten Genius der jubelnden Menge vor.«[8]
Das Theater in der Josephstadt mit seinen 400 Sperrsitzen und 14 Logen, dreifachem Schnürboden und einer ungemein dezenten Innenraumdekoration – nach Entwürfen der Architekten Hildwein und Kornhäusl – gilt seit dieser Zeit als Kleinod biedermeierlicher Theaterbaukunst.
Zwölf Jahre später erweiterte der Besitzer des Theaters, Wolfgang Reischel, dem auch die Gastwirtschaft »Zum goldenen Straußen« gehörte, den Theaterkomplex durch einen prächtig ausgestatteten Tanzsaal, der hinfort als »Sträußlsaal« das Wiener Ballpublikum in Scharen anzog. Es sollte Johann Strauß bestimmt sein, den Eröffnungsball am 1. Juni 1834 hier zu dirigieren. Doch dahin war es noch ein weiter Weg.
In jener Vorstadt, in der Johann Strauß aufgewachsen war, wehte 1822 ebenfalls kräftige Theaterluft.
Am 9. Oktober des genannten Jahres öffnete sich der Vorhang des Leopoldstädter Theaters in der Jägerzeile[9] zu einem neuen Zauberstück mit dem etwas seltsam anmutenden Titel »Aline, oder Wien auf einem anderen Kontinent«. Der durchaus banale, aber unglaublich erfolgreiche Schwank Adolph Bäuerles fußt auf der dramaturgischen Idee, zwei Wiener in einem fremden Erdteil einander begegnen zu lassen. Nachrichten aus der Heimatstadt werden ausgetauscht und immer wieder brechen beide singend in den begeisterten Refrain aus: »Das muß ja prächtig sein, da möcht' ich hin – ja nur a Kaiserstadt, ja nur a Wien!«
Die Textzeile avancierte bald zum »geflügelten Wort«, das man bei jeder passenden und unpassenden Gelegenheit strapazierte. Während der Literaturhistoriker Battaglia diesen Ausspruch schlicht und einfach als »patriotischen Kitsch« klassifizierte[10], vermeint Ernst Fischer hier die Urfassung der »Hymne des Wiener Spießertums« ausfindig gemacht zu haben.[11] Wie immer man es sehen mag, die schwungvolle Melodie Wenzel Müllers in Kombination mit Bäuerles Kaiserstadt-Euphorie wurde zum »Jahrhundert-Schlager«. In offensichtlicher Anlehnung daran betitelt Strauß Vater wenige Jahre später (1829) seinen Walzer op. 22 mit dem Ausruf »Es ist nur ein Wien!« Jahrzehnte später werden wir dieser Metapher neuerlich begegnen, wenn Johann Strauß Sohn seine Polka »Vergißmeinnicht«, die er 1864 in Pawlowsk komponiert hat, nach der Rückkehr in die Heimatstadt mit dem zugkräftigen Titel schmückt: »'s gibt nur a Kaiserstadt, 's gibt nur a Wien« (op. 291).
Wenzel Müllers hübsche Melodie wird man jedoch in diesem Werk vergeblich suchen. Statt dessen blitzt sie in der Coda des zauberhaften Walzers »Telegraphische Depeschen« zitathaft auf. Doch auch dies erst 35 Jahre nach der denkwürdigen Uraufführung von Bäuerles Theaterstück.
Ob höfisches Theater oder Vorstadtbühne, ob Tanzsaal oder Bürgerhaus, Gasthof oder Schenke: Musik erklang an allen Orten! Wien war in den 20er Jahren des 19. Jahrhunderts ein musikalisches Dorado.
Johann Strauß (Vater), ein junger Mann von 18 Jahren, muß nicht lange nachdenken: Die Buchbinderei hat er gelernt, ist sein Beruf, die Musik jedoch ist ihm Berufung. Eine schicksalsschwere Entscheidung war zu treffen: sie ist ihm leicht gefallen!

1823–1824
»Freude schöner Götterfunken …«

Wenn Johann Strauß im Fasching 1823, den Geigenkasten in der Hand, energischen Schrittes an der alten Hofburg vorbeieilte, um das Gasthaus »Zur Stadt Belgrad«[1] in der Josefstadt aufzusuchen, wo jeden Montag die »Wiener Musikantenbörse« tagte, mußte er eine riesige Baustelle zu Fuß durchmessen. Die westlichen Teile der Stadtbefestigung waren schon 1809 durch die Franzosen gesprengt worden, und der einstmalige Festungscharakter der Basteien in diesem Bereich war längst verlorengegangen.
Anlaß genug, um den Platz vor der Hofburg neu zu gestalten und vor allem, ein neues Burgtor zu errichten. Schon 1821 hatte die Grundsteinlegung stattgefunden, nachdem man die Reste der gesprengten Festung völlig beseitigt hatte. Erbaut zur Erinnerung an die zehn Jahre zurückliegende Völkerschlacht bei Leipzig, war das mit reichem heraldischen Schmuck versehene Neue Burgtor 1823 fertiggestellt und am 18. Oktober 1824 eröffnet worden.
Beiderseits des neuen Burgtores entstanden nun die ersten Stadtgärten. Sie sollten in den folgenden Jahrzehnten eine überragende Rolle im kulturellen und gesellschaftlichen Leben der Wiener Bevölkerung spielen. Am 1. März 1823 wurde der »Volksgarten« feierlich eröffnet. Die Festungswälle, soweit sie noch vorhanden waren, wurden zu Promenaden umgestaltet, und umgaben schützend eine der zauberhaftesten Gartenanlagen des Wiener Biedermeier.
Im Zentrum der neugeschaffenen Parkanlage

Das »Neue Burgtor« mit dem äußeren Burgplatz (heute Heldenplatz)

wurde nach Plänen Nobiles der Theseustempel, eine Nachbildung des antiken Theseions, errichtet.
Der Theseustempel im Stadtpark wurde sehr rasch zum beliebten Treffpunkt des Wiener Bürgertums und verleiht bis zum heutigen Tag der Parkanlage eine stilprägende Noblesse.
Zu einem noch weitaus magischeren Anziehungspunkt entwickelte sich jedoch das nur wenige Schritte entfernte Corti'sche Kaffeehaus, welches am 1. Mai 1823 eröffnet wurde. Cortis kaufmännisches Geschick als Betreiber des Paradeisgartl-Cafés haben wir bereits erwähnt. Mit dem zweiten Kaffeehaus im Volksgarten sollte er das Geschäft seines Lebens machen. Stadtbaumeister Nobile hatte die Anlage optisch äußerst ansprechend als halbkreisförmigen Kolonnadenbau mit jonischen Säulen errichtet und im Inneren mit eleganten Aufenthaltsräumen ausgestaltet. Der Pavillon davor diente den Musikkapellen als Auftrittsort. Die Wiener Tanzmusikgeschichte mit unzähligen Uraufführungen Lanner'scher und Strauß'scher Werke wäre ohne Cortis Kaffeehaus nahezu undenkbar.
Den jungen, hochbegabten Tanzmusiker Johann Strauß konnte es natürlich auf Dauer nicht zufriedenstellen, auf gut Glück in irgendeiner Gaststätte als Aushilfsgeiger einzuspringen. Auch das zeitweilige Engagement bei Michael Pamer dürfte seinen musikalischen Erwartungen nur wenig entsprochen haben.
Die schicksalhafte Begegnung mit dem um drei Jahre älteren Lanner, der zusammen mit den Brüdern Drahanek überall musizierte, wo sich Gelegenheit bot, und eben erst aus Baden von einem Engagement zurückgekehrt war, muß irgendwann in diesen Frühlingstagen des Jahres 1823 stattgefunden haben. Da die erste und zweite Violine des Drahanek-Terzetts in guten Händen war (Lanner spielte die Primgeige), erklärte sich Johann sofort bereit, den Violapart zu übernehmen. Bald wird das musikalisch hochsensible Quartett bei größeren Anlässen

Das neue Corti'sche Kaffeehaus mit Musikerpavillon im Volksgarten

durch einen Cellisten oder Baßgeiger, sowie einen Flötisten und Klarinettisten erweitert. Die Keimzelle des berühmten Lanner'schen Tanzorchesters war entstanden. Es war nur mehr eine Frage der Zeit, bis Lanner und Strauß mit eigenen Kompositionen die Aufmerksamkeit der musikfreudigen Wiener Bevölkerung auf sich ziehen sollten.

Wann nun Johann Strauß mit dem ständig größer werdenden Lanner-Ensemble auch als Dirigent hervorgetreten ist, läßt sich nicht mit letzter Sicherheit bestimmen, da direkte Quellen aus jener Zeit bisher nicht gefunden worden sind. Aus dem sekundären Quellenmaterial späterer Jahrzehnte können wir aber immerhin einiges rekonstruieren.

So wird beispielsweise den Lesern des »Illustrierten Wiener Extrablattes« vom 4. April 1873 der erste Auftritt Johann Strauß (Vaters) als Dirigent im Gasthaus »Zum schwarzen Bock« im IV. Bezirk anschaulich – wenngleich mit fehlerhafter Datumsangabe – in Erinnerung gerufen.

»Erstes Debut des Johann Strauß (Vater). Auf der Wieden im Saale zum ›Bock‹ hatte sich am 5. April 1823 [richtig: 1824, AdA] eine große Anzahl Gäste eingefunden.[2] Der Saal war neu hergerichtet, für die damalige Zeit und die bescheidenen Ansprüche des Besuchers sogar luxuriös, denn es stand dort auf der Erhöhung ein großes Orchester, welches von mehr als 30 Musici besetzt wurde, die um 8 Uhr ihre Instrumente stimmten (...). Jetzt erschien dieser [Johann Strauß, AdA] auf der Estrade – verneigte sich nach allen Seiten und gab das Zeichen zum Beginn der Musik. Der Kapellmeister hatte seine Zeit gut benützt, er komponierte mehrere Walzer Partien und hatte sie mit seinen Orchester-

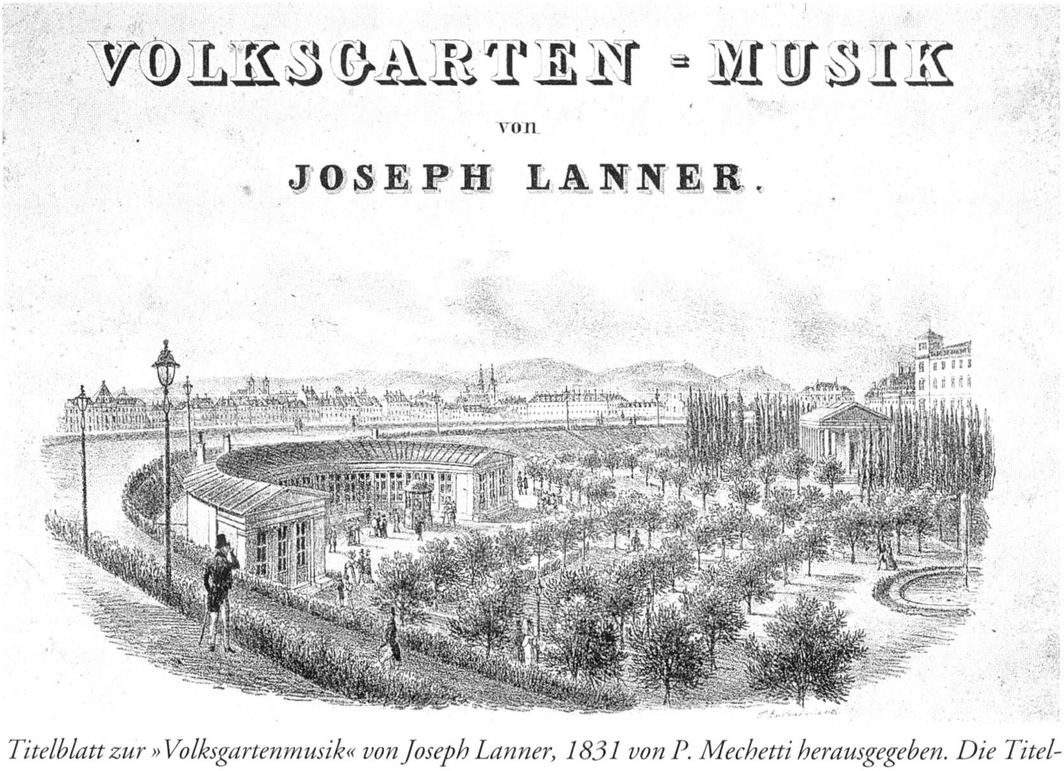

Titelblatt zur »Volksgartenmusik« von Joseph Lanner, 1831 von P. Mechetti herausgegeben. Die Titelvignette zeigt topographisch genau den Volksgarten mit Cortis neuem Kaffeehaus, den Theseustempel und das Paradeisgartlgebäude. Im Hintergrund sind deutlich die dicht verbauten Vorstädte (Josefstadt, Alsergrund) und die »Wiener Hausberge« (Kahlenberg und Leopoldsberg) zu erkennen

Mitgliedern fest einstudiert. Die ›Täuberl-Walzer‹ eröffneten den Reigen (…). Strauß begann nun eine zweite Partie – die Gesellschafts-Walzer genannt (…). Charmant! herrlich! originell! erscholl es aus jedem Munde und das Lob steigerte sich bis zum Enthusiasmus, als die 3. Walzer-Partie – die Charmantwalzer – erklang (…). Dreimal mußten sie bis zu der Ruhestunde wiederholt werden, und als diese vorüber war, und Strauß an das Dirigentenpult trat, tobte und schrie man so lange, bis sie wieder erklangen.«[3]

An diesem Abend hat der junge, vom Beifall umbrauste Kapellmeister Johann Strauß zum erstenmal gespürt, daß die Loslösung vom Lanner'schen Ensemble und die Gründung einer eigenen Kapelle in nicht mehr allzuweiter Ferne liegen würde.

Der Bedarf an qualitativ erstklassiger Tanzmusik war in der Donaumetropole sprunghaft angestiegen, während die Nachfrage nach zweit- und drittklassigen Wirtshauskapellen stagnierte. Auch Michael Pamers einst ruhmreiche Kapelle hatte stark an Glanz verloren und stand kurz vor ihrer Auflösung.

Die immer wieder hartnäckig kolportierte Geschichte von einer skandalumwitterten Trennung zwischen Strauß und Lanner im Jahre 1825 ist mit den Fakten nicht in Einklang zu bringen. Vielmehr lenkt sie von einem weit bedeutsameren Umstand ab: Das Jahr 1825 bescherte sowohl Lanner als auch Strauß einen verheißungsvollen Doppelstart in eine märchenhafte, wenngleich von härtester Arbeit erfüllte Künstlerkarriere. Die Freundschaft der beiden großen Musiker hat dadurch in keiner Weise gelitten. Wie und ob eine »Trennung« überhaupt stattgefunden hat, soll im folgenden Kapitel Gegenstand näherer Erörterung sein.

Etwas dürfen wir in jener Zeit ganz gewiß als Faszinosum anerkennen: das soziologische Umfeld der sogenannten »musikalischen Hochkultur«, ein Begriff, der übrigens 1824 in Wien völlig unbekannt war, da man Tanz-, Salon-, Konzert- oder Theatermusik ausschließlich nach dem Kriterium ihrer Qualität beurteilte und nicht nach übergeordneten formalen Aspekten. Eine Ländlerweise fand in Beethovens »Pastorale« genauso mühelos Eingang wie ein »Bauernwalzer« in Webers Oper »Der Freischütz«! Umgekehrt integrierte man bedenkenlos Zitate aus Opernwerken Rossinis oder anderer Komponisten in die Cotillons und Galoppaden der Wiener Tanzmusik – zur Freude der damit konfrontierten Ballbesucher.

Und so ist es durchaus kein Widerspruch, wenn musikalisch interessierte Wiener Bürger, die sich an den zauberhaften Klängen Strauß'scher oder Lanner'scher Walzer delektierten, mit gleicher Anteilnahme Schuberts »Wanderer-Fantasie« oder seine Bühnenmusik zu »Rosamunde« begeistert akklamierten.[4]

Es ist auch irreführend, Ludwig van Beethoven, der bekanntlich bis 1827 in Wien lebte, als den großen Einsamen hinzustellen, dessen Spätwerke

Johann Strauß Vater in jungen Jahren

angeblich niemand mehr verstand. Ein Bericht über die Uraufführung der 9. Sinfonie Beethovens in der Theaterzeitung vom 13. Mai 1824 vermittelt einen geradezu konträren Eindruck:
»Am 7. Mai wurde im k. k. Hof-Operntheater ein musikalisches Hochfest abgehalten: Beethoven gab eine musikalische Akademie und führte (...) eine große Ouverture, drey Hymnen und eine große Symphonie mit im Finale eintretenden Solo- und Chor-Stimmen auf Schillers Lied an die Freude auf (...). Das Publikum empfing den großen Ton-Heroen mit dem ehrendsten Anteil, hörte seine wundervollen, gigantischen Schöpfungen mit der gespanntesten Aufmerksamkeit an und brach oft während den Teilen, nach jedem derselben aber wiederholtemalen in jubelnden Beifall aus (...). Man kann hinsichtlich des Orchesters nicht mehr sagen, als daß es unbegreiflich ist, wie es diese schwierigen Kompositionen mit drey Proben so vollkommen habe aufführen können (...); und dieses Orchester bestand größtenteils aus Dilettanten, das kann man nur in Wien finden! – Der sehnlichste Wunsch des zahlreichen Publikums geht wohl dahin, diese Kunstwerke, welche das Göttliche in der Menschennatur so herrlich offenbaren, bald wieder zu hören; möchte er in Erfüllung gehen!«[5]
Freude, schöner Götterfunken ..! Wer die Genialität der letzten Sinfonie Beethovens wie auch der ersten Walzerkompositionen Lanners und Straußens mit Sicherheit nicht verstanden hatte, waren die Angehörigen der kaiserlichen Familie in der Hofburg. Die Zeit, als Herrschergestalten aus dem Hause Habsburg über musikalisches Sachverständnis verfügten, ja hin und wieder selbst als ausübende Musiker oder Komponisten in Erscheinung traten, war im Dunkel der Geschichte versunken. Die dynastische Heiratspolitik, die seit Jahrhunderten auf dem Prinzip der Inzucht beruhte, ließ nun immer öfter ihre verheerenden Auswirkungen zutage treten. Degenerative Verfallserscheinungen waren eine ihrer Konsequenzen.
Doch nicht alle Habsburger waren aus dem gleichen Holz geschnitzt: Der zweitjüngste Bruder des Kaisers, Erzherzog Johann, hatte sich schon 1823, zum Entsetzen des Kaiserhofs, mit der Tochter eines Postmeisters aus Bad Aussee verlobt. Eben im Begriff, dem kaiserlichen Popanz zu entsagen und in der Steiermark ein quasi bürgerliches Leben aufzubauen, war er zum schärfsten Kritiker monarchischer Politik in Österreich geworden. Immer wieder warnte er vor den verhängnisvollen Auswirkungen sozialen Unrechts, welches überall im Land zu sehen war, wenn man es nur sehen wollte.
Nach der Teilnahme an einem festlichen Empfang im Palais des Fürsten Metternich schrieb Erzherzog Johann 1824 an seine Verlobte Anna Plochl:
»Wie kann man fröhlich sein, wenn so viele Tausende bedrängt sind? Während hier das Teuerste verfressen und versoffen wird, alles in Silber und Gold prangt, Hunderte von Kerzen verbrennen, um eine gezwängte Lustbarkeit zu beleuchten, während viele Kleider, die ein großes Geld zum Teil nach dem Ausland brachten, an einem Abend verdorben werden, weint mancher biedertreue Hausvater bei seiner Milchsuppe und seinem schwarzen Brot, oft nicht hinreichend für seine Kinder, sie satt zu machen, erschöpft von der Arbeit ...«[6]
Auch Johann Strauß, der junge Tanzgeiger aus der Leopoldstadt, hat in diesen Tagen und Monaten bis zur Erschöpfung gearbeitet, um sich das Existenzminimum zu sichern. Komponieren, arrangieren, Stimmen schreiben, proben, musizieren, oft bis zum Morgengrauen ... Daß er jedoch »sein einziges Hemd mit Joseph Lanner teilen mußte« – wie man in der biographischen Literatur des 20. Jahrhunderts immer wieder lesen kann – ist eine Platitüde übereifriger Romanschreiber.
Eines aber war gewiß: Der »schöne Götterfunken der Freude« hatte, seit Strauß und Lanner musizierten, auch auf dem Firmament der Wiener Tanzmusik zu funkeln begonnen.

1825
Von Eisenbahnfahrten, Liebesgeschichten und Heiratssachen

Wenige Minuten vom Himmelpfortgrund entfernt, wo das Geburtshaus Franz Schuberts steht (heute Nußdorferstraße 54), betrieb der Gastwirt Joseph Streim in der Vorstadt am Thurygrund eine kleine Schenke. »Zum roten Hahn« soll sie angeblich geheißen haben.[1] Die gemütliche Bierstube Streims, die natürlich schon lange nicht mehr existiert, darf nicht verwechselt werden mit dem gleichnamigen, überaus beliebten Einkehrgasthaus in der Landstraße (heute III. Bezirk, Landstraßer Hauptstraße 40), wo einst Mozart, Adalbert Stifter und Ludwig van Beethoven ein- und ausgingen, und welches sich als Hotel bis zum heutigen Tag erhalten hat.

Das Gastwirteehepaar Streim hatte eine 23jährige Tochter, die – zu jugendlicher Schönheit aufgeblüht – in der Schenke aushalf und den durstigen Seelen, die da einkehrten, mit Sicherheit auch die Freude eines ästhetisch reizvollen Anblicks bot. Einer der Gäste, der dafür offensichtlich in besonderem Maße empfänglich war, hieß Johann Strauß – der junge, von ersten Kompositionserfolgen beflügelte Kapellmeister aus der Leopoldstadt.

Österreichische Reisekutsche um 1825. Im selben Jahr signalisiert Stephensons Dampflokomotive in England das bevorstehende Ende des »Postkutschenzeitalters«

Nicht erwiesen ist, ob Strauß in der Schankstube Streims auch tatsächlich musiziert hat. Der deutsche Straußforscher Linke vermutet eher, daß Johann, aus der naheliegenden Gaststätte »Zum weißen Schwan« kommend (wo er im Pamer'schen Orchester mehrmals ausgeholfen hatte), Erholung in der Streim'schen Bierschenke suchte und auf diese Weise Anna Streim kennengelernt hatte.[2]

Quellenmäßig gut gesichert sind die weiteren »Folgen« des sich anbahnenden Verhältnisses zwischen dem aufstrebenden Tanzmusiker und der attraktiven Schankwirtstochter. Im Fasching 1825 erfuhr Johann von Anna, daß er Vaterfreuden entgegensehe.

Diese Nachricht hat bei Johann nicht unbedingt helles Entzücken ausgelöst. Ohne festen Wohnsitz, weit entfernt von einem gesicherten bzw. regelmäßigen Einkommen stand Strauß am Beginn einer durchaus verheißungsvollen Karriere, deren weitere Entwicklung der 21jährige Musiker noch in keiner Weise abschätzen

Anna Streim, die Gattin Johann Strauß Vaters und Mutter der Söhne Johann, Joseph und Eduard

konnte. Nun sollte er Vaterpflichten übernehmen, eine Familie erhalten! Eine ganze Reihe von Vorhaben und Projekten schien plötzlich in Frage gestellt. Mit einem Schlag war alles anders!

Im März sucht Johann Strauß bei der Behörde um einen Reisepaß für die Steiermark und andere »kaiserliche Staaten« an, um außerhalb Wiens durch Konzertreisen Geld zu verdienen. Auf dem Formularbogen Nr. 282 des Konskriptionsamtes der Stadt Wien findet sich die lapidare Anmerkung eines Beamten: »Johann Strauß, ohne bestimmten Aufenthalt, elternlos, Geburtsort: Leopoldstadt, Alter: 21 Jahre, Musikus, ledig, reiset nach Gratz und kaiserliche Staaten Verdienst zu suchen, Dauer des Passes: 1 Jahr.«[3]

Flucht vor der Wirklichkeit, panische Reaktion eines in die Enge Getriebenen? – Zahlreiche Straußbiographen haben dies so interpretiert.

Der tatsächliche Hintergrund ist wesentlich einfacher, allerdings nicht so romanhaft-spektakulär: Johann dürfte wohl Bedenken gehabt haben, sich als selbständiger Musikdirektor neben Lanner so rasch in Wien etablieren zu können, um mit dem Ertrag dieser Tätigkeit eine Familie zu erhalten. Da schien ihm eine ausgedehnte Konzerttournee wohl vielversprechender …

Der werdende Vater hat die geplante, von der Behörde bereits genehmigte Reise allerdings nie angetreten.

Am 5. April verfaßt Anton Müller, »bürgerlicher Kleidermacher« und (noch immer) Vormund des nicht volljährigen Johann, ein Ansuchen um »Ehebewilligung« an die behördliche »Obervormundschaft«:

»Der ergebenst Unterzeichnete bittet den löblichen Magistrat der k. k. Haupt- und Residenzstadt Wien als Obervormundschaft um die gnädigste Ertheilung des vorgeschriebenen Ehe-Consens für seinen Mündel Johann Strauß (…), welcher (…) mit vorläufiger Einwilligung des Gefertigten gesonnen ist, sich mit der Jungfrau

Anna Streim, eheliche Tochter des am Thury Nr. 81 lebenden Bierwirtes Joseph Streim (...) noch vor dem Antritte der ihm hohen Orts bewilligten Kunstreise zu verehelichen.«[4]

Daß Johann Strauß aufgrund seiner »Musick-Producktionen ein jährliches Einkommen von beyläufig vierhundert Gulden in Metallmünze hat und nebstbey das Erträgniß an weiblicher Handarbeit seiner erstbenannten Erwählten mit ins Verdienen rechnen kann, weil dieselbe während seiner Abwesenheit bey ihren Eltern gehörigen Unterstand findet«[5], wird der Behörde im selben Dokument gehorsamst mitgeteilt.

Unversehens war der 21jährige Tanzmusiker ins Netz der kaiserlichen Bürokratie geraten, die ihn zeit seines Lebens begleiten sollte.

Unterzieht man das österreichische »Ehe-Consens-Gesetz« aus dem Jahre 1815 einer genaueren Untersuchung, erfährt man, daß Angehörige bestimmter Gesellschaftsklassen keiner Bewilligung von seiten der »politischen Obrigkeit« bedurften. Zu diesen gehörten Adelige, Beamte, Doktoren, Professoren, Advokaten, Haus- und Gutsbesitzer, wohlhabende Bürger. »Alle übrigen unter den genannten Classen nicht begriffenen Personen aber haben vor ihrer Verehelichung die Bewilligung anzusuchen, und können vor Erhaltung derselben nicht getraut werden.«[6]

Exakt in einer solchen Situation befand sich nun Johann Strauß. Des Vormundes Ansuchen hatte eine Woche später eine Ladung durch den Magistrat zur Folge, wobei der Behörde die Taufscheine des zukünftigen Brautpaares vorzulegen waren. Im Mai 1825 durfte Johann endlich selbst ein Ansuchen um gesetzliche Ehebewilligung stellen. Der Kopf dieses Dokuments weist ihn interessanterweise als »ausübenden Musicklehrer« aus. Offenbar klang dies der Behörde gegenüber seriöser als die Bezeichnung »Tanzmusiker«. Stolz aber verweist Strauß auf ein dem Ansuchen beigelegtes »Zeugniß des Musick-Direktor Joseph Lanner über den beyläufig jährlichen Erwerb zu 400 Gulden«, ein Papier, das Lanner dem Freund einfach aus Gefälligkeit ausgestellt hat, um bei der Bewältigung der bürokratischen Hürden behilflich zu sein.[7]

Mittlerweile war der Juni ins Land gezogen. Endlich war es Johann Strauß gelungen, das ebenfalls benötigte »Leumundszeugnis« seines Wohnungsgebers herbeizuschaffen. Strauß hatte sich vor kurzem erst in der Josephstadt in einem dürftigen Zimmerchen als Untermieter einquartiert.

Sowohl Vermieter als auch Hausbesorger mußten durch ihre Unterschrift bestätigen, »daß sich Herr Johann Strauss, Musig-Lehrer [sic!] in der Josephstadt, Lange-Gaßen Nr. 67 (...) seit 1. May 1825 als After-Parthey wonhaft befindet, und sich solcher Zeit über sehr still und sittsam betragen hat«.[8]

Joseph Lanner – Partner und künstlerischer Weggefährte des jungen Strauß

Dieses Papier bedurfte noch der Bestätigung durch das Grundgericht und die k. k. Polizeibezirksdirektion in der Josephstadt, bis es tatsächlich gültig war.
Nach dreimaliger »Verkündigung« des Aufgebots durch die Piaristenpfarre der Josephstadt, welche öffentlich kundtat, »daß gegen die Verehelichung [des Brautpaares, AdA] kein gesetzliches Hinderniß ist entdecket worden«[9], schritten Johann Strauß und Maria Anna Streim am 11. Juli in der Pfarrkirche Lichtental vor den Altar. Ein bürokratischer Hürdenlauf war zu Ende. Die Auserwählte war im sechsten Monat schwanger. Wir können dem Historiker Josef Ehmer uneingeschränkt zustimmen, wenn er feststellt, »in welch hohem Maß die Familiensphäre der Menschen im Vormärz Gegenstand obrigkeitlicher Überwachung und Einflußnahme war (...). Was immer die Familie im Biedermeier war, eine Privatangelegenheit war sie jedenfalls nicht.«[10]

In den heißen Julitagen des Jahres 1825, als Johann Strauß, Sohn eines Bierwirts aus der Leopoldstadt, Anna Streim, die Tochter eines Bierwirts vom Alsergrund, zur Frau genommen hatte, erregte ein ungewöhnliches Bauprojekt, das in Linz seinen Ausgang nahm und sich bald bis nach Böhmen erstrecken sollte, österreichweit Aufsehen. Der Bau der ersten österreichischen Pferdeeisenbahn von Linz nach Budweis hatte begonnen. Die erste Arbeitsphase vollzog sich unter unerwarteten Schwierigkeiten. Neben technischen Problemen kam es zu massivem Widerstand seitens der Bevölkerung, die befürchtete, ihre Einnahmen aus dem Frachtverkehr zu verlieren. Tatsächlich gab es zwischen dem oberösterreichischen Salzkammergut und Böhmen ein enormes Transportaufkommen vor allem für Salz, Lebensmittel und Steinkohle. Die mühsame und beschwerliche Beförderung dieser Güter mit Fuhrwerken auf schlechten Straßen si-

Die Eisenbahn von London nach Greenwich. England war in den 20er Jahren des 19. Jahrhunderts weltweit führend in der Produktion von Dampflokomotiven, während man in Österreich noch Pferdeeisenbahnen baute

cherte vielen Menschen einen kärglichen Lebensunterhalt.
Aber das Rad der Zeit ließ sich ebenso wenig zurückdrehen, wie die Räder jener Waggons, die auf dem neu errichteten Schienenstrang über eine Strecke von 128 km leicht dahinglitten, gezogen von flinken Pferden. Es war gar keine Frage: Die aufsehenerregendste Innovation auf dem Gebiet des Verkehrswesens seit Erfindung des Rades war die Eisenbahn. Dem angeblich so »gemütlichen« Zeitalter des Biedermeier war es vorbehalten, diese wahrhaft umwälzende Ära in der Geschichte der Menschheit einzuläuten. Österreichisches Paradoxon am Rande: Bereits zwei Monate nach Baubeginn der ersten Pferdeeisenbahn in der Monarchie befuhr ein dampfbetriebener Personenzug in England die Strecke Stockton-Darlington, und als die österreichische Pferdeeisenbahn 1832 endlich fertig war, war sie technologisch rettungslos veraltet.

Allmählich zeigten sich aber auch in der Residenzstadt unübersehbare Anzeichen der bevorstehenden industriellen Revolution, die England schon seit Jahrzehnten in vollem Maße erfaßt hatte.
Am 8. September 1825 wurde in jenem Abschnitt des Donauarms, der den Bezirk Landstraße von den Praterauen trennt, die erste Kettenbrücke Wiens errichtet. Zu Ehren der ins Habsburgerhaus eingeheirateten Sophie von Bayern erhielt sie die Bezeichnung »Sophienbrücke«. (Heute befindet sich an dieser Stelle die Rotundenbrücke). Das eigentlich Bemerkenswerte war jedoch nicht der Name der Brücke, sondern die völlig neuartige Trägerkonstruktion derselben. Im Prinzip handelt es sich dabei um eine Hängebrücke, die an eisernen Ketten aufgehängt wurde. Der Vorteil gegenüber gußeisernen oder steinernen Brücken war die unvergleichlich größere Elastizität, welche auch erheblich größere Spannweiten ermöglichte.

Die erste Kettenbrücke Wiens. Errichtet 1825. Sie erhielt den Namen »Sophienbrücke«. Heute befindet sich an derselben Stelle die Rotundenbrücke

Kettenbrücken gab es bald in allen europäischen Großstädten und wurden zum Wahrzeichen eines neuen Technologieverständnisses. In Straußens »Kettenbrücke-Walzern« op. 4 und 19, sowie seinem »Kettenbrücke-Galopp« op. 21 wird die technische Novität in der Titelwahl des jungen Komponisten bald seinen Niederschlag finden.

Die eigentliche Sensation des Jahres 1825 war jedoch europaweit die Dampflokomotive des Briten George Stephenson, der am 27. September mit seinem schnaubenden Gefährt immerhin 38 beladene Waggons von Stockton über eine 39 km lange Strecke nach Darlington zog. Ein Augenzeuge berichtet über jenen denkwürdigen Tag:

»Der Zudrang des Volkes war so ungeheuer, daß, ohne Beachtung der ausgeteilten Einladungskarten, in einem Nu alle Wagen, beladene und unbeladene, mit Menschen vollgestopft und überfüllt waren. Nichts glich der Szene, als die Maschine, auf das gegebene Signal mit ihrem ungeheuren Zuge von Wagen dahinrollte und nun unzählige Reiter querfeldein sprengten, um der Maschine auf beiden Seiten zu folgen, während sich der Fußgänger unermüdliche Schar vergeblich im vollem Laufe bemühte, derselben nachzukommen.«[11]

Tausende von Jahren hatte sich die Menschheit damit begnügen müssen, zu Fuß, auf dem Rücken eines Pferdes oder Lasttieres oder aber in der Postkutsche voranzukommen. Und nun eilte vor ihren Augen eine dampfende Maschine durch die Landschaft, wie von Geisterhand getrieben, und zog scheinbar mühelos die schier unendliche Kette von Waggons dem Horizont entgegen, bis sie den Blicken der staunenden Menge entschwunden war.

Rückblickend ist diese »technologische Sternstunde der Menschheit« nur vergleichbar mit dem fassungslosen Staunen, welches die bemannte Raumfahrt in der 2. Hälfte des 20. Jahrhunderts ausgelöst hat. Der »Eisenbahn-Boom«, den Stephensons Lokomotive in den folgenden Jahrzehnten weltweit in Gang gesetzt hat, wird uns in späteren Kapiteln noch öfter beschäftigen.

Am 25. Oktober 1825, also ziemlich genau einen Monat darauf, erblickte Johann Strauß II. in einem schmalen, etwas herabgekommenen Zinshaus in der Lerchenfelderstraße Nr. 15 (damals St. Ulrich Nr. 76) das Licht der Welt.

Das Geburtshaus Johann Strauß' II. in der Lerchenfelderstraße 15

Nur selten in der Geschichte der Menschheit liegen technologische und kulturelle Paradigmen so knapp nebeneinander wie im vorliegenden Falle. Die Musik der Familie Strauß hat das gesellschaftliche Leben des 19. Jahrhunderts jedenfalls so nachhaltig verändert, wie die Dampfmaschine das industrielle und ökonomische.

1826
Strauss kontra Lanner. Eine Rivalität, die keine war

Irgendwann im Verlauf des Jahres 1825 hatte Joseph Lanner den kranken Michael Pamer als Musikdirektor im »Schwarzen Bock« auf der Wieden[1] abgelöst. Am 18. Jänner 1826 beglückt jedenfalls die Wiener Zeitung die ballhungrige Bevölkerung mit folgender Ankündigung:
»Ball-Nachricht. Den 19. Januar ist im Saale zum schwarzen Bock auf der neuen Wieden Nr. 269, ein großer geschlossener Gesellschaftsball auf 300 Personen zu 1 fl.C.M. [1 Gulden Conventionsmünze, AdA]; Damen sind frey. Die Musik ist, wie immer, unter der Leitung des Herrn J. Lanner. Die Ordnung der Tänze wird Jedermann beym Eintritt eingehändigt.«
In der zweiten ehemaligen »Pamer Hochburg«, im Saal »Zum weißen Schwan« in der Roßau hat um dieselbe Zeit der frisch gebackene Familienvater Johann Strauß mit seiner Kapelle Fuß gefaßt. Wurzbach berichtet darüber in seinem »Biographischen Lexikon« (1879):

»Tanzmeister Pauxel, oder Faschingsstreiche«. Szenenbild aus der gleichnamigen Faschingsposse von Kringsteiner, welche im Februar 1826 im Theater an der Wien zur Aufführung gelangte. Die Tanzbegeisterung des biedermeierlichen Wien spielt in diesem Theaterstück eine besondere Rolle und gewährt Aufschluß über Mentalität und Lebensweise der Wiener Bevölkerung in den 20er Jahren des 19.Jh.s

»Im Carneval 1826 stand nun der 22jährige Strauß in dem berühmten Saale ›Zum Schwan‹ in der Roßau als Capellmeister an der Spitze seines eigenen Orchesters von vierzehn Personen und gewann sich schnell die Gunst des Publicums. Bisher hatte er wohl Manches componiert, aber sich nie als Autor bekannt, und so wurden seine Compositionen von verschiedenen Tanzmusik-Directoren Wiens gespielt, ohne daß man deren Verfasser ahnte.«[2]

Damit war es nun endgültig vorbei. Schon aus ökonomischen Interessen mußte der junge Kapellmeister und Familienvater mit allen zur Verfügung stehenden Mitteln an den Aufbau einer eigenen Karriere denken und durch Drucklegung eigener Werke sein kärgliches Salär aufzubessern versuchen.

Am 3. April 1826 fließen aus der Feder Johanns die letzten Takte seines Walzers op. 2. Eigenhändig setzt er das Datum der Fertigstellung ins vollendete Manuskript. Die duftig frische Walzerkette erhält den klangvollen Titel »Döblinger Reunion-Walzer«. Eine Woche später ist auch die Stimmenabschrift fertig.[3]

Die Partitur gibt Auskunft über die Zusammensetzung der jungen Strauß-Kapelle: 3 Violinen, Viola, Baß, Flöte (Piccolo), 2 Klarinetten, 2 Hörner, Trompete, Pauke – 12 Instrumente insgesamt. Wenn man davon ausgeht, daß Viola und Baß möglicherweise doppelt besetzt waren, kommt man zum Ergebnis, daß 14 Musiker dem Kommando des jugendlich-vitalen Kapellmeisters zu gehorchen hatten.

Im noblen Tanz-Etablissement »Zum Finger« im hügelig verträumten Vorort Döbling am Fuße des Wienerwaldes haben die »Reunion-Walzer« op. 2 jedenfalls mächtig eingeschlagen. Straußens erster Verleger Diabelli brachte im Februar 1827 die erste Klavierausgabe auf den

Blick auf Wien von Döbling aus. Hier befand sich auch »Fingers Etablissement«, ein vornehmes Restaurant und Tanzlokal, von dessen Fenstern man eine prächtige Fernsicht auf die Stadt Wien und über die Donau hinaus bis ins Marchfeld hatte

Markt, was die Popularität des jungen Strauß schlagartig erhöhte.
In diesem Jahr 1826, als Lanner und Strauß – zwar immer noch in losem Verbund, aber dennoch unabhängig voneinander – ihre Karriere aufbauten, machte ein junger, ungewöhnlicher Schauspieler in den Kaiserstaaten von sich reden, dem wir als Sarastro in Mozarts »Zauberflöte« im Kärntnertortheater bereits vor vier Jahren begegnet sind: Johann Nepomuk Nestroy.
Der 25jährige Sänger – er hat im selben Jahr wie Joseph Lanner in Wien das Licht der Welt erblickt – findet immer mehr Gefallen an der Darstellung komisch-heiterer Charakterrollen. Mit sprühendem Witz und scharfer Intelligenz ausgestattet, belebt Nestroy seine Figuren, »verwandelt sie dadurch und macht sie zu seinen ureigensten Geschöpfen, indem er nicht nur reproduziert, wiedergibt, sondern durchaus elementare Züge seiner eigenen Person einbringt«.[4]
Die ihm innewohnende ungewöhnliche Kreativität verleitet ihn zum schöpferischen Umgestalten. Dem spontanen Einfall nachgebend, entflieht er dem Korsett des vorgegebenen Textes, beginnt zu extemporieren, formuliert aus dem Stegreif eigene Gedanken, spottet, kritisiert, demaskiert. Ein Phänomen der Theatergeschichte ist am Theaterhimmel aufgegangen. Den »wienerischen Shakespeare« wird man ihn später nennen. Die gesellschaftlichen Mißstände erkennend, war er nicht bereit – wie Raimund oder vielleicht auch Grillparzer – romantisch zu resignieren. »Mit erstaunlicher Genauigkeit nahm er wahr, was hinter den Fassaden politischer Ereignisse und lärmender Faschingsfeste vor sich ging, (nämlich) den molekularen Prozeß einer großen gesellschaftlichen Umwälzung«.[5]
Daß es bei einem Künstler dieser geistigen Größenordnung zu einer Konfrontation mit der österreichischen Zensur kommen mußte, war wohl unvermeidlich. Jedes Theaterstück, jede Komödie, jedes Singspiel mußte im Reiche Kaiser Franz I. dem Zensor vorgelegt werden, und ein Heer von Spitzeln saß in den Theaterhäusern der Monarchie, um eifrig recherchierend festzustellen, ob der von der Zensur genehmigte Text tatsächlich mit dem übereinstimmte, was da oben auf der Bühne dem Publikum präsentiert wurde.
Nestroy wußte das. Und dennoch, er konnte seine Gedankenblitze und Eingebungen nicht zurückhalten. In Brünn, wo Nestroy 1826 ein Engagement am Stadttheater hatte, wurde er von der Polizeibehörde zu zwei Tagen Arrest verurteilt, weil der Text seiner Rolle in der Oper »Der Dorfbarbier« nicht zensurgerecht gesungen war. Dies beeindruckte Nestroy jedoch in keiner Weise. Nachdem er kurz darauf in einer anderen Vorstellung neuerlich »extemporierte«, wurde sein Vertrag mit sofortiger Wirkung annulliert. Niemand, nicht einmal der Brünner Theaterdirektor konnte gegen diese Entscheidung der kaiserlichen Behörde ein Rechtsmittel einlegen. Der junge Schauspieler und Sänger aus Wien mußte sein Engagement und seinen Wohnsitz aufgeben und samt Familie die Stadt verlassen. 22 Jahre später läßt Nestroy den Journalisten Ultra in seinem Stück »Freiheit in Krähwinkel« sagen:
»Die Zensur ist die jüngere von zwei schändlichen Schwestern, die ältere heißt Inquisition. Die Zensur ist das lebendige Geständnis der Großen, daß sie nur verdummte Sklaven treten, aber keine freien Völker regieren können …«
Unerschrocken kehrt Nestroy in die Hauptstadt des Theaters und der Musik, in die Donaumetropole zurück, um neuerlich Anstellung zu suchen. In Graz, der Hauptstadt der Steiermark findet er schließlich wieder Engagement. Er denkt gar nicht daran, seinen Beruf aufzugeben. Die darstellende Kunst ist ihm Bedürfnis und Berufung, wie es das Komponieren und Dirigieren für Johann Strauß und Joseph Lanner ist.
Einer der ganz großen Musiker, der die Bor-

10. November 1826. – Zwanzig Tage nach dem Strauß-Lanner'schen Benefizkonzert erlebte das Leopoldstädter Theater einen seiner größten Bühnenerfolge der Wiener Theatergeschichte: Ferdinand Raimunds Zaubermärchen »Das Mädchen aus der Feenwelt oder Der Bauer als Millionär« bezauberte ein Premierenpublikum, welches spontan erfaßte, daß eben eine »Sternstunde der Menschheit« stattgefunden hatte.

Fortunatus Wurzel, der Bauer, der das Geld zum Götzen erhoben hat, letztlich aber einsehen muß, daß er das größte Gut menschlichen Lebens, die Jugend, mit Geld nicht kaufen kann, ist die Zentralfigur dieser ergreifenden Parabel vom Werden und Vergehen, von Armut und Reichtum menschlicher Existenz. Wien hat in diesen Tagen Theatergeschichte geschrieben. Die Musik zu Raimunds »Der Bauer als Millionär« schuf Joseph Drechsler. Sein »Aschenlied« oder das Duett »Brüderlein fein« zählen bis zum heutigen Tag zu den populärsten Melodien der Wiener Musikgeschichte. Joseph Drechsler werden wir wiederbegegnen. 18 Jahre später wird er Theorie- und Kompositionslehrer Johann Strauß' II. sein.

Das Leopoldstädter Theater in den 20er Jahren des 19. Jh.s

1827
Generationenwechsel oder Die ertanzte Leichtigkeit des Seins

Wenige Tage vor dem Weihnachtsfest des Jahres 1826 war das Theater an der Wien (wieder einmal) versteigert worden. Graf Pálffy, Besitzer und künstlerischer Leiter des schönsten Wiener Theaterhauses, war endgültig bankrott. Ein Prager Advokat hatte das Haus für sich und seinen Klienten um den lächerlichen Betrag von 147.000 Gulden erworben. Vom Theater verstanden beide nichts. Die Behörde hatte außerdem Spielverbot erteilt, da das Gebäude dringend sanierungsbedürftig war.

Als das Jahr 1827 anbrach, mochten sich wohl etliche Theaterfreunde, vor allem aber die arbeitslosen Schauspieler und Sänger des Hauses, die bange Frage gestellt haben, wie es nun weitergehen sollte.

Um ein großes Theater in Zeiten des europäischen Frühkapitalismus finanziell über Wasser zu halten und dabei noch ansehnliche Gewinne herauszuschlagen, reichte das ökonomische Verständnis und Weltbild eines verträumten aristokratischen Intendanten nicht mehr aus. Dies konnte allenfalls einem skrupellosen Geschäftemacher gelingen, dem Kultur ein wohlfeiles Ve-

Wien um 1827. Blick in die Theatergasse (heute Millöckergasse, VI. Bezirk). Linkerhand das Theater an der Wien. Halbverdeckt vom vorderen Gebäudetrakt das »Papageno-Tor«

hikel zur Durchsetzung persönlicher Profitinteressen war, und dem es keine Gewissensbisse bereitete, Theaterpersonal und Künstler bis an die Grenze des Erträglichen auszunützen. – Die Stunde des Herrn Carl war gekommen.

Karl Carl, wie er sich stets nannte, hieß eigentlich Karl Ferdinand Bernbrunn und war der Sohn eines Krakauer Bankiers. In München macht er zielstrebig Karriere als Theaterregisseur und wird in erstaunlich jungen Jahren Direktor des königlichen Isarthor-Theaters. Dank reichlicher Subventionen, die er geschickt auch in seine Tasche zu lenken weiß, ist er bald ein reicher Mann. Als die Steuerfahndung hinter ihm her ist, verläßt er München und kommt nach Wien.

Er ist hier kein Unbekannter mehr, hat er doch bereits 1825 mit Gastspielen seines Ensembles die Wiener mit Ritter-, Räuber- und Spektakelstücken beglückt.

Theaterdirektor Karl Carl in der Rolle des »Staberl«

1826 gründet Carl in Wien eine Theatergesellschaft, die es ihm ermöglicht, sowohl das Josefstädter Theater als auch das Theater an der Wien zu leiten. Die spektakuläre Versteigerung der letztgenannten Theaterstätte und den damit verbundenen Besitzerwechsel weiß Carl geschickt zu seinem Vorteil zu nutzen. Am 15. Februar 1827 schließt der umtriebige Possenreißer und Geschäftemacher einen sechs Jahre laufenden Pachtvertrag unter günstigsten Bedingungen mit den neuen Besitzern ab. Carl wird nun das Theater an der Wien 18 Jahre hindurch – bis April 1845 – leiten. Auch das Josefstädter Theater bleibt jahrelang in seinen Händen. Später kauft er schließlich noch das Leopoldstädter Theater, läßt es 1847 abreißen und erbaut an seiner Stelle das doppelt so große »Carl-Theater«. Wie kein anderer Unternehmer im Kulturbereich hat Karl Carl das Theaterleben der Donaumetropole drei Jahrzehnte hindurch geprägt und beherrscht.

Der deutsche Publizist und Nestroy-Experte Helmut Ahrens beschreibt Carl als »Tyrann und Antreiber, sachkundigen Regisseur und Schauspieler, geizigen Direktor und einfallsreichen Bühnenbildner«. Vor allem aber als »Theatermann, der ein Gespür für die Wünsche des Publikums hat. Er weiß, was die Wiener sehen möchten.«[1]

Der Kulturhistoriker Ernst Fischer erkennt in Carl den »rücksichtslosen Emporkömmling« und charakterisiert ihn als einen »liebenswürdigen Halsabschneider, der jedem ein Lächeln schenkte und es dann von der Gage in Abzug brachte. Dem weiblichen Personal zog er das Hemd, dem männlichen die Haut über die Ohren.« Carls Arrangement mit den herrschenden politischen Kräften kommentiert Fischer sarkastisch treffend: »Der falsche Baron und echte Ausbeuter, der aus seinen Schauspielern und Autoren ein Maximum an Gewinn herauspreßte, veranstaltete von Zeit zu Zeit Ausstattungsstücke mit echten Bäumen, echten Felsen, echten Kavallerieattacken. An dieser Wirklichkeit fand die Zensur nichts auszusetzen.«[2]

Die schillernde, aber keineswegs sympathische Figur des Herrn Karl Bernbrunn wird uns noch in anderen Kapiteln beschäftigen. Allein schon deswegen, weil das Theaterleben des Wiener Biedermeier und die Entwicklung der Wiener Tanzmusik eng verflochten waren und sinnvollerweise nicht isoliert betrachtet werden sollten.

Während der Wiener Carneval im rauhen kalten Winter 1827 durch die Straßen der Stadt wirbelte, schrieb Franz Schubert, erfolgloser Bewerber um die Stelle eines Vizekapellmeisters, seine »Winterreise«.

Einsamkeit, Verzweiflung, Resignation und Tod waren das »Leitmotiv« dieses großartigen Liederzyklus, der zum musikalischen Vermächtnis eines Komponisten wurde, dem einst hunderte von Tänzen und Walzern spielerisch leicht aus der Feder geflossen waren.

Und draußen am Alsergrund, in der Schwarzspanierstraße, verdämmerte das Leben des erst 57jährigen Großmeisters der Wiener Klassik. Ludwig van Beethoven, Titan der klassischen Sinfonie, aber auch Schöpfer der bezaubernden »Mödlinger Tänze«, war unheilbar erkrankt. »Wassersucht« lautet die Diagnose der ratlosen Ärzte, die den Sterbenskranken innerhalb von zehn Wochen mit vier Bauchstichoperationen malträtierten, um seine qualvollen Schmerzen wenigstens vorübergehend zu lindern.

Tragik des historischen Augenblicks: Jahrzehntelang hatten die beiden größten lebenden Meister der Tonkunst nebeneinander in derselben Stadt geschaffen und gewirkt, ohne daß sich ihre Lebenswege wirklich berührt hätten. Nun, kurz vor dem unvermeidlichen Ende, sollte es doch noch zu einer berührenden Begegnung zwischen Beethoven und Schubert kommen.

Am 19. März 1827 – eine Woche vor Beethovens Tod – suchte Schubert in Begleitung seiner Freunde Josef und Anselm Hüttenbrenner[3] den todkranken Meister in dessen Wohnung auf. Es ist dies die einzige Begegnung, die quellenmäßig gesichert ist. – Zehn Tage später war ganz Wien auf den Beinen. Weit über zehntausend Trauernde gaben Beethoven, der am 26. März verstorben war, das letzte Geleit.

7. Mai 1827. Ein prächtiger Frühling war ins Land gezogen und hatte die Wienerstadt mit sattem Grün und duftenden Blüten überzogen. Gar nicht weit vom »Schwarzen Bock« entfernt, brachte der bürgerliche Gastwirt Michael Deiß seinen geräumigen Gastgarten am Heumarkt (Ecke Marokkanergasse) auf Hochglanz. Es war gar nicht leicht gewesen, sich neben den zahlreichen renommierten Tanzlokalen der Vorstädte auch einen Platz an der Sonne zu erkämpfen. »Zu den zwey Tauben« hieß die Gaststätte, welche in Sichtweite der Basteien hinter dem Wasser-Glacis lag und ermüdete Spaziergänger zum Verweilen einlud.

Wer an diesem 7. Mai das »Intelligenzblatt« der Wiener Zeitung aufmerksam durchblätterte, konnte die bemerkenswerte Nachricht lesen, daß ab sofort bei den »Zwey Tauben« jeden Mittwoch und Samstag »unter der Leitung des Herrn Johann Strauß eine mit 12 Personen besetzte, aus Blas- und Streichinstrumenten bestehende vollstimmige Musik statthaben werde«.[4]

Der Gastwirt am Heumarkt hatte instinktiv erkannt, daß nur eine exzellente Tanzkapelle imstande sein würde, Gäste in Scharen herbeizulocken, wie dies dank Joseph Lanner im »Schwarzen Bock« schon seit geraumer Zeit funktionierte.

Mit dem Engagement des Johann Strauß hatte Gastwirt Deiß jedenfalls einen glücklichen Griff getan. Die jüngsten Erfolge des drahtig-vitalen Kapellmeisters draußen beim »Finger« hatten sich rasch herumgesprochen. Plötzlich wollten alle die »Döblinger Reunion-Walzer« hören. Aber es war ein weiter Weg nach Döbling. Und nur wenige konnten es sich leisten, mit dem Fiaker hinzufahren.

Um wieviel leichter – ja geradezu mühelos – konnte man den schattigen Gastgarten »Zu den zwey Tauben« hinter dem Wasser-Glacis erreichen!

Johann Strauß tat das seinige dazu, der Gaststätte zu rascher Popularität zu verhelfen. Sein Opus 1 trägt den illustrativen Titel »Täuberln-Walzer«. Die Tradition, Tanzmusikstücke mit griffigen Titeln zu versehen, die man leicht im Gedächtnis behalten konnte, hat hier ihren Anfang genommen und wurde im gesamten Schaffen der Strauß-Dynastie bis ans Ende des 19. Jahrhunderts konsequent beibehalten.

Die achtteilige Walzerkette des ersten Opus von Johann Strauß Vater hat weder Introduktion noch Coda, besticht jedoch durch eine Folge heiterer Melodieeinfälle. Strauß-Biograph H. E. Jacob vermeint gar, lautmalerische Elemente herauszuhören, die sich auf das im Titel zitierte Federvieh beziehen: »Wien ist eine Taubenstadt, wie sonst auf der Welt nur noch Venedig. Wien hat fast mehr Tauben als Sperlinge (...). Und etwas von ihrem Gurren und Nicken, Trippeln, Federplustern und Schnäbeln ist in Johann Strauß' erstem Walzer.«[5]

Max Schönherr verweist in seinem 1954 erschienenen Werk über Johann Strauß Vater auch auf die psychologisch-faszinierende Erscheinung des jungen Dirigenten und dessen charismatische Wirkung auf sein Publikum:

»Wie schön seine Komposition auch war – spielen mußte man ihn sehen. Ja, sehen, nicht nur bloß hören. Sehen, wie der blasse, schmächtige junge Mann – er war ja erst 23 Jahre alt – mit raschen Schritten durch den Saal zum Podium lief, hinaufsprang, die Geige ergriff und wie von einem Teufel befallen zu spielen begann. In einem Augenblick war das Orchester von dieser

Szene auf dem Wasser-Glacis. Die um 1820 errichtete Grünanlage des Wasser-Glacis lag auf dem Areal des heutigen Stadtparks und war ein beliebter Treffpunkt der Wiener Bevölkerung. Nur wenige Minuten von hier entfernt befand sich die Gastwirtschaft »Zu den zwey Tauben« am Heumarkt

dämonischen Kraft ergriffen, von ihm ging der Taumel auf das Publikum über, und ehe noch jemand hätte verstehen können, was da geschah, war die ganze Menge, die den Saal oder den Garten füllte, zu einem einzigen Wesen geworden, das nichts hörte als diesen Rhythmus, diesen Klang und nichts sah als diesen wunderlichen Hexenmeister.«[6]

Die Erfolge, die sich nun bald überall einstellten, wo Strauß auftrat, kamen dem jungen Familienvater sehr zustatten. Der familiäre Zuwachs hatte eine Veränderung des Wohnsitzes notwendig gemacht – Strauß bezog eine etwas größere Wohnung in Mariahilf – und hier kam auch der zweite Sohn Joseph am 20. August 1827 zur Welt. Eine Gedenktafel am Eckhaus Mariahilferstraße 65/Nelkengasse 8 erinnert heute an das ehemalige, nicht mehr bestehende Geburtshaus des Zweitgeborenen.

Berauscht von der Anerkennung und der Begeisterung, die ihm allerorten zufliegt, eilt Johann Strauß mit seinem straff organisierten Ensemble von Fest zu Fest, von Ball zu Ball. Für die Familie bleibt wenig Zeit. Aber der Funke Strauß'scher Musik zündet, als wäre er in ein Pulverfaß gefallen. Unaufhörlich entstehen neue Werke, die ihm Verleger wie Diabelli und Tobias Haslinger ungeduldig aus der Hand reißen, um kräftig zu profitieren am verheißungsvollen Geschäft, das sich am Sternenhimmel der Wiener Tanzwelt abzeichnet. »Carolinen-Galopp«, »Wiener Launen-Walzer«, »Gesellschafts-Walzer« und wie sie alle heißen, sie sind das Tagesgespräch der tanzvernarrten Wiener Jugend, während sich das reifere Bürgertum eher im romantisch-versponnenen Takt der Lanner'schen Walzer wiegt.

Und nun – endlich – öffnet sich für Strauß eine neue Dimension musikalischen wie populären Wirkens. Ende September wird der energiege-

Der Exerzierplatz vor der Alservorstadt. In der Roßau, einem Teil der Alservorstadt, befand sich die Gastwirtschaft »Zum weißen Schwan«, in welcher Johann Strauß Vater 1827 mit seinem Ensemble spielte

ladene Tanzgeiger und Walzerkomponist zum Musikdirektor im »Weißen Schwan«. Pamer ist vor wenigen Wochen verstorben. Strauß ist der logische Nachfolger.

Mit unverkennbarem Stolz und voll Erwartungsfreude setzt der Roßauer Gastwirt in die Tagespresse eine Ankündigung all dessen, was sein Haus neuerdings zu bieten hat:
»Ball-Ankündigung für den ganz neu und elegant decorirten Saal zum weißen Schwan in der Rossau. Unterzeichneter gibt sich die Ehre dem hohen Adel und dem geehrten Publicum seine ergebenste Einladung zu den Bällen in seinem Saale zu machen. Er hat weder Mühe noch Kosten gespart, seinen großen Tanzsaal sammt allen Speisezimmern mit großem Aufwande herzustellen, so daß jedem Eintretenden ein überraschender Anblick gewährt werden wird. Auch glaubt Unterzeichneter hinsichtlich der Musik dem Wunsche des geehrten Publicums entgegen zu kommen, da Herr Johann Strauß, Musik-Direktor, die Leitung des Orchesters übernommen hat, und auch hier nicht unterlassen wird, sich des Beyfalls der geehrten Anwesenden durch seine ganz neuen Compositionen würdig zu machen. Sonntags am 30. September und Montags am 1. October 1827 werden die ersten öffentlichen Bälle abgehalten werden. – Joseph Hammerler, Hausinhaber und bürgerlicher Gastwirth im Saale zum weißen Schwan in der Rossau.«[7]
Frisch gewagt ist halb gewonnen. In diesem Falle war es wohl ein ganzer Sieg. Die Ballbesucher jubeln, erzwingen stürmisch Zugaben. Musikdirektor Strauß ist Stadtgespräch. Die Kenntnis seiner neuesten Walzer ist dem Wiener Bürger wichtiger als die Nachricht, daß die britisch-französisch-russische Flotte eben vor Navarino die Türken besiegt hat.
»'s gibt nur a Kaiserstadt, 's gibt nur a Wien ...«
Das glaubten viele Wiener und schwebten für einen unendlich langen Augenblick glücklich dahin im Rausch des Walzertaumels, den ihnen Johann Strauß, der Magier der Tanzmusik, beschert hat.

Tanzszene aus dem traditionellen Brigittenauer Kirchweihfest

1828
Von Giraffen, Musikverlegern und einem Hexenmeister

Der Bau der ersten Kettenbrücke in Wien (Sophienbrücke) hatte das Interesse der Bevölkerung bereits im Herbst des Jahres 1825 nachhaltig erregt. Die technologisch neuartige Brückenkonstruktion war sensationell und hatte sich vorzüglich bewährt. Die Donaumetropole, deren Verkehrsaufkommen seither kontinuierlich angestiegen war, konnte gut und gerne weitere moderne Brücken brauchen. Dies galt insbesonders für jenen Abschnitt des Donaukanals, der die Innenstadt von der dichtbesiedelten Leopoldstadt trennte.

Um die Ferdinandbrücke ein wenig zu entlasten, beschloß die Baubehörde die Errichtung einer Stahlkettenbrücke für Fußgänger etwa an jener Stelle, an der sich heute die Salztorbrücke befindet.

Erzherzog Carl (dem Sieger von Aspern) zu Ehren erhielt der neue Übergang den etwas holprigen Namen »Carlskettensteg«. Was jedoch am anderen Ende dieses Stegs aus dem sogenannten »Kettenbrücke-Saal« des Gastwirts Adam Dömling Abend für Abend erklang, war alles andere als holprig. Der findige Gastwirt, dessen

Titelblatt der 2. Lieferung der »Kettenbrücke-Walzer« op. 19. Der erste Kettenbrücke-Walzer op. 4 erklang erstmals im Jänner 1828

Etablissement neben dem berühmten Dianabad lag, hatte nicht nur einen klingenden Namen für sein Lokal gewählt, sondern gleich auch den prominentesten Tanzmusiker Wiens für sich verpflichtet: Seit November 1827 war Johann Strauß mit seiner Kapelle regelmäßig Gast im »Kettenbrücke-Saal« in der Leopoldstadt. Der umtriebige und musikalisch versierte Musikverleger Tobias Haslinger dürfte die Idee gehabt haben, den wohlklingenden und unglaublich erfolgreichen Walzer op. 4 seines neuen Tanzmusiklieferanten Johann Strauß als »Kettenbrücke-Walzer« in sein Verlagsprogramm aufzunehmen.

Die Carnevals-Saison des Jahres 1828 hatte für den nunmehr 24jährigen Musikdirektor Strauß geradezu fulminant begonnen. Sicher hat es ihn mit Stolz erfüllt, daß die Wellen der Begeisterung ihn auch in jener Vorstadt umbrausten, in der er einst das Licht der Welt erblickt hatte.

Aber auch dem 27jährigen Kapellmeister und Straußfreund Joseph Lanner bescherte das Jahr 1828 einige bemerkenswerte Etappensiege in einer steil nach oben strebenden Künstlerkarriere.

Hatte der Sohn des Handschuhmachers schon 1826 im »Schwarzen Bock« durch sein Auftreten bemerkenswerte künstlerische Spuren hinterlassen, war er mittlerweile zum führenden »Musikdirektor« dieses Etablissements aufgerückt, wie man einer Anzeige der Wiener Zeitung vom 6. März 1828 mühelos entnehmen kann:

»Einladung zur großen Harmonie-Musik, welche Sonntag den 9. März 1828, so wie alle Sonn- und Feyertage in dieser Fastenzeit, im Speise-Saale zum schwarzen Bock, auf der neuen Wieden abgehalten werden wird (...). Herr Musik-Director Jos. Lanner wird mit seinem zahlreichen Orchester die Zeit auf das Angenehmste zu verkürzen suchen.«

Längst hatte der geniale Tanzmusiker den engen Aktionsradius auf der neuen Wieden gesprengt und eine der ältesten Bastionen der

Der »Saal zur Kettenbrücke« (heute II. Bezirk, Obere Donaustraße 99). Hier musizierte Johann Strauß im Fasching 1828 regelmäßig mit seiner Tanzmusikkapelle

Wiener Tanzmusik – den »Sperl« in der Leopoldstadt – erobert. Begeistert folgten seine Anhänger in das altehrwürdige Nobel-Etablissement jenseits des Donaukanals, wenn der Name ihres Idols auf Ankündigungsplakaten zu lesen war:
»Ball-Nachricht. Sonntag d. 19. Okt. wird in dem Saale zum Sperl in der Leopoldstadt öffentlicher Ball abgehalten. Die Musik ist unter der persönlichen Direction des bekannten Herrn Joseph Lanner.«[1]
Im Bewußtsein seiner Erfolge und seines wahren Wertes als Komponist hatte Lanner keinen Augenblick gezögert, das Vertragsverhältnis mit seinem bisherigen Verleger Diabelli zu lösen und zu Tobias Haslinger zu wechseln. Dies war bereits 1828 geschehen.
Sicherlich hatten dabei finanzielle Erwägungen eine Rolle gespielt, nicht zuletzt aber auch der Umstand, daß Haslinger neue Werke seines Verlages im »Allgemeinen musikalischen Anzeiger« stets ausführlich erläuterte und so den potentiellen Käuferkreis der beliebten Klavierausgaben um ein Vielfaches erhöhte.
Unter den ersten sechs Werken, die Lanner vom neuen Verleger drucken ließ (op. 15–20), befand sich auch der »Trennungs-Walzer« op. 19, welcher im Fasching 1828 erstmals zur Aufführung gelangte. Es ist nicht auszuschließen, daß die eben erst erfolgte Trennung von Diabelli diesem schwungvollen Werk zu seinem Namen verholfen hat.[2]
Krönung des so erfolgreichen Jahres: Im Dezember 1828 wird Joseph Lanner zum Musikdirektor der k. k. Redoutensäle vorgeschlagen und im Jänner 1829 auch tatsächlich dazu ernannt. Stolz wird er in Hinkunft diesen ehrenvollen Titel in seiner Korrespondenz führen, aber auch auf den Titelblättern seiner Tanzkompositionen wirkungsvoll plazieren.

Titelblatt zur Klavierausgabe des »Trennungs-Walzers« von Joseph Lanner op. 19. Das Werk erklang erstmals im Karneval 1828 und wurde lange Zeit irrtümlich mit Lanners »Trennung« von Strauß in Verbindung gebracht

Drei Tage, nachdem Franz Schubert sein erstes (und letztes) öffentliches Konzert im Musikverein unter den Tuchlauben gegeben hatte – man schrieb den 26. März 1828 – elektrisierte die Kunde von der Ankunft eines ungewöhnlichen Virtuosen aus Italien die musikbegeisterte Donaumetropole: Niccolò Paganini, der »Hexenmeister des Violinspiels« stellte sich am 29. März in den k. k. Redoutensälen der Hofburg erstmals dem Wiener Publikum vor. Der Erfolg war überwältigend. »Paganinis einzigartige Persönlichkeit, bei der die Grenzen zwischen Virtuosität und Kunst, Scharlatanerie und edler Leidenschaft in geradezu beängstigender Weise aufgehoben waren«[3], versetzte Wien vier Monate lang in Ekstase.

Aufsehenerregend wie sein Spiel waren auch die Eintrittspreise, die der legendenumwitterte Maestro aus Genua den Wienern abverlangte –

Niccolò Paganini im Jahre 1828. Lithographie von J. Kriehuber

und bekam. Eduard von Bauernfeld, der damals zusammen mit Moritz von Schwind und Franz Schubert das Wiener Gesellschaftsleben aufmerksam verfolgte, notierte in seinen »Erinnerungen«:

»Wer eben bei Kasse war, zahlte für den oder die anderen (...). Natürlich, daß Schubert unter uns dreien die Rolle des Krösus spielte und ab und zu in Silber schwamm, wenn er etwa ein paar Lieder an den Mann gebracht hatte oder gar einen ganzen Zyklus (...), wofür ihm Artaria oder Diabelli 500 Gulden bezahlte (...). Die erste Zeit wurde flott gelebt und traktiert, auch nach rechts und links gespendet – dann war wieder Schmalhans Küchenmeister! Kurz, es wechselte Ebbe und Flut. Einer solchen Flutzeit verdanke ich's, daß ich Paganini gehört. Die fünf Gulden, die dieser Konzertkorsar verlangte, waren mir unerschwinglich; daß ihn Schubert hören mußte, verstand sich von selbst, aber er wollte ihn durchaus nicht hören ohne mich; er ward ernstlich böse, als ich mich weigerte, die Karte von ihm anzunehmen. ›Dummes Zeug!‹ rief er aus – ›ich hab ihn schon einmal gehört und mich geärgert, daß du nicht dabei warst! Ich sage dir, so ein Kerl kommt nicht wieder! Und ich hab' jetzt Geld wie Häckerling – komm also!‹ – Damit zog er mich fort (...).

Wir hörten also den infernalisch-himmlischen Geiger (...) und waren nicht minder entzückt von seinem wunderbaren Adagio als höchlich erstaunt über seine sonstigen Teufelskünste, auch nicht wenig humoristisch erbaut durch die unglaublichen Kratzfüße der dämonischen Gestalt, die einer an Drähten gezogenen, mageren, schwarzen Puppe glich.«[4]

Niccolò Paganini, der 1782 in Genua geboren wurde und schon als violinspielendes Wunderkind Aufsehen erregt hatte, trat seit 1808 in verschiedenen Konzertsälen Europas höchst erfolgreich auf. Während seines viermonatigen Aufenthaltes in Wien (1828) gab er insgesamt 14 Konzerte, die ihm einen Gewinn von etwa 30.000 Gulden einbrachten. Mit seinen 24 Capricen für Solovioline setzte Paganini völlig neue Maßstäbe spieltechnischer Virtuosität, die bis zum heutigen Tag unübertroffen sind. Im Rondo seines 1. Konzertes für Violine und Orchester bezauberte der Meistergeiger das Publikum mit noch nie gehörten Flageolett-Doppelgriffen und Springbogen-Staccati, die in rasender Geschwindigkeit wie ein Feuerwerk abbrannten. Das 2. Violinkonzert in h-Moll besticht durch seine berühmten Doppeltriller in Terzen, ein Phänomen, welches zeitgenössischen Hörern wie ein technischer Hexensabbath erschienen sein mußte. Weltberühmt aber wurde der Schlußsatz dieses Werkes, das sogenannte »Glöckchen-Rondo« (La Campanella), welches unter den Zuhörern stets einen Taumel der Begeisterung auslöste. Sowohl Johann Strauß als auch Joseph Lanner haben dieses musikhistorische Ereignis geschickt genutzt, um ihrer Popularität neuen Auftrieb zu verleihen. »Walzer à la Paganini« nannte Strauß seinen neuen Walzer op. 11 und Lanner überraschte seine Anhängerschaft mit einem »Wiener Quodlibet mit Motiven aus Paganini's erstem Concerte mit dem Glöckchen« op. 22. Franz Günzberg, Schriftsteller und Augenzeuge der Paganini-Hysterie des Jahres 1828, berichtet uns:

»Als der Titan [Paganini, AdA] hier auftauchte, da las man mit großen Buchstaben an den Straßenecken Wiens, daß Herr Johann Strauß im Garten zu den ›Zwey Tauben‹ Paganini-Walzer und Herr Joseph Lanner ein Quodlibet mit Paganinischen Motiven im ›Schwarzen Bock‹ zu spielen die Ehre haben werden. Wir haben die ›Zwey Tauben‹ besucht und konnten kaum ein kleines Plätzchen finden. Das Thema der Walzer war das bekannte Rondo mit dem Glöckchen, worüber die Wiener fast wahnsinnig wurden. Man kann sich nun wohl denken, daß Strauß dieses Rondo vielleicht nicht geradeso wie Paganini vortrug, jedoch war der Beifall, als es ertönte, ungeheuer, und ›Da capo, Strauß!‹ rief es aus allen Kehlen. Nun konnten diejeni-

Meisls Theaterposse »Der falsche Virtuos oder Das Concert auf der G-Saite«. Kolorierter Kupferstich von Schoeller 1828

gen, die Paganini wegen der zu hohen Preise nicht zu hören imstande waren, seinen Doppelgänger beinahe umsonst hören.«[5]

Das Erscheinen des geheimnisumwitterten Virtuosen aus Italien, von dem man so wenig wußte, und über den der Wiener Tratsch so viel (Unsinniges) zu erzählen hatte, setzte nicht nur die Phantasie der Bevölkerung, sondern auch das Geschäftsleben der Donaumetropole kräftig in Gang. »Paganini-Hüte« und »Paganini-Handschuhe« waren der letzte Modeschrei; Semmeln wurden in Geigenform gebacken und schon im Mai 1828 stürmte das unterhaltungssüchtige Wiener Theaterpublikum die Kassen des Theaters an der Wien, um den beliebten Komiker Wenzel Scholz zu sehen, der in der Posse »Der falsche Virtuos oder Das Concert auf der G-Saite« die Figur des »Streicherl« spielte.

So gewaltig die Aufregung um den geheimnisvollen Hexenmeister der Musik mehrere Monate lang wogte, so schnell und gerne waren die Wiener bereit, sich rasch neuen Sensationen zuzuwenden, egal, wie bizarr oder skurril sie auch sein mochten. Und so passierte es, daß ein bisher unbekanntes Tier aus dem heißen Afrika dem Virtuosen, der auf einer einzigen Violinsaite spielen konnte, mühelos den Rang ablief.

Sommerliche Ausflugsfreuden der Wiener. Satirisches Bild aus der Wiener Theaterzeitung. Das musikalische Pendant dazu lieferte Johann Strauß Vater mit seinem »Krapfen-Waldel-Walzer« op. 12, welcher im Juli 1828 erstmals im Druck erschien

August 1828. – Unübersehbare Menschenmengen strömten hinaus nach Hietzing, um jene Attraktion zu sehen, die es im Schönbrunner Tierpark zu bewundern gab: Der Vizekönig von Ägypten, Mehmed Ali, hatte dem Kaiser Franz eine Giraffe geschenkt[6].

Wem das Faszinosum des exotischen Vierbeiners mit dem langen Hals und ein erbaulicher Spaziergang in den Parkanlagen der kaiserlichen Familie als sommerliche Freizeitgestaltung nicht genügte, der fuhr mit dem Stellwagen über die Nußdorfer Linie nach Grinzing, und erklomm die gemächlich ansteigenden Weinberge, um sich an der herrlichen Aussicht über die Kaiserstadt zu erfreuen. Die Unentwegten und sportlich Motivierten tauchten hurtigen Schrittes in die schattigen Pfade des Wienerwaldes ein, um gar den Kahlenberg oder Leopoldsberg zu besteigen. Auf halbem Wege dahin befand sich das »Krapfenwaldel«, ein kleines Föhrenwäldchen mit einer lauschigen Gastwirtschaft, gern besuchtes Ausflugsziel für zahlreiche Wanderer, denen die »Entdeckung der Natur« plötzlich zum Herzensbedürfnis geworden war.[7]

Um die Eroberung der »aussichtsreichen« Anhöhen des Wienerwaldes auch dem ungeübten und wenig konditionierten Städter zu ermöglichen, hatten findige Wirte und Unternehmer in Grinzing Reiterstationen mit gesattelten Eseln errichtet, die auch wohlproportionierte Gäste geduldig über die steinigen Waldwege hinauf ans gewünschte Ziel beförderten.

Straußens 6teilige Walzerkette op. 12 – am 28. Juli 1828 in der Wiener Zeitung erstmals angekündigt – erhielt den topographisch unmißverständlichen Titel »Krapfen-Waldel-Walzer«.

Dieses Werk bezaubert – auch heute noch – durch eine Fülle ländlich-frischer Walzermotive voll unbeschwerter Heiterkeit. Es darf nicht verwechselt werden mit der Polka francaise »Im Krapfenwaldl«, welche Johann Strauß Sohn 42 Jahre später schuf.
Den endgültigen Bruch mit Verleger Diabelli hat Johann Strauß im September 1828 vollzogen. Penibel und korrekt, wie der junge Musikdirektor in geschäftlichen Angelegenheiten stets war, schreibt er seinem bisherigen Arbeitgeber am 29. 9. einen eigenhändigen Brief mit dem Hinweis, daß ihn »von nun an ein Kontrakt mit dem Herrn Haslinger bindet, insofern jede meiner Kompositionen ihm zu liefern sei«.[8] Der im Brief erwähnte Walzer op. 16 (»Fort nacheinander«) erscheint ein paar Tage später bei Haslinger.
Da Joseph Lanner erst wenige Monate zuvor seinen Wechsel von Diabelli zu Haslinger vollzogen hat und Strauß nun seinem Beispiel folgt, kann der Walzertitel »Fort nacheinander« durchaus aktualitätsbezogen verstanden werden.
Daß diese Entwicklung dem alteingesessenen Verleger Diabelli nicht unbedingt in den Kram gepaßt hat, läßt sich leicht nachvollziehen. Doch nun wird die Eigendynamik ökonomischer Interessen deutlich sichtbar, wobei der wendige und vermutlich auch besser zahlende Haslinger eindeutig im Vorteil war.
Strauß war sichtlich bemüht, den für ihn notwendig und zweckmäßig erscheinenden Verlegerwechsel einvernehmlich und ohne dramatische Effekte abzuwickeln. So dürfte er aus diesem Grunde wohl bereit gewesen sein, einige Galoppe sowie den ein Jahr später erschienenen »Sperls Fest-Walzer« op. 30 Diabelli als »Abschiedsgeschenk« zu überlassen.
Der Galopp war der Modetanz der ausgehenden 20er Jahre des 19. Jahrhunderts. Seit der »Langaus« aus Gründen der Gesundheitsgefährdung verboten war, hatte die Wiener Tanzjugend keine musikalische Bewegungsform, die es erlaubt hätte, die körperlichen Leistungsgrenzen auszuloten und so richtig in Ekstase zu geraten. Da kam der »Galopp« gerade recht. Er war um 1825 im Thüringer Raum aufgekommen und fand in der Donaumetropole begeistertes Echo.
Wegen seines rasanten Tempos sollte dieser Rundtanz im 2/4-Takt zum anstrengendsten und »gefährlichsten« Tanz des 19. Jahrhunderts werden. Johann Strauß Vater hat in späteren Jahren Galoppaden von faszinierender musikalischer Schwungkraft und Raffinesse geschrieben und gilt als unerreichbarer Meister dieses Genres.
Jedoch die »Alpenkönig-Galoppe« op. 7, die im Dezember 1828 (noch!) bei Diabelli erschienen, hinterlassen beim Hörer einen merkwürdig blassen Eindruck. Das wunderbare musikalische Themenmaterial Wenzel Müllers zu Raimunds Theaterstück »Der Alpenkönig und der Menschenfeind« hätte sich wohl eher zu einem stimmungsvollen Walzer ausbauen lassen. Wenn nun Wenzel Müllers innig-schlichte Melodie »So leb' denn wohl, du stilles Haus« zu einem keck dahinhüpfenden Eröffnungsgalopp mutierte, versehen mit der Etikette »Johann Strauß«, dann war wohl irgendwas nicht mit rechten Dingen zugegangen. Der mit eminentem Gespür für musikalische und ästhetische Formen ausgestattete junge Musikdirektor hat möglicherweise für etwas seinen Namen hergegeben, was nie aus seiner Feder floß.
Daß es sich lohnen könnte, die Verlegerpraktiken des Herrn Diabelli einer genaueren kritischen Untersuchung zu unterziehen, darauf hat schon Norbert Linke in seinen Recherchen ansatzweise hingewiesen.[9]
Eines immerhin läßt sich aus dem Duell der Verleger schlüssig ableiten: Der Name Johann Strauß war zum »Markenartikel« geworden. Und wo es Etiketten gibt, da gibt es eben auch Etikettenschwindel. Das war in der Ägide des bürgerlichen Frühkapitalismus nicht anders als im Zeitalter globalisierter Weltwirtschaft.

Raimunds romantisches Zauberstück vom »Alpenkönig und dem Menschenfeind« hat jedenfalls zu Recht die Herzen des Theaterpublikums erobert. Am 17. Oktober 1828 erlebte Wien die Uraufführung des Meisterwerks am Theater in der Leopoldstadt. Nicht alle Besucher werden auf Anhieb die überragende Bedeutung dieses epochalen Bühnenwerks verstanden haben. Der Raimund'sche »Alpenkönig« war keine Biedermeier-Posse, sondern großes psychologisches und gesellschaftspolitisches Theater.

Ein menschliches Drama erschütterte genau einen Monat später Wien und die musikverständige Welt: Franz Schubert, der vielleicht größte Liederkomponist aller Zeiten, starb am 19. November 1828 im Alter von 31 Jahren an den Folgen einer Thyphusinfektion. »Nervenfieber« hatte der Amtsarzt als Todesursache konstatiert. Wiederum hatte ein wahrhaft Großer der Musikgeschichte den gesellschaftlichen Tanzboden der musikalischen Welthauptstadt allzufrüh verlassen. Schubert war durch niemanden ersetzbar. Aber das Leben ging weiter. Und die Vorbereitungen für den nächsten Karneval waren bereits in vollem Gange.

Franz Schubert (1797–1828). Lithographie von Kriehuber

1829
»Des Verfassers beste Laune«. Vom Warencharakter der Musik

Während der Streckenausbau der Pferdeeisenbahn von Linz nach Budweis gemächlich vor sich hinköchelte, hatte das Zeitalter der Dampfmaschine im frühindustrialisierten England einen gewaltigen Entwicklungsschub in Gang gesetzt. Wie dem Leser erinnerlich sein wird, war Stephenson mit seiner ersten Dampflokomotive bereits 1825 von Stockton nach Darlington gefahren. Der Dampferhitzer dieser ersten Zugmaschine bestand im wesentlichen aus nichts anderem als einem großen liegenden Wasserkessel. Durch die darunter liegende Kohlenfeuerung wurde das Wasser im Kessel direkt erhitzt. Aber schon ein Jahr später, 1826, erhielt ein englischer Konstrukteur das Patent auf einen »Flammenrohrkessel für Dampfmaschinen«. Mittels zahlreicher, durch den Kessel gezogener Kupferrohre, gelang es, die notwendige Verdampfung um ein Vielfaches zu beschleunigen.
Dieses Prinzip sicherte am 6. Oktober 1829 George Stephenson den Sieg in einem abenteuerlichen Wettbewerb, der in der Geschichte der Technik zum Meilenstein geworden ist. Bei einem öffentlich ausgeschriebenen Lokomotiven-Wettrennen in Liverpool siegte Stephenson mit seiner Maschine, die er »Rocket« nannte, haushoch über sämtliche Konkurrenten. Die drei Tonnen schwere Lok zog einen Wagen mit dreißig Reisenden mühelos über eine Distanz von drei Kilometern und erreichte dabei knapp 50 km/h.
Waren Österreichs Erfinder und Ingenieure weniger begabt? Fehlte ihnen der Genius, um Schritt zu halten im internationalen Wettbewerb eines neuen Technologie-Zeitalters? – Gewiß doch nicht! Vielmehr erhebt sich die Frage, welche Entfaltungs- und Entwicklungsmöglichkeiten ihnen die Zeit des Vormärz in Österreich zu bieten hatte.
Schon 1814 hatte der Tiroler Schneidermeister Josef Madersperger eine von ihm entwickelte Nähmaschine in Wien patentieren lassen. Faszinierend die Vorstellung, welche Arbeitserleichterung dieses Gerät für Millionen Näherinnen im Riesenreich der Monarchie bedeutet hätte. Dem Schneider aus Tirol fehlte allerdings das Geld, um seine umwälzende Erfindung zur Serienreife zu bringen.
Das schon erteilte Patent erlosch nach einigen Jahren, da Madersperger nicht einmal die finanziellen Mittel aufbrachte, selbiges zu verlängern. Fast 30 Jahre lang geriet die geniale Erfindung in Vergessenheit, um schließlich von amerikanischen Industriellen aufgegriffen zu werden. Singer's Nähmaschinen-Imperium hatte in der 2. Hälfte des 19. Jh.s und darüber hinaus bis zum heutigen Tag von dieser Erfindung profitiert und dabei Milliardengewinne erwirtschaftet. Madersperger starb 1850, von der Welt vergessen, in ärmlichen Verhältnissen. – Ein österreichisches Erfinderschicksal!
Szenenwechsel. –
1812 hatte der böhmische Forstangestellte und spätere Marineingenieur Josef Ressel Versuche mit einer von ihm konstruierten Antriebsschraube unternommen. Sein Kampf gegen die Verständnislosigkeit der Behörden währte bis 1827, als es ihm schließlich doch noch gelang, seine Erfindung beim Patentamt anzumelden.

1829 unternimmt Ressel im Hafen von Triest erfolgreich Probefahrten mit seinem Schraubendampfer »Civetta«. Als jedoch während der Versuchsfahrten ein Dampfrohr bricht, was mit der Funktionsfähigkeit der Schiffsschraube in keinem Zusammenhang steht, werden weitere Probefahrten polizeilich verboten. Die Auswertung seiner Erfindung bleibt dem technischen Pionier versagt. Die praktische Anwendung der archimedischen Schraube zum Schiffsantrieb aber ist sein bleibendes Verdienst.

Nach seinem Tod im Jahre 1857 eroberte die Schiffsschraube die Weltmeere und wurde im wahrsten Sinn des Wortes zum »treibenden« Faktor der Weltwirtschaft und des internationalen Seeverkehrs.

Eduard von Bauernfeld beschreibt die geistige Situation in Österreich um 1829:

»Gegen Ausgang der zwanziger Jahre herrschte in Österreich noch der vollkommenste Geistesschlummer (...). Das berüchtigte österreichische System mit seiner Devise: ›abwarten‹ bremste auch die Staatsmaschine so lange, bis sie zuletzt völlig ins Stocken geriet, wenngleich die gedankenarme und kraftlose Gerontokratie, welche in der Folge ans Ruder gelangte, im schläfrigen Regierungsdusel und in unnützer Geschäftigkeit inzwischen ihre Aktenstücke rastlos weiter erledigte.«[1]

Wie bedeutsam Ressels Schiffsschraube für die Belebung der österreichischen Wirtschaft hätte sein können, geht schon aus dem Umstand hervor, daß 1829 die »Donaudampfschiffahrts-Gesellschaft« gegründet wurde.[2] Unglaublich spät eigentlich, wenn man bedenkt, daß schon 1819 (!) ein Raddampfer namens »Savanna« den Atlantik zwischen den Vereinigten Staaten und Europa in 26 Tagen erfolgreich überquert hat. Als 1830 der erste Donaudampfer flußabwärts tuckert, hat England bereits 315 Dampfschiffe in Betrieb.

Die unzeitgemäßen Produktionsverhältnisse und die damit verbundene Stagnation des Wirtschaftslebens hatte die Lage der österreichischen Staatsfinanzen (wieder einmal) in eine aussichtslose Situation manövriert. Im Memorandum, welches Innenminister Kolowrat im Februar 1829 Kaiser Franz vorlegte, schien eine Neuverschuldung von 180 Millionen Gulden auf. Für den einfachen Untertanen des habsburgischen Kaiserhauses eine geradezu unvorstellbare Summe. Da der Magistrat der Stadt Wien weitgehend von der Regierung abhängig war, befand sich auch die Hauptstadt der Monarchie in permanenten Finanznöten. Eine der Folgen dieses Debakels war die Einführung der sogenannten »Verzehrsteuer«. Sie wurde ab 1829 für die Einfuhr von Lebensmitteln aller Art bei den Linienämtern eingehoben. Der Linienwall, der eine Reihe von Vorstädten umschloß (heute 10.–19. Bezirk), verlor damit endgültig seinen militärischen Befestigungscharakter und wurde zur fiskalischen Grenze, welche die Kluft zwischen arm und reich noch mehr vertiefte. Die Arbeiterschaft wurde in die äußeren Vororte abgedrängt, wodurch sich Wohnungsnot und soziale Probleme weiterhin verschärften. Die soziale Bombe begann zu ticken.

Zu jener Zeit saß Joseph Lanner, der Frischvermählte, – er hatte am 28. November 1828 Franziska Jahns geheiratet – über zahlreiche Notenblätter gebeugt, um seinen neuen »Redout-Carneval-Tänzen« op. 30 den letzten Schliff zu geben. Immerhin debutierte er damals erstmals in seiner neuen Funktion als k. k. Musikdirektor beider Redoutensäle in der Hofburg.

Unruhe und Hektik gab es auch im Hause seines Freundes Johann Strauß. Anna Strauß erwartet neuerlichen Nachwuchs, die Mietwohnung in der Vorstadt Mariahilf, wo Joseph vor zwei Jahren das Licht der Welt erblickt hatte, erweist sich als unzulänglich, liegt auch nicht nah genug zu jenen Tanzsälen und Unterhaltungsstätten, die der rastlose Musikdirektor aufzusuchen hat.

Die neu erwählte Wohnung liegt in der Leopoldstadt, wo Anna Strauß im Hause Nr. 31 (»Zum weißen Wolfen«) das erste Mädchen der Familie noch im selben Jahr zur Welt bringen wird.

In den ersten Tagen des August 1829 besteigt ein blaß aussehender junger Mann die Reisekutsche in seiner Heimatstadt Warschau, um sich einen langgehegten Wunsch zu erfüllen: Er will das musikalische Leben der Kaiserstadt höchstpersönlich kennenlernen und der Welt auch zeigen, was er selbst an musikalisch Außergewöhnlichem zu bieten hat. Der junge Mann hat eben sein 19. Lebensjahr vollendet und heißt Frederic Chopin.

Schon am 11. August gibt der blasse Jüngling eine erste Probe seines stupenden Könnens im Kärntnertortheater. Am 18. November schrieb der Kulturrezensent der Allgemeinen musikalischen Zeitung:

»Die exquisite Weichheit seines Anschlags, sein unbeschreibliches technisches Geschick, seine vollendeten Schattierungen und Portamenti, die tiefstes Empfinden verraten; die Durchsichtigkeit seiner Interpretation sowie seine Kompositionen, die den Stempel eines großen Genies tragen (...) lassen einen von der Natur mit üppigen Gaben ausgestatteten Virtuosen erkennen, der ohne vorangehende Trompetenstöße plötzlich am Horizont erscheint wie einer der glänzendsten Kometen.«[3]

Der große Pole, der das musikalische Empfinden der Romantik geprägt hat, wie kein anderer, wird uns noch einmal – zwei Jahre später – in Wien begegnen. Chopins Klavierwalzer – funkelnde Edelsteine der Musikgeschichte – wären ohne die Impressionen, die der begnadete Komponist in der Donaumetropole empfangen hat, wohl kaum in dieser Form entstanden.

Just zur selben Zeit, als Chopin im Kärntnertortheater seine ersten Wiener Lorbeeren als Pianist erkämpft, tritt der junge Nestroy als Komödiant im Theater in der Josefstadt auf, und Johann Strauß Vater – damals ein junger Mann von 25 Jahren – bezaubert im Gartensalon des nämlichen Theaters die tanzfreudige Jugend mit den »Josephstädter Tänzen« op. 23. Wohin man seine Schritte auch lenken mochte im alten Wien – Musik war überall. Und nicht selten hat sie, für kurze Zeit zumindest, die Sorgen des Alltags vergessen lassen.

Der Erfolg von Straußens »Krapfen-Waldel-Walzer« im vergangenen Jahr hat den geschäftstüchtigen Musikdirektor offensichtlich motiviert, der jüngst ausgebrochenen »Naturbegeisterung« durch gezielte Titelwahl entsprechenden Tribut zu zollen. Am 11. September erschien in der Wiener Zeitung die Ankündigung eines neuen Straußwalzers mit dem affirmativen Titel »Frohsinn im Gebirge« (Abb. S. 90). Dieses als Walzer bezeichnete Opus ist in Wirklichkeit eine 6teilige Ländlerkette mit Introduktion und Coda und läßt beispielhaft erkennen, daß sich der Wiener Walzer tatsächlich aus dem Ländler entwickelt hat.

Frederic Chopin (1810–1849). Der polnische Klaviervirtuose und Komponist weilte 1829 erstmals in Wien

Daß man durch hochwertige Tanzmusik den Geschmack des Zuhörers bilden und veredeln konnte, war Johann Strauß in den vergangenen Jahren allmählich bewußt geworden. Daß aber auch umgekehrt vorhandenen Wünschen der Bevölkerung Rechnung zu tragen war, wußte der junge Kapellmeister wohl ebenso. Und daß Musik, wie vieles andere im Leben, auch eine Ware war, die man verkaufen und von der man leben konnte, hat im alten Wien wohl niemand so schnell begriffen wie Johann Strauß.

Und so ist es gewiß kein Zufall, wenn der erfolgsgewohnte Kapellmeister nunmehr daran denkt, das Image des Wirtshausmusikanten, der von Spenden und freiwilligen Gaben lebt, endgültig abzulegen und für die gebotene Ware – immerhin Qualität vom allerfeinsten – entsprechende pekuniäre Gegenleistung einzufordern.

Philipp Fahrbach, Flötist und Orchestermitglied in der Straußkapelle, selbst auch hochbegabter Komponist, erinnert sich in seinen Memoiren an das Jahr 1829:

»Einst hing der Wiener Himmel nicht so voller Geigen wie jetzt (...). Von einer Einführung eines Entreegeldes, wobei man nur einmal der Plage des in die Taschegreifens sich zu unterziehen habe, hatte man damals noch keine Idee. Die Anwendung eines zu entrichtenden Geldbetrages beim Betreten des Lokalterrains geschah erst durch Johann Strauß im Jahre 1829. Der erste Versuch hiezu war von einem glänzenden Erfolg begleitet.

Der große Gasthausgarten bei den ›Zwei Täuberln‹ am Heumarkt war der Schauplatz, wo

Johann Strauß, »Frohsinn im Gebirge« op. 26. Ein im Ländlerstil gehaltener Walzer aus dem Jahre 1829. Titelblatt der Erstausgabe

dieser große Wurf gelang. Noch seh' ich im Geiste die Menge der Besucher sich herandrängen und um den Voreintritt sich herumstreiten – ein wahrer Platzregen von Silberfünfern, Silbergroschen und Kupferkreuzern fiel auf den Kassatisch hernieder! Dem neugebackenen Billeteur wurde angst und bange, während der Kassier erstaunt und lächelnd die eingehenden Gelder in die Tischlade fallen ließ. Das Publikum amüsierte sich außerordentlich und sprach seine Zufriedenheit über die neue Einführung durch nie endenwollende Akklamationen aus (...). Die damalige Höhe des Entreegeldes betrug 4, 5, 6 Kreuzer in Konventionsmünze. Mit 6 Kreuzer Entree spielte Strauß nicht sehr lange Zeit, bald stieg dasselbe auf 8 Kreuzer. Das Publikum schmollte zwar anfangs ob dieser Erhöhung, doch die weltbekannte Opferwilligkeit des Wieners, sei es zu seinem eigenen Vergnügen oder zum besten von Unglücklichen, bewährte sich auch hier, und man strömte dem Strauß, der früher 5 und 6, jetzt aber 8 Kreuzer kostete, ebenso zahlreich, wo nicht zahlreicher zu, da die Erhöhung des Entrees auch stets ein ›höheres‹ Publikum mit sich brachte und ein minderes abschreckte. Dadurch veredelte sich das öffentliche Musikwesen immer mehr und mehr.«[4]

4. Oktober 1829. – Sensation in der Leopoldstadt. Wie ein Lauffeuer hatte sich in ganz Wien herumgesprochen, was anfangs niemand glauben wollte: Joseph Lanner hatte seinen Vertrag mit Scherzer, dem Besitzer des »Sperl«, aufgekündigt – warum, wissen wir bis heute nicht – und Johann Strauß das Terrain überlassen!

Johann Strauß im Sperl! Welch ein Augenblick in der an Höhepunkten gewiß nicht armen Karriere des jungen Tanzgeigers aus der Leopoldstadt. Schon zu Zeiten des Wiener Kon-

Straußkonzert im Paradeisgartl auf der Löwelbastei. Im Hintergrund die Josefstadt und die Ausläufer des Wienerwaldes. Kreidelithographie von F. Wolf (1832) – Die Tätigkeit des Kassiers ist im Bild links deutlich zu erkennen.

gresses galt der »Sperlbauer« als das eleganteste und nobelste Vergnügungs-Etablissement des alten Wien. Hier zu musizieren bedeutete, am Glanz der Kaiserstadt teilzunehmen, den Puls der Welt zu spüren, Macht auf Menschen auszuüben, und sei es auch nur durch die rhythmisch-bezwingende Magie der neuesten Walzerkompositionen …

Als Johann Strauß an jenem Abend des 4. Oktober den Geigenbogen hob, um gemeinsam mit seinem Orchester das erste Thema seiner Walzerkette op. 30 zu intonieren – »Sperls Fest-Walzer« stand stolz auf den Programmzetteln – war er bereits ein gemachter Mann. Die Begeisterung kannte keine Grenzen. War es die betörend-sinnliche Melodik dieses wahrhaft bezaubernden Debut-Walzers, war es die Persönlichkeit des energiegeladenen Dirigenten, der sein Orchester magisch im Griff hatte, oder war es die Atmosphäre der märchenhaft dekorierten und beleuchteten Tanzsäle und die Erwartungshaltung eines festlich gestimmten Premierenpublikums, das den großen Augenblick sinnestrunken genoß?

Vermutlich war es wohl von alledem ein bißchen, was diesen Abend zum unvergänglichen Erlebnis gemacht hat.

Als der deutsche Schriftsteller (und spätere Burgtheaterdirektor) Heinrich Laube zum erstenmal nach Wien kam, zog es ihn, wie alle Reisenden und Wienbesucher, zum »Sperl«, um Johann Strauß zu erleben. Auch er konnte sich der Magie dieses von Musik verzauberten Ortes nicht entziehen und verfiel in seinem Essay »Sperl in floribus« in geradezu enthusiastische Schwärmerei:

»Es war an einem jener wichtigen Tage, da ›Sperl in floribus‹ an allen Straßenecken erglänzt. Der ganze Garten Sperls in der Leopoldstadt brennt dann mit tausend Lampen, alle Säle sind geöffnet, Strauß dirigiert die Tanzmusik, Leuchtkugeln fliegen, alle Sträucher werden lebendig (…). Ein Abend und eine halbe Nacht beim Sperl ist, wenn er in aller Üppigkeit

Leopoldstadt und Ferdinandbrücke in den 20er Jahren des 19. Jh.s

blüht, der Schlüssel zum Wiener sinnlichen Leben (...). In der Mitte des Gartens ist das Orchester, von dem verführerische Sirenentöne kommen, die neuen Walzer, die gleich dem Stich einer Tarantel das junge Blut in Aufruhr bringen. In der Mitte des Gartens, bei jenem Orchester, steht der moderne Held Österreichs, ›Napoléon autrichien‹, der Musikdirektor Johann Strauß. Was den Franzosen die Napoleonischen Siege waren, das sind den Wienern die Straußschen Walzer (...).
Charakteristisch ist der Anfang jedes Tanzes. Die Musik beginnt mit zitternden, nach vollem Ausströmen lechzenden Präludien. Sie klingen tragisch wie Glückseligkeit, die vom tiefsten Schmerz umklammert wird. Der Wiener legt sich sein Mädchen tief in den Arm und sie wiegen sich auf das wunderlichste im Takt. Man hört noch eine ganze Weile diese langanhaltenden Brusttöne der Nachtigall, mit denen sie ihr Lied anhebt und die Zuhörer bezaubert, bis plötzlich ein schmetternder Triller hervorbricht, der eigentliche Tanz beginnt und die Paare sich in den Strudel der Fröhlichkeit stürzen.«[5]

Johann Strauß war es gelungen, mit Johann Georg Scherzer, dem Eigentümer des »Sperl«, einen Sechsjahresvertrag abzuschließen. Das Honorar betrug 600 Gulden jährlich, verbunden mit dem Recht, zwei Benefizkonzerte zum eigenen Vorteil abzuhalten.

Schon wenige Wochen nach seinem Debut – nämlich am 25. November 1829 – ergab sich für Strauß die erste Möglichkeit, einen Benefizball im Sperl anzusetzen. Es war der sogenannte »Katharinenball«. Dabei verblieb der gesamte Reingewinn in seinen Händen. Und Tobias Haslinger, der Verleger, für den sich Johann Strauß sehr bald als »Goldesel« erweisen sollte, bewies umgehend, daß er etwas davon verstand, Musik als Ware umzusetzen.

Auf dem Titelblatt der Klavierausgabe des neu-

Teilansicht des Gebäudes in der Leopoldstadt, in welchem sich das Vergnügungs-Etablissement »Zum Sperl« befand (heute Kleine Sperlgasse 2 c)

Metropole, rasch zusammengestellte Bürgergarden besetzen das Regierungsgebäude und übernehmen die Exekutivgewalt. Nach mehrtägigen Barrikadenkämpfen bleibt der holländischen Besatzungsmacht nichts anderes übrig, als die Selbständigkeit Belgiens zu akzeptieren. Im November 1830 entscheidet sich der belgische Nationalkongreß für die Staatsform einer konstitutionellen Monarchie. Leopold von Sachsen-Coburg wird belgischer König. Ihm vor allem ist es zu verdanken, daß Belgien zu einem verfassungsmäßigen Musterstaat in Europa aufblüht, der auch die gewaltigen Stürme der 48er Revolution überstehen wird.

Der belgische Aufstand war kein isoliertes Ereignis in Europa. Im selben Jahr erwirken die reformierten Kantone der Schweiz eine demokratische Verfassung. Die Griechen schütteln die jahrhundertealte Herrschaft der Osmanen ab und schließlich erheben sich die freiheitsliebenden Polen gegen das Militärregime des russischen Zaren.

Der österreichische Historiker Friedrich Weissensteiner bezeichnet »1830« wohl zu Recht als ein »Schicksalsjahr der europäischen Geschichte«.[2]

In Wien aber tanzte man noch in wohlgeordneter Formation jenen Cotillon, in welchen Strauß das erregende Melodiengut der neuen Revolutionsoper so kunstgerecht verpackt hatte.

Mit den Nebelschwaden politischer Bevormundung versuchte sich das österreichische Bürgertum so schlecht und recht abzufinden. Dessen geistige Elite ließ es sich ohnedies nicht nehmen, kritische Blicke über die Grenzen Österreichs zu werfen. Von der Zensur verbotene und aus dem Ausland eingeschmuggelte Literatur erfreute sich steigender Nachfrage, und Eduard Bauernfeld registrierte, bezugnehmend auf das Jahr 1830:

»Die Skepsis regte sich, soziale und politische Unzufriedenheit begann ihr erstes leises Gemurmel, welches nach und nach lauter wurde, bis es sich 18 Jahre später in artikulierten Tönen aussprach und Preßfreiheit und Konstitution verlangte.«[3]

Was den Bewohnern der Kaiserstadt in jenem unglaublich kalten Winter zu Beginn des Jahres 1830 wirklich Sorgen bereitete, war die massive Vereisung der Donau samt ihren Nebenflüssen. Leichte Überschwemmungen gab es fast in jedem Frühjahr in den Donauauen. Damit konnte man leben. Für den Fall eintretenden Hochwassers hatte man ja Vorkehrungen getroffen: In der Leopoldstadt gab es 42 Zillen, in der Roßau 32 und in der Landstraße 17 Zillen, die bereitstanden, um Flutopfern rechtzeitig zu Hilfe zu eilen.

Diesmal aber griff die Vereisung bis an den Grund der Flußarme. Die Donauauen waren winterlich erstarrt. Wenn nun plötzlich Tauwetter einsetzte, mußten die von Westen kommenden Wassermassen der Donau auf eine unüberwindbare Eisbarriere stoßen. Eine gewaltige Überschwemmung war die unausbleibliche Folge.

Was manche geahnt und viele befürchtet hatten, trat wirklich ein. Am Abend des 27. Februar türmten sich die von der Flut getriebenen Eisschollen in der Donau zu einem mächtigen Eisstoß, der eine Brücke zermalmte. Schon vermeinte man, das Ärgste überstanden zu haben, als in der Nacht zum 28. Februar die Flußwachen ein fürchterliches Krachen und Tosen in der Brigittenau vernahmen. Minuten später war die schlimmste aller Katastrophen eingetreten: Der durch die Leopoldstadt führende Donauarm war über die Ufer getreten. Durch die Straßen dichtverbauter Wohnviertel schossen meterhohe Eis- und Wassermassen mit unvorstellbarer Elementargewalt, verschluckten und begruben alles unter sich, und richteten ein Inferno an, wie es Wien seit Jahrhunderten nicht mehr erlebt hatte.

Das Ausmaß der Katastrophe wurde erst Tage später in vollem Umfang sichtbar. Über 50.000 Menschen waren in den Wasserfluten eingeschlossen gewesen. 1300 Häuser standen unter

Wasser. 173 davon hatten die eisigen Fluten völlig zerstört, fast 5000 Familien mußten evakuiert werden, 74 Menschen hatten in den schrecklichen Fluten den Tod gefunden.

Franz Grillparzer hat in seiner meisterhaften Novelle »Der arme Spielmann« den Ereignissen rund um die Überschwemmungskatastrophe des Jahres 1830 ein berührendes literarisches Denkmal gesetzt:

»Der Anblick der Leopoldstadt war grauenhaft. In den Straßen zerbrochene Schiffe und Gerätschaften, in den Erdgeschossen zum Teil stehendes Wasser und schwimmende Habe. Als ich, dem Gedränge ausweichend, an ein zugelehntes Hoftor hintrat, gab dieses nach und zeigte im Torwege eine Reihe von Leichen, offenbar behufs der amtlichen Inspektion zusammengebracht und hingelegt; ja, im Innern der Gemächer waren noch hie und da aufrecht stehend und an die Gitterfenster angekrallt, verunglückte Bewohner zu sehen – es fehlte eben an Zeit und Beamten, die gerichtliche Konstatierung so vieler Todesfälle vorzunehmen. Von allen Seiten Weinen und Trauergeläute, suchende Mütter und irregehende Kinder.«[4]

Auch Johann Strauß hat mit seiner Frau und den drei Kindern die Schreckenstage in der Leopoldstadt hautnah miterlebt. Die neuerliche Übersiedlung der Familie in eine andere Wohnung am Karmeliterplatz dürfte mit den verheerenden Zerstörungen, die das Hochwasser angerichtet hatte, im Zusammenhang gestanden sein. Johann Strauß Sohn, der damals bereits ein Bub von fünf Jahren war, hatte die Überschwemmungskatastrophe und das Ohnmachtsgefühl des Menschen gegen die Unberechenbarkeit elementarer Naturgewalten sicherlich bewußt erlebt, später jedoch ganz offensichtlich verdrängt. Daß neurotische Auffälligkeiten im Erwachsenenalter, wie etwa demonstratives Desinteresse an Naturereignissen, Reiseunlust, Höhenangst und derglei-

Die Hochwasserkatastrophe des Jahres 1830. Eine Rettungsaktion in der Roßau

chen, auf solche Kindheitstraumata zurückzuführen wären, ist wohl nur eine Hypothese, die aber nicht gänzlich von der Hand gewiesen werden kann.
Zu den köstlichen Paradoxa der Musikgeschichte zählt jedenfalls die Tatsache, daß Johann Strauß Sohn ausgerechnet mit dem Walzer »An der schönen blauen Donau« weltberühmt geworden ist. Doch werden die näheren Umstände dieses musikhistorischen Ereignisses, welches dem Jahr 1867 zuzuordnen ist, im Folgeband einer näheren Betrachtung unterzogen werden.
Die Spuren der Verwüstung waren noch monatelang in Wien zu sehen, Not und Elend prägte das Leben zahlreicher überlebender Familien für Jahre hinaus, erste Fälle von Cholera – ausgelöst durch völlig unzureichende hygienische Verhältnisse in den Vorstädten – setzte die Bevölkerung in Panik und Schrecken. Und dennoch – irgendwie ging das Leben weiter – mußte weitergehen.
Auch die Familie des jungen Joseph Lanner hatte sich mittlerweile vergrößert und neuerlicher Nachwuchs stand ins Haus. Dies war wohl ein entscheidender Grund für Lanners Ansuchen um Aufnahme in die Wiener »Tonkünstler-Societät«, die bereits seit 1771 bestand. Staatliche Sozial- und Krankenversicherungen waren in der Zeit des Wiener Vormärz unbekannt und immerhin bot diese Musikervereinigung ihren Mitgliedern eine Rentenversicherung für hinterbliebene Witwen.
Lanners Ansuchen war kein Erfolg beschieden. Eduard Hanslick berichtet 40 Jahre später:
»In der Sitzung vom 27. Mai 1830 wird dem Joseph Lanner die Aufnahme in die Societät versagt, ›weil er bei der Tanzmusik ist‹. Während man die obscursten Orchester-Mitglieder mit Vergnügen in die Societät aufnahm, wies man einen Componisten von dem glänzenden Talent und der beneidenswerthen Popularität Lanners die Thür.«[5]
Musikhistorisch gesehen befand sich Lanner jedoch in allerbester Gesellschaft. Bereits 1775 hatte man W. A. Mozart die Aufnahme in die

Die Überschwemmung der Vorstädte Wiens. 1. März 1830

Tonkünstler-Societät verweigert, da der Taufschein des Komponisten fehlte.

Sowohl bei Lanner als auch bei Strauß stand das Familienleben im Jahre 1830 nicht zum allerbesten. Pausenlose berufliche Einsätze, bei denen die Nacht zum Tage wurde, trugen nachhaltig bei zu einer unaufhörlich fortschreitenden Entfremdung innerhalb des Familienverbandes.

Wenn man einer Nachricht des »Allgemeinen Musikalischen Anzeigers« vom 30. Oktober 1830 Glauben schenken kann, haben sich jedoch Strauß und Lanner untereinander prächtig verstanden. So heißt es unter anderem:

»Strauß und Lanner sind seit längerer Zeit die Matadors der Tanzmusik, daher kann es nicht fehlen, daß jeder seine Gönner hat. Daß die beyden Direktoren aber miteinander selbst in gutem Einvernehmen stehen, bewiesen sie öffentlich am 18. October, an welchem Tage beyde im Saale zum Schaf in zwey Sälen Tanzmusiken, und zwar zum Vortheile des Hrn. Lanner, dirigirten.«[6]

Einer der wertvollsten Mitglieder der Kapelle des Johann Strauß war zu jener Zeit wohl Philipp Fahrbach, den wir als zeitgenössischen Berichterstatter schon kennengelernt haben. Fahrbachs Kompositionen bereicherten regelmäßig das Repertoire der Straußkapelle, und in Anbetracht der stets häufiger werdenden Verpflichtungen hat Strauß immer enger mit seinem erfahrenen Flötisten kooperiert. Fahrbach hebt dies in seinen »Erinnerungen« stolz und selbstbewußt hervor:

»Ich brachte, als ich stabiles Mitglied der Vater Straußschen Kapelle war, wenn auch nicht alle Wochen, doch wenigstens alle vierzehn Tage eine neue Piece, welche ich meinem Chef überreichte. Meine Sachen wurden gewöhnlich nach dem Potpourri zur Aufführung gebracht, und da begab es sich im Jahre 1830, daß meine Walzer, betitelt ›Winke der Freude‹, zur Auf-

Philipp Fahrbach: »Winke der Freude«, Walzer op. 8, entstanden im Jahre 1830. Titelblatt der Erstausgabe für Klavier

führung gebracht wurden und so gefielen, daß selbe Strauß fünfmal nacheinander spielen mußte. Dieser Erfolg verstimmte Strauß doch ein wenig. Von nun an spielte er weniger von mir und manche meiner Kompositionen blieben oft fünf oder sechs Wochen unaufgeführt. Endlich, da er doch so vollauf beschäftigt war, daß ihm wenig Zeit zur geistigen Erholung übrigblieb, geriet er auf den Gedanken, mich quasi als Ratgeber und Mitarbeiter zu gebrauchen, und so kam es, daß ich fast täglich zu ihm kommen mußte.«[7]

Während in Paris die Julirevolution tobte und der letzte korrupte Bourbonenkönig vom Thron gejagt wurde, was die Metternich'sche Politik der »Heiligen Allianz« in Europa bis in ihre Grundfesten erschütterte, blieb es in Österreich vorerst noch relativ ruhig. Die »staatstragenden«, der Monarchie treu ergebenen Zeitungsblätter mühten sich redlich ab, politische Diskussionen gar nicht erst aufkommen zu lassen. Um so ausführlicher konnte man – ohne das scharfe Auge der Zensur fürchten zu müssen – von den neuesten Erfolgen des Straußorchesters berichten. Am 20. 7. 1830 meldet die Wiener Theaterzeitung:

»Der Musikdirektor Strauß, dessen Kompositionen … im Gedächtnis jedes heiteren Wieners leben, gehört jetzt zu den Modelieblingen. Wo er die Violine streicht, da tanzen ihm die Leute zu, da füllen sich die Vergnügungsorte, da klatschen die Fröhlichen zu seinem Lobe (…). Fast alle Nebenbuhler hat er aus der Gunst des Publikums verdrängt, und nur nach ihm rufen die Wirte … Seine eigenen Kompositionen werden jedesmal mit rauschendem

Die »Hauswiese« im Helenental bei Baden, wo Joseph Lanner und gelegentlich auch Johann Strauß für Aristokratie und Bürgertum der berühmten Kurstadt unter freiem Himmel musizierten

Beifall empfangen. Dabei hat er das Verdienst, daß Ouverturen und schöne Stücke aus beliebten Opern unter seiner Leitung vorzüglich gut vorgetragen werden.«[8]

Als am frühen Morgen des 18. August 1830 einundzwanzig dumpfe Kanonenschüsse vom Schloß Schönbrunn herüberdonnerten, da wußte ganz Wien, daß das Haus Habsburg einen Hoferben bekommen hatte. Erzherzog Franz Karl und seine Frau Sophie tauften ihren ersten Sohn auf den Namen Franz Joseph. In Anbetracht des fortgeschrittenen Alters des regierenden Kaisers und des bedenklichen Geisteszustandes seines ältesten Sohnes Ferdinand war man in Hofkreisen allgemein der Ansicht, mit der Geburt Franz Josephs einen künftigen Kaiser vor sich zu haben. Allerdings: »Mit Sicherheit konnten sie dies nicht annehmen, und schon gar nicht konnten sie ahnen, daß dieser Kaiser 68 Jahre lang regieren und die Habsburger Monarchie mit ins Grab nehmen würde. Sie wußten nicht, daß dieses von ihnen so gepriesene Jahr 1830 den Anfang einer Entwicklung markierte, an dessen Ende der Untergang des alten Österreichs und des alten Europas stehen sollte.«[9]

Nur wenige Tage später, am 25. August, lud Sperlbesitzer Johann Georg Scherzer zu einem großen Volksfest, bei welchem – wie sollte es wohl anders sein – die Straußkapelle im Mittelpunkt des festlich-turbulenten Geschehens stand:

»Am 25. August dieses Jahres fand nun im ›Sperl‹ in der Leopoldstadt zu seinem [Straußens, AdA] Vorteil eine große Abendunterhaltung statt, bei welcher in beiden Sälen dieses großen Lokales, dann in dem schönen Garten daselbst ein fröhliches Volksfest geboten wurde (...). Beim Eingang wurden lustige Schaukeln in Bewegung gesetzt. Auch war ein Polizinell-Theater unaufhörlich beschäftigt, die Jugend zu unterhalten. Doppelte Beleuchtung schmückte alle Bogengänge, und um elf Uhr wurde ein recht artiges Feuerwerk abgebrannt. Der Benefiziant [Strauß, AdA], der des Publikums liebste Wünsche immer im Auge behält, fehlte nicht,

Das im Jahre 1830 eröffnete Vergnügungszentrum »Tivoli« auf dem Grünen Berg in Obermeidling. Diese Lithographie fand auch Verwendung als Titelblatt für Haslingers »Wiener Tivoli-Musik«

bei dem alles belebenden Feuerwerk auch die Herzen in ein fröhliches Feuer zu bringen: ›Gott erhalte Franz, den Kaiser!‹ wurde angestimmt, und die beiden Gärten hallten von tausendstimmigem Vivat wider.«[10]

Der »gute Kaiser Franz«, für den der göttliche Segen in wohldurchdachten Inszenierungen schon so oft vom »Volk« herabgefleht worden war, beglückte seine Untertanen als Regent noch weitere fünf Jahre, was den Aufstieg Österreichs zu einem entwickelten Industriestaat in Europa nicht gerade erleichterte.

In jener lauschigen Sommernacht des 25. August dürfte – nach Meinung des namhaften Straußexperten Max Schönherr – auch der Walzer »Souvenir de Baden« op. 38 im Sperl zum erstenmal erklungen sein (siehe S. 100).

Das Titelblatt zeigt uns einen der eher seltenen Auftritte der Straußkapelle in Baden, wo sich die Schikeria des wohlhabenden Wiener Bürgertums und der Aristokratie zum sommerlichen Stelldichein versammelte.

Kaiser Franz hatte am Badener Hauptplatz ein Haus gekauft und verbrachte jeden Sommer mit seiner Familie mehrere Wochen in der südlich von Wien gelegenen Kurstadt. Grund genug für »wichtige Leute«, sich in Baden sehen zu lassen und auch gesehen zu werden.

Der Pferdeomnibus von Wien nach Baden. Satirische Darstellung aus der Wiener Theaterzeitung

Wo es festliche Ereignisse, glanzvolle Eröffnungen und neuartige Attraktionen für das Wiener Bürgertum im Jahre 1830 gab, war Strauß mit seiner Kapelle stets zur Stelle. Mitte September berichtet die Wiener Zeitung von der Eröffnung einer außergewöhnlichen Vergnügungsstätte, die in der Nähe des Schönbrunner Schloßparkes am »Grünen Berg« errichtet wurde: »Tivoli« hieß das magische Schlagwort, welches alsbald vergnügungssüchtige und wohlbetuchte Wiener Bürger in Scharen nach Ober-Meidling pilgern ließ. Die herrliche Aussichtslage und das feurige Spiel der Strauß-Kapelle allein war es aber nicht, was zehntausende Neugierige im Herbst des Jahres 1830 auf den grünen Berg getrieben hatte. Ursache des gewaltigen Ansturms waren schlicht und einfach Wägelchen mit Rädern, die jeweils zwei Personen Platz boten und auf hölzernen Schienen bergab rollten. Die Wiener Theaterzeitung informierte ihre Leser in einer ausführlichen Reportage am 18. September 1830 über technische Details.

Die holprige Fahrt auf hölzernen Schienen erscheint uns heute – im Zeitalter computergesteuerter Flugsimulatoren auf den Rummelplätzen der Freizeitindustrie – als ein recht harmloses Vergnügen.

Die Begeisterung der Wiener Bürger aber war enorm. Strauß ließ es sich nicht nehmen, seinen im Oktober komponierten Walzer op. 39 »Tivoli-Rutsch-Walzer« zu benennen, wobei er das holprige Abwärtsrollen der Wägelchen in den Eingangstakten, wie auch in der Coda mittels absteigender Terzenketten tonmalerisch illustrierte.

Verleger Haslinger packte die Gelegenheit beim Schopf und präsentierte dem klavierspielenden Bürgertum einen ganzen Notenband voll »Wiener Tivoli-Musik«. Neben anderen Komponisten ist darin Johann Strauß mit einem Einzugsgalopp (op. 35), dem Tivoli-Rutsch-Walzer (op. 39) und weiteren Werken vertreten (siehe Abb. S. 101).

»Das musikliebende Publikum kennt die reizenden Kompositionen des letzteren, welcher jetzt zu den Lieblingen im Gebiethe der heiteren Tonkunst gehört. Daher diese Sammlung in keinem Zirkel fehlen dürfte, wo man sich echter Freude hingibt. Der Verleger, Herr Hofmusikalien-Händler Haslinger hat übrigens die zahlreichen Freunde des Tivoli noch dadurch verpflichtet, daß er die herrliche Anlage ziemlich ausführlich und treu auf das Titelblatt dieser ›Tivoli-Musik‹ lithographieren ließ.«[11]

Soweit der werbewirksame Bericht der »Allgemeinen Theaterzeitung für Kunst, Literatur und geselliges Leben«.

War die biedermeierliche Ruhe im Kaiserreich nun wieder eingekehrt, nachdem man die Hochwasserkatastrophe vergessen und das Sturmtief der französischen Julirevolution erfolgreich verdrängt hatte?

Die Idylle sollte sich als trügerisch erweisen. In Italien rumorte der Aufstand der »Carbonari«, da die korrupten Regierungen bzw. deren Herrscher zu sozialen und politischen Reformen nicht bereit waren. Und in Polen, welches von einer Wirtschaftskrise ohnegleichen geschüttelt wurde, kam es im November zum revolutionären Aufstand polnischer Truppenteile, die sich mit dem Volk verbündeten, um die russische Fremdherrschaft abzuschütteln.

Daß die um sich greifende Cholera-Epidemie im Jahre 1831 apokalyptische Ausmaße annehmen könnte, daran wollte niemand glauben. Daß aber Johann Strauß beim nächsten Katharinenball eine neue wundervolle Walzerkette seinen entzückten Hörern präsentieren würde, dessen war man sich ganz sicher.

Ist es statthaft, die Gesellschaft des Wiener Biedermeier als selbstzufrieden oder gar einfältig zu bezeichnen?

Arthur Schopenhauer, der große Denker des frühen 19. Jahrhunderts, meinte einmal:

»Ein wichtiger Punkt der Lebensweisheit besteht in dem richtigen Verhältnis, in welchem wir unsere Aufmerksamkeit teils der Gegenwart, teils der Zukunft widmen, damit nicht die eine uns die andere verderbe. – Die Gegenwart allein ist wahr und wirklich: sie ist die real erfüllte Zeit, und ausschließlich in ihr liegt unser Dasein. Daher sollten wir sie stets einer heiteren Aufnahme würdigen, folglich jede erträgliche und von Widerwärtigkeiten und Schmerzen freie Stunde mit Bewußtsein als solche genießen ... Denn es ist durchaus töricht, eine gute gegenwärtige Stunde von sich zu stoßen oder sie sich mutwillig zu verderben aus Verdruß über das Vergangene oder Besorgnis wegen des Kommenden.«[12]

Schopenhauer lebte 1830 als Privatdozent in Berlin. Wäre er in Wien gewesen, hätte er vermutlich Johann Strauß im Tivoli besucht.

Eine »Rutschpartie« im Tivoli auf dem Grünen Berg in Meidling. Lithographie um 1830

1831
Heiter auch in ernster Zeit

Frederic Chopin war schlechter Laune. Seit November 1830 wieder in Wien, war es ihm diesmal nicht gelungen, jenes Maß an Aufmerksamkeit in der Kaiserstadt zu erringen, welches ihm bereits 1829 zuteil geworden war. Prinz Carneval regierte in der Donaumetropole und ein hektisch-närrisches Treiben hatte – wieder einmal – ganz Wien erfaßt. Verleger Haslinger kam mit dem Drucken der neuesten Klavierausgaben Strauß'scher Tänze kaum nach und hatte für den jungen Komponisten aus Warschau wenig Zeit. (Lanner war mittlerweile bei Verleger Mechetti gelandet). Immerhin muß eingeräumt werden, daß Haslinger im Juli 1830, also wenige Monate vor Chopins neuerlicher Ankunft in Wien, dessen Mozart-Variationen op. 2 für Klavier und Orchester endlich in Druck gelegt hatte. Sichtlich enttäuscht und frustriert schreibt Chopin an seine Familie nach Warschau:
»Unter den zahlreichen Wiener Unterhaltungen sind die in den Gasthäusern berühmt, wo beim Nachtmahl Strauß und Lanner … Walzer aufspielen. Nach jedem erhalten sie ein gewaltiges Bravo, und wenn sie ein Quodlibet, das ist ein Gemisch aus Opern, Liedern und Tänzen,

Hotel »Stadt London« am alten Fleischmarkt (heute Fleischmarkt 28, Postgasse 13–15). Hier logierte Frederic Chopin, als er im November 1830 nach Ausbruch der polnischen Revolution zum zweitenmal nach Wien kam und bis August 1831 in der Donaumetropole lebte

spielen, dann sind die Hörer derart entzückt, daß sie nicht wissen, was sie mit sich beginnen sollen. Es beweist dies nur den verdorbenen Geschmack des Wiener Publikums.«[1]

Dem aufmerksamen Leser wird nicht entgangen sein, daß Chopin sehr wohl zwischen Walzer und Quodlibet deutlich differenziert. Während er der musikalischen Modetorheit, alle möglichen Opernmelodien in Quodlibets zu verpacken, wenig abgewinnen kann, hat das Phänomen des Wiener Walzers nachhaltige Wirkung auf den extrem sensiblen jugendlichen Virtuosen.

Welchen Eindruck die Musik eines Strauß und eines Lanner auf Chopin tatsächlich gemacht hat – und zwar in ästhetischer wie auch in gestalterischer Hinsicht – zeigt die geradezu erstaunliche Übereinstimmung mancher Chopin-Walzer mit Wiener Tanzmusikwerken jener Zeit. Ein treffendes Beispiel dafür ist Chopins Walzer op. 34/2. Dieses still-verhaltene grüblerische Klavierwerk aus dem Jahre 1831 strahlt eine betörend anmutige Melancholie aus. Straußforscher Linke hat die verblüffende Verwandtschaft dieses Werks mit Lanners »Trennungs-Walzer« in penibler Recherche ans Tageslicht gebracht.[2] Melodische Floskeln, Akzenttöne, Vorhalte sowie das gesamte Harmonieschema weisen eine enge Verwandtschaft auf, die nicht nur hörbar, sondern auch im Notenbild erkennbar ist.

Ein anderes Beispiel ist der im Juli 1831 in Wien entstandene »Grand Valse brillante« in Es-Dur op. 18. Dieses überaus virtuose Klavierwerk Chopins voll überschäumender rhythmischer Vitalität birgt eine Fülle köstlich-delikater Walzerthemen und kann wohl zu Recht als Apotheose wienerischer Tanzmusik bezeichnet werden.

Es war jedoch nicht nur der Walzer, welcher die Wiener Ballbesucher in einen wilden Taumel des Entzückens versetzte. Seit Jahren schon war der »Galopp« Modetanz Nr. 1. Johann Strauß hat, wie wir wissen, diesem »dernier cri« der Wiener Tanzleidenschaft bereits ergiebigen

»Die unterbrochene Lektion beim Tanzmeister«. Satirische Darstellung aus der »Wiener Allgemeinen Theaterzeitung«

Tribut gezollt. Doch war ein Ende vorerst gar nicht abzusehen. Jahre später noch (1839) illustriert Adolph Bäuerle in seiner allseits beliebten Theaterzeitung die ungebrochene Tanzleidenschaft der Wiener mit dem berühmten Kupferstich »Der große Galopp von Johann Strauss« und setzt erläuternd hinzu:

»Strauss' (Vaters) grosser Galop elektrisirt die tanzende Welt so allgemein, dass eine Abbildung der energischen Wirkung dieser erheiternden Musik nicht unwillkommen seyn kann. Alles lebt und bewegt sich nach seinen Tönen, und athmet die Lustigkeit, welche seine originelle Composition durchglüht.«[3]

Am 29. Jänner 1831 war es wieder einmal so weit. In der Notenhandlung des Tobias Haslinger am Graben gab es den »Sperl-Galopp« op. 42 zu kaufen, jenes Werk, das innerhalb weniger Wochen zum Kassenschlager avancierte. Von einem »satanischen Spektakel« sprach Heinrich Heine, der die Strauß'schen Galoppaden allerdings erst Jahre später in Paris kennenlernen sollte.

In den Einleitungstakten seines Sperl-Galopps bedient sich Strauß eines rhythmisch-melodischen Zitats aus Rossinis Oper »Wilhelm Tell«, um schließlich im Trio die fulminante Meisterschaft seiner unvergleichlichen Instrumentierungskunst aufleuchten zu lassen. Die musikalische Galoppade, die kaum Zeit zum Atmen läßt, brennt wie ein Feuerwerk ab, treibt die Tänzer bis zur Raserei, bietet aber gleichzeitig dem musikalisch interessierten Zuhörer ein delikates Hörvergnügen.[4]

Für das frühromantische Virtuosentum in Europa war »1831« offensichtlich ein besonders fruchtbringendes Jahr: Ende Februar 1831 traf Niccolò Paganini in Paris ein und verzauberte die Musikliebhaber in der Stadt an der Seine, wie er es drei Jahre zuvor in Wien getan hatte. Der große Saal der Pariser Oper faßte nicht alle Bewunderer und Neugierigen, die sogar dreifach erhöhte Eintrittspreise in Kauf genommen hatten.

In einer Dokumentarbiographie aus dem Jahre 1913 berichtet uns Julius Kapp, welche Auswirkungen dieses Paganinikonzert auf die Karriere des jungen Klaviervirtuosen Franz Liszt hatte, der sich damals ebenfalls in Paris aufhielt:

»Unter der vom Spiel des sagenumwobenen Italieners elektrisierten tobenden Menge saß in einer Ecke des Saales still in sich gekehrt ein schmächtiger, zwanzigjähriger Jüngling. Nur die feurig unter einer wüsten Haarmähne hervorfunkelnden Augen ließen die gewaltige Erregung erkennen, die sein Inneres durchwühlte und ihn am liebsten hätte aufschreien lassen wie ein verwundetes Wild. Weltentrückt starrte er auf jenen seltsamen Mann da vor sich auf der Bühne, dessen Erscheinen ihm blitzartig den eigenen Zukunftsweg, nach dem er seit langem tastend in die Irre ging, erhellt hatte. Franz Liszt war es, in dem diese schicksalsschwere Stunde den Virtuosen der Zukunft gebar, der einst sogar noch Paganinis Triumphe in den Schatten stellen sollte. Des Geigers fabelhaftes Können ließ ihn ahnen, welche Leistungsmöglichkeiten auch seinem Instrument noch innewohnen müßten, und er, der sich schon die ganze klavierspielende Welt untertan gemacht, schwur sich einen heiligen Eid, nicht eher zu rasten, als bis er in seinem Kunstgebiet mindestens dem von Paganini Erreichten Ebenbürtiges geleistet.«[5]

Franz Liszt hat sein Versprechen wahr gemacht. Noch im selben Jahr entsteht sein Virtuosenstück »Grande Fantaisie de Bravoure sur la Chlochette de Paganini«. Mit einem Schlag sprengt Liszt bisher gültige traditionelle Konventionen des Klavierspiels.

Kuriosum der Musikgeschichte: Ein- und dasselbe Werk, nämlich das »Glöckchenrondo« aus Paganinis h-Moll Konzert, haben Johann Strauß und Franz Liszt gleichermaßen heftig inspiriert. Hier die »Walzer à la Paganini«, dort eine großangelegte Fantasie für Klavier. Ein bestechend schönes Beispiel dafür, daß es 1831 die unglückselige Trennung zwischen U- und E- Musik noch nicht gegeben hat. (Die Begriffe »Unterhaltungsmusik« und »Ernste Musik« sind ja auch heute noch, trotz ihrer Popularität, verunglückte Sprachgebilde. Jeder Musikkenner weiß, daß gute Unterhaltungsmusik auf ernstzunehmenden Qualitätskriterien beruhen muß, daß aber auch »ernste« Musik unterhaltsam sein kann!).

Wundersame Fügung des Geschicks oder vielleicht auch historische Notwendigkeit: Johann Strauß und Franz Liszt werden 15 Jahre später einander begegnen und in der Brühl bei Mödling gemeinsam musizieren. Im »Furioso-Galopp« nach Liszt's Motiven op. 114 hat der Wiener Walzerkönig schon Jahre zuvor dem ungekrönten Herrscher des Tastenspiels in origineller Weise seine Reverenz erwiesen.

Der Kreis musikhistorischer Begegnungen hat sich geschlossen. Von oben betrachtet, kann ein Kreis wohl auch das Abbild einer Spirale sein. In der Geschichte der Wiener Tanzmusik trifft diese Metapher in besonderer Weise zu: 1856 widmet auch Johann Strauß Sohn dem hochverehrten Maestro Liszt einen Walzer mit dem Titel »Abschiedsrufe« (op. 179).

Doch wir sind dem Lauf der Zeit vorausgeeilt. Der »Wonnemonat« Mai des Jahres 1831 bescherte Johann Strauß eine Fülle von musikalischen Verpflichtungen.

Im Sperl hatte sich der energische und ruhelose Musikdirektor ein festes Standbein geschaffen. »Sperl« und »Strauß« waren innerhalb kürzester Zeit zu einer untrennbaren Begriffskombination geworden. Die Wiener Theaterzeitung reflektiert diese Stimmung deutlich in ihrer »telegraphischen Glosse« vom 14. 5. 1831:

»Im Sperl geht es wieder sehr lustig her. Der beliebte Garten findet auch heuer seine Gönner wieder. Strauß elektrisiert durch seine treffliche Musik.«[6]

Der große Galopp von Johann Strauß. Kolorierter Kupferstich

Mit geradezu strategischem Geschick versteht es Strauß, seinen Einflußbereich im Wiener Musikleben auszudehnen. Er verfügt offenbar in hohem Maße über jene Eigenschaften, die wir heute mit dem Begriff »Managerqualität« umreißen. Seit 3. Mai tritt der rastlose Kapellmeister mit seinem präzis geschulten Ensemble auch in Hietzing auf. »Dommayer« heißt das legendenumwobene Lokal, welches in den nächsten beiden Jahrzehnten zum Inbegriff der Wiener Tanzmusikkultur werden sollte.

Das einst bescheidene Kaffee- und Gasthaus gegenüber der Hietzinger Pfarrkirche verwandelte sich unter den geschickten Händen Ferdinand Dommayers, der das Lokal 1823 von seinem Schwiegervater übernommen hatte, zu einem eleganten Restaurant und Tanzcasino mit riesigem Gastgarten, wo sich das noble Bürgertum bald in begeisterten Scharen einfand.

Der wöchentliche Auftritt der Straußkapelle im »Dommayer« ist, abgesehen von der noch immer anhaltenden »Tivoli«-Begeisterung, die eigentliche Sensation des Jahres 1831.

Und wieder ist es die Theaterzeitung, welche die große Schar begeisterter Straußverehrer dazu ermuntert, mit dem Stellwagen oder Fiaker hinaus nach Hietzing zu fahren.

»Die Reunion, welche alle Dienstag in Domeyers herrlichem Gartensalon in Hietzing Statt findet, erhält immer bedeutenderen Zuspruch. Besonders ist die ausgewählte Gesellschaft, die sich in diesem geschmackvollen Lokale versammelt, zu erwähnen. Dazu kommt noch, daß der unerschöpfliche Strauß durch seine neuesten Kompositionen fortwährend das Vergnügen zu steigern versteht (...). Auch an einem Feuerwerke fehlt es nicht, und so sind denn – da auch Domeyer für gute Bewirthung sorgt – Reize genug vorhanden, diesem Erlustigungsort immer mehr Zuspruch zu verschaffen.«[7]

Zu den »neuesten Kompositionen«, von denen der Journalist zu berichten weiß, gehört auch der schwungvolle Walzer »Vive la Danse!« op. 47, welchen Strauß am 19. Juli anläßlich eines Sommerfestes in Dommayers Garten zur Uraufführung brachte. Erst wenige Tage zuvor

»Der 1. Mai 1831 im Tivoli«. Kreidelitographie

waren im Tivoli in luftiger Höhe die meisterhaften »Tivoli-Freudenfest-Tänze« zum erstenmal erklungen. Frederic Chopin hat diesen prachtvollen Straußwalzer op. 45 vermutlich gehört, da er sich, wie die Chronik berichtet, auch als Besucher im sommerlichen Vergnügungszentrum am Grünen Berg eingefunden hatte. Seiner Familie schreibt er in sarkastisch-ironischem Unterton nach Hause:
»St. Veit ist eine hübsche Ortschaft was ich von dem hier sogenannten Tivoli nicht behaupten kann, wo eine Art Carousell, vielmehr Bahn mit Schlittenwagen, da ist, die sie hier ›Rutsch‹ nennen. Ein ungeheurer Blödsinn. Erst späterhin, da auch wir hinabzurollen begannen, verwandelte ich mich aus einem hitzigen Saulus dieser dummen Wiener Unterhaltung in einen eifrigen Paulus …«[8]
Wenige Wochen später erfaßte hunderttausende Wiener Panik und Entsetzen: die in Rußland, Polen und Ungarn grassierende Cholera hatte Wien erreicht. Daß sich die schreckliche Seuche so rasch und ungehindert in der Donaumetropole ausbreiten konnte, lag ohne Zweifel an den herrschenden hygienischen Verhältnissen. In der Regel wird der tödliche Cholerabazillus – was damals nicht bekannt war – durch das Trinkwasser übertragen. Einer der maßgeblichen Krankheitsherde war zweifellos der zur Kloake verkommene Wienfluß. In den letzten Jahrzehnten hatte er nicht nur die Fäkalien aus den Häusern der Stadtbewohner, sondern auch die industriellen Abwässer jener Betriebe aufzunehmen, die sich am Ufer der Wien niedergelassen hatten. Schon lange war man sich der Gefahr bewußt, die diese »Umweltbombe« in sich barg. Der dringend notwendige Bau von Sammelkanälen entlang des rechten und linken Wienufers wurde jedoch jahrzehntelang verschoben. Als die Seuche ausbrach, hatten die Behörden nichts Eiligeres zu tun, als die tatsächliche Infektionsgefahr zu bagatellisieren. Der Leibarzt Kaiser Franz I., ein gewisser Freiherr von Stift, den die Bevölkerung hämisch als »Nagel ohne Kopf« bezeichnete, meinte gar, die Cholera sei als Krankheit gar nicht übertragbar. Gaukler und Quacksalber hatten dafür Hochsaison. Mit den aberwitzigsten und unbrauch-

»Heiter auch in ernster Zeit«. Walzer op. 48. Titelblatt der Erstausgabe

barsten Mittelchen versuchte man – erfolglos – der Seuche Herr zu werden. Tausende Menschen verstarben innerhalb weniger Tage und Wochen. Erst 1883 sollte es dem Bakteriologen und späteren Nobelpreisträger Robert Koch gelingen, den Choleraerreger zu lokalisieren.
Kaiser Franz aber zog sich mit seinem Hofstaat nach Schönbrunn zurück und ließ den kaiserlichen Sommersitz von Militäreinheiten so lange hermetisch abriegeln, bis die Seuche wieder abgeflaut war.
Das doppelbödige Verhalten des Habsburger Kaisers, der sich so gern als »volksverbundener« Herrscher feiern ließ, hat die Wiener Bevölkerung ihrem Regenten bis an sein Lebensende nicht verziehen.
Der in Ungarn geborene, aber in Wien lebende Dichter Nikolaus Lenau trat im Mai 1831 eine Weltreise an, die ihn bis nach Amerika führen sollte. In seinem Abschiedsgedicht schrieb er:

»Sei mir zum letztenmal gegrüßt
Mein Vaterland, das, feige dumm,
Die Ferse dem Despoten küßt
Und seinem Wink gehorchet stumm«[9]

Johann Strauß aber antwortete im August desselben Jahres, als die Nachricht vom unausbleiblichen Ausbruch der Seuche sich immer mehr zur schrecklichen Gewißheit verdichtete, mit einem Walzer, der den beziehungsschweren Titel trug: »Heiter auch in ernster Zeit« (Abb. S. 109). Dies hat zwar nicht dazu beigetragen, die tödliche Gefahr zu bannen oder abzuwenden. Aber das konnte man vernünftigerweise von einem Komponisten auch nicht erwarten. Hoch angerechnet darf ihm hingegen werden, daß er – im Unterschied zum kaiserlichen Hofstaat – keine Sekunde lang daran gedacht hat, panikartig die Stätte seines Wirkens zu verlassen.
Die Cholera-Epidemie klang im November endlich ab. Der Tod hatte, insbesonders in den Arbeiterbezirken der Vorstädte, reiche Ernte gehalten. Und jene, die das grauenvolle Szenario heil und gesund überstanden hatten, dankten allen Heiligen, die ihnen zur Verfügung standen. Mit doppeltem Elan und neuer Lebensfreude stürzten sie sich in den Wiener Fasching, um sich ekstatisch zu den Klängen der neuesten Walzerkreationen im Kreis zu drehn.
»Das Leben ein Tanz oder Der Tanz ein Leben!« So hieß der neue Walzer, den Johann Strauß Vater zum Katharinenball am 23. November im Sperl zum erstenmal erklingen ließ. Und wer die berauschende Ballnacht im Sperl nicht selbst erlebt hat, konnte ein paar Tage später in der Theaterzeitung nachlesen, welch unglaubliche Begeisterung die Präsentation des neuen Straußwalzers op. 49 an diesem Abend ausgelöst hatte:
»Das Leben ein Tanz, oder: Der Tanz ein Leben. Diesen seltsamen Titel führen die neuesten Walzer von Strauß, welche er (...) am 23. November im Sperlsaal (...) zum erstenmal exekutierte. Er trug sie in der Mitternachtsstunde vor; der Sturm von Beyfall wollte nicht enden; (...). Diese lieblichen Walzer werden den schönen Ruf des jungen Kompositeurs verschönern und mit Recht: sie zeugen von Erfindungsgabe und von Fleiß. Ich möchte nur den Schalk kennen, der diesen Titel ›Das Leben ein Tanz‹ ersonnen hat ...«[10]
Diese Rezension hat inhaltlich bis heute ihre Gültigkeit behalten. Ergänzend wäre festzuhalten, daß alle fünf Teile der Walzerkette von ebenbürtiger musikalischer Einfallskraft sind und sich durch einen vollendeten formalen Aufbau auszeichnen, der in der Coda seinen krönenden Abschluß findet.[11]
Es ist sicherlich kein Zufall, daß Johann Strauß Sohn 67 Jahre später in seinem Potpourri »Klänge aus der Raimundzeit« das erste Walzerthema aus des Vaters Meisterwerk op. 49 zitiert.
Mit der scheinbaren Ruhe des »gemütlichen Biedermeier« – sollte dieses jemals bestanden haben – ist es nun endgültig vorbei. Während die Cholera in Europa wütet, wird der Aufstand des polnischen Volkes gegen die zaristische

Fremdherrschaft von russischen Truppen niedergeschlagen. Der erdrückenden Übermacht der »russischen Dampfwalze« waren die Polen nicht gewachsen. Zar Nikolaus hob die polnische Verfassung auf und erklärte Polen zum untrennbaren Teil des russischen Reiches.

Zutiefst aufgewühlt von den Ereignissen in seiner Heimat schreibt Chopin seine »Revolutions-Etude« op. 10.

Während sich die Wiener beim Katharinenball im November im Takte Strauß'scher Walzerthemen wiegen, proben die Lyoner Seidenweber in Frankreich einen anderen Tanz: Aus schierer Verzweiflung, für einen Hungerlohn 18 Stunden täglich arbeiten zu müssen, während das Großbürgertum im Dunstkreis des »Bürgerkönigs« Louis Philippe das Vermögen der Nation verpraßt, erhoben sich die Seidenweber zu einem solidarischen Aufstand, besetzten die Stadt Lyon mehrere Tage lang, bis die Revolte schließlich mit militärischen Mitteln niedergeschlagen wurde. Es sollte jedoch nicht ihre letzte Erhebung sein.

Der Novemberaufstand der französischen Seidenweber zeigte jedoch eines deutlich: Die rapide industrielle Expansion hatte das feudale Fundament europäischer Wirtschaftsstrukturen nachhaltig erschüttert. Der Widerstand des Besitzbürgertums gegen eine soziale Gesetzgebung »zwang die Arbeiter, blind loszuschlagen, in der Hoffnung, ihr Los irgendwie zu erleichtern«.[12]

Dunkle Wolken am politischen und wirtschaftlichen Horizont Europas. In Österreichs Hauptstadt aber gingen die Uhren immer noch ein bißchen anders. Wer unter dem Schutzschirm kaiserlichen Wohlwollens beruflich weiterkommen und etwas erreichen wollte, mußte höfische Etikette und sprachliches Ritual beherrschen. Und Johann Strauß Vater wollte!

So gesehen ist das Ansuchen des ehrgeizigen Walzerkönigs mit dem Ziel, Hofballmusikdirektor zu werden, ein zeitgeschichtliches Dokument, das keines weiteren Kommentars bedarf.

7. Dezember 1831

»Euer Majestät!

Der allerunterthänigste Gefertigte wagt es, sich Euer Majestät mit einer allerunterthänigsten Bitte zu nähern.

Nachdem nämlich der Musikdirektor Joseph Wilde, welcher das unschätzbare Glück genossen, bey den allerhöchsten Hofbällen die Tanzmusik zu leiten, jüngst mit Tode abgegangen, so unterfängt sich der allerunterthänigste Gefertigte, der bereits zu wiederholten Mahlen das ausgezeichnete Glück genossen, bey seiner kaiserlichen Hoheit dem durchlauchtigsten Erzherzog Franz seine geringen Fähigkeiten zu produzieren, allerunterthänigst zu bitten, daß Euer Majestät ihm diesen beneidenswerthen Wirkungskreis huldreichst gewähren möchten. Eine allergnädigste Gewährung würde einen seiner heißesten Wünsche erfüllen und einen wesentlichen Theil seines Glückes ausmachen, wobei er alle seine Kräfte aufbiethen würde, sich dieser allerhöchsten Gunst nicht unwürdig zu machen.

Euer Majestät allerunterthänigster
Johann Strauß, Musik-Direktor.«[13]

Johann Strauß Vater im Alter von etwa dreißig Jahren

1832
Ein Strauss von Strauss

»Der Fasching hat sein buntes Thor
Geöffnet, und es strömt
Der Freuden losgelass'ner Chor
Herein, ganz ungezähmt –
Die Füße wollen auf die Bahn
Zum raschen Tanz hinaus,
Und fast in jedem Haus
Hört man den Lanner und den Strauß«[1]

Mit diesen Verszeilen lud der alte, fast schon in Vergessenheit geratene Komiker Anton Hasenhut, der einst als »Thaddädl« Wiener Theatergeschichte geschrieben hatte, zu einem Faschingsfest im Jänner 1832.

Neuerdings war Strauß nicht nur »fast in jedem Haus« zu hören, sondern auch in den geschichtsträchtigen Räumen der Hofburg, wo er seiner neuen Aufgabe als musikalischer Leiter der traditionellen Hofbälle mit Elan und Schwung nachkam. Das fand natürlich Niederschlag in der Titelwahl seines neuen Walzers op. 51, den er stolz »Hof-Ball-Tänze« nannte. Die erste nachweisbare Aufführung des neuen von sprühender Vitalität geprägten Werkes fand im Sperl am 29. Februar statt, mit hoher Wahrscheinlichkeit ist es aber schon vorher im Redoutensaal der Hofburg vor festlich versammelter Aristokratie erklungen. Gewidmet hat Strauß die »Hof-Ball-Tänze« der 28jährigen Anna Maria Carolina von Sardinien, Tochter des italienischen Königs Viktor Emanuel, die am 27. Februar unter Kanonendonner und Glockengeläute mit dem österreichischen Kronprinzen Ferdinand in Wien verheiratet wurde.

Die zur Besessenheit ansteigende Tanzwut der Wiener und Wienerinnen hat bei großen Ballveranstaltungen zu einem fast schon rituellen Reglement geführt: Für jeden einzelnen Tanz, dessen Reihenfolge vor Ballbeginn fixiert wurde, mußten sich tanzfreudige Herren rechtzeitig im Vormerkbuch der jeweils auserwählten Dame eintragen lassen. Taten sie es nicht, hatten sie kaum eine Chance, zu einer Tänzerin zu kommen.

Einer Statistik zufolge gab es im Fasching 1832 in Wien 772 Ballveranstaltungen, an denen sich etwa 200.000 Personen beteiligten.

Ein erstaunliches Phänomen, wenn man bedenkt, daß Wien damals – Greise und Kinder eingerechnet – kaum mehr als 300.000 Einwohner hatte. Daß die »Dansomanie« so manchem Ehemann mehr Pein als Freude bereitet hat, schildert uns in beredten Worten ein mehrteiliger, in der Theaterzeitung erschienener Essay mit dem aufschlußreichen Titel »Des Ehemanns Ballfreuden«.

»Gleich beim Eintritt umdrängt mich ein Schwarm von jungen Leuten oder vielmehr von lebhaften Teufeln, schiebt und stößt mich hin und her, und bemächtigt sich meiner Frau. Es war ein wahrer Pulk von Kosaken, es gab darunter bärtige, wie die Geisböcke, dickere und hagere (...). – Indes meine Frau dem einem zulächelnd, dem andern durch ein bejahendes Zeichen antwortend, den Tanz begann, machte ich mich emsig an die Arbeit des Eintragens ihres Tanz-Engagements, und merkte die glücklichen Sterblichen vor, welche mit ihr tanzen sollten. Diese Herren trugen ihrerseits mit genügsamer Miene und geflügeltem Stifte ihre, ihnen bevorstehenden Quadrillengenüsse in ihr Gedenkbuch ein.

Der erste Anblick eines glänzenden Balles ist

bezaubernd: sein plötzlicher Eindruck preßt dir das Herz zusammen, und seine von Blumen- und Rankengewinden umschimmerten Schönen, seine Wonnemelodien, seine Atmosphäre, locken den frostigsten Hagestolz wie den bequemsten Ehemann zum Tanz. Ich machte mich daher, gleich den andern, auf, ich stürzte mich, so zu sagen, ins Gewühl, allein ich war zu spät gekommen, meine poetische Bewunderung des Gesamtanblicks hatte mich um eine kostbare Zeit gebracht; und ich erhielt auf dem Umgang, den ich im schimmernden Blumenparterre längs und rings der sitzenden und stehenden geschmückten Frauen und Mädchen machte, nur einen achtzehnten, zweyundzwanzigsten und zuletzt gar einen dreyunddreysigsten Contretanz (…). In diesem Augenblick suchte ich, wie aus einer instinktmäßigen Regung meine Frau mit den Augen; man walzte eben; sie kreiste von einem flinken und ungemein zierlichen Tänzer umfaßt, rings umher. Das Paar, dessen Thun und Lassen (…) mit Luchsaugen zu beobachten, ich (…) meine gewichtigen Gründe hatte, schien in Wonnerausch, in süßes Selbstvergessen versunken. – Ich gestehe, daß der junge Mann verführerisch war, und meine Frau, nun, die kennen sie schon aus meiner früheren Schilderung. Ihr Antlitz glühte und ihre Blicke schienen – nicht mich zu suchen. Ich war in einer mir bisher ganz unbekannten Gemüthsbewegung und saß, wie man zu sagen pflegt, wie auf glühenden Kohlen. Endlich hörte mit dem endlosen und sinnbethörenden Walzer auch mein unbeschreiblicher Zustand auf; es war drey Uhr, ich vernahm, daß man von der Galoppade sprach, diesem, ich weiß nicht ob über die Meerenge oder über den Rhein zur Qual und Pein aller eifersüchtigen Ehemänner herübergekommenen Hexen- und Walpurgisnacht-Tanze!
Aus einer Art von Vorgefühl, von Ahnung, dieser Vorsehung einiger Ehemänner, schloß ich, daß der Erkorene zum Walzer, auch derjenige zur Galoppade seyn würde, ich manövrirte nun geschickt um meine Frau, und ehe sie sichs versah, war sie im Vorzimmer, ich warf den Wickler über ihre blendenden Schultern, packte sie sorgfältigst in die Sänfte und nun fort aus dem unheimlichen verzauberten Palaste.
Unsere Begegnung zu Hause war jämmerlich, sie war in einer unsäglichen Mißlaune, beklagte sich bitterlich über meine Tyranney, welche sie verhindert habe, die ›himmlische‹ Galoppade mitzutanzen, fuhr ihr schlaftrunkenes Kammermädchen barsch an, trat meiner Katze auf den Schweif, und legte sich, das Wort ›Eifersüchtiger‹ murmelnd, zu Bette.«[2]
Immer dichter und gedrängter wurden die Termine, denen Johann Strauß mit seinem begehrten Ensemble nachzukommen hatte. Es grenzt schon fast ans Unglaubliche, sich vorzustellen, daß der an allen Nachmittagen und Abenden dirigierende Kapellmeister auch noch Zeit fand, neue Kompositionen aufs Papier zu bringen.

Ankunft vor dem Ball-Lokal. Satirische Darstellung aus der Allgemeinen Wiener Theaterzeitung

So gesehen, war es ein unschätzbarer Vorteil für Strauß, in seiner Kapelle einen Mann zu haben, der selbst ein überragender Komponist, Arrangeur und Praktiker des Orchesteralltags war. Schon mehrmals war die Rede von ihm. Wir sprechen von Philipp Fahrbach.

Am 7. April 1832 weiß die Theaterzeitung zu berichten:

»Hr. Philipp Fahrbach, Mitglied des Straußschen Orchesters, und durch manche gelungene Spende bekannt, hat wieder neue Walzer ›Die fröhlichen Wiener und Wienerinnen‹ komponirt, welche wir den zahlreichen Freunden des Tanzes unbedingt als eine tüchtige Leistung anempfehlen können. Die Motive sind schön, pikant und mit vielem Geschick durchgeführt.«[3]

Eine »tüchtige Leistung« hat Fahrbach auch in anderer Hinsicht vollbracht. Für Johann Strauß war er nämlich mittlerweile zum unersetzlichen Teamwork-Partner geworden, wenn es galt, neue Kompositionen des Walzerkönigs blitzschnell fertigzustellen und aufführungsreif zu machen. In seinen Memoiren berichtet er uns recht anschaulich darüber:

»Sich auf mein Verständnis in der Sache verlassend, richtete er [Strauß, AdA] sich ganz bequem ein (...). Er schrieb die erste Violinstimme – dann folgte die Baßstimme, ich schrieb die Posaunenstimme – dann folgte die zweite Violinstimme, er die erste Klarinette, ich die zweite Klarinette, er die erste Hornstimme, ich die zweite Hornstimme, er die erste Trompetenstimme, ich die zweite Trompetenstimme. Nun fehlte noch die Paukenstimme oder die große und kleine Trommelstimme, die schrieb Strauß, während ich die Violinstimme verdoppelte – auf solche Art war die Walzerpartie fertig.«[4]

Der Komponist und Flötist Fahrbach war damals, 1832, gerade 17 Jahre alt. Und die schöpferische Zusammenarbeit mit Strauß ein Faszinosum, welches verdientermaßen in der Geschichte der Musik einen Ehrenplatz beanspruchen darf.

Wiener Ball-Szene. Satirisches Bild aus der Allgemeinen Theaterzeitung

Während wir Strauß nun fast regelmäßig im Tivoli, im Sperl, beim Dommayer oder auch in der Hofburg antreffen, unterhält Joseph Lanner, Jugendfreund und Mitbegründer der Wiener Tanzmusik, die treue Schar seiner Anhänger vorwiegend im Volksgarten und in dem daran angrenzenden Paradeisgartl.
Adolf Bäuerle, Galionsfigur der Biedermeier-Journalistik auf dem Unterhaltungssektor, berichtet in blumigen, wohldosierten Worten von den gesellschaftlichen Aktivitäten, welche der attraktive Volksgarten seinem Publikum zu bieten hat, wobei er die Bedeutung seiner Zeitung als Kulturforum und Werbeträger selbstbewußt in den Vordergrund stellt.
»Die Theaterzeitung hat sichs von jeher zum schönen Ziele gesetzt, Wiens Publikum von Allem, was seine Aufmerksamkeit fesseln dürfte, so schnell als möglich in Kenntnis zu setzen. Wir beeilen uns daher, die Wiedereröffnung von Cortis Kaffeehäusern im Volks- und Paradiesgarten, die am Ostermontage stattfinden wird, zu besprechen. Herr Joseph Lanner, der Unerschöpfliche, wo es gilt, mit seinen Tanzlust erregenden Tönen zu entzücken, wird diesen Sommer abwechselnd jeden Montag im Volksgarten und jeden Donnerstag im Paradiesgärtchen mit seinem vollen Orchester wirken. Für die übrigen Tage hat Hr. Augustin Corti eine ausgezeichnete Instrumentalmusik besorgt, und wir glauben versichern zu dürfen, daß die Freunde dieser beyden so schönen Orte in jeder Beziehung vollkommen zufrieden gestellt werden.«[5]
Daß der Mai des Jahres 1832 kühl, trüb und verregnet war, erfahren wir aus einer »telegraphischen« Nachricht in Bäuerles Zeitung vom 22. Mai, was Joseph Lanner jedoch keineswegs daran hinderte, sein Publikum mit neuesten Kompositionen zu erfreuen.
»Dieser fleißige Musikdirektor spart auch nichts, um Leben, Abwechslung und Frischheit unter seine Leistungen zu bringen. Seine, am Namensfest Ihrer kaiserlichen Hoheit der allverehrten Erzh. Sophie zum ersten Mahl im Volksgarten produzierten Sophientänze erfreu-

Der Volksgarten in den 30er Jahren des 19. Jh.s. Kunstverlag Tranquillo Mollo

en sich einer Anziehungskraft und eines Melodienreichtums, welcher alle Kompositionen des talentvollen Lanner so ansprechend ausstattet, und zu Volksgesängen erhoben hat. Sie setzen die Paradiesmusik passend fort, welche mit den bereits so populären Soirée-Walzern begonnen hat.«[6]

Beim großen Maifest im Tivoli am 7. Mai präsentierte Johann Strauß ein vielbejubeltes »Potpourri aus Tonblumen« mit dem mehrdeutigen Titel »Ein Strauß von Strauß«. Das Werk trägt die Opuszahl 55, ist aber, streng genommen, keine eigenständige Komposition. Das geschickt zusammengestellte musikalische Menü enthält Teile aus Beethovens »Fidelio«-Ouverture, Motive aus Opern von Hérold, Auber und Bellini, einen ungarischen Marsch von Fahrbach, einen Ländler von Lanner, Teile einer Ballettmusik, Haydns Kaiserhymne, angereichert durch Kanonenschüsse und Spektakelinstrumente …

Erzherzogin Sophie von Österreich, Widmungsträgerin zahlreicher Werke von Strauß und Lanner, mit ihren Söhnen Franz Joseph (links) und Ferdinand Maximilian (rechts). Franz Joseph war 1848–1916 Kaiser der österreichisch-ungarischen Monarchie, Maximilian wurde 1867 als Kaiser von Mexiko standrechtlich erschossen. Lithographie von Kriehuber um 1835

Der Wert musikalischer Produktionen dieser Art wird von heutigen Musikpuristen eher abschätzig, zumindest aber skeptisch beurteilt. Die einstige Popularität solcher Potpourris gibt uns jedoch einen wertvollen Hinweis auf die Aufgeschlossenheit und das ungemein wache Interesse der Bevölkerung an Werken der musikalischen Hochkultur. Die dargebotenen Zitate aus der aktuellen Opern- oder Konzertliteratur wurden von der Mehrheit der Zuhörer sofort erkannt und – ausgelöst durch die Freude des Wiedererkennens – begeistert akklamiert. Es handelt sich also um »Unterhaltungsmusik« im allerbesten Sinn des Wortes. Zu bedenken ist auch der soziologische Aspekt dieser musikalischen Tradition: Ein Zeitalter ohne akustische Tonträger und ohne elektronische Speichermöglichkeit mußte »sich selbst« immer wieder künstlerisch reproduzieren, um möglichst viele Menschen an musikalischen Genüssen teilhaben zu lassen.

Während Kapellmeister Franz Morelly in den Sommermonaten auf dem »Wasserglacis« mit beachtlichem Erfolg Strauß'sche und eigene Kompositionen zum Besten gibt, erobern Strauß und Lanner gewichtiges Terrain im Nobelvorort Hietzing bei Schönbrunn:

»Außer der bekannten und beliebten Reunion, welche an Dienstagen gewöhnlich in Dommayers Kaffeehaus in Hietzing statt zu finden pflegt, und welche Strauß mit seinen Tönen belebt, ist auch im ebenfalls sehr gut besuchten Gasthaus ›Zum weißen Engel‹ ebendaselbst, wöchentlich ein Mahl eine Unterhaltung arrangirt, bey welcher Lanner das Orchester dirigirt. Ueberhaupt ist die heurige Saison für Hietzing sehr günstig, und man findet an diesem Orte, welcher wohl nur dem Namen nach ein Dorf sein dürfte, auch an Wochentagen eine Versammlung der ersten und vorzüglichsten Familien unserer reichen Kaiserstadt. Die herrlichen Landhäuser dürfen an Eleganz der Bauart und verschwenderischer Ausschmückung kühn mit jeder der gepriesenen italienischen Villen wetteifern, und die reizenden Umgebungen, diese wirklich paradiesischen Gegenden, dürften wohl nicht ihres Gleichen finden.«[7]

Wovon Wiener Tagesblätter nichts berichteten, waren Ereignisse, die sich in nicht allzu weiter Entfernung im Frühsommer des Jahres 1832 im benachbarten Bayern ereigneten. Auf dem »Hambacher Fest« versammelten sich am 27. Mai über 30.000 Bürger, Bauern, Studenten und Handwerker zu einer politischen Großveranstaltung. Es war die erste radikalliberale Volkskundgebung in der Geschichte Deutschlands. Ein freies und geeintes Deutschland anstelle unzähliger feudaler Fürstentümer war das Ziel zehntausender Gleichgesinnter, die stolz die schwarz-rot-goldene Fahne schwangen.

Die Versammlung schloß mit Hochrufen auf die »Vereinigten Staaten Deutschlands« und viele forderten gar ein »Konföderiertes republikanisches Europa«. Die bayrischen Behörden hatten jedoch die Situation gut im Griff, und Tage später herrschte wieder Friedhofsruhe im ganzen Land. Vorerst noch.

Einer der jungen Deutschen, der, getrieben von revolutionärem Elan und Tatendrang, 1832 durch Europa reiste, war Richard Wagner.

Der damals 19jährige Leipziger Musikstudent hatte bereits eine Sinfonie in C-Dur komponiert und brannte darauf, alle wichtigen Musikstätten Europas persönlich kennenzulernen.

Über seine Ankunft und seine ersten Impressionen in der Kaiserstadt an der Donau berichtet Wagner in seiner Autobiographie:

»Es war im hohen Sommer 1832. In der lebhaften großen Stadt, in welcher ich mich im ganzen sechs Wochen aufhielt, fühlte ich mich (...) bald heimisch. Ich besuchte die Theater, hörte Strauss, machte Ausflüge und ließ es mir wohl ergehen, wobei einige Schulden herauskamen, an welchen ich noch als späterer Dresdner Kapellmeister zu zahlen hatte. Sehr anregend blieben aber gewiß die hier empfangenen musikalischen und theatralischen Eindrücke, und Wien ist in meiner Vorstellung lange Zeit als Vertreterin originaler volksblütiger Produktivität geblieben ... Auf den eigentlichen Lebensnerv des Wiener Theatergeschmackes traf ich bei der Oper ›Zampa‹, welche damals das fast tägliche Repertoire an beiden Operntheatern, am Kärntner Thor und in der Josephstadt, erfüllte (...). Trat man aus dem Theater der Josephstadt, in welchem soeben ›Zampa‹ alles in Ekstase versetzt hatte, in die unmittelbar daran gelegene Tabagie von Sträusslein [Gastwirtschaft zum ›Goldenen Strauß‹, AdA], so brannte mir unter Strauss' fieberhaftem Vorspiel ein Potpourri aus ›Zampa‹ entgegen, welches die gesamte Zuhörerschaft fast ersichtlich in Flammen setzte. Unvergeßlich blieb mir hierbei die sich gleich willig erzeugende, an Raserei grenzende Begeisterung des wunderlichen Johann Strauß. Dieser Dämon des Wiener musikalischen Volksgeistes erzitterte beim Beginn eines neuen Walzers wie eine Pythia auf dem Dreifuss [Prophetin des Orakels von Delphi, AdA], und ein wahres Wonnegewieher des wirklich mehr von seiner Musik als von den genossenen Getränken berauschten Auditoriums trieb die Begeisterung des zauberischen Vorgeigers auf eine für mich fast beängstigende Höhe. So ward mir die heiße Sommerluft Wiens endlich fast nur noch von ›Zampa‹ und ›Strauss‹ geschwängert.«[8]

Tatsächlich erlebte Hérolds Oper »Zampa oder die Marmorbraut« damals eine endlose Reihe von Aufführungen. Die betörenden Melodien dieser heute vergessenen Oper versetzten das Wiener Publikum in rasende Begeisterung. Das Sujet war romantisch-schaurig: eine Verderben

bringende Statue – die Marmorbraut – stand im Mittelpunkt einer im Grunde kaum nacherzählenswerten Handlung.
Eine Spezialität des Wiener Kulturlebens im 19. Jahrhundert war die »Opernparodie«. Dramatische Werke, die in der Hofoper mit grimmigem Ernst zelebriert wurden, tauchten meist kurze Zeit danach als »Parodie« in den Theaterhäusern der Vorstädte auf und erheiterten das Publikum auf das köstlichste.
Louis Hérolds »Zampa« entging diesem vorhersehbaren Schicksal natürlich auch nicht. Schon wenige Wochen nach der Premiere im Kärntnertortheater brachte das Theater an der Wien die Parodie: »Zampa der Tagdieb oder die Gypsbraut« heraus. Kapellmeister Adolf Müller schuf eine glänzende Partitur und kein geringerer als Johann Nestroy schrieb den Text. Es wurde eine grandiose Parodie auf das hohle Pathos romantischer Opernklischees.
»Nestroy erlöst die Handlung, die das Don-Juan-Motiv melodramatisch abwandelt, vom Pathos, er macht aus einem gefangenen Grafen einen betrunkenen Makkaronimacher, aus dem Sohn eines anderen Grafen das unreife Früchterl eines Salamifabrikanten und aus der verlassenen Marmorbraut, die die Funktion des steinernen Gastes ausübt, die Gipsstatue eines Stubenmädels.«[9]
Nestroys Schema beruht im wesentlichen darauf, die Trivialität der Opernhandlung dadurch hervorzuheben, indem er ihren heroischen Anspruch durch groteske Verzerrung der Charaktere und durch Transplantation in eine andere soziale Ebene lächerlich macht.
Mit ähnlichen Mitteln, wenngleich mit anderen Methoden hat sich auch Johann Strauß Vater des heißbegehrten Themas angenommen. Am 2. August erklang auf einem sommerlichen Ballfest im Tivoli erstmals sein »Zampa-Walzer« op. 57.
»Um 9 Uhr begann endlich der brillante Ball und bald kreisten die lebensfrohen Paare schwebend bei den ›Zampawalzern‹, welche

Johann Strauß: »Zampa-Walzer« op. 57. Titelblatt der Erstausgabe

Hr. Strauß heute zum ersten Mahl mit allgemeinem Beyfalle produzirte.«[10]
Bemerkenswert ist die Parallelität, mit welcher das literarische und das musikalische Genie die künstlerische Metamorphose eines beliebigen Sujets zustande bringen: Nestroys Persiflage wird durch Einfärbung in lokales sprachliches Kolorit zum unverwechselbaren Wiener Theaterereignis, und Straußens Walzerkette verwandelt Themen und Motive einer französischen Oper in ureigenste »straußische« Musik. Verleger Haslinger hatte wieder einmal Grund zur Freude: die Klavierausgaben des »Zampa-Walzers« verkauften sich wie warme Semmeln.

Vater Strauß war mit sich und seiner Kapelle im Sommer 1832 derart beschäftigt, daß er die erstaunlichen Fortschritte seines mittlerweile sechs Jahre alten Sohnes kaum oder gar nicht bemerkte. Auch Joseph, der Zweitälteste, war inzwischen vier Jahre alt geworden. Mutter Anna verbrachte die heiteren langen Sommermonate samt ihren Kindern schon seit Jahren in Salmannsdorf, wo ihre Eltern ein kleines Häuschen mit einem lauschigen Garten gekauft hatten. Der musikinteressierte Wienbesucher, der sich auf die Spurensuche macht, findet dieses Häuschen heute noch in der Dreimarksteingasse 13 im XIX. Bezirk. Eine Gedenktafel davor weist darauf hin, daß hier die ersten kompositorischen Gehversuche des sechsjährigen Johann stattgefunden haben.

»Hier hat ein großer Musikant,
der ›Meister Strauß‹ war er benannt,
den ersten Walzer komponiert,
und dadurch dieses Haus geziert.«

Aus familiärer Überlieferung wissen wir, daß sich in dem Häuschen ein Tafelklavier befunden hat. Willkommener Anlaß für den Sechs-

Das Sommerhäuschen in Salmannsdorf (XIX. Bezirk. Dreimarksteingasse 13). Hier komponierte Johann Strauß junior im Alter von 6 Jahren seinen ersten Walzer, der ein halbes Jahrhundert später als »Erster Gedanke« veröffentlicht wurde

jährigen, jene Melodien darauf zu suchen, die er bei den häuslichen Proben der väterlichen Kapelle so oft gehört hatte.
Zu Recht trägt das kleine Kuriosum mit dem Titel »Erster Gedanke« noch keine Opuszahl. Mutter Anna, eine vortreffliche Gitarristin und des Notenlesens kundig, notierte die Melodien ihres Sohnes, faßte sie zusammen und versah sie mit einer brauchbaren Baßbegleitung. Das Original dieser Aufzeichnung existiert nicht mehr. Ein halbes Jahrhundert später, im Oktober 1881, wird Johann Strauß junior auf Anraten seiner zweiten Frau Angelika (»Lily«) den »Ersten Gedanken« im Verlag Gustav Lewy publizieren lassen. War es die Suche nach der eigenen Vergangenheit? Wohl kaum. Eitelkeit? Nicht unbedingt. Eine »Hommage« an Mutter Anna, der Johann Strauß junior seine früh begonnene, steile Karriere zu verdanken hatte? Das wohl am ehesten.
Da es sich gut in die Chronologie eines 50jährigen »Kompositions-Jubiläums« fügte, wurde der »Erste Gedanke« – rückgerechnet von 1881 – auf 1831 als Entstehungsjahr datiert. Nach neueren Forschungen ist aber eher der Sommer 1832 als Entstehungszeitraum anzusehen.[11]
Immer öfter verläßt nun Strauß Vater den bisher eng begrenzten Radius seines künstlerischen Wirkens. Am 12. August finden wir ihn mit seiner Kapelle in der südlich von Wien gelegenen Kurstadt Baden. Dem kaiserlichen Hofstaat, der – wie jedes Jahr – auch diesmal wieder seinen Sommeraufenthalt in Baden nahm, saß der Schreck noch in den Knochen. Wenige Tage zuvor, am 9. August, hatte ein pensionierter Hauptmann ein Schußattentat auf den Thronfolger Ferdinand verübt, dabei aber ganz offensichtlich mit einer unbrauchbaren Waffe hantiert: Die Kugel blieb im Mantel des Kronprinzen stecken, Ferdinand war unverletzt.
Um die peinliche und nicht zuletzt auch politisch hochbrisante Situation herabzuspielen und zu verschleiern, wurde am 12. August ein allgemeines »Jubelfest« angesetzt, von dem die Wiener Tageszeitungen in überschwenglicher Euphorie berichten durften.
»Kaum war die Allerhöchste Herrscher-Familie am Eingange des wahrhaft paradiesischen Thales sichtbar geworden, als der lauteste Jubel aller Herzen losbrach (...).
Nachdem Strauß, der so glücklich war, durch sein Spiel die Aufmerksamkeit seiner Majestät und der Allerdurchlauchtigsten Familie zu gewinnen, seine Nachmittagsunterhaltung beendigt hatte, verfügte sich unser angebetheter Monarch zu Fuß in Begleitung der Seinen, umgeben und gefolgt von einem zahllosen Gewühle, unter fortwährendem Jubelruf nach Baden in Allerhöchst Ihr Palais zurück, und geruhten Abends das Theater zu besuchen, wo Strauß abermahls die Zwischenakte mit seinen Musikstücken ausfüllte (...). Nach beendigter Vorstellung war große Beleuchtung im Park. Auch hier spielte Strauß mit seinem Orchester abwechselnd mit der Musikbande des Infanterie Regiments Prinz Wasa. Den Schluß machte dann ein kleines Feuerwerk.«[12]
Die »Badener Impressionen« verdichten sich ganz offensichtlich zu einem großangelegten Walzer mit dem Titel »Mein schönster Tag in Baden«, den der erfolgreiche Kapellmeister beim Sperl-Sommerfest zehn Tage später zur Uraufführung bringt.
Berichterstatter Weidmann widmet diesem Ereignis in den »telegraphischen« Nachrichten der Theaterzeitung eine ausführliche Glosse, wobei er auch ein plastisches Bild von der architektonischen Anlage des berühmten Sperl-Etablissements entwirft:
»Dieser Tage war zum Vortheile des Kapellmeisters und Musik-Direktors Hrn. Strauß eine Abendunterhaltung beym Sperl in der Leopoldstadt, welche sich eines äußerst zahlreichen Besuches erfreute (...). Das Lokal im Sperl scheint besonders geeignet dazu. Der geräumige Garten mit seinen Nebenabtheilungen, der Salon am Garten, der eigentliche obere Tanzsaal mit seinen angrenzenden ... Speisezim-

mern, biethen der zahlreichsten Versammlung genügenden Raum zur geselligen Freude und zur Lust des Tanzes, nach den belebenden Melodien des Meisters, dessen geistvolle Kompositionen zu den anziehendsten gehören, was Wien in dieser Gattung kennen lernte (...).
Der große Garten zeigte sich mit Lampen illuminiert, und eine rauschende Musik erfüllte die Luft (...). An allen Tischen wurde geschmauset und fröhlich gezecht. Es fehlte nicht an guter Bedienung, und somit störte nichts die Lust des Abends. Auch in dem oberen Saale hatte bereits die Tanzlust ihr Recht geübt. Hr. Strauß hatte mit seinem kräftig besetzten, und von ihm trefflich geleiteten Orchester seinen Platz eingenommen und jene reizenden Klänge in aller Fülle ertönen lassen, welche ihre Wirkung stets so magisch ausüben. In bunten Gruppen rauschten die Fröhlichen dahin, und alles athmete Freude. Gegen die Mitternachtsstunde führte Hr. Strauß seine neuesten Kompositionen, Tänze, unter dem Titel ›Mein schönster Tag in Baden‹ auf. Die gespannteste Aufmerksamkeit begleitete die Leistung. Selbst der Tanz stockte und alles gruppierte sich als Hörer (...). Enthusiastisch ward die Wiederholung verlangt, und nun mischte sich wieder alles im rauschenden Vergnügen des Tanzes. Hr. Strauß weiß in seine Tänze einen ganz eigenen Reiz zu legen (...). Ein eigener poetischer Geist weht aus ihnen, und deshalb werden sie auch gewiß länger leben, als solchen Schöpfungen sonst vergönnt zu seyn pflegt.«[13]
Dieser historisch bedeutsame Bericht beschreibt gewissermaßen die »Geburtsstunde« des Tanzwalzers, der zugleich Konzertwalzer ist. Von nun an wird es zur Gewohnheit, der Vorstellung eines völlig neuen Straußwerkes

Der große Tanzsaal im Sperl. Johann Strauß und seine Kapelle auf der Empore im Hintergrund des Bildes. Aquarell von J. Wohlmuth

andächtig lauschend beizuwohnen und erst bei der Wiederholung desselben das Tanzbein zu schwingen. Eine schöne, sinnvolle Tradition!
Am 25. September spielt Strauß mit seiner Kapelle im Schloßpark von Laxenburg zu Ehren der Naturforscher und Ärzte aus Deutschland, die hier einen wissenschaftlichen Kongreß abhalten. Metternich empfängt die deutschen Gäste in Vertretung des Kaisers und bietet im Schloß eine festliche Tafel, die geradezu märchenhaft anmutet. Der urwüchsige Wiener Witz artikulierte sich in den Bemerkungen der Kutscher, welche meinten, sie hätten »Geleerte« nach Laxenburg hinausgeführt und »G'füllte« wieder heimgebracht.[14]
Mit Sicherheit ist es auf diese Weise gelungen, die deutschen Gäste von den sozialen Problemen und den Armenvierteln der Kaiserstadt fernzuhalten.
Mit einem kompositorischen Geniestreich beendete Johann Strauß Vater das an musikalischen Ereignissen überreiche Jahr 1832.
Es war der berühmte Katharinenball am 28. November, als »Die vier Temperamente« (Walzer op. 59) von Strauß zum erstenmal einem erwartungsvollen Publikum präsentiert wurden.
Die vier Temperamente – Sanguiniker, Melancholiker, Choleriker und Phlegmatiker – stellen sich in Form einer vierteiligen Walzerkette vor. In der Coda schließlich läßt Strauß den Choleriker mit dem Melancholiker in Streit geraten, dann reißt der Sanguiniker das musikalische Geschehen an sich, um letztendlich dem Phlegmatiker das Feld zu überlassen.[15]
Der Jubel des begeisterten Publikums kannte keine Grenzen. Johann Strauß, der Unerschöpfliche, war – wie schon oft in diesem Jahr – der musikalische Held des Tages. Fünf Jahre später sollte Straußens köstliche Idee einen ebenbürtigen literarischen Nachfolger finden: 1837 schrieb Nestroy die Posse mit Gesang »Das Haus der Temperamente«.
Der temperamentvolle Walzerkönig aber war bis dahin längst zu neuen Ufern aufgebrochen.

Wiener Ballszene: Detailausschnitt einer Karikatur aus Bäuerles Theaterzeitung

1833
»Der Frohsinn, mein Ziel«

Dieser Titel, der Straußens Walzer op. 63 ziert, schwebt als Generalmotto über einem Kalenderjahr, dessen Tanzmusik- und Unterhaltungsangebot in der Musikgeschichte Wiens seinesgleichen sucht.
Der Jänner 1833 überraschte die tanzfreudigen Wiener mit einer Flut von Plakaten und Anschlagzetteln, welche auf bevorstehende Ballereignisse hinwiesen, so daß viele von ihnen buchstäblich die Übersicht verloren.
Doch damit nicht genug. Am 11. Februar erregte die Theaterzeitung mit einer ungewöhnlichen Nachricht das Interesse der ermüdeten und erschöpften Ballbesucher:
»Künftigen Mittwoch findet das große Ballfest unter dem Namen: die ›Titel-Union‹ zum Vortheile des mit Recht allgemein beliebten Musik-Directors Johann Strauß im Saale zum Sperl statt. Zu diesem Ballfeste hat derselbe neue Walzer componirt, welche bisher noch namenlos, erst durch eine eigene Wahl des Publikums ihren Titel erwarten. Zu diesem Ende [= Zwecke, AdA] bittet Hr. Strauß, daß die verehrten Teilnehmer dieses Balles, einen für Wal-

Der Kohlmarkt in Wien. Kolorierter Kupferstich 1832. Rechts vorne die berühmte Musikalienhandlung Artaria. Wo der Kohlmarkt in den Graben mündet (Bildhintergrund), befand sich die Notenhandlung des Verlegers Tobias Haslinger

zer passenden Titel (jedoch censurgemäß) auf ein Blatt geschrieben, gleich beim Eintritt abgeben mögen (...). Sogleich nach der Aufführung dieser neuen Walzer wird eine Ziehung zur Wahl des Titels vorgenommen (...). Auch die Damen sind bei diesem Ballfeste bedacht, und zwar in der Art, daß 200 Exemplare der neuesten Walzer ... bestimmt sind, denselben ... überreicht zu werden (...). Für das Arrangement der Conversationstänze ist bestens gesorgt. Eintrittskarten zu 1 fl.C.M. sind bis zum Ball-Abende in der Stadt am Graben im k. k. Hof-Musikalien-Verlage des Herrn Tobias Haslinger zu bekommen.«[1]

Strauß und Haslinger sind zu diesem Zeitpunkt bereits unbestrittene Marktführer auf dem Unterhaltungssektor des Wiener Gesellschaftslebens. Die an Damen verschenkten Klavierausgaben bewähren sich als exzellentes Werbemittel, welches zur Folge hat, daß Tausende und Abertausende nach der Uraufführung eines Walzers zu Haslinger eilen, um die neuesten Erscheinungen käuflich zu erwerben.

Kulturhistorisch interessant ist die Tatsache, daß ein neues Walzer-Opus von Strauß noch immer als »die Walzer« angepriesen wurde, was insofern richtig ist, da es sich ja stets um eine Kette von vier oder fünf Walzern handelt. Erst viel später – bei Johann Strauß Sohn – wird es üblich, vom »Walzer« in der Singularform zu sprechen.

Straußens »Titel-Union« am 13. Februar war, wie nicht anders zu erwarten, ein glänzender Erfolg. Von den zahlreich abgegebenen Titelvorschlägen machte der »Tausendsapperment-Walzer« das Rennen. Dies gefiel zwar einigen Ballbesuchern ganz und gar nicht, weil sie sich einen eleganteren oder lieblicheren Titel gewünscht hätten. Doch Strauß stand zu seinem Wort. Das neueste Werk des Walzerkönigs ging als »Tausendsapperment-Walzer« in Druck und erfreute sich beachtlicher Umsätze.[2]

Heinrich Eduard Jacob schrieb in seiner 1937 erschienenen Straußbiographie die noch heute gültigen Worte:

»Die Walzer von Strauß [Vater, AdA] vertrugen durchaus die kritisch-ästhetische Analyse ..., andrerseits waren diese Walzer allen verständlich, allen nötig: Grazie für die Gebildeten und dennoch Gebrauchsmusik für das Volksfest. Diese Verbindung der absoluten mit der angewandten Musik machte Strauß völlig unangreifbar, machte ihn zum Alleinherrscher.«[3]

Daß Joseph Lanner nur wenige Tage später – am 18. Februar – in den Sälen »Zum römischen Kaiser« auf der Freyung ebenfalls eine »Titelwahl« für seine neuesten Walzer ankündigte, wurde zu Recht als Nachahmung empfunden. Bei aller Genialität der Lanner'schen Werke – in puncto Kreativität und Werbestrategie war Strauß meist eine Nasenlänge voraus.

Während Strauß und Lanner die Karnevalsszene in den renommierten großen Ballsälen den ganzen Februar hindurch fest im Griff hatten, nutzte Franz Morelly seine Chance, im Kaffeehaus beim Dommayer sein Scherflein zu verdienen. »Wer Strauß und Lanner nennt, vergißt auf den talentvollen Morelly nicht« – meint die Theaterzeitung am 23. Februar.

Auch im März 1833 lenkte die Presse die Aufmerksamkeit des Unterhaltung suchenden Wieners auf eine neue, noch nie dagewesene Attraktion.

Joseph Georg Daum, Inhaber des Gasthauses im »Seitzerhof« (heute I. Bezirk, Tuchlauben 7, Seitzergasse 6) hatte die riesigen Kellergewölbe seines Hauses, das einst ein Kloster gewesen war, zu einer unterirdischen Vergnügungsstätte ausgebaut, die 2000 Besuchern Platz bot. Aufgrund der feenhaften und phantasievollen Ausstattung erhielt das neue »Szene-Lokal« den Namen »Elysium«.

Für den 9. März hatte sich der geschäftstüchtige Daum eine Besonderheit ausgedacht: Das bei den Wienern so beliebte Sommer-Volksfest in der Brigittenau sollte in den Räumen in verkleinertem Maßstab ablaufen. Wenn eine Idee nur verrückt genug war, konnte der Urheber derselben mit Sicherheit damit rechnen, entsprechenden Zulauf zu finden. So war es auch diesmal. Die Theaterzeitung kommentierte euphorisch: »Das bunte Leben und Treiben, wie wir es oft in seiner großartigen Komik bei den Kirchweihfesten in der Brigittenau an unseren Augen vorüberrauschen sahen, war darin im Kleinen nachgebildet, und das mit überraschender Originalität. Natürliche Tannenbäumchen waren in allen Speisezimmern und Verbindungsgängen angebracht, und zwischen denselben kleine Gasthäuser, Harfenisten, Policinellbuden, Wägemaschinen, Obstlerinnen, Salamimänner, Drehorgeln, Dudelsackpfeifer, Wurstkrämer und dgl. eingetheilt. Der Gedanke war eben so originell, wie seine Ausführung. Die verschiedenartigen Eindrücke, welche diese bunte Zusammenstellung hervorbrachte, wirkten betäubend. Der Zudrang des Publikums war so groß, daß man es vor dieser beängstigenden Hitze kaum auszuhalten vermochte. In den beiden Sälen ließen sich Lanner und die Musikbande des Regiments Prinz Gustav Wasa mit den neuesten und beliebtesten Compositionen vernehmen. Die Idee, das weltberühmte Volksfest der Wiener hier im verkleinerten Maßstabe wiederzugeben, fand im Publikum viel Beifall ...«[4]

Nach der Demolierung des Seitzerhofes (1838) verlegte Daum sein »Elysium« in die mehrere Stockwerke tiefen Kellergewölbe des St. Anna-Gebäudes (heute I. Bezirk, Johannesgasse 4, Annagasse 3), wo mehrmals Philipp Fahrbach, Ballin, Morelly und Drahanek musizierten. Johann Strauß ist mit seiner Kapelle weder im alten noch im neuen »Elysium« aufgetreten. Er war sich ganz offensichtlich bewußt, daß er dies zur Steigerung seiner Popularität nicht mehr nötig hatte. Wer die kaiserlichen Hofbälle dirigierte, brauchte in keinen feuchten Keller hinabzusteigen, auch wenn dieser noch so phantasievoll ausgestattet war.

Wenn es jedoch um die Verwirklichung sozialer Anliegen ging, konnte man mit der Hilfe und Unterstützung des »Walzerkönigs« jederzeit rechnen. So stellte er die Benefiz-Einnahme eines Konzerts in Wagners Kaffeehaus im Pra-

Die Kaffeehäuser in der Praterallee. Kolorierte Lithographie

ter am 7. März zur Gänze den Armen und sozial Benachteiligten zur Verfügung.
»Die musikalischen Nachmittags-Unterhaltungen im Wagner'schen Kaffeehause im Prater, unter Leitung des rühmlichst bekannten Capellmeisters Johann Strauß finden nun auch jeden Donnerstag statt, wobei der Andrang nicht so sehr wie an Sonntagen ist, daher stets ein sehr schönes Publikum sich einfindet. Die wackeren Unternehmer weihten die am 7. März abgehaltene Production einem edlen Zwecke und bestimmten die ganze Einnahme, ohne Abzug, den Armen der Leopoldstadt und Jägerzeile.«[5]

Daß es überhaupt Armut, Not und Elend in der kaiserlichen Residenzstadt gab, fand in den offiziellen, von der Zensur gereinigten Pressemeldungen des Wiener Vormärz kaum oder nur in verharmlosender Form Erwähnung. Wenn Wohltätigkeitsvereine, vereinzelte Aristokraten oder Künstler spontane soziale Aktivitäten setzten, um punktuell Not zu lindern, wurde dies vom Metternich'schen Regime freundlich geduldet. Ließ sich doch auf diese Weise der günstige Eindruck erwecken, Armut sei ein unabänderliches Naturereignis, und wo geholfen werden könne, werde es ohnedies getan.
Exakt um dieselbe Zeit – es war der 11. April 1833 – betraten im Theater an der Wien drei seltsam abgerissene Gestalten zum erstenmal das Podium der Bühne und damit auch den Schauplatz der Weltliteratur. Einer von ihnen, Schuster Knieriem, spricht bzw. singt die bedeutungsschweren Worte: »Da wird einem halt angst und bang, die Welt steht auf keinen Fall mehr lang«. Johann Nepomuk Nestroy hatte sein unvergängliches Meisterwerk, den »Lumpazivagabundus« geschaffen.

Johann Nestroy: »Der böse Geist Lumpazivagabundus oder Das liederliche Kleeblatt«. Szenenbild mit Nestroy als Knieriem, Karl Carl als Leim und Wenzel Scholz als Zwirn

Die drei wandernden Handwerkergesellen Knieriem, Zwirn und Leim, die Nestroy »ins Leben« gerufen hatte, ernteten jubelnden Theaterapplaus. Der Beifall aber konnte nicht darüber hinwegtäuschen, daß viele Wiener plötzlich nachdenklich wurden: Knieriem, Zwirn und Leim waren keine liebenswürdigen Landstreicher im Sinne Eichendorffs.
»Der abergläubische, versoffene, brutale Knieriem, der eitle, arbeitsscheue, zum Parasiten prädestinierte Zwirn gehörten einem neuen Zeitalter an, einer Gesellschaft der Herunter- und Emporgekommenen. Leim, der dritte Kumpan, sorgte durch seine Bravheit für Kontrast; doch selbst in dieser guten Haut steckte schon, als übler Kern, der künftige Parvenü (...). Über dem liederlichen Kleeblatt leuchteten nicht mehr wunderbare Gestirne. Das fahle Licht des Kometen fiel auf sie, des Weltuntergangs, den der wüste Knieriem voraussagte.«[6]

Während die Vorstädte Wiens erstmals massiv vom Gespenst der Arbeitslosigkeit heimgesucht wurden, Adelige in Schulden versanken und zahlreiche Unternehmer bankrott machten, während der unaufhaltsame Niedergang des alten Handwerks traditionelle Mittelschichten deklassierte, machte Knieriems Lied vom Untergang der Welt Furore:

»Es ist kein' Ordnung mehr jetzt in die Stern',
D' Kometen müßten sonst verboten wer'n;
Ein Komet reist ohne Unterlaß
Um am Firmament und hat kein' Paß;
Und jetzt richt' a so a Vagabund
Uns die Welt bei Butz und Stingel z'grund;
Aber lass'n ma das, wie's oben steht,
Auch unt' sieht man, daß's auf'n Ruin zugeht ...«[7]

Unbarmherzig geißelt Nestroy die Umtriebe der Gaukler, Spekulanten und Hochstapler, die sich in der kaiserlichen Residenzstadt auf Kosten der schwer arbeitenden Bevölkerung ein flottes Leben leisten, ohne an den morgigen Tag zu denken, geschweige denn gesellschaftliche Verantwortung zu empfinden:

»Abends traut man ins zehnte G'wölb sich nicht hinein
Vor Glanz, denn sie richten's wie d' Feentempel ein;
Der Zauberer Luxus schaut blendend hervur,
Die böse Fee Crida sperrt nacher s' G'wölb zua.
Refrain: Da wird einem halt angst und bang,
Die Welt steht auf kein Fall mehr lang.«[7]

Dem luxuriösen Leben folgte meistens der krachende Bankrott.
»Da führt der Weg sozusagen vom strahlenden Tanz- und Ballhaus Sperl zum gar nicht strahlenden Armenhaus. Eine Schnellebigkeit hat die Hauptstadt des habsburgischen Reiches erfaßt, als fürchte ein jeder den todbringenden Aufprall eines Kometen oder sonst eine andere Katastrophe; laßt uns Walzer tanzen, denn der Untergang ist nahe. Nestroy spürt das Fieber; auch er weiß keine Heilung, aber er kann die Krankheit diagnostizieren.«[8]
Mit Recht konstatierte der österreichische Kulturhistoriker Ernst Fischer:
»Er [Nestroy, AdA] war nicht gemütlich, sondern zerriß die fadenscheinige Gemütlichkeit. Er hielt weder den Verfall der städtischen noch den Aufstieg der kapitalistischen Welt für schön und rühmenswert. Er stach das ›Geschwollene‹ auf und ließ es zur leeren Hülse zusammenschrumpfen (...). Es war die Aggressivität des Hanswurst, auf die Nestroy zurückgriff. Das nur Komische des Hanswurst erhob er zur Potenz des Witzes. Sein Werk war die Revolte plebejischer Intelligenz, er selbst ein Jakobiner österreichischer Vorstadtbühne.«[9]
Die Zeit des gemütlichen Biedermeier war wohl endgültig vorüber. Gegen Intelligenz und Schlagfertigkeit des begnadeten Komikers und Dichters Nestroy war die gestrenge Zensur weitgehend machtlos. Kaiserhaus und Aristokratie mochten sich immerhin damit trösten, daß die geduldete »Narrenfreiheit« auf der

Bühne eine nützliche Ersatzfunktion erfüllte, um revolutionäre gesellschaftliche Entwicklungen hintanzuhalten. Daß diese Rechnung letztlich nicht aufging, sollte sich eineinhalb Jahrzehnte später erweisen.

Am 16. Mai beglückte Johann Strauß das tanzhungrige Wiener Bürgertum mit einem Walzer, dessen Titel wie eine Durchhalteparole klang, nichtsdestoweniger aber zum begeistert akklamierten Leitmotiv des etablierten Bürgertums wurde: »Der Frohsinn, mein Ziel« op. 63. Tausende Luftballons, ein vielbewunderter »Feuerschlucker« sowie ein prächtiges abendliches Feuerwerk auf dem Tivoli am Grünen Berg umrahmten die Erstaufführung des neuen Werks, das sich »übermütig und faschinghaft gebärdete« – wie der Musikschriftsteller Oscar Bie festzustellen beliebte.[10]

Nicht gerade übermütig, sondern eher beengend, in jedem Falle aber »atemberaubend« entwickelte sich zu jener Zeit die Wiener Damen-

Johann Strauß: »Der Frohsinn, mein Ziel«, Walzer op. 63. Titelblatt der Erstausgabe

mode. Der Wiener Theaterdichter Josef Alois Gleich (dessen Tochter Ferdinand Raimunds Ehefrau wurde) beschrieb die Auswüchse und Charakteristika der Biedermeiermode mit treffendem Sarkasmus:

»In der Wienerstadt gibt's Madeln, daß man's grad fressen möcht': man wird nicht bald so nudelsaubere G'frieseln antreffen; es ist nur schad, daß sie hiezt der Modeteufel so narrisch b'sessn hat und daß sie ihr'n Wuchs so abscheulich verschandeln. Es gehen d' Männer schon narrisch g'nug daher, sie stecken in ihren Hosen drin als wie in ein paar Mehlsäck' und das wollt i mir no g'falln lassen, denn die Modi is gut, man siecht die ausg'runnenen Wadeln nit so deutlich.

Um den Leib sind's so z'sammg'schnürt, daß man glaubt, sie brechen ab. Aber das is noch alles nix gegen die hietzige weibliche Modetracht. Die Hüte sind fast klafterlang und haben an Aufputz, der so hoch is, daß man in an bisserl an niederen Haus vom ersten Stockfenster drauf greifen kunnt; aus manchem solchem Hut schaut freilich ein allerliebstes Gsichterl außer, aber, von dem is auch wieder d' Hälft durch Seidenmaschen versteckt, die ihnen wie die Leberwürst' aberhenk'n. Die Ärmeln sind so weit wie a paar Bierfasseln und weil ihnen des no nit g'nug is, so haben's no ordentli Krautblätter d'rüberg'macht, die ihnen an die Achseln wacheln. Der Leib ist mit einer Binden engwinzig z'sammeng'schnürt, aber glei unter dem dünnen Absatz geht der Rock in einer Menge Falten auseinander ...«[11]

Die schon überwunden geglaubte Rückkehr zur atemberaubenden engen Taillenform hat den modebewußten Damen bis ans Ende des 19. Jh.s so manche Pein bereitet und sich in manchen hochgestellten Kreisen bis zur Hysterie gesteigert. Die Hungerkuren der späteren Kaiserin Elisabeth von Österreich sind ein hinlänglich bekanntes Beispiel dafür.

Daß man mit den mehr oder minder sinnvollen Auswüchsen der Mode zu allen Zeiten gute Geschäfte machen konnte, beweist die Ankündigung eines Wiener Schneiders im Jahre 1833: Er offerierte seiner weiblichen Kundschaft ein Patentmieder »mit einer Vorrichtung, die es ermöglicht, beim Übelwerden der Dame mittels Anziehen einer kleinen am Busen unsichtbar angebrachten Schleife augenblicklich und ohne Benötigung fremder Hand die Schnürung vom Leibe fallen zu lassen.«[12]

Eine andere Frage war, wie viele Menschen sich derartige modische Eskapaden überhaupt leisten konnten. Es waren – gemessen an der Bevölkerungszahl der Donaumonarchie – nicht allzuviele.

Und wenn die Herzensdame auch noch edlen Schmuck anlegen wollte, um bei festlichen Ballereignissen zu glänzen und zu funkeln, reichten die Brieftaschen selbst der willigsten Kavaliere nicht mehr aus.

Das Bedürfnis des Menschen, Schmuck zu tragen, läßt sich immerhin bis in prähistorische Zeiten zurückverfolgen und war seit jeher – bewußt oder unbewußt – zur Schau gestellte Statussymbolik.

Die Erfindung des Wiener Goldschmiedes Joseph Strasser aus der Josephstadt, dem es eines Tages gelungen war, mittels einer Mixtur aus grünem Kiesel, Eisenoxyd, Tonerde, Natron und Kalk »künstliche Diamanten« herzustellen, schlug wie eine Bombe ein, rief aber auch die Polizei auf den Plan. Als Strasser mit seiner Frau und seiner Tochter einen Ball in der »Mehlgrube« besuchte, um die Wirkung seines Glitzerschmuckes zu testen, wurde er verhaftet, weil die Polizei annahm, der Schmuck sei gestohlen. Strasser wurde aufgefordert, die Erzeugung einzustellen oder Wien zu verlassen. Der erfinderische Goldschmied entschied sich für letzteres und siedelte sich in Paris an, wo er mit seinen »Pierres de Strass« weltweit Erfolg erzielte. – Wieder einmal ein österreichisches Schicksal?

Damen- und Herrenmode zu Beginn der 30er Jahre in Wien. Szene im Tivoli. Kreidelithographie von F. Wolf

Die Damen des Wiener Biedermeier schätzten die falschen Edelsteine jedenfalls ganz außerordentlich, konnte man doch dem sündteuren Protzgehabe der Aristokratie mit wenig Geld auf »glänzende« Weise Paroli bieten.
Und Gelegenheiten gab es dazu in einer Vielfalt, die auch Reisende und Wienbesucher immer wieder in Erstaunen versetzte. Wer etwa am 22. Mai die Theaterzeitung aufschlug, konnte in Sekundenschnelle überblicken, wo Strauß alltäglich aufzutreten pflegte: am Sonntag und Montag im Tivoli, Dienstag im Augarten, Mittwoch im Sperl, Donnerstag wieder im Tivoli, Freitag in den Sträußl-Sälen und Samstag wiederum im Sperl.
Lanner und Morelly annoncierten in derselben Zeitung ein ähnlich dichtes Programm an zahlreichen weiteren Vergnügungsorten der Kaiserstadt.[13]
Ein für die Geschichte der Wiener Tanzmusik bedeutsames Ereignis war der im Frühjahr 1833 begonnene Zubau eines großen Tanzsaales bei Dommayer in Hietzing.
Schon seit Jahren war Ferdinand Dommayer durch großzügige und unkonventionelle Geschäftsführung aufgefallen. Kurios wirkt auf uns heute die Empörung konkurrierender Gastwirte, die verärgert waren, weil Dommayer jenen Fuhrleuten, die Gäste mitbrachten, Heu für die Pferde kostenlos zur Verfügung stellte.
Am 13. März 1833 reicht Ferdinand Dommayer ein Ansuchen zwecks Errichtung eines Tanzsaales beim Klosterneuburger Stiftsgericht[14] ein und bittet um rasche Kommissionierung durch die Baubehörden. Zwei Tage später, am 15. März, ist das Bauvorhaben bewilligt und am 22. Juni berichtet die Theaterzeitung:
»Das rühmlich bekannte Dommayer'sche Caffee- und Traiteur-Haus in Hietzing, jetzt unter dem Namen Casino, hat sich durch einen neuen großen Saal erweitert und verschönert und

Promenade im Wiener Augarten. Hier veranstaltete Johann Strauß am 29. Juli 1833 ein großes Sommerfest unter dem Motto »Eine Nacht in Venedig«. Kolorierte Lithographie

wird übermorgen Montag diese neue Localität zum ersten Male eröffnen. Der beliebte Musikdirektor Strauß wird am Eröffnungsabend durch seine Musik, unter persönlicher Leitung, zu ergötzen wissen …«[15]

In einem Punkt können Österreicher an der Schwelle zum dritten Jahrtausend neiderfüllt in die eigene Vergangenheit blicken: Baugenehmigungen wurden von den Behörden damals schneller erteilt als heute!

Das Pendant zum noblen Stelldichein der Hietzinger Reunionen war der »Brigittenauer Kirchtag«. Dort, wo sich heute die Zinskasernen des 20. Bezirks aneinanderdrängen, lag einst die paradiesische Naturlandschaft der Donauauen. Zehntausende Bürger, Bauern, Handwerker, Arbeiter pilgerten im Juli jedes Jahres hinaus in die Brigittenau zum größten Volksfest, das Wien zu bieten hatte.

Und gar nicht weit davon befand sich der »Augarten«, jenes Kleinod kaiserlicher Gartenarchitektur, welches einst Joseph II. für die Bevölkerung als Erholungsraum freigegeben hatte.

Als die Brigittenauer Volksfestbesucher in den Abendstunden des 29. Juli 1833 in die Stadt zurückströmten, erblickten sie von weitem einen gewaltigen Feuerschein; der Augarten war von 22.000 Lampen nahezu taghell erleuchtet. Eine schier unglaubliche Menschenmenge war gekommen, um das größte Spektakel mitzuerleben, das Johann Strauß Vater jemals veranstaltet hatte: »Eine Nacht in Venedig« war die Losung des riesigen Gartenfestes, welches halb Wien in Aufruhr versetzte.

Kritisch, aber doch wohlwollend berichtet die Theaterzeitung über die finanziell aufwendige musikalische Spektakel-Revue des Walzerkönigs, der wohl ein gewaltiges Defizit erlitten hätte, wären nicht zehntausende Wiener seinem Ruf gefolgt und in den Augarten gekommen:

»Den Marcusplatz in Venedig sinnbildlich darzustellen, war der Zweck der Decorirung und

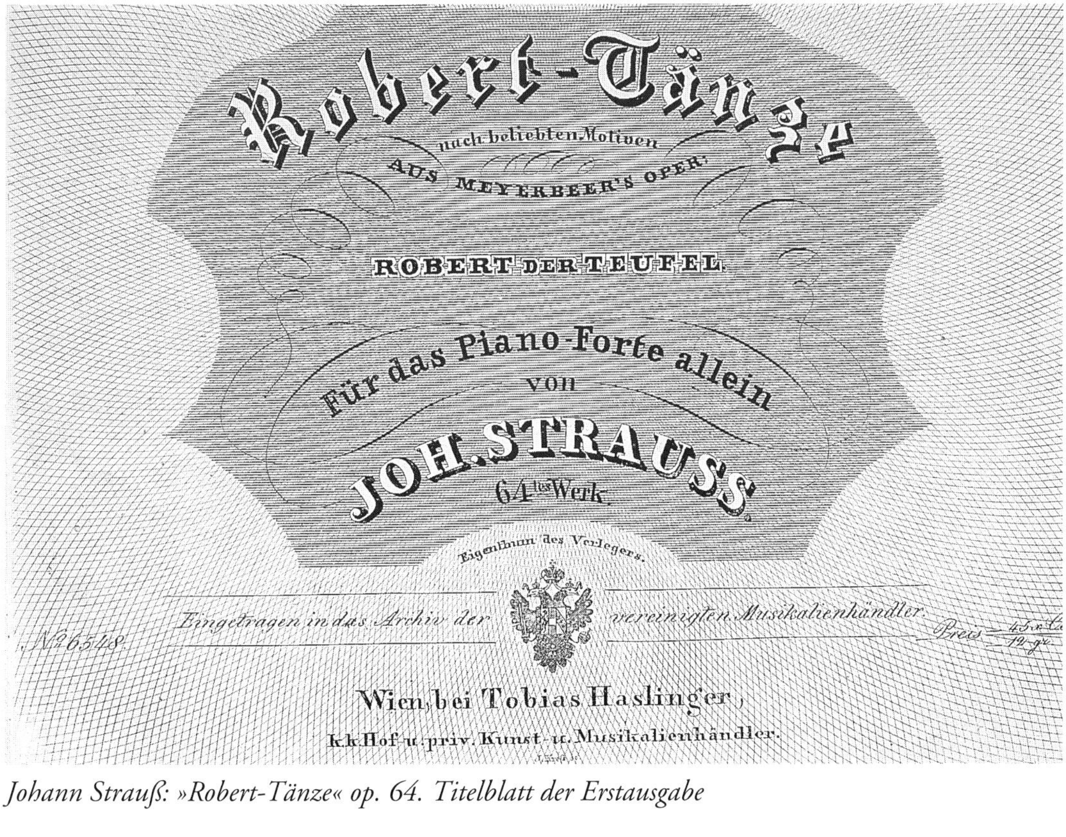

Johann Strauß: »Robert-Tänze« op. 64. Titelblatt der Erstausgabe

Illuminirung; und wenn auch die Einbildungskraft der Besucher das Ihrige dazu beitragen mußte, indem außer den beiden, mit Flammenkränzen umwundenen Säulen (...) an den Marcusplatz in Venedig Nichts erinnern konnte, so verdient dennoch die Anordnung und Ausschmückung des Ganzen wegen der Symmetrie der Formen (...) und wegen des üppigen Reichthumes der Beleuchtung, welche ohne Übertreibung als ein Flammenmeer annoncirt wurde, eine ausgezeichnete Anerkennung (...). Im Tanzsaale machte Strauß mit seinem Orchester die Füße rebellisch, während er dem Ohr schmeichelte.«[16]

Das neue Werk, welches die »Füße rebellisch machen« und das Ohr umschmeicheln sollte, war eine Walzerkette nach Motiven aus Meyerbeers Oper »Robert der Teufel«, und trug folgerichtig die Bezeichnung »Robert-Tänze« (Abb. S. 131).

Meyerbeers Kassenknüller war unter besonders schwierigen Umständen im Frühjahr 1833 im kleinen Josephstädter Theater einstudiert worden und erwies sich schließlich als eine der erfolgreichsten Opernaufführungen der letzten Jahre. Johann Strauß hatte wieder einmal rechtzeitig erfaßt, was theaterbesessene Wiener in diesem Sommer am liebsten hören wollten.

Genau einen Monat später, beim Sommerfest im Sperl am 28. August, wartete Strauß mit einem neuen Werk auf, das nicht nur voller sprühender Einfälle war, sondern auch einen originellen Titel trug: »Mittel gegen den Schlaf«, Walzer op. 65.

Irgendwann im September oder Oktober 1833 dürfte Familie Strauß wieder einmal Hab und Gut zusammengepackt und die Wohnung gewechselt haben. Diesmal war es immerhin für einen langen Zeitraum zum letztenmal.

Das neue Domizil trug den romantischen Namen »Hirschenhaus« und befand sich schräg gegenüber der alten, zu klein gewordenen Wohnung am Karmeliterplatz, Ecke Taborstra-

Wien-Leopoldstadt. Karmeliterplatz mit Taborstraße. Johann Strauß bezog Ende 1833 mit seiner Familie eine Wohnung im 1. Stock des sg. »Hirschenhauses« (rechte Bildseite)

ße. Im Vergleich zu den bisher stets beengten Wohnverhältnissen war die 4-Zimmer-Wohnung im Hirschenhaus für die sechsköpfige Familie (Vater Strauß hatte bereits zwei Söhne und zwei Töchter) ein wahrer Segen. Nun hatte der Kapellmeister auch die Möglichkeit, Orchesterinstrumente abzustellen und einen Probenraum für seine Musiker einzurichten. Im Laufe der nachfolgenden Jahre erweiterte sich das Domizil der Sträuße im Hirschenhaus mehrmals und erreichte schließlich, wenn man der von Eduard angefertigten Skizze Glauben schenken kann, das stattliche Ausmaß von 13 Zimmern, vier Vorzimmern, drei Küchen und zwei Gesindekammern. Eduard, der jüngste der drei Söhne, geboren 1835, blieb am längsten im Hirschenhaus. Erst 1886 verließ er jenes Haus, in welchem so unendlich viele Werke entstanden waren, die heute noch die Welt beglücken. In seinen »Erinnerungen« berichtet Eduard später:
»Hier erwachten die populärsten Compositionen meines Vaters zum Leben, hier wurden sie auch zum erstenmal geprobt und aufgeführt: im Arbeits- und Schlafzimmer des Vaters waren die Instrumente placirt, nur Contrabässe, Posaune und Schlagzeug standen im Nebenzimmer.«[17]
Haslingers verlegerischer Eifer hatte maßgeblich dazu beigetragen: Überall in Europa kannte man bereits die begehrten Kompositionen des Walzerkönigs. Die Zeit war gekommen, den entscheidenden Sprung über die engen Stadt- und Landesgrenzen zu wagen. Strauß Vater wußte das, und er zögerte auch keinen Augenblick lang, die unbekannten Pfade eines neuen Lebensabschnittes zu beschreiten.
Eduard Strauß schildert in seinen »Erinnerungen« diese Situation in geradezu poetischem Stil, der ihm sonst nicht eigen ist:
»Die neuen Walzermelodien flogen gleich Singvögeln über die Grenzen der Vaterstadt in die Lande hinaus und gleich diesen heiteren Sängern der Natur wurden sie überall freudig begrüßt. Ihr Erfolg weckte in der Seele ihres Schöpfers den kühnen Gedanken, seine Capelle ins Ausland zu führen, um den Fremden, den Nicht-Wienern, den unnachahmlichen Reiz, die flotte Grazie dieser echten Wiener Kunst quellfrisch und urgetreu zu Gehör zu bringen. In der Lebhaftigkeit seines Temperaments brachte Johann Strauß seine stillen Pläne bald zur Wirklichkeit. Zu Beginn der Dreißigerjahre unternahm er mit seinen Musikern, welche auf die Zahl von 28 gebracht wurden, die Reise in die Welt hinaus.«[18]
Die erste Station war Ungarns Hauptstadt. Diese bestand 1833 eigentlich aus drei Städten: Buda (Ofen), gelegen am rechten Donauufer mit der Burg, der Fischerbastei und der berühmten gotischen Matthiaskirche; Pest, am flachen linken Donauufer mit der eigentlichen Altstadt, wo das politische und kulturelle Leben der ungarischen Nation pulsierte; und schließlich das nördlich von Buda gelegene Óbuda (Altofen). 1872 wurden alle drei Städte zur Hauptstadt Budapest vereinigt.
Straußens erster großer Auftritt auf ungarischem Boden fand in Pest am 7. November 1833 statt. Peter Fischer, der umtriebige Pächter und Betreiber des »Régi Pesti Vigadó«[19] (Pester Redoute) hatte den Wiener Walzerkönig zur Eröffnung des Pester Faschings eingeladen. Der Erfolg war ungeheuer.
Stolz berichtet die Wiener Theaterzeitung, die damals in allen Teilen der Monarchie gelesen wurde, vom fulminanten Ballereignis in der ungarischen Metropole:
»Am 7. November gab Hr. Johann Strauß, dieser König aller Walzer-Compositeurs, seinen ersten Ball im Pesther großartigen und majestätischen Redoutensaale. Strauß feierte einen großen Triumph. Schon sein erstes Erscheinen auf der Orchester-Tribüne, die eigens für ihn und seine Gesellschaft errichtet wurde, ward mit jubelndem Zurufe und lärmendem Händeklatschen begrüßt, und als er mit einem ›Ungarischen‹ begann, ward er fast von dem rauschenden Applause übertönt. Die Walzer, in welche der geniale Tonsetzer Phantasie, Sinn, Humor,

Witz und höchst überraschende Wendungen zu legen weiß und die er mit so ganz durchdrungener Empfindung und mit beispielloser Energie vorträgt, erregten auch in Ungarns Hauptstadt jene unbeschreibliche Wirkung, jenen ergreifenden Zauber, wodurch er sich in Wien zum Liebling aufschwang. Die Anerkennung war eklatant (...). Das Quodlibet ›Ein Strauß von Strauß‹ ward vollends mit außerordentlicher Theilnahme aufgenommen, und die Wiederholung wurde stürmisch verlangt; allein Hr. Strauß überraschte damit, indem er statt dessen wieder den Ungarischen vortrug, was mit lauten Acclamationen anerkannt wurde.«[20]

Den Titel des zweimal erwähnten »Ungarischen« verschweigt uns die Wiener Theaterzeitung dezent. Aus der Pester Zeitung »Honmüvész«, die am 10. November von Straußens Gastspiel berichtete, wissen wir, daß es sich dabei um den »Rákóczi-Marsch« gehandelt hat.[21]

Ferenc Rákóczi II. entstammte einem alten ungarischen Magnatengeschlecht und war 1703 Führer einer nationalen Befreiungsbewegung gegen die Habsburgerherrschaft, wobei er große Teile Ungarns zurückgewonnen hatte. 1705 wurde er sogar zum Regenten von Ungarn gewählt. Nach militärischen Niederlagen in späteren Jahren war Rákóczi gezwungen, in die Emigration zu gehen.

Seither gilt er als ungarischer Nationalheld. In Österreich war der »Rákóczi-Marsch« bis zum Jahr des Ausgleichs 1867 schlicht und einfach verboten, was auch die verschleierte Berichterstattung der Wiener Theaterzeitung erklärt.

Das musikalisch packende Hauptmotiv des Rákóczi-Marsches hat in der Musikgeschichte des 19.Jh.s bedeutsame Spuren hinterlassen: Hector Berlioz hat das Werk brillant instrumentiert, und Franz Liszt hat in seiner 15. Rhapsodie gewissermaßen die Apotheose dieses geschichtsträchtigen ungarischen Marsches geschaffen.

Die Hauptstadt Ungarns bestand ursprünglich aus drei Städten: Buda, Pest und Óbuda, welche 1872 zu »Budapest« vereint wurden

Die Verbundenheit der Straußfamilie mit ungarischer Lebensweise und Kultur manifestierte sich 36 Jahre später neuerlich im musikalischen Schaffen der Straußsöhne: 1869 musizierten Johann, Joseph und Eduard in der, mittlerweile neu erbauten, Pester Redoute und brachten hier Johanns Schnell-Polka »Éljen a magyar« und Josephs »Andrássy-Marsch« zur Uraufführung. In beiden Werken findet sich das Hauptmotiv des Rákóczi-Marsches wieder. Die Geschichte hat es einmal mehr bewiesen: Musikstücke lassen sich verbieten, Ideen und geistige Strömungen niemals.

Doch zurück zum Pester Fasching des Jahres 1833.

Drei Tage nach dem furiosen Debut trat Strauß Vater in der Pester Redoute zum zweitenmal vor erlesenem Publikum auf.

»Der zweite Ball, den Hr. Johann Strauß im hiesigen Redoutensaal am 10. November gab, war ebenso voll wie der erste, aber weit eleganter und brillanter. Die hohe und schöne Welt Pesths und Ofens fand sich in Masse ein und es gab eine Unterhaltung, wie man sie in beiden Hauptstädten Ungarns noch selten genoß. Getanzt wurde außerordentlich viel, wie konnte es anders sein, wenn Strauß den Bogen führt! (...). So außerordentlich weitläufig die Localitäten des hiesigen großen und prachtvollen Redoutensaales auch sind, so waren sie alle bis zum Erdrücken voll; man brauchte eine halbe Stunde, um sich von einem Ende bis zum andern durchzuwühlen und die äußerst gemischte Versammlung aus allen Ständen bot den buntscheckigsten Anblick von der Welt dar (...). Oesterreicher, Böhmen, Mähren, Polen, Schlesier, Türken usw. fanden zwischen den edlen Ungarn gastliche Aufnahme. So gemischt aber und verschiedenartig die Gesellschaft auch war (man schätzte die Anwesenden auf mehr als 3000), so waren sie doch eines Sinnes, wenn Strauß spielte. So allgemein hat in Pesth noch kein Künstler angesprochen. Der Applaus glich einem Sturm.«[22]

Gegen Ende des grandiosen Ballfestes in der Pester Redoute flatterten tausende Flugzetteln von der Galerie des Tanzsaales herab. Als Strauß deren Inhalt las, wußte er, daß sein unermüdlicher Einsatz sich gelohnt hatte. So wie in Ungarn würde er in den Jahren, die vor ihm standen, eine Stadt nach der anderen im Sturm erobern, Europas unumstrittener Walzerkönig werden:

»Was tönt so fröhlich durch den Saal?
Was hebt so freudig Aller Herzen?
Was hallet wider überall?
Ermunternd frisch zu Lust und Schmerzen? –
Er ist's, Euterpens Lieblingssohn,
Von Wien kam er dahergezogen;
O hört, er spielt, ha! welcher Ton!
er führt ja seinen Zauberbogen. –
's schallt so laut, so frei durch's Haus,
Erweckend freudiges Erbeben;
Ja, er ist es, der Meister Strauß,
Er haucht und Alles athmet Leben! –
Wer nie getanzt, der muß es jetzt,
Und Seel' an Seel' sich fester knüpfen;
Selbst Alte tanzen noch zuletzt,
Das Herz im Leibe muß ja hüpfen. –
So sei dies Sträußchen frisch gepflückt,
Zum Danke Dir von uns geweihet;
Und so wie Du uns jetzt entzückt,
Sey es doch bald von Dir erneuet.«[23]

Als der Vielbejubelte zwei Wochen später in seine Heimatstadt zurückkehrte, um beim Sperl den schon zur Tradition gewordenen Katharinenball musikalisch zu eröffnen, hatte er bereits einen neuen, grandiosen Walzer im Gepäck: »Emlék Pestre – Erinnerung an Pest« op. 66. Das Titelblatt schmückten die schönen Worte: »A nemes magyar Nemzetnek ajánlva Strauss Jánostól – Der edlen ungarischen Nation geweiht von Johann Strauss«.

Die ungarische Nation weiß dieses Geschenk auch heute noch zu schätzen.

1834
Musik kennt keine Grenzen

Die Popularität des Sperl-Etablissements war längst über die Stadtgrenzen der kaiserlichen Metropole hinausgewachsen. Wer immer Wien besuchte und Interesse am kulturellen Leben der Donaustadt mitbrachte, ließ es sich nicht entgehen, dem Sperl in der Leopoldstadt einen Besuch abzustatten. Notwendige Folge war der Ausbau und die Erweiterung des legendären Tempels der Muse und der Unterhaltung.
Am 9. Jänner 1834 eröffnete Scherzer den neuerrichteten »Fortuna-Saal«. Vierzig Meter lang und elf Meter breit, bot er den Besuchern einen prachtvollen, luxuriösen Anblick, sollte sich aber bald wiederum als zu klein erweisen. Strauß hat jedenfalls dem historischen Augenblick Rechnung getragen und am 9. Jänner einen »Fortuna-Galopp« zur Uraufführung gebracht.

Ball- und Tanzleidenschaft im Wiener Biedermeier. Satirische Darstellung aus Bäuerles »Theaterzeitung«

Unerschöpflich scheint damals die Energie des resoluten Kapellmeisters gewesen zu sein, der trotz täglicher Probenarbeit und nächtelanger Engagements zwischendurch noch Zeit fand, Walzer zu komponieren. Eines dieser meisterhaften Produkte ist zweifellos der »Gabrielen-Walzer« op. 68, der am 20. Jänner im Sperl aus der Taufe gehoben wurde.[1]
Den Reinertrag dieser Veranstaltung ließ Strauß übrigens dem »Verein zur Unterstützung der armen erwachsenen Blinden« zukommen.
Der uns schon bekannte Heinrich Laube hat in seinem berühmten Essay »Sperl in floribus« die Physiognomie des Walzerkönigs einer eingehenden Beobachtung unterzogen und fand den »Maestro Strauss afrikanisch-heißblütig, lebens- und sonnenscheintoll, zappelnd unruhig, modern verwegen und unschön-leidenschaftlich«.
Besonderen Eindruck scheint auf ihn die Dirigierweise des Meisters gemacht zu haben:
»Ekstatisch leitete er auch seine Tänze: die eigenen Gliedmaßen gehören ihm nicht mehr, wenn sein Walzerdonnerwetter losgeht. Der Fiedelbogen tanzt mit dem Arme und ist der leitende Kavalier seiner Dame, der Takt springt mit seinem Fuße herum und die Melodie schwenkt Champagnergläser in seinem Gesicht. Der ganze Vogel Strauß nimmt einen stürmischen Anlauf zum Fliegen, der Teufel ist los.«[2]
Vom »Leibhaftigen« besessen erschienen manchem stillen Beobachter nicht nur der Dirigent,

sondern vor allem die jungen Damen auf dem Tanzparkett. Der steirische Redakteur Ignaz Kollmann schrieb in der Zeitschrift »Der Aufmerksame« am 14. Jänner 1834 eine bitterböse Satire auf die Auswüchse zeitgenössischer Tanzleidenschaft.

»Die Mädchen hören auf, Mädchen zu sein, alle Schönheit erlischt, alle Grazie entflieht, alle Anmuth schwindet, alle Natur entweicht, und vor uns stehen Blocksberg-Candidatinnen in modernen Kleidern, mit triefenden Locken, mit rothgekochten Backen, mit schweißübergossenen Nacken, mit klappernden Busen, mit keuchendem Odem, mit irrsinnigen Blicken, unvermögend, ein Wort zu sprechen, und diese Wesen bilden sich ein, sie gehören zum zarten, zum schwachen, zum lieblichen, zum schönen Geschlecht! (...).

Nur zu so, (...) tanzt von 7 Uhr bis 4 Uhr Morgens, daß ihr dampft wie die Dampfschiffe, zertretet eure Schönheit im rasenden Walzer, knicket die Blume eurer Gesundheit im Toben des Cotillons, in der wüthenden Galoppade, (...) dann geht nach Hause mit Kopfweh, Husten, Schwindsucht, Gliederreißen, Seitenstechen, Wadenkrampf, mit steifem Nacken, mit heiserem Hals, mit rothen Augen, und ihr habt noch obendrein das Bewußtsein, euch doch keinen Ehemann zusammengetanzt zu haben.«[3]

Eine »Leidenschaft« ganz anderer Art erfaßte die des Lesens kundige Bevölkerung des Kaiserreichs Anfang 1834: An allen Zeitungskiosken konnte man neuerdings sogenannte »Pfennig-Magazine« erwerben, kleine handliche Hefte, die nur einen Pfennig kosteten und in populärwissenschaftlicher Form leicht verdauliches Wissen über naturkundliche, physikalische oder technische Themen präsentierten. Der Absatz dieser aus Leipzig stammenden Pfennig-Magazine war gewaltig. Eine richtige Sammelleidenschaft brach aus. Da Bücher für den einfachen Mann ein finanziell unerschwingliches Kulturgut waren und Fachzeitschriften im heutigen Sinne gar nicht existierten, war das in den Heften angebotene Surrogat an Populärwissen höchst willkommener Lesestoff.

Dem Modetrend Rechnung tragend, kündigte Johann Strauß seinen nächsten Benefizball im Sperl als »Pfennig-Magazin-Ball« an und machte – wie sollte es anders sein – seine neuen Walzer op. 70 zum »Pfennig-Walzer«.

Der Februar 1834 war unbestritten ein Meilenstein der Wiener Theatergeschichte. Nur wenige Monate nach Nestroys fulminantem »Lumpazivagabundus« schrieb Ferdinand Raimund sein letztes und bedeutendstes Theaterstück: »Der Verschwender«. Hie wie dort geht es um dasselbe Thema: Die Macht des Geldes und der verhängnisvolle Umgang mit demselben. Doch Raimunds Sprache ist nicht aggressiv und ätzend, sondern resignativ poetisch. Dennoch ist der »Verschwender« ein Sittenbild von geradezu sozialrevolutionärer Dimension. In der Figur Flottwells, des reichen Grundherrn, der mit seinen adeligen Freunden in den Tag hinein lebt und sein Vermögen

Ferdinand Raimund um 1833

verpraßt, ersteht bildhaft die Parabel vom unaufhaltsamen Abstieg ehemals vermögender Adeliger, die verlernt haben, durch Arbeit ihren Lebensunterhalt zu verdienen. Eine Erscheinung, die zu Raimunds Zeiten geradezu alltäglich war.
Demgegenüber steht der Bürger Valentin, Bediensteter beim Grafen Flottwell und Tischler von Beruf. Er verliert nie den Bezug zum konkreten Leben, da die tägliche Arbeit als Handwerker Grundlage und Maßstab für sein durchaus sinnerfülltes Leben ist.
Ein Couplet des Tischlers – auch »Hobellied« genannt – wird innerhalb kurzer Zeit so populär, daß es zum echten Volkslied mutiert. Der Komponist Konradin Kreutzer hat die naivschlichte, aber keineswegs sentimentale Melodie beigesteuert und hat sich damit, mehr als mit seinen Opernwerken, einen bleibenden Platz in der Musikgeschichte gesichert.

»Da streiten sich die Leut' herum
Oft um den Wert des Glücks.
Der eine heißt den andern dumm,
Am End' weiß keiner nix.
Da ist der allerärmste Mann
Dem andern viel zu reich:
Das Schicksal setzt den Hobel an
Und hobelt s' beide gleich.«

Der Streit um den »Wert des Glücks« verstummte erfreulicherweise, wenn die Bevölkerung in Scharen in die hellerleuchteten Gastgärten strömte, um eines der so zahlreich angekündigten Straußkonzerte zu erleben. Menschen unterschiedlichster sozialer Schichten waren einer Meinung: Noch nie hatte ein Kapellmeister mit seinem Ensemble derartiges Entzücken ausgelöst, ein solches Maß an zauberhafter Harmonie verströmt und tausende Zuhörer in so bezwingender Weise in einen

Landstraßer Hauptstraße, III. Bezirk. Stich von Johann Ziegler 1783. Die Nikolai-Kirche in der Straßenmitte wurde 1784 abgebrochen. An deren Stelle befindet sich heute der »Rochusmarkt«. Das Gasthaus »Zur goldenen Birne«, wo Strauß ab 1834 auftrat (linke Bildhälfte) erfreute sich bereits im 18. Jahrhundert großer Beliebtheit

glückhaft-kollektiven Rauschzustand versetzt. Es stand aber auch außer Frage, daß Strauß – nunmehr im Alter von 30 Jahren – das Hochplateau seiner schöpferischen Potenz erreicht hatte und von Erfolg zu Erfolg eilend ein Meisterwerk nach dem andern in die Welt setzte.

Das große Fest zur Sonnwendfeier Ende Juni im Dommayer sollte dem Magier der Tanzmusik neuerlich Gelegenheit geben, ein kompositorisches Meisterwerk aus der Taufe zu heben. In sichtlicher Erwartungshaltung kündigt die Theaterzeitung das bevorstehende Ereignis an, von dessen durchschlagendem Erfolg der Rezensent von vornherein überzeugt zu sein schien:
»Künftigen Dienstag wird den Bewohnern Wiens ein besonderer Hochgenuß geboten. Der unerschöpfliche Musicdirektor Johann Strauß gibt in den wunderschönen Localitäten des Herrn Dommayer in Hietzing ein ›nächtliches Sommerfest‹ und gibt ihm diesen Titel aus dem Grunde, weil er selbst die kürzeste Nacht (Johannis-Fest am 24. d. M.) zum Tage zaubern will. Die schönen Säle im Casino werden glänzend erleuchtet seyn; der Garten wird wie Coras Sonnentempel von Flammenstrahlen völlig glühen (…).
Um 9 Uhr wird ein glänzender Ball beginnen. Strauß, der Liebling aller frohsinnigen Wiener, wird zum ersten Mal die Ihrer Königl. Hoheit der Frau Kronprinzessin von Preußen gewidmeten Walzer vortragen, und sodann mit mehreren neuen höchst beliebten Tonstücken fortfahren …«[4]
Der neue große Walzer op. 71 hieß »Elisabe-

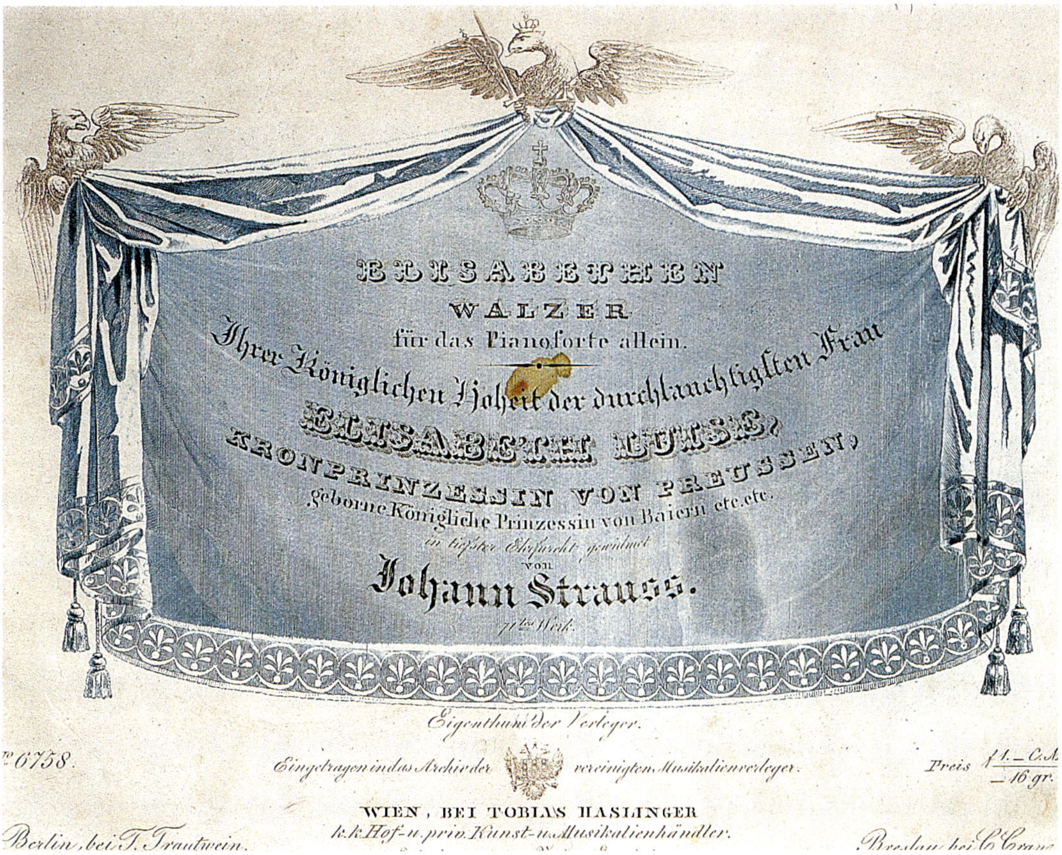

Johann Strauß Vater: »Elisabethen-Walzer« op. 71. Titelblatt der Erstausgabe

then-Walzer«. Die Widmung an Elisabeth Luise, die preußische Kronprinzessin, war ganz sicherlich kein Zufall. Strauß hatte mit Berlin bereits Kontakt aufgenommen, um sein nächstes Gastspiel, das ihn in wenigen Monaten nach Deutschland führen sollte, vorzubereiten. Musikalisch öffnete der »Elisabethen-Walzer« neue Horizonte: Festlich-dramatische, fast opernhaft anmutende Eröffnungsakkorde gleiten nahtlos über in ein ungeduldig rotierendes Startmotiv, das nur darauf wartet, den Weg freizumachen für den Auftritt des ersten großen Walzerthemas. In kraftvollem Fortissimo erhebt sich dieses nun in strahlender G-Dur, wobei sich die vitale Frische des Eröffnungswalzers auf die gesamte übrige Walzerkette überträgt, um schließlich noch einmal siegreich und voll überschäumenden Jubels in der Coda aufzutrumpfen. Ein Meisterwerk fürwahr. Die Besucher der Sonnwendfeier beim Dommayer haben eine sommerlich durchglühte, mitternächtliche Sternstunde erlebt.[5]

Nur wenige Tage später hat der »Elisabethen-Walzer« neuerlich Furore gemacht. Ort des Geschehens: Der Gasthof »Zur goldenen Birne« in der Landstraße (heute III. Bezirk, Landstraßer Hauptstraße 31; siehe Abb. S. 138).

Am 12. Juli konnte der kulturhungrige Wiener in der Theaterzeitung lesen:

»Die Reunionen zur goldenen Birn auf der Landstraße erfreuen sich eines immer größeren Zuspruchs; kein Wunder – der allbelebende Strauß beseelt sie ja durch seine Zauberkraft. Bei der letzten Reunion, welcher der Referent beiwohnte, producirte Strauß die eben so zauberische als schwierige Ouverture aus der ›gazza ladra‹ [Oper von G. Rossini, AdA], und beschämte dadurch auf's Nachdrücklichste jene seiner Gegner, die ihm Gefühl für höhere Musik absprechen wollen. Referent hat dieses Tonstück von Virtuosen ausführen hören, und ist für jede Störung empfindlich, doch er stand heute überrascht und horchend da, und dachte: Wer so zu bilden und zu leiten vermag, der mag mit Recht die unbegrenzte Gunst des Publikums als verdienten Lohn hinnehmen. Seine Elisabethen-Walzer sind unstreitig die Krone aller ihrer liebenswürdigen Mitschwestern. Kurz, wir wiederholen es, wo Strauß ist, da muß Überfülle, Vergnügen und Wohlbehagen regieren.«[6]

Auch dies ein Geheimnis seines Erfolgs: Strauß dirigierte eine Kapelle von der Dimension eines klassischen Sinfonieorchesters mit einer musikalischen Präzision, die so manches Musikvereinskonzert in den Schatten stellte. Die Rezensenten unterschiedlicher Presseorgane bestätigen dies immer wieder. Es ist völlig undenkbar, daß diese Flut von zeitgenössischen Berichten bloße Gefälligkeitsgutachten waren, wenngleich nicht ausgeschlossen werden kann, daß sich der geschäftstüchtige Kapellmeister die Gunst einiger Berichterstatter hin und wieder durch Zuwendungen unbekannter Art gesichert hat.

Der überraschende Erfolg des Augartenfestes im Vorjahr bewog Strauß zur Wiederholung des Lichterspektakels mit dem griffigen Namen »Eine Nacht in Venedig«. Am 21. Juli 1834 war es wieder soweit:

»Das Arrangement war viel brillanter als im vorigen Jahre, und, ohne zu übertreiben, darf man wohl sagen, daß es einzig in seiner Art genannt werden konnte. Die wirklich prachtvolle Beleuchtung machte einen überraschenden Effekt. Tausend und tausend Lichter verbreiteten Tageshelle (...). Strauß selbst spielte mit seinem Orchester im Saale, und so beschränkt darin auch der Raum für die Menge tanzlustiger junger Leute war, es wurde doch gewalzt, so gut es nur anging. Auch im Speisesaal war ein eigenes Orchester aufgestellt. Im Freien producirten sich die Musikcorps der löblichen k. k. Infanterie-Regimenter ...«[7]

Mit Hilfe seines getreuen Mitarbeiters Carl Friedrich Hirsch, der für die Installierung des Lichterzaubers verantwortlich war und deshalb den Spitznamen »Lamperl-Hirsch« zugedacht bekam, hat Strauß es wieder einmal geschafft, zehntausende Besucher bis 4 Uhr morgens in einen Taumel der Verzückung zu versetzen. Die Uraufführung des »Venetianer-Galopps« op. 74 war das persönliche Geschenk des Meisters an die jungen und junggebliebenen »Tanzsport-Athleten«, denen kein Tanz rasant genug sein konnte.

Während Strauß im November kühn zu neuen Abenteuern aufbricht – die Reise führt ihn diesmal viele hundert Kilometer weit bis nach Berlin, Leipzig, Dresden, Prag – tritt Lanner, wie schon so oft zuvor, in Straußens Fußstapfen und reist nach Ungarn. Immerhin gelang es ihm, wie schon 1833 seinem Konkurrenten, in der ungarischen Hauptstadt einen beachtlichen Erfolg und stürmischen Beifall zu erzielen:

»Hatte Strauß den höchsten Sinnenreiz aufgeregt und gleich einem reißenden Waldstrom Jung und Alt mit seinen Tonwellen mitgeführt, so hatte Lanner durch sein Schmeicheln und Tändeln alle Herzen unwiderstehlich an seine zauberischen Klänge gefesselt« – weiß die Theaterzeitung am 22. November zu berichten.

Lanner hatte eigens für sein ungarisches Debut einen »Pesther Walzer« op. 93 komponiert und »der edlen Ungarischen Nation in tiefster Ehrfurcht gewidmet«. Der »Pesther Walzer« zählt bis auf den heutigen Tag nicht nur zu den bekanntesten, sondern auch zu den gelungensten und formal geschlossensten Werken Joseph Lanners (Abb. S. 142). Nach dessen Rückkehr wurde das Werk im Jänner 1835 bei Pietro Mechetti in Wien verlegt.

Straußens Konzertreise in die preußische Metropole und Weltstadt Berlin war äußerst mühsam und beschwerlich. Das Zeitalter der dampfbetriebenen Eisenbahn hatte zwar bereits begonnen, allerdings in England und nicht auf dem europäischen Festland. Die erste deutsche Eisenbahn fuhr erst 1835 zwischen Nürnberg und Fürth auf einer bescheidenen Strecke von 7 (!) Kilometern. Zwei weitere Jahre sollte es noch dauern, bis im November 1837 eine

»Eine Nacht in Venedig«. Das von Johann Strauß inszenierte Augartenfest fand am 21. Juli 1834 statt, wo auch der »Venetianer-Galopp« op. 74 zur Uraufführung gelangte

österreichische Dampflock von Wien-Floridsdorf nach Deutsch-Wagram zuckelte.
Es blieb also Johann Strauß und seiner Orchestermannschaft im November 1834 nichts anderes übrig, als sich der guten alten Postkutsche anzuvertrauen. Reisen im Biedermeier! Wie oft wurde dieses Thema von den Experten der poetischen Zunft glorifiziert und idealisiert! Schöne Landschaften, flinke Pferde, gemütliche Einkehr in der Schenke, Verbundenheit mit der Natur ... Klischees, die sich in Schall und Rauch auflösten, wenn man länger als einen Tag mit der Reisekutsche durch Europa rumpelte. Holprige, schlammige Straßen, gebrochene Achsen, kaputte Räder, verletzte Pferde, erzwungene Aufenthalte in miserablen, elenden Gasthöfen, die ihren Namen oft nicht verdienten, Raubüberfälle und dergleichen mehr waren die Realität des Reisenden im Zeitalter des sogenannten »Biedermeier«.
Anfang November langte Johann Strauß mit seinem 30 Mann starken Orchester in Berlin ein. Innerhalb von zwei Wochen absolvierte er sieben Konzerte bzw. Ballveranstaltungen.
Am 12. November gab der Wiener Walzerkönig im königlichen Schauspielhaus eine erste Probe seines Könnens. Der Erfolg übertraf die kühnsten Erwartungen. Der Wiener Journalist Oettinger hat einen Sonderreport für Bäuerles Theaterzeitung verfaßt, der die Stimmungslage des Berliner Publikums lebhafter wiedergibt, als eine Nacherzählung es jemals zustandebrächte:
»Man hat die Wiener beschuldigt, sie überschätzen ihren Walzer-Paganini, den hochgeliebten Strauß. Allein die Berliner, welche doch um ein Bemerkliches kälter sind, scheinen die Wiener noch überbieten zu wollen (...). Die eisigsten Kunstrichter, die kältesten Beurtheiler, viele, welche dem Wiener Humor und dem Wiener Leben oft und gerne den Vorwurf der muthwilligsten Übertreibung machen – sie sind

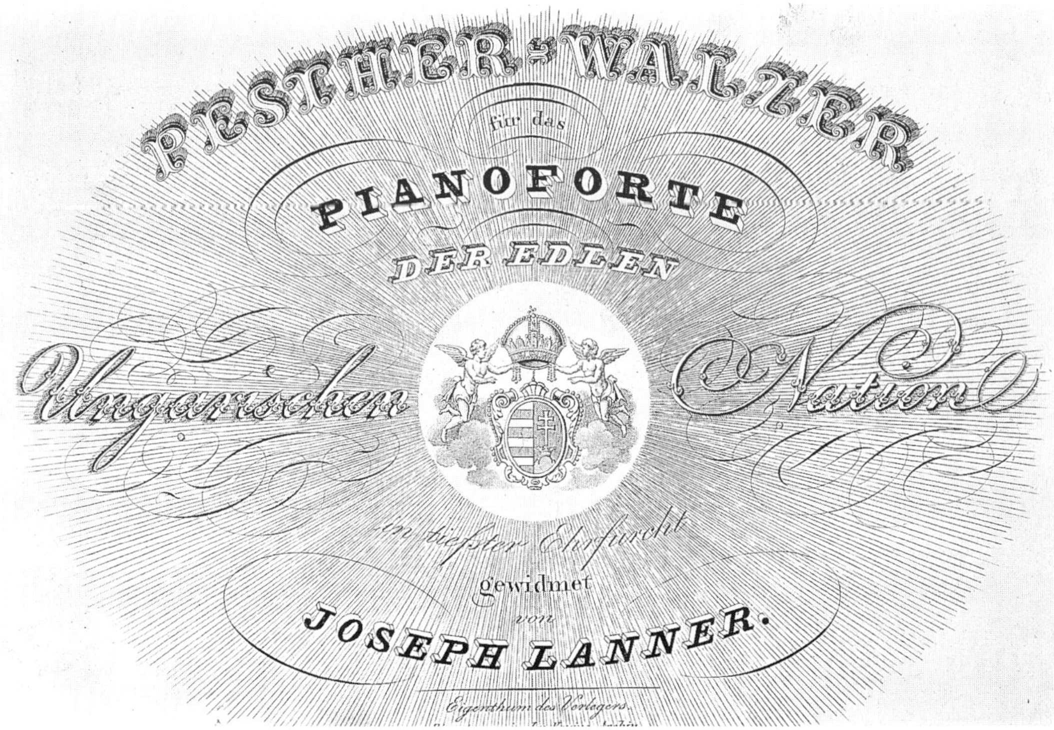

Joseph Lanner »Pesther-Walzer« op. 93. Titelblatt der Erstausgabe. Mit diesem Werk debutierte Lanner im November 1833 in der ungarischen Hauptstadt

Wiener geworden, das heißt, sie haben wie sie gejauchzt. Alle Berliner Blätter strömen über vom Lobe unseres Strauß. ›Figaro‹ hat nicht Raum genug in seinem Blatte gefunden, er hat eine Beilage mit rosenrother Guirlande herausgegeben, in welcher folgendes zu lesen ist:
›Über Strauß und sein erstes Konzert. Abends 9 Uhr. Eben komme ich aus seinem Konzert. Ach, mir ist so wohl, so kannibalisch wohl ... Ich bin so froh, so selig froh, daß ich den Himmel mit seinen Sternen küssen möchte; ich bin so froh, so ausgelassen froh, daß ich die ganze Welt an mein Herz drücken und umarmen möchte wie meine Geliebte! Und warum bin ich so froh? Weil ich ihn, Johann Strauß gehört. Die Wiener, seine Landsleute, nennen ihn Amphion, Orpheus und Gott weiß wie noch ... Laßt ihm seinen Namen. Strauß ist Strauß, ein musikalisches Phänomen, das mir lieber ist als Euer Amphion, den Ihr nie gehört, als Euer Orpheus, dessen Dasein nur eine Fabel war. Strauß ist der Erfinder des Walzers, oder richtiger gesagt: der Walzer selbst ... der personifizierte Walzer, ein Walzer von Fleisch und Blut (...). Seine Geige ist ein Talisman, sein Bogen ein Zauberstab, welcher unser Ohr entzückt, unser Herz bezaubert, unsere Füße behext. Seine Geige ist ein Januskopf, der auf der einen Seite lacht, wie Democrit, und auf der anderen Seite weint, wie Heraclit. Sein Bogen ist ein Mosesstab, der dem Felsen Wasser, den gefühllosesten Herzen Tränen der Freude ... entlockt. Johann Straußens Geige und Oberons Horn sind Zwillingsschwestern – wer sie hört, muß tanzen, er mag wollen oder nicht.‹«[8]
Und Ludwig Rellstab schreibt in der »Vossischen Zeitung«, dem populärsten Blatt der preußischen Hauptstadt:
»Wer Napoleon, Goethe und Strauß nicht kennt, hat umsonst im 19. Jahrhundert gelebt,

Das Brandenburger Tor, Wahrzeichen der preußischen Residenz, wurde nach dem Vorbild der Propyläen auf der Akropolis in Athen 1791 erbaut. Es bildet den Auftakt der Prachtstraße »Unter den Linden«. Johann Strauß konzertierte erstmals am 12. November 1834 in Berlin

und sich um nichts gekümmert, was Welterschütterndes um ihn vorgeht.«[8]
Schon drei Tage nach dem vielbeachteten Debut in Berlin wurde Strauß von der preußischen Hoftheaterintendanz eingeladen, im königlichen Schauspielhaus die Ballmusik zu übernehmen. Nun ging es Schlag auf Schlag: Ball im königlichen Schloß, Benefizkonzert zu eigenem Gunsten, ein Konzert im Palais des russischen Gesandten, Tanzabend bei Prinz Carl von Preußen, ein weiteres Konzert im Königstädter Theater, Privatkonzert im Palais des Prinzen Wilhelm von Preußen.
Vom preußischen König hatte Strauß eine ansehnliche Geldsumme erhalten, der russische Zar, damals zu Gast am Berliner Hof, überreichte ihm eine goldene Tabakdose.
Bei all dem Trubel um seine Person kam Strauß erst am 19. November dazu, an seine Frau Anna einen Brief nach Wien zu schicken:
»Vor allem jedoch hoffe ich, daß Du sammt den Kindern bey besserem Wohlseyn Euch befindet, als bey meiner Abreise. Wie sehnsuchtsvoll erwarte ich Nachricht von Ferdinand's Befinden. Ich muß gestehen, daß ich immer mit Angst an ihn dachte. Ich tröste mich mit der Hoffnung, ihn bey meiner Rückkunft wieder gesund anzutreffen, und will ich mich nicht mehr mit den schrecklichsten Gedanken quälen!«[9]
Als Johann Strauß diese Zeilen schrieb, war sein jüngster Sohn, der im Jänner geborene Ferdinand, bereits seit zwei Wochen tot. Laut ärztlichem Befund war der zehn Monate alte Bub »am hitzigen Wasserkopfe« verstorben. Der Vater hat die schreckliche Nachricht vermutlich erst nach seiner Rückkunft in Wien erfahren.[10]
An einer späteren Stelle seines Briefes an Netti [seine Frau Anna, AdA] schreibt Johann Strauß:
»... der Kopf ist mir von all dem so voll und giebt es bei meinem Hiersein in Berlin so viel zu thun, daß ich gar nicht weiß, wo aus, wo ein. Den ganzen Tag, von früh 7 Uhr ist mein Zimmer nie leer, täglich laufen 8–10 Briefe ein aus der Umgegend Leipzig, Dresden usw., welche ich doch beantworten soll. Du mußt daher schon ... entschuldigen, daß ich Dir noch nicht geschrieben habe. Ich denke von Berlin am 24. nach Leipzig abzureisen und von dort den Rückweg nach Wien zu nehmen ... Hoffentlich wird es Dir bis dahin an Geld nicht fehlen, bis ich wieder in Eurer Mitte bin.«[9]
Tatsächlich hat Strauß außer den konzertanten und repräsentativen Verpflichtungen noch eine Menge an geschäftlichen Agenden zu erledigen und organisatorische Vorbereitungen durchzuführen. All der Aufgaben, die auf seinen Schultern lasten, entledigt er sich mit eiserner Disziplin und präzisem Sachverstand. So heißt es in einem seiner Geschäftsbriefe:
»An die Herren Herrmann und Langbein in Leipzig. – Ich gedenke nun bestimmt meine Rückreise von hier über Leipzig zu nehmen und werde deshalb Mittwoch Abend abreisen, und Donnerstag Nachmittag am 27ten dort eintreffen, um jedenfalls schon Freitag und nach Befinden auch Sonnabend dort eine oder zwei musicalische Abendunterhaltungen zu veranstalten. Damit nun hiezu alles vorbereitet sey, so ersuche ich Sie, im voraus folgende Dinge einzurichten ... Ich bitte Sie, mir zu den beiden Abenden dasjenige dortige Lokal für die üblichen Preise zu miethen, welches sich am besten eignet, eine zahlreiche Versammlung zu fassen. Dies wird der Saal des Gewandhauses seyn ... Nach Empfang dieses haben Sie die Güte, in dortiger Zeitung und sonstigen Localblättern meine Ankunft und die beiden Abendunterhaltungen ... sogleich zu annonciren (...). Ich bitte Sie, von dortiger Kapelle oder wo es sonst her ist, für mich 2 gute Contre-Violons, 1 Violoncell, 1 Paar Pauken und 1 große Trommel zu miethen; zur Saalmiethe gehört natürlich auch die Orchestereinrichtung mit circa 16–18 Pulten und 26 Stühlen ...«[11]
Maestro Strauß hat buchstäblich an alles gedacht und nichts dem Zufall überlassen. Mit Sicherheit kann man auch annehmen, daß der

energische Kapellmeister und Manager in eigener Sache nicht die geringste Unbotmäßigkeit seitens seiner Orchestermitglieder durchgehen ließ. Disziplin, Präzision, Intuition und Musikalität waren die Ingredienzien seines Erfolges, egal, wo auch immer Strauß mit seinem Ensemble konzertierte.

Am 29. November trat Strauß zum erstenmal im Leipziger Gewandhaus auf und am Tag darauf – für ein Honorar von 300 Talern – bei einem Gesellschaftsball Leipziger Künstler und Gelehrter im Hotel de Pologne.

Das Leipziger »Illustrierte Familien-Journal« schilderte die Atmosphäre und die Erregung, welche die Leipziger seit der Ankunft des Wiener Walzerkönigs ergriffen hatte:

»Welche Rüstungen zu diesem Balle! Alle Lohnkutschen ... waren vormittags schon vergriffen. An der Billetausgabe im Hôtel de Pologne ging es stürmischer her, als zur Zeit an der Theatercasse, da zum ersten Male der ›Freischütz‹ gegeben wurde. Die Damen vergaßen Essen und Trinken (...). Strauß! Strauß! Es hieß wie im Fiesco: ›Dieser Mensch ist ein Magnet. Alle unruhigen Köpfe fliegen gegen seine Pole‹. – An manchen Orten nannte man das Honorar von dreihundert Thalern eine heillose Verschwendung, der Stadtmusicus Barth schlug ob solcher Heidensumme die Hände über dem Kopfe zusammen (...).

– Hôtel de Pologne! – wer zählt die Völker, nennt die Namen, die gastlich hier zusammenkamen. Ein Strauß'scher Walzer, eigenhändig von Strauß gespielt, um danach zu tanzen, in dieser Seligkeit schwammen Seidengeschäft und Materialladen. Man vergaß Börse und Procente, man vergaß den spanischen Bankrott, durch welchen mehrere Leipziger Häuser große Verluste erlitten (...). – Strauß geigte, er bestach die Sinne, er entführte die Herzen. Noch denke ich daran, wie das schwirrte, wirbelte, kräuselte, zuckte und hüpfte!

Das Gewandhaus zu Leipzig. Lithographie aus der Illustrierten Zeitung Leipzig, Jg. 1845. Johann Strauß konzertierte hier erstmals am 29. November 1834

Wie aber soll ich von dem Moment reden, als die Venetianer- und Fortuna-Galopps losbrachen, als die Trommel wirbelte und die Castagnetten klapperten. Es war, als wenn ganze Batterien von Leidener Flaschen[12] die Blitze des Enthusiasmus nach den Tanzlustigen und das zur Seite stehende Publikum geschossen hätten, denn Alle konnten nicht tanzen. Hier und da fingen selbst die Rippen an, Klagelieder über das Drängen der Menschheit anzustimmen.«[13]

In Dresden wiederholte sich der spektakuläre Tumult. Im »Hotel Wien« drängten sich so viele erwartungsvolle Besucher in den offenbar zu kleinen Festsaal, daß für die Wiederholung des Konzertes im Auftrag des sächsischen Königs die Räumlichkeiten des Dresdener Hoftheaters zur Verfügung gestellt wurden.

Am 9. Dezember langte Strauß mit seinem Orchester in Prag ein – für den Wiener Walzerkönig schon heimatlicher Boden. Entsprechend enthusiastisch war der Empfang des Prager Bürgertums, das den Maestro erstmals dirigierend und musizierend erlebte.
Als Strauß am 14. Dezember nachmittags beim Dommayer und abends beim Sperl leibhaftig erschien, um seine Fans musikalisch zu beglücken, brauste ihm ein Jubel entgegen, wie er ihn in seiner Heimatstadt noch nie gehört hatte.

Ludwig Rellstab in Berlin hatte Recht und doch auch wieder nicht: Johann Strauß hatte gesiegt wie Napoleon. Er hatte aber weder Tod noch Verderben in fremde Länder getragen, sondern den magischen Zauberklang des Wiener Walzers exportiert. Der erste Schritt zum Weltruhm war getan.

Dresden in den 30er Jahren des 19. Jahrhunderts

1835
Mit »Dampf« in die Zukunft

In der Rauhensteingasse, einem der engen, winkeligen Gäßchen der Wiener Innenstadt, führte Friedrich Voigtländer, Feinmechaniker, Optiker und Erfinder, unbeachtet von der großen Welt einen kleinen Betrieb für optische Instrumente. Hier konnte man Fernrohre, Operngläser und botanische Mikroskope kaufen.

Heute ist der Name Voigtländer weltweit ein Begriff für qualitative Optik im Bereich der Fotografie. 1840 hatte der Wiener Optikermeister den entscheidenden Durchbruch geschafft. Er konstruierte nach Berechnungen des Wiener Mathematikers Petzval ein lichtstarkes Objektiv, welches die Belichtungszeit der Daguerre-Kamera von 15 Minuten auf 45 Sekunden reduzierte. Auf diese Weise war es möglich geworden, erstmals brauchbare Portraitfotos herzustellen.

Aber bereits fünf Jahre vorher, Anfang 1835, war Voigtländer in einem ganz anderen Zusammenhang in die Schlagzeilen der Presse geraten: Während einer Englandreise hatte er den »Dampfwagen« eines englischen Ingenieurs kennengelernt, ein mit Rädern bestücktes, von einer Dampfmaschine getriebenes Vehikel, welches offensichtlich als Konkurrenz zur Dampflokomotive dem zukünftigen Straßenverkehr dienen sollte. Kurz entschlossen bestell-

Satirischer Ausblick auf das 20. Jahrhundert. So stellte sich der Karikaturist der Wiener Theaterzeitung 1842 den Verkehr in 100 Jahren vor

te Voigtländer ein solches Modell und stellte es im Prater zur Besichtigung aus. Da er auch Probefahrten mit dem knatternden und fauchenden Ungetüm durchführte, war die Sensation perfekt. Innerhalb weniger Wochen kamen 20.000 schaulustige Wiener in den Prater, um sich von dem geisterhaften Gefährt beeindrucken zu lassen, das vor- und rückwärts fahren konnte, ohne Pferdekräfte zu benötigen. Voigtländer konnte Eintrittskarten im Gesamtwert von 6000 Gulden verkaufen – eine beachtliche Summe für damalige Zeiten.

Es sollte allerdings noch ein halbes Jahrhundert vergehen, bis die Entwicklung des »Automobils« zum Siegeszug des motorisierten Individualverkehrs führte, unter dem wir heute alle leiden.

Interessanterweise hatte bereits 1842 der Illustrator der satirischen Darstellung »Dampfwagen und Dampfpferde im Jahre 1942« das beklemmende Gefühl, daß die Segnungen der Technik hundert Jahre später auch in ihr Gegenteil umschlagen könnten. Die allgemeine Begeisterung über den wundervollen Dampfwagen anno 1835 und dessen zukünftige Perspektiven hat offensichtlich auch Joseph Lanner inspiriert. Die Klavierausgabe seines »Dampf-Walzers« op. 94 ziert eine zauberhafte Titelvignette, auf der sich beschwingte Paare rund um ein dampfendes Ungetüm drehen.

Der »Dampf-Walzer« ist vermutlich im Fasching 1835 im Volksgarten zur Uraufführung gekommen. Widmungsträger ist August Corti, der Sohn des geschäftstüchtigen Kaffeesieders Pietro Corti. Das Geschäft mit dem »Dampf« sollte in den folgenden Jahrzehnten die Wirtschaftspolitik des österreichischen Kaiserreiches

Titelvignette der Klaviererstausgabe von Joseph Lanners »Dampf-Walzer« op. 94

entscheidend prägen. Doch davon wird an anderer Stelle zu berichten sein.

Die Impressionen, die Johann Strauß von seiner ersten Deutschland-Tournee mit nach Hause gebracht hatte, schienen noch immer mächtig nachzuwirken. Sein neuester Walzer, der am 28. Jänner im Sperl Premiere hatte, trägt den beziehungsvollen Titel: »Erinnerung an Berlin«. Das Werk besticht durch weltmännische Eleganz, noble Themenwahl und kunstvoll eingearbeitete Chromatik, wie sie in den Frühwerken des Meisters nicht zu hören war. Auch auf dem Gesellschaftsball am 17. Februar steht das jüngste Opus im Mittelpunkt der Aufmerksamkeit, wie der Text des Werbeplakats deutlich erkennen läßt.

Auch Opus 79, der Walzer »Gedanken-Striche«, hat deutlich Bezug zu den jüngst vergangenen Ereignissen. Er trägt nämlich die Widmung: »Den edlen Bewohnern Leipzigs geweiht.« Strauß hat damals schon gewußt, daß seine erste Deutschlandreise mit Sicherheit nicht seine letzte sein würde.

Am 2. März 1835 starb Kaiser Franz. Während seiner jahrzehntelangen Regierungszeit war das politische Leben in vielen Bereichen zum Stillstand gekommen. Die starre Aufrechterhaltung eines Systems, in welchem freie Meinungsäußerung, Toleranz und wirtschaftlicher Liberalismus unerwünscht waren, zählte zur obersten Maxime dieses Herrschers.

Zu den Nachfolgern Franz I. wurde, wie es das Erbrecht vorsah, sein ältester Sohn Ferdinand bestimmt. Wir haben ihn bereits kennengelernt als gutmütigen, hilflosen, durch epileptische Anfälle stark beeinträchtigten Menschen. In den Geschichtsbüchern rangiert der Derangierte als »Ferdinand der Gütige«, der Wiener Volksmund bezeichnete ihn respektlos als »Nandl, der Trottel«.

Man wußte allerorten, daß der neue Kaiser kein Ruhmesblatt in die wechselhafte Geschichte des Hauses Habsburg einbringen würde. Doch gerade dieser Umstand kam Metternich sehr zustatten. Noch vor dem Tod des alten Kaisers hatte der Staatskanzler ein »politisches Vermächtnis« aufsetzen lassen, das Franz in den letzten Stunden seines Ablebens unterschrieben hat. Die darin enthaltene Botschaft an seinen Sohn Ferdinand lautete:

»Verrücke nichts an den Grundlagen des Staatsgebäudes; regiere und verändere nicht; (...). Übertrage auf den Fürsten Metternich, meinen treuesten Diener und Freund, das Vertrauen, welches ich ihm während einer so langen Reihe von Jahren gewidmet habe. Fasse über öffentliche Angelegenheiten, wie über Personen, keine Entschlüsse, ohne ihn darüber gehört zu haben. Dagegen mache ich es ihm zur Pflicht, gegen dich mit der selben Aufrichtigkeit und treuen Anhänglichkeit vorzugehen, die er Mir stets bewiesen hat.«[1]

In jenen Tagen entstand in Wien eine Anekdo-

Dinstag den 17. Februar 1835.
wird ein großer
Gesellschafts-Ball
in dem
Saale zum Sperl
Statt finden.
Dieser Ball, soll den übrigen geschlossenen Gesellschafts-Bällen hinsichtlich der Decorirung, an Eleganz und brillanter Beleuchtung, und ganz vorzüglich darin gleich kommen, daß nur eine dem Raume dieser Saal-Localität angemessene Anzahl von Eintritts-Karten ausgegeben werden.
Herr Musik-Director
Johann Strauß,
wird an diesem Abende eine besondere Wahl seiner Compositionen treffen, und seine neuesten Walzer:
Erinnerung an Berlin,
zur Aufführung bringen.
Eintrittskarten zu 48 kr. C. M.
sind in der Stadt in Benko's Kaffehhause am Stephansplatze, und im Ball-Orte zum Sperl zu haben.
An der Cassa ist der Eintritt auf 1 fl. C. M. festgesetzt.
Für den Fall, daß die festgesetzte Anzahl von Eintrittskarten früher vergriffen werden, so wird am Ballabende selbst keine Kassa bestehen, und der Eintritt nur für jene Personen statt haben, welche sich früher damit versehen haben.
Anfang um 8 Uhr. Ende um 5 Uhr.
Gbr. Scherzer.

Der am 28. 1. 1835 uraufgeführte Walzer »Erinnerung an Berlin« erfreute sich großer Beliebtheit und erklang auf zahlreichen Wiener Gesellschaftsbällen

te, die – auch wenn sie historisch nicht beweisbar ist – die kritische Einstellung des Wiener Bürgertums präzise fokussiert: Am Abend des 2. März versammelte sich das trauernde Volk auf dem Ballhausplatz und schluchzte ergriffen vor sich hin. Da erschien Metternich auf dem Balkon der Staatskanzlei und rief den Leuten zu: »Weint nicht, Kinder, es bleibt ja alles beim alten.« »Deshalb weinen wir ja!« – antwortete die Menge.

Zwei Wochen nach dem Tod des Monarchen erblickte Eduard, der jüngste Sohn der Straußfamilie, im Hirschenhaus in der Taborstraße das Licht der Welt. Bei der Taufe, die in der St. Josefs-Pfarre in der Praterstraße am 15. März 1835 angesetzt war, stand Ferdinand Dommayer, »Kaffeehaus-Inhaber in Hietzing«[2] als Pate bei. Vater Strauß hat damals wohl in seinen kühnsten Träumen nicht daran gedacht, daß einst alle drei Söhne, Johann, Joseph und Eduard, sein musikalisches Erbe bis ans Ende des Jahrhunderts tragen und schöpferisch vollenden würden.

Der mittlerweile 10jährige Johann und sein 8 Jahre alter Bruder Joseph haben ihre ersten Schuljahre mit ausgezeichnetem Erfolg absolviert und erweisen sich als hochbegabte Klavierschüler. Ständig ist das Hirschenhaus von Musik erfüllt, eine Orchesterprobe jagt die andere. Wenn die oft leichtfertig dahingesprochene Behauptung, jemand sei »mit Musik aufgewachsen«, Gültigkeit hat, dann trifft dies auf die Söhne des Walzerkönigs zu.

Zugleich mußten die beiden Buben und natürlich auch deren Schwestern Anna und Therese miterleben, wie die Ehe der Eltern auseinanderdriftete. Eine Entwicklung, wie sie auch in hunderttausend anderen Familien vorzukommen

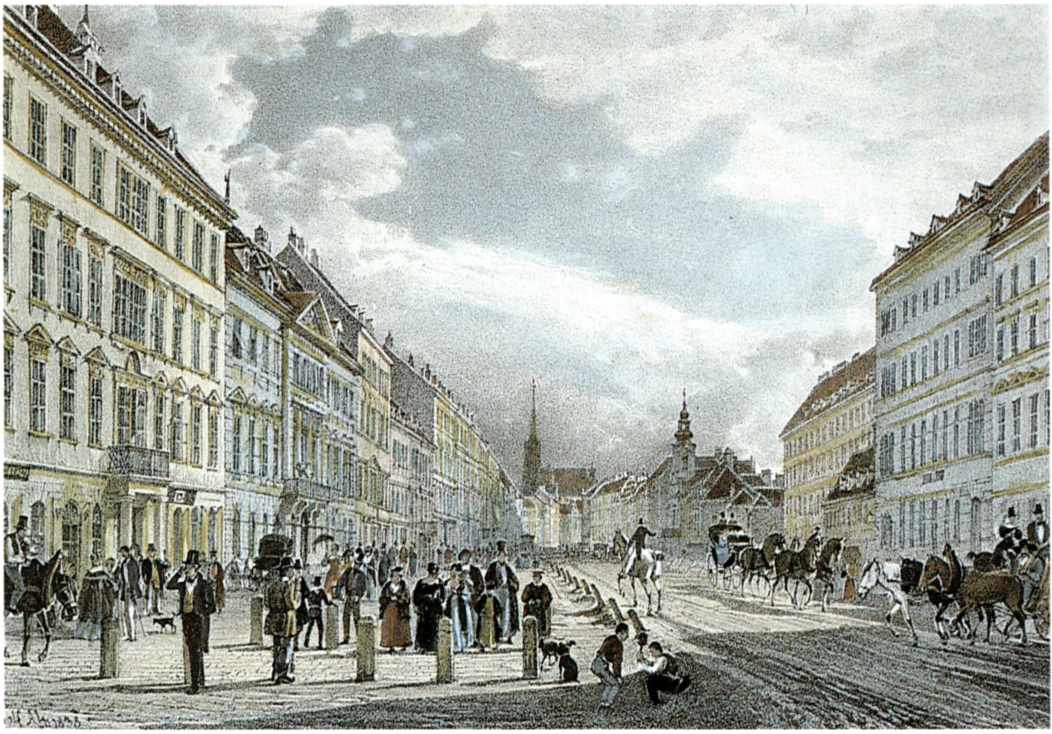

Die Praterstraße um 1840 mit dem Stephansdom im Hintergrund. Rechterhand die Josephskirche, wo Eduard Strauß am 15. März 1835 getauft wurde und Joseph Strauß 1857 heiratete. Schräg gegenüber der Josephskirche (Praterstraße 54) wohnte Johann Strauß junior einige Jahre und schrieb hier 1867 den Walzer »An der schönen blauen Donau«

pflegt, von der die Geschichtsbücher jedoch nur dann berichten, wenn die davon Betroffenen in irgend einer Weise bedeutsam oder prominent gewesen sind.
Die Entfremdung zwischen Strauß und seiner Frau Anna war nicht von gestern auf heute gekommen, trat aber nun in ein akutes Stadium, als sich der allseits bejubelte und gefeierte Maestro mit der 19jährigen Emilie Trampusch in ein dauerhaftes Verhältnis einließ, welches bis zu seinem Tode anhielt.
Trampusch, Tochter eines Militärarztes, arbeitete in Wien als Modistin und gebar ihrem feurigen Liebhaber bis zum Jahre 1844, als Anna endlich die Scheidung einreichen konnte, sieben außereheliche Kinder. Besonders schockierend muß es für Anna gewesen sein, als sie erfuhr, daß zwei Monate nach der Geburt des jüngsten Sohnes Eduard, Emilie Trampusch ihr erstes Kind zur Welt brachte, zu dessen Vaterschaft sich Strauß ausdrücklich bekannte.
Strauß Vater war nicht dazu zu bewegen, sein Verhältnis mit Emilie zu beenden, wohnte aber weiterhin im Hirschenhaus, wo er von nun an ein eigenes, von der Familie getrenntes Appartement bezog. Ein düsterer Schatten hatte sich über die Familie des Walzerkönigs gesenkt, ein Schatten, der eine wenig verheißungsvolle Zukunft ahnen ließ.
Der »gütige Ferdinand«, der im Juni 1835 als neuer Kaiser in die Hofburg einzog, und stets das machte, was Metternich und seine Berater ihm zu tun empfahlen, bot nicht gerade erquickende Aussichten für eine rasche Entwicklung des österreichischen Wirtschaftslebens. Eines aber war bemerkenswert: Ferdinand liebte Eisenbahnen!
Am Wiener Polytechnikum – der späteren Ausbildungsstätte zweier Straußsöhne – lehrte 1835 der Ingenieur Franz Xaver Riepl als Professor. Vor seiner Lehrtätigkeit hatte Riepl viele Jahre im größten Eisenwerk der Monarchie, in Witkowitz, gearbeitet. Seine Überlegung ging dahin, eine dampfbetriebene Eisenbahn zu bauen, welche den Rohstoff Kohle aus den schlesisch-mährischen Revieren billig und rasch zur Donau transportieren könnte. Der Weitertransport auf dem Wasserweg ließe sich ebenfalls kostengünstig realisieren. Auch Salz aus Galizien könnte dann auf dem Schienenweg billig nach Wien geschafft werden. Und die gewaltigen Mengen an Schienen ließen sich problemlos im Eisenwerk Witkowitz bei Mährisch-Ostrau erzeugen.
Es gab nur ein einziges, ernsthaftes Problem: Wer sollte dieses Mammutprojekt finanzieren? Die von den Habsburgern heruntergewirtschaftete Regierung war dazu wohl kaum imstande. Der einzige Finanzier, der dieser Aufgabe gewachsen schien, war der Bankier Rothschild, der zur Zeit im »Römischen Kaiser« in Wien logierte.
Salomon Meyer Rothschild war von der phantastischen Idee des Professors am Polytechnikum

Ferdinand I., Kaiser von Österreich zwischen 1835 und 1848

sichtlich angetan. Nachdem Metternich für das Projekt eingestimmt wurde, was nicht schwer war, da der Staatskanzler ständig Kredite bei Rothschild brauchte, beantragte der Bankier am 15. April 1835 ein k. k. Privileg für die Errichtung einer dampfbetriebenen Eisenbahn von Bochnia in Galizien bis nach Wien. Wie nicht anders zu erwarten, befürwortete Ferdinand den Plan wenige Monate später. Im November legte Rothschild 12.000 Eisenbahnaktien zu 1000 Gulden auf, die im Nu vergriffen waren.
Nun erwachten die Mechanismen kapitalistischer Wirtschaftspolitik zu ungestümer Dynamik und heftigem Eigenleben. Es begann – wie Historiker Andics es formulierte – »der Wettlauf um die fetteste Beute der Gründerzeit.«[3]

Während Rothschilds Eisenbahnprojekt die Bezeichnung »Kaiser Ferdinand-Nordbahn« erhielt, bewarb sich der griechische Bankier Sina um die Konzession für den Bau einer Bahnstrecke, mit dem Ziel, eines Tages Wien mit der Adria zu verbinden. Die Idee der späteren Südbahn, die durch die unwegsame Gebirgswelt des Semmering führen sollte, war geboren.
Lanners Einfall, seinen Walzer op. 94 als »Dampfwalzer« zu bezeichnen, hatte durchaus visionären Charakter. Wenigstens dieses eine Mal war er Johann Strauß zuvorgekommen. Etwa ein Jahr später überraschte auch der »Walzerkönig« seine Zuhörerschaft mit einem »Eisenbahn-Lust-Walzer«. Doch davon wird an späterer Stelle noch zu berichten sein.
Philipp Fahrbach ließ es sich nicht nehmen, im Jahre 1838 einen »Locomotiv-Galopp« zu komponieren. Es war nicht zu übersehen: das Eisenbahnzeitalter hatte auch in Österreich begonnen.
Doch auch die Vergnügungsindustrie expandierte 1835 mächtig: Der tüchtige Gastwirt und Betreiber der »Goldenen Birn« auf der Landstraße wollte keinesfalls hinter dem Sperl oder Dommayer zurückbleiben und hatte einen großartigen, neuen Tanzsaal errichtet.
Dieses Ereignis fällt ziemlich genau zusammen mit der Kaiserkrönung, welche das Erscheinungsbild der Wiener Innenstadt am 14. Juni unübersehbar prägte: Von der Stephanskirche bewegte sich der Festzug des pompös aufgeputzten Hofstaates über den Graben und den Kohlmarkt zur Hofburg. Die Bevölkerung beobachtete das Spektakel mit gemischten Gefüh-

Der neue Tanzsaal in der »Goldenen Birne« um 1835

len. Es war allgemein bekannt, daß Ferdinand zur Führung von Regierungsgeschäften nicht in der Lage und auf die Steuerung durch eine intrigante Hofkamarilla angewiesen war. Im Ausland spottete man bereits über die »absolute Monarchie ohne Monarchen«. – Österreich hatte schon bessere Zeiten erlebt.

Der kaiserlich-feudale Staatsakt fand im Strauß'schen Schaffen seinen Niederschlag im »Huldigungs-Walzer« op. 80, welcher tags darauf anläßlich der Einweihung des neuen Prachtsaales in der »Goldenen Birne« auf dem Programm stand.

Die Popularität, die Kapellmeister Strauß als Wiener Walzerkönig genoß, hat diesen nicht vor einer kräftigen Strafe bewahrt, als er zum erstenmal wegen einer Lappalie mit dem Arm des Gesetzes in Konflikt kam. Wie aus einem Sitzungsprotokoll der niederösterreichischen Landesregierung vom 22. Juli 1835 hervorgeht, wurde Strauß wegen »schwerer Polizey-Uebertretungen« zu einer Geldstrafe von 900 Gulden verurteilt.

Was war geschehen? – Der Wiener Bürger Moritz Glücky hatte sich in einem Kaffeehaus in der Leopoldstadt mit Branntwein vollaufen lassen und anschließend beim verbotenen Kartenspiel »Macao« die beachtliche Summe von 1600 fl. verloren. Als der leichtsinnige Glücksspieler sich wieder im nüchternen Zustand befand, merkte er, daß er durch seine Spielleidenschaft seine finanzielle Existenz vernichtet hatte und erstattete Anzeige bei der Polizei. Letztere stellte bei ihren Ermittlungen fest, daß das verbotene Glücksspiel auch beim Sperl gespielt wurde und sieben Personen darin involviert waren, u. a. die beiden Söhne des Sperlwirts Scherzer und Johann Strauß Vater. Dem prominenten Kapellmeister wurde außerdem noch der leichtfertige Umgang mit Feuerwerkskörpern zur Last gelegt.

»Johann Strauß, 30 Jahre alt, in Wien gebürthig, katholisch, verheurathet, Vater von fünf Kindern, Musikdirector in der Leopoldstadt Nr. 314 wohnhaft, hat selbst eingestanden, am heiligen Abend und am Sylvesterabend 1833 beym Sperl Macao gespielt zu haben. Auch hat er bey dieser Gelegenheit eingestanden, am 18. September 1834 und auch früher im Gasthausgarten »zum Sträußel«, in dessen Nähe mehrere Schindeldächer sind, an der Oberlichte des Salons an einem vorspringenden Kupferdache acht Feuerwerkskörper angebracht zu haben, welche beim Losbrennen leuchteten. Es wird von ihm zur Entschuldigung angeführt, daß er glaubte, es sey hiedurch keine Feuersgefahr vorhanden. Als erschwerend kommt vor, daß hier zwey Uebertrettungen zusammentreffen, als mildernd, daß er alles einbekannte und das erste Mal in Untersuchung ist. Er wurde daher auch zu 900 fl. Wiener Währung verurtheilt und nebst dem verbotenen Spiel auch einer feuersgefährlichen Handlung als schwere Polizey-Uebertrettung für schuldig erkannt.«[4]

Der Umstand, daß Glücksspiele in Österreich

Johann Strauß Vater im Jahre 1835. Lithographie von Kriehuber

damals verboten waren und die Verletzung dieses Verbots mit einer Polizeistrafe geahndet wurde, ist nicht so außergewöhnlich. Bemerkenswert ist aber die drastische Höhe der Strafbemessung. Um eine Vorstellung zu gewinnen, was 900 Gulden im Jahre 1835 wert waren, ist ein Vergleich aus dem Alltagsleben sinnvoll. Für einen Gulden bekam man damals in Wien ca. 4 kg Rindfleisch oder 20 kg Brot(!). Ein Maurer mußte 3 Tage lang 14–16 Stunden arbeiten, um 1 Gulden zu verdienen.[5]

Strauß war nicht der einzige Künstler im alten Wien, der mit den Behörden in Konflikt geriet. Anfang der 30er Jahre passierte eine recht verwunderliche Geschichte in der Kaiserstadt. Von einem Tag zum andern waren Kipferln und Semmeln der Bäcker wesentlich kleiner geworden, wurden jedoch zum bisherigen Preis weiterhin verkauft. Das löste in der Bevölkerung natürlich Ärger aus. Man kann sich vorstellen, wie groß der Jubel des Theaterpublikums war, als der beliebte Schauspieler Nestroy eines Abends auf der Bühne mit einem Frack auftrat, dessen Knöpfe aus winzigen Semmeln bestanden. Der Bäckerinnung bereitete dies mächtiges Unbehagen, und so kam es zu einer Anzeige.

Da die Semmelknöpfe nicht im Manuskript vermerkt waren, welches der Zensurbehörde vorgelegt werden mußte, wurde Nestroy zu 24 Stunden Arrest verurteilt, die er auch absaß. Als der populäre Schauspieler tags darauf wieder auf der Theaterbühne erschien, fragte ihn sein Kollege Wenzel Scholz mit unschuldigem Tonfall, ob er im Kerker wohl großen Hunger verspürt habe. »Nein«, erwiderte Nestroy, »die Tochter des Kerkermeisters hat mir durchs Schlüsselloch ein paar Kipferln zugesteckt.« – Der im Theater sitzende Zensurbeamte hat es an diesem Abend vorgezogen, den Satz zu überhören.

Am 24. September 1835 erlebte Wien die Uraufführung der Nestroy'schen Posse »Zu ebener Erde und erster Stock«. Das Publikum ist

Das »Silberne Kaffeehaus«, benannt nach seiner opulenten Einrichtung und Ausstattung mit Silbergeschirr, war in den 30er Jahren beliebter Treffpunkt von Literaten und Musikern und befand sich in der Spiegelgasse, Ecke Plankengasse. Rechts von der Kassierin Joseph Lanner und Johann Strauß

begeistert und überschüttet Nestroy mit Ovationen. Das Stück ist amüsant, unterhaltsam und dennoch belehrend. Völlig neu ist die Bühnenarchitektur. Eine zweigeteilte Bühne eröffnet die dramaturgische Möglichkeit, »zu ebener Erde und erstem Stock« zwei Familien unterschiedlicher sozialer Herkunft gleichzeitig auftreten zu lassen.

Herr von Goldfuchs, ein Millionär, präsentiert sich mit seiner Familie im ersten Stock, während im Parterre eine Trödlerfamilie mit dem Namen Schlucker ihr Leben fristet. Das scheinbar unabänderliche soziale Gefüge ändert sich überraschend im 2. Akt, als Goldfuchs durch mißlungene Spekulationen sein Vermögen verliert, während die »Schlucker« im Parterre unverhofft einen Lotteriegewinn und eine Erbschaft für sich buchen können. Die sich daraus ergebenden Verwicklungen hat Nestroy zu einem Volksstück von unübertrefflicher Brillanz gestaltet und einen neuerlichen Meilenstein österreichischer Theatergeschichte gesetzt.

Allen bürokratischen Hürden zum Trotz waren in den 30er Jahren auch in Österreich neue Industriebetriebe gegründet worden, welche den Charakter der Stadt und deren Umgebung maßgeblich verändert hatten. Berühmt war die Wiener Seidenindustrie, deren Produktionsstätten vorwiegend am Schottenfeld angesiedelt waren. In Schwechat errichtete der umsichtige Franz Anton Dreher die erste Großbrauerei in der Donaumetropole.

Nicht minder bedeutsam waren die zahlreichen kleinen Handwerksbetriebe, welche hochqualitative Produkte herstellten, die sich in der Welt sehen lassen konnten. Im Jahr 1835 exportierten 1600 österreichische Schuhmacher ihre Erzeugnisse ins Ausland. Berühmt waren die Wiener Handschuhmacher, aus deren Zunft wir bereits einen Vertreter kennengelernt haben – den Vater Joseph Lanners.

Markenzeichen österreichischer Präzisionskunst lieferten die Wiener Klavierfabrikanten Streicher und Bösendorfer. Letzterer hat auch heute noch Weltruf. Voigtländers optische Erzeugnisse waren überall in Europa begehrt. Michael Thonet begann in Wien mit der Produktion von Sitzmöbeln, die fast ausschließlich aus kunstvoll gebogenem Holz bestanden. Joseph Hardtmuth stellte Steingut und Bleistifte her, Lobmeyr produzierte die kostbarsten und prachtvollsten Luster, die Wien jemals gesehen hatte, die Porzellan-Manufaktur Augarten stand eben in voller Blüte.

Die Produkte all dieser Wiener Betriebe und noch vieles mehr zeigte die 1. Wiener »Gewerbeprodukten-Ausstellung«, welche in den Räumen der Winterreitschule am 1. September 1835 eröffnet wurde. Etliche der Aussteller wurden staatlich prämiert. Unter den »ausgezeichneten« Gewerbetreibenden befand sich auch der Verlag und die Notendruckanstalt des Tobias Haslinger.

Die andere Seite der Medaille war in der Ausstellung nicht zu sehen, aber auf Schritt und

Johann Nepomuk Nestroy in den 30er Jahren des 19. Jahrhunderts

Tritt erkennbar, wenn man durch die Wiener Vorstädte streifte: Wohnungsnot, industrielle Zersiedlung, massiver Zustrom der Arbeit suchenden Landbevölkerung, räumliche Trennung von Wohn- und Arbeitsstätte, erhöhtes Verkehrsaufkommen. Unausweichliche Folge dieser Entwicklung war die Verschmelzung der Stadt mit den Vorstädten und schließlich auch mit den Vororten. Immer dringender stellte sich die Frage nach erschwinglichen Massenverkehrsmitteln, um den ständig steigenden Pendelverkehr zu bewältigen. Die wirtschaftspolitische Bedeutung der 1. Wiener Gewerbeausstellung scheint Johann Strauß klar erkannt zu haben. Mercurius, der altrömische Gott des Handels und des Gewerbes, ist bei der Titelvergabe von Straußens Opus 83 Pate gestanden: Der am 30. August im Sperl uraufgeführte Walzer trug die sinnige Bezeichnung »Merkurs-Flügel«.

Die Tonsatz- und Kontrapunktstudien, die Strauß seit kurzem bei Ritter von Seyfried, einem Opern- und Oratorienkomponisten, nimmt, schlagen sich nun in seinem Schaffen nieder: Introduktion und Coda des neuen Walzers sind mit dem übrigen Themenmaterial aufs engste verknüpft.

»Einige Teile der Merkurs-Flügel kehren wieder zur achttaktigen Periode zurück, aber alle sind voll von prickelndem und pikantem Rhythmus, Akzentverschiebungen, reizvollen Gegensätzlichkeiten und tänzerischer Musizierlust« – wie Max Schönherr feststellt.[7]

Philipp Fahrbach, der seit kurzem aus der Straußkapelle ausgeschieden war und ein eigenes Orchester gegründet hatte, wollte nicht zurückstehen und überraschte das Wiener Tanzpublikum mit seinem »Commerz-Walzer« op. 21.

Da Philipp Fahrbach weit und breit der beste Flötist war, den Strauß jemals in seinem Orchester hatte, setzte letzterer alles dran, um Fahrbach auf seiner nächsten großen Deutschlandtournee als Orchestermitglied dabei zu haben. Irgendwie – vermutlich durch entsprechend

Philipp Fahrbachs »Commerz-Walzer« op. 21. Titelblatt der 1835 erschienenen Erstausgabe

großzügige Entlohnung – ist ihm dies auch gelungen. Fahrbach hat am Anfang seiner Karriere als selbständiger Musikdirektor das Geld sicher sehr gut gebrauchen können.
In Mainz bot man Fahrbach, dessen vollendete Flöten-Soli allgemeines Aufsehen erregten, sogar ein Engagement auf zehn Jahre im Mainzer Stadttheater an, doch lehnte er aus verständlichen Gründen ab. Fahrbach war eisern entschlossen, sich neben Strauß und Lanner als dritter bedeutsamer Tanzmusik-Kapellmeister in Wien zu etablieren.
An das ausgezeichnete Verhältnis, welches beide Vollblutmusiker jahrelang miteinander verband, erinnerte sich Fahrbach in einem autobiographischen Bericht 1847 in der »Wiener allgemeinen Musikzeitung« mit dankbaren Worten:
»Ich war durch 9 Jahre Flötist im Strauß'schen Orchester. Hr. Strauß gab mir Gelegenheit als Componist bekannt zu werden, indem er fern von aller Eigenliebe meine Walzer und Galoppaden, meine Märsche und Polonaisen aufführte, was zur Folge hatte, daß der k. k. Hof-Musikalienhändler Tobias Haslinger durch Hrn. Strauß's Vermittlung meine Walzer zu verlegen anfing. Damals war ich 11 Jahre alt, als meine ›Elegant-Walzer‹ erschienen. Meine Walzer, Galoppaden und Polonaisen erschienen durch 20 Jahre hindurch in derselben Verlagshandlung. Ich ergreife die schöne Gelegenheit, Hrn. Strauß hiemit meinen Dank auszusprechen, da er die eigentliche Triebfeder war, durch die ich meine jetzige Stellung einnehmen konnte.«[8]

Am 30. September bricht Strauß zu seiner bisher größten Konzerttournee auf. Zwei Monate lang eilt er in Süddeutschland von Stadt zu Stadt, von Erfolg zu Erfolg. Schon die erste Station in München war ein triumphaler Sieg.
»Aus München, den 11. October 1835. Strauß, der am 2. October angekommen ist, hat im wahrsten Sinne des Wortes hier Furore gemacht. Die Privat-Gesellschaft des Frohsinns hat ihm ihren schönen geräumigen Saal (…) bereitwillig eingeräumt, und er hat daselbst drei, zum Erdrücken volle, musikalische Abendunterhaltungen gegeben (…). Leider wird sich Hr. Director Strauß nicht länger mehr in München aufhalten, und morgen abends (…) nimmt er schon von uns Abschied (…). Wir hoffen übrigens, daß Herr Musikdirector Strauß, der jetzt nach Frankfurt und Mainz geht, uns auf der Rückreise mit seinen genialen Tonschöpfungen wiederholt selbst beglücken werde. Was man hier an seinen musikalischen Productionen besonders rühmt, ist seine Präcision, die seltene Harmonie seiner Blasinstrumente, das Feuer und Leben in der Ausführung, und das richtige Maß, das er überall zu beobachten weiß …«[9]
Zwei Wochen später langt die Straußkapelle in Augsburg ein und musiziert im »Saal der goldenen Traube«, für 24. Oktober melden die Zeitungen Straußens Ankunft in Stuttgart, wo er insgesamt zwei Konzerte und zwei Bälle zu bestreiten hat. Es folgen Ludwigsburg und Heilbronn. Der Korrespondent berichtet für die Wiener Theaterzeitung:
»Heilbronn ist eine reiche, lebensfrohe Stadt, voll Handel und Fabriken … Der Heilbronner Herbst ist der lustigste am ganzen Neckargelände, mithin ist es kein Wunder, daß Strauß, ein willkommener Gast, offene Ohren und flinke Füße finden wird.«[10]
Von Mainz kommend, langt Strauß mit seiner Kapelle am 27. November in Darmstadt ein, wo er mehrere Konzerte gibt. Frankfurt, Wiesbaden, Kassel sind weitere Stationen seiner ruhm- und erfolggekrönten Reise.
Insgesamt hat der Wiener Maestro in weniger als zwei Monaten in 40 deutschen Städten konzertiert. Die Strapazen dieser Tournee müssen gewaltig gewesen sein.
Genau um diese Zeit befördert zum erstenmal in der Geschichte Deutschlands eine Dampfeisenbahn Menschen durch das Land.

Begonnen hat das größte technische Abenteuer des 19. Jh.s auf dem europäischen Festland am 7. Dezember 1835 auf der Strecke Nürnberg-Fürth.
Die neue Ära des Dampfzeitalters hatte endgültig in Europa Fuß gefaßt. Für die künftige Reisetätigkeit des Wiener Walzerkönigs sollte dies in späteren Jahren von gravierender Bedeutung sein.

Joseph Lanner aber hatte mit seinem »Dampf-Walzer« den »Titel des Jahres« punktgenau gelandet. Das hat wohl auch Johann Strauß neidlos anerkennen müssen.

Wiesbaden um die Mitte des 19. Jahrhunderts. Kolorierte Lithographie

1836
Reisefieber, Wahn und Wirklichkeit

Während Nestroy wieder einmal im Kerker saß – diesmal gleich für fünf Tage – weil er in einem Extempore auf offener Bühne einen Theaterkritiker beleidigt hatte[1], warb die Theaterzeitung mit launigen Worten für den bevorstehenden »Armenball« im Sperl, in welchem Strauß wiederum das musikalische Zepter führen sollte:

»Der Frühling hat seine Blumen, der Sommer seine Badecuren und der Herbst seine Früchte; da nun im Winter die Natur die weiße Schlafmütze über die Ohren zieht, um auszuruhen, so hat der Mensch, der nie ruht, (...) ein Surrogat der Naturfreuden erfunden: es ist das der Carneval mit seinen Bällen. Man theilt die Bälle gewöhnlich in Privat-Bälle, wozu einige junge Leute eingeladen werden, um mit vielen tanzlustigen Mädchen von 7 Uhr Abends bis 8 Uhr Früh (!) in einem kleinen Raume herumzurasen; in öffentliche Bälle, wo man hingeht, um – nicht zu tanzen, sondern im Wege zu stehen; und in Wohltätigkeitsbälle, bei welchen man zum Besten irgend eines menschenfreundlichen Zweckes galopirt. Der Ahnherr dieser humanen Tanzfeste nun, der bekannte und beliebte Armenball, wird zum Besten des schönen Versorgungshauses der Leopoldstadt (...). Dienstag den 19. d. M. in den beiden Sälen zum Sperl statt finden, und die Unternehmer werden alles aufbieten, die Zufriedenheit ihrer Gäste, wie immer, zu erreichen. Strauß wird persönlich sein Orchester leiten (...), er selbst wird mit seinem Zauberbogen die Genien der Freude und der Heiterkeit aus dem wogenden Tonmeere herauf beschwören, damit sie die Anwesenden umschweben, entzücken, beseligen! – Wir sind im Voraus überzeugt, daß ein glücklicher Erfolg das wohltätige Unternehmen krönen wird.«[2]

Joseph Lanner, der Freund aus gemeinsamen Jugendtagen und mittlerweile arrivierter Musikdirektor in der Kaiserstadt, konnte zwar mit dem unermüdlich durch Europa reisenden und von dämonischer Arbeitswut besessenen Johann Strauß nicht Schritt halten, war aber im Fasching 1836 in der Donaumetropole allseits präsent. So erfährt der Leser der Theaterzeitung beispielsweise am 23. Jänner von zwei bevorstehenden Faschingsbällen in der Josefstadt, für welche Lanners Erscheinen in den Sträußlsälen stolz angekündigt wird:

Plakat für den Fortunaball im Sperl am 11. Februar 1836

»Ich beehre mich hiermit anzuzeigen, daß die geschlossenen Gesellschafts-Bälle, welche ich seit einer Reihe von Jahren in den jetzt ganz mit Gas beleuchteten Localitäten zum goldenen Strauß in der Josephstadt veranstaltete, auch im Laufe dieses Faschings (...) stattfinden werden. Die Tanzmusik steht unter persönlicher Leitung des Musikdirectors, Hrn. J. Lanner. Diejenigen, die daran Theil zu nehmen wünschen, belieben die Eintrittskarten zu den gewöhnlichen Preisen in meiner Wohnung, Schleifmühlgasse Nr. 786, vis à vis vom Freihause, in Empfang nehmen zu wollen. – Fr. Spielberger, Regisseur des k. k. pr. Theaters an der Wien.«[3]

Am selben Tag – es war der 26. Jänner – stellte Strauß in den Redoutensälen der Hofburg erstmals den Wienern seinen Walzer »Heimat-Klänge« op. 84, vor. Diese in epischer Breite angelegte Walzerkette, welche durch eine stimmungsvolle sinfonische Introduktion besticht, war wohl als Verbeugung des Maestro vor den kulturellen Wurzeln seiner Heimatstadt zu verstehen. Die aufmerksamen Ballbesucher quittierten jedenfalls das in der Coda deutlich hervortretende Zitat des alten Wienerliedes von Wenzel Müller (»'s gibt nur a Kaiserstadt«) mit frenetischem Applaus.

Daß diese neue Walzer-Kreation auf zahlreichen Veranstaltungen des Wiener Faschings 1836 im Mittelpunkt der Aufmerksamkeit stand, zeigt auch das Plakat mit der Ankündigung eines »Fortuna-Balls« am 11. Februar deutlich (Abb. S. 159).

Die ausgedehnte Konzerttournee Straußens durch zahlreiche Städte Süddeutschlands im vergangenen Herbst hatte natürlich auch in seinem Repertoire Niederschlag gefunden. Am 10. Februar bekamen die Wiener erstmals den Walzer »Erinnerung an Deutschland« op. 87 im Sperl präsentiert.

Was diesmal die tanzfreudige Bevölkerung in Scharen in die Leopoldstadt lockte, war vor allem das geschickt gewählte Motto der Ballver-

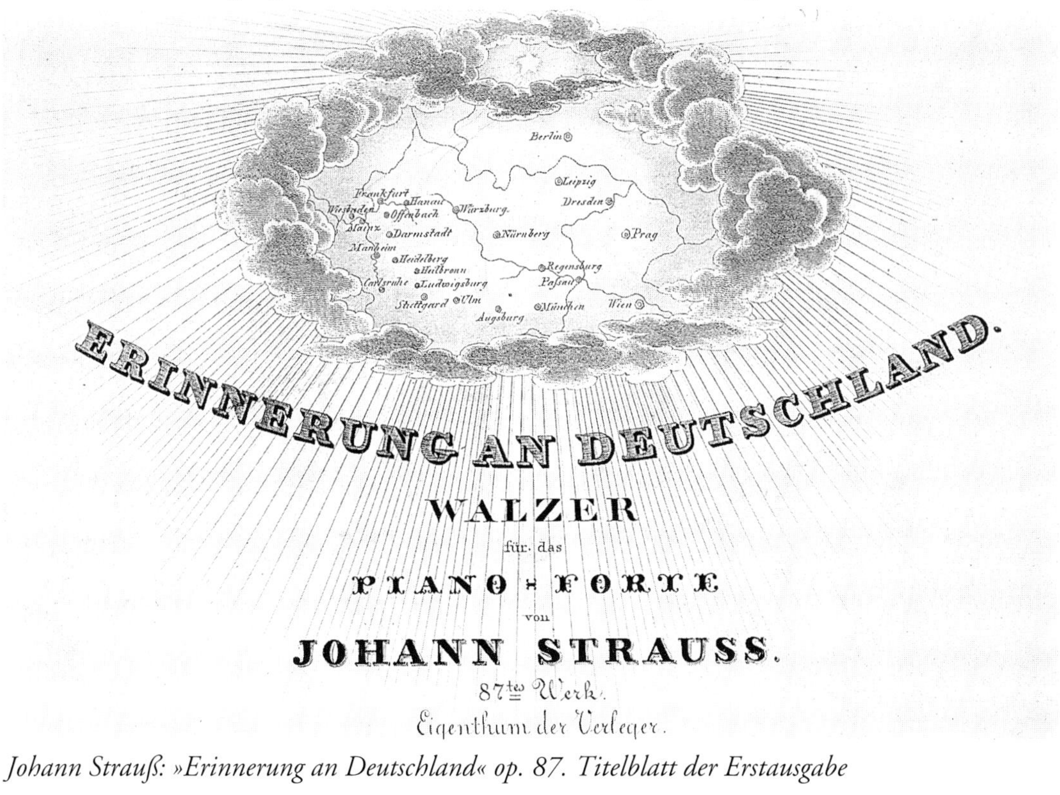

Johann Strauß: »Erinnerung an Deutschland« op. 87. Titelblatt der Erstausgabe

anstaltung: »Der Fasching zu ebener Erde und im ersten Stock«. Noch immer war Nestroys Posse aus dem vergangenen Jahr ein Kassenschlager ersten Ranges in der Wiener Theaterwelt, und die Tatsache, daß es auch im Sperl Tanzsäle zu ebener Erde und erstem Stock gab, wußte Moritz Gottlieb Saphir, der eben erst bei Bäuerle als Journalist neu eingestellt worden war, werbetechnisch geschickt zu formulieren.

»Die beliebten Localitäten zum Sperl sind gegenwärtig mit zwei herrlichen Tanzsälen ausgestattet, von denen sich der eine zu ebener Erde, der andere aber im ersten Stocke befindet (...). Auf diese Weise werden die Freunde des Tanzes vom ersten Stocke herniedersteigen zur ebenen Erde, ohne ärmer geworden zu seyn am beseligenden Gefühle, und die Tanzlustigen zu ebener Erde werden hinaufsteigen nach dem ersten Stocke, ohne sich reicher zu fühlen an belebender Heiterkeit.«[4]

Zu den glänzenden Erfolgen, welche Strauß und Lanner im Fasching 1836 für sich verbuchen konnten, gesellte sich auch behördliche Anerkennung: Am 25. Februar legten beide Kapellmeister im alten Rathaus der Stadt Wien den Bürgereid ab. Die Verleihung des Bürgerrechts brachte zwar keine unmittelbaren finanziellen Vorteile, festigte aber die soziale und gesellschaftliche Stellung der Ausgezeichneten erheblich, zumal Bürgerrechtsverleihungen in der 1. Hälfte des 19. Jh.s noch recht selten stattfanden.

Der gesellschaftliche Aufstieg des Walzerkönigs hat Tobias Haslinger sichtlich zu neuen verlegerischen Großtaten inspiriert, was natürlich in erster Linie seinem eigenem Unternehmen zugute kam.

Am 4. April 1836 sprang dem aufmerksamen Leser der Wiener Zeitung nachfolgendes Eigeninserat Haslingers in die Augen: »Haslinger, mit seinem Geschäft aus dem Paternostergäßchen in den Trattnerschen Freihof am Graben übersiedelt, kündigt hier eine neue Prachtausgabe sämtlicher Kompositionen für das Pianoforte von Johann Strauß an, durchaus neu auf Zinn-, Kupfer- und Stahlplatten gestochen und auf schönem Notendruckpapier abgedruckt. – Ein Verzeichnis über die übrigen Arrangierungen wird gesondert ausgegeben.«[5]

Haslinger wußte natürlich, daß die Konkurrenz nicht schlief. Nur wenige Gehminuten entfernt – am Michaelerplatz – produzierte Pietro Mechetti ein Erfolgswerk Lanners nach dem anderen. Und auch er bediente sich der neuesten lithographischen Techniken, um die Klavierausgaben mit ansprechenden Titelblattmotiven zu schmücken.

Der im April 1836 erstmals aufgeführte Lanner-Walzer op. 107 mit dem Titel »Die Neapolitaner« ist dafür ein schönes Beispiel, wobei es offensichtlich keine Rolle spielte, daß der auf dem Titelblatt dargestellte Vesuvausbruch bereits ein ganzes Jahr zurücklag. Aber der Vesuv konnte ja jederzeit wieder ausbrechen. Mechetti hat jedenfalls mit Lanners prachtvollem Walzer hervorragende Umsätze gemacht (Abb. S. 162).

Tobias Haslinger, einer der bedeutendsten Musikverleger Wiens im Biedermeier

Im unermüdlichen Bestreben, Aktualität und Zeitgeist zu beweisen, ging Johann Strauß manchesmal so weit, daß er Ereignisse, die noch gar nicht eingetreten, sehr wohl aber zu erwarten waren, in seinen Werkstiteln vorwegnahm. Das beste Beispiel dafür ist wohl sein »Eisenbahn-Lust-Walzer« op. 89. Er erklang erstmals bei einem Sommerfest in der »Goldenen Birn« am 18. Juli 1836. Das stimmungsvolle, anmutige Werk zählt nicht zu den großen, genialen Würfen des Walzerkönigs, besticht aber durch die Originalität seiner Instrumentierung und eine Reihe tonmalerischer Effekte.

Tatsächlich fuhr die erste österreichische Dampfeisenbahn erst am 19. November 1837 von Floridsdorf nach Deutsch-Wagram. Aber die baulichen Vorbereitungen waren ja 1836 bereits in vollem Gange, und so konnte es nicht ausbleiben, daß allmählich ein heftiges »Eisenbahnfieber« die Wiener Bevölkerung erfaßte.

Etwas von der Erwartungsfreude und knisternden Spannung, die der Uraufführung des neuen Straußwalzers in der »Goldenen Birn« vorausging, vermittelte der »Telegraf von Wien« in Bäuerles Theaterzeitung seinen Lesern bereits am 9. Juli:

»Der Walzer-Orpheus Hr. Johann Strauß wird Montag den 11. Juli in dem Hotel und Park zur goldenen Birn auf der Landstraße … ein außerordentliches Assemblee mit Ball veranstalten, welches unter der Bezeichnung ›Buntes aus der Zeit‹ alle früheren Festlichkeiten dieser Art an Sinnigkeit, Glanz und Großartigkeit des Arrangements übertreffen soll. Die neuen Decorations- und Illuminations-Gegenstände werden den schönen baumreichen Garten in einen wahren Feenhain verwandeln (…). In dem bezaubernd ausgeschmückten Saale wird der Benefiziant durch sein berühmtes Orchester die einschmeichelndsten Compositionen zur Belebung der Tanzfreuden und zum ersten Male seine neugedichteten [sic!] ›Eisenbahn-Lust-Walzer‹ vortragen.«[6]

Für die Herstellung der Kulissen hatte Strauß

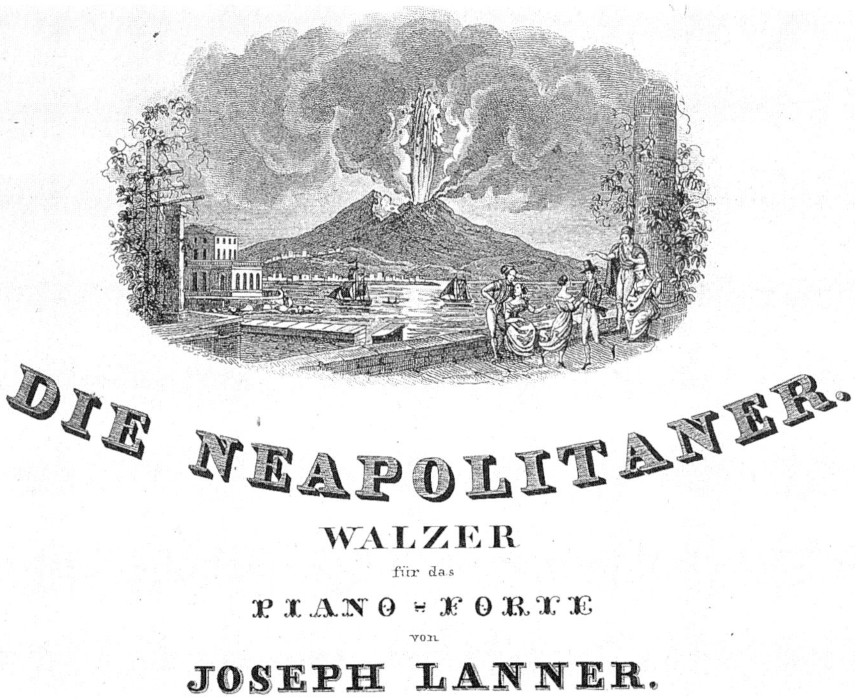

Joseph Lanners Walzer »Die Neapolitaner« op. 107, verlegt bei Pietro Mechetti. Die Titelvignette zeigt den Vesuvausbruch im Jahre 1835

den besten Bühnendekorationsmaler Wiens, nämlich Michael Mayr aus dem Leopoldstädter Theater, engagiert.
Die Eisenbahn-Dekoration in der »Goldenen Birn« hat seine Wirkung nicht verfehlt. Voll Begeisterung berichtet der Journalist der Theaterzeitung über das gelungene Ereignis:
»›Buntes aus der Zeit‹ hatte Hr. Strauß sein Fest genannt, fürwahr, ein Titel, der ganz passend erschien; was die Zeit Abwechselndes und Anziehendes bringt, es ward hier im Spiegelgemälde aufgerollt. Auch sah man in einem 17 Klafter langen Panorama vom Decorateur des Leopoldstädter Theaters, dem rühmlich bekannten Meyer, eine Abbildung der Eisenbahnfahrt, ein Probeblatt der Bochniaer Dampfwagen, wie sie eben im Marchfelde ihren ersten Ausflug machen. Das Gemälde ist außerordentlich gelungen und Herr Meyer hat sich neuerdings als fantasienreicher Künstler erwiesen. Endlich gegen Mitternacht hatten auch unsere Ohren (...) einen besonderen Hochgenuß durch Meister Strauß' allerneueste Walzer, unter dem Titel ›Eisenbahn-Lust-Walzer‹, welche mit Enthusiasmus gehört und viermal wiederholt werden mußten (...). Diese Walzer setzten dem Fest die Krone auf.«[7]
Die schon seit Jahrzehnten währende Tanzleidenschaft der Wienerinnen und Wiener hielt in der Metropole der Donaumonarchie weiterhin ungebrochen an. Nicht alle Beobachter des zeitgenössischen Geschehens goutierten uneingeschränkt die Tanzbesessenheit des vergnügungssüchtigen Wiener Bürgertums.
Einer der kritischen Kommentatoren war der namhafte Berliner Schriftsteller und Journalist Adolf Glaßbrenner, der 1835 Wien besucht hatte und 1836 seine Impressionen in dem Werk »Bilder und Träume aus Wien« der Nachwelt überliefert hat. Glaßbrenners literarische Arbeiten zeichnen sich durch feine Satire, Humor, Witz, Verstand und brillantes Sprachgefühl aus. Der österreichische Polizeipräsident Graf Sedlnitzky erreichte es mit Hilfe Metter-

Ballbesucher vor dem Eingang zur »Goldenen Birn« in der Landstraße. Satirische Darstellung aus Bäuerles Theaterzeitung

nichs und des deutschen Bundestages, daß Glaßbrenners »Träume aus Wien« im gesamten deutschsprachigen Raum verboten wurden, was freilich nicht viel half, denn gelesen wurden sie ja trotzdem.

Nach dem Besuch eines Strauß-Balls – vermutlich im Sperl oder in der Goldenen Birn – notierte Glaßbrenner in sein Reisetagebuch über Strauß und Lanner:

»Ich will keine Floskeln machen, um ihre Kompositionen zu bezeichnen. Fast ganz Europa tanzt nach ihren Noten; sie sind die musikalischen Rothschilds. Sie erhalten viele Staaten im Schwindel, und ehe diese Schwindeleien aufhören, werden Jahre vergehen. – Ich leugne nicht, daß sie die größten Komponisten für Tanzmusik sind; ich leugne nicht, daß ihre hüpfenden Noten alle Sinne aufregen, daß sie bald keck und lustig das Ohr kitzeln, bald elegisch an das Herz schlagen, aber jeder Ton in der Musik ist Dur und Moll zugleich, und jedes Ding in dieser Welt hat seine heitere und seine ernste Seite (...). Ich lasse mir die Tänze gefallen, wo es auf Grazie ankommt (...). Aber immer ist es mir unerklärlich geblieben, wie so viele kluge Leute an diesem wilden, wahnsinnigen Herumschleifen, an diesem galoppierenden Totentanz Geschmack finden konnten, wo der herabtröpfelnde Schweiß jede Poesie vernichtet. – Wie bejammernswert ist ein deutscher Liebhaber, der wenig oder gar nicht tanzt! Er möchte gern seiner Geliebten in die Augen sehen und sie mit den seinigen küssen – da kommt das Schicksal, roh und kalt faßt es des Mädchens zärtliche Gestalt und wirft sie unter den Hufschlag wilder Pferde! Seine Geliebte wird bald von diesem, bald von jenem Mann bei dem Arm gepackt, wütend herumgerissen, und erst dann, wann sie kaum mehr Atem holen kann, folglich sich im kranken Zustand befindet, darf sich der Verlassene wieder nähern. Nun tritt er schüchtern heran, will sich wenigstens einen freundlichen Blick holen, vielleicht mit ihr sprechen. Törichter Wunsch! Eitles Hoffen! Seine Angebetete liegt auf dem Stuhle und fächelt sich, glüht und schwitzt wie ein Braten am Spieße, und statt zu antworten, keucht und pustet sie wie ein Blasbalg! – In Wien aber ist diese Wut ausgeartet. Da sieht man wenig Tänzerinnen mehr, sondern lauter Bacchantinnen. Sie zucken schon fieberhaft, sobald der Arm des Mannes sie berührt, dann pressen sie ihre Brust dicht an die seinige, den Kopf an seine Schulter, und nun lassen sie sich herumschleifen, saugen in dieser wollüstigen Lage jede Bewegung des Mannes, jene lüsterne Musik ein; die Unschuld flieht erschreckt aus dem Saal, die Weiblichkeit zerrt sich flehend zu ihren Füßen und der Tod steht in der Ecke und lacht sich ins Fäustchen. – Und Strauß, der kleine gedrungene Mann mit keck blitzenden Augen, arbeitet fort und fort. Er streicht die Geige so gewaltig mit seinem Bogen, daß die Töne seufzen und zittern, als wollten sie noch einmal gestrichen werden. Kann er nicht mit dem Bogen dirigieren, so dirigiert er mit Kopf und Fuß; aus dem Takt kommt er niemals, niemals, und deshalb protegiert ihn der Fürst Metternich.«[8]

Die geschliffene Sprache, in der Glaßbrenner ein faszinierendes Psychogramm der Wiener Unterhaltungskultur zeichnete, darf aber nicht darüber hinwegtäuschen, daß der Gast aus Berlin von den internen Zusammenhängen des politischen Lebens in der Donaumetropole nur wenig Ahnung hatte. Es gibt keinerlei historische Belege dafür, daß Metternich Johann Strauß Vater »protegiert« hätte. Umgekehrt hat auch Strauß dem mächtigen Staatskanzler niemals ein Werk gewidmet, obwohl es relativ einfach gewesen wäre, auf diese Weise sich der Gunst des einflußreichen Politikers zu versichern.[9]

Der Herbst des Jahres 1836 war von einem tragischen Ereignis überschattet, welches ganz Wien erschütterte: Der begnadete Dichter und allseits beliebte Schauspieler Ferdinand Raimund hatte im Alter von 46 Jahren völlig unerwartet seinem Leben mit einem Pistolenschuß ein Ende gesetzt. Der von nervösen Depressionen Geplagte war plötzlich der Wahnvorstellung erlegen, sich durch einen Hundebiß mit Tollwut infiziert zu haben. Der Obduktionsbefund bewies jedoch eindeutig, daß Raimund sich geirrt hatte. Zu spät! Entsetzen und Fassungslosigkeit lähmte tagelang die Wiener Bevölkerung. Ein Mann, der schon zu Lebzeiten Idol und Legende Wiener Theaterlebens gewesen war, hatte mit seinem Freitod eine tiefe, unersetzliche Lücke in das kulturelle Leben der Donaumonarchie gerissen.

Wenige Tage vor diesem erschütternden Ereignis war Strauß mit seinen Musikern zu einer Konzerttournee aufgebrochen, welche die Auslandserfolge des vergangenen Jahres noch bei weitem übertreffen sollte. Dem vielversprechenden Unternehmen waren umfangreiche Vorbereitungen vorausgegangen: Mußten doch vor jeder Reise für jedes einzelne Orchestermitglied Reisegenehmigungen von der Behörde eingeholt werden. Dasselbe galt natürlich auch für Johann Strauß persönlich. Unmengen an Material und Noten waren fertigzustellen und reisegerecht zu verpacken, denn diesmal sollte die Tournee vier volle Monate in Anspruch nehmen.

Am 5. September meldet die Theaterzeitung ihren treuen Lesern:

»Der Capellmeister Strauß ist mit seinem Orchester am 2. September bereits nach Prag abgereist (...). Wie die Theaterzeitung bereits gemeldet, geht Hr. Strauß mit seiner Gesellschaft über Prag, Leipzig nach Hamburg, von da nach Amsterdam, Brüssel und Paris, und von Paris wahrscheinlich nach London. Bis Ende Dez. d. J. wird Hr. Strauß wieder in Wien eintreffen.«[10]

In Leipzig langte Strauß am 16. September ein und nahm im »Hotel de Pologne« mit seiner Künstlertruppe Quartier. »Concert und Ball«

Marktplatz in Leipzig. Lithographie um 1830

im großen Festsaal des Hotels brachte am darauffolgenden Abend den erwarteten rauschenden Erfolg. Strauß war in Leipzig kein Unbekannter mehr. Die Musikenthusiasten der sächsischen Handelsmetropole hatten schon einmal – im November 1834 – den Meister der Wiener Tanzmusik bejubelt.
Strauß, mittlerweile perfekter Manager in eigener Sache, ging nun daran, Deutschland systematisch zu erschließen und musikalisch flächendeckend zu erobern.
Wie professionell der rastlose Kapellmeister dabei vorging, zeigt ein Brief, den Strauß noch am Tag der Ankunft in Leipzig verfaßte und an einen Konzertveranstalter nach Magdeburg sandte:
»Ich wäre nämlich gesonnen, bey meiner gegenwärtigen Reise auch in Magdeburg Ein oder zwei Concerte zu geben. Da ich mit einem Personale von 29 Personen mich auf der Reise befinde, so muß ich vorzüglich beachten, so schnell wie möglich immer zur Production kommen zu können, da der Aufenthalt mit freyen Tagen bey einem solchen Personale äußerst kostspielig kömmt.«[11]
Tatsächlich konnten aufgrund dieses Schreibens am 21. und 22. September – also bereits 5 Tage später – zwei Konzerte in Magdeburg eingeschoben werden.
Die Briefpost war damals in Europa im Grunde genommen die einzige Kommunikationsmöglichkeit zwischen Menschen, die sich an unterschiedlichen Orten aufhielten. Wie gut diese mechanische Nachrichtenübermittlung in großen Teilen Europas, insbesonders aber in der wirtschaftlich aufstrebenden Handels- und Messestadt Leipzig funktionierte, erregt auch heute – im Zeitalter elektronischer Nachrichtendienste – anerkennende Bewunderung.
Der organisatorische Perfektionismus des Walzerkönigs – übrigens der einzige Punkt, in dem Strauß Vater kein typischer Wiener war – verband sich wohltuend und wirkungsvoll mit den Charaktereigenschaften seiner deutschen Gastgeber. Dank ihres Organisationstalentes kamen auch die Bewohner der Stadt Bremen am 1. Oktober 1836 überraschend und außer Programm in den Genuß eines Konzertabends mit Johann Strauß, der sich eben auf der Durchreise nach Hamburg befand.
Eine steife Brise fegte über die Hafenanlagen und die Binnenalster, als der Walzerkönig am 2. Oktober mit seinem präzis geschulten Ensemble in Hamburg eintraf. Quartier wurde in dem noblen Hotel »Zum König von England« am Neuen Wall genommen.
In den folgenden beiden Wochen arrangierte Strauß Vater 10 Konzerte bzw. Ballveranstaltungen in der Hansestadt. Die Stürme der Begeisterung ließen nicht lange auf sich warten. »Strauß wird gehört, getanzt und sogar gegessen« – witzelte das Hamburger Kulturblatt »Der Freischütz« in Hinblick auf die Tatsache, daß in zahlreichen Kaffee- und Gasthäusern Mehlspeisen und Bäckereien à la Strauß reißenden Absatz fanden.
Der Journalist Eduard Lehmann berichtet für die Wiener Theaterzeitung von der Faszination und der Verzauberung, die der Walzerkönig in der Elbestadt auslöste:
»Er ist hier, dieser Meister der Tanzmusik! Wahrlich, wenn jemand diesen Beinamen verdient, so ist es Strauß! Er ist ein Agitator, der alles in Aufruhr bringt, und das Beste und das Wunderbarste ist, sein Thun und Treiben heißt Jedermann gut (...). Wo Strauß ist, thront die Freude, und diese lockt herbei, Alles – ohne Unterschied. Wer sich davon überzeugen wollte, der mußte sehen, wie Philister und Geniale, wie Reiche und Minderbegüterte, wie ... besonders die dem schönen Geschlechte Zugehörigen friedlich nebeneinander gruppirten und im Saale stundenlang ausharrten; denn Jeder wollte auch den Mann sehen, wie er da steht und durch seinen Wink die Untergebenen anfeuert, zu Thaten, die zwar unser Blut stärker durch alle Adern strömen lassen, aber es nicht vergießen. Wie soll man die zauberhaften Wir-

kungen beschreiben, die Strauß hervorbringt! Wenn ein Tauber einträte in den Saal, und er sähe nur, wie alles sich bewegt, wie hier ein freundliches Köpfchen nickt und den Dreivierteltakt markirt, wie dort ein feuriges Auge blitzt und die fatalen Stühle wegzuwünschen scheint, die den Platz beengen, und daran erinnern, daß Strauß heute nur den Ohren, nicht auch den Füßen ein Fest gibt, er würde es errathen, was für eine Gewalt ihren Zauber auf die Gemüther übt (...). Wenn Strauß sein Orchester ertönen läßt, regt sich alles in uns, mit uns, um uns, wir gehören nicht mehr uns selbst, wir sind ihm dahingegeben (...). Möchte man das nicht das achte Wunder der Welt nennen?«[12]

Zu den wenigen Städten, welche Strauß während dieser Tournee zweimal besuchte, gehörte Bremen, wo der Maestro am 20. und 22. Oktober seine Bewunderer mit einem Konzert und einem Ballfest, wie schon beim erstenmal, zu Begeisterungsstürmen hinriß.

Nach Auftritten in Oldenburg, Osnabrück und Münster überschritt Strauß mit seinem Orchester Ende Oktober die Grenze nach Holland und debutierte in Amsterdam, Den Haag und Rotterdam.

Es erübrigt sich, festzuhalten, daß der Wiener Walzerkönig auch in den Niederlanden seinen (schon gewohnten) Siegeszug fortsetzen konnte und unbeschadet sprachlicher Barrieren internationales Echo auslöste.

Doch der umtriebige und scheinbar mit unerschöpflichen Energiereserven ausgestattete Magier der Wiener Tanzmusik dachte keinen Augenblick an Ruhe oder Erholung. Und gönnte auch seinem Orchester keine.

In der 2. Novemberhälfte standen Düsseldorf, Köln und Aachen im Reisekalender und im Dezember wagte Strauß neuerlich den Sprung über Deutschlands Grenzen. Eine Serie grandioser Auftritte in Antwerpen, Brüssel und Lüttich bescherten dem Wiener Orchester mit sei-

Der Jungfernstieg in Hamburg um 1830. Kolorierte Kreidelithographie. Im Hotel »Zur alten Stadt London« am Alten Jungfernstieg gab Johann Strauß einen großen Ball am 9. Oktober 1836

nem rastlosen Dirigenten unvergeßliche Höhepunkte einer an rauschenden Erfolgen überreichen Tournee, welche die Mitglieder der Straußkapelle allerdings bis an den Rand physischer Erschöpfung trieb. Der ursprüngliche Plan, weiter nach Paris und London zu reisen, mußte vorerst fallengelassen werden. Doch aufgeschoben war nicht aufgehoben. Johann Strauß war fest entschlossen, im kommenden Jahr die Metropolen der beiden Weltmächte Frankreich und England mit dem Geigenbogen zu bezwingen.

Über Bonn, Coblenz und Regensburg ging es in den letzten Tagen des Dezember zurück in heimatliche Gefilde.

Am 30. Dezember ratterte ein Konvoi staubiger Postkutschen durch die Zollwache des Linienwalls hinein in die Kaiserstadt an der Donau. Total erschöpfte Musiker starrten mit müden Augen aus rumpelnden Kisten, in welchen sie mehrere tausend Kilometer zurückgelegt hatten, voll der Vorfreude, endlich ihre Familien wieder zu sehen. Strauß Vater aber, der von den Wienern bereits sehnsüchtig erwartet wurde, hatte in diesem Augenblick möglicherweise andere Gedanken: Mit seiner Musik ließ sich die ganze Welt erobern. Das war für ihn zur unumstößlichen Gewißheit geworden. Was sollte ihn daran hindern, den beschrittenen Weg fortzusetzen? Wien schien ihm plötzlich eng und klein zu sein. Doch war es überhaupt sinnvoll, solchen Träumereien nachzuhängen? Oder waren es vielleicht schon Wahnvorstellungen? – Wie hatte doch ein Rezensent in Brüssel geschrieben:

»Der Walzerkönig kann mit Stolz ausrufen: Wien ist nicht bloß Wien, auch da ist's, wo ich bin!« – Ein verführerisches, gefährliches Lob. Es wäre vielleicht besser gewesen, der Journalist hätte so etwas nie geschrieben.

Der Marktplatz in Düsseldorf Ende der 30er Jahre des 19. Jh.s. Strauß hielt sich in dieser Stadt in der Zeit vom 17.–23. November 1836 auf, bewohnte mit seiner Orchestertruppe den Gasthof »Zu den drei Reichskronen« am Marktplatz in der Zollstraße und konzertierte im Stadttheater

1837
Das grosse Abenteuer

»Es war ein schöner Abend bei der Birn. Strauß, von seiner deutschen Reise zurückgekehrt, trug heute wieder zum ersten Male seine erhebenden Walzer und Galopen vor. Wie sich die Freunde Straußischer Tanzmuse um das Orchester scharten, als erzählte ihnen ein lange vermißter Freund wundersame Märchen aus fabelhaften Ländern! (...). Strauß hat im kälteren Norden keineswegs die südliche Wärme, die glühende Begeisterung im Vortrage eingebüßt, er hat der Lüneburger Heide auch nicht ein Atom seiner schöpferischen Fruchtbarkeit hinterlassen. – Die neuen Krönungswalzer, welche Strauß heute zum erstenmal producirte, sind wieder pure Elektricität im 3/4-Takt ... Getanzt wurde mit solcher extensiver Kraft, als gälte es, ein hingerauschtes Jahrhundert im Fluge einzuholen.«[1]

So schwärmte voll Hingebung der anonym gebliebene Berichterstatter der Theaterzeitung in seinen »Carnevals-Bildern aus Wien« am 14. Jänner 1837.

Nur wenige Tage später, am 19. Jänner, wußten die Medien von einer neuerlichen Strauß'schen Uraufführung zu berichten. Franz Wiest, der mit Geistesgaben nicht sonderlich gesegnete, durch seine Kontroverse mit Nestroy aber stadtbekannte Journalist, hatte den »Künstlerball« in der goldenen Birn am 17. Jänner besucht. Strauß widmete speziell zu diesem Anlaß seinen neuesten Walzer »dem Verein der bildenden Künste in Wien«, der auch als Ver-

Johann Strauß: »Künstler-Ball-Tänze« op. 94. Titelblatt der Erstausgabe

anstalter des Festes in Erscheinung trat. Der ursprüngliche Walzertitel »Es lebe die Kunst« wurde vom Verleger allerdings nicht übernommen. Wir finden die prachtvolle, von einzigartiger Dynamik inspirierte Walzerkette op. 94 im Werksverzeichnis unter dem Titel »Künstler-Ball-Tänze«. Völlig zu Unrecht sind diese der Vergessenheit anheimgefallen und heute nahezu unbekannt. Längst schon hätten die Programmgestalter der Wiener Neujahrskonzerte dieses von sinnlicher Musikalität durchglühte Werk Strauß Vaters in ihr Repertoire aufnehmen müssen. Die Weltöffentlichkeit hätte es dankbar und mit Begeisterung quittiert.

Den Jänner 1837 sollte Strauß nicht zu Ende gehen lassen, ohne den Wiener Fasching mit einem weiteren Meisterwerk zu beschenken. »Unter dem bezeichnenden Titel ›Die Heimkehr aus der Fremde‹ wird der lobbekränzte Walzerorpheus Hr. Strauß in Terpsichorens Tempel zur goldenen Birn, morgen, den 31. Jänner, ein großes feenartig arrangiertes Ballfest veranstalten, worin die Damen freundliche Erinnerungsspenden von dem zurückgekehrten Orchesterdirector empfangen sollen. Diese Gaben bestehen in einer Garnitur neuer Walzer: ›Brüssler Spitzen‹ genannt …«[2]

Wiederum ist es Straußens unerschöpflich strömende Schaffenskraft, die Erstaunen und Bewunderung auslöst. Vielen Zeitgenossen ist und bleibt es ein Rätsel, wie rasch der Maestro seine neuesten Werke komponiert, instrumentiert, probt und letztlich in vollendeter Interpretation zur Aufführung bringt. Noch nie hat man gehört, daß ein angekündigter Auftritt des Walzerkönigs aus gesundheitlichen oder anderen Gründen abgesagt worden wäre. Neben unzähligen bürgerlichen Ballveranstaltungen der Faschingssaison versorgt Strauß mit seinem Orchester auch noch die allerhöchsten Lustbarkeiten seiner Majestät des Kaisers mit Musik. Aus den Aufzeichnungen des k. k. Obersthofmeisteramtes geht hervor, daß der prominente Kapellmeister für die Bestreitung von »Hof- und Kammerbällen« im Jänner und Februar 1837 eine Summe von 477 Gulden erhalten hat.[3] Da der Maestro seine Musiker stets großzügig honorierte, ist ihm von diesem Betrag sicherlich nicht viel übriggeblieben.

Geschäftlich wirklich erfolgreich waren auf jeden Fall die Wiener Musikverleger – allen voran Haslinger – welche Strauß oder Lanner unter Vertrag hatten. Insbesonders die Ausgaben für Klavier erfreuten sich ungeheurer Popularität, war es doch für das aufstrebende Bürgertum ein Teil gesellschaftlicher Reputation, die neuesten Tänze zuhause auf dem Klavier spielen zu können. Die heute selbstverständlichen Reproduktionsmöglichkeiten durch Tonträger gab es ja nicht und es sollte noch mehr als ein halbes Jahrhundert dauern, bis die ersten Versuche, gespeicherte Musik wiederzugeben, einigermaßen Realität wurden.

Aber nicht nur durch den Verkauf von Noten, sondern auch durch die Reisetätigkeit tüchtiger Musikkapellen, die Strauß'sche Werke weltweit popularisierten, gelangte die Musik des Walzerkönigs nach und nach in alle Erdteile.

Diese »Globalisierung« der Wiener Tanzmusik setzte keineswegs erst bei Johann Strauß Sohn ein, wie irrtümlich oft angenommen wird. Eine Prager Musikkapelle hat allem Anschein nach bereits 1837 den Sprung über den »großen Teich« gewagt und die musikinteressierte Öffentlichkeit Amerikas mit Strauß'schen Walzerklängen verzaubert. So berichtet es uns jedenfalls die Theaterzeitung vom 9. Mai 1837:

»Strauß in Amerika. Das Magazin für die Literatur des Auslandes enthält folgende … äußerst interessante Notiz: Von den jetzt lebenden Deutschen hat wohl keiner seinen Namen mit solcher Rapidität verbreitet gesehen, als Strauß, der Walzer-Componist in Wien. Man kann in doppeltem Sinne von ihm sagen, er habe die Reise um die Welt im Galop gemacht, ja, man wird sogar bald auch behaupten können, daß sich die Erde nach den Melodien Strauß'scher

Walzer im Kreise drehe. Wir haben amerikanische Blätter vor uns liegen, die mit wahrer Begeisterung von dem ›Hope-Waltz‹ [Hoffnungs-Walzer?] und dem ›Fortuna-Galop‹ sprechen, und sehr naiv hinzufügen, es sey doch zu bewundern, daß gerade die Deutschen, sonst ein so ruhiges contemplatives Volk, solche Melodien und den Walzer überhaupt erfunden hätten (...). Die ›Prager Musikanten‹, die jetzt alle Hauptstädte der Union mit Strauß und Lanner bekannt machen, werden sämmtlich als reiche Leute nach Europa zurückkommen, denn außer dem, daß ihre Concerte sehr besucht sind, theilen sie auch mit den Musikalienhändlern den Gewinn von den nachgedruckten Tänzen, deren Herausgabe sie besorgen.«[4]

Johann Strauß muß solche Nachrichten mit sehr gemischten Gefühlen gelesen haben. Daß seine Musik auch in der Neuen Welt begeistert aufgegriffen wurde, mag ihm, dem missionarisch erfüllten Botschafter Wiener Musik, geschmeichelt haben. Mehr als ein Jahrzehnt hatte er, unter Aufbietung aller Kräfte, daran gearbeitet, etwas Einzigartiges zu schaffen. Aber konnte er die Früchte seiner Arbeit auch in finanzieller Hinsicht ernten, konnte er nun in Wohlstand oder Ruhe leben? Er wußte, daß er davon weit entfernt war und das schmerzte. Andere hingegen, welche seine Werke illegal nachdruckten und verkauften, zweit- und drittrangige Musikkapellen, die weltweit mit seiner Musik um die Gunst des Publikums buhlten, machten kräftig Kasse, ohne dabei auch nur die geringsten Skrupel zu empfinden.

Zum erstenmal in seinem Leben fühlte Strauß Vater, der unermüdlich Kämpfende, die Grenzen seiner Macht. Er, der Energiebesessene, für den es prinzipiell keine unlösbaren Probleme gab, spürte nun das bohrende Gefühl der Ohnmacht. Er wußte, daß er gegen diese Entwicklung im Grunde genommen machtlos war. Tatsächlich gab es ja 1837 kein weltweit gültiges Copyright. Wenn Kunst zur Ware wurde, hatten deren Schöpfer das unbedingte Nachsehen.

Auch Haslinger war alarmiert. Schon 1835, nach der ersten Deutschlandreise des Walzerkönigs, hatte ein gewisser Eduard Müller in Berlin Strauß'sche Walzer illegal nachgedruckt und in Deutschland ungeniert verkauft.[5] In etlichen neuen Klavierausgaben (z. B. »Erinnerung an Deutschland« oder »Erinnerung an Berlin«) ließ Haslinger eine von Johann Strauß unterzeichnete Erklärung auf der letzten Seite abdrucken und die Echtheit derselben in geradezu pompöser Aufmachung vom »Magistrate der k. k. Haupt- und Residenzstadt Wien«, vom k. k. niederösterreichischen Landespräsidium und von der k. k. Geheimen Hof- und Staatskanzley bestätigen.

»Unterzeichneter erkläret hiemit für sich und seine Erben, dass er seine Compositionen laut bestehenden Contractes als ein ausschließliches rechtmäßiges Eigenthum der k. k. Hof- und priv. Kunst- und Musikalienhandlung des Herrn Tobias Haslinger in Wien abgetreten und überlassen habe und dass daher alle ander-

Wien zur Faschingszeit. Satirisches Bild aus der Wiener Allgemeinen Theaterzeitung

tirt, außerordentlich aplaudirt und dreimal repetirt. Adolf Müller.«

Im sommerlichen Cachucha-Fieber ist vermutlich eine musikhistorisch bedeutsame Zeitungsmitteilung untergegangen oder kaum beachtet worden. Sie bezog sich auf den schöpferisch hochbegabten Komponisten und Tanzmusiker Joseph Labitzky, der in Karlsbad und Prag Furore machte. Nicht zu Unrecht wurde er auch als »Prager Strauß« bezeichnet. Am 1. August schrieb jedenfalls die Wiener Theaterzeitung mit bemerkenswerter Objektivität:
»Als Walzer-Compositeur erfreut sich Hr. Labitzky in Prag derselben Beliebtheit wie Herr Strauß in Wien, und seine originellen Tanzstücke bringen Harmonie und Einklang in alle Reunionen, Festunterhaltungen und Ballbelustigungen. Gegenwärtig spielt er mit seinem Orchester in Karlsbad und ist die Seele der curbefreundeten Versammlungen. Seine neuesten Tänze führen den Titel ›Paulinen-Walzer‹ und haben im strengsten Sinne des Wortes Furore gemacht (...). Dieses gelungene Opus des Prager Strauß ist in der betriebsamen Musikalienhandlung des Marco Berra in Prag ... in einer geschmackvollen Ausstattung erschienen.«[12]
Joseph Labitzky und sein Sohn und Nachfolger August Labitzky haben in ganz Europa bedeutsame Spuren ihres musikalischen Wirkens hinterlassen. Davon wird an späterer Stelle noch zu berichten sein.
Der Herbst des Jahres 1837 signalisierte in der Geschichte der österreichischen Donaudampfschiffahrt einen Wendepunkt im wahrsten Sinn des Wortes: Am 12. September fuhr zum erstenmal ein Dampfschiff von Wien nach Linz stromaufwärts. Das Schiff war in einer ungarischen Werft gebaut worden, trug den Namen »Maria Anna« und barg in seinem Innern eine

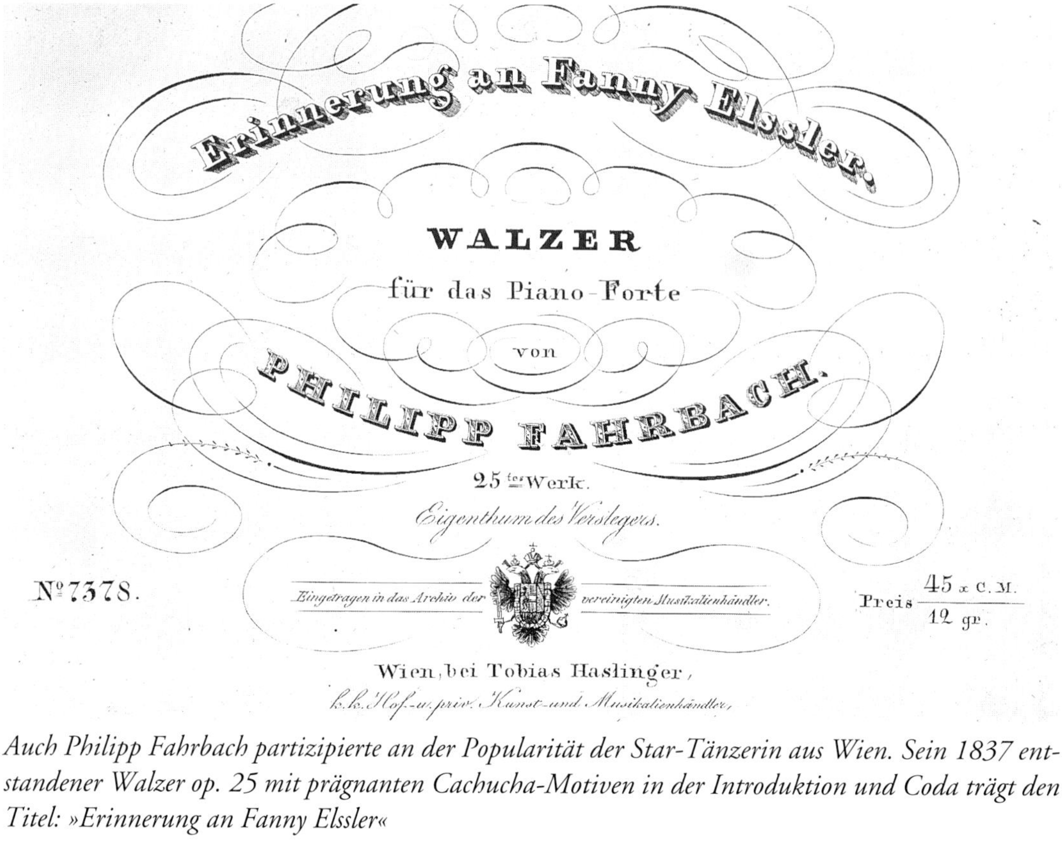

Auch Philipp Fahrbach partizipierte an der Popularität der Star-Tänzerin aus Wien. Sein 1837 entstandener Walzer op. 25 mit prägnanten Cachucha-Motiven in der Introduktion und Coda trägt den Titel: »Erinnerung an Fanny Elssler«

Dampfmaschine des führenden englischen Herstellers Boulton, Watt & Co. Sechs Wochen später traf, von Regensburg kommend, erstmals ein bayrisches Dampfschiff in Linz ein und seit dem Frühjahr 1838 gab es auch zwischen Regensburg und Wien regelmäßige Dampfschiffverbindungen. Europa war verkehrstechnisch wieder ein Stück näher zusammengerückt, und Johann Strauß konnte sich der berechtigten Hoffnung hingeben, auf zukünftigen Reisen nicht mehr ausschließlich in der Postkutsche sitzen zu müssen.

Während der Walzerkönig bereits mit den Vorbereitungen zur nächsten und längsten Konzertreise seines Lebens beschäftigt war, begann für seine Söhne Johann und Joseph ebenfalls ein neuer Lebensabschnitt von grundlegender Bedeutung.
Am 2. März bzw. 8. August 1837 hatten die beiden Buben, die immerhin ein Altersunterschied von zwei Jahren trennte, die Privatistenprüfung der »III. Classe der k. k. Normal-Hauptschule bey St. Anna« einwandfrei bestanden. Joseph hatte offensichtlich die Grundschulzeit in beschleunigtem Tempo absolviert und konnte nun mit seinem Bruder Johann gemeinsam ins Gymnasium eintreten. Wie Straußforscher Würzl penibel recherchiert hat, erreichten beide in der letzten Klasse der Normal-Hauptschule einen Notendurchschnitt von 1,7. Auch die Aufnahmsprüfung ins Schottengymnasium der Benedektiner verlief problemlos.[13]
Der Bildungsweg der Söhne war damit für die nächsten Jahre vorgezeichnet. Wie sich aus erhaltenen Schuldokumenten klar erkennen läßt, waren Johann und Joseph auch im Gymnasium gute Schüler. Die problematischen familiären Verhältnisse im Elternhaus hatten offensichtlich

Schottenstift und Schottenkirche auf der Freyung. Hinter der prächtigen, von Kornhäusl geschaffenen Biedermeierfassade des Stiftsgebäudes befand sich (und befindet sich noch heute) das Schottengymnasium, in welches Johann und Joseph Strauß 1837 als Schüler eintraten

keine erkennbaren Auswirkungen auf Entwicklungsgang und Lernerfolg der beiden Kinder.
1. Oktober 1837. – Ein kühler Herbstwind blies durch die gepflegte Parkanlage des kaiserlichen Schlosses in Schönbrunn. An diesem Tag konnten die Besucher des Dommayer in Hietzing zum letztenmal die Straußkapelle original erleben. Dann hieß es Abschied nehmen für lange, lange Zeit. Die Abreise der Musiker war für den 4. Oktober angesetzt. Deutschland, Holland, Belgien, Frankreich, England, Irland, Schottland erwarteten den Wiener Walzerkönig und sein Orchester. Fürwahr, eine gewaltige Tournee, die ein ganzes Jahr und zweieinhalb Monate dauern sollte.[14]
Um ein Unternehmen dieses Ausmaßes zu finanzieren – immerhin mußten 30 Mann über tausende Kilometer mit ihren Instrumenten befördert werden und mit Essen und Quartier versorgt werden – bedurfte es enormer finanzieller Mittel, die nur durch eine möglichst lückenlose Serie von Konzerten aufgebracht werden konnten. Strauß erhielt keinerlei wie immer geartete Subventionen vom Kaiserhaus, konnte also immer nur das Geld ausgeben, das er selbst verdient hatte.
Daß der umsichtige Kapellmeister zu seinen Orchestermitgliedern stets korrekt, ja ausgesprochen großzügig war, stellte bereits Ludwig Eisenberg, einer der frühen Straußbiographen, 1894 fest: »Die hohen Reisekosten für eine große Gesellschaft, in's Maßlose gesteigert durch Strauß' noble Gutmüthigkeit, die seinen Orchester-Mitgliedern zur Erleichterung der Strapazen der Reise und der häufigen Vorstellungen jede nur mögliche Bequemlichkeit schaffen wollte, zehrten die Erträgnisse fast gänzlich auf.«[15]
So war es naheliegend, daß Strauß, wenn möglich, auch in Städten konzertierte, die eigentlich nur zur Durchreise bestimmt waren. Nur so konnte das finanzielle Gleichgewicht in der

Der Stuttgarter Marktplatz um 1840. Johann Strauß konzertierte in Stuttgart am 14. Oktober 1837 anläßlich seiner Durchreise nach Frankreich

Kasse des Wiener Kapellmeisters aufrecht erhalten bleiben.
Nach jeweils kurzen Aufenthalten bzw. Konzerten in Ulm, Stuttgart und Karlsruhe langte Strauß am 19. Oktober in Straßburg ein. Über das Konzert im Straßburger Theater berichtet der »Courier du Bas-Rhin« am 22. 10. 1837 unter anderem:
»Weil wir die Absicht haben, einen speziellen Artikel der Bewertung der Strauss-Musik zu widmen, beschränken wir uns im Augenblick auf die Feststellung, daß das gestrige Konzert eine Riesenmenge angezogen hat, die darauf neugierig war, den Komponisten selbst spielen zu sehen (...); daß alle Stücke mit einer perfekten Einheit gespielt worden sind, daß man hätte meinen können, ein einziger Atemzug habe die Blechbläser zum Klingen gebracht, eine einzige Hand habe alle Saiten berührt (...). – Wir raten Ihnen also, das zweite Konzert am nächsten Montag zu besuchen. Sie werden dort eine Musik zu hören bekommen, die hüpft und springt, die galoppiert, plötzlich stillsteht, wie ein Walzer kreist, wie ein Gewitter rollt, lacht, weint, seufzt, alles macht; Sie werden außerordentliche Harmonien zu hören bekommen ...«[16]
Am 27. Oktober 1837 langte Strauß in Paris ein. Ein langgehegter Wunschtraum war in Erfüllung gegangen. Die europäische Hauptstadt der Kunst und der Mode, die heimliche Welthauptstadt der Literatur, empfing erwartungsvoll den Magier der Wiener Tanzmusik, dessen Melodien in der Stadt an der Seine längst nicht mehr unbekannt waren.
Nun aber war er selbst da und hob siegesbewußt den Geigenbogen, um Pariser und Pariserinnen in den musikalischen Bann seiner unvergleichlichen Kunst zu schlagen.

Der Triumphbogen in Paris. Strauß langte mit seinem Orchester am 27. Oktober 1837 in der französischen Hauptstadt ein

»Paris ist die Stadt, welche jeder Gebildete von Zeit zu Zeit besuchen sollte, um sich an diesem Focus europäischer Civilisation wieder zu erwärmen, um die glänzenden Strahlen des lebendigen Geistes in sich zu sammeln und die Formen vielseitiger Richtungen der Lebensweise in sich aufzunehmen.« – So schrieb K. von Hailbronner 1837 in seinen Reisememoiren.[17]
Strauß quartierte seine Musiker im Hotel »Violette« ein und kümmerte sich wie ein Vater um deren Wohlergehen. War doch die Einsatzbereitschaft seiner Orchestermitglieder die wesentliche Voraussetzung für den künstlerischen Erfolg, den er in der französischen Metropole einzuholen gedachte.
Die Stunde der Wahrheit rückte immer näher. Am 1. November war es schließlich soweit: Strauß spielte im Saal des »Gymnase musicale« sein erstes Konzert. Im Auditorium saßen die prominentesten Komponisten, die sich derzeit in Paris aufhielten: Auber, Halévy, Adam, Berlioz, Meyerbeer und Cherubini. Die Entscheidung fiel nach wenigen Minuten. Ein begeistertes Publikum brach in frenetischen Jubel aus, die französische Musikprominenz applaudierte anerkennend. Strauß hatte seine erste Schlacht an der Seine gewonnen.
Nun ging es Schlag auf Schlag. Bereits vier Tage später, am 5. November, erhielt Strauß die Aufforderung, im königlichen Schloß zu spielen, welches sich inmitten der prachtvollen Gartenanlagen der Tuilerien befand.
Wie zu erwarten, entfachte er auch hier in höchsten aristokratischen Kreisen Entzücken und Begeisterung. Louis Philippe schenkte dem Wiener Kapellmeister eine diamantenbesetzte Anstecknadel und zweitausend Francs.
Was aber für Strauß noch viel wichtiger war: Das »Journal des Débats« analysiert wenige Tage später in sachlich bestechender Kompetenz Straußens erste Erfolge auf Pariser Boden. Verfasser des Berichts ist kein Geringerer als der

Das königliche Schloß in den Tuilerien von Paris. Hier spielte Johann Strauß am 5. November 1837 vor dem französischen König Louis-Philippe

große Komponist Hector Berlioz, der aus Geldnot für das Journal regelmäßig musikalische Feuilletons schreibt.
»Ist es nicht sonderbar, daß in Paris, wo die hervorragendsten Virtuosen und Komponisten Europas zusammenkommen (...) die Ankunft eines deutschen Orchesters, dessen Ehrgeiz sich fast ausschließlich auf die gute Wiedergabe von Walzern beschränkt, zu einem musikalischen Ereignis von nicht zu unterschätzender Bedeutung wird? (...).
Der Name Strauß war uns bekannt dank der Musikverleger, die seine Walzer zu Tausenden verbreitet haben, und auch dank Musard, der uns einige davon zu Gehör brachte; aber wir hatten keine Ahnung von der Präzision, dem Feuer, der Intelligenz und dem außerordentlichen rhythmischen Empfinden seines Orchesters.
Strauß hat aus Wien nur 26 Musiker mitgebracht, nämlich vier erste und vier zweite Violinen, ein Violoncell, zwei Kontrabässe, zwei Flöten, zwei Klarinetten, eine Oboe, zwei Hörner, zwei Trompeten, ein Fagott, ein Kornett, eine Posaune, eine Kesselpauke, eine Harfe, eine große Trommel. Da die meisten dieser Musiker zwei oder drei Instrumente mit sich führen und diese mit der größten Geschwindigkeit auszutauschen vermögen, ergibt sich aus solch raschem Wechsel der Klangfarben und kontrastierenden Charaktere sowie aus der Geschicklichkeit ihrer Handhabung ein Eindruck, der das Orchester doppelt so groß erscheinen läßt. Die Hornisten blasen, wenn es darauf ankommt, auch die Trompete und wissen mit einer Geistesgegenwart, die einen entscheidenden Teil ihres Könnens ausmacht, zu transponieren. Die Trompeten ihrerseits spielen Cornet à piston wie auch einfaches Kornett, ein Instrument, das wir in unseren Orchestern zu Unrecht vernachlässigen (...). Doch nicht nur die Blechbläser haben uns beeindruckt. Seine Klarinetten erreichen ein Höchstmaß an Zartheit, ohne das Geringste an Genauigkeit und Reinheit einzubüßen. Der Oboist erntete einen Sonderapplaus für ein mit Geschmack vorgetragenes Solo. Die Flöten sind eher mittelmäßig. Die Geigen dagegen entfalten trotz ihrer geringen Zahl eine Klangfülle, die einzig ihrem vollendeten Zusammenspiel und der Einheitlichkeit der Bogenführung zu verdanken ist (...). In der Bewältigung von Schwierigkeiten solcher Art sind die Musiker von Strauß viel besser eingeübt als die meisten unsrigen, und die Stücke, die sie ausführen, diese charmanten Walzer, in denen die Melodie sich darin gefällt, den Takt auf tausenderlei Arten zu reizen und durcheinanderzubringen, enthalten oft ziemlich gewagte Wendungen; diese werden aber mit einer Leichtigkeit und einem Schwung bewältigt, die diesen prickelnden Koketterien ihren unwiderstehlichen Reiz verleihen. Der Er-

Der französische Komponist Hector Berlioz, ein begeisterter Fürsprecher Strauß'scher Instrumentierungskünste

folg, den Strauß soeben errungen hat, scheint uns deshalb ein erfreuliches Zeichen für die Aufgeschlossenheit des musikalischen Paris zu sein …«[18]

Es war nicht nur die »Aufgeschlossenheit«, die Berlioz seinen Parisern freundlicherweise attestierte, sondern wohl vor allem die Neugier und Sensationslust, welche den »Wiener Walzerkönig« so rasch in den Mittelpunkt des Pariser Gesellschaftslebens rückte.

Am 8. November wurde Strauß von seinem bedeutendsten Konkurrenten, Philippe Musard, dem »König der Pariser Tanzmusik« zu einem sensationellen Wettbewerb geladen: Im großen Konzertsaal in der Rue Vivienne sollte der Wiener Gast mit seiner Kapelle gegen das 60 Mann starke Tanzmusikorchester Musards antreten.

Scheinbar selbstlos ließ der pfiffige Franzose dem Wiener Ensemble den Vortritt, indem dieses die erste Konzerthälfte vor der Pause bestreiten durfte. Im zweiten Teil aber wollte Musard den unerwünschten Kontrahenten mit seinem doppelt so großen Klangkörper an die Wand spielen.

Musards Rechnung ist nicht aufgegangen. Die erste Begegnung dieser Art endete unentschieden. Im Laufe der folgenden Konzerte, zu denen Musard Johann Strauß vertraglich verpflichtet hatte, strömte das Publikum zwar eifrig herbei, um den Wiener Walzerkönig zu hören und zu sehen, verließ aber nach der Pause mehrheitlich den Saal, denn Musard und seinen Musizierstil kannte man schon zur Genüge. Die Sensation hieß nicht Musard, sondern Johann Strauß.

Der Franzose wird sich über diese Entwicklung nicht gefreut haben. Aber der Schmerz über die Niederlage hielt sich in Grenzen: Strauß und

Ein historisches Ereignis: Am 19. November 1837 wird die erste Dampfeisenbahnlinie Österreichs mit einer Fahrt von Floridsdorf nach Deutsch-Wagram eröffnet. Johann Strauß hat mit der Komposition seines »Eisenbahn-Lust-Walzers« op. 89 bereits ein Jahr zuvor die neue technische Errungenschaft musikalisch illustriert

Musard, die persönlich ganz gut miteinander auskamen, teilten sich die beachtlichen Einnahmen, die durch den inszenierten Wettstreit hereingeflossen waren.
Die Pariser Presse hatte jedenfalls hinreichend Stoff, um wirkliche oder auch erfundene Geschichten ihren sensationshungrigen Lesern zu präsentieren.
Während Strauß in der Stadt an der Seine innerhalb kürzester Zeit den ersten Gipfel seiner Popularität erklommen hatte, war auch »daheim«, in der Metropole an der Donau einiges passiert.
Joseph Lanner, der sich seit Straußens Abwesenheit vor Aufträgen und Angeboten kaum erwehren konnte, absolvierte im November eine vielbeachtete Konzerttournee in die steirische Landeshauptstadt Graz, wo er stürmisch bejubelt wurde. Nestroy konnte mit seinem neuen Theaterstück »Das Haus der Temperamente« einen weiteren sensationellen Bühnenerfolg für sich verbuchen, und am 19. November absolvierte die erste, tatsächlich fertiggestellte Dampfeisenbahn Österreichs ihre Probefahrt von Floridsdorf nach Deutsch-Wagram.
Strauß hatte dem zu erwartenden verkehrstechnischen und historischen Ereignis bereits im Vorjahr durch die Komposition seines »Eisenbahn-Lust-Walzers« publikumswirksam Rechnung getragen.
Als nun dieses ereignisreiche Jahr 1837 mit Turbulenz zu Ende ging, kam es plötzlich vielen Wienern zu Bewußtsein: Der kommende Fasching mußte in der Kaiserstadt an der schönen blauen Donau zum erstenmal ohne Johann Strauß stattfinden.

Mit dem Beginn des Eisenbahnzeitalters verloren bestimmte Berufsgruppen – wie etwa die Lohnkutscher – erheblich an Bedeutung. Satirische Darstellung aus der Wiener Allgemeinen Theaterzeitung

Zugänge füllten (...). Am 11. d. M. spielte er bei Hof, am 12. beim Fürsten Esterházy. Nach Beendigung der Concerte wird er mit einem der Theater in Verbindung treten, die ihm sämmtlich Anträge gemacht haben. Er wird von London aus Schottland und Irland besuchen, und dann in seine liebe Heimat zurückkehren.«[11]

Eine Rückkehr »in die liebe Heimat« lag für Strauß allerdings noch in weiter Ferne. Am 10. Mai hatte er zum erstenmal einen Hofball im königlichen Schloß zu bestreiten, welcher ihm die respektable Summe von 250 Pfd. St. einbrachte. Es war der Tag der Uraufführung des bemerkenswerten Walzers »Huldigung der Königin Victoria von Großbritannien« op. 103. Eingebettet in triolenartige Fanfarenstöße erklingen zu Beginn des Werkes kraftvolle Tutti-Akkorde, die rhythmisch dem Namen »Victoria« nachgebildet sind – ein musikalisches Schema, »in welchem sich die Naivität des Biedermeier reizvoll ausdrückt« – wie Max Schönherr treffend anmerkt. In der Introduktion dieses grandiosen Walzers erkennt der aufmerksame Zuhörer auch ein Melodiezitat des englischen Volksliedes »Rule Britannia«, während die Coda machtvoll mit »God save the Queen« ausklingt. Damit hat Strauß endgültig die Herzen der britannischen Inselbewohner erobert.[12]

Mit einemmal ist der Name »Strauß« in aller Munde. Von Woche zu Woche verdichtet sich der Terminplan der Konzertauftritte und der gesellschaftlichen Verpflichtungen, die schließlich nur mehr selektiv wahrgenommen werden können. So berichtet es jedenfalls einer der Orchestermusiker der Straußkapelle für die Wiener Theaterzeitung:

»Am 18. Juni genossen wir die Ehre, auf dem dritten Hofballe mitzuwirken. Es wurden bereits unglaublich viele Feste und Bälle angeordnet. Strauß fand bei seiner Zurückkunft von Cheltenham so viele Einladungen, daß er mehr als die Hälfte zurückzuweisen sich genöthigt sah, theils um nur die vorzüglichsten zu berück-

Im Juni und Juli 1838 bestritt der Wiener Walzerkönig mehrere königliche Hofbälle im Buckingham Palast

sichtigen, theils um den Aufenthalt in London nicht zu sehr zu verlängern.«[13]
Nach einem konzertanten »Abstecher« in Cheltenham und Bath ist Strauß ab Mitte Juni wieder in der Themsestadt. Das große Politspektakel der Königskrönung steht unmittelbar bevor, und das kann und will sich der Walzerkönig nicht entgehen lassen. Was für den Historiker schlicht und einfach ein Regierungswechsel ist, der sich aus gegebenen dynastischen und politischen Verhältnissen zwingend ergibt, bedeutet dem traditionsverbundenen englischen Bürgertum ein Jahrhundertereignis. Am 28. Juni sollte der feierliche Akt mit Glanz und Gloria vollzogen werden.
Gewissermaßen als Auftakt zu den bevorstehenden Ereignissen erhält Strauß am 26. Juni die Gelegenheit, sich in der Italienischen Oper am Haymarket in einem großen Festkonzert zu präsentieren.
Das Konzert tags darauf – es war der 27. Juni 1838 – fand in den Hannover Square Rooms »unter der Patronanz Ihrer Majestät der Königin und seiner Hoheit des Fürsten Esterházy statt.[14] Im Mittelpunkt aller gesellschaftlichen Ereignisse von Bedeutung stand in jenen Tagen Strauß mit seiner Kapelle und führte das musikalische Zepter.
Nicht zu Unrecht notiert die »Gazette musicale de Paris« in Frankreich: »Die Krönung der Königin Victoria könnte fast ebenso gut die Krönung von Strauß genannt werden. Dieser europäische Künstler befindet sich im Augenblick in London und ist der Mittelpunkt aller großen Feste. Wir berichteten, daß sein magischer Geigenbogen den Ball beherrschte, den der Herzog von Wellington gab (...). Die Königin ihrerseits bittet die Aristokratie in ihrem Palast zum Ball, und Strauß ist es, der den geladenen Gästen der Königin zum Tanz aufspielt.«[15]

Am 28. Juni – dem Tag der Krönung – war schon in den frühen Morgenstunden ganz London auf den Beinen. Durch ein Meer schaulustiger Menschen zwängten sich die festlich geschmückten königlichen Equipagen in Rich-

Am 26. Juni 1838 gab Johann Strauß Vater ein vielumjubeltes Konzert in der »Italienischen Oper« in London

tung Westminster Abbey, wo die Krönungszeremonie ablaufen sollte. Was Rang und Namen hatte, war an diesem Tag auf der Straße. Es war der große Tag für Taschendiebe, vor denen englische Zeitungen bereits Wochen zuvor eindringlich gewarnt hatten.[16] – Ein tobendes Brausen erfüllte die Stadt, alle Glocken läuteten und an allen möglichen Straßenecken exekutierten Musikkapellen das unvermeidliche »God save the Queen«. Auch Johann Strauß soll daran beteiligt gewesen sein, was jedoch quellenmäßig nicht gesichert ist.

Nach dem pompös vollzogenen Krönungsakt erreichten die Festlichkeiten ihren eigentlichen Höhepunkt. Johann Strauß war Tag und Nacht in musikalischem Einsatz. Die luxuriösen Feste der englischen Aristokratie stellten alles in den Schatten, was Strauß in Paris erlebt hatte.

Für den Ball bei Baron Rothschild, der drei Meilen außerhalb von London stattfand, beleuchteten Fackeln den gesamten Weg bis zum Anwesen des Gastgebers, und für die Straußkapelle wurde ein eigener Pavillon im Park erbaut. Strauß hatte in den besten Kreisen der Londoner Gesellschaft reüssiert. Überschwengliche Anerkennung war ihm zuteil geworden. Ohne weiteres hätte er nun als Sieger heim nach Wien fahren und sich von seinen Landsleuten bejubeln lassen können.

Doch Strauß dachte keinen Augenblick an diese Variante. Jetzt mußte Irland und Schottland erobert werden. Nichts faszinierte ihn, den Besessenen, so sehr, wie von Stadt zu Stadt zu reisen, immer wieder von neuem den Lorbeer an sich zu reißen, unbekanntes Publikum in den Bann seiner magischen Klänge zu ziehen, als Einzigartiger und Unvergleichlicher gefeiert zu werden.

Am 30. Juli langte Strauß mit seiner Kapelle in Birmingham ein. Wenige Tage später folgten Liverpool, Manchester und Dublin.

In der irischen Hauptstadt konzertiert der Walzerkönig Mitte August im »Rotunda-Saal« und

Empfang der Königin Victoria in der City von London. Kreidelithographie, London 1838

gibt drei große Abendkonzerte in der Hawkins-Street im »Theatre Royal«. Der englische Verleger Robert Cooks, der Strauß schon einmal aus einer finanziellen Verlegenheit geholfen hat, erhält den Auftrag, Strauß'sche Werke für Großbritannien herauszugeben. Das läßt sich der geschäftstüchtige Unternehmer nicht zweimal sagen. Schon bald tauchen in englischen und irischen Zeitungen Annoncen auf, wie etwa:

»R. Cooks & Co, Musikalienhandlung, London, erlauben sich, dem Adel, den gebildeten Ständen und dem Publikum anzuzeigen, daß sie soeben alle guten Musikalienhändler in Dublin und in ganz Irland mit allen beliebten Walzern, Galoppen, Le Bouquet, von Strauß, in 48 Bänden, unter dem Titel ›The Beauties of Strauss‹ und ›Souvenirs of Strauss‹ beliefert haben ...«[17]

Wäre Strauß an den Umsätzen seiner Verleger prozentuell beteiligt gewesen, er hätte längst ausgesorgt und wäre vermutlich auf die naheliegende Idee gekommen, seinen Lebenswandel in etwas ruhigere Bahnen zu lenken.

So aber vollzieht sich unerbittlich das Schicksal des Getriebenen, der zwar – wie schon oft bewiesen – über außergewöhnliche organisatorische Fähigkeiten verfügt, jedoch Grundregeln sinnvoller Lebensführung wie etwa das Maßhalten eigener Kräfte in geradezu leichtsinniger Weise ignoriert. Das sorgfältig durchdachte Planen von Reiserouten, wie es zur Zeit der Deutschlandbesuche für Strauß noch selbstverständlich war, weicht nun einem abenteuerlichen Zick-Zack-Kurs, der auf Dauer auch das beste Orchester der Welt physisch und psychisch kaputt macht und im September tatsächlich zu einem Aufruhr der Musiker führt.

Ein Blick in Straußens Tourneekalender – auszugsweise beschränkt auf den Monat August – sagt über die Irrealität der Entwicklung mehr als tausend Worte:[18]

Dublin um 1838. Strauß konzertierte in der irischen Hauptstadt höchst erfolgreich in der 2. Augusthälfte des Jahres 1838

Birmingham	30. Juli–3. August
Liverpool	3.– 6. August
Manchester	6.– 7. August
Liverpool	7.– 9. August
Manchester	9.–10. August
Liverpool	10.–11. August
Manchester	11.–12. August
Liverpool	12.–14. August
Dublin	15.–19. August
Liverpool	20.–21. August
Manchester	21.–22. August
Liverpool	22.–25. August
Manchester	25.–26. August
Birmingham	26.–28. August
Leamington	28.–29. August
Cheltenham	29.–30. August
Bath	30. August–1. September

Natürlich hat sich Strauß auf seinen Reisen der in England bereits gut ausgebauten Eisenbahn bedient. Dies ändert jedoch nichts an der ökonomischen Unsinnigkeit des nun offensichtlich voll zum Ausbruch gekommenen Reisewahns. Etwa die Hälfte der gesamten Zeit verbrachten die Musiker in Reisekutschen, Bahnhofshallen und Eisenbahnabteilen.

Jeder durchschnittlich begabte Zirkusdirektor hätte es vorgezogen, mit seiner Truppe jeweils eine Woche lang in Birmingham, Liverpool, Manchester oder Dublin stationär zu gastieren und bei gleicher Auftrittsfrequenz seinem künstlerischen Ensemble wenigstens einige Tage der Erholung und Regeneration zu ermöglichen.

Strauß hat sich auch geweigert, zuzugeben, daß er selbst bereits gesundheitlich mächtig angeschlagen war. In seinem Schreiben aus Boulogne an den Wiener Kapellmeister Adolf Müller sen. erwähnt er gesundheitliche Probleme jedenfalls mit keinem Wort:

Eingang zur Eisenbahnstation London-Birmingham. Johann Strauß Vater benutzte das englische Eisenbahnnetz unzähligemale, um möglichst viele Städte Großbritanniens in seine Tournee einbinden zu können

»Boulogne, 15. September 1838. – Lieber Herr v. Müller!
Seit meiner Abreise von London konnte ich wohl keinen bestimmten Aufenthalt angeben, um mir ein Schreiben von Ihnen erbitten zu können, da ich in dieser Zeit eine große Tour in England machte, die namhaften Städte nur in Eile besuchte, die schon eingeleitete Produktion abhielt und dernach größtenteils sogleich abreiste, so daß ich beynahe jeden Tag in einer anderen Stadt mich befand, indem man hier überaus schnell reisen kann, der guten Pferde und schönen Straßen wegen. Insbesondere kommen noch, dem Reisenden zum Vortheile, die Eisenbahnen, welche Riesen-Werke ich alle tüchtig benutzte, z. B. in Liverpool, Manchester, Birmingham usw.
Auch war ich in Schottland, Irland. Die Kosten, in England mit 28 Personen größtentheils per Extra-Post zu reisen, in Hotels zu logieren und alle nur möglichen Bedürfnisse auf anständige Art herbey zu schaffen, – reichen wohl an das Unglaubliche und übertreffen alle meine früher gemachten Erfahrungen auf Reisen, welche nähere Auseinandersetzung ich mir vorbehalte, bey meiner Rückkunft Ihnen mündlich mitzutheilen ... Schließlich bitte ich, mir Ihr nächstes Schreiben nach Bordeaux post restante einzusenden und ... grüße Sie als Ihr dankbar ergebenster Freund

Johann Strauß«[19]

Strauß hatte es also geschafft, seine Musiker zu einem neuerlichen 14-tägigen Abstecher an die französische Küste zu bewegen. Die Orchestermusiker stimmten vielleicht auch deshalb willig zu, weil sie insgeheim hofften, im Anschluß daran die Rückkehr in die Heimat antreten zu können.
Die beiden Konzerte im »Cirque des Art« in Boulogne waren übrigens von außergewöhnlichem Erfolg begleitet. Die »Kunstchronik« im »L'Annotateur« berichtet davon in geradezu sprachlicher Verzückung:
»Johann Strauß, ein Mann von poetischem Aussehen, stellt sich vor dem Orchester auf; sein Geigenbogen bewegt sich; im selben Augenblick beginnen seine 28 Musiker, die alle gleichzeitig mit einer Richtigkeit und Präzision gehorchen, von denen vielleicht kein Zuhörer eine Ahnung hatte, zu spielen, sich zurückzuhalten, wieder zu beschleunigen, zu musizieren und zu seufzen, der Stille Wirkungen abzugewinnen, (...) jeden Kontrast zu erfassen, alle Nuancen zu beachten, mit wunderbarer Gleichmütigkeit zu phrasieren, leidenschaftlich zu deklamieren; und indem sich alle Eigenarten des Einzelnen verflüchtigen, sich zum Nutzen der gewünschten Wirkung vermischen und vereinigen, scheinen sie zu einem einzigen Menschen zu werden vom Gott der Musik tief erfüllt (...). Johann Strauß verdient also vollauf den Ruf, der ihm aus Deutschland nach Frankreich und nach Großbritannien gefolgt ist ... Es ist sicher ganz wenigen Männern gegeben, mit einer so starken Hand all die verschiedenen Charaktere, all die verschiedenen und oft gegensätzlichen Fähigkeiten, die man als Orchester bezeichnet, zu beherrschen und daraus ein so einheitliches ... Ganzes zu machen. Unter seinen Händen wird es zu einem von starkem Arm geworfenen Speer, der geradewegs auf das Ziel losschießt ...«[20]
Strauß war nicht bereit, nach Hause zu fahren, ohne Schottland vorher erobert zu haben. Vor der Überfahrt von Le Havre nach England kam es zum Eklat. Die Musiker wollten nach neun Monaten unentwegten Einsatzes einfach nicht mehr weiter machen, sondern nach Hause fahren zu ihren Familien. Es muß Strauß gewaltige Überredungskünste und beachtliche finanzielle Sonderzuwendungen gekostet haben, wenigstens den Kern seines Orchesters zum Weitermachen zu bewegen.
Und wieder finden wir einen schier unglaublichen Terminkalender: Über Southhampton, Portsmouth, Reading, Cheltenham, Leamington, Worcester, Stratford, Leicester, Derby,

Nottingham, Sheffield, Halifax, Huddersfield, York, Hull, Newcastle und Carlisle langt das total erschöpfte Ensemble am 1. November 1838 in der schottischen Hauptstadt Edinburgh ein.

Am 3. November meldet Strauß aus Edinburgh dem Kapellmeister Müller in Wien:

»Sie werden wohl schon in Erfahrung gebracht haben, daß ich, kaum in Frankreich gelandet, einer mir nachgesandten Aufforderung abermahlen nach England folgte, und schon bereits eine bedeutende Tour davon zurücklegte. Nun befinde ich mich in Schottland, in dem bekanntlich schönen Edinburgh, eine der schönsten Städte, die ich je gesehen. Ich werde, schier mit der benachbarten Stadt Glasgow abwechselnd, meine Produktionen geben und dann eiligst zur Rückreise schreiten, um bis Weihnachten in Wien eintreffen zu können ...«[21]

Der Raubbau an Körperkräften sollte sich bald bemerkbar machen. Während einer Fahrt zwischen Edinburgh und Glasgow erkrankte Strauß an schwerer Influenza. Doch die Tournee durfte keinesfalls gefährdet werden. Geschwächt und von Fieberstößen geschüttelt dirigierte der Unermüdliche in Newcastle, Leeds, Wakefield und Derby. Die Dosis Opium, die ihm ein Arzt in Derby verabreichte, um den schon chronisch gewordenen Husten zu bekämpfen, wäre beinahe tödlich gewesen.

Mit letzter Kraft wird die Überfahrt nach Calais organisiert. Strauß sieht ein, daß er im rauhen, feuchten Inselklima den Dezember des Jahres 1838 nicht überleben würde. Als er in Calais am 5. Dezember im Saal der Philharmonie ein Abschiedskonzert dirigiert, bricht er während der dritten Nummer bewußtlos auf dem Podium zusammen.

Schwerkrank wurde er nach Paris gebracht. Von dort ging es mit der Postkutsche weiter

Englische Reisekutsche. Kolorierte Lithographie nach einem Gemälde von C.C.Henderson. London 1842. Mit einem Konvoi derartiger Wagen transportierte Johann Strauß sein Orchester in all jene Städte und Orte, die noch keinen Eisenbahnanschluß hatten

nach Straßburg, wo Strauß – angegriffen von den Strapazen der mühevollen Reise – vier Tage lang bewußtlos in einem Hotel darniederliegt. Nach einer scheinbar leichten Besserung in München erlitt Strauß in Linz einen neuerlichen Rückfall und verfiel in ein lebensgefährliches Delirium. Erschrocken berichtet der »Bairische Eilbote« aus München:

»Strauß war hier, der Walzerkönig, aber in welchem Zustande! Er, der im October vorigen Jahres, voll Leben, und durch die Macht der Töne den schönsten Lebensgenuß bereitete, kam am Sonntag, den 16. Dezember, krank hier an. Das Clima Englands übte einen so schädlichen Einfluß auf seine Gesundheit. Schon in Leicester und Calais konnte er seine Concerte nicht mehr selbst dirigieren. Mit ihm kamen 21 Musiker von seiner Gesellschaft hier an. Man trug ihn von der Post ins nahe Gasthaus, wo er zwei Tage verweilte. Am Dienstag, den 18. Dezember früh fuhr er nach Wien ab. Möge er seine geliebte Heimat glücklich erreichen, möge er der Welt und ihren Freuden bald neu erstarkt erhalten werden, er, der so viel für sie gewirkt hat! Strauß steht erst im dreiunddreißigsten Lebensjahre.«[22]

Am Weihnachtstag 1838 meldet die Wiener Theaterzeitung: »Der Capellmeister Strauß ist endlich in Wien angekommen, aber so leidend … daß es einer geraumen Zeit bedürfen wird, ihn vollkommen gesund zu sehen. Sobald wird er also nicht öffentlich spielen.«[23]

Als die Krankenwärter den bleichen Patienten auf einer Tragbahre ins Hirschenhaus befördern, hat es den Anschein, das nahende Ende stünde unmittelbar bevor. Hatte der im Fieberdelirium Träumende bereits seinen eigenen Tod vor Augen? – Wir wissen es nicht.

Heinrich Heine – der bedeutende Zeitgenosse des Wiener Walzerkönigs – hatte einst tiefsinnig hinterfragt: »Was ist Traum? Was ist Tod? Ist dieser nur eine Unterbrechung des Lebens? Oder gänzliches Aufhören desselben? Ja, für Leute, die nur Vergangenheit und Zukunft

Johann Strauß: »Freuden-Grüsse« op. 105. Titelblatt der Erstausgabe

kennen und nicht in jedem Momente der Gegenwart eine Ewigkeit leben können, ja für solche muß der Tod schrecklich sein! Wenn ihnen die beiden Krücken, Raum und Zeit, entfallen, dann sinken sie ins ewige Nichts.«[24]
Johann Strauß (Vater) hat die Krücken nicht aus seinen Händen fallen lassen. Er ist noch einmal dem Tod von der Schaufel gesprungen. Am 13. Jänner 1839 dirigierte er im Sperl seinen neuesten Walzer »Freuden-Grüße. Motto: Überall gut – in der Heimat am besten.« – Wie das möglich war, soll uns im folgenden Kapitel eingehender beschäftigen!

1839
Im Furioso-Galopp durch Wien

Die Donaumetropole hatte – bedingt durch Straußens große Europatournee – ein Jahr lang keinen »Walzerkönig«. Ohne Musik und Unterhaltung ist sie deswegen wohl nicht geblieben.
Joseph Lanner, seit Jänner 1838 Musikdirektor im »Dommayer« und musikalischer Leiter der Hofbälle in den Redoutensälen, rückte automatisch an die erste Stelle als Lieferant der heißbegehrten Ware Tanzmusik. Zu den Krönungsfeierlichkeiten Kaiser Ferdinands, den man am 6. September zum König der Lombardei »gemacht« hatte, mußte Lanner mit seiner Kapelle sogar nach Mailand reisen und eine eigens für den Anlaß komponierte Festmusik zur Aufführung bringen. – Auch Philipp Fahrbach, schon seit Jahren Qualitätsbegriff für gediegene, einfallsreiche Tanzmusik, erfreute sein Publikum im Volksgarten, im Sperl und in der goldenen Birn mit zahlreichen neuen Kompositionen. Franz Ballin lockte seine Anhänger ins neue »Elysium«, und Musikdirektor Karl Bendl, bisher von der Öffentlichkeit wenig beachtet, hatte 1838 sein großes Jahr: Von der Presse wurde er mit Lanner und Fahrbach immer öfter in einem Atemzug genannt.
Man konnte also beim besten Willen nicht behaupten, daß die Pflege der Wiener Tanzmusik durch Straußens Abwesenheit ein Vakuum erlitten hätte. Und dennoch war den Wienern relativ rasch zu Bewußtsein gekommen, welch einzigartigen kulturellen Stellenwert Johann Strauß – nun, wo er so weit weg war – für sie verkörperte.

Erhöhtes Verkehrsaufkommen während der Faschingszeit in Wien. Satirische Darstellung aus Bäuerles Theaterzeitung

Schon im Jänner 1838 hatte ein Journalist unter der Rubrik »Wiener Raritäten-Cabinet mit humoristischer Beleuchtung« über Johann Strauß geschrieben:
»Strauss – so sehr sich auch die klassischen Musiker darüber ärgern – ist einer der merkwürdigsten Menschen Wiens und unserer Zeit. Wenn man die kleinen, verachteten Mittel betrachtet und die gewaltigen Wirkungen, die er damit hervorbringt, so klingt der Name Strauss wie der des fabelhaften Phönix, der alle Jahrhunderte auftaucht, um die Welt zu überraschen (...). Strauss geigt nun nicht mehr allein im ›Sperl‹ oder in der ›Birne‹. Strauss geigt in der ganzen Welt! (...). Strauss macht durch die tobende Hitze seiner Musik die Menschen selber zu Dampfmaschinen von reissender Schnelligkeit ... Je heftiger die Pulse toben, desto heftiger erbrausen die Leidenschaften (...). Wie elektrische Funken durchzucken seine Jubeltöne die Nerven, wie Sirenengesang erfassen sie die Seele, wie Tarantelstiche erhitzen sie den Körper. Dieser schimmernde Reiz der Kompositionen, dieses belebende Feuer der Ausführung haben bewirkt, daß selbst Paris, die stolze Weltstadt, deren Beifall als höchster Lorbeer jeder Kunst gilt, dem Wiener Walzergeiger gehuldigt hat!«[1]
Etwas später kommt der nämliche Rezensent zu einer Erkenntnis, die geradezu die Quintessenz des bisherigen Schaffens von Johann Strauß Vater berührt, in dieser Deutlichkeit aber noch nie so ausgesprochen wurde:
»Umsonst ist das Schreien der brotneidischen Mißgunst, dass er den musikalischen Geschmack verderbe. Strauss hat vielmehr den grössten und einflussreichsten Zweig der Tonkunst, die Volksmusik, gereinigt von geistloser Einförmigkeit und niedriger Gemeinheit. Er besitzt die seltene, preiswürdige Kunst, Tondichtungen zu schaffen, die der gemeine Mann verstehn und der Gebildete mit Vergnügen hören kann.«[1]

Da lag er nun, der europaweit Gefeierte und grenzenlos Umjubelte, in einem dunklen Zimmer des Hirschenhauses in der Leopoldstadt auf seinem Krankenlager, leichenblaß und mit eingefallenem Gesicht und gab den herbeigeeilten Ärzten Rätsel auf. Es war kein organisches Gebrechen, keine heimtückische Krankheit unbekannter Provenienz, welche den Magier und Weltenbezwinger niedergestreckt hatte. Es war schlicht und einfach der Zusammenbruch des Immunsystems seines Körpers, welches jahrelang den schier unmenschlichen Strapazen und Belastungen tapfer widerstanden hatte. Als Strauß auch noch mit eisernem, ja trotzigem Widerstand, einen schweren grippösen Infekt, der sich bereits auf Bronchien und Lunge geschlagen hatte, ignorierte, besessen von der Wahnvorstellung, daß es einen Abbruch der Tournee nie und nimmer geben dürfe, hatte er zum erstenmal in seinem Leben die Grenzen des physisch Möglichen überschritten. Die bereits geschilderten Folgen waren unausbleiblich.
So bedenklich und besorgniserregend die Gesamtbefindlichkeit des Meisters um den Jahreswechsel herum auch sein mochte: innerlich hatte sich Strauß keine Sekunde lang aufgegeben. Das Bewußtsein, noch eine gewaltige künstlerische Lebensaufgabe vor sich zu haben, erhob sich nach erstaunlich kurzer Zeit über das elende, lähmende Gefühl der Schwäche und Kraftlosigkeit. Seit frühesten Jugendtagen war Strauß eine Kämpfernatur – unendlich oft hatte er dies schon bewiesen. Eine Eigenschaft, die ihm nun zustatten kam. Es darf in diesem Zusammenhang auch nicht übersehen werden, daß der erste Wiener Walzerkönig damals, 1839, ein junger Mann von knapp 35 Jahren war und über jene Regenerationskräfte verfügte, die man braucht, um eine schwere gesundheitliche Krise zu überwinden.
Erst die Journalistik und Belletristik späterer Jahrzehnte, welche sich genötigt sah, zwischen dem hochbegabten erstgeborenen Sohn gleichen Namens und dem »Vater« zu differenzie-

ren, verpaßte dem ersten Walzerkönig (der nie alt geworden ist) das Paradigma eines »älteren Herrn«.

Das erste künstlerische Auftreten des Wiedergenesenen bedeutete für ganz Wien ein Jubelfest ohnegleichen. Die Presse heizte die Erwartungen auch entsprechend an. Der Journalist Tuvora legte sich mächtig ins Zeug, um über das mit Spannung erwartete Ereignis im Sperl am 13. Jänner angemessen zu berichten. Mit sprachlichem Geschick, das heute nur noch wenige Journalisten beherrschen, läßt er des Meisters jüngste Auslandstriumphe in seinen Kommentar einfließen:

»Es gibt nicht leicht einen interessanteren Moment, als wenn jemand, der das Vaterland und die Seinigen verliess, um in der Fremde nach einem ungewissen Erfolge zu streben, wieder dahin zurückkehrt, und zwar gekrönt mit der Freude des Gelingens. So zog auch Strauß, unser Strauß hinaus in die weite Welt, und nun ist er, der Allbekannte, Beliebte, Gepriesene, wieder gekommen (...). Wir hatten ihm den neugierigen Auslande geliehen, um sich selbst von der magischen, sinnbestrickenden Gewalt dieser Musik zu überzeugen, und nun hat es ihn wieder uns zurückgestellt, mit dem Bekenntnis, daß er in seiner Sphäre eben so gut ein Genie sey, wie z. B. Beethoven in der seinigen. Paris hat ihm mit Vergnügen gelauscht, und wer weiß, wie raffiniert die Kunst in dieser Stadt des gesteigertsten, taumelndsten, lustvollsten Lebens getrieben wird, der muß ihm diesen Sieg als einen entscheidenden Moment anrechnen (...). Allein, es glückte ihm (auch), das Spiel zu gewinnen ... und Einzug zu halten im Lande seiner eigentlichen Triumphe, in England! Wer die phlegmatische, schwer aufzurüttelnde Natur des Engländers kennt, wird ihm wieder das Lob zusprechen müssen, hier das Außerordentlichste geleistet zu

Die besonders herzliche Aufnahme, die Strauß während seiner Frankreichtournee in Boulogne zuteil geworden war, fand in der Titelwahl seines Galopps op. 104 entsprechenden Niederschlag. Der Boulogner-Galopp erklang zum erstenmal im Sperl am 13. Jänner 1839. Titelblatt der Erstausgabe

haben. Ein walzender Engländer war bisher ein Phänomen. Sollte man nicht glauben, Orpheus hätte vom Himmel herabsteigen und im Dreivierteltakt musizieren müssen, um dieses Wunder zu bewirken? Allein Strauß mit der Geige in der Hand war hinreichend dazu, hinreichend dem langsamsten und bedächtigsten Volk der Erde, das sein Leben zwischen Parlamentsdebatten, Spekulationsberechnungen und Plumpudding teilt, die Köpfe wirblig zu machen und die Füße zu beflügeln (...).

Strauß erschien erst nach zehn Uhr; mit Mühe hatte das Publikum bisher seine Sehnsucht, ihn zu sehen, gezähmt. Doch als er zum Pulte trat, da begann ein tobender Beifallssturm, der wenigstens zehn Minuten lang nicht enden wollte. Die erste Partie, welche der Meister selbst vortrug, waren die ›Victoria-Walzer‹; dazu hatte er eine neue, ganz vortreffliche Galope komponiert, welche im strengsten Sinne des Wortes Furore machte (...). Die neu komponierten, in Wien bisher noch nicht bekannten Walzer reihten sich seinen besten Schöpfungen würdig an. Strauß trägt noch in seinem Gesichte die Spuren der Krankheit und des Leidens; es hindert ihn, seinen Zauberbogen mit jener feuervollen Energie zu führen, welche zugleich auf sein Orchester mit elektrischer Gewalt einwirkt und jenes Wunder der präzisesten Harmonie zuwege bringt, jene Vollendung der Instrumentalbegleitung, welche Berlioz in seiner Kritik über Strauss so hoch erhob! Möge die herzliche Teilnahme, welche ihm allenthalben entgegenjubelt, statt einer lindernden Arznei wirken, und möge er bald wieder gekräftigt und neu belebt dastehen am Notenpulte, unverwüstlich wie aus Erz gegossen, den Takt mit allen Muskeln und Nerven dazu schlagend ...«[2]

Es war ganz offensichtlich, und auch zwischen den Zeilen des euphorischen Berichterstatters konnte man es herauslesen: Strauß war noch lange nicht im Vollbesitz seiner körperlichen Kräfte. Jeder Auftritt muß für ihn ein physischer und psychischer Kraftakt gewesen sein. Aber er war wieder da! Unmißverständlich hatte er angezeigt, wer die Nummer Eins im musikalischen Getriebe des Wiener Faschings war und es auch zu bleiben gedachte.

Weniger erfolgreich verlief die Entwicklung des familiären Lebens im Hause Strauß. Die Ehe mit Anna stand eigentlich nur mehr auf dem Papier. Es ist der im Stich gelassenen Ehegattin unendlich hoch anzurechnen, daß sie trotz des familiären Desasters unermüdlich darum bemüht war, die Erziehung der Söhne mit Umsicht und kluger Selbstbeherrschung zu lenken und zu steuern. Im Gegensatz zum unwirsch und aufbrausend reagierenden Vater, der von einer musikalischen Karriere seiner Söhne absolut nichts wissen wollte – vielleicht im Bestreben, seinen Kindern ein ähnlich nervenaufreibendes und selbstzerstörerisches Leben zu ersparen – stand Mutter Anna einer musikalischen Ausbildung der im Schulalter befindlichen Söhne Johann und Joseph durchaus wohlwollend gegenüber. Da es aus der Privatsphäre der Straußfamilie in jenen frühen Jahren kaum gesichertes Wissen gibt – dafür jede Menge frei erfundener Skandalgeschichten im Stile einer Seifenoper – sind wir auf jene Berichte angewiesen, die uns einer der frühen Straußbiographen noch zu Lebzeiten der Söhne Johann und Eduard überliefert hat. Rudolph Freiherr Procházka, dessen biographisches Werk 1899 erschienen ist, und der Johann Strauß Sohn persönlich gekannt hat, hielt fest, was dieser rückblickend über seine Kindheit zu erzählen wußte:

»Mein Vater wohnte in einem besonderen Appartement [im Hirschenhaus, AdA], abgesondert von der Familie, wie das bei seiner anstrengenden Lebensweise kaum anders möglich gewesen wäre. Im Fasching beschäftigte er nicht weniger als drei Kapellen, er fuhr von der einen zur andern, dirigierte ein paar Nummern und überliess dann die Leitung dem Orchesterdirigenten [Konzertmeister, AdA]. Natürlich nahm diese Thätigkeit einen grossen Theil der Nacht in Anspruch. Und dann blieb er gewöhnlich noch mit guten Freunden sitzen. Er war zwar weder ein Trinker noch ein Raucher, aber in lustiger Gesellschaft weilte er gern. – Da wurde es denn oft recht spät, und mein Vater schlief dann bis tief in den Morgen hinein. Der Tag war gleichfalls besetzt, eine Menge von Besuchern kam, und dann forderten die Kompositionen viel Zeit. Es ist ganz natürlich, dass er da ungestört sein wollte. Dadurch aber kam es, dass er selten eine Ahnung hatte, was in der Familie drüben geschah. Nun liess er uns zwar Unterricht geben, mir und meinem Bruder Pepi – Eduard war damals noch zu klein – aber er glaubte, wir klimperten eben so schlecht und recht wie Dilettanten. Allein wir betrieben die Sache mit Passion, und ich darf wohl sagen, wir waren beide tüchtige Klavierspieler. Davon hatte er keine Idee.«[3]

Titelblatt der 1899 erschienenen Strauß-Biographie von Rudolph Procházka. Da der Autor die Straußfamilie persönlich kannte, hat diese Ausgabe trotz wissenschaftlicher Ungenauigkeiten dokumentarischen Wert

Aus derselben Quelle erfahren wir, wie erstaunt Strauß Vater eines Tages war, zu hören, daß die Söhne in der Lage waren, seine neuesten Werke, die im Hirschenhaus geprobt worden waren, auf dem Klavier fehlerfrei nachzuspielen. Bemerkenswerterweise maß er diesem Umstand jedoch keine besondere Bedeutung bei.

Was Strauß Vater lange Zeit nicht wußte, war die Tatsache, daß Johann junior mit Billigung der Mutter Geigenunterricht bekam.

»Ich lernte auf eigene Faust Violine. Um meinen Lehrer aber bezahlen zu können, gab ich Klavierstunden, dem Sohne eines Schneidermeisters in der Leopoldstadt und einem etwa 13–14 jährigen Mädchen; sie wohnte mit ihren Eltern im Hirschenhaus (...). Sechzig Kreuzer erhielt ich für die Stunde, damit bestritt ich meinen Violinunterricht. Nun sagte mir mein Lehrer – es war des Vaters Primgeiger Amon, der dadurch bald seine Stellung beim alten Strauss riskiert hätte – ich müsse immer vor dem Spiegel üben, um mir eine elegante Haltung und schöne Bogenführung anzugewöhnen, denn für jemanden, der sich exponiren müsse, sei Eleganz der Erscheinung unerläßlich. Ich befolgte diese Lehren getreulich. Eines schönen Tages stehe ich wieder vor dem Spiegel und geige darauf los, da thut sich die Thür auf, und herein tritt mein Vater. ›Was?‹ schreit er. ›Du spielst Geige?‹ – Er hatte keine Ahnung davon gehabt. Durch einen Zufall kam er damals darauf, dass ich Berufsmusiker werden wollte. Es gab eine heftige und recht unerquickliche Szene. Mein Vater wollte von meinen Plänen durchaus nichts wissen. – Erst später, als ich schon etliche Erfolge aufzuweisen hatte, versöhnte er sich damit, und die Anerkennung, die mein künstlerisches Streben bei meinem Vater fand, zählt zu meinen schönsten und freudigsten Erinnerungen.«[3]

Wir haben schon mehrmals darauf hingewiesen, daß die hektische Betriebsamkeit der »Mu-

sikdirektoren« – wie man Unternehmer der musikalischen Unterhaltungsbranche im Wiener Biedermeier nannte – vor allem ökonomische Hintergründe hatte: Die bei Soireen und Ballveranstaltungen erzielbaren Eintrittsgelder reichten nicht aus, um einen Orchesterapparat samt Musikerhonorar und Sonderspesen auch nur einigermaßen zu finanzieren. Da bedurfte es schon zusätzlicher Einnahmen, die der Kapellmeister, der in Personalunion auch Komponist war, bei seinen Verlegern erzielen konnte. Aber auch diese Einkünfte unterlagen nicht dem Prinzip der Umsatzbeteiligung, sondern waren einmalige Abfindungen, die pro Werk bezahlt wurden. Es war ein Teufelskreis. Sooft Strauß mit seiner Kapelle auch auftrat (nicht selten geschah dies in einer Nacht an mehreren Orten) – stets fraßen die Spesen die erzielten Einnahmen zur Gänze auf, während so mancher Verleger zum wohlbestallten Millionär mutierte.
Im März des Jahres 1839 ließ jedoch ein gesellschaftspolitisches Ereignis aufhorchen, welches mit Sicherheit auch die Wiener Musikdirektoren zum Nachdenken bewegt haben dürfte: Im Theater in der Josefstadt hatte Direktor Franz Pokorny, der seit 1837 das traditionsreiche Haus leitete, beschlossen, Verfassern von Theaterstücken Tantiemen auszuzahlen. Dies bedeutete konkret, daß Autoren drei Prozent der Bruttoeinnahme jeder Vorstellung erhielten, aufgebessert durch eine halbe Benefizeinnahme nach jeder 20., 30. bzw. 40. Vorstellung.
Direktor Karl Carl vom Theater an der Wien, bekannt durch seine Knausrigkeit gegenüber dem künstlerischen Personal, mußte zähneknirschend nachziehen, hätte er doch sonst seine besten Autoren – wie etwa Nestroy – rasch an die Konkurrenz verloren.
Die Maßnahme des engagierten Theaterdirektors Pokorny war ein bedeutendes Ereignis in der Sozialgeschichte des österreichischen Theaterwesens und darüber hinaus ein Denkanstoß in Kreisen ähnlicher Berufssparten. Es sollte jedoch noch lange dauern, bis auch Musiker für ihre Werke von ihren Verlegern Tantiemen ausbezahlt bekamen. Johann Strauß Vater hat diesen historischen Augenblick leider nicht mehr erlebt. Für Johann Strauß Sohn sollte eine Generation später gerade dieser Aspekt Auslöser für seinen Einstieg ins Operettengeschäft werden.

Das Prinzip der hemmungslosen Ausbeutung fremder Arbeitskraft hatte 1839 besonders in den sozial niedrigsten Schichten der Bevölkerung dramatische Ausmaße angenommen. Ganz im Gegensatz zur oft beschworenen biedermeierlichen Idylle lebten kleine Handwerker und Lohnarbeiter bereits weit unter dem Existenzminimum in dramatischer Armut. Die Folge war eine, durchaus berechtigte, Furcht des Bürgertums vor einer sozialen Katastrophe. Dem Problem der Verelendung breiter Volksschichten standen die Regierenden in den europäischen Staaten ziemlich tatenlos gegenüber. Der Sekretär Metternichs, Friedrich von Gentz, dokumentierte dies mit der zynischen Bemerkung:
»Die Regierung wünsche nicht, daß die großen Massen wohlhabend und unabhängig werden, wie könnten wir sie sonst beherrschen ...«[4]
Grell und unverhüllt trat die soziale Problematik im Bereich der europaweit praktizierten »Kinderarbeit« in Erscheinung. 6- bis 9jährige Kinder wurden sowohl in Tages- als auch in Nachtschichten in den Spinnfabriken eingesetzt, wo sie in der Regel 15 Stunden ohne Unterbrechung arbeiten mußten. In Bayern wurde erst 1840 ein Gesetz erlassen, das Kinderarbeit unter 9 Jahren verbot. – In England ließ man Kinder in jenen Bergwerksstollen Schwerstarbeit verrichten, die für erwachsene Bergleute zu klein oder zu niedrig waren. Erst 1842 wurde die Beschäftigung von Frauen und Kindern im Bergbau unter Tage verboten.
Gerade in jenem Jahr, als Strauß in England konzertierte, schrieb Charles Dickens seinen

sozial-kritischen Welt-Bestseller »Oliver Twist«, ein Roman, der wie kein anderer der englischen Literaturgeschichte die Lage der Ausgestoßenen, das Elend der Versklavten schildert, mitfühlend, ohne anzuklagen, beobachtend, ohne zu reflektieren. Vielleicht lag darin der weltweite Erfolg dieses zeitgeschichtlichen Sittenspiegels.
Im österreichischen Kaiserreich wurde 1839 ein Hofdekret erlassen, wonach Kinderarbeit erst nach dreijährigem Schulbesuch im Alter von neun Jahren gestattet sei, während man die Arbeitszeit der 9- bis 12jährigen Kinder auf zehn Stunden täglich begrenzte.[5] Doch Papier war geduldig. Das Hofdekret erhielt nie Gesetzeskraft. Nicht einmal die Revolution von 1848 konnte die schamlose Kindersklaverei beseitigen. Erst die Gewerbeordnung von 1859 bewirkte in dieser dunklen Zeit österreichischer Sozialgeschichte nachhaltige Veränderungen.

Der Bürger in der Zeit des Vormärz, der begeistert den Eisenbahnwaggon bestieg, um sich in bisher ungewohntem Tempo ans gewünschte Ziel bringen zu lassen, hat wohl kaum Überlegungen angestellt, unter welchen Bedingungen die Kohle aus den Bergwerken kam, mit der die gierigen Schlünde der Dampfkessel auf den vielbestaunten Lokomotiven gefüttert wurden. Es ist ihm auch nicht zu verübeln, da ihm schlicht und einfach die politische Information fehlte, die er gebraucht hätte, um derlei ökonomische Zusammenhänge zu begreifen.
Und die elegant gekleideten Biedermeierdamen, welche berauscht und glückselig durch die Wiener Tanzsäle schwebten, wußten in vielen Fällen nicht einmal, woher all die zauberhaften Stoffe kamen, die sie, feinst gewebt, gesponnen und gestickt, in den noblen Textilgeschäften der Wiener Innenstadt erworben hatten, bevor sie den unvermeidlichen Gang zum Schneidermeister antraten.
Im März 1839 wurde Joseph Lanner endgültig zum Musikdirektor im »Hotel zur goldenen Birn« bestellt. Diese Position behielt er ohne Unterbrechung bis zu seinem frühen Tode bei, was natürlich nicht bedeutete, ihn an zahlreichen anderen Vergnügungsorten entbehren zu müssen.
»Morgen Sonntag, den 17. März, findet im Hotel zur goldenen Birn eine große Soirée, bei glänzender Beleuchtung des Saales statt, wobey einem getroffenen neuen Engagement zur Folge, zum ersten Mahle Herr Capellmeister Joseph Lanner (...) die Instrumental-Musik persönlich dirigiren, und nicht außer Acht lassen wird, dem ausgezeichneten Rufe, den dieser Meister schon seit Jahren besitzt, neuerdings auf das Glänzendste zu entsprechen.«[6]
Die musikalische Betreuung des Sperl in der Leopoldstadt übernahm dafür wieder Johann Strauß, der aber noch immer an Schwächean-

Joseph Lanner, der bedeutendste Tanzmusikkomponist neben Johann Strauß Vater, übernahm 1839 die Musikdirektion im »Hotel zur goldenen Birn«

fällen als Folge seiner schweren, kaum überstandenen Krankheit, litt und erst ab Mai des Jahres 1839 wieder regelmäßig an seiner alten Spielstätte in Erscheinung trat.
Kaffeehausbesitzer Corti war nicht untätig geblieben. Klug berechnend hatte er für sein Restaurant im Volksgarten Philipp Fahrbach engagiert, über den die Allgemeine Theaterzeitung schrieb:
»Herr Corti ... hat mit dem Engagement dieses talentvollen und fleißigen jungen Mannes einen glücklichen Wurf gethan, denn er erfreut sich bereits einer allgemeinen Popularität ... Fahrbach ist ein Phänomen in der Walzerwelt, ein Genie in seiner Art. Seine Kompositionen dürfen mit den besten der anderen beiden ... Walzerdioskuren Strauß und Lanner in die Schranken treten.«[7]
Auch Sperl-Besitzer Johann Georg Scherzer hatte die Räumlichkeiten und Tanzsäle seines Musentempels herrichten und renovieren lassen, erwartete er doch durch den neu abgeschlossenen Vertrag mit Johann Strauß einen gewaltigen Zulauf der Bevölkerung und entsprechende Umsätze.
Wenige Tage später überraschte die Theaterzeitung die musikhungrigen Wiener mit einer interessanten Nachricht: Strauß kündigte die Einführung eines neuen Tanzes an, den er in Paris kennengelernt und ausgiebig studiert hatte: die französische Quadrille. Zugleich tauchte auch der Begriff »Soirèe dansante« zum erstenmale auf, eine Art der Programmgestaltung, welche dem Publikum sowohl konzertante Genüsse als auch die Freude des Tanzens an einem Abend ermöglichen sollte. Das klang im Originaltext folgendermaßen:
»Die in diesen Blättern bereits früher erwähnten Soirèen unseres gefeierten Strauß im Sperl nehmen künftigen Mittwoch, den 8. Mai, ihren Anfang und werden daselbst jeden Mittwoch und Samstag fortgesetzt. Hr. Strauß be-

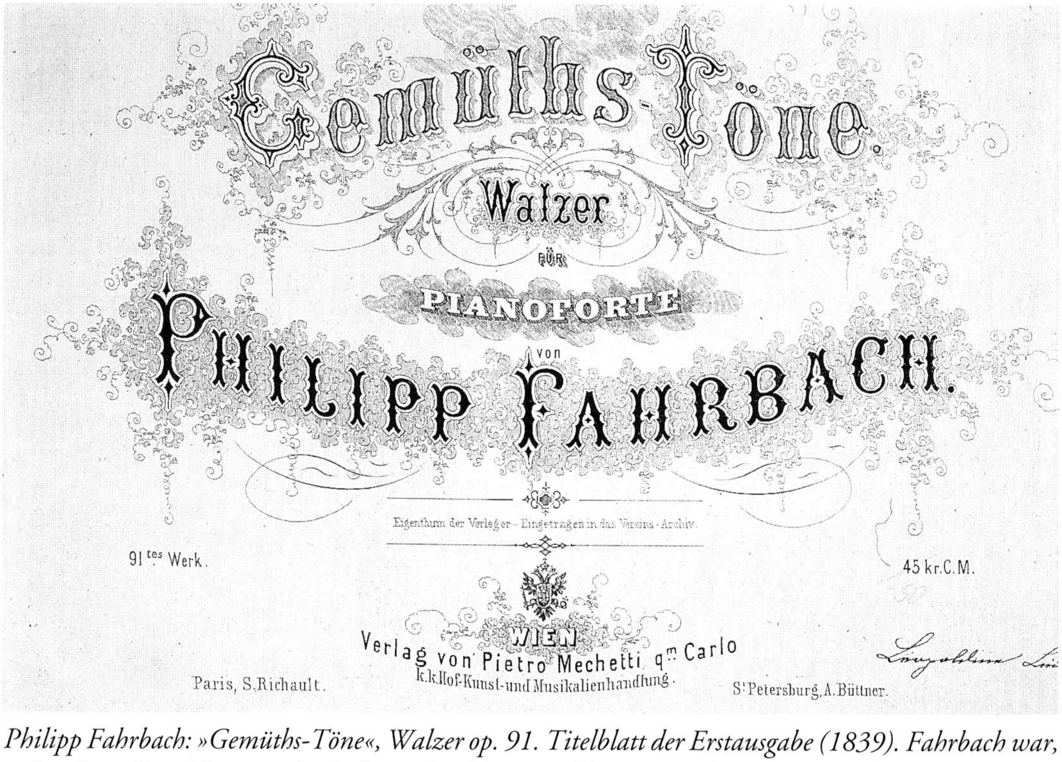

Philipp Fahrbach: »Gemüths-Töne«, Walzer op. 91. Titelblatt der Erstausgabe (1839). Fahrbach war, neben Strauß und Lanner, der bedeutendste Tanzmusikkomponist des Wiener Biedermeier

absichtigt insbesonders jeden Samstag Soirèes dansantes zu veranstalten, welche diesen Unterhaltungen einen neuen Reiz verleihen dürften, indem von halb acht Uhr bis zehn Uhr Musikstücke sowohl ernsteren als heiteren Inhaltes aufgeführt werden, und von zehn Uhr bis Mitternacht Strauß die geehrten Anwesenden durch seine lebensfrischen Melodien zum Tanze einladen wird, unter welchen Tänzen auch jedesmal eine ›französische Quadrille‹ vorkommt. Auf diese Art könnte es Strauß gelingen, die beliebte Quadrille in Wien einheimischer zu machen, die wir erst jetzt durch seine treffliche Ausführung kennen lernen werden, und durch deren Production er sich selbst in Paris bei den vornehmen Cirkeln des lebhaftesten Beifalls zu erfreuen hatte.«[8]
Eine solche »Soirèe dansante« präsentierte Strauß bereits tags darauf beim »Zögernitz« in Döbling. »Strauß mag schon viele Beifallsstürme eingeerntet haben, aber eines aufgeregteren aus innigstem Herzen, von klarster Überzeugung hervorgerufenen Applauses wird er sich nicht bald entsinnen können« – berichtete voll Überschwang die Theaterzeitung ihren Lesern.

Ein Gastwirt oder Restaurantbetreiber, der nicht wenigstens einen der namhaften Vertreter der Wiener Tanzmusik, wie Strauß, Lanner oder Fahrbach, gelegentlich an sein Haus verpflichten konnte, hatte kaum eine Chance, finanziell zu überleben. Ein Schicksal dieser Art erlitt 1839 das einst so großartige Vergnügungs-Etablissement am Schottenfeld, »Apollo-Saal« genannt. Der 1808 eröffnete »Feenpalast am Brillantengrund« hatte schon mehrmals wegen seiner überdimensionalen Größe Auslastungsschwierigkeiten und rutschte immer tiefer ins finanzielle Dilemma. 1839 wurde schließlich die gesamte Liegenschaft an eine Seifensiedergesellschaft verkauft und zu einer Kerzenfabrik umgewandelt. – Tempora mutantur!

Der »Apollo-Saal« am Schottenfeld, einst Stätte rauschender Tanzfeste, wurde 1839 an eine Seifensiedergesellschaft verkauft und in eine Kerzenfabrik umgewandelt. (Kreidelithographie von Sandmann)

Strauß hatte schon geraume Zeit nicht mehr bei Dommayer in Hietzing gespielt. Ein vorübergehendes Zerwürfnis mit dem Etablissement-Betreiber dürfte die Ursache dafür gewesen sein. Als nun ganz überraschend ein Auftritt des überall begehrten Walzerkönigs in Dommayers Casino für den 2. Juni angekündigt wurde, setzten sich lange Wagenkolonnen in Bewegung, um über die Mariahilferlinie hinaus den noblen Vorort nahe Schönbrunn anzusteuern. Ein Verkehrsstau war die Folge. Wer über kein eigenes Gefährt verfügte, und sich den Fiaker nicht leisten konnte, nahm den »Gesellschaftswagen«. Im Gegensatz zu den primitiven »Zeiselwagen« waren sie bequemer und besser gefedert. Der Gesellschaftswagen nach Hietzing verkehrte zwei- bis dreimal täglich und hatte am Petersplatz in der Wiener Innenstadt seine Endstation.

»Telegraf von Wien, 4. Juni 1839. – Strauß und Dommayer sind zwei so innig mit einander verbundene Begriffe, daß sich Eines schwer ohne den Andern denken läßt. Man stelle sich daher die Überraschung aller Freunde Strauß'scher Musik vor, als man unerwartet dessen Auftreten bei Dommayer für vorgestern, Sonntag, den 2. Juni, angekündigt fand. Daß diese Ankündigung nicht ohne Folgen war, bewies der ungeheure Andrang, mit welchem eine Anzahl von mehr als 2000 Personen, jene beliebten Localitäten überflutete, trotz des unsicheren Wetters, welches in dieser Saison schon so manche Unterhaltung im Freien zu Wasser werden liess …«[9]

Strauß an allen Orten. – Am 10. Juni beglückte der Maestro im Sperl beim »Blumenfest« die entzückte Schar seiner Anhänger mit der Uraufführung der »Londoner Saison-Walzer« op. 112 und am 25. desselben Monats brillierte der Magier der Wiener Tanzmusik mit der schwungvollen Erstaufführung der »Rosenblätter« op. 115 neuerlich im Casino Dommayer.

Just um diese Zeit – es war der 22. Juni 1839 – konnten musikinteressierte Wiener eine hochinteressante Ankündigung in der Wiener Zeitung lesen.

Der »Gesellschaftswagen« fuhr von der Innenstadt mehrmals täglich nach Hietzing. Die Darstellung in Bäuerles Theaterzeitung ist eine Satire auf den unmäßigen Tabakkonsum, der nicht allen Passagieren zur Freude gereichte

»Anzeige im Betreff der musikalischen Unterhaltungen der beiden Capellmeister Strauss und Lanner. Die Unterzeichneten geben sich hiermit die Ehre, dem hohen Adel und geehrten Publikum geziemendst anzuzeigen, daß sie von nun an ihre musikalischen Productionen gemeinschaftlich in sämmtlichen Localitäten in Ausführung bringen werden, und zwar abwechselnd von Woche zu Woche, welche Folgereihe stets durch die k. k. priv. Wiener Zeitung bekannt gemacht werden wird. Dieselben werden jederzeit Alles aufbiethen, um durch die reichhaltigste Auswahl von Musikstücken jedem Wunsche zu entsprechen, und empfehlen sich demnach der allgemeinen Huld und Gewogenheit. Johann Strauss, Capellmeister. Joseph Lanner, Capellmeister.«[10]

Dieser gute Vorsatz war wohl in letzter Konsequenz nicht zu verwirklichen, auf jeden Fall aber ein strategisch ausgezeichneter Werbe-Gag. Im heutigen Sprachgebrauch würden wir von einer »Fusion zweier Erfolgsprodukte« sprechen, um den »gemeinsamen Markt« noch fester in den Griff zu bekommen.

Die Einzigartigkeit des Wiener Walzerkönigs hatte sich mittlerweile bis nach Rußland herumgesprochen. Nach dem Bau der ersten russischen Eisenbahnlinie zwischen St. Petersburg und Pawlowsk, an deren Entstehung der österreichische Eisenbahnpionier Franz Anton Ritter von Gerstner maßgeblich beteiligt war, suchte die Direktion der Zarskoje-Selo-Eisenbahn eine hochwertige Salon- und Unterhaltungskapelle, die in Pawlowsk spielen sollte, um möglichst viel Publikum anzulocken. Auf diese Weise hoffte man auch, die neuerrichtete Bahnlinie, die aus der russischen Hauptstadt kam, profitabel zu machen. Tatsächlich schickte man schon 1838 ein Angebot an Strauß nach Wien, wonach dieser im sogenannten »Vauxhall-Gebäude« in Pawlowsk ein halbes Jahr lang täglich konzertieren sollte. Da sich jedoch

Johann Strauß: »Die Berggeister«. Walzer op. 113. Titelblatt der Erstausgabe. Dieses Werk gelangte am 5. August 1839 im Sperl zur Uraufführung

Strauß damals auf Tournee in Westeuropa befand, war daraus nichts geworden.
Im Juli 1839 treten nun die Manager aus Zarskoje-Selo neuerlich an Johann Strauß heran, um ihn für die Leitung der Pawlowsker Konzerte im Folgejahr zu gewinnen. Dieser scheint sich mit dem Anbot ernstlich zu befassen; entwirft ein Antwortschreiben[11], stellt detaillierte Bedingungen und fordert ein Honorar von 40.000 Gulden[12].
Doch wiederum ist nichts daraus geworden. Es ist auch nicht bekannt, ob Strauß einen Brief dieses Inhalts tatsächlich nach Rußland abgeschickt hat. Für den Lebensweg und die Karriere seiner Söhne aber sollten diese ersten Kontakte zwischen Pawlowsk und Wien von nachhaltiger Bedeutung sein.
Johann Strauß Vater war unendlich kreativ und verfügte über ein überdurchschnittliches Maß an Phantasie und Erfindungskraft. Nirgends trat dies deutlicher zutage, als bei den Vorbereitungen zu den großen Ball- und Tanzfesten, die der Walzerkönig stets unter ein eigenwilliges, aber nie langweiliges Motto stellte.
Das Sommerfest am 5. August im Sperl war für Schau- und Erlebnishungrige wieder einmal ein Leckerbissen ganz besonderer Art: »Rübezahls Zaubergefilde im Festschmuck« hieß das geheimnisvolle Motto. Die Bühnenbildner und Dekorateure hatten alle Hände voll zu tun. Felsenartige Attrappen und wildromantische Kulissen verwandelten die Sperl-Säle in jenes Geisterreich, in welches Strauß seine Besucher eine Nacht lang entführen wollte. Sogar Rübezahls Geisterburg, die hoch oben in den Wolken schwebte, war kunstvoll installiert worden.
Der neue Walzer trug den beziehungsvollen Titel »Die Berggeister« und zeigt in der Titelvignette der Klavierausgabe jene romantischen Versatzstücke, mit deren Hilfe Strauß seine Ballbesucher überrascht hat (Abb. S. 207).
Was Straußens »Berggeister« op. 113 anlangt,

Im Herbst 1839 verkehrte die Dampfeisenbahn bereits zwischen Wien und Brünn. Sowohl Strauß als auch Lanner nutzten das neue Verkehrsmittel, um in Brünn kurze Konzertauftritte zu absolvieren

schwärmt die Theaterzeitung von einem »Applaus-Enthusiasmus, der in seiner Art einzig dasteht. Es genüge nur der dürre, trockene Bericht, daß die neuen Walzer … fünf Male unter den rauschendsten Beifallsacclamationen wiederholt werden mußten, eine Thatsache, welche selbst in unserem walzerwüthenden Jahrhundert unerhört ist.«[13]
Aufgrund des gewaltigen Erfolges wurden »Rübezahls Zaubergefilde« im Sperl dem Publikum noch einmal geöffnet, und zwar am 12. August, und wieder sprengte die Begeisterung alle Grenzen.

Am 3. und 4. September finden wir den »Maitre de plaisir par excellence« – wie ein Journalist Strauß liebevoll bezeichnet hat – in Brünn, wo er eine musikalische Akademie im Theater und einen Ball in der Redoute gibt.
Am Abend des 5. September aber steht Strauß bereits wieder auf dem Podium in Dommayers Casino. Das wäre vor kurzem noch ganz unmöglich gewesen. Aber Strauß hatte mit seiner Kapelle die Eisenbahn benutzt, die seit Juli dieses Jahres zwischen Wien und Brünn verkehrte. Was die Nutzung moderner Verkehrsmittel anlangte, war Strauß Vater ganz entschieden nicht einer Meinung mit Franz Grillparzer, dessen griesgrämiges Epigramm uns heute ein mildes Lächeln entlockt:
»Eisenbahnen, Anleihen und Jesuiten
Sind unbestritten
Die Wege, die wahren
Zum Teufel zu fahren.«

November 1839. – Durch die Kaiserstadt fliegt eine erregende Nachricht: Franz Liszt, der große Virtuose und unübertrefflicher Meister des Tastenspiels, ist in der Donaustadt eingetroffen. Es sollte für Liszt der Beginn einer acht Jahre währenden Konzerttournee durch ganz Europa werden. Der Empfang, den die Wiener dem ungekrönten Herrscher des Klavierspiels bereiteten, war unvergleichlich. Applaus und Hochrufe im Theater, Empfänge und Fackelzüge, Diners und Partys, bei denen er stets der gefeierte Mittelpunkt war. In seinen Klavierabenden, dessen Programmgestaltung reichlich kühn und in jeder Hinsicht unkonventionell war, faszinierte er das Publikum in einer Weise, wie das vor ihm auf Wiener Boden nur Nicolò Paganini gelungen war. Eines seiner Paradestücke, dessen ungeheurer Schwierigkeitsgrad dem Durchschnittshörer gar nicht faßbar war, trug die Bezeichnung »Grand Galop Chromatique«. Aber auch mit ungemein einfühlsamen Transkriptionen berühmter Schubert-Lieder und Interpretationen Beethoven'scher Sinfoniesätze verblüffte Liszt ein Publikum, das derlei in einem Klavierabend noch nie gehört hatte.
Franz Liszt war noch keine Woche in Wien, als Johann Strauß seinen genialen »Furioso-Galopp« nach Liszt's Motiven für großes Orche-

Der junge Franz Liszt begeisterte 1839 die Wiener Bevölkerung mit seinem virtuosen Spiel. Johann Strauß reagierte auf dieses gesellschaftliche Ereignis mit der Komposition seines grandiosen »Furioso-Galopps«

ster in Partitur gebracht hatte. Die Uraufführung dieses wahrhaft faszinierenden Werkes erfolgte am 25. November im Sperl anläßlich des traditionellen Katharinenballs.

Franz Liszt ließ es sich trotz fiebriger Erkältung und zahlreicher Verpflichtungen nicht nehmen, am 8. Dezember ein Straußkonzert im Sperl zu besuchen, was natürlich höchst willkommener Anlaß war, den »Furioso-Galopp« zu Ehren des hohen Gastes mit dem Orchester in feuriger Brillanz zu exekutieren. Der Beifall war ungeheuer. Doch lassen wir den zeitgenössischen Berichterstatter selbst zu Wort kommen:

»Strauß's neueste Compositionen gewinnen mit jedem Tage noch mehr die Gunst unseres Publikums, welches das Ausgezeichnete in jedem Fache zu schätzen weiß. Die vorgestern in den Räumen des vielbeliebten Sperls abgehaltene, äußerst zahlreich besuchte Soirèe liefert davon den ausgezeichnetsten Beweis (...). Dessen neuester ›Furioso-Galop à la Liszt‹ machte eine so elektrische Wirkung, daß nur eine viermalige Wiederholung dem beifallstürmenden Publikum genügen konnte. Wenn auch ein großer Theil dieses außerordentlichen Beifalls auf die zufällige Anwesenheit des großen Virtuosen Liszt ... geschoben werden kann und darf, so läßt sich doch nicht leugnen, daß Strauß hier ein höchst geniales und ansprechendes Musikstück geschaffen hat, dessen volle Verdienste erst der kommende Carneval in praxi lehren wird.«[14]

Nach dem Tode Johann Strauß Vaters ist dieses Meisterwerk der Instrumentationskunst über ein Jahrhundert lang aus dem Blickfeld der Öffentlichkeit verschwunden und in Vergessenheit geraten. Im Neujahrskonzert der Wiener Philharmoniker 1999 jedoch erklang – zum 150. Todestag des großen Meisters – der »Furioso-Galopp« in so ungestümer und brillanter Frische, als wäre er eben erst komponiert worden. Manchmal brauchen gute Dinge ihre Weile.[15]

»Der große Galop von Johann Strauß«. Kolorierter Kupferstich, erschienen 1839 als satirische Beilage zu Bäuerles Theaterzeitung. Detailansicht

1840
Elektrische Funken

Das musikalisch ereignisreiche Jahr 1839 war noch nicht zu Ende, da schwärmten die Zettel- und Plakatkleber bereits nach allen Seiten aus, um die bevorstehenden Ereignisse des herannahenden Karnevals zu affichieren.
Eine schier unübersehbare Flut von verlockenden Einladungen überschwemmte die Kaiserstadt in den ersten Jännertagen des Jahres 1840, und die Vergnügungsanzeiger der Presse quollen über von verheißungsvollen Ankündigungen, wobei die Namen Strauß und Lanner als Inbegriff Wiener Karnevaltreibens unübersehbar dominierten. Allein in den Traditionsstätten des Sperl, der goldenen Birn und der Sträußlsäle ereigneten sich in diesem Fasching 122 Veranstaltungen.
»Voran marschierte der alte Veteran Sperl mit 43 Bällen, ihm folgte die ›Birn‹ mit 41 und als nächster der ›Goldene Strauß‹ mit 38 Tanzfesten« – wie Max Schönherr recherchiert hat.[1]

Rechnet man noch alle jene Veranstaltungen hinzu, die es in den Redoutensälen der Hofburg, beim Dommayer, beim Zögernitz, in den Sälen zum Lichtenberg am Schottenfeld, im Saal zum goldenen Stege in der Währingergasse, im neu erbauten Gasthof »Zur Stadt Philadelphia« in Untermeidling, in »Lindenbauers Casino« in Simmering, in »Kremsers Saal-Localitäten« am Währingerspitz, im Saal »Zur Kaiserin von Oesterreich« in der Weihburggasse oder im »Neuen Elisium« in der Johannesgasse gab, kann man ohne Übertreibung sagen, daß Wien zwei Monate lang in einen kollektiven Trancezustand versank.
Zu den gesellschaftspolitischen Skurrilitäten des Wiener Faschings gehörte allerdings auch der Umstand, daß sich so mancher Wiener Bürger die teuren Ballklamotten gar nicht leisten konnte und diese aus dem Leihhaus holte, beziehungsweise sein letztes Hab und Gut ins Pfandhaus trug, um Eintrittskarten und Spesen einer Ballnacht finanzieren zu können. Für viele war dann der Katzenjammer am Ende der Ballsaison recht groß. Dem ekstatischen Rauschzustand durchtanzter Nächte folgte Ernüchterung und Depression. Die Probleme des Alltags waren für kurze Zeit verdrängt worden, nun kehrten sie in doppelter Häßlichkeit wieder.

Heute Sonntag
öffentlicher Ball
im Saale
zur goldenen Birn,
wobey Herr Capellmeister
Joseph Lanner
die Musik persönlich dirigiren wird.

Heute Sonntag den 26. Januar 1840
öffentlicher Ball
in den
Sälen zum Sperl.
Herr Capellmeister
Johann Strauss
wird die Musik persönlich dirigiren.
Joseph Scherzer, Saal-Inhaber

Heute Sonntag den 26. Januar 1840
findet
Nachmittags-Conversation in
Dommayer's Casino
in Hitzing Statt.
Herr Capellmeister
Johann Strauss
wird die Musik persönlich dirigiren.
Anfang um 3 Uhr.

Ball-Anzeigen.

Mittwoch den 29. Januar 1840
großer Ball
Kremser's Saal-Localitäten
Wäringerspitz.

Detailausschnitt aus dem Veranstaltungskalender der »Wiener Zeitung« vom Jänner 1840

Die meisten Ballanzeigen präsentierte damals die Wiener Zeitung, jenes offizielle Presseorgan, welches stolz von sich behaupten kann, die älteste (heute noch erscheinende) Tageszeitung der Welt zu sein. Unübertroffen in der atmosphärischen Kulturberichterstattung aber war nach wie vor die »Wiener allgemeine Theaterzeitung«, das meistgelesene Periodikum im altösterreichischen Kaiserreich, herausgegeben von Adolph Bäuerle, der sein Büro in der Wiener Rauhensteingasse hatte.

Der Theaterzeitung verdankt die Straußforschung eine Fülle von Quellenmaterial, mit Hilfe dessen unzählige Uraufführungsdaten lokalisiert und chronologisiert werden konnten.

Titelblatt der »Wiener allgemeinen Theaterzeitung« Jahrgang 1840. Die Theaterzeitung berichtete jahrzehntelang in großer Ausführlichkeit von den musikalischen Aktivitäten Strauß, Lanners und anderer Wiener Tanzmusikkomponisten und war die meistgelesene Zeitschrift der Monarchie zur Zeit des Biedermeier

Zitate aus der Theaterzeitung werden den geneigten Leser daher auch weiterhin durch die folgenden Kapitel geleiten, soweit dies zur Aufhellung kulturhistorischer Fakten sinnvoll ist.[2]

Daß Johann Strauß und Joseph Lanner zu Beginn der 40er Jahre einen annähernd gleichen Stellenwert an Popularität genossen, erhellt ein kurioser interner Briefwechsel zwischen dem Hofmusikbeamten Graf Thadeus Amade und dem Obersthofmeister Fürst Colloredo-Mannsfeld.

Bekanntlich hatte Lanner 1838 während der großen Europatournee Straußens die Ballveranstaltungen und Feste in der Hofburg mit seiner Kapelle bestritten. Nun, da der gefeierte »Walzerkönig« wieder in der Donaumetropole weilte, stellte sich die heikle Frage, wer in Zukunft den Auftrag erhalten sollte, das Unterhaltungsbedürfnis der Aristokratie bei diversen Hof- und Kammerbällen abzudecken.

Der mit Johann Strauß befreundete Hofmusikgraf Amade richtete am 6. Jänner 1840 an »Seine Durchlaucht«, Obersthofmeister Colloredo-Mannsfeld, folgende Anfrage:

»Nachdem ich von allen Seiten angegangen werde, mich bey Eurer Durchlaucht zu verwenden, um das Orchester von Strauß unter seiner Direction wieder auf die Hofbälle zu bringen, und als ich die Ehre hatte, persönlich diese Frage an Eure Durchlaucht zu stellen, (aber) keine definitive Antwort erhielt, so nehme ich mir die Freyheit, nochmal anzufragen, welcher von beyden, nehmlich Lanner oder Strauß, Eure Durchlaucht zu nehmen erlauben, und bitte gehorsamst, Hochdero gnädigsten Befehl dießfalls zu ertheilen.«[3]

Wenige Tage später geruhte der Obersthofmeister mitzuteilen, »daß Strauß durch sein bekanntes, früheres Benehmen nicht verdient, besonders berücksichtigt zu werden, und daß es im hohen Grade ungerecht seyn würde, den Lanner, den man aufgefordert hat, in Innsbruck, Mailand und Venedig mit seiner Gesellschaft sich einzufinden und der auch dort sehr gute und gegen sehr billige Bezahlung Dienste geleistet hat, nun wieder ganz zurückzusetzen und ihm auf solche Art zu schaden ...«[3] – Resumee: Graf Amade erhielt den Auftag, in Hinkunft sowohl Lanner als auch Strauß alternierend bei den Hofbällen einzusetzen. – Es war für alle Betroffenen die klügste Lösung!

Unterdessen war in Wien ein wahres »Quadrillen-Fieber« ausgebrochen. Die Form der französischen Quadrille, wie sie Strauß in Paris bei Musard kennengelernt hatte, ähnelte den Kontratänzen der aus der Mode gekommenen Cotillons. Sie setzte sich zusammen aus: Pantalon, La Poule, Pastourelle, Eté, Trénis, Finale. Um die zwei bzw. drei achttaktigen Perioden der einzelnen Quadrillen-Abschnitte mit musikalischem Leben zu erfüllen, mußten dem Komponisten 15 verschiedene Melodien einfallen. Ein glänzendes Beispiel für eine derartige »Original-Quadrille« lieferte Strauß mit seiner »Wiener Carnevals-Quadrille« op. 124, welche am 21. Jänner 1840 im Sperl beim sogenannten »Comité-Ball« erstmals erklang. Wesentlich einfacher war es natürlich, aus bekanntem Liedgut oder aktuellen Opern eine Quadrille zusammenzustellen. In diesem Falle handelte es sich für den Arrangeur um »ein Schlaraffenland, wo die Hasen schon gebraten herumlaufen und ihm die gleichfalls gebratenen Vögel von selbst in den Mund fliegen« – wie der bedeutende Wiener Musikhistoriker August Wilhelm Ambros meinte.[4]

Johann Strauß Vater schrieb insgesamt 33 Quadrillen, von denen 8 sich aus zeitgenössischen Opernmelodien zusammensetzen. In allen Quadrillen erwies sich der Walzerkönig jedoch als wahrhafter Meister der Instrumentationskunst.

Tanzmeister und Tanzlehrer hatten im Jahre 1840 Hochsaison, denn der Bewegungsablauf

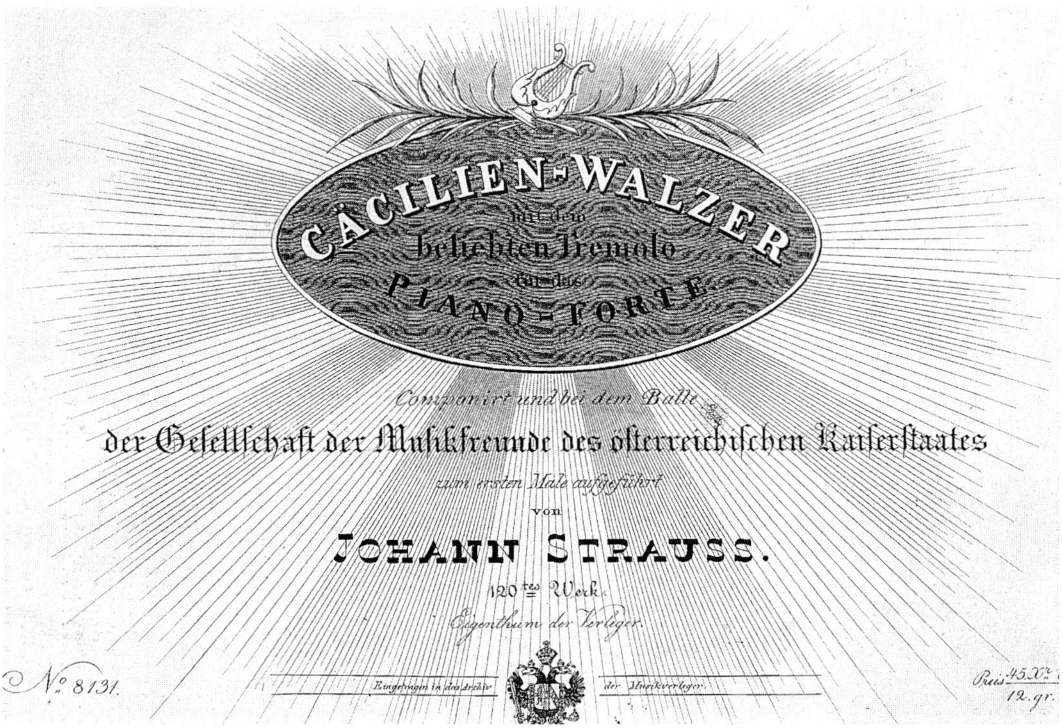

Johann Strauß: »Cäcilien-Walzer« op. 120, komponiert für die »Gesellschaft der Musikfreunde des österreichischen Kaiserstaates«. Titelblatt der Erstdruckausgabe für Klavier 1840

und die Schrittfolge einer Quadrille mußte erst erlernt werden, bevor man auf einem der zahlreichen Bälle an den neuen französischen Modetänzen teilnehmen konnte. Nicht nur Strauß'sche Beiträge, sondern auch Quadrillen des Franzosen Musard fanden in den Wiener Musikalienhandlungen reißenden Absatz, und Joseph Lanner, der nie in Paris gewesen war, zögerte keinen Augenblick, seinem Verleger Mechetti »neueste französische Quadrillen« zu liefern.

Für Überraschungen war Strauß immer gut. Eine solche ist dem Walzerkönig mit Sicherheit gelungen, als er am 3. Februar im Sperl beim Ball der Gesellschaft der Musikfreunde mit seinem eben erst fertiggestellten »Cäcilien-Walzer« op. 120 aufwartete (Abb. S. 213). Der ehrenvolle Anlaß für diese Uraufführung ist auf dem Titelblatt der Klavierausgabe stolz vermerkt. Die Namensgebung ist rasch erklärt: Cäcilie galt als Patronin und Beschützerin der Musik. Die Überraschung erschloß sich dem musikkundigen Hörer im ersten Walzer: Beide darin verwendeten Motive entstammen dem 2. Satz der berühmten »Kreutzer-Sonate« von Ludwig van Beethoven. – Eine musikalische Verbeugung vor einem Ehrenmitglied der Gesellschaft der Musikfreunde, dessen einstigem Schaffen Johann Strauß stets mit ehrfürchtiger Hochachtung begegnete.

Als am 11. Februar im Sperl der Ball zum Vorteile des »Vereines zur Unterstützung der armen, erwachsenen Blinden« gegeben wurde, war es wiederum Strauß, der sich erfolgreich in den Mittelpunkt des allgemeinen Interesses stellte: Der schwungvolle Walzer op. 118 mit dem schlichten, aber einprägsamen Titel »Myrthen« war der englischen Königin Victoria gewidmet, die sich am 10. Februar, also tags zuvor, mit Prinz Albert von Sachsen-Coburg verheiratet hatte. Der Rezensent der Theaterzeitung sprach von »vortrefflichen« neuen Walzern.

Joseph Lanner »Hoffnungs-Strahlen«. Walzer op. 158. Titelblatt der Erstausgabe für Klavier

Strauß Vater verfügte nach wie vor über ein unerschöpfliches Reservoir an Einfallskraft und Phantasie. Und die Erfolge, die ihn nun in seiner Heimatstadt Tag für Tag umbrandeten, beflügelten ganz offensichtlich seine Schaffenskraft.

1840 war auch ein bedeutsames Jahr in Hinblick auf Fortschritte in den Naturwissenschaften. Zahlreiche Erfindungen aus jener Zeit schufen die Voraussetzungen für neue wirtschaftliche Entwicklungen, welche die zweite Hälfte des 19. Jahrhunderts maßgeblich beeinflußten.

Der an der Universität Wien tätige Mathematikprofessor Josef Petzval hatte nach aufwendigen Berechnungen und Experimenten im Mai 1840 ein Foto-Objektiv entworfen, das er von Peter Voigtländer, dem Sohn des berühmten Optikers Johann Friedrich Voigtländer, sogleich anfertigen ließ. Das Ergebnis konnte sich sehen lassen: Das Objektiv des jungen Wiener Optikers hatte eine sechzehnmal (!) empfindlichere Lichtstärke als das französische Vorläufermodell der sogenannten »Daguerre-Kamera«. Die von Voigtländer in Serie hergestellten zylindrischen Messingkameras mit runder Mattscheibe konnten erstmals in der Geschichte der Menschheit brauchbare Portrait-Fotos produzieren.

Leider existieren von Johann Strauß Vater und Joseph Lanner keine derartigen Bilder aus der Frühzeit der photographischen Technik, so daß wir auf diverse Darstellungen lithographischer Künstler angewiesen sind. Straußens Söhne Johann, Joseph und Eduard hingegen sind photographisch mehrmals verewigt worden; insbesonders Johann Strauß Sohn, der Erstgeborene hat sich in diversen Fotoateliers zu verschiedenen Zeit- und Lebensabschnitten immer wieder »ablichten« lassen, was Historiker und Musikforscher unserer Zeit mit Dankbarkeit quittieren.

Joseph Lanners Popularität hatte mittlerweile erfreuliche Fortschritte gemacht. Dessen Verleger Mechetti wagte es sogar, Lanners neuestes Werk, den Walzer »Hoffnungs-Strahlen« im Oktober 1840 in sieben (!) verschiedenen Versionen seinem Publikum anzubieten: Als Klavierausgabe zu zwei Händen, als erleichterte Klavierfassung, als vierhändige Version, für Violine und Klavier, für 3 Violinen und Baß, für Flöte und Klavier und für Gitarre und Orchester.[5] – Ein erstaunliches Phänomen, wenn man bedenkt, daß all diese Fassungen auch gekauft und in der nämlichen Besetzung in Wiener Bürgerhäusern musiziert wurden.

Ob Lanner den Titel »Hoffnungs-Strahlen« aus persönlichen Beweggründen ausgewählt hat, ist nicht bekannt. Es ist aber durchaus denkbar, daß der im Berufsleben so Erfolgreiche »Hoffnungsstrahlen« herbeiwünschte, um auch sein unerquickliches Privat- und Familienleben in ruhigere und friedvollere Bahnen zu lenken. Lanner hatte sich bereits 1836 von seiner Familie getrennt und lebte seither in einer nicht legalisierten Ehegemeinschaft mit Maria Krauhs.

Joseph Lanner. Kreidelithographie um 1840

Zum Unterschied von Johann Strauß hatte Lanner mit seiner zweiten Frau keine Kinder. Um die Angehörigen seiner Familie kümmerte er sich in vorbildhafter Weise. Seinem Sohn August ermöglichte er eine gediegene schulische Ausbildung und finanzierte auch dessen musikalischen Unterricht bei hervorragenden Violin- und Kompositionslehrern. Allein, die Anfeindungen und Unterstellungen seitens seiner ersten Frau und deren Eltern belasteten den begnadeten Musiker bis an sein Lebensende.

Allen familiären Zwistigkeiten zum Trotz war »1840« für Joseph Lanner ein künstlerisch höchst bedeutsames Jahr. Am 14. Oktober beglückte der Musikdirektor der goldenen Birne sein Publikum anläßlich des Theresien-Festballes mit einem Walzer, der mit Fug und Recht als Jahrhundertwerk bezeichnet werden kann. Es trug die Opuszahl 167 und die Bezeichnung »Die Romantiker«. Ein Allerweltstitel, der der poetischen Tiefe und fundamentalen Musikalität des Meisterwerks wohl nicht ganz gerecht wird. Schon das sphärisch-dahinschwebende Einleitungsmotiv, geprägt von Schubert'scher Melancholie, verheißt Außergewöhnliches. Was dann folgt, übertrifft alle Erwartungen: Das zärtlich ins Gemüt des Hörers sich hineinschaukelnde Walzermotiv Nr. 1 verzaubert spontan, entzieht sich jedoch in seiner naiv-sinnlich-betörenden Glut jeder verbalen Beschreibung. In formaler Vollendung und stilistischer Eleganz reiht sich nun ein Walzerthema nahtlos an das andere. Noch einmal leuchtet das unvergleichliche erste Walzermotiv in der Coda auf, um schließlich in einem wirbelnden Finale Weber'scher Jubelstimmung auszuklingen.[6]

Die unglaublich hohe Zahl an festlichen Ballveranstaltungen brachte vor allem einem Berufsstand in Wien bemerkenswerte Umsätze: den Schneidern.

Gerade in diesem Berufszweig zeigte sich schon früh die verhängnisvolle Differenzierung in ein

Szenen in einer Schneider-Werkstätte. Satirische Darstellung aus Bäuerles Theaterzeitung. Links im Bild ein Plakat mit einer Konzertankündigung Lanners in der goldenen Birn

will es leugnen – und gebiert ein neues Geschlecht! Ob ein besseres, ein glücklicheres, die Götter wissen es; in jedem Falle aber ein anderes – mit neuen Begriffen und mit neuen Bedürfnissen.«[11]
Der Eintritt ins Maschinenzeitalter – hier so euphorisch beschrieben – brachte der Menschheit aber auch verstärkte Ausbeutung und die Entfremdung des Menschen von sich selbst und seiner Arbeit. Dies deshalb, weil die Beschleunigung der Produktionsvorgänge nach den Gesetzen des Frühkapitalismus in erster Linie der Profitvermehrung diente und keineswegs dem Erreichen einer höheren Lebensqualität des arbeitenden Menschen.
So nahm auch niemand daran Anstoß, daß ein Heer traditionell ausgebildeter Handwerker seine gesellschaftliche Bedeutung einbüßte und in Arbeitslosigkeit und Elend versank. Kulturhistoriker Ernst Fischer hat dieses Phänomen präzise formuliert:
»Dem Emporkömmling stand als zweite typische Gestalt der Deklassierte gegenüber. In Wien sammelte sich, nach einem Bericht des Wiener Magistrats, ein ›buntes, verworrenes und regelloses Durcheinander‹ von nichtzünftigen Gewerbetreibenden an, die der wirtschaftlichen und finanziellen Unsicherheit nicht standzuhalten vermochten. Die meisten von ihnen versanken in Elend und Hoffnungslosigkeit (...). Aus entlaufenen Bauern, entlassenen Soldaten, in- und ausländischen Handwerksburschen, verelendeten Gewerbetreibenden entstand ein verlumptes verzweifeltes Proletariat. Der immer wiederkehrende Zusammenbruch kleiner und mittlerer Betriebe hatte zunehmende Arbeitslosigkeit zum Ergebnis. Ein Heer von Vagabunden, Bettlern, Dirnen zog durchs Land.«[12]
Mit genialem Instinkt und seismologischem Gespür hat Johann Nepomuk Nestroy am 16. Dezember 1840 in seinem überragenden Theaterstück »Der Talisman« den Wienern den Typus des Emporkömmlings in der Figur des Titus Feuerfuchs vor Augen geführt.
Auch in die Verlagshäuser hat die Industrialisierung Einzug gehalten. Immer bessere Maschinen ermöglichten immer raschere und höhere Auflagen begehrter musikalischer Werke. Die Technisierung des Lithographieverfahrens – eine österreichische Erfindung – trug das ihre dazu bei, durch gestochen scharfe Titelblätter den potentiellen Käuferkreis bedeutend zu erweitern. – Gemessen an den Profiten, die ein Tobias Haslinger oder Pietro Mechetti dank der Popularität Strauß Vaters oder Lanners erwirtschaften konnte, waren die Mitglieder der Tanzmusikkapellen, welche oft Tag und Nacht unter Einsatz vollster Konzentration in hitze- und rauchgeschwängerten Tanzsälen für ein paar Gulden musizierten, reinste Galeerensklaven.
Ihrer Arbeit ist mit Ehrfurcht zu gedenken. Ohne sie hätte die unvergleichliche Wiener Tanzmusik niemals entstehen können.

1841
Glanz und Elend des Biedermeier

Der Winter 1841 war streng und frostig. Die Preise für Brennholz und Lebensmittel kletterten in schwindelerregende Höhen. Zahlreiche Obdachlose wurden Opfer der klirrenden Kälte und erfroren. Die allgemeine Wirtschaftslage bot ein deprimierendes Bild: Firmenzusammenbrüche und Bankrotterklärungen waren an der Tagesordnung. Das Gespenst einer massiven Arbeitslosigkeit drohte. Theaterhäuser – vor allem jene, die nicht beheizbar waren – litten unter massivem Besucherschwund.

Doch wenn die alljährlich wiederkehrende Faschingszeit über Wien hereinbrach, war das Bürgertum gerne bereit, Alltagssorgen hinter sich zu lassen und sich Hals über Kopf in die langerwarteten Karnevalsfreuden zu stürzen.

Am 23. Jänner 1841 schrieb der Rezensent des »Humorist« in seinem Bericht über den Künstlerball in der goldenen Birne:

»O schlechte Zeiten! O Geldmangel! O überhandnehmende Verarmung! Ihr seid nicht zu verkennen. All diese Bälle und Reunionen und Conversationen … alles, alles ist überfüllt von Tanz- und Lebenslust, überall herrscht der blendendste Luxus in Toilette und Bijouterien, überall Schmaus und Champagnerzechen, allüberall an hundert Orten zugleich diesselbe Lustigkeit, dieselbe Kleiderpracht, derselbe Luxus; wohin man schaut, ist kein Plätzchen zu bekommen vor lauter Genießenden und Lebensfreudigen und das alles aus lauter schlechter Zeit, das alles aus purem Geldmangel, das alles aus Verzweiflung über die allgemeine Verdienstlosigkeit, das alles aus Ironie über den Rückschritt des allgemeinen Wohlstandes! – Anstatt sich an einen Baum zu hängen, hängen all diese Verzweifelten sich an eine Tänzerin, anstatt sich eine Kugel durch den Kopf zu jagen, jagen sie sich eine Bouteille durch die Gurgel!«[1]

Was der Journalist da von sich gab, schien der Zensurbehörde gut gefallen zu haben. Sonst wäre es wohl kaum gedruckt worden. Der blauäugige und schon ans Peinliche grenzende Verharmlosungs-Journalismus dieses »Humoristen« hat mit Sicherheit viele Leser des Jahres 1841 nachdenklich oder vielmehr wütend gestimmt. Man brauchte ja bloß in die Vorstädte hinauszugehen, um die wirklichen sozialen Verhältnisse hautnah zu erleben. Da konnte noch so sehr von »Luxus, Kleiderpracht und Champagnerzechen« fabuliert werden: alle wußten, daß es sich dabei um Privilegien einer Minderheit handelte. Die wahren gesellschaftlichen Befindlichkeiten wurden in der offiziellen Journalistik der Metternich-Ära seit jeher negiert oder bewußt verschleiert. Belanglosigkeiten aus aristokratischen Gesellschaftskreisen wurde hingegen breiter Raum gewährt. Die Instrumentierung der österreichischen Presse als »Weihrauchkessel« für dynastische und aristokratische Interessen hat der Dichter Heinrich Hoffmann von Fallersleben in einem Gedicht verspottet, welches im Mai 1841 entstanden ist.

»Wie ist doch die Zeitung interessant,
Für unser liebes Vaterland!
Was haben wir heute nicht alles vernommen!
Die Fürstin ist gestern niedergekommen.
Und morgen wird der Herzog kommen,
Hier ist der König heimgekommen,
Dort ist der Kaiser durchgekommen –
Bald werden sie alle zusammenkommen.
Wie interessant! wie interessant!
Gott segne das liebe Vaterland!«[2]

»Wien und die Wiener nach dem Leben gezeichnet«. Satirische Darstellung aus Bäuerles »Theaterzeitung«

Dennoch gab es schon damals bemerkenswerte Milieuschilderungen aus der sozialen Welt des »Vierten Standes«, jener Ausgebeuteten und Entrechteten, die sich in der 2. Hälfte des 19. Jahrhunderts zu einer Klasse mit eigenem politischen Bewußtsein formieren sollten.

Der Schriftsteller und Publizist Franz Schuselka[3] etwa berichtete in seinem 1841 entstandenen Roman »Karl Gutherz« von den Wohn- und Arbeitsverhältnissen des Wiener Vormärz in schlichter, aber eindringlicher Sprache:

»Wer zuweilen beobachtend die Vorstädte Wiens, besonders die entfernteren, ärmeren durchwandelt, hat gewiß schon dort, wo sonst nur die Luftlöcher der Keller zu sein pflegen, jene staubigen, kotbespritzten Fenster bemerkt, durch die man die bedauernswerten Bewohner, an dem schwachen Lichtstrahle zusammengedrängt, ihr mühseliges Tagewerk vollbringen sieht. Schon dieser Anblick wirkt betrübend auf jeden Menschenfreund, wahres Entsetzen ergreift einen aber beim Eintritte in eine dieser Höhlen des großstädtischen Elends. Feuchter, dumpfer, atembeklemmender Dunst schlägt einem entgegen. Es nützt nichts, die Fenster zu öffnen, mehr Staub und Mist als Luft kann durch dieselben eindringen. Von der Decke tropft die Nässe herab, das Stroh in den Betten, die Kleider im Kasten sind mit Schimmel belegt, in allen Winkeln wachsen Schwämme, an den Wänden kriechen Kellerschnecken herum, die ganze Nacht hindurch ist der Fußboden ein Tummelplatz der Ratten und Mäuse. Denke man sich dazu noch im Winter die Fenster dicht mit Papier verpappt, mit Moos und Sägespänen verstopft, und in der Stube einen eisernen Ofen, in welchem gekocht, um welchen herum Wäsche gewaschen und getrocknet wird, so braucht man, wie es kurzsichtige Sittenrichter zu tun pflegen, eine Menge von jämmerlichen Krankheiten, welche die untersten Stände aufreiben, nicht immer und einzig durch Unmäßigkeit und Ausschweifung zu erklären.«[4]

Wie Kaiser Ferdinand bei Regierungsantritt versprochen hatte, so war es auch gekommen: nichts hatte sich am politischen Führungsstil des österreichischen Kaiserhauses geändert. Soziale Probleme, auch wenn sie noch so skandalös waren, wurden zugedeckt und ignoriert, die Zensurbehörde ließ kritische Gedanken erst gar nicht aufkommen, kritische Geister verabschiedeten sich ins Ausland. Verändert hatten sich jedoch die ökonomischen und wirtschaftlichen Verhältnisse. Die machtvoll einsetzende Industrialisierung bestimmte in immer stärkerem Maße das Alltagsleben und die sozialen Konflikte der Monarchie, denen das aristokratische Greisenregiment unter Metternichs Obhut nicht mehr gewachsen war.

Wenn das wohlbetuchte Wiener Bürgertum im Karneval des Jahres 1841 von Ballsaal zu Ballsaal eilte, um all die märchenhaften Inszenierungen zu bestaunen und sich dem Faschingstaumel in gewohnter Weise hinzugeben, war nur wenigen klar, daß die Lunte bereits brannte, welche sieben Jahre später das soziale Pulverfaß sprengen und einen europaweiten Flächenbrand auslösen sollte.

1841 hatte es Joseph Lanner endgültig geschafft, mit Johann Strauß an Popularität und Beliebtheit gleichzuziehen. Über seine Erfolge als Leiter der Hofballmusik im Jänner 1841 berichtet uns die Theaterzeitung mit Worten höchster Anerkennung:

»Im k. k. großen Redouten-Saale dirigirte am verflossenen Sonntage, den 17. Jänner, Hr. Capellmeister Jos. Lanner, wie gewöhnlich persönlich sein ausgezeichnetes Orchester, und trug seine neuesten Walzer-Compositionen vor, worunter die ›Maskenbilder‹, die ›Romantiker‹ u. a. einen vorzüglichen Anklang fanden. Jeder Musikfreund wird diesem genialen Walzer-Dichter die Gerechtigkeit widerfahren lassen, daß seine Producte durch Feuer, treffliche Instrumentierung und liebliche Themen unübertrefflich dastehen. Im kleinen Redoutensaale spielte Lanners zweites Orchester. Der Besuch war sehr zahlreich in diesen schönen Localitäten, Beleuchtung und Küche lobenswerth. Donnerstag, den 21. Jänner, wurde Hrn. Lanner die hohe Ehre zuteil, die Musik auf dem Kammer-Balle im Beiseyn des Allerhöchsten Hofes zu dirigiren.«[5]

Am Tag nach seinem Auftritt in den Redoutensälen setzte Lanner die letzten Takte seines neuesten Walzers »Talismane« aufs Papier.

Gewidmet war das Meisterwerk dem Grafen von Amade, seines Zeichens »k. k. wirklich geheimer Rath und Kämmerer, sowie Hofmusikgraf«. Wir haben ihn bereits kennengelernt als einflußreichen Vermittler am kaiserlichen Hof, wenn es darum ging, Strauß oder Lanner mit musikalischen Aufträgen für diverse Hofbälle zu versehen.

Der Titel des Walzers war gut gewählt und weckte freundliche Assoziationen zum aktuellen Theatergeschehen. Nestroys Posse »Der Talisman« war im Theater an der Wien der »Renner« der Saison. Alle wollten ihn sehen, den rothaarigen Titus Feuerfuchs und die ebenfalls rothaarige, von der Gesellschaft verachtete Gänsemagd Salome Pokerl. Wie schön war es doch, mitzuerleben, daß hin und wieder auch die Ärmsten der Armen, die Elenden und Ausgestoßenen, eine Chance hatten, die gesellschaftliche Stufenleiter hinaufzusteigen und in märchenhafter Weise am Glanz der Privilegierten teilzuhaben. Doch Nestroy war kein Märchenerzähler. Titus Feuerfuchs muß – um aufzusteigen – Moral und Skrupel ablegen, ein anderer werden, als er bisher war, seinen Charakter der Karriere opfern. List und schrankenloser Egoismus sind die Werkzeuge des Aufsteigers, des Emporkömmlings. – Ein Lehrstück von beklemmender, zeitloser Aktualität!

Johann Strauß war nicht untätig geblieben. Trotz pausenloser Konzert- und Balleinsätze hatte er – wie schon so oft – auch diesmal Zeit gefunden, einen neuen Walzer zu komponie-

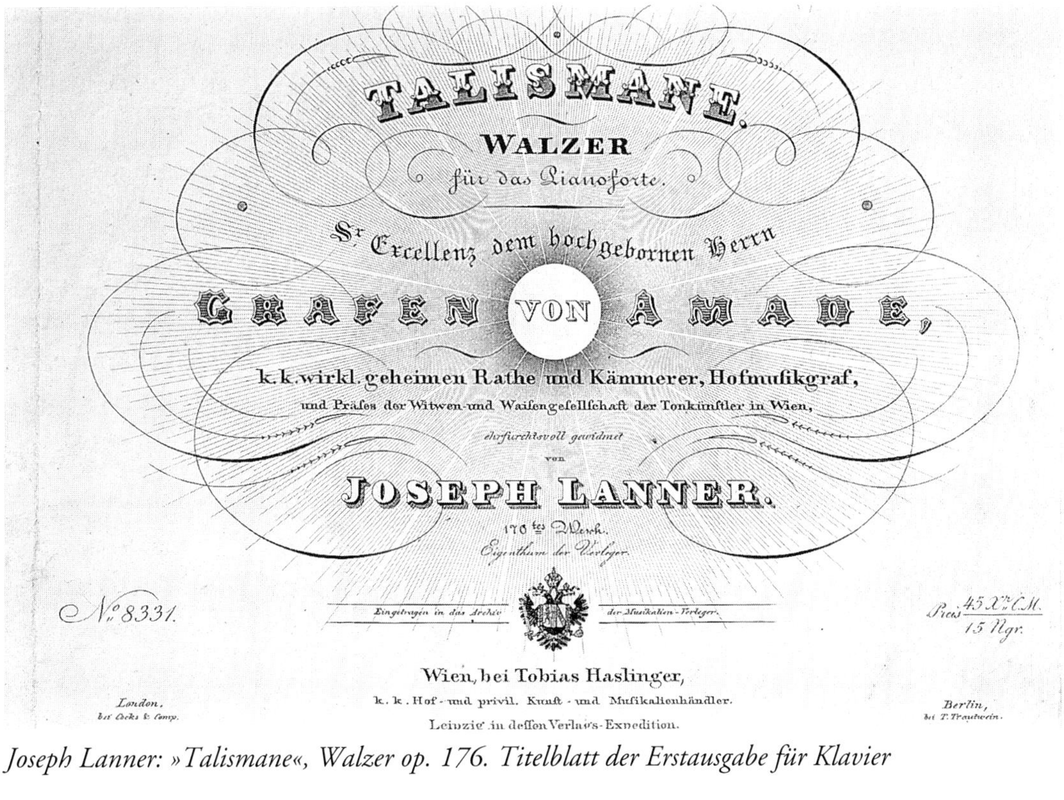

Joseph Lanner: »Talismane«, Walzer op. 176. Titelblatt der Erstausgabe für Klavier

ren, der beim großen Ball der Gesellschaft der Musikfreunde aus der Taufe gehoben wurde.
»Die Gesellschaft der Musikfreunde des österreichischen Kaiserstaates wird morgen, Mittwoch, den 27. Jänner, in den beliebten Localitäten zum Sperl einen Ball abhalten, zu welchem nur Mitglieder der Gesellschaft oder Personen, welche von Mitgliedern namentlich vorgeschlagen werden, Zutritt haben. Hr. Capellmeister Johann Strauß wird die Musik unter seiner persönlichen Leitung ausführen, und seine neueste eigens für diesen Ball componirte Walzerpartie unter dem Titel: ›Apollo-Tänze‹ vortragen (…). Die gewählte Gesellschaft, das Arrangement des Ganzen und die Musik lassen einen sehr anziehenden Genuß voraussagen.«[6] Aus den »Apollo-Tänzen« wurde schließlich der »Apollo-Walzer« op. 128, dessen rhythmisch-melodische Pikanterien helles Entzücken auslösten und noch 66 Jahre später Oscar Straus (der mit der Strauß-Dynastie nicht verwandt war) dazu verleitete, für seine Operette »Ein Walzertraum« eine musikalische »Anleihe« bei Strauß Vaters »Apollo-Walzer« zu nehmen.
Das Jahr 1841 führte die beiden »Dioskuren der Wiener Tanzmusik« – wie man Strauß und Lanner gerne nannte – noch näher zusammen, als dies ohnedies bereits der Fall war. Auslösendes Moment war ein persönliches Zerwürfnis Lanners mit Pietro Mechetti, welches letztlich zur Folge hatte, daß Lanner seinen langjährigen Verleger aufkündigte und bei Tobias Haslinger einen neuen Vertrag abschloß.
Die Theaterzeitung ließ es sich nicht nehmen, dieses Ereignis in ihrer Ausgabe vom 16. Februar ausführlich zu kommentieren:
Man kann nicht umhin, Hrn. Lanner zu einem solchen Verleger Glück zu wünschen, der durch seine weitverzweigten Verbindungen dessen Namen bald eben so bekannt machen

Joseph Lanners »Steyrische Tänze«. Titelblatt der Erstausgabe. Eines der letzten Werke, die Lanner noch bei Mechetti verlegte, bevor er zu Haslinger wechselte

dürfte, als er den Namen Strauß schon längst europäisch gemacht hat. Lanners Arbeiten bedürften nur der größern Verbreitung, um sich jene Anerkennung zu erwerben, die sie im vollsten Maße verdienen, und die ihnen unter solchen Verhältnissen gewiß zu Theil werden wird. Auch die Haslinger'sche Verlagshandlung hat durch diese Acquisition einen tüchtigen Schritt vorwärts gethan, indem sie sich einen Verlagsartikel erwarb, der ihr die ersprießlichsten Früchte tragen wird, und eben dadurch einen neuen Beweis gibt von dem regen Leben, von der raschen Thätigkeit, mit welcher dieses Institut beseelt ist, und von der Umsicht, mit der diese treffliche Anstalt geleitet wird.«[7]

Die eben zitierte »Werbeeinschaltung«, die sich hinter der blumigen Sprachdiktion verbirgt, läßt unterschwellig den Eindruck aufkommen, als sei Haslinger der einzige Wiener Verleger gewesen, der hochwertige Qualität und vertriebstechnisches Know-how anzubieten gehabt hätte.

Daß dem durchaus nicht so war, läßt sich leicht verifizieren: Lanners berühmte »Steyrische Tänze« op. 165, erstmals aufgeführt am 22. Jänner 1841 im Kärntnertortheater im Rahmen eines Ballettabends, erschienen bald darauf als Klavierausgabe bei Mechetti mit einer bestechend schönen Titelvignette in färbigem Lithographiedruck von erlesener Qualität. Außerdem zierte das Titelblatt der Hinweis, daß Mechettis Notendrucke nicht nur in Wien, sondern auch in Leipzig, St. Petersburg, Paris und London durch entsprechende Vertragspartner vertrieben wurden.

Haslinger war also keinesfalls der »bessere« Verleger. Eines aber war er mit Sicherheit: der geschäftstüchtigere Unternehmer.

Mittlerweile war der Wiener Walzer über die Grenzen Europas hinausgedrungen. In einer recht humorvollen Einschaltung berichtet die Wiener Theaterzeitung unter Berufung auf ein Mainzer Zeitungsblatt von den kühnen Aus-

Franz Morelly: »Die Flatterhaften«. Walzer op. 216. Titelblatt der Erstausgabe für Klavier

wanderungsplänen Franz Morelly's, von dem in Wien immerhin 250 Tanzkompositionen im Druck erschienen sind:

»Wiener Walzer in Ostindien. – Unter dieser Aufschrift enthält die Mainzer Ztg. Folgendes: Morelly, mit Strauß und Lanner der dritte im Kleeblatt der Walzer-Componisten zu Wien, geht nach Ostindien als Capellmeister eines englischen Regiments in Bombay. Jetzt werden die Bajaderen also bald Wienerisch walzen. Auch ein Fortschritt der Kultur, wenn das Klima keinen Einspruch thut; denn eigentlich sollte man diese Tanzhetzjagden zuerst nach Sibirien verpflanzen: die Kamtschadalen würden den Mangel an Heizungsmaterial in den langen Wintern weniger verspüren.«[8]

Tatsächlich wurde Morelly 1842 Regiments-Kapellmeister der Ostindischen Compagnie und bekleidete später die geachtete Stelle eines Kapellmeisters des Lord-Gouverneurs in Bombay, wo er 1859 verstarb.

Der »dritte im Kleeblatt der Walzer-Componisten« war jedoch, wenn man es genau nahm, nicht Morelly, sondern Philipp Fahrbach.

Auch diesen verschlug es in den Bereich der Militärmusik. Im März 1841 nahm Fahrbach die Kapellmeisterstelle beim »Hoch- und Deutschmeister-Regiment« in Wien an. Das 1696 gegründete k. k. Linien-Infanterie-Regiment Nr. 4 »Hoch- und Deutschmeister« war das ehemalige Wiener Hausregiment, dessen Musik-Corps sich in der Bevölkerung großer Beliebtheit erfreute. Die in historischen Uniformen auftretende Deutschmeister-Musikkapelle (blaue Hose, blaue Aufschläge) ist noch heute in Wien bei besonderen Anlässen zu bewundern.

Nun hatte aber Fahrbach ganz und gar keinen

Philipp Fahrbach: »Die Deutschmeister«. Walzer op. 161. Fahrbach wurde 1841 Leiter der »Hoch- und Deutschmeister-Kapelle«. Seine langjährige Verbundenheit mit diesem Klangkörper brachte er u. a. mit dem Walzertitel »Die Deutschmeister« zum Ausdruck

Hang zum Militärischen. Vielmehr war er daran interessiert, sich die Freiheit künstlerischer Betätigung zu bewahren. Dies war auch der Grund, warum sich Fahrbach auf seinen gedruckten Kompositionen nur als »Kapellmeister« auswies. Tatsächlich waren es ökonomisch-historische Sachzwänge, die Fahrbach in die Rolle eines Militär-Kapellmeisters schlüpfen ließen. Die Musikkapellen der einzelnen k. k. Regimenter bestanden aus begabten und überwiegend gut qualifizierten Musikern, deren Einsatz und Arbeitszeit dem Kapellmeister nichts kosteten, da ja das musikalische Proben und Einstudieren von Werken Teil ihrer Dienstverpflichtung war. Und wenn die offizielle Journalistik die wirtschaftliche und soziale Krise der Monarchie auch noch so sehr herunterspielte und verharmloste: der durch Arbeitslosigkeit und Armut bedingte Rückgang der Konzert- und Ballbesuche war nicht mehr zu leugnen. Wer nicht – wie Strauß oder Lanner – Tag und Nacht im Einsatz war, konnte sich auf Dauer die Erhaltung eines privat finanzierten Orchesters nicht mehr leisten.

Wie sehr materielle Grundlagen bzw. Vermögens- und Besitzverhältnisse die geistigen und kulturellen Entfaltungsmöglichkeiten des menschlichen Individuums beeinflussen, fördern oder auch behindern können, kam in den 40er Jahren des 19. Jahrhunderts rationell denkenden Menschen in ganz Europa schlagartig zu Bewußtsein. Aus philosophischer Sicht gilt diese Zeitepoche als Geburtsstunde des »historischen Materialismus«.

1841 schrieb der deutsche Philosoph Ludwig Feuerbach seine bedeutende Abhandlung vom »Wesen des Christentums«. Den Geschichtsprozeß als solchen suchte er dabei völlig neu zu deuten: Die gestalterischen Kräfte der Geschichte seien nicht geistiger, sondern materieller Natur. Nicht die Ideen, sondern die materiellen Begleitumstände veranlassen den Menschen, auf bestimmte Weise und nicht anders zu handeln. Das Entstehen der Religion erklärt Feuerbach damit, daß der von materieller Not Getriebene in einer immateriellen, gewissermaßen »idealen« Welt Trost und Halt suche: Religion als illusionistischer Ausgleich für das Unglück auf Erden!

War der nun schon Jahrzehnte währende Tanz- und Walzertaumel, der ganz Europa erfaßt hatte, auch eine Art »Religion«? Diese Frage drängt sich geradezu auf, wenngleich sie nicht so einfach beantwortet werden kann.

Die Deutschmeister-Kapelle erlebte unter der kompetenten Führung Fahrbachs jedenfalls einen mächtigen Prestigegewinn. Das komplett bestückte – also auch mit Streichern besetzte – Orchester war nun in Wien regelmäßig zu hören. In Ungers Gastgarten an der Hernalser Linie, auf dem Wasserglacis, in der goldenen Birne, zur Sommerzeit auch in Baden und Vöslau. Viele Konzerte gestaltete Fahrbach zusammen

»Ländliche Freuden eines Ehemannes«. Satirische Darstellung aus Bäuerles Theaterzeitung. Straußens Walzertitel »Stadt- und Landleben« bezieht sich auf die nämliche Thematik

mit Lanner und Strauß, da ja bei großen Ballveranstaltungen mindestens zwei Tanzkapellen gebraucht wurden.
»Montag am 31. May findet große Mittag- und Abend-Conversation mit Ball (...) im Saal zur goldenen Birn statt. Die Herren Capellmeister Jos. Lanner und Ph. Fahrbach werden hierbey vereint mit ihren vorzüglichen Orchester-Personalen, wetteifernd bemüht sein, diese Conversation zu einer der ausgezeichnetsten zählen zu dürfen.«[9] – Mit diesen Worten versuchte die Wiener Zeitung auf das hochkarätig besetzte Frühlingsfest in der Landstraße einzustimmen.
Aber auch Dommayer in Hietzing hatte seinen Zaubergarten für musikhungrige Besucher wieder weit geöffnet. Verfolgt man die Pressemeldungen des Jahres 1841 aufmerksam, wird die künstlerische Dominanz Joseph Lanners deutlich sichtbar:
»(Lanner). Alles was echt und wahrhaft populär zu werden verdient, wird es auch gewiß. So ist Lanners Muße auf unglaublich schnelle und wirksame Weise ins Leben des Volkes gedrungen (...). Es ist interessant zu sehen, mit welch lebhafter Theilname sein Wirken allenthalben, wo er öffentlich auftritt, gefeiert wird, wie man sich in seine Nähe drängt, um an der Quelle seiner bezaubernden Töne zu stehen, wie schallend, aus vollster Brust herausgestoßen, die Bravos im Saale herumfliegen, wie so Alles Jubel und Lust in einem Augenblick ist, wenn seine Geige den ersten Ton angibt. – Die Besitzer öffentlicher Localitäten rivalisiren förmlich um eine Zusage von Lanner. Sein Auftreten gilt ihnen stets als eine untrügliche Bürgschaft für zahlreichen Besuch. – Früher war die Losung Strauß und Dommayer! Jetzt ist sie mit eben so vielem Rechte Lanner und Dommayer. Die außerordentliche Frequenz, welche das Publikum

Kaiser Ferdinand mit seiner Frau Maria Anna. Johann Strauß komponierte die »Jubel-Quadrille« op. 130 zum Namensfest der Kaiserin und brachte das Werk am 25. Juli 1841 im Volksgarten zur Aufführung

jedes Mal, wenn Lanner spielt, diesem eleganten Hietzinger Salon schenkt, ist der schlagendste Beweis für die Wahrheit unserer Behauptung, daß Lanners Name einen Grad von Beliebtheit errungen habe, der beinahe keine Steigerung mehr zu gestatten scheint.«[10]

Unberührt von den Lanner'schen Erfolgen brillierte Strauß im Frühjahr und Sommer 1841 wiederum im Sperl, beim Zögernitz, in Wagners Kaffeehaus im Prater und vor allem im neu dekorierten Salon des Corti'schen Etablissements im Volksgarten.

Im Rahmen des stets groß angelegten Brigitta-Kirchtagsfestes gab Johann Strauß am 5. Juli ein Gartenfest im Sperl unter dem Motto »Der Heimat schönster Schmuck«. Die eigentliche Sensation dieses heißen Sommerabends war aber nicht die phantasievolle Kulissendekoration, die wieder einmal Bühnenmaler Michael Mayr hergestellt hatte, sondern die Premiere des neuen Walzers op. 136 mit dem Titel: »Stadt- und Land-Leben«. Dem musikverständigen Festbesucher muß wohl schlagartig bewußt geworden sein, daß er gerade diesmal die Geburtsstunde eines unübertrefflichen Meisterwerks miterlebt hatte. Die Walzerkette op. 136 verfügt über schier unglaublichen melodischen Einfallsreichtum, rhythmische Eleganz und einen bezaubernden Charme, dem man sich ebenso wenig entziehen kann, wie den allerbesten Klavierwalzern Frederic Chopins. – Ein Meisterwerk des 19. Jahrhunderts harrt seiner Entdeckung. Eingebunden in ein Neujahrskonzert der Wiener Philharmoniker, könnte es der Welt beweisen, welch außergewöhnlicher Walzerkomponist Johann Strauß Vater gewesen ist.

Strauß war im Juli des Jahres 1841 offensichtlich in einer Hochphase kreativen Schaffens: Seine »Jubel-Quadrille« op. 130, welche am 25. Juli im Volksgarten anläßlich des Namenstagfestes der Kaiserin Maria Anna erklang, ist ein springlebendiger, hurtig dahineilender Klangbogen musikalischer Köstlichkeiten.

Cortis Kaffeehaus im Volksgarten. Im Sommer 1841 gab Johann Strauß Vater hier zahlreiche Konzerte

Esprit und Lebensfreude vom ersten bis zum letzten Takt zeichnen dieses Werk aus und erheben es musikalisch weit über herkömmliche Gelegenheits-Quadrillen.[11]

Christian Andersen, der berühmte dänische Märchendichter, weilte insgesamt sechsmal in Wien. Unter anderem auch im Sommer 1841. In seinen »Wiener Schattenrissen« hielt er seine Impressionen über den Wiener Volksgarten und seine Begegnung mit dem Walzerkönig fest:

»Wir sind im Volksgarten! In lebhaftem Gespräch promenieren Herren und Damen unter den duftenden grünen Bäumen; hin und her eilende Kellner sorgen dafür, daß die brennenden Herzen von etwas Eis gekühlt werden. Die Klänge eines ganzen Musikchors brausen durch den Garten. Inmitten der Musikanten steht ein junger Mann von dunkler Gesichtsfarbe, seine großen braunen Augen schweifen unruhig umher, der Kopf bewegt sich, die Arme, der ganze Körper, es ist, als wäre er das Herz des großen Musikkörpers, und durch das Herz strömt, wie wir wissen, Blut, das hier aus Tönen besteht. In ihm, dem Mann, werden Melodien geboren, er ist das Herz, und ganz Europa hört seinen musikalischen Pulsschlag ... der Mann heißt – Strauß.«[12]

Noch war er der einzige, unvergleichliche Strauß, der sich nicht ohne Stolz »Walzerkönig« titulieren ließ. Daß sich das bald ändern sollte – bis zum musikalischen Debut des erstgeborenen Sohnes gleichen Namens fehlten nur mehr drei Jahre – war nicht einmal in den kühnsten Träumen Strauß Vaters vorstellbar.

Der Herbst 1841 brachte einen gravierenden Einschnitt in der »Familiensaga« der Sträuße: Die beiden Söhne Johann und Joseph hatten die vier »Grammatikal-Klassen« im Wiener Schottengymnasium mit gutem Erfolg absolviert und traten nun, auf Wunsch des Vaters, in die »kommerzielle Abtheilung des k. k. poly-

Die Karlskirche und (rechts im Bild) das Polytechnische Institut (heute Technische Universität). Johann und Joseph Strauß junior studierten hier von 1841–1843 bzw. 1846

technischen Institutes« ein. Zu den zentralen Vorlesungen dieser Studienrichtung gehörte Merkantilrechnung, Warenkunde und Handelswissenschaft. Beide Brüder schlossen das erste Studienjahr mit vorzüglichen Ergebnissen ab – wie Straußforscher Würzl gründlich recherchiert hat.[13]

Während der jüngere Bruder Joseph ab 1842 von der kommerziellen zur »technischen Abteilung« wechselte – also Maschinenbau studierte – blieb Johann der ursprünglichen Fachrichtung ein weiteres Jahr treu, brach aber 1843 das Studium ab, um sich ausschließlich (und gegen den Willen des Vaters) dem Studium der Musik zu widmen. Doch davon wird an späterer Stelle noch zu berichten sein.

Das seit hundert Jahren hartnäckig kreisende Gerücht von schlechten Schul- oder Studienerfolgen der Straußsöhne, ohne welches herkömmliche Biographen nicht auszukommen glauben, entbehrt also jeder Grundlage und darf getrost vergessen werden.

Auch das gern gezeichnete Charakterbild vom tyrannisch tobenden Vater, der angeblich jede musikalische Ausbildung der Söhne kategorisch unterbunden haben soll, ist zu relativieren.

Schon Eduard Strauß, der jüngste der drei Söhne, hat in seinen 1906 erschienenen »Erinnerungen« zu diesem Punkt sehr differenziert und objektiv Stellung bezogen:

»Es ist gegen ihn [Strauß Vater, AdA] in sogenannten ›Biographien‹ ... die Anklage geschleudert worden, er sei seinen Kindern gegenüber hartherzig und eigenwillig gewesen; er habe ihre Talente zu unterdrücken gesucht und sie zu verhaßtem Studium gezwungen. Diesen Vorwürfen muß ich, wie allen ähnlichen in neuerer Zeit auf meine eigene Person, aufs Entschiedendste entgegentreten. Der Vater hat, wie jeder andere Vater, nur das Beste seiner Kinder vor Augen gehabt. Er, der selber auf der untersten Stufe beginnen mußte, um langsam und unter vielen Mühen Stufe um Stufe zu der Höhe seines Ruhmes und seiner Stellung emporzuklimmen, wollte seinen Söhnen den unvergänglichen Schatz ernster Bildung auf den Lebensweg mitgeben. Darum wollte er uns nicht vor die Künstlerlaufbahn stellen, sondern ließ uns studieren, und wir Söhne und jene, die nach uns seinen Namen tragen, haben ihm seine wohlgemeinte Absicht von Herzen zu danken, statt sein Andenken mit ungerechten Anschuldigungen beschmutzen zu lassen ...«[14]

Während also die beiden ältesten Söhne des Walzerkönigs eifrig die »kommerziellen« Vorlesungen des Wiener Polytechnikums besuchen, eilt der Vater von Engagement zu Engagement, gönnt sich nicht Ruh noch Rast, hat er doch zwei Familien zu ernähren. Mit Emilie Trampusch, der neuen Lebensgefährtin, hat Strauß mittlerweile vier Kinder in die Welt gesetzt, von denen das letzte allerdings nach einem Monat verstorben war.

Während Lanner mit seinem neuesten Walzer »Abendsterne«, einem Opus voll zauberhaft ziselierter Miniaturen, stürmische Begeisterung in ganz Wien erntete, nahm Strauß Anfang November die ehrenvolle Einladung an, in der ungarischen Hauptstadt zu konzertieren.

Strauß'sche Musik war mittlerweile zu einem Qualitätsbegriff in ganz Europa geworden. Aber der Meister konnte mit seiner Kapelle schon längst nicht mehr alle Bedürfnisse persönlich decken, auch wenn er noch so viele Reisen unternommen hätte.

Zum Glück gab es ja auch noch andere begabte Komponisten und Kapellmeister, die in der geschichtsträchtigen Epoche des Wiener Walzers ihr Scherflein beizutragen wußten.

Eines dieser erstaunlichen Talente war Josef Gung'l, ein aus Ungarn gebürtiger Kapellmeister und Komponist, der 1841 in der steirischen Landeshauptstadt Graz bedeutsame musikalische Spuren hinterließ und später in Deutschland, in Pawlowsk (Rußland) und in den Vereinigten Staaten von Amerika konzertierte. Sein Versuch, in älteren Tagen in Wien künstlerisch Fuß zu fassen, scheiterte an der übermächtigen Konkurrenz der drei Strauß-Söhne. Die Wiener Theaterzeitung hat ihm jedoch am 30. September 1841 einen beachtenswerten Artikel gewidmet:

»Nachrichten aus Provinzstädten (Aus Graz) … Hr. Gungl ist als Virtuos und als Compositeur gleich ausgezeichnet. – Die Zartheit, Reinheit und Präcision seines Bogenstriches, dabei sein außerordentliches Gedächtnis, indem er die schwierigsten und längsten Musik-Piecen immer ganz auswendig spielt, haben ihm die lauteste Bewunderung Aller erworben, die ihn je gehört. In jüngster Zeit, bei der Anwesenheit des allerhöchsten Hofes, wurde ihm das besondere Glück zu Theil, sich vier Mal … vor dem allerhöchsten Herrscherpaare, unter den huldreichsten Beifallsäußerungen Ihrer k. k. Majestäten zu produciren, bei welcher Gelegenheit seine zartsinnige Composition ›die Murlieder‹ besonders gefiel, und auf allerhöchstes Verlangen wiederholt werden mußte.

Josef Gung'l (geb. 1810 in Számbék, Ungarn, gest. 1889 in Weimar) war ein bedeutender Kapellmeister und Komponist, der jahrelang in der steirischen Landeshauptstadt wirkte (»Der Grazer Strauß«) und zahlreiche Tourneen durch Deutschland, Rußland und Amerika unternahm

Da aber Gungl … anfängt, die Aufmerksamkeit des Auslandes auf sich zu ziehen, indem kürzlich aus Magdeburg und Berlin … namhafte Bestellungen seiner sämmtlichen Compositionen eingelaufen sind: so ist es Zeit, daß wir dieses talentvollen jungen Mannes auch in einem vaterländischen Blatte mit dem Lobe erwähnen, das er wirklich verdient … Seine Compositionen, besonders steiermärkische Nationalweisen, ganz das Leben der Alpenwelt athmend, sind sehr ansprechend, seine Walzerpartien und Potpourris voll frischen Lebens, seine Märsche aber besonders originell meisterhaft und ausgezeichnet, indem Gungl in der Instrumentierung nicht bald seines Gleichen findet. Er gedenkt in Berlin seine gesammten Werke herauszugeben, und dürfte in kurzer Zeit seinen Ruf im In- und Auslande begründen, wozu wir ihm … hiermit vom Herzen Glück wünschen.«[15]

Der Beifall der Wiener Presse mag dem publicityscheuen Künstler Josef Gung'l, der eben das Adelsprädikat eines »Grazer Strauß« erhalten hatte, Freude bereitet haben. Aber wohl eher im Sinne des steirischen Dichters Peter Rosegger, der einmal meinte, für den Künstler sei aufrichtiger Beifall eine Musik, die sich für ihn persönlich am schönsten aus der Ferne anhöre.

Vielleicht war die Musikbegeisterung im altösterreichischen Kaiserreich doch kein Religionsersatz, sondern schlicht und einfach die künstlerische Antwort auf Glanz und Elend einer im Aufbruch befindlichen Zeitepoche.

1842
Fantasten, Lustwandler und Dämonen

Wiederum begegnen wir dem erstaunlichen Phänomen, daß Strauß'sche Werkstitel in verblüffendem Maße dem Lebensgefühl und Zeitgeist großstädtischer Lebenskultur im alten Österreich entsprechen: Beherrscht von den Dämonen einer höchst unsicheren wirtschaftlichen Zukunft lustwandelt der arrivierte Bürger der Donaumetropole durch das schier unübersehbare Angebot musikalischer Festesfreuden und berauscht sich an den fantastischen Möglichkeiten, die ihm neuzeitliche Technik und industrieller Fortschritt versprechen.

Seinen neuen Walzer »Die Fantasten« op. 139 brachte Strauß in den luxuriös renovierten Tanzsälen des Sperl am 26. Jänner 1842 zur Uraufführung. Dem Rezensenten der Theaterzeitung war es ganz offensichtlich ein Anliegen, darauf hinzuweisen, daß die Beliebtheit Strauß'scher Kompositionen gesellschaftliche Schranken schon lange nicht mehr kannte.

»Alle Elemente der Freude, des Frohsinns, des echten Wienerlebens, finden sich bei Strauß's Benefice vereinigt, und das letzte, welches ehevorgestern, den 26. d. M., stattfand, lieferte den neuesten und sprechendsten Beleg hierzu (...).

[840] Großer Fest-Ball, [2
verbunden mit einem kleinen Carnevals-Scherz,
unter der Bezeichnung:
Der Kranz der Anmuth,
in den
Sälen zum Sperl,
welcher Mittwoch den 26. Jänner 1842
zum Benefice des Capellmeisters
JOHANN STRAUSS
bey außerordentlicher Beleuchtung und Decorirung
Statt finden wird,
wozu derselbe an einen hohen Adel und an das geehrte Publicum seine ergebenste Einladung macht.
Getanzt wird in beyden Sälen,
nähmlich in dem bekannten ältern, wie auch in dem
neu erbauten Saale,
welches insbesondere das Vergnügen der Tanzlust erhöhen dürfte.
Näheres enthält der Anschlagzettel.

Beim großen Festball im Sperl am 26. Jänner 1842 brachte Johann Strauß den Walzer »Die Fantasten« op. 139 zur Uraufführung

Und wahrlich! Strauß ist der Mann dazu, alles unter seinem Banner zu versammeln, Jung und Alt, Staatsmann und Bürger, Grisette und Dame, Hoh und Nieder, Alles fühlt die Macht seiner unwiderstehlichen Melodien, Alles fühlt sich hineingezaubert in den magischen Kreis seiner Violine und gehorcht freudig den Tönen, die ihn zur Lust führen, den Tönen, die so sympathisch sind, daß sie ihre Wirkung nicht allein an der Donau äußern, sondern überall, wo es fühlende Herzen, tanzende Füße gibt. Denn Harmonie ist die Sprache des Weltalls. Recitire die schönsten Verse des besten Dichters mit allem declamatorischen Aufwand Jemandem, der die Sprache nicht versteht, – du wirst gar keine Wirkung hervorbringen; spiele aber dem Ungebildetsten nur einen Strauß'-schen Walzer, und die Wirkung wird nicht ausbleiben (...). Darum haben seine neuesten, an demselben Abende zum ersten Male executierten Walzer ›Die Fantasten‹ dasselbe enorme Glück gemacht, wie alle früheren.«[1]

Erst wenige Tage zuvor hatte Joseph Lanner zum großen »Industrie-Elite-Ball« in die goldene Birn geladen, wo ebenfalls eifrig renoviert und vergrößert worden war, um ja nicht hinter den Aktivitäten des Sperlwirts zurückzustehen.

Die Produktionsgeschwindigkeit der Wiener Musikverleger hatte 1842 auch ein »fantastisches« Tempo angenommen, was nicht zuletzt der Vervollkommnung drucktechnischer Verfahren zu danken war. Mußten bis vor kurzem noch viele Wochen, ja Monate verstreichen, bis ein neu entstandenes, uraufgeführtes Werk auch tatsächlich im Druck erscheinen konnte, war die am 8. Jänner erstmals aufgeführte »Sperl-Polka« op. 133 von Johann Strauß zehn Tage später (!) bereits bei Haslinger käuflich zu erwerben.

Dieses kleine Meisterwerk, welches über 150 Jahre alt ist, hat bis auf den heutigen Tag nichts von seinem musikalischen Charme eingebüßt und besticht durch unverfälschte, schlichte Anmut.

Höchste instrumentationstechnische Originalität bewies Johann Strauß stets von neuem in seinen Quadrillen – ein Umstand, auf den auch

[445] [2]

Dinstag am 18. Januar 1842
findet aus besonderer Veranlassung in dem neu decorirten Saale
zur goldenen Birn,
mit Vergrößerung der Localitäten
bey äußerß brillanter großartigen Beleuchtung u. prachtvollen Decorirung
ein großer
INDUSTRIE-ELITE-BALL,
Statt. Um dieses Ballfest durch zahlreichen Besuch hiesiger Industrie=Elite zu verherrlichen, wird selbe hierzu ergebenst eingeladen.
Die Ballmusik steht unter persönlicher Direction des Herrn Capellmeisters
Joseph Lanner.
Die Tänze, als: Quadrille, Menuetts, Mazur, Polka rc. rc. arrangirt der Tanzlehrer Hr. v. Webersfeld.
Jeder Dame wird beym Entrée ein elegantes Ball=Souvenir überreicht.
Eintrittskarten zu 1 fl. sind in der k. k. ausschl. priv. Apollo=Kerzen=Fabriks=Niederlage am Kohlmarkt Nr. 260 zu bekommen. An der Casse 1 fl. 20 kr.
Beginn des Balles um 8 Uhr. Ende 5 Uhr Früh.

Einladung zum Industrie-Elite-Ball in der goldenen Birn unter der musikalischen Leitung Joseph Lanners am 18. Jänner 1842

Max Schönherr immer wieder aufmerksam gemacht hat.
Beim Ball des »Vereines zur Unterstützung der armen erwachsenen Blinden«, der am 17. Jänner in den Räumlichkeiten des Sperl abgehalten wurde, erklang die aparte »Mode-Quadrille« op. 138 zum erstenmal. Auch dieser von Strauß gewählte Titel fügt sich sinnig in das Zeitgeschehen und das gesellschaftliche Leben des Jahres 1842. Diverse Modetorheiten des langsam, aber sicher zu Ende gehenden Wiener Biedermeier haben sogar die Aufmerksamkeit Adalbert Stifters erregt, dessen Schaffensschwerpunkt nicht unbedingt im Satirischen lag.
»Aber nicht bloß die Küchenmagd und die Köchin, sondern auch die gnädige Frau wird durch einen neuen Hut und ein Ballkleid verrückt – gnädige Frau aber heißt in Wien jede, welche einen Dienstboten hat. Da sie nun selber einen solchen Wert und solche Würde in Kleider legt, wie müssen erst andere staunen und neiden, wenn sie in der unerhörtesten Pracht erscheint! (…). Und so schwirrt und surrt und saust es von seidenen, samtenen, musselinenen usw. … Stoffen und Sachen, als wäre ein tolles Blumenbeet ausgelassen – o ihr armen und betrogenen Dinger! Just das, was ihr erzielen wollt, vornehm, bedeutend, ansehnlich zu erscheinen, das erreicht ihr nicht; denn ein Wort, ein Ruck, ein Wink, und ihr verratet die innere Leere … denn gerade die Vornehmheit ist ein Ding, das sich nicht lernen läßt, und Würde und Bildung erscheint in dem einfacheren Kleide schöner als Anmaßung und Prahlerei in dem übertriebensten. Daß ich aber tauben Ohren predige, weiß ich übrigens recht gut.«[2]
Die Finanzierung all dieser modischen Auswüchse brachte so manchen – auch besser gestellten – Wiener Bürger in arge Kalamitäten. Die Theaterzeitung kommentiert dies in einer humorvollen Glosse:

»Equipagen-Moden«. Satirisches Bild aus Bäuerles Theaterzeitung

»Jetzt zum Faschingsende wird jedem Teilnehmer täglich sein Urtheil gesprochen. ›Schuldig!‹, tönt es in jenem Handlungsgehilfen, wenn er seinem Schneider begegnet; ›Schuldig!‹ in diesem Studenten, wenn er seine Mietfrau begrüßt; ›Schuldig!‹ tönt es dem armen Vater entgegen, wenn er die unbezahlten Putzsachen seiner Töchter betrachtet.«[3]

Allen Auswüchsen und Narreteien zum Trotz bescherte der März des Jahres 1842 den Wienern zwei kulturhistorische Ereignisse von überregionaler, ja zeitlich unbegrenzter Bedeutung: Die Uraufführung von Nestroys Posse »Einen Jux will er sich machen«, sowie die Gründung der Wiener Philharmonischen Gesellschaft. –

10. März 1842. Theater an der Wien.

Der Kommis Weinberl, der beim Gewürzkrämer Zangerl angestellt ist und eines Abends mit dem Lehrbuben Christopherl in die nahegelegene Hauptstadt (Wien) fährt, um endlich einmal Ungewöhnliches zu erleben, einmal wenigstens Draufgänger und »verfluchter Kerl« zu sein, hat sich in der Literaturgeschichte des Theaters einen unsterblichen Platz erobert.

Wenngleich Nestroy nie moralisierend schreibt, hat der köstlich-skurrile Inhalt seines Theaterstücks doch eine Moral: Der in kleinstädtischen Dimensionen verhaftete Handelsangestellte, den die Sehnsucht nach dem großen Abenteuer überwältigt hat, kann zwar kurzfristig aus dem »G'wölb« seines Herren, des Gewürzkrämers entweichen, aber er kann nicht vor sich selber fliehen, vor seinen Ängsten, Nöten, Hoffnungen, die er in die Großstadt mitnimmt. Das Ergebnis ist ein programmiertes Desaster. Weinberl gerät in eine Hölle von Verwechslungen und abstrusen Verwicklungen, die schier nicht enden wollen.

Die daraus resultierende Erkenntnis ist bescheiden, aber nicht unwesentlich: »Jetzt habe ich das Glück genossen, ein verfluchter Kerl zu sein, und die ganze Ausbeute von dem Glück ist, daß ich um keinen Preis mehr ein verfluchter Kerl sein möchte.«

Nach Beendigung seines Auftrittsliedes kommt Weinberl ins Sinnieren, indem er laut über sich, seinen Beruf und die Menschheit nachdenkt:

»Vor dem Handelsstand kriegt man erst den wahren Respekt, wenn man zwischen Handelsstand und Menschheit überhaupt eine Bilanz zieht. Schaun wir auf'n Handelsstand, wie viel gibt's da Großhandlungen, und schaun wir auf die Menschheit, wie wenig große Handlungen kommen da vor …«

Eine »große Handlung der Menschheit« – im Nestroy'schen Sinne – ereignete sich immerhin drei Wochen nach der Premiere des eben zitierten unvergleichlichen Theaterstücks: Es war die Geburt des Wiener Philharmonischen Orchesters.

Der 28. März des Jahres 1842 fiel auf den Ostermontag. Es war der Tag, an welchem Otto Nicolai, einer der verdienst- und erfolgreichsten Dirigenten seiner Zeit, mit dem »Orchester-Personal des k. k. Hof-Operntheaters« das erste öffentliche »Philharmonische Konzert« im großen Redoutensaal der Hofburg gab. Der begnadete Dirigent und Komponist Nicolai hatte damit den Grundstein zur wohl traditionsreichsten musikalischen Institution Wiens gelegt, einer Institution, deren kulturelles und von höchsten musikalischen Ansprüchen getragenes Wirken bis auf den heutigen Tag das Musikleben Wiens prägt und zum Maßstab für Dirigenten und Orchester aus allen Erdteilen der Welt geworden ist.

Die Grundidee Otto Nicolais und seiner künstlerischen Mitarbeiter[4] war einfach und zweckmäßig, für die damalige Zeit jedoch eine Pioniertat ohnegleichen: Voraussetzung für die Mitgliedschaft bei den Wiener Philharmonikern sollte die Zugehörigkeit zum Hofoperntheater (damals Kärntnertortheater) sein. Die Konzerte sollten eigenverantwortlich, d. h. in demokratischer Selbstverwaltung organisiert werden. Mit der künstlerischen Leitung sollten stets allererste Dirigenten betraut werden, deren Auswahl in demokratischer Abstimmung durch die Orchestermitglieder zu erfolgen hatte. Leitprogramm und Zielsetzung war die hochwertige Aufführung sorgfältigst ausgewählter Werke der klassischen Musikliteratur. Dies vor allem, um Dilettantismus, ausuferndem Virtuosentum und seichtem italienischen Belcanto gezielt entgegenzutreten.[5]

Wenn man davon absieht, daß Johann Strauß hin und wieder Motive berühmter Virtuosen in sein eigenes Schaffen einfließen ließ (der »Walzer á la Paganini« sei als bekanntestes Beispiel in Erinnerung gerufen), ist es geradezu verblüffend, in welch hohem Maße sich die künstlerischen Vorstellungen des Walzerkönigs mit jenen Otto Nicolais deckten: Hier wie dort waren höchste Präzision der Wiedergabe, künstlerische Qualität und kompositorisches Niveau oberste Leitlinie und Gesetz.

Seit Jahren schon beeindruckte Strauß das Wiener Publikum mit Aufführungen klassischer Ouverturen oder Sinfoniesätzen, welche in Nachmittagsveranstaltungen (Conversationen) zusammen mit eigenen Werken dem Publikum konzertant dargeboten wurden oder in einem eigenen Konzertabschnitt vor der Eröffnung großer Bälle erklangen.

Unzählige Rezensionen belegen, daß die Straußkapelle bei der Interpretation solcher Werke stets höchsten Ansprüchen gerecht wurde und mit jedem klassischen Sinfonieorchester mühelos Schritt halten konnte.

Auch das Sommerkonzert, welches der Walzerkönig am 1. Juli 1842 im Volksgarten abhielt, ist ein treffliches Beispiel für den bemerkenswert hohen Standard seines Ensembles. Neben der Uraufführung seines Walzers »Die Lustwandler« exekutierte Strauß mit Bravour und musikalischer Perfektion die große »Leonoren-Ouverture« in C-Dur von Ludwig van Beethoven.

Zum Namensfest der Kaiserin schuf Strauß, wie schon im Jahr zuvor, wiederum eine neue Komposition. »Beliebte Annen-Polka« war der Titel dieses musikalischen Kleinods mit der Opuszahl 137, welches Max Schönherr als die »originellste Polka von Johann Strauß« bezeichnete. Dieses Werk darf jedoch nicht verwechselt werden mit der »Annen-Polka« op. 117, welche Johann Strauß Sohn zehn Jahre später, 1852, komponierte. Wegen der anhaltend schlechten Witterung konnte das »Annenfest« im Volksgarten erst am 2. August 1842 stattfinden.

Wiederum verweist uns der Bericht des Rezensenten auf die musikalische Vielseitigkeit Strauß Vaters, der über den Status eines unterhaltsamen Tanzmusikkomponisten längst hinausgewachsen war.

»(Fest-Soirée im k. k. Volksgarten). Zur Feier

Außerordentliche
Sommer-Assemblee
bei großer Illumination und festlicher Dekorirung
im k. k. Volksgarten,
welche Freitag den 1. Juli 1842
zum Benefice des Kapellmeisters
J. STRAUSS
Statt findet.

Der Unterzeichnete wird an diesem Abende mit seinem Orchester besonders gediegene Tonstücke, — darunter zum ersten Male die große
Ouverture zur Leonore (in C)
von L. v. Beethoven
zur Aufführung bringen. Nebstdem wird derselbe außer seinen letztern Compositionen
Minnesänger und Haute volée Quadrille,
neue, eigends für diesen Abend von ihm komponirte Walzer, betitelt:
Lustwandler,
zum ersten Male vorzutragen die Ehre haben.
Auch wird Herr Stark ein neues Duett für Baß und Sopran vortragen.
Das Musik-Corps des löbl. k. k. Infanterie-Regiments Landgraf Hessen-Homburg unter der Leitung des Herrn Kapellmeisters
ANDREAS NEMETZ
wird abwechselnd mit obigen Musik-Productionen ebenfalls die neuesten Tonpiecen exekutiren.
Ein imposantes Feuerwerk bildet den Schluß dieses Festes.
Eintrittspreis 20 kr. CM. Anfang um 5 Uhr. Ende um 11 Uhr.
Joh. Strauß.
Bei ungünstiger Witterung wird obiges Fest auf Montag den 4. Juli verschoben.

Ankündigung einer außerordentlichen Sommer-Assemblée im Wiener Volksgarten, bei welcher der Walzer »Die Lustwandler« erstmals aufgeführt wurde.

des Allerhöchsten Namensfestes Ihrer Majestät der Kaiserin, veranstaltete der Capellmeister Strauß eine außergewöhnliche Soirée im Volksgarten, die, der ungünstigen Witterung wegen, erst ehevorgestern abgehalten werden konnte. Strauß's unermüdlicher Eifer ist bekannt. Unter den vielen gediegenen Tonstücken, die er zur Aufführung brachte, ist insbesondere der zweite und dritte Satz der Symphonie in A von Ludwig van Beethoven zu erwähnen, die er mit staunenswerther Präzision executierte (...). Jeder kennt das Feuer, Leben und die Energie von Strauß, besonders beseelt ist er von der classischen Musik, und in Vorführung der Werke von Beethoven, Mozart etc. dürfte er schwerlich einen Rivalen zu fürchten haben. Strauß spielte eine neue Polka ›Annen-Polka‹, sie wurde ... vier Mal wiederholt, und der Beifall wollte nicht enden; man soll sie nicht loben, hören muß man sie, und man wird mit einstimmen in den Beifall der begeisterten Menge.«[6]

Straußens geistige Affinität zu den Trägern musikalischer Hochkultur kommt wiederholt auch in Widmungen seiner eigenen Werke zum Ausdruck. Schon 1841 hatte er seinen »Apollo-Walzer« der »Gesellschaft der Musikfreunde des österreichischen Kaiserstaates« gewidmet, nun, im musikhistorisch so bedeutsamen Gründungsjahr der Wiener Philharmoniker, entstanden seine »Musik-Verein-Tänze« op. 140, welche am 19. Jänner im Sperl zum erstenmal zu hören gewesen waren.

Daß die Gründung und weitere Entwicklung des Wiener Philharmonischen Orchesters auf so fruchtbaren Boden fiel, ist vor allem dem exzellenten Ausbildungsstand der philharmonischen Musiker zu verdanken, wie auch deren Bereitschaft, mit dem unerbittlich strengen, genialen, aber auch höchst eigenwilligen Dirigenten und Komponisten Nicolai fruchtbringend zusammenzuarbeiten.

Nicht zuletzt aber darf es Johann Strauß als un-

Straßenszene mit Konzertplakaten und einem Fahrplan der Wien-Raaber Eisenbahn. Satirische Darstellung aus Bäuerles Theaterzeitung

bestrittenes Verdienst angerechnet werden, durch unermüdliche, höchstqualifizierte Orchesterdarbietungen – auch klassischer Werke – das Ohr des Wiener Bürgers jahrzehntelang geschult und aufnahmebereit gemacht zu haben.

Im Sommer 1842 beanspruchte allerdings noch ein anderes gesellschaftliches Ereignis die Aufmerksamkeit der Menschen in der Donaumetropole: Die Bahnlinie zwischen Wien und Gloggnitz war eben fertiggeworden! Hatte man schon 1841 die Möglichkeit gehabt, sich per Dampfkraft in Windeseile nach Mödling oder Baden zu begeben, konnte man nun mit dem dampfenden Gefährt auf Schienen bis zum Fuße des Semmerings reisen. Neue Möglichkeiten, Land und Leute kennenzulernen, und die landschaftlichen Reize des österreichischen Alpenvorlandes zu erschließen, verlockten Tausende Wiener, während der schönen Jahreszeit hinaus ins Grüne zu fahren. Die ersten Anzeichen eines neuen, gewinnträchtigen Wirtschaftsphänomens wurden sichtbar: Der Massentourismus späterer Jahrzehnte und vor allem des folgenden Jahrhunderts hatte seine Wurzeln im beginnenden Ausbau des europäischen Eisenbahnnetzes. Ganz und gar kein Zufall ist es, daß Karl Baedeker, der in Koblenz einen kleinen Buchverlag betrieb, 1842 sein erstes »Handbuch für Reisende durch Deutschland und das Österreichische Kaiserreich« herausgab. Ein völlig neues Produkt war entstanden: der Führer zu Sehenswürdigkeiten, der Leitfaden für Bildungshungrige, die in fremde Orte und Städte reisten, und entsprechende Informationen zu erhalten wünschten.

Was oft vergessen wird: Mit der Eisenbahn konnten anfangs nur Vertreter der Ober- und Mittelschicht der österreichischen Bevölkerung reisen. Ein Ausflug nach Mödling und zurück kostete damals in der 1. Klasse 1 Gulden und 23 Kreuzer, nach Baden und zurück 2 Gulden

Der Bahnhof der Wien Raaber Eisenbahn (heute Südbahnhof). Gezeichnet von Rudolf Alt, kolorierte Kreidelithographie von Sandmann

und 20 Kreuzer. Der Taglohn eines Bauarbeiters betrug zu dieser Zeit 24 Kreuzer (!). Die ersten Eisenbahnfahrten waren also dem wohlhabenden, betuchten Bürgertum und jenen Leuten vorbehalten, die Geld besaßen, ohne arbeiten zu müssen. Mit zunehmender Verkehrsdichte und der Verfügbarkeit über neue Dampfmaschinen, die in der großen Neustädter Lokomotivenfabrik erzeugt wurden, sanken nach und nach die Beförderungskosten. Und schließlich konnte man zu erheblich günstigeren Tarifen auch einen Waggon der IV. Klasse nehmen, dessen Reisekomfort allerdings eher an einen Viehwaggon erinnerte. Aber immerhin: man reiste.

Strauß hat dem neuen »Reise- und Ausflugstrend« sehr rasch Rechnung getragen. Am 2. August annonciert er unter eigenem Namen in der Wiener Zeitung ein Fest unter freiem Himmel in der Brühl bei Mödling, einer Ortschaft, die neuerdings problemlos und rasch mit der Eisenbahn zu erreichen war.

Das sommerliche Wetter dürfte auch im August seine Kapriolen geschlagen haben. Das für 7. August angekündigte »Open air« – wie man heute wohl sagen würde – fand nämlich erst am 14. August statt.

Die Theaterzeitung berichtete von einem Zustrom von ca. 12.000 Personen und verglich die Veranstaltung in Mödling mit Straußens berühmten Augartenfesten, die seinerzeit ungeheures Aufsehen erregt hatten.

»Um 5 Uhr drängte sich Alles zum großen Pavillon, um sich an den melodischen Klängen von Strauß zu ergötzen. Ich möchte den sehen, der, wenn er die ›Minnesänger‹, ›Lustwandler‹, ›Haute-volée-Quadrille‹ und ›Annen-Polka‹ hört, nicht in lauten Beifall ausbricht. – Was Alles und wie oft Alles wiederholt wurde, läßt sich wahrhaftig nicht sagen; so viel ist gewiß, daß Strauß unausgesetzt spielte (...). Ein imposantes Feuerwerk und noch andere Unterhaltungen boten viel Mannigfaltigkeit und Abwechslung. Die Decorirung und Illumination

10658] Johann Strauss [1]

gibt sich die Ehre, den hohen Adel und geehrten Publicum ergebenst anzuzeigen, daß ihm von Sr. Durchlaucht dem Herrn Fürsten v. Liechtenstein die gnädige Bewilligung zu Theil wurde, in einem reitzenden Thale der Brühl (auf der sogenannten Königswiese), ein großes Fest veranstalten zu dürfen. Derselbe erlaubt sich demnach seine ergebenste Einladung zu einem Feste zu machen, welches nur den größten seiner seit Jahren veranstalteten derley Arrangements an die Seite gestellt werden, und insbesondere in diesen herrlichen Gefilden einen seltenen Reiz biethen dürfte.

Dieses Fest findet

Sonntag den 7. August 1842

unter der Bezeichnung:

Lust in den Bergen!

Statt, worüber das Nähere folgt.

Johann Strauß veranstaltet ein »Freiluft-Konzert« in der Brühl bei Mödling. Anzeige der Wiener Zeitung vom 2. August 1842

war äußerst prachtvoll. Ein Strahlenmeer von tausend und tausend Lampen erleuchtete die Nacht zur Tageshelle; (…). Die herrlichste Sommernacht begünstigte das Fest. Die Direction der k. k. priv. Raaber Eisenbahn ließ in der Nacht verschiedene Trains nach Wien, Baden und Neustadt abgehen.«[7]

Die Ästhetik biedermeierlicher Bahnhofsgebäude hatte findige Unternehmer und Restaurantbesitzer auf die Idee gebracht, auch hier, im Umfeld neuer Verkehrstechnologien, festliche Veranstaltungen durchzuführen.

Besondere Mühe hat sich der Bahnhofswirt der Wien-Raaber Eisenbahn gegeben. Von seinem prachtvoll eingerichteten Restaurant samt schattiger Parkanlagen hatte man einen wundervollen Blick auf Wien, ein malerisches Panorama, das von den Kuppeln der Karlskirche über die mächtige Turmspitze des altehrwürdigen Stephansdomes bis zu den Anhöhen des Kahlenberges reichte. Aufgrund der massiven großstädtischen Verbauung der Favoritenlinie ist ein solcher Anblick heute nicht mehr möglich. Unterzieht sich der Wienbesucher jedoch der Mühe, die Parkanlage des in der Nähe liegenden Belvedere-Gartens zu durchwandern, erschließt sich ihm auch heute noch der vielgerühmte Panoramablick.

Am 18. September 1842 treffen wir einen alten Bekannten, nämlich Philipp Fahrbach in den Räumlichkeiten des Wien-Raaber Bahnhofs. »Es lebe die Industrie« – hieß das Motto, unter welchem ein außerordentliches Ballfest die unternehmungslustigen Wiener zum Verweilen einlud. Vor dem eigentlichen Ballbeginn waren »classische Compositionen« angekündigt, die von insgesamt 160 Musikern unter der Leitung Fahrbachs einem staunenden Publikum zu Gehör gebracht wurden. – Kunst, Architektur und Technik in vollendeter Symbiose!

Wie jedes Jahr gab es auch 1842 bedeutsame Höhepunkte des Wiener Opernlebens. Die Attraktion des Jahres war die Ankunft Gaetano Donizettis, der im Frühjahr nach Wien gekommen war, um sein neues Werk »Linda di Chamonix« an der Hofoper persönlich einzustudieren. Am 19. Mai erlebte Donizettis neueste Schöpfung einen viel umjubelten Erfolg im Kärntnertortheater. Joseph Lanner schätzte den Meister des italienischen Belcanto außeror-

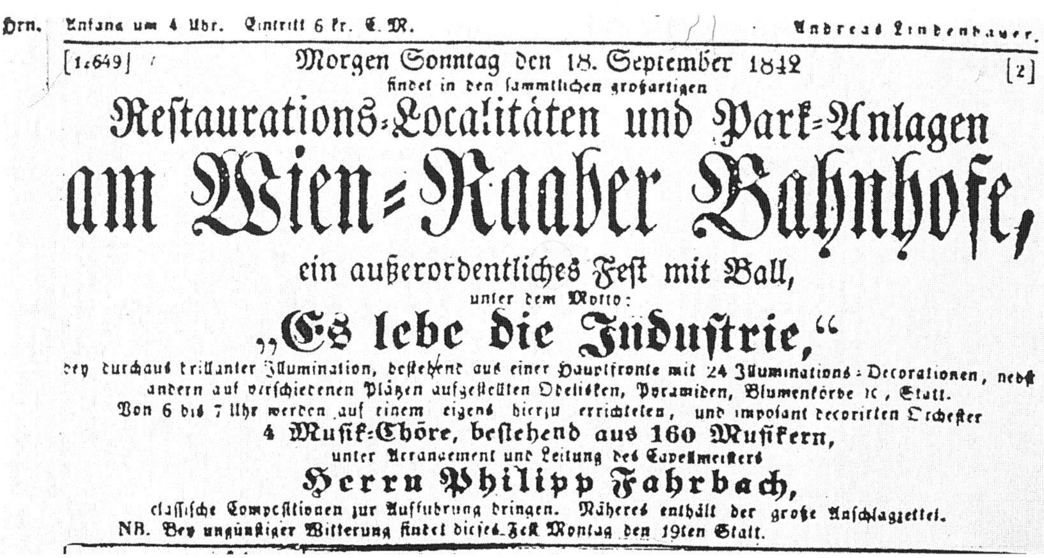
Hrn. Anfang um 4 Uhr. Eintritt 6 kr. C. M. Andreas Lindenbauer.

[1649] Morgen Sonntag den 18. September 1842 [2]

findet in den sämmtlichen großartigen

Restaurations-Localitäten und Park-Anlagen

am Wien-Raaber Bahnhofe,

ein außerordentliches Fest mit Ball,

unter dem Motto:

„Es lebe die Industrie,“

bey durchaus brillanter Illumination, bestehend aus einer Hauptfronte mit 24 Illuminations-Decorationen, nebst andern auf verschiedenen Plätzen aufgestellten Obelisken, Pyramiden, Blumenkörbe rc., Statt.

Von 6 bis 7 Uhr werden auf einem eigens hierzu errichteten, und imposant decorirten Orchester

4 Musik-Chöre, bestehend aus 160 Musikern,

unter Arrangement und Leitung des Capellmeisters

Herrn Philipp Fahrbach,

classische Compositionen zur Aufführung bringen. Näheres enthält der große Anschlagzettel.

NB. Bey ungünstiger Witterung findet dieses Fest Montag den 19ten Statt.

Philipp Fahrbachs Ballfest in den »Restaurations-Localitäten« des Wien-Raaber Bahnhofs. Ankündigung der Wiener Zeitung vom 17. 9. 1842

dentlich und hat vermutlich auch eine der Vorstellungen Donizettis besucht.
Wenn Max Schönherrs Recherchen richtig sind, hat am 2. Juni bei Dommayer ein Diner zu Ehren des italienischen Komponisten stattgefunden, bei dem Lanner mit seinem Orchester spielte, was Donizetti so sehr fasziniert haben soll, daß er als gewöhnlicher Gast wiederkehrte, um Lanners Werke neuerlich zu hören. Gesichert ist jedoch ein Faktum: Joseph hat einen seiner zauberhaftesten Walzer aus der Spätphase seines Schaffens »Die Troubadours« dem »wohlgeborenen Herrn Cajetan Donizetti« achtungsvoll gewidmet.
Das Jahr 1842 bescherte Lanner zu guter Letzt eine Sternstunde künstlerischen Schaffens und der Nachwelt ein Werk, das ihn für alle Zeiten unsterblich gemacht hat. Am 10. Oktober 1842 waren die letzten Takte des Walzers »Die Schönbrunner« zu Papier gebracht, wie Lanner eigenhändig auf der Partitur vermerkte.
Die Allgemeine Wiener Musikzeitung berichtete am 22. Oktober 1842 vom außergewöhnlichen Ereignis der Uraufführung dieses Meisterwerks, das Lanner am 20. Oktober in Denglers Bierhalle in Fünfhaus aus der Taufe gehoben hatte:
»Kaum war ich eingetreten und hatte in dem immensen Saale ein Plätzchen gefunden, als Lanner seine neueste Walzerschöpfung ›Die Schönbrunner‹ betitelt, zu spielen begann. Das Publikum hörte kaum die zwei bis drei Tacte der neuen Walzer, als es in ein unendliches Beifallsgejubel ausbrach, ohne noch zu wissen, ob denn auch der neue Walzer schon sey oder nicht, und so wurde jede der fünf Nummern mit einer Applaussalve empfangen, so daß man erst bei der Wiederholung etwas von der Musik

Gartenansicht des Schlosses Schönbrunn um 1840. Gezeichnet von Rudolf Alt. Lithographie von Sandmann. Joseph Lanner, der im nahegelegenen Casino Dommayer unzählige legendäre Erfolge erzielen konnte, hatte zu Schönbrunn eine besondere Beziehung. Sein wohl bedeutendster Walzer op. 200 trägt den Titel »Die Schönbrunner«

hörte. Lanner mußte die ›Schönbrunner‹ vier Mal wiederholen.«[8]

All diese turbulenten Feste, Vergnügungen und Spektakelveranstaltungen des Jahres 1842 hatten nur vordergründig verdecken können, daß es im österreichischen Kaiserreich mächtig kriselte. Inflation und Arbeitslosigkeit waren wiederum gestiegen. Die Regierungsverantwortlichen, repräsentiert durch das Haus Habsburg, waren weiter denn je davon entfernt, ein brauchbares Wirtschaftskonzept vorzulegen, geschweige denn zu realisieren. Das Privatkapital hatte seine ersten frühkapitalistischen Gehversuche unternommen, die der Masse der arbeitenden Bevölkerung jedoch nichts Gutes verhießen.

Wie immer in Zeiten der Verunsicherung hatte das Mysteriöse, Geheimnisvolle, Okkulte Hochsaison. Was rationell nicht mehr faßbar war, verzerrte sich zur teuflischen Fratze. Überhaupt war die Gestalt des Teufels gegen Jahresende zur modischen Kultfigur geworden. So nimmt es nicht wunder, daß Nestroy sein neuestes Theaterstück »Die Papiere des Teufels« nennt. Im Leopoldstädter Theater gibt es eine Zauberpantomime mit dem Titel »Der kleine Teufel«. Im Josephstädter Theater wird dem Publikum ein Vaudeville nach Eugen Scribes »Des Teufels Anteil« geboten. Im November 1842 bringt Kupelwieser – als Übersetzung aus dem Französischen – »Die Memoiren des Teufels« in der Josephstadt heraus. – Ein »teuflisches« Jahresende fürwahr. Johann Strauß aber setzt den grandiosen Schlußpunkt: In der Introduktion seines neuesten Walzers »Die Dämonen«, der beim Katharinenball am 23. November aus der Taufe gehoben wird, huscht »dämonisch« ein Motiv aus Meyerbeers Oper »Robert der Teufel« vorbei. Der Rest ist echter Strauß: einfallsreich, vital, wienerisch vor allem! – Wer das Titelblatt der Klavierausgabe genauer inspizierte, konnte zu seiner Überraschung erkennen, daß die Titelbuchstaben aus unzähligen kleinen Teufelchen bestanden.

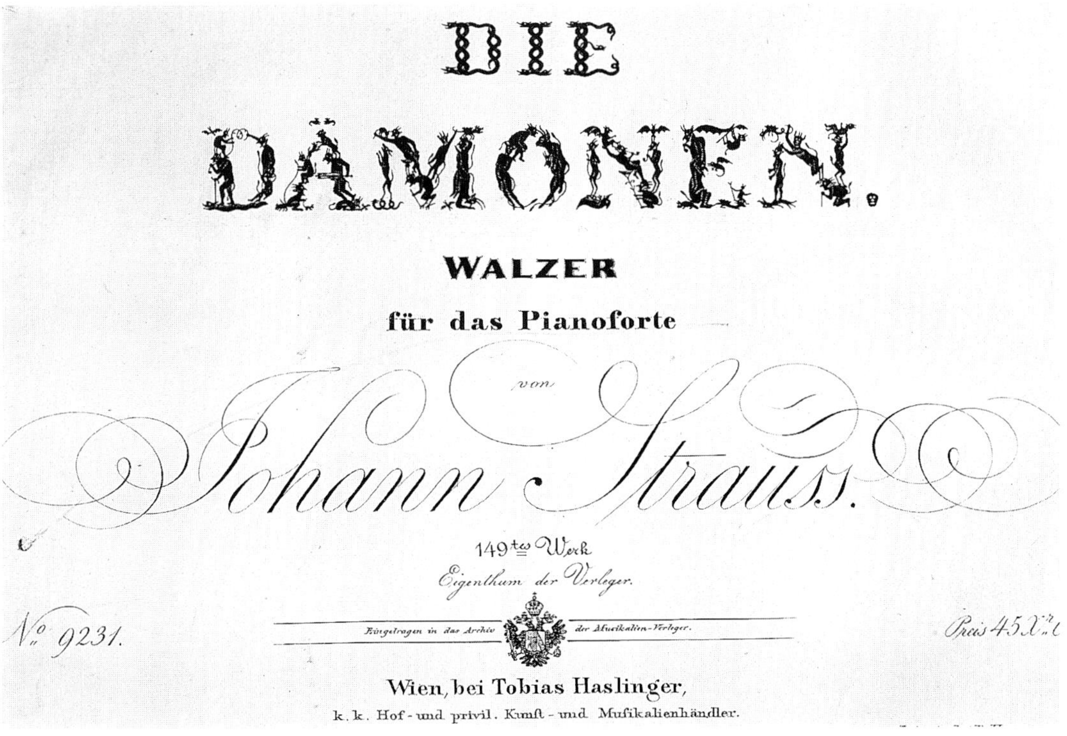

Johann Strauß »Die Dämonen«. Walzer op. 149. Titelblatt der Erstausgabe für Klavier

Dies aber fiel bereits in den editorischen Verantwortungsbereich des jungen Carl Haslinger. Tobias Haslinger war im Sommer 1842 nach einem Schlaganfall allzufrüh verstorben. Böse Zungen munkelten: Der Teufel habe ihn geholt.[9]

Detailausschnitt aus dem Titelblatt des Walzers »Die Dämonen« op. 149 von Johann Strauß.

1843
»Nur Leben!«

In seinem autobiographischen Werk »Aus meinem Leben« schildert der namhafte Musikwissenschaftler und Kulturkritiker Eduard Hanslick das geistige und musikalische Leben der frühen vierziger Jahre in der Donaumetropole: »Es ist mir eine wertvolle Erinnerung, die letzten Jahre des vormärzlichen Wien mit durchlebt zu haben (…). Von allen großen geistigen Interessen abgesperrt, warf sich das Wiener Publikum auf den Kultus des schlechtweg Zerstreuenden, Unterhaltenden in der Kunst. Die Theater florierten nicht nur, sie bildeten den Hauptgegenstand der Konversation, die wichtigste Rubrik der Tagesblätter. In Ermangelung politischer Organe las man mit wunderlicher Wichtigkeit die ›Theaterzeitung‹, den ›Humorist‹ u.s.w. Auf musikalischem Gebiet herrschte die italienische Oper, das Virtuosentum, der Walzer. Strauß und Lanner waren vergöttert. Ich wäre der letzte, das glänzende Talent dieser beiden Männer zu unterschätzen, welche in ihrer Anspruchslosigkeit doch die originellsten in sich vollendetsten und hinreißendsten Erscheinungen jener Musik-Epoche waren. Um Strauß und Lanner darf jede Nation Österreich beneiden …«[1]

Eines der Erfolgsgeheimnisse für die ungebrochene Popularität Strauß Vaters lag wohl darin, musikalische Trends und gesellschaftliche Strömungen blitzartig zu erfassen und in sein künstlerisches Schaffen wirkungsvoll zu integrieren.

Nur wenige Tage nach dem ersten Auftritt des belgischen Komponisten und Violinvirtuosen Henri Vieuxtemps in Wien brachte Strauß seine »Saison-Quadrille« op. 148 beim Sperl zur Aufführung. Den festlichen Rahmen dafür bildete der schon zur Tradition gewordene »Ball der Gesellschaft der Musikfreunde« am 17. Jänner 1843. Wie Strauß im Untertitel seines Opus 148 vermerkt, hat er unter anderem auch Motive des »berühmten Virtuosen Vieuxtemps« in seine Komposition verwoben. Musikkundige Ballbesucher wußten derartige motivische Reminiszenzen und Bezüge zum aktuellen Wiener Musikleben ganz außerordentlich zu schätzen. Und die Medaille hatte auch

Joseph Lanner spielt mit seinem Ensemble die »Hans-Jörgel-Polka«. Das genannte Werk erschien am 21. Jänner 1843 erstmals im Druck

noch eine andere Seite: Wer das Eintrittsgeld nicht aufbringen konnte, um philharmonische Konzerte oder Theatervorstellungen zu besuchen, hatte die Möglichkeit, Motive aus den neuesten Werken musikalischer Hochkultur wenigstens im Tanzsaal nachzuempfinden und sich daran zu delektieren. Legte doch Strauß Vater allergrößten Wert auf Originalität, musikalische Präzision und Perfektion der Wiedergabe.

Ergänzend ist anzumerken, daß durch diese Form der »Popularisierung« von Musik, wie sie in den Quadrillen gehandhabt wurde, Johann Strauß einem gewichtigen Bildungsauftrag nachgekommen ist, dessen Bedeutung gar nicht hoch genug eingeschätzt werden kann.

Vieuxtemps, der Johann Strauß so nachhaltig zur Komposition seiner »Saison-Quadrille« inspiriert hatte, brillierte in Wien nicht nur mit eigenen Werken und virtuosen Glanzlichtern der Violinkunst, sondern spielte am 8. Jänner 1843 mit den Wiener Philharmonikern auch Beethovens Violinkonzert und eroberte sich damit die Sympathien der Wiener Musikwelt im Sturm.

»Der Onkel in tausend Ängsten«. – »Mit mir eine Quadrill! – Na, mit mir ein'n Walzer! – Nix, mi habns auf eine Polka angaschirt, Onkerl!« – Illustration aus Hans-Jörgls »Komischen Briefen«, ausgegeben am 1. April 1843

In den »Komischen Briefen des Hans-Jörgel von Gumpoldskirchen an seinen Schwager in Feselau über Wien und seine Tagesbegebenheiten«[2], schreibt der Autor am 16. Jänner in humorvoll-uriger Diktion:

»Wer hörn will was geign heißt; wer fühlen will, was für ein Zauber in so ein'm klein'n hölzernen Kastl steckt; wer sich wie vom Posaunenton erschüttern und wieder wie von der Aeolsharfn will besänftigen lassen, wem bei den Zaubertönen eine ganze Welt von Gefühlen vor dem Geist vorüberziehn soll, ... der hör den Vieuxtemps an.«[3]

Tatsächlich erfreuten sich Tausende und Abertausende an den musikalischen Einfällen des belgischen Komponisten und Geigenvirtuosen – aber nicht im Musikverein, sondern bei Strauß im Sperl! Und die Faszination war keineswegs geringer!

Wie schon an anderer Stelle erwähnt, mußte die Bewegungsabfolge einer Quadrille von allen Teilnehmern sorgfältig studiert werden, um einen reibungslosen Ablauf zu ermöglichen. Paradoxerweise fand dieser ursprünglich aristokratische Tanz in den vierziger Jahren des 19. Jahrhunderts seine begeistertsten Anhänger im einfachen Volk. Der unbewußte Wunsch, wenigstens im Fasching sich dem Rausch der Verwandlung hinzugeben, für eine Nacht lang etwas »Besseres« zu sein, als die gewöhnlichen Lebensumstände es zuließen, dürfte dabei Patenschaft gestanden haben.

Dies brachte jedoch so manchen Tanzlehrer in unvorhergesehene Schwierigkeiten, was auch Hans-Jörgel in urwüchsig-deftiger Komik kommentiert:

»Daß im Fasching die Dienstbothen Nachmittag haben Quadrill tanzen müssen, daß sie's lernen, über dös halt sich eine honette Frau schon nit mehr auf, denn wann sogar die Stallmenscher bei ein'm Milchmahr [= Milchbauer, AdA] in der Leopoldstadt Quadrill g'lernt habn so wird man's do einer Köchin nit für Uebl nehmen? – Hietzt hab i erst g'hört, daß manche Köchinnen, dö schon beim Tanzmaster ausstudirt habn, als Tanzadjunktinnen ang'stellt werdn. Ganz natürli muß der Tanzmaster, wann er die G'selln abricht', schon geübte Tänzerinnen habn, und da nimmt er die dressirten Köchinnen dazu. Dö kriegn für d' Stund 30 Kreuzer, aber es müssen lauter starke Grazien seyn, daß's so ein'n G'selln, wann seine Füß noch rach [= schwach, AdA] seyn, recht umareißen künnen. – Meine Marianka hat eine gute Freundin, dö is eine solche Tanzassistentin, der is aber den Fasching ein kurioses Stückl g'schehn. Ihr Liebhaber hat ein Billet zu ein'm g'schloss'nen Ball beim Sperl kriegt, und er hat's dazu eing'laden. Sie hat sich unendlich aufputzt, die gnädige Frau hat ihr sogar ihren Schmuck g'liehn, und eine Blumenkron hat's aufn Kopf g'habt, wie die Preisstier am ersten Mai im Augarten. Sie kutschirn nun zum Sperl hinaus, steign ab, der Portier macht ihnen sein ehrfurchtsvollen Servus, aber denk der Schwager dös Entsetzen – der Ball, auf den er's Billet g'habt hat, war erst am andern Tag, sie mußten wieder z'ruck. – Was thut nun die Köchin, daß's den andern Tag den Frisör nit no einmahl zahlen muß? Sie ist die ganze Nacht aufbliebn, und den andern Tag hat's … mit der Blumenkron aufn Kopf eing'heizt, kocht und abg'waschen, und sie hat no richtig mit dem Kopfputz aufn Ball gehn künnen.«[4]

»Scene an einem Samstage in Wien«. Illustration aus Bäuerles Theaterzeitung. Der Wunsch, an festlichen Ballveranstaltungen teilzunehmen, bestimmte auch das Denken und Fühlen unterpriviligierter Schichten, wenngleich die Verwirklichung derartiger Bedürfnisse nicht selten auf unüberwindliche finanzielle Schranken stieß

Am 15. Februar 1843 überrascht Johann Strauß das Wiener Ballpublikum mit einem neuen großen Walzer, dessen Titel »Walhalla-Toaste« seine Verbundenheit mit dem österreichischen Nachbarland Bayern sichtbar zum Ausdruck bringt. Im Oktober 1842 war nahe Regensburg bei Donaustauf, weithin ins Land ragend, zur Erinnerung an die Leistungen »großer Deutscher aller Zeiten« eine Gedenkstätte in griechisch-antikem Stil errichtet worden. »Walhalla« wurde sie benannt. Der mit 56 dorischen Säulen geschmückte Ruhmestempel, dessen Einweihung in Anwesenheit König Ludwigs von Bayern und des Kronprinzen Wilhelm von Preußen feierlich vor sich ging, erregte damals in der gesellschaftlichen und politischen Öffentlichkeit Deutschlands viel Aufsehen und hat wohl auch deswegen Johann Strauß, der ständig auf der Suche nach neuen, aktuellen Titeln war, gedanklich inspiriert.
Heute präsentiert sich dieses Monument eher wie ein Fremdkörper in der bayrischen Landschaft. Max Schönherr, der große österreichische Straußforscher, meinte dazu:
»Ihren Zweck, eine Weihestätte des deutschen Geistes und ein Mekka des deutschen Volkes zu werden, hat die Walhalla nicht erfüllt. Sie blieb ein prunkvolles, seelenloses Schaustück, ein absonderlicher Fremdling, der kalt und abweisend mitten im deutschen Lande steht und sich in seinem griechischen Gewande nicht wohlfühlt.«[5]
Ganz und gar nicht abweisend präsentierten sich Straußens »Walhalla-Toaste« op. 147 als musikalisch stimmungsvolle, noble Walzerkette einem begeistert lauschenden Publikum im Sperl:
»Strauß hat also abermals seinen guten Geschmack zu erkennen gegeben und gezeigt, wie sehr ihm an der Gunst und Liebe des Publikums gelegen ist. Seine neuen Walzer ›Walhalla-Toaste‹ sind höchst originell und melodiös; da sie übrigens fünf Male zur Aufführung gebracht wurden, und der Beifall noch nicht en-

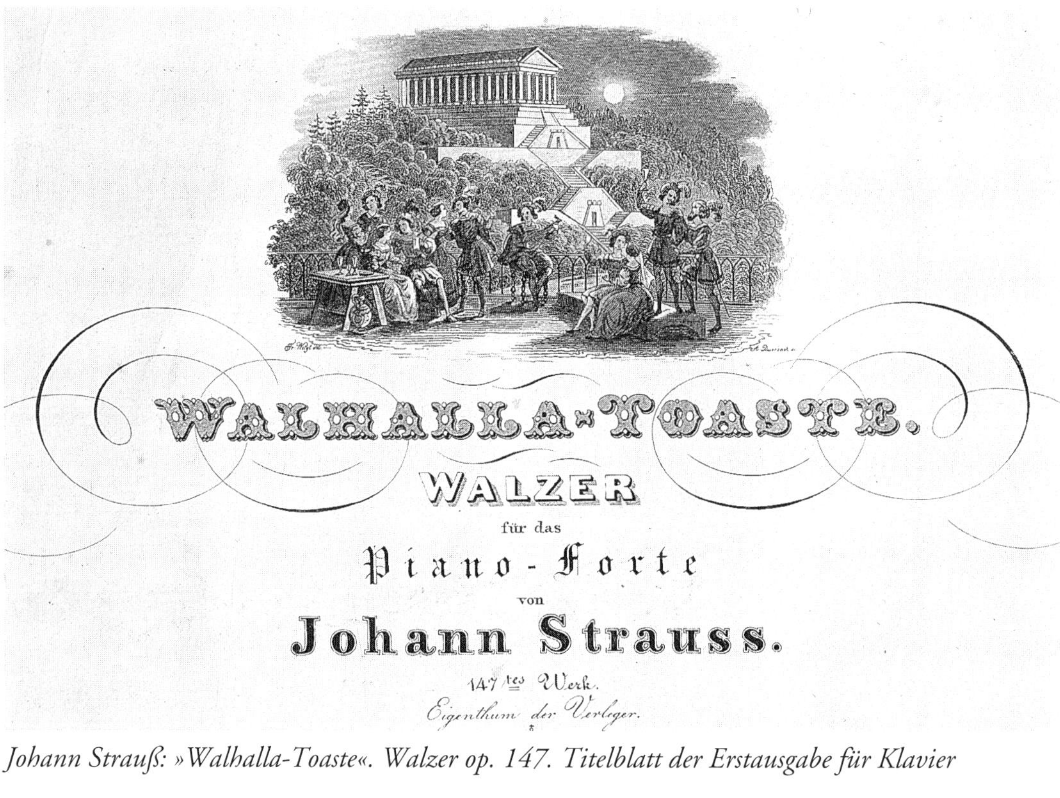

Johann Strauß: »Walhalla-Toaste«. Walzer op. 147. Titelblatt der Erstausgabe für Klavier

den wollte, so ist es überflüssig, die Gediegenheit der letzten Composition unseres Strauß noch ferner anpreisen zu wollen.«[6]

Wie sehr Johann Strauß auch diesen Fasching dominiert hat, den die Wiener – obgleich heftig gebeutelt von der anhaltenden wirtschaftlichen Krise – wie ein unverzichtbares Ritual begingen, zeigt die satirische Darstellung in Bäuerles Theaterzeitung mit dem bezeichnenden Titel »Das Begräbnis des Faschings«. Etwas versteckt, aber immer noch gut erkennbar, findet sich auf einem der Plakate, die der Faschingszug vor sich herträgt, auch der Name Lanner mit dessen unvergänglichem Walzertitel »Die Schönbrunner«.

Dem Illustrator dieser Darstellung darf bescheinigt werden, sein »Kunstwerk« unter Berücksichtigung aktuellster Neuigkeiten gestaltet zu haben. Tatsächlich ist erst am 4. März 1843 die Herausgabe des genialen Lanner'schen Walzers op. 200 durch Haslingers Verlagshaus in der Wiener Zeitung angekündigt worden.

Was der Bildgestalter wohl nicht ahnen konnte, war der Umstand, daß der im 42. Lebensjahr und in der Blüte seines Lebens stehende Joseph Lanner wenige Wochen später nicht mehr unter den Lebenden weilen sollte. Am 21. Februar des Jahres 1843 finden wir jedenfalls Lanner noch munter und unermüdlich musikalisch tätig: Bei einem Benefizball in den Sträußlsälen im Josephstädter Theatergebäude dirigiert er die Ballmusik »zum Vortheile der durch Hunger und Epidemie verunglückten Bewohner des Erzgebirges bey Joachimsthal in Böhmen«.

Der gesamte Reinertrag dieser Veranstaltung floß den von der Hungerepidemie betroffenen Bauern und Bergarbeitern zu. Eine edle Tat fürwahr, aber dennoch nur ein Tropfen auf den heißen Stein. Soziale Probleme, die immer häufiger in Katastrophen ausarteten, und von Re-

»Das Begräbnis des Faschings«. Satirische Darstellung aus Bäuerles Theaterzeitung

gierung und Herrscherhaus unbeachtet blieben, konnten durch Wohltätigkeitskonzerte nicht wirklich gelöst werden.
Zur Einleitung eines nationalen Hilfsprogramms für die notleidende Bevölkerung in Böhmen sah sich das Kaiserhaus nicht veranlaßt. In der Hofburg herrschten andere Prioritäten. So findet sich unter den historischen Dokumenten des Österreichischen Staatsarchivs, datiert mit 21. Februar 1843 – exakt an jenem Tag, an welchem Lanner seinen Benefizabend für die Unglücksopfer gab – die »Forderung nach einem uniformartigen Dienstkleid für die Orchestermitglieder von Johann Strauß bei Hofbällen«. In einem Intimat an den k. k. Hofmusikgrafen erfahren wir Näheres:
»Da bei großen Hofbällen bekanntlich Alles in Uniform erscheint und es also unangenehm auffällt, daß die Orchester-Individuen des Musikdirektors Strauß dabei allein in schwarzen Civilkleidern zugegen sind, ist es angemessen befunden worden, daß dieselben – und zwar von dem am 23. d. M. stattfindenden Hofball angefangen – in Hinkunft bei diesen Bällen jederzeit in einem uniformierten Dienstkleide erscheinen, wozu bereits über Rücksprache mit Strauß alle Einleitungen getroffen sind.«[7]

Während Otto Nicolai der »Haute volée« des Wiener Musiklebens eine grandiose Aufführung von Beethovens 9. Sinfonie mit seinen Philharmonikern darbot, was immerhin als außergewöhnliches musikhistorisches Ereignis einzustufen ist, war der Halley'sche Komet am Firmament des Wiener Sternenhimmels sichtbar geworden.
Uralte Existenzängste, die seinerzeit schon Nestroy in seinem »Lumpazivagabundus« persifliert hatte, brachen wieder auf. Weltuntergangsstimmung war angesagt.

Dinstag den 21. Februar 1843
findet in den, von dem Eigenthümer ganz neu decorirten
Saal-Localitäten
zum goldenen Strauss
im Josephstädter Theater-Gebäude,
zum Vortheile
der durch Hunger und Epidemie verunglückten Bewohner des
Erzgebirges bey Joachimsthal in Böhmen,
ein großes,
geschlossenes Ballfest
bey glänzender Beleuchtung Statt,
dessen ganzer Reinertrag zu obigem Zwecke verwendet werden soll.

Die allgemeine Theilnahme, welche der in den öffentlichen Blättern zu Gunsten dieser Verunglückten enthaltene Aufruf erregt; so wie die persönliche Ueberzeugung des wahrhaften, jede Beschreibung weit übertreffenden Nothstandes, welche sich die Unternehmer zu verschaffen Gelegenheit gefunden, läßt mit Gewißheit voraussetzen, daß sie den beabsichteten Zweck ihres Vorhabens, dem Elende nach ihren besten Kräften eine Linderung zu verschaffen, nicht verfehlen werden.
Die auf das Verhältniß des Raumes beschränkte Zahl der Eintrittskarten für eine Person 1 fl. 20 kr. CM., sind von heute an, an den nachbenannten Orten zu bekommen: In der Kunsthandlung des Hrn. Haslinger, und im Kaffehhause des Hrn. Daum am Kohlmarkt, im Wiener Theaterzeitungs-Comptoir in der Rauhensteingasse, in der Muck'schen Huthandlung am Michaelerplatz, und in der Josephstädter Theater-Kanzley.
Für höhere Beträge wird besonders quittirt, welche in den öffentlichen Blättern eigens verzeichnet werden, weßwegen in solchen Fällen um die Bekanntgebung des Nahmens oder der Nahmens-Chiffre gebethen wird.
Am Abende wird keine Cassa eröffnet. — Herr Capellmeister
Joseph Lanner,

Benefizkonzert zugunsten der Opfer der böhmischen Hunger-Epidemie. Musikalische Leitung: Joseph Lanner. Anzeige der Wiener Zeitung vom 19. Februar 1843

In die Zeit der Kometen-Hysterie fällt auch der allerletzte Auftritt Joseph Lanners, der am 21. März im Dommayer stattfand.
Und wieder einmal ist es der begnadete und messerscharf formulierende Nestroy, der zwei Tage später, am 23. März, mit seinem neuesten Theaterstück »Liebesgeschichten und Heiratssachen« den Wienern ein Spiegelbild menschlicher Geltungssucht vor Augen hält. Zielscheibe seines Spotts sind die unglaublichen Privilegien und der scheinbar unausrottbare Standesdünkel der Aristokratie. Der heruntergekommene Hochstapler Nebel – eine Rolle, die sich Nestroy selbst auf den Leib geschrieben hat – parodiert die Herrenklasse in unvergleichlicher Radikalität.
»Ich werd' mich jetzt auf den Eh'stand verlegen und dabei allen Anforderungen der Ästhetik entsprechen; meine Auserwählte ist nämlich reich und dabei nicht ohne Unliebenswürdigkeit, ich schließe also eine Vernunftheirat, eine Geldheirat und zugleich eine Heirat aus Inklination, weil ich eine unendliche Inklination zum Geld hab' (...). Freilich, Geld macht nicht glücklich, sagt ein Philosoph, der Gott 'dankt hätt', wenn ihm wer eins g'liehn hätt'. Von dieser Weisheit kann ich keinen Gebrauch machen, wenn ich aber einmal der Meinigen das Ihrige durchgebracht hab' und sie drüber in Ohnmacht fallen sollte, dann will ich ihr diese geistreiche Sentenz als Rauberessig unter d' Nasen halten.«
Ernst Fischer kommentiert diese Szene mit folgenden Worten: »Er [Nebel, AdA] tut ohne Phrase, ohne die Rückendeckung von Herkunft, Geld und Macht, doch mit überlegener Intelligenz dasselbe, was die dort oben tun: greift zu, wenn Geld in Sicht ist, schwindelt,

Joseph Lanner. Lithographie aus »Joseph Lanner's Werke« Bd. 1, hgg. von Breitkopf & Härtel, Leipzig. Lanner starb am 14. April 1843 in seinem Haus in Oberdöbling (heute Wien, XIX. Bezirk)

betrügt, trägt seine Haut als Ware auf den Heiratsmarkt.«[8]

Während Lanner mit schwerer Lungenentzündung in seinem Döblinger Haus darniederliegt, und die Lanner'sche Kapelle ohne die gewohnte Führung ihren bereits eingegangenen Verpflichtungen nachkommt, so gut dies möglich ist, betritt ein blaß aussehender italienischer Musiker mit interessanten Gesichtszügen und verschlossenem Charakter erstmals Wiener Boden: Der 29jährige Komponist Giuseppe Verdi stellt sich dem Wiener Opernpublikum mit »Nabucco« vor, einem später weltweit gefeierten Opernwerk, welches Verdi am 4. April 1843 im Kärntnertortheater selbst dirigiert, ohne damit allzu großes Aufsehen zu erregen.

Otto Nicolai schrieb über Verdis jugendliches Meisterwerk:

»Wer jetzt in Italien Opern schreibt, ist Verdi (...). Seine Opern sind aber wahrhaft scheußlich und bringen Italien völlig ganz herunter. Er instrumentiert wie ein Narr – ist kein Meister in technischer Hinsicht – muß ein Herz wie ein Esel haben und ist wirklich in meinen Augen ein erbärmlicher, verachtenswerter Komponisteur. – Ich denke, unter diese Leistungen kann Italien nicht mehr sinken.«[9]

– Errare humanum est!

Am 14. April schloß Joseph Lanner für immer die Augen. Über die Ursache seines Todes gibt es zahlreiche Gerüchte und Vermutungen. Der von den Totenbeschauern diagnostizierte »Typhus mit Lungenlähmung« ist – wie der Lannerforscher und Arzt Herbert Krenn glaubwürdig schlußfolgert – sehr in Zweifel zu ziehen.[10]

Allem Anschein nach hat eine schwere, durch Komplikationen angereicherte und das Immunsystem schwächende Lungenentzündung den allzu frühen Tod des schonungslos im Einsatz stehenden Komponisten und Kapellmeisters herbeigeführt.

In ihrem Nachruf schreibt die Theaterzeitung am 18. April unter anderem:

»Am 16. April, um die fünfte Nachmittagsstunde, wurde Capellmeister Joseph Lanner zur

[9996] [1]

Heute Samstag
findet große
Soirée
in Kremser's Localitäten am Währingerspitz
Statt.
Der 8jährige Sohn August Lanner,
Schüler des J. Raab, wird die beliebte Walzerpartie: Die Schönbrunner und die Hans=Jörgel=Polka vorzutragen die Ehre haben.
Das Orchester=Personale weiland Capellmeisters Joseph Lanner wird die Ehre haben, die neuesten und beliebtesten Compositionen zur Aufführung bringen.
Eintritt 10 kr. C. M. Anfang um 6 Uhr.
Leopold Kremser, Gasthauseigenthümer.

[9929] [1]

Casino im Landgut.
Morgen Sonntag den 9. Julius d. J. findet daselbst ein großes Volksfest mit Ball, unter dem Titel: Erfurts grüner Montag, bey außergewöhnlichen Vorrichtungen, brillanten Illuminationen, Tänze, Volksspiele, Statt.
Die Musikleistungen stehen unter der Leitung des Herrn Musik=Directors Franz Ballin.
Das Nähere enthält der große Anschlagzettel.
Leander Brasch.

Ein Auftritt des achtjährigen August Lanner mit der Kapelle seines jüngst verstorbenen Vaters. Ankündigung der Wiener Zeitung vom 8. Juli 1843

Erde bestattet; das Dorf Döbling bot zu dieser Zeit einen ganz eigenthümlichen Anblick. Das bunteste, bewegendste Gewühl von mehr als 20.000 Menschen, und über 400 Equipagen jeglicher Art, wogte durch die Gassen des Dorfes (...). Bei der Nachricht seines Todes zeigte der rege Antheil der Bewohner Wiens, mit welcher Liebe sie dem Meister zugethan waren, dessen Talent ihnen so viele Stunden erheitert hatte, dessen Bogenstrich so oft freudige Lust in ihnen geweckt, dessen gemüthliche Melodien sie so oft erfreut hatten (...). Der Leichenzug ward eröffnet durch die Schuljugend mit dem Kreuze, hierauf folgte eine Abtheilung des zweiten Bürgerregimentes, mit der Musikbande des ersten Bürgerregimentes; Capellmeister Strauß an ihrer Spitze einherschreitend, gab auf diese Weise seinem geistesverwandten Kunstgenossen das letzte Ehrengeleite. – Mit thätiger Bereitwilligkeit hatte der biedere Meister in seiner Eigenschaft als Capellmeister des ersten Bürgerregimentes für die Veranstaltung des Leichenbegängnisses Sorge getragen.«[11]

Lanners Tod hatte eine tiefe Lücke in das musikalische Leben Wiens gerissen. Das Lanner'sche Orchester, so gut es auch sein mochte, konnte sich ohne die Galionsfigur ihres Gründers im immer härter werdenden Tanzmusikgeschäft auf Dauer wohl nicht halten.
Daß Straußens erstgeborener Sohn ausgerechnet im April 1843 sein Studium am Polytechnikum abbrach, um sich ausschließlich der musikalischen Weiterbildung zu widmen, kann Zufall sein. Es ist aber nicht auszuschließen, daß Lanners Tod und die daraus resultierende Bedarfslücke den jungen Strauß bewogen hat, längst schon Geplantes nun energisch und rasch in die Tat umzusetzen. Seit Strauß Vater eine zweite Familie zu ernähren hatte, war die finanzielle Unterstützung für die im Hirschenhaus lebenden Kinder aus erster Ehe mit Anna Streim immer dürftiger geflossen. Für Johann junior war es ein Gebot der Stunde, Verdienstmöglichkeiten zu erschließen, um der Mutter, aber auch seinen Geschwistern ein finanziell gesichertes Leben zu ermöglichen. – Soweit die Gedanken und Überlegungen, die sich im Kopfe des jungen Strauß immer mehr zur Gewißheit verdichteten. Es bedurfte jedoch noch eines Zeitraumes von eineinhalb Jahren, um den Entschluß auch tatsächlich in die Tat umzusetzen zu können. Das folgende Kapitel wird sich diesem für die Musikgeschichte so bedeutsamen Ereignis in angemessener Weise widmen.

Für die Kinder Katharina, Franziska und August Lanner bedeutete das unerwartete Hinscheiden ihres Vaters einen schweren Schock. Trotz seiner ehelichen Zwistigkeiten und der

Der Victor-Saal des Withalm'schen Coliseums in Graz. Joseph Lanner hatte hier bereits 1837 und 1838 äußerst erfolgreich konzertiert. Der achtjährige August Lanner gab hier 1843 mit dem Orchester seines Vaters mehrere Proben seines Könnens

erfolgten Trennung von seiner ersten Frau hatte Lanner für die Ausbildung seiner Kinder stets in vorbildlicher Weise gesorgt. Der damals achtjährige August hatte bei Joseph Raab, Konzertmeister und Stellvertreter in der Lanner'schen Kapelle, bereits seit Jahren qualifizierten Violinunterricht erhalten und zeigte sich als gelehriger, hochbegabter Schüler.

Joseph Raab, der zwar durchaus in der Lage war, Ballveranstaltungen erfolgreich zu leiten, wußte dennoch nur zu gut, daß ohne den magischen Klang des Namens Lanner die Tage seines Orchesters gezählt waren. Da verfiel er auf die recht skurrile, aber doch wiederum naheliegende Idee, den achtjährigen August Lanner aufs Podest zu stellen und mit der Kapelle mitspielen zu lassen. In der Annonce der Wiener Zeitung vom 22. Juni hörte sich das auch ganz gut an:

»Heute Donnerstag, findet bey günstiger Witterung eine große Soirée im Brauhausgarten zu Fünfhaus Statt. Der 8jährige Sohn August Lanner, Schüler des Joseph Raab, wird hierbey zum ersten Mahle die beliebte Walzerpartie »Die Schönbrunner« und die »Hans-Jörgel-Polka« vorzutragen die Ehre haben.«[12]

Ein Konzert gleichen Inhalts wurde für den 8. Juli am Währingerspitz angekündigt (Abb. S. 254). Die Sensationsmasche mit dem achtjährigen »Wunderkind«, welches keines war, zeigte keine dauerhafte Wirkung. Da bot sich ein Ausweg an: Joseph Raab hatte mit Konzertveranstaltern der steirischen Landeshauptstadt einen vielversprechenden Vertrag abgeschlossen, der geeignet schien, über die ersten Schwierigkeiten hinweg zu helfen.

Am 24. Oktober 1843 berichtet die Grazer Tageszeitung »Stiria« ihren Lesern:

»Das Orchester-Personal des weiland Capellmeisters Herrn Joseph Lanner aus Wien (…) trifft künftigen Monath in Graz ein, und wird Mittwoch, den 15. November zu Ehren aller

Der Grazer Bahnhof im Jahre 1843. Lithographische Darstellung aus der Leipziger Zeitung

Leopoldinen, Cäcilien und Katharinen den ersten glänzenden subscribierten Ball in dem prachtvollen Victor-Saale des Withalm'schen Coliseums geben. Bei Gelegenheit der am 16., 18., 20. und 21. November abzuhaltenden Soiréen wird die Gesellschaft die neuesten Potpourris von Lanner und dessen Quadrills und Walzer, welche noch nicht im Stiche herausgegeben sind, zu produciren die Ehre haben.«[13]
Natürlich waren die Grazer Bürger neugierig, wie sich die ehemals Lanner'sche Kapelle, die schon 1837 und 1838 in Graz erfolgreich konzertiert hatte, nun mit dem achtjährigen August präsentieren würde. Tatsächlich gab es fulminante Anfangserfolge:
»Besonders ansprechend sind die Leistungen des achtjährigen Lanner, der wie ein Walzerheros en miniatur auf der Erhöhung steht, unerschrocken und gewandt den Bogen führt, und besonders die steirischen Weisen so trefflich executirt, als wollte er seinen unvergeßlichen Vater schon jetzt ersetzen. Das freudig gestimmte Publikum empfing den freundlichen Knaben mit lebhaften Acclamationen, unterbrach ihn nicht selten während der Production mit stürmischem Bravo und rief ihn nach derselben mehrmals wieder …«[14]
Einen schöneren Erfolg und ein besseres mediales Echo hätte sich Joseph Raab mit seinem Kinderstar gar nicht wünschen können. Er hatte nur eines nicht bedacht: Die zauberhafte steirische Landesmetropole an der Mur verfügte im 19. Jahrhundert nicht annähernd über die erforderliche Einwohnerdichte, um eine ganze Kette von Soiréen im großen Coliseum mit interessierten Zuhörern auszulasten. Und was für die Kaiserstadt an der Donau Gültigkeit hatte, traf für die kleine Provinzhauptstadt in noch viel höherem Maße zu: Die große Mehrheit der arbeitenden Bevölkerung hatte nicht die finanziellen Mittel, um sich die Eintrittskarten zu den zweifellos verlockenden Soiréen zu leisten. Ohne die ökonomischen Hintergründe auszuleuchten, stellt das Grazer Tagesblatt »Stiria« am

Die Brigittenau um 1840 zur Zeit des sommerlichen Kirchtagsfestes

18. November 1843 ernüchtert fest: »Die Soiréen der Musikcapelle weiland Lanners finden in Graz nicht den Beifall, der um so mehr zu erwarten stand, als ihre ausgezeichneten Leistungen noch dadurch Reiz erhielten, daß der achtjährige Sohn des Verstorbenen dabei mitwirkte.«[15]

In den nun folgenden zehn Jahren sollte es recht still werden um August Lanner. Sein Schicksal aber war damit noch keinesfalls besiegelt. Wir werden dem tüchtigen, hochbegabten jungen Musiker 1853 neuerlich begegnen, wenn er den energischen Versuch unternimmt, allen Schwierigkeiten zum Trotz in die Fußstapfen seines Vaters zu treten.

Johann Strauß Vater regierte nach dem Ableben seines langjährigen Weggefährten – trotz eifriger Aktivitäten anderer Kapellmeister wie Fahrbach, Bendl, Ballin u. a. – absolut konkurrenzlos in Wien. Diverse Sommerfeste und Großveranstaltungen, wie etwa das traditionelle Brigittenauer Kirchweihfest, lassen Strauß ruhelos von einem Fest zum anderen eilen.

Das sommerliche Straußfest in den Auen der Brigittenau, zusammen mit einem prächtigen Feuerwerk des berühmten Anton Stuwer zählte 1843 für zehntausende Wiener zu den absoluten Höhepunkten der an Festesfreuden gewiß nicht armen Wienerstadt.

In seiner 1848 entstandenen Novelle »Der arme Spielmann« hat Franz Grillparzer die Atmosphäre des Brigittenauer Kirchtagrummels in bezwingender Bildhaftigkeit geschildert:

»In Wien ist der Sonntag nach dem Vollmonde im Monat Juli jedes Jahres samt dem darauf folgenden Tage ein eigentliches Volksfest, wenn je ein Fest diesen Namen verdient hat (...). An diesem Tage feiert die mit dem Augarten, der Leopoldstadt, dem Prater in ununterbrochener Lustreihe zusammenhängende Brigittenau ihre Kirchweihe. Von Brigittenkirchtag zu Brigittenkirchtag zählt seine guten Tage das arbeitende Volk. Lange erwartet, erscheint endlich das saturnalische Fest. Da entsteht Aufruhr in der gutmütig ruhigen Stadt. Eine wogende Menge

Szene aus dem Brigittenauer Kirchweihfest. Kolorierter Kupferstich um 1840

erfüllt die Straßen. Geräusche von Fußtritten, Gemurmel von Sprechenden, das hie und da ein lauter Ausruf durchzuckt. Der Unterschied der Stände ist verschwunden; Bürger und Soldat teilt die Bewegung (...). Die ersten Bäume des Augartens und der Brigittenau werden sichtbar (...). Die zu Wagen Gekommenen steigen aus und mischen sich unter die Fußgänger, Töne entfernter Tanzmusik schallen herüber, vom Jubel der neu Angekommenen beantwortet. Und so fort und immer weiter, bis endlich der breite Hafen der Lust sich auftut und Wald und Wiese, Musik und Tanz und Schmaus, Schattenspiel und Seiltänzer, Erleuchtung und Fuhrwerk sich zu einem Eldorado, einem eigentlichen Schlaraffenland vereinigen, das leider, oder glücklicherweise, wie man es nimmt, nur einen und den nächst darauffolgenden Tag dauert, dann aber verschwindet, wie der Traum einer Sommernacht, und nur in Erinnerung zurückbleibt und allenfalls in der Hoffnung.«[16]

Den »Traum einer Sommernacht« hat Johann Strauß Vater nur wenige Wochen später – man schrieb den 19. August 1843 – beim Promenadenfest am Wasser-Glacis in musikalischen Klang verwandelt: »Loreley-Rhein-Klänge« hieß die Walzerkette, welche den Musikschriftsteller Ernst Decsey noch ein Jahrhundert später dazu hinriß, von einer »Tanzdichtung, einem Walzerkreis von weit gespanntem Durchmesser, von einem Pracht- und Unsterblichkeitsstück« zu sprechen.

Zweifellos zählt dieser Walzer op. 154 mit seiner geheimnisvoll romantischen Introduktion und dem schier ins Unendliche hinausstrebenden großen ersten Walzerthema in Es-Dur zu den genialsten und reifsten Eingebungen, die uns Strauß Vater hinterlassen hat.

Wie schon das Titelblatt vermuten läßt, dürfte Heinrich Heines »Lore-Lei« aus dem »Buch der Lieder« (1823) Pate gestanden sein.

Vor einer falschen Schlußfolgerung muß jedoch gewarnt werden: Johann Strauß Vater hat

Johann Strauß: »Loreley-Rhein-Klänge« op. 154. Titelblatt der Erstausgabe für Klavier

– im Unterschied zu seinem Sohn – niemals Texte oder literarische Vorlagen vertont. Es kann in diesem Fall also trotz der erstaunlichen atmosphärischen Stimmigkeit zwischen Heines Rheinland-Impressionen und Straußens genialem Walzer keinesfalls von Programmusik gesprochen werden. –

Warum Johann Strauß schließlich der letzten Walzerkreation des Jahres 1843 (komponiert für den alljährlichen Katharinenball im November) den ungewöhnlichen Titel »Nur Leben!« gab, ist nicht so ohne weiteres erklärbar, wird aber verständlich vor dem Hintergrund der rasant sich verändernden Lebensumstände, von denen alle mehr oder weniger betroffen waren.

Das Werk trägt weder eine personengebundene Widmung noch einen anlaßgebenden Hinweis. Der erste Walzer mit seiner volksliedhaft schlichten Melodie und dem dazwischengeschobenen Trio erinnert an die frühe Ländlertradition, aus der der Wiener Walzer ja hervorgegangen ist. Die volkstümliche Schlichtheit behält Strauß auch in den nachfolgenden Werkabschnitten bei, zeigt aber in der harmonisch kühn angelegten Coda die Reife und sichere Hand des erfahrenen Walzerkomponisten.

Wie mag das Bürgertum des zu Ende gehenden »Biedermeier« diesen Titel mit dem Ausrufzeichen wohl verstanden haben? Als Aufforderung, sich um gesellschaftspolitische Probleme lieber nicht zu kümmern, sondern in vollen Zügen das Leben zu genießen? Oder waren es persönliche Ängste, die wie ein drohender Schatten über der Seele des Herrn Biedermeier hingen? Noch waren Typhus, Cholera und Tuberkulose nicht gebannt! Wer würde wohl der nächste sein, den das Schicksal eines frühen, unbarmherzigen Todes ereilte. Das so unerwartete Hinscheiden des allseits geliebten Joseph Lanner war den Wienern noch schmerzhaft in Erinnerung.

Und alle wußten es in Wirklichkeit: Nicht der Komet war schuld an den unsicheren Zeiten, an schreckhafter Teuerung, Inflation, Verarmung, Elend. Es waren durchaus irdische, von Menschenhand gemachte ökonomische Prozesse, die da ganz offensichtlich aus dem Gleichgewicht geraten waren.

Kein Sterbenswörtchen konnte man darüber in der zensurierten Presse lesen. Aber fühlen, am eigenen Körper spüren, konnte es fast jeder. Die Lunte am sozialen Pulverfaß brannte unerbittlich weiter. Und manche, nicht unmaßgebliche Leute, haben dies auch in Worten ausgedrückt. Der im österreichischen Staatsdienst tätige Freiherr Viktor von Andrian-Werburg schrieb in seiner (1843 in Hamburg erschienenen) aufrüttelnden Anklage »Österreich und seine Zukunft«:

»Wann hat es größeres materielles Elend gegeben, wann hat die Menschheit an tieferen, schreckhafteren Wunden geblutet als eben jetzt? Tausende von Menschen sind inmitten einer reichen, einer stets wachsenden Zivilisation verwaist, vergessen und einem namenlosen Elend preisgegeben, wissen von einem Tage zum andern nicht, wo sie ihr Haupt hinlegen, wo sie das ärmliche Stück Brot finden werden, das ihr jammervolles Leben fristen soll – und durch diese habe- und heimatlosen Proletarier, deren Anzahl mit jedem Tag wächst, bereitet sich rasch und drohend eine Umwälzung vor, von deren Umfang und Folgen wir wohl nicht einmal eine Ahnung haben – und alles dieses, während die materiellen Interessen gepriesen, vergöttert, auf Altäre gestellt werden.«[17]

»Nur Leben!« – konnte demnach also auch bedeuten: »Nur überleben!« »Nur nicht allzuviel darüber nachdenken! Irgendwann einmal werden vielleicht doch bessere Zeiten kommen!«

Fünf Jahre später zeigte die historische Entwicklung in Österreich all jenen, die im stillen hofften, daß ohnedies bald bessere Zeiten kommen würden, wie sehr sie sich geirrt hatten.

1844
DAS DEBUT

Die fortschreitende Demaskierung des beschaulichen Biedermeierlebens, ausgelöst durch den erbarmungslosen Kampf um Lebensqualität vor dem Hintergrund einer frühindustriellen Produktionsgesellschaft hatte auch für den Wiener Bürger Auswirkungen bis in den letzten Winkel menschlicher Lebensräume. Nichts war mehr wie früher, seit der Fetischcharakter des Geldes die Entfremdung menschlicher Beziehungen immer rasanter und unbarmherziger vorantrieb. Selbst das Familienleben der Musikerfamilie Strauß sollte davon nicht unberührt bleiben.

Adalbert Stifter, den wir bereits als aufmerksamen und feinsinnigen Beobachter des vormärzlichen Gesellschaftslebens kennen, schildert 1844 in seinen »Studien aus dem alten Wien« die Topographie der Kaiserstadt aus dem Blickwinkel des Besuchers, der eines frühen Morgens den Stephansturm besteigt. Nach einigen beschaulichen Naturschilderungen, die der zauberhaften Landschaft rund um die Metropole gewidmet sind, fällt sein Blick auf das große, weithin sichtbare Münzamt, welches den biederen Dichter zu erstaunlich tiefgründigen, philosophischen Überlegungen führt, die auch für uns heute noch von verblüffender Aktualität sind:

»... weiter links, an schönen, fast palastähnlichen Privatgebäuden vorüber, trifft dein Auge auf ein Haus von großem Ansehen und Umfange – es ist ein seltsam Haus; man macht darinnen ein Ding, das an sich von geringem, man möchte sagen, von gar keinem Gebrauche ist – aber durch Übereinkunft schlummert in dem Dinge der Inbegriff aller andern, und es wird täglich erstrebt, heiß erstrebt von Millionen Händen und täglich weggeworfen von Millionen Händen: das Geld, ein Ding, erst harmlos erdacht zur Bequemlichkeit der Menschen, ein hohler, unbedeutender Vertreter der wahren Güter ... endlich ein Dämon, seine Farbe wechselnd, statt Bild der Dinge selbst Ding werdend, ja einzig Ding, das all die andern verschlang – ein blendend Gespenst, dem wir, als wäre es Glück, nachjagen, – ein rätselhafter Abgrund, aus dem alle Genüsse der Welt emportauchen und in den wir dafür das höchste Gut dieser Erde hineingeworfen haben, die Bruderliebe; denn sein leichter Verkehr reizt zur Anhäufung, sein Allwert lockt zum Erwerb, dieser,

Der Stephansplatz in Wien um die Mitte des 19. Jahrhunderts

Der Funke des Aufruhrs griff jedoch spontan nach Böhmen über, wo sich die Textil- und Fabrikarbeiter des Habsburger Kaiserreiches in ähnlichen Nöten befanden. Auch sie wurden mit »Hungerlöhnen« abgespeist, wobei dieser Terminus im wahrsten Sinne des Wortes der traurigen Realität entsprach. Es kam zu Arbeitsniederlegungen, denen sich auch die Eisenbahnarbeiter auf der Bahnbaustrecke Wien-Prag anschlossen. Fabrikshallen wurden gestürmt, Maschinen und Produktionseinrichtungen zerschlagen. Das österreichische Kaiserhaus wußte darauf nur eine Antwort: Einsatz von Militär.

Bei der Niederschlagung der böhmischen Unruhen hatte sich ein Kommandant besonders »wirkungsvoll« hervorgetan: Es war Fürst Windisch-Graetz, dem wir am Ende der 1848er Revolution in unrühmlicher Mission wiederbegegnen werden.

»Die Erbitterung war eine furchtbare«, berichtete ein anonymer Augenzeuge über die militärischen Maßnahmen gegen die demonstrierenden Maschinenstürmer des Jahres 1844, »und die Kühnheit, mit welcher meist unbewaffnete Menschenhaufen, selbst Frauen und Kinder sich dem Feuer der Truppen förmlich entgegenstürzten, zeigte wenigstens, wessen jene Leute, die sich aufs Äußerste gebracht glaubten, fähig waren.«[4]

Ein glutvoll heißer Juli war ins Land gezogen. Während Strauß Vater seine über 200 Mann starke Orchestertruppe, geschickt verteilt, auf verschiedensten Sommerfesten, Soiréen und Privatveranstaltungen zum Einsatz brachte und als Manager und Konzertunternehmer in eigener Sache unermüdlich unterwegs war, hatte der mittlerweile 19jährige Sohn gleichen Namens die Vorbereitung seiner eigenen Karriere resolut in die Hand genommen, ohne daß der Vater genau wußte, was in seiner Familie wirklich vor sich ging.

In der alten Jesuitenkirche Am Hof, einem der historisch bedeutsamsten Plätze Wiens, erhielt Johann Strauß junior Orgel- und Kompositionsunterricht bei Joseph Drechsler

Um so besser wußte es Mutter Anna, die mit Herz und Seele hinter dem geplanten Vorhaben ihres erstgeborenen Sohnes stand.
Wollte Johann Strauß junior sein Debut mit eigenem Orchester und eigenen Werken auch tatsächlich zu einem Erfolg werden lassen, was angesichts der übermächtigen musikalischen Dominanz des Vaters kein leichtes Unterfangen war, bedurfte es einiger grundlegender Voraussetzungen, die glücklicherweise gegeben waren.
Seit Kindheit an hatte Johann den Klang der väterlichen Kapelle im Ohr, denn fast alle Konzertproben fanden in den Räumlichkeiten des Hirschenhauses statt. Aufgrund seiner gediegenen Klavierkenntnisse und dem regelmäßigen vierhändigen Zusammenspiel mit Bruder Joseph bereitete es Johann auch keine Schwierigkeiten, Orchesterpartituren nachzuspielen und von ihrer Struktur her zu verstehen. Rechtzeitig hatte er auch begonnen, sich ernsthaften Violinstudien zu widmen, zuerst bei Franz Amon – wie wir wissen – später bei Anton Kohlmann, einem angesehenen Geiger des Hof-Opernorchesters. Harmonielehre- und Kontrapunktstudien bei Joseph Drechsler, dem ehemaligen Kapellmeister am Leopoldstädter Theater, rundeten seine musikalische Ausbildung in kluger, wohldurchdachter Weise ab.

Was in traditionellen Strauß-Biographien bisher nie Erwähnung gefunden hat: der junge Strauß hatte noch einen wertvollen musikalischen Verbündeten in der Person des Karl Fux, eines erfahrenen Orchestermitglieds der väterlichen Kapelle, der die Geheimnisse der Instrumentation und die Technik des Arrangierens dem zukünftigen jungen Kapellmeister ohne Rücksicht auf väterliche Verdikte weitergab. Auch Franz Amon verdankte Johann unzählige »handwerkliche« Hinweise von unschätzbarem Wert. Von all diesen Vorgängen durfte der Vater freilich nichts erfahren, hätte dies doch den hilfreichen »guten Geistern« im Ensemble des Vaters Stelle und Arbeitsplatz kosten können.

Jahrzehntelang gehegte und gepflegte Mystifikationen vom »Schani Buben«, der aus dem Nichts heraus vollendete Werke schreibt und mit 19 Jahren seinen Vater »an die Wand spielt«, sind jedenfalls ins Reich der Legende zu verweisen und können nicht länger Gegenstand einer ernst zu nehmenden biographischen Darstellung sein.
Um eine eigene Musikkapelle zu gründen, bedurfte es aber noch weiterer Voraussetzungen. Vor allem mußte um eine Lizenz beim Wiener Magistrat angesucht werden, und das wiederum war nicht denkbar ohne Vorlage entsprechender Qualifikationsnachweise. Was diesen Punkt anlangt, hatte der zielstrebige Junior aber bestens vorgesorgt.
Professor Drechsler, für den Johann sogar ein »Graduale für Chor und Blasinstrumente« als Prüfungsarbeit geschrieben hatte, stellte seinem musikalischen Zögling nachfolgendes Zeugnis aus:
»Endesgefertigter bestättiget hiermit, daß Johann Strauß, Sohn des Herrn Kapellmeisters Johann Strauß, von mir im Generalbasse unterrichtet wurde, und daß die Fortschritte, welche er in der Kunst gemacht, nicht allein seinem Fleiße sondern auch seinem angebornen Talente zuzuschreiben sind.
Es steht somit zu erwarten, daß Johann Strauß bei seiner leidenschaftlichen Vorliebe für dieses Studium selbst nicht auf dieser Stufe bleiben werde, sondern stets vorwärts schreiten werde. Da ich überdies Obenangeführten als einen bescheidenen, sehr gebildeten Jüngling kennen lernte, so hege ich den aufrichtigen Wunsch, daß man dieses aufkeimende Talent so viel wie möglich in den von ihm selbst gewählten Stande unterstützen möge. – Wien den 9ten July 844. Jos. Drechsler, Professor an der k. k. Normal-Hauptschule.«[5]
Ein ähnlich formuliertes Gutachten erhält der

junge Strauß auch von seinem Violinlehrer Kohlmann. Dem Gang zu den Behörden stand nun nichts mehr im Wege. Am 29. Juli schreibt Strauß junior sein Ansuchen an den Magistrat der Stadt Wien und gibt seine Absicht bekannt, den Beruf eines »Musikdirektors« ausüben zu wollen. Zwei Tage später spricht er persönlich vor, um seinem Anliegen entsprechenden Nachdruck zu verleihen.

Nach erfolgter Rückfrage bei der Polizeioberdirektion, ob »in polizeylicher Hinsicht ein Bedenken obwaltet«, was nicht der Fall war, wird Johann am 3. August offiziell zum Magistrat vorgeladen, wo ein ausführliches Protokoll aufgenommen wird.[6]

Aufschlußreich ist der zweite Teil dieses Protokolls, welches hier auszugsweise wiedergegeben sei:

»Ich bin gesonnen, mit einem Orchester von 12 bis 15 Personen zu spielen, in Gastlocalitäten und zwar beim Dommayer in Hietzing, welcher mir bereits die Zusicherung machte, daß ich, sobald mein Orchester in Ordnung ist, dort Musikunterhaltungen abhalten könne (...). Schließlich bemerke ich noch, daß ich außer Tanzmusikstücken auch Opernstücke und Concertsachen aufführen werde, je nachdem es die Unterhaltung erfordert.«[7]

Dieses Dokument gibt klar zu erkennen, daß Strauß junior nichts dem Zufall überlassen hat, alle organisatorischen und technischen Details vorbereitet, durchdacht und mit Sicherheit auch bereits an seinen ersten Kompositionen gearbeitet hat.

Zur selben Zeit finden wir Strauß Vater (noch immer nichts ahnend?) auf nächtlichen Sommerfesten im Volksgarten und im Sperl. Von der Uraufführung seines Walzers »Wiener Früchteln« am 29. Juli 1844 berichtet die Theaterzeitung in praller Euphorie:

»Vorgestern ... fand wie alle Jahre das Benefice von Strauß statt (...). Zur Erhöhung des Vergnügens lieferte der unermüdliche und unerschöpfliche Strauß abermals eine neue Compo-

Johann Strauß Vater: »Wiener Früchteln«. Walzer op. 167. Titelblatt der Erstausgabe für Klavier

sition, und zwar Walzer unter dem gewiß gelungenen Titel: ›Wiener Früchteln‹, eine höchst gelungene Tondichtung, voll Mark und Leben. Diese Walzer haben eine Gedankenfrische und sind so humorspendend, wie nicht bald eine frühere Composition. Daß diese Walzer mit endlosem Beifall aufgenommen wurden, brauche ich wohl nicht zu erwähnen.«[8]
So weit, so gut. Nun aber passiert etwas höchst Ungewöhnliches: Am Tag darauf bringt ein zweiter Rezensent in der nämlichen Zeitung eine nochmalige Berichterstattung über dasselbe Konzert! Der Kommentar hört sich an wie ein kategorischer Imperativ:
»Eine Straußsche Benefice ist eine geladene Pistole, die jedem Wiener an die Brust gesetzt wird. Da widerstehe, wer kann! (...). Und so zog das elegante Publikum Wiens scharenweise in die Gefilde des Sperls und bewunderte das fantasievolle Arrangement der Illumination, und entzückte sich an Straußs neuester Partie: ›Wiener Früchteln‹ (...). Welch ein Fond der sprudelndsten, lebensvollsten Melodien, welche kecke, überschwengliche Laune, wie pikant und effectreich die Instrumentirung, wie ineinandergreifend das Orchester wirkt, und wie belebend der Walzerorpheus da oben seinen Körper wiegt und den trefflichen Walzern durch sein pikantes Spiel einen unnachahmlichen Reiz verleiht! Der erste, zweite und fünfte Theil dieser Walzerpartie sind das Entzückendste, was Strauß je componiert hat. Sie wurden sechs Mal zur Wiederholung verlangt.«[9]
Merkwürdiger Zufall oder bezahlte Werbekampagne? Fürchtete Strauß Vater tatsächlich seinen Sohn als unerwünschten Konkurrenten? Sah er seine unangefochtene Position als »Walzerkönig« gefährdet? – Wir wissen es nicht und werden es auch nie mehr definitiv erfahren.

Mittlerweile war auch allseits bekannt geworden, daß Anna Strauß im August 1844 die Scheidung bei den Behörden eingereicht hatte. Eine Ehe, die seit Jahren nur mehr auf dem Papier bestanden hatte und deren Aufrechterhaltung in Anbetracht einer wohlinformierten Öffentlichkeit sinnlos geworden war, endete, wie unzählige andere, in der bürokratischen Mühle zermürbender zivilgerichtlicher Verhandlungen, die sich bis ins Jahr 1846 erstreckten.
Zu allem Überdruß war nun amtlicherseits auch noch die Frage aufgetaucht, ob zur Ausübung des Kapellmeisterberufs, den Strauß junior noch vor Erreichung seiner Großjährigkeit anstrebte, nicht auch das Einverständnis des Vaters eingeholt werden müsse. In einer Magistratssitzung vom 5. September 1844 wurde aber per Abstimmung entschieden, daß dies nicht notwendig sei, »da dieser Erwerbszweig eine freye Beschäftigung ist und deshalb weder die Großjährigkeit, noch ... die väterliche Einwilligung hiezu erfordert wird«.[10]

Bereits am Mittwoch, den 2. Oktober, erschien in der Theaterzeitung unter der Rubrik »Geschwind, was gibt's in Wien Neues?« eine von Strauß junior lancierte Nachricht, welche in Wiener Gesellschaftskreisen für wesentlich mehr Aufregung sorgte, als die leidige Geschichte des familiären Doppellebens von Johann Strauß Vater:
»Ein neuer Capellmeister Strauß. Der Sohn des rühmlich bekannten Capellmeisters Strauß und ersten Walzer-Virtuosen in Europa, wird nächstens an der Spitze seines eigenen Orchesters in Dommayers Casino in Hietzing sich öffentlich produciren. Es werden von ihm fünf neue Compositionen zu hören sein; man erwartet sehr viel von diesem jungen Mann, und das Publikum wird gewiß dem Sohne eben so viel Wohlwollen zuwenden, als es dem Vater seit Jahren schenkte.«[11]
Mit diesem Gedanken konnte sich Vater Strauß ganz und gar nicht anfreunden. Ein »neuer Capellmeister Strauß«? Jetzt, wo er selbst, der Walzerkönig, eben erst ins 40. Lebensjahr getreten war und sich im Hochbesitz seiner künstlerischen Kräfte wähnte!

Wenige Tage später begab sich Strauß senior auf das k. k. Kreisamt in Hietzing, um gegen die Pläne seines Sohnes zu protestieren. Da aber die Ortschaft Hietzing damals zum Gerichtsbezirk Klosterneuburg gehörte, leitete die Behörde Straußens Beschwerde dorthin weiter:

»Der Musik Unternehmer Strauß Vater hat hier beschwersam vorgebracht, daß sein achtzehnjähriger Sohn ohne sein Vorwissen eine musikalische Unterhaltung in Hietzing angekündigt habe, wozu bereits die Anschlagzettel gedruckt werden sollen. – Der Herr Hofrichter haben binnen 24 Stunden zu berichten, ob dieser minderjährige als solcher zu einem selbständigen Unternehmen nicht befugt scheinende junge Mann eine obrigkeitliche Bewilligung dazu erlangt habe, und ob der Anschlagzettel auch von dem Hofrichter vidirt worden ist. – Bis zur weiteren Entscheidung ist das Unternehmen rückgängig zu machen. – Wien den 9. Oktober 1844.«[12]

Strauß Vater hätte sich den Weg nach Hietzing sparen können. Die Klosterneuburger Gerichtsherren dachten nicht im Schlaf daran, sich mit den familiären Turbulenzen der Straußfamilie zu befassen. Wenn der junge Strauß eine Kapelle gründen wollte, dann sollte er es eben tun! – Im verklausulierten Amtsdeutsch des Jahres 1844 hörte sich das Ganze natürlich wesentlich gewichtiger an:

»Löbl. k. k. Kreisamt. Über den Auftrag vom 9. d. M. (...) berichtet Unterfertigter, daß, nachdem Joh. Strauß sich ... legitimiert hat, daß er zu musikalischen Productionen der fraglichen Art befähigt sei, die Herrschaft (durch ihr Comisariat in Hietzing) die Bewilligung zur musikalischen Unterhaltung beim Dommayer nicht recht versagen zu dürfen glaubt: denn sobald die Instanz des Musik-Direktors ihn zu derlei öffentlichen Produktionen fähig erklärt, vermag wohl die Obrigkeit eines anderen Bezirkes nichts mehr zu ändern ... Übrigens ist in dem gegenwärtigen Falle auch der Anschlagzettel schon gedruckt, daher ohne bedenkliche Folgen für die Interessenten kaum eine Einstellung anzutragen sein dürfte.«

Die Antwort des Klosterneuburger Gerichts schließt mit dem unmißverständlichen Hinweis, daß »unter den obwaltenden Verhältnissen kaum eine Einstellung der fraglichen Musik anempfohlen werden könne«.[12]

Was blieb dem Kreisamt in Hietzing anderes übrig, als mit Datum vom 11. Oktober 1844 den Beschluß zu fassen, daß »bey den aufgeklärten Verhältnissen dem Unternehmen des Johann Strauß kein Anstand gemacht werden kann«.[13]

Der von seiner künstlerischen Mission durchdrungene junge Strauß hat den Tag der Beschlußfassung gar nicht abgewartet, sondern bereits am 8. Oktober mit seinen neu angeworbenen Orchestermusikern einen Vertrag geschlossen, der die Arbeitsbedingungen bis ins letzte Detail regelte. Ein erstaunlicher Katalog von Verbindlichkeiten ist da aufgelistet, der an den professionellen Führungsqualitäten des jungen Dirigenten nicht den geringsten Zweifel läßt:

»Die Gefertigten Orchester Mitglieder verbinden sich bey den von Herrn Kapellmeister Strauß zu bestimmenden Proben und Productionen zu den festgesetzten Stunden pünctlich einzufinden und die ihnen übertragene Dienstleistung mit Eifer und Fleiß zu vollziehen und zur Beförderung des günstigsten Erfolges nach ihren besten Kräften mitzuwirken (...). Keinem der in diesem Contracte Unterfertigten ... ist es gestattet, seinen Platz im Orchester, weder bey Proben noch bey Productionen, durch einen Substituten [Stellvertreter, AdA] zu besetzen (...). In allen auf die Erfüllung gegenwärtiger Contract-Verbindlichkeiten sich etwa ergebenden Streitfragen steht die Entscheidung ausschließend dem Herrn Kapellmeister Strauß zu, welchem auch alle angezeigten Herrn Orchester Mitglieder unbedingte Folge zu leisten haben (...). Erwiesene, wiederholte Dienstvernachlässigungen, unruhiges Betragen oder Widerspenstigkeit gegen die Anordnungen des

Herrn Kapellmeisters Strauß so wie der nicht zu gewärtigende Fall der Trunkenheit eines Orchester Mitglieds während einer Probe oder einer Production berechtige den Herrn Kapellmeister Strauß zu alsogleicher Entlassung des Fehlenden. – Wien, am 8ten October 1844.«[14]

Am 15. Oktober 1844 setzte sich eine schier unübersehbare Wagenkolonne aus der Innenstadt Richtung Hietzing in Bewegung. Die seit Tagen affichierten Plakate hatten ihre Wirkung getan, und am 10., 12. und 15. Oktober konnte man auch in der Wiener Zeitung lesen:
»Einladung zur Soirée dansante, welche Dinstag am 15. Oktober 1844 selbst bey ungünstiger Witterung in Dommayer's Casino in Hietzing stattfinden wird. Johann Strauß (Sohn) wird die Ehre haben, zum ersten Mahle sein eigenes Orchester-Personale zu dirigiren, und nebst verschiedenen Ouvertüren und Opern-Piecen, auch mehrere seiner eigenen Compositionen vorzutragen. Der Gunst und Huld des hochverehrten Publikums empfiehlt sich ergebenst Johann Strauß jun.«[15]
Es wurde zwar keine »Soirée dansante«, wie angekündigt, denn Dommayers Casino war bis auf den letzten Platz ausgebucht und immer noch drängten Neugierige in Scharen in die überfüllten Säle. Den historischen Augenblick, als Johann Strauß junior zum erstenmal in aller Öffentlichkeit den Geigenbogen hob – Auftakt zu einer unvergleichlichen Karriere, die ein halbes Jahrhundert dauern sollte – konnte man allenfalls stehend in der dichtgedrängten Menge erleben. Die hochgespannten Erwartungen wurden nicht enttäuscht. Was die Besucher in Dommayers Casino an jenem 15. Oktober zu hören bekamen, war echter Strauß: Feurig, brillant, präzise dirigierend präsentierte sich ein schmächtiger, junger, blaß aussehender Mann, der keine Se-

Der neuerbaute Tanzsaal im Dommayer'schen Casino in Hietzing um 1844

kunde lang Zweifel aufkommen ließ, daß er in die Fußstapfen seines Vaters zu treten gedachte, ob diesem das recht war oder nicht.

Von den zahlreichen journalistischen Berichten, die auf dieses musikhistorische Ereignis Bezug nahmen, ist jener der Allgemeinen Wiener Theaterzeitung vom 17. Oktober am informativsten:

»Erstes Debut des jungen Orchester-Directors Hrn. Johann Strauß Sohn.

(...) Der junge Director, der auch zugleich als Compositeur auftrat, wurde bei seinem ersten Erscheinen mit rauschenden Zeichen des Wohlwollens und der Aufmunterung begrüßt, und seine Compositionen: ›Gunstwerber-Walzer‹, ›Quadrille‹, ›Polka‹ und ›Sinngedicht-Walzer‹, letztere im vorzüglichsten Maße, hatten sich des lebhaftesten Beifalls zu erfreuen, so zwar, daß sie sämtlich mehrmals zur Wiederholung verlangt wurden, welche Ehre den ›Sinngedichten‹ vielleicht fünf Mal zu Theil wurde. Sämtliche Compositionen sind in jenem charakteristischen Style geschrieben, welcher die Straußschen Tanzweisen so unwiderstehlich und beliebt macht, und auch in Beziehung der effectvollen Instrumentation ist des Vaters Einfluß nicht zu verkennen. – (...). Sehr günstige Wirkung brachte es hervor, als der Sohn seines Vaters beliebte ›Lureley-Walzer‹ [sic!] spielte, und er dadurch sowohl seine kindliche Verehrung, als auch sein Bestreben kund gab, seines Vaters längst bewährte Meisterschaft sich zum Vorbilde zu nehmen. Auch diese Walzer mußten drei Male wiederholt werden. – Der Succeß also dieses ersten Debuts ist ein für den jungen Director und Compositeur sehr erfreulicher und höchst aufmunternder zu nennen.- Der Besuch war so zahlreich, daß die ›Soirée dansante‹ dem zweiten Theil ihres Titels nicht entsprechen konnte, weil bei der großen Menschenfülle vom Tanzen gar keine Rede sein konnte.«[16]

Das Dommayer'sche Casino in Hietzing (rechts im Bild), nach einer Lithographie von Bensa. Johann Strauß junior debutierte hier am 15. Oktober 1844

Es ist und bleibt ein in der Geschichte der Musik einmaliger Vorgang, daß ein musikalisch begnadeter junger Komponist gegen den Willen seines nicht minder begabten Vaters vom ersten Tag seines Auftretens an die Welt mit seinen Werken entzückt und verzaubert hat.

Über den stürmisch bejubelten und mehrmals zur Wiederholung verlangten Walzer op. 1 mit dem Titel »Sinngedichte« schreibt der Wiener Straußforscher Franz Mailer:

»… für den Triumph des Abends sorgte erst jenes Werk, das dann auch als Opus 1 im Druck erschienen ist, die Partie ›Sinngedichte‹. Johann Strauß erinnerte in dieser Komposition sowohl an den Meisterwalzer Joseph Lanners ›Die Schönbrunner‹ … als auch ganz deutlich an die ›Loreley-Rhein-Klänge‹ seines Vaters, und wies mit diesen Zitaten darauf hin, daß er sich als Erbe beider Repräsentanten der Wiener Musik seines Jahrhunderts fühlte.«[17]

Aber auch der Walzer op. 4 »Gunstwerber«, sowie die »Herzenslust-Polka« op. 3 und die »Debut-Quadrille« op. 2, die an jenem denkwürdigen Abend erstmalig erklangen, bewegen sich kompositorisch auf ähnlich hohem Niveau und bestechen durch zauberhafte Frische und Vitalität.

Daß der Debutant auch die berühmten »Loreley-Rheinklänge« seines Vaters in das Programm aufgenommen hatte, beweist Charakter, vor allem aber psychologisches Geschick: Des Vaters Stellung als »Walzerkönig« in Wien war in keiner Weise zu erschüttern und Strauß juniors Anliegen war es, seinen aus innerster Überzeugung gewählten künstlerischen Beruf erfolgreich auszuüben und nicht, gegen den Vater als »Konkurrent« anzutreten. Daß das musikalische Wirken beider »Sträuße« dennoch als Konkurrenzkampf in die Annalen der Musikgeschichte eingegangen ist, darf der starrsinnigen Haltung des Vaters, vor allem aber der

Johann Strauß Vater: »Maskenlieder« Walzer op. 170. Titelblatt der Erstausgabe für Klavier

sensationsgierigen »Regenbogenpresse« ursächlich zugeschrieben werden.

Johann Strauß Vater hat sich zum Erfolg seines Sohnes offiziell nie geäußert. Unbeirrt ging er seinen bisher eingeschlagenen Weg weiter. Zwei Tage nach dem Dommayer-Debut des Sohnes hob er den Walzer »Frohsinn-Salven« op. 163 aus der Taufe und für das Katharinenfest im November schuf er den grandiosen Walzer »Maskenlieder« (Abb. S. 271). Konzertreisen nach Troppau, Teschen und Neutitschein verliefen ebenso erfolgreich wie seine zahlreichen Verpflichtungen und Auftritte in der Donaumetropole.
Wer nach dem Debut des jungen Strauß beim Dommayer noch immer daran zweifelte, daß es nunmehr in Wien zwei ernstzunehmende Straußkapellen gab, wurde rasch eines Besseren belehrt. Strauß junior dirigierte in den Folgewochen regelmäßig bei Dommayer bzw. in »Lindenbauers Casino« in Simmering, und am 19. November strömte das musik- und tanzfreudige Volk in Scharen zum großen Festball in Dommayers Casino, wo Strauß junior zu einem »Abend des Frohsinns« geladen hatte, wobei ein neuer Walzer (Serail-Tänze op. 5) und eine eben erst fertiggestellte Quadrille als Überraschung lockten.
Der Journalist Franz Wiest beglückte die Wiener Leserschaft in der Zeitschrift »Der Wanderer« mit einem Feuilleton über das Dommayer-Debut des jungen Strauß. Wiest schloß mit den Worten: »Gute Nacht, Lanner! Guten Abend, Strauß-Vater! Guten Morgen, Strauß-Sohn!« Dieses banale Zitat (Lanner war seit einem Jahr tot, Strauß Vater dachte gar nicht daran, abzutreten) gefiel manchen Wienern aber ungemein und wurde bald zum geflügelten Wort. – Sei's drum.
Daß diese geistlose Worthülse aber heute noch – 150 Jahre später – von manchen Biographen

[16054] [3]
Einladung
zu einem großen
Fest-Balle,
welcher
heute Dinstag den 19. November
in
Dommayer's Casino
in Hietzing
unter der Bezeichnung:
Ein Abend des Frohsinns,
zur Benefice des
Johann Strauss (Sohn)
Statt finden wird.
Der Unterzeichnete wird an diesem Abende nebst seinen früheren Compositionen auch zum ersten Mahle neue Walzer unter dem Titel:
Serail-Tänze,
und eine neue Quadrille, betitelt:
Cytheren-Quadrille,
vorzutragen die Ehre haben.
Johann Strauß junior.
Näheres enthält der Ankündigungszettel.

Einladung zu einem von Johann Strauß Sohn veranstalteten Festball in Dommayers Casino. Anzeige der Wiener Zeitung vom 19. November 1844

als »originell« gepriesen wird, ist doch verwunderlich.

Wie hatte doch einst Nestroy, der große künstlerische Zeitgenosse Strauß Vaters, festgestellt: »Leichtsinn wurde schon oft vom sanften Hauch der Liebe, öfter noch vom rauhen Sturmwind der Erkenntnis verscheucht, selbst das Laster ist nicht selten vor dem Licht der besseren Überzeugung geflohen. Nur die Dummheit hat sich hinter ein festes Bollwerk von Eigensinn verschanzt, pflanzt beim Angriff noch die spitzen Palisaden der Bosheit drauf und steht so unbesiegbar da.«[18]

»Neueste Masken aus Wien«. Satirische Darstellung aus den 40er Jahren des 19. Jahrhunderts in der Wiener Allgemeinen Theaterzeitung

1845
Sommernachtsträume

Mit sichtlichem Bedauern kommentiert der Rezensent der Theaterzeitung in der Rubrik »Faschings-Glossen« den allzu kurzen Carneval des Jahres 1845:

»Das eine Mal ist uns der Fasching zu lang, weil unsere Börse dabei zu kurz wird, das andere Mal wieder zu kurz, weil uns ohne Redoute, Sperl und Dommayer die Zeit zu lang wird. So kurz wie heuer war er aber schon lang nicht. Dreißig Tage und nicht mehr! Bis wir erst recht dareinkommen, lustig zu sein, macht der ernste Aschermittwoch uns schon einen Strich durch die Rechnung. Da heißt es denn nun, nichts versäumen, sich anfangs gleich hineinstürzen in das bunte Gewühl der lustbewegten Zeit, die flinke Tänzerin ergreifen im Fluge, nicht viel sinnen und wählen, daß die Freude nicht entfliehe, ehe wir sie erhaschen.«[1]

Sich hineinzustürzen in das bunte Gewühl einer »lustbewegten Zeit«, die in Wirklichkeit von schweren wirtschaftlichen Depressionen überschattet war, dazu fanden die Wiener im Jänner 1845 reichliche Gelegenheit.

Attraktive Novität und magischer Anziehungspunkt für tausende Neugierige und Schaulustige war die Eröffnung des wahrhaft riesigen Odeonsaales am 8. Jänner 1845.

Der Blechwarenfabrikant Paul Fischer hatte 1844 eine große Liegenschaft in der Leopold-

Der 1845 in der Leopoldstadt neu erbaute »Odeon-Saal«

stadt gekauft und darauf einen Tanzsaal errichten lassen, dessen Grundfläche von 184 mal 34 Metern das neue Gebäude zum größten Vergnügungsetablissement Wiens machte. Die Odeongasse im zweiten Wiener Gemeindebezirk erinnert noch heute an das einstige, längst vergangene architektonische Juwel.

Es verstand sich fast von selbst, daß die musikalische Eröffnung dieses prächtigen Etablissements Johann Strauß Vater zufiel, der seine Kapelle eigens zu diesem Anlaß um etliche Mitglieder aufstockte. Wer sonst hätte den enormen akustischen Anforderungen dieses gewaltigen Musentempels besser entsprechen können als der Wiener »Walzerkönig«, dessen Position selbst durch das couragierte Auftreten seines hochmusikalischen Sohnes in keiner Weise gefährdet war. Die Wiener Theaterzeitung bringt das Thema auf den Punkt:

»Im heurigen Fasching aber beschäftigen ihn [den Wiener, AdA] zwei Dinge ganz besonders: der neue Odeonsaal und die Straußfrage. Die Zeitungen erzählten schon im voraus Wunder von diesem Riesensaale mit seinen prachtvollen Malereien, seinem Lichtermeere, seinen hängenden Gärten. Ganz Wien wird kommen, sich diese Herrlichkeit zu beschauen ... Und dann die Straußfrage, diese wichtigste aller Zeitfragen, welche das europäische Publikum beschäftiget. Wird sie diesen Fasching schon von den Großmächten des Tanzes entschieden werden oder nicht? Wird Strauß Vater alleiniger Walzer- und Quadrillenregent bleiben? Wird er die Herrschaft mit dem kühn aufstrebenden Sohne theilen müssen?«[2]

Mit einer Apotheose auf den Wiener Walzer beendet der Rezensent seine Faschings-Glosse:

»Wir wollen uns indessen davon die Freuden des ohnehin kurzen Faschings nicht verkümmern lassen. Wir wollen flott leben und tanzen zu der Geige von Strauß Vater und Strauß Sohn im Odeonsaale und beim Sperl, beim Dommayer und in der Redoute, beim Stadtgut und im Elysium. Wir nehmen uns auch vor, diesen Fasching wieder auf gut wienerisch zu walzen und nur zu walzen, denn den Walzer müssen wir in Ehren halten, als unsere schönste und wichtigste Erfindung ... Der Walzer ist und bleibt der Tanz der Liebe, in ihm liegt mehr Poesie, als in allen anderen Nationaltänzen der Welt!«[3]

Zur Eröffnung des Odeonsaales erschienen 4000 Besucher. Weit über die Grenzen Wiens hinausgehend, erweckte das Ereignis internationales Interesse und entsprechendes journalistisches Echo. Die Leipziger Illustrierte Zeitung – eines der bedeutendsten Kultur- und Nachrichtenblätter Europas jener Zeit – läßt einen ihrer Rezensenten in geradezu epischer Breite davon berichten:

»Läßt man von dem erhöhten Standpunkt den Blick über das weite, von lustwandelnden und

[192] Eröffnungs-Feyer [1]
des neu erbauten
ODEON
(Leopoldstadt, Fuhrmannsgasse)
und
Fest-Ball
bey einer
Beleuchtung von 5000 Kerzen
welcher
heute Mittwoch den 8. Jannar 1845
Statt findet.
Der Unterzeichnete enthält sich eines jeden näheren Details hinsichtlich der prachtvollen und zugleich zweckmäßigen Decorirung dieses von Grunde aus neu erbauten großartigen Etablissements, und erlaubt sich bloß zu bemerken, daß der Saal an Größe nicht leicht einen seines Gleichen in Europa finden dürfte. Er gibt sich hiermit die Ehre einen hohen Adel und das geehrte Publicum Wiens ergebenst einzuladen.
Die Musik ist unter der persönlichen Direction des Herrn Capellmeisters
J. Strauß
welcher mit einem außergewöhnlich verstärkten Orchester
eine beliebtesten Compositionen zur Aufführung bringen, und insbesondere neue Walzer, betitelt:

Eröffnung des neu erbauten Odeonsaales am 8. Jänner 1845. Zeitungsanzeige

tanzenden Massen erfüllte Erdgeschoß schweifen, so wähnt man sich an das Gestade eines hochgehenden Sees versetzt und trägt Bedenken, die sichere Warte verlassend, sich in die strudelnde Tiefe zu stürzen. Glücklicherweise erblickt man inmitten des wogenden Sees einige grünende Eilande, Blumengebüsche, wo man als schiffbrüchiger Ulysses Rettung finden kann ...«[4]

Entgegen der Annahme Max Schönherrs, daß Strauß Vaters erfolgreiche Quadrille »Die vier Haimonskinder« (nach Motiven aus der gleichnamigen Oper von Balfe) erst am 19. Jänner im Redoutensaal ihre Erstaufführung erlebte, ist sie, wenn man dem Berichterstatter der Leipziger Illustrierten folgt, bereits am Tag der Eröffnung des Odeonsaales am 8. Jänner 1845 erklungen.

»Eine der neuesten Compositionen des unerschöpflichen Strauß, die ›Vier Haimonskinder-Quadrille‹, lockt zum Tanzplatze hin. Dazu ist der 26 Klafter lange mittlere Raum des Riesensaales, die Stätte, wo König Strauß an der Spitze eines gewaltigen – 80 köpfigen – Musikcorps als Allein- und Selbstherrscher waltet, bestimmt. Von einem Throne aus Gußeisen und Holzschnitzwerk herab lenkt er mit mächtigem Scepter die zur freiwilligsten Unterwerfung herbeiströmenden Scharen, und Hunderte entzückter Paare gehorchen huldigend den rhythmische Gesetze vorschreibenden Schwingungen seines Zauberstabes. Ein ebenso anziehender wie mächtiger Anblick! Wer Enthaltsamkeit genug besitzt, sich nicht selbst in Reih' und Glied dieser verzückten Vasallenschaft zu stellen, der findet schon in der Anschauung und Musterung der schönen und eleganten Wiener Ballwelt reichlichen Genuß und Entschädigung.«[5]

In den heißen Sommermonaten wurden die um den Riesensaal herum befindlichen Garten-

Der Odeonsaal in Wien am Tage der festlichen Eröffnung. Eine Darstellung der Leipziger Illustrierten Zeitung vom 10. 5. 1845

anlagen ebenfalls in den Ablauf der festlichen Konzert- und Ballveranstaltungen einbezogen. Der amerikanische Dichter Bayard Taylor bereiste 1845 – im Alter von 20 Jahren – Europa und verarbeitete seine Impressionen in seinem literarischen Bestseller »Views Afoot« (Aussichten eines Fußgängers). Im Juni 1845 besuchte er ein Sommerfest im Odeon und lernte Johann Strauß Vater kennen. In den Memoiren des amerikanischen Gastes nimmt dieses Ereignis bemerkenswerten Raum ein:

»Nachdem die Musiker mit der Stimmung ihrer Instrumente fertig waren, trat ein mittelgroßer Mann mit langen Schritten hervor, mit einer Geige in einer Hand und einem Bogen in der anderen, und begann letzten auf und ab zu schwenken, wie ein Zauberer seine Geister rufend. Als ob er den Klang aus seinem Bogen geschwenkt hätte, sprangen die Töne von den Instrumenten … Die Genauigkeit, mit der jedes Instrument spielte, war wahrhaftig wunderbar. Strauß hätte Rhythmus und Harmonie auf den Tasten seines Klaviers nicht genauer schlagen können als mit dieser großen Kapelle.

Die Klänge quollen so distinkt und perfekt hervor, daß man erwartete, sie beinahe plastisch zu sehen. Mal war die Luft so leicht und elastisch, daß die Füße kaum auf der Erde hafteten; dann versank die Musik in ein trauriges Lamentoso, mit schluchzendem Zittern, und starb in einem langgehaltenen Seufzer. Strauß schien die Musik in jedem Glied zu spüren. Eine zeitlang schwenkte er seinen Geigenbogen, dann fing er mit verzweifelter Energie zu geigen an, seinen Körper im Takt bewegend, bis der Schweiß ihm von der Stirn lief. Ein Notenheft lag vor ihm auf dem Pult, aber er machte von ihm keinen Gebrauch. Oft schaute er mit einer Art halb-triumphierenden Lächeln auf das aufgeregte Publikum, dessen Füße kaum daran zu hindern waren, mit dem magischen Takt zu springen …«[6]

Selbstdisziplin, Arbeitswut, manische Besessenheit, aber auch Raubbau körperlicher Kräfte hatten im Leben Johann Strauß Vaters im Fasching 1845 einen neuerlichen Höhepunkt erreicht. In der »Carnevals-Schau« der Theaterzeitung vom 27. Jänner 1845 bringt ein Journalist namens Ketony dieses Phänomen mit unverhohlenem Staunen zum Ausdruck:

»Wenn man bedenkt, daß Strauß überall, wo gewählte Bälle abgehalten werden, selbst spielt, wie z. B. bei allen k. k. Hofbällen, bei allen Cavaliersbällen, bei allen vorzüglichen Bällen beim Sperl, im Odeon, in den Redoutensälen etc., so begreift man nicht, wie es möglich ist, daß er solche Anstrengungen aushält. Alle Tage, von 9 Uhr Abends bis 6 Uhr Früh, und meistens auf drei bis vier Bällen zu spielen, und nebstdem am Tage, statt zu schlafen, zu componiren! Dazu gehört nebst einem ausgezeichneten Talente auch noch eine Strauß-Natur. – Ein Beispiel, daß Strauß Vater überall und nirgends ist, will ich anführen. Als ich neulich gegen Mitternacht auf den Technikerball zum Sperl kam, spielte Strauß gerade seine herrlichen Eunomien-Tänze unter stürmischem Beifall; nachdem ich das schöne Geschlecht, wovon wirklich eine große Anzahl zugegen war, gehörig bewundert, mich an Strauß' Musik und Krieglers köstlichem Gefrorenen … gesättigt hatte, sagte ich dem Sperl Lebewohl, und fuhr zum Blindenball in die k. k. Redoutensäle, in welchen gerade eine Quadrille in vier großen Colonnen … getanzt wurde. – Wie groß war mein Erstaunen, als ich an der Spitze des Orchesters Strauß abermals erblickte. Im Verlauf des Balles erfuhr ich, daß er schon von 6–11 Uhr bei Hofe auf dem Kammerballe gespielt hatte. Ich weiß kein Jahr, obwohl ein Dutzend neue Musikdirectoren auftauchen, in welchem Strauß so beschäftigt gewesen wäre, als gerade in diesem.«[7]

Am 29. Jänner hob Strauß Vater im Sperl seinen fulminanten Walzer »Faschings-Possen« aus der Taufe. Der Benefizabend unter dem Motto »Carnevals-Gewitter« wurde von der

Strauß junior, etwas zu tun, was in dieser Situation wohl als vernünftig anzusehen war: er schloß einen Gastspielvertrag mit der steirischen Landeshauptstadt Graz ab, der im April 1845 auch tatsächlich in die Realität umgesetzt wurde. Im Steiermärkischen Intelligenzblatt zur »Grazer Zeitung« vom 8. 4. 1845 ließ der junge Kapellmeister folgende Nachricht einrücken:

»Johann Strauß Sohn, Musikdirector und Compositeur aus Wien mit seinem großen Orchester (bestehend aus 36 Musikern) wird die Ehre haben, während seines kurzen Aufenthaltes in Graz im Coliseum sich … bei drei Fest-Soirées zu produciren und wird bemüht sein, sich der Gunst und Huld eines hohen Adels und hochverehrten Publikums würdig zu machen.«[12]

Die »Gunst des hochverehrten Publikums« hat sich der energiegeladene junge Kapellmeister aus der Donaumetropole in der steirischen Landeshauptstadt im Nu erobert. Die Gratzer Zeitung vom 15. April bestätigt es klar und deutlich:

»Sonntag, den 13. d. M. producirte sich Herr Strauß (Sohn) mit seiner Kapelle zum ersten Male in Withalms Benedictsburg [= Coliseum, AdA] und feierte daselbst seine Triumphe vor einem Publikum von beiläufig 1000 Personen. Beinahe jede Ouverture, jede Quadrille, jede Polka, jeder Walzer wurde stürmisch zur Repetition verlangt, und man war Aug' und Ohr für die Agilität des neuen, vielleicht erst zwanzigjährigen Walzerheros, der so siegreich in die Fußstapfen des Vaters tritt …«[13]

Nach drei höchst erfolgreichen Soiréen im Grazer Coliseum entschloß sich Johann am 17. April zu einem Abschiedskonzert, dessen Reinertrag seinen Orchestermusikern zugute kommen sollte.

»Heute Donnerstag, den 17. April 1845 selbst bei ungünstiger Witterung Fest-Soirée des

Die steirische Landeshauptstadt Graz um die Mitte des 19. Jahrhunderts. Johann Strauß Sohn gastierte hier im April 1845

Strauß-Sohn als Benefice für das Orchester-Personal. Die Production besteht in den beliebtesten Kompositionen von Johann Strauß Vater und Johann Strauß Sohn (...). Einem allgemeinen Wunsche zu Folge wird von nun an in dem Produktionssaale nicht mehr Tabak geraucht. – Jos. Bened. Withalm.«[14]

Bemerkenswert – und im Grunde auch verständlich – ist die Tatsache, daß der junge Kapellmeister nach wie vor auch Werke seines Vaters in seine Programme aufnahm. Welch gewaltige synergische Effekte hätte doch Strauß Vater zugunsten seines Unternehmens bewirken können, hätte er ebenfalls Werke seines Sohnes ins väterliche Repertoire genommen. Familiäre Umstände haben dies leider verhindert.

Der April 1845 war noch nicht zu Ende, da hatte das zu Tratsch und Klatsch stets neigende Wiener Bürgertum eine neue Sensation: Das Theater an der Wien war – wieder einmal – versteigert worden, diesmal jedoch mit schwerwiegenden Folgen: Karl Carl, der Theaterdirektor und langjährige Pächter des traditionsreichen Hauses, hätte das Theater an der Wien aufgrund seiner finanziellen Erfolge längst kaufen können, meinte jedoch, als Pächter wesentlich günstiger zu bilanzieren. Diesmal aber hatte er sich offensichtlich verrechnet. »Er erkannte nicht den brennenden Ehrgeiz, der in einem Mann lebte, auf den er trotz seiner Erfolge herabsah, Franz Pokorny, ein böhmischer Schulgehilfe aus Ctiborz.«[15]

Pokorny, der als Klarinettist nach Wien gekommen war, um bald darauf Orchestermitglied im Josephstädter Theater zu werden, hatte 1837 die Direktion des damals recht heruntergekommenen Musentempels in der Josefstadt übernommen und das Theater in unermüdlicher, künstlerischer Arbeit zu neuer Blüte gebracht. Wie bereits erwähnt, war es Franz Pokorny, der erstmals in der Geschichte des Wiener Theaterlebens den Autoren seiner Stücke Tantiemen zahlte, eine soziale Errungenschaft, die in der zweiten Hälfte des 19. Jahrhunderts gerade für Johann Strauß Sohn von überragender, ja karrierebestimmender Bedeutung sein sollte.

Am 23. April 1845 geschah das Unerwartete, ja Unglaubliche. Bei der im Wiener Amtshaus angesetzten Versteigerung des Theaters an der Wien erhielt Pokorny den Zuschlag. Damit hatte er ein Theater, das mindestens 1 Million Gulden wert war, zum lächerlichen Preis von 199.000 Gulden C.M. erworben. Karl Carl, der diesen Überraschungscoup bis zum letzten Augenblick nicht glauben wollte, mußte seine Direktion aufgeben und sich ins kleine Leopoldstädter Theater zurückziehen.

Es sollte allerdings noch bis August dauern, bis Pokorny nach etlichen Renovierungsarbeiten an seiner neuen Spielstätte den Betrieb aufnehmen konnte.

Franz Pokorny wurde 1845 Direktor und Eigentümer des Theaters an der Wien

Im Wonnemonat Mai des Jahres 1845 erstrahlte das erst jüngst eröffnete »Odeon« in der Leopoldstadt in besonders festlichem Glanz. Anläßlich der großen Gewerbe- und Industrieausstellung, die am 15. Mai in der Donaumetropole eröffnet wurde, fand hier 10 Tage später, am 25. Mai ein prächtiges Ballfest statt. Es stand unter dem pompösen Motto: »Oesterreichs Glorie oder: Huldigung vaterländischer Industrie«. Strauß Vater dirigierte den eigens zu diesem Anlaß komponierten Walzer »Oesterreichische Jubelklänge« op. 179.
Mit der wachsenden Kapazität der Dampfmaschine, die mittlerweile in fast allen größeren Gewerbebetrieben des Kaiserreichs Einzug gehalten hatte, mit dem zügig voranschreitenden Eisenbahnbau, der nun auch weit entfernte Teile der Monarchie durch den Schienenstrang verband, war in den 40er Jahren ein merklicher Aufschwung des österreichischen Gewerbes zu verzeichnen. Die nunmehr dritte Gewerbeausstellung der Monarchie (1835 und 1839 hatte es bereits solche in bescheidenerem Umfang gegeben) dokumentierte den Innovations- und Modernisierungsschub österreichischer Industriebetriebe.
Die zur Führung von Großbetrieben notwendige Akkumulation von Kapital warf aber auch ihre Schatten: Kleingewerbebetriebe, Handwerker und Facharbeiter gerieten immer stärker in den Sog der Rationalisierungsmaßnahmen und schlitterten in zunehmende Abhängigkeiten von finanzkräftigen Unternehmern. Kleine Meisterbetriebe, die einst stolz auf ihre Selbständigkeit gewesen waren, wurden zu Heimarbeitern und Stückgutlieferanten degradiert. So beschäftigte etwa der berühmte Wiener Schneiderfabrikant Gunkel, der einen ausgedehnten Handel mit den Provinzen der Monarchie, ja sogar mit dem Ausland unterhielt, »80 Arbeiter im eigenen Hause, außerdem 25 arbeitsbedürftige Meister zum Nähen der Beinkleider und 30 weibliche Individuen zur Verfertigung der Westen.«[16]
Die Pauperisierung und Verschärfung der sozialen Notlage für unzählige kleine Handwerksbetriebe nimmt Franz Schuselka in einer 1847 (in Hamburg) erschienenen Analyse kritisch unter die Lupe:
»... eben so wenig können wir darüber jubeln, dass man für die Ausstellung von Gewerbeerzeugnissen kostspielige Paläste erbaut, während tausende von denen, welche diese – für die vornehme Schaulust ausgestellten – Produkte verfertigen, in elenden Löchern ein elendes Dasein fristen.«[17]
Während man also im Riesensaal des Odeon mit straußischen Klängen die gesamtösterreichische Gewerbeausstellung festlich-musikalisch umrahmte, wurden die Produkte selbst in eigens erbauten Räumlichkeiten vor dem Polytechnikum neben der Karlskirche der internationalen Gästeschar präsentiert. Die Leipziger Illustrierte Zeitung widmete diesem wirtschaftspolitischen Ereignis in der Donaumetropole eine umfassende Berichterstattung:

»So ist er denn also endlich herangekommen, der längst ... erwartete Moment einer neuen Jubelfeier der Industrie des österreichischen Kaiserstaates! Die Hallen sind erschlossen und ein glänzender, unübersehbarer Bazar hat sich vor dem staunenden Auge aufgetan (...). Die seit den Morgenstunden auf dem Glacis aufgestellte Bürgergarde verrichtete die militärischen Honneurs dieses schönen Tages, den ein Festmahl der versammelten Industriellen im Redoutensaale heiter und gesellig schloß.«[18]
Als Kapellmeister des 1. Bürgerregiments hatte Johann Strauß Vater also auch die Herren Industriellen musikalisch zu begrüßen. Mit Sicherheit darf jedoch angenommen werden, daß der Kompositeur der »Oesterreichischen Jubelklänge« beim abendlichen Festmahl im Redoutensaal nicht an der Tafel saß.
Die musikalische Selbstausbeutung, die der »Walzerkönig« sich und seinen Musikern zumutete, steuerte indessen neuen Höhepunkten

entgegen. Am 31. Mai weiß die Theaterzeitung zu berichten:

»Von der nächsten Woche angefangen spielt Strauß Vater alle Sonntage in Ungers Casino in Hernals, und an jedem Dinstag und Freitag im k. k. Volksgarten, alle Mittwoche im Odeon, alle Donnerstage beim großen Zeisig am Burgglacis, alle Sonnabende bei den sieben Kurfürsten in der Leopoldstadt. Die Montage behält Strauß für sich, um großartige Feste oder Wohltätigkeits-Soiréen an verschiedenen Orten zu veranstalten.«[19]

Kompositorisch überrascht Strauß Vater immer wieder aufs neue sein Publikum. Die »Marianka-Polka« op. 173 – nach 150 Jahren unverzeihlichen Vergessens erstmals im Programm der Wiener Philharmoniker (Neujahrskonzert 1998) – wird in Ungers Casino und im Volksgarten in den ersten Junitagen des Jahres 1845 zum vielumjubelten Musikereignis:

»Zur glorreichen Namensfeier Sr. Majestät des Kaisers veranstaltet Herr Capellmeister Strauß alljährlich im k. k. Volksgarten ein Fest, das zu den schönsten und beliebtesten der Saison gehört (...). Capellmeister Strauß, rastlos wie immer, wußte die Aufmerksamkeit aller auf sich zu lenken, nicht nur seine neckischen, unwiderstehlichen Weisen erweckten Begeisterung, auch ernstere Compositionen wurden vollkommen gewürdigt (...). Neuerdings hat sich gezeigt, daß das Orchester von Strauß kühn mit jedem Opern-Orchester in die Schranken treten darf (...). Die neue ›Marianka-Polka‹, ›Jubellieder‹ und noch viele andere eben so gelungene als originelle Compositionen von Strauß wurden stürmisch zur Wiederholung verlangt.«[20]

Nur wenige Tage waren seither verstrichen, als Strauß Vater am 17. Juni bei einem Sommerfest im Volksgarten seine Anhängerschar erneut in helles Entzücken versetzte: Mit den »Sommernachts-Träumen« op. 180 war dem gar nicht so alten »Altmeister« des Wiener Walzers ein unvergleichlich zartes Gewebe musikali-

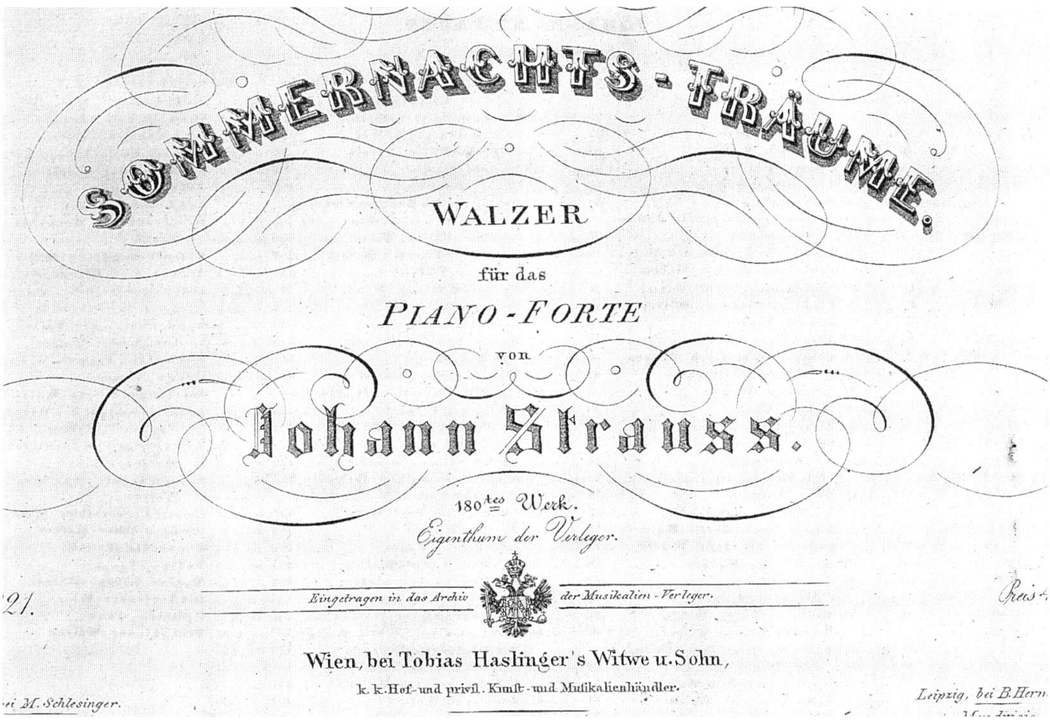

Johann Strauß Vater: »Sommernachts-Träume«. Walzer op. 180. Titelblatt der Erstausgabe für Klavier

scher Impressionen geglückt, welches den Duft lauer Wiener Sommernächte förmlich atmete. Von »As-Dur-Schwärmern, den Abendblumen und Dämmerungsgestalten und den Erinnerungen an die verflogene Jugend« sprach Robert Schumann, der dieses Meisterwerk Strauß Vaters außerordentlich schätzte.[21]

Natürlich ist es kein Zufall, wenn drei Wochen darauf Johann Strauß junior seinen nächsten Walzer op. 12 mit dem Titel »Jugendträume« versieht. Dessen Erstaufführung im Sperl am 5. Juli hatte offenbar die kühnsten Erwartungen des neugierig heranströmenden Publikums übertroffen. Nicht nur der Rezensent der Theaterzeitung überschlug sich vor Begeisterung, auch der »Wanderer« berichtete am 8. Juli euphorisch:

»Musik von Strauß-Sohn! Was braucht es für die Wiener mehr, um ein Aufruhr zu sein, sich in großen Mengen einzufinden? Und die Wiener kamen, hörten und applaudierten von Piece zu Piece, spendeten Beifall von Nummer zu Nummer. Und erst bei den neuen ›Jugend-Träumen‹! Das ist nicht mehr Beifall, das ist schon Jubel, das ist Entzücken zu nennen. Sechsmal mussten die Walzer gespielt werden und noch hatte sich das Publikum nicht satt gehört. Sind Strauß-Sohn's frühe Kompositionen schon ausgezeichnet, diese Partie überbietet aber alle. Diese Kompositionen tragen den Stempel der Genialität in sich, Strauß und Lanner waren stets die heterogenen Elemente der Tanzkompositionen, hinreißende Glut und Feuer bei einem, Gemüthlichkeit, Laune und Weichheit bei dem anderen. Strauß-Sohn, als Dritter im Bunde, steht hier in der Mitte und versöhnt und vereint die beiden Elemente.«[22]

Eine »Versöhnung« zwischen Vater und Sohn hat diese glühend jubelnde Rezension, der man trotz verbaler Überzeichnung durchaus histori-

Promenade am Wasserglacis. Uraufführungsort zahlreicher Werke von Johann Strauß Vater und Sohn. Heute befindet sich an dieser Stelle der Stadtpark

sche Weitsicht bescheinigen kann, keineswegs ausgelöst.
Strauß Vater war weit davon entfernt, emotional zu verkraften, daß er nicht mehr der einzige »Strauß« war, von dem man in der Donaumetropole sprach. Über diese Gemütslage konnte auch die Titelwahl seines nächsten Walzers nicht hinwegtäuschen, der am 10. Juli am Wasser-Glacis erstmals erklang und die Bezeichnung »Heitere Lebensbilder« trug.
Für Freude und heitere Gemüter in der Bevölkerung sorgte in diesen Tagen jedoch der Magistrat der Stadt Wien. Laut Kontrakt, den die Stadtbehörde am 6. Mai 1845 mit der »Imperial-Continental-Gas-Association« abgeschlossen hatte, wurden ab 1. Juli sämtliche Hauptplätze und Straßen Wiens innerhalb der Basteien durch Gaslaternen – 700 an der Zahl – Nacht für Nacht beleuchtet. Ein technischer Fortschritt, der sich zweifellos auch auf das Lebensgefühl der Stadtbewohner niederschlug.

Als im Juli 1845 die frisch renovierten Lokalitäten »Zum goldenen Strauß« im Gebäude des Josefstädter Theaters wieder eröffnet wurden, war es Strauß junior, welcher mit seinem neuesten Walzer op. 15, betitelt »Sträußchen«, Furore machte. Tatsächlich war dem 20 Jahre jungen Kapellmeister ein genialer Wurf gelungen. »Bevor wir noch an eine Kritik gehen, müssen wir das Factum erzählen, daß diese ›Sträußchen‹ unter stürmischem und von Nummer zu Nummer sich steigerndem Beifalle unterbrochen, producirt wurden, und nicht mehr und nicht weniger als fünf Mal zur Aufführung gebracht werden mußten. Die Wiener sind competent in diesem Fache, ihrem kritischen Anspruche darf man glauben und so wollen wir nun sagen, daß eine Frische, eine Originalität und Lebendigkeit in diesen Walzern herrscht, ein Schwung und Rhythmus, daß dieser Strauß von duftenden Walzerblumen unwillkürlich zum Tanzen oder zum Beifalle hinreißt.«[23]

»Musik-Banda« eines Wiener Bürgerregiments. 1. Hälfte des 19. Jahrhunderts

Tags darauf, am 21. Juli 1845, überrascht der junge Kapellmeister im Sperl bereits wieder mit einem neuen Werk, der »Czechen-Polka« op. 13, das Wiener Publikum. Und im August tritt Strauß Sohn auch noch die Nachfolge Lanners als Kapellmeister des II. Bürgerregiments an.
Der künstlerische Dualismus zwischen Vater und Sohn wird auf diese Weise auch optisch deutlich. Etwa, wenn bei hohen Festanlässen sowohl Strauß senior als auch Strauß junior in den prächtigen roten und blauen Kapellmeisteruniformen des 1. und 2. Bürgerregiments einander gegenüberstehen.
Daß das Offiziercorps des 2. Wiener Bürgerregiments den jungen Strauß zu seinem Kapellmeister ernannt hatte, wußte dieser mit einer adäquaten Komposition zu honorieren: Am 19. August erklang zum erstenmal bei einem Fest der in Wien lebenden Tiroler auf dem Tivoli der »Patrioten-Marsch« op. 9, den er seinem Bürgerregiment gewidmet hatte.
Bürgerregimenter gab es in Wien schon zu Zeiten der napoleonischen Freiheitskriege. Ihre Aufgabe bestand in der Bewachung und Verteidigung der Hauptstadt. In Anbetracht der militärischen Stärke Napoleons war dies allerdings von vornherein ein aussichtsloses Unterfangen gewesen. In Friedenszeiten kamen ihnen vor allem repräsentative Aufgaben zu. Als »folkloristische« Attraktion konnte man die farbenprächtig gekleideten und aus Freiwilligen bestehenden Bürgerregimenter bis 1848 in der Kaiserstadt bewundern. Nach der Niederschlagung der Revolution wurden sie verboten und aufgelöst.
Der spektakuläre Besitzerwechsel im Theater an der Wien vor wenigen Monaten war allen noch in bester Erinnerung. Mittlerweile hatte der neue Inhaber und Theaterdirektor Pokorny die Zeit gut genützt, allerlei Bauschäden beseitigt und modernste Bühneneinrichtungen geschaffen. Ein technisches Novum in der Wiener Theaterwelt geht ebenfalls auf das Konto

Das Theater an der Wien, eine der traditionsreichsten Theaterstätten der Donaumetropole. Die meisten Bühnenwerke von Johann Strauß (Sohn) erlebten hier ihre Uraufführung

des kunstbesessenen Theaterdirektors aus Böhmen: Für den großen Zuschauerraum und den Bühnentrakt wurde ein Beheizungssystem installiert, welches im Winter wohltuende Wärme verströmte, im Sommer aber frische Luft durch das Haus transportierte. In allen Räumen des Hauses gab es nun Gasbeleuchtung. Der neugeschaffene Unterbühnenraum mit fast 9 Metern Tiefe ermöglichte während jeder Vorstellung bis zu 23 Versenkungen. Insgesamt hatten die umfassenden Renovierungsarbeiten die stattliche Summe von 70.000 Gulden C.M. verschlungen.
Franz Pokornys Vision war es, in Hinkunft hier erstklassige Opernaufführungen, daneben aber auch hochwertige Sprechtheaterstücke zu inszenieren. Der Eröffnungsabend am 30. August 1845 stand ganz im Zeichen dieser Zielsetzung: Nach einem allegorischen Vorspiel, welches dem Premierenpublikum sämtliche Raffinessen der erneuerten Bühnentechnik glanzvoll vor Augen führte, begann die eigentliche Aufführung: Friedrich von Flotows Oper »Alessandro Stradella«, die mit stürmischem Beifall aufgenommen wurde.
Nur drei Tage später erklang auf dem Areal des Wasser-Glacis Strauß Vaters »Stradella-Quadrille«. War die Opern-Quadrille vorerst noch eine Domäne des Vaters, sollte Strauß junior auch auf diesem Gebiet den erfolgreichen Vater bald ein- und überholen.
Fügung des Geschicks oder historischer Zufall: In Flotows Oper stach eine junge Sängerin besonders hervor. Ihr Name: Henriette Treffz. Am 9. September meldet die Theaterzeitung ihren Lesern:

Szene aus der Oper »Alessandro Stradella« von Fr. v. Flotow. Darstellung aus Bäuerles »Theaterzeitung« 1845

»Demoiselle Treffz ist der Stern dieser Oper und überhaupt eine so ausgezeichnete Sängerin, daß man mit Freuden ihren ferneren Leistungen entgegensehen kann. Dabei ist Dem. Treffz eine äußerst reizende Erscheinung, ihre dunklen Augen sind so beredt, ihre Mimik ist so sprechend und ihr Spiel immer so gewandt, daß sie auch als Schauspielerin immer reüssiert.«[24]

Henriette Chalupetzky, die sich die Adelsbezeichnung »Edle von Treffz« selbst zugelegt hatte, und seit 1844 mit dem Bankier Moritz Ritter von Todesco in wilder Ehe lebte, wurde 17 Jahre später – 1862 – die erste Ehefrau des 2. Walzerkönigs Johann Strauß Sohn. Eine derartige Konstellation war freilich 1845 für alle Betroffenen beim besten Willen nicht vorhersehbar. Doch wollen wir späteren Entwicklungen des Strauß'schen Familienlebens nicht vorgreifen.

Nach sieben Jahren relativer Bodenständigkeit in heimatlichen Gefilden war Strauß Vater wieder einmal übermächtig von der Reiselust erfaßt worden. Einladungen aus Prag, Dresden, Magdeburg, Berlin hatten den Anstoß gegeben, die Koffer zu packen.

Kaum hatte Strauß Vater Wien mit seinem Orchester verlassen, wollten die Gerüchte über eine schwere Erkrankung des Walzerkönigs nicht verstummen. Glücklicherweise erwiesen sie sich als unbegründet. Am 7. November 1845 schrieb die Wiener Theaterzeitung:

»Die seit kurzem in mehreren Journalen vorkommenden widersprechenden Berichte über das Befinden des Hrn. Capellmeisters Johann Strauß, sind dahin zu berichtigen, daß sich Herr Strauß … im besten Wohlsein befindet. Strauß hielt sich auf seiner Reise in Leipzig gar nicht auf, sondern befindet sich … seit 28. October in Berlin, in welcher Stadt er in Krolls

Krolls Wintergarten in Berlin. In diesem luxuriösen Etablissement konzertierten Johann Strauß Vater und später seine Söhne mit größtem Erfolg

großartigem Wintergarten mit dem brillantesten Gefolge bereits mehrere Productionen veranstaltete ... Alle Journale in den Städten, in welchen Strauß sich bisher mit seiner trefflichen Gesellschaft hören ließ, stimmen in den größten Lobeserhebungen überein. Strauß wird längstens bis 20. d. M. wieder hier in Wien eintreffen ...«[25]

Der Ausbau des Eisenbahnnetzes hatte nun endlich auch in Deutschland bedeutsame Fortschritte gemacht, was Strauß Vaters Tournee im Jahre 1845 sehr zustatten kam. Ein Mitglied seines Orchesters berichtete für die Wiener Theaterzeitung:

»Sonntag, den 26. (Okt.) reisten wir auf der Eisenbahn und noch viel rascher als man im Oesterreichischen fährt, über Leipzig nach Magdeburg. Das Abend-Concert hier war so überfüllt, daß sich die Zuhörer auf das Orchester drängten und uns völlig umringt hielten ... Von da fuhren wir ebenfalls auf der Eisenbahn nach Berlin in ungefähr sieben Stunden. Unser erster Gang war gleich nach Krolls Wintergarten (...). Es herrscht da eine Pracht, ja man kann sagen, Verschwendung, daß alles, was ich bis jetzt sah, dadurch in Schatten gestellt wird (...). In Krolls Räumlichkeit spielten wir bis heute fünf Mal, wovon der Sonntag der beste Tag war. Es konnten ungefähr bei 4000 Menschen anwesend gewesen sein. Es ist daher zu hoffen, daß Strauß gute Geschäfte in Berlin machen wird.«[26]

Die Honorare, die Strauß Vater erhielt – und sie waren nicht unerheblich – reichten leider nur dazu aus, die immens teuren Reise- und Einquartierungskosten für seine Orchestermusiker zu bestreiten. Als fahrender Musikant mit eigenem Orchester konnte man, wenn man über die Originalität und Musikalität eines Strauß verfügte, berühmt werden. Reich werden konnte man damit nicht.

Hector Berlioz, der mehrere Monate in Wien weilte und in den Redoutensälen, aber auch am Theater an der Wien bemerkenswerte künstlerische Erfolge feierte, hatte – wie wir wissen – schon 1837 in Paris das Genie des Walzerkönigs erkannt und auch gewürdigt. Nun scheint die Beziehung zwischen beiden so unterschiedlichen Künstlern auch noch menschliche Vertiefung erfahren zu haben: Am 2. Dezember 1845 schrieb die Wiener Theaterzeitung:

»Unser Meister Strauß Vater, welcher den berühmten Capellmeister Hector Berlioz noch von seinem Aufenthalt in Paris persönlich kennt, hat von demselben mehrere seiner vorzüglichen Compositionen als Beweis seiner Achtung zum Andenken erhalten, sowie auch die Partitur der Ouverture ›Carneval in Rom‹,

Der französische Komponist und Dirigent Hector Berlioz weilte von November 1845 bis Februar 1846 in Wien, wobei er zahlreiche seiner Werke, u. a. die »Symphonie fantastique« persönlich zur Aufführung brachte. Zu Strauß Vater hatte Berlioz enge freundschaftliche Beziehungen

welche … Herr Strauß auch demnächst producirен wird. Wir sind gewiß, daß von allen Orchestern, welche sich in den öffentlichen Belustigungsorten produciren, keines im Stande ist, diese eben so schöne, als auch schwierige Ouverture so zur Aufführung zu bringen, wie das treffliche Orchester Strauß.«[27]

Für Zeitgenossen jener musikalischen Ära muß es ein beglückendes Gefühl gewesen sein, zu wissen und zu spüren, daß Kunst von Können kommt. Und daß Künstler mit der Kraft ihrer Symbole etwas auszusagen hatten. Dies galt für Hector Berlioz nicht minder wie für Johann Strauß, den Walzerkönig.

Hector Berlioz dirigiert in Wien. Satirische Darstellung aus Bäuerles Theaterzeitung

1846
Die Geburt eines neuen Titels: Der k. k. Hofball-Musikdirektor

Strauß Vater hat seinen Gönner, Bewunderer und Freund Hector Berlioz nicht enttäuscht: Am 1. Jänner des neuen Kalenderjahres 1846 erklang der »Römische Carneval« des großen Franzosen unter der Stabführung des »Walzerkönigs« im Volksgarten. Kein philharmonisches Orchester der Welt hätte dieses Werk vollendeter oder präziser ausführen können. Die außergewöhnliche Leistung der Straußkapelle wußte auch die Presse anerkennend zu würdigen:

»Die charakteristisch-effectvolle Ouverture Hector Berliozs zum ›Carneval romain‹ wurde vorgestern zum ersten Male in dem Volksgarten-Salon von dem trefflich eingeübten Orchester unseres ausgezeichneten Capellmeisters Johann Strauß ausgeführt (...). Die Totalwirkung war eine allgemein elektrisierende! Strauß mußte die mit Schwierigkeiten complizierte Ouverture unter rauschendem Beifalle an diesem Abende drei Male zur Aufführung bringen. Es will dies etwas bedeuten und zeigt gewiß von der Tüchtigkeit eines Orchesters, das ... auch gediegene Compositionen ernster Gattung mit Würde und geistiger Auffassung zur Anhörung bringt. Strauß hat jedenfalls mit der Carneval-Ouverture sein ausgezeichnetes Musikrepertoire um ein brillantes Orchesterstück bereichert ...«[1]

Für Strauß Vater war der Jänner 1846 zweifellos ein Kulminationspunkt in seinem Leben: Am 5. Jänner wurde nach mehrjährigem »Rosenkrieg« die zivilrechtliche Scheidung zwischen dem populären Walzerkönig und seiner Ehefrau Anna ausgesprochen. Das Erziehungsrecht für die Kinder fiel der Mutter zu. Zu diesem Zeitpunkt hatte Strauß mit Emilie Trampusch schon sieben Kinder, von denen allerdings zwei bereits verstorben waren.

Als es bei den Unterhaltszahlungen, die Strauß gegenüber seiner ersten Familie zu leisten hatte, zu Verzögerungen kam, wandte sich die resolute Anna an das Hofmarschallamt und an die Gemeindebehörde Wien, um Konzerteinnahmen des verlorengegangenen Familienerhalters beschlagnahmen zu lassen. Dies wiederum hat den letzten Anstoß für den schon lange geplanten Auszug Strauß Vaters aus dem Hirschenhaus gegeben: Er bezog mit Emilie Trampusch eine nahegelegene kleine Wohnung in der Leopoldstadt Nr. 245 (heute Lilienbrunngasse) und schrieb ein Testament, in welchem er Emilie und deren Kinder als Erben seines zukünftigen Vermögens einsetzte. Gleichzeitig schränkte er die Kinder aus erster Ehe auf den Pflichtteil ein.

Seiner Popularität in der Kaiserstadt hat das familiäre Desaster offensichtlich nicht geschadet. Das Verhältnis zu seinem erstgeborenen Sohn war und blieb gespannt. Für die vormärzliche Boulevardpresse, die von politischen und sozialen Problemen der Donaumonarchie ohnehin nicht berichten durfte, war gerade dies ein höchst willkommenes Ereignis.

Am 20. Jänner beanstandet die Theaterzeitung eine Konzertanzeige, die der junge Strauß für einen Ball im Graziensaal (der ehemaligen »Goldenen Birn«) drucken hat lassen.

»Die transparenten Anzeigen der Bälle im Graziensaal enthalten eine Mystification, welche eine Rüge verdient. Der Name des Capellmeisters Johann Strauß ist mit kolossalen Lettern gedruckt, während das Wort Sohn mit ganz kleinen Lettern erscheint, so daß es dem minder aufmerksamen Leser völlig entgeht. Es spricht sich deutlich die Absicht aus, den Vater mit dem Sohne verwechseln zu wollen und das tanzlustige Wiener Publikum zu mystifizieren. Ein solches Transparent wirft ein übles Licht auf den Ball-Arrangeur und zeigt von der schwanken unsicheren Stellung des dortigen Capellmeisters, der erst durch den Namen seines gefeierten Vaters im Relief gewinnen will! – C. S.«[2]

Eine Entgegnung auf diese gegen Strauß junior gerichtete Kampagne ließ nicht lange auf sich warten. Am 23. Jänner konnte der erstaunte Leser in der Theaterzeitung folgende Erklärung lesen:

»Das Blatt Nr. 17 der geschätzten Theaterzeitung enthält eine Rüge, mit C. S. unterzeichnet. Derselbe tadelt nämlich ein Transparent, das den Namen Strauß recht groß und den Beisatz Sohn klein gedruckt enthielt. Wenn dieser Fehler schon gerügt werden sollte, so hätte der betreffende Herr C. S. den Verfertiger des Transparents allein tadeln sollen. Daß Strauß Sohn keine fremde Maske vornehmen will, beweist, daß vom ersten Tage seines Auftretens an, bis heute die Zettel jedes Mal den Namen Strauß Sohn, das erste wie das letzte Wort gleich groß ... enthielten, indem derselbe auch manche Ursache haben könnte, auf seinen Namen stolz zu sein. Daß Strauß Sohn nicht, wie der Hr. C. S. behauptet, eine schwanke, unsichere Stellung hat, bedarf bei dem Wiener Publikum keiner Rechtfertigung. Daß ihm das löbliche zweite Bürgerregiment einstimmig zu seinem Capellmeister ernannte, zeigt wohl genugsam die feste Stellung von Strauß Sohn an ... Hr. C. S. wird daher ersucht, im Diensteifer für Strauß Vater nicht zu voreilig und besonders ein wenig mehr wahr zu sein. – Mehrere Freunde Strauß des Vaters und des Sohns und zugleich Freunde der Wahrheit.«[3]

Am 7. Jänner hatte Johann Strauß Vater am kaiserlichen Hof um Verleihung eines Titels angesucht, den es in dieser Form bislang überhaupt nicht gab: er wollte »Hofballmusikdirektor« werden.

»Eure Majestät! – Der in tiefster Ehrfurcht Unterzeichnete hat durch 17 Jahre das hohe Glück, bey den allerhöchsten Hof- und Kammer-Bällen die Musik ausführen zu dürfen. Außerdem hatte er bey seinem öffentlichen Wirken durch beynahe 20 Jahre keine Gelegenheit versäumt, auch für wohlthätige Zwecke aller Art nach Kräften beizutragen (...). Auf Grund dessen und insbesondere aber auf die oben angeführte 17jährige Dienstleistung am allerhöchsten Hofe waget der allerunterthänigste Gefertigte in tiefster Ehrfurcht zu bitten: Eure Majestät geruhe, ihm die Allerhöchste Gnade zu verleihen, den Titel eines ›k. k. Hofball-Musik-Directors‹ führen zu dürfen. Sein Bestreben wird stets dahin gerichtet seyn, sich dieser ihn so hoch beglückenden allerhöchsten Gnade würdig zu zeigen. – Wien, am 7. Jänner 1846.«[4]

Über der Kaiserstadt an der Donau schwebte noch immer der morbide Hauch des anachronistisch gewordenen »Gottesgnadentums«. Dem scheinbar allmächtigen Herrscher stand ein um Gnade flehendes Bürgertum gegenüber. Wenn es nach dem Willen der Habsburger und ihrer aristokratischen Erfüllungsgehilfen ging, sollte dieses System wohl in aller Ewigkeit so weiterfunktionieren. Daß schon 26 Monate später ein revolutionärer Sturm durchs Land fegte, der die feudalen Reste des Absolutismus massiv ins Wanken brachte, war im Jänner 1846 natürlich noch nicht abzusehen.

Erstaunlich schnell, am 24. Jänner, erhielt Strauß das Dekret, den gewünschten Titel führen zu dürfen, mit der Bemerkung, »daß mit diesem Titel kein Gehalt oder Emolu-

ment, sowie auch kein ausschließender Anspruch auf die Übernahme und Leitung der Musik bei den Hof- und Kammerbällen verbunden ist«.[5]
Die »kaiserliche Gnade« hatte also keinen Groschen gekostet. Strauß Vater aber war gesellschaftlich rehabilitiert. Wen interessierten da noch Zwistigkeiten im Hause des 10fachen Familienvaters Strauß, wenn das Idol der Wiener, der vielumjubelte »Walzerkönig« eben vom Kaiser zum »Hofballmusikdirektor« erhoben worden war!

Vorerst ohne kaiserliche Huld war Johann Strauß junior auf ganz andere Weise erfolgreich: Schon 1845 war ihm klargeworden, daß es nicht so einfach war, sich eine treue Anhängerschar und damit ein sicheres Stammpublikum zu erwerben. So mußte der junge, ehrgeizige Kapellmeister sein Augenmerk auch Bevölkerungsschichten zuwenden, die nicht unbedingt zu den Privilegierten der Kaiserstadt zählten: Serben, Kroaten, Ungarn, Böhmen, Tschechen, Polen usw. Wenn Strauß junior in Zeiten wirtschaftlicher Not mit seinem Orchester überleben wollte, mußte er Aufträge an Land ziehen, egal woher sie kamen.
Mit der »Czechen-Polka« op. 13 hatte er bereits einen deutlichen Akzent gesetzt. Und sein »Großer serbischer National-Marsch«, den er 1845 während seines Grazer Gastspiels aus der Taufe gehoben hatte, erregte viel Aufsehen.
So ist es nicht verwunderlich, wenn wir in der Theaterzeitung vom 15. Jänner 1846 lesen:
»Capellmeister Strauß Sohn hat in Anbetracht der Verdienste, die er sich um die Verbreitung der serbischen Musik erworben, von den hier weilenden Serbiern den ehrenvollen Auftrag erhalten, zu ihrem Ballfeste eine eigene Quadrille zu componieren. Der junge Fürst Milosch hat die Dedication im Voraus angenommen, und die Serbier [haben] viertausend Abdrücke der

Die kaiserliche Hofburg in Wien. Hier befanden sich auch die Redoutensäle, in denen Johann Strauß Vater ab 1846 als »k. k. Hofball-Musikdirektor« auftrat

andere Teile der polnischen Nation – unter der russischen Knute oder unter dem preußischen Stiefel« – wie der Historiker Franz Herre es formulierte.[12]

Die Bauernaufstände brachen unter dem Druck österreichischer Militäraktionen bald zusammen, Österreich annektierte die seit 1815 bestehende Republik Krakau als »Kriegsbeute«. Eine politische Einigung der zersplitterten polnischen Nation war damit in weite Ferne gerückt.

Von schwelenden sozialen Problemen, die jederzeit zu einem Flächenbrand ausarten konnten, blieb auch Wien nicht verschont. Mißernten des vergangenen Jahres (Kartoffelfäule) hatten die Lebensmittelpreise in der Kaiserstadt drastisch in die Höhe getrieben, die ohnedies mageren Löhne waren gleichgeblieben. Das Gespenst der Arbeitslosigkeit ging um. Beklemmende hygienische Zustände in der Hauptstadt, deren Einwohnerzahl sich innerhalb von 25 Jahren verdoppelt hatte, hielten die Furcht vor Infektionskrankheiten und verheerenden Seuchen wach.

Als Johann Strauß junior am Faschingsmontag – es war der 23. Februar 1846 – beim Dommayer einen neuen Walzer mit dem Titel »Zeitgeister« aus der Taufe hob, staunten die Kenner Strauß'scher Musik nicht schlecht: Eine schwermütige, in Sekundintervallen absteigende Melodie in Moll umfing das Ohr des Hörers, kontrapunktiert von düsteren Posaunenklängen, die schließlich in einen mächtig aufstrebenden Orchesterchoral überleiteten. Eine solche Walzer-Introduktion hatte man bisher noch nie vernommen. »Nur langsam lichtet sich in dieser fast symphonischen Einleitung die beängstigende Stimmung und schließlich kann der Walzer doch mit erlösender Vitalität und heiterem Lebensmut einsetzen« (Franz Mailer).[13]

Daß der junge sensible und hochbegabte Komponist damit auf die Unzahl bedrohender und ungelöster Probleme seiner Zeit musikalisch reagiert hat, steht außer Frage. Verfehlt wäre es jedoch, musikalischen Reflexionen dieser Art programmatischen Charakter zu unterstellen. Die Genialität dieser Musik – die »Zeitgeister« zählen zu den unbestrittenen Meisterwerken des jungen Kapellmeisters – läßt sich ohnedies nicht ins Gegenständliche übersetzen. Der Zuspruch der Carnevalsgäste war jedenfalls enorm.

»Stürmisch waren die Bravos ... bei den neuen Strauß-Walzern, ›Zeitgeister‹ betitelt. Wir müssen aber auch diese Walzer als Zierde des ganzen Walzertums erklären. Es freut uns, daß Strauß Sohn alle Hoffnungen, die man sich von ihm gemacht hat, nicht nur erfüllt, sondern noch übertrifft« (Der Wanderer, 28. 2. 1846).[14] – Musik als Psychotherapie!

Ein Problem, das selbst mit den faszinierendsten Klängen eines Straußwalzers nicht gelöst werden konnte, war die noch immer exorbitant hohe Kindersterblichkeit in Wien und das zu Recht so gefürchtete Kindbettfieber, eine epidemische Krankheit, die in der Geburtenklinik des Wiener Allgemeinen Krankenhauses bis zu 10 Prozent der gebärenden Mütter dahinraffte. Die Bewältigung dieser medizinisch-hygienischen Katastrophe ist untrennbar mit dem Namen des ungarischen Arztes Ignaz Philipp Semmelweis verbunden. Nach intensiven, geradezu kriminalistisch anmutenden Recherchen war Semmelweis der makabren Ursache der rätselhaften Todesfälle auf die Spur gekommen: Sowohl Ärzte als Hebammenschülerinnen hatten in der pathologischen Abteilung des AKH Leichen seziert. Das Leichengift wurde bei gynäkologischen Untersuchungen noch vor der Geburt des Kindes auf die werdenden Mütter übertragen und führte zu deren schrecklichem Ende. Als Semmelweis im Mai 1846 das Waschen der Hände in Chlorkalklösung vor dem Betreten des Kreißsaales obligatorisch und ausnahmslos für alle einführte, sank die Sterberate auf ein Zehntel ihres bisherigen Wertes. Ein wahrhaft historischer Augenblick, den man mit Fug und Recht als Sternstunde der Medizin bezeichnen darf.

Allen gesellschaftlichen und sozialpolitischen Spannungen zum Trotz war »1846« für Wien ein Jahr sensationeller künstlerischer Ereignisse. Noch waren die kühnen, brillant aufgeführten Kompositionen Hector Berlioz' in aller Munde, da ließ eine brandneue Nachricht aufhorchen: Franz Liszt, der zuletzt vor sieben Jahren in der Kaiserstadt Furore gemacht hatte, war wieder da. Auch Eduard Hanslick, ein aus Prag stammender Jurist und Musikwissenschafter, der später zum bedeutendsten Musikkritiker des 19. Jahrhunderts werden sollte, war im Frühjahr 1846 erstmals nach Wien gekommen. In seiner Autobiographie »Aus meinem Leben« berichtet er über einen Auftritt Liszts, ein Bericht, der mit den Worten schließt: »Nie wieder habe ich genialer, kühner, glänzender, unbegreiflicher spielen gehört.«[15]

Es gab nicht wenige Wiener, die sich an das musikalisch so aufregende Jahr 1839 noch erinnerten, als Liszt erstmals seinen »Galop chromatique« dem staunenden Konzertpublikum vorführte und Strauß Vater wenige Tage später mit dem »Furioso-Galopp« nach Liszt's Motiven geantwortet hatte.

Daß Liszt nun wiederum mit dem Wiener Walzerkönig zusammentreffen würde, war zwar a priori nicht vereinbart, aber die Möglichkeit künstlerischer Begegnung lag in der Luft. Und tatsächlich: Am 18. Juli – es war der Tag, an dem Kathi Lanner, Tochter des so früh verstorbenen Joseph Lanner, ihr Debut als Solotänzerin im Kärntnertortheater feierte – finden wir Liszt traut vereint mit Strauß Vater in der Brühl bei Mödling. Es muß ein faszinierendes Doppelkonzert unter freiem Himmel gewesen sein. Heinrich Adami überliefert uns das außergewöhnliche musikalische Ereignis in seinen »Brühler Briefen«:

Die »Südbahn« in den 40er Jahren des 19. Jahrhunderts. Ursprünglich nur bis Gloggnitz ausgebaut, verlief die Südbahntrasse nach dem Bau der Semmeringstrecke von Wien bis nach Triest

»Für die stillen, einsamen Bewohner der Brühl … konnte nichts Überraschenderes, Unerwarteteres kommen, als die Kunde eines großen Concerts, welches sie hören sollten, und was für eines Concerts! Man hatte es für ein Märchen gehalten, als sich zuerst im vertrauten Kreise, dann immer weiter von Mund zu Munde das Gerücht verbreitete, Franz Liszt, der berühmte leibhaftige Franz Liszt werde ein Concert in der Brühl geben, und zwar in Wolfsbergers ›Sans-Souci‹ und in Gemeinschaft mit dem Walzerkönig Strauß; man hätte es für eine Mystification halten mögen, und doch – es war so! (…).

[9938] [2]
Ländliches Fest,
welches
Samstag den 18. Julius 1846
in
Wolfsberger's
Sans - Souci
in der Brühl,
zu einem wohlthätigen Zwecke,
unter Mitwirkung des Herrn
Franz Liszt,
Statt findet.
Der k. k. Hof = Ball = Musik=Director nnd Capellmeister
Johann Strauß
wird mit seinem ganzen Orchester die Soirée=Musik ausführen, und dabey nebst den beliebtesten Tonstücken, und seinen eigenen Compositionen, zum ersten Mahl den
ungarischen Sturmmarsch
für das Orchester componirt
von
Franz Liszt
zur Ausführung bringen.
In Berücksichtigung des wohlthätigen Zweckes
wird Herr
Franz Liszt
gegen 8 Uhr einige Solo = Piecen auf dem Pianoforte vortragen.

Konzertanzeige der Wiener Zeitung vom 17. Juli 1846, welche das gemeinsame Auftreten von Franz Liszt und Johann Strauß in der Brühl bei Mödling bekanntgibt. Bemerkenswert ist das Engagement der Gloggnitzer Eisenbahndirektion, welche für dieses Konzert einen Sonderzug einschob

Das Concert war für einen wohltätigen Zweck: zur Anschaffung einer neuen Turmuhr für das Dorf Rodaun, in welchem Liszt diesen Sommer zubringt (…).
Die Ankündigung des Concerts brachte nicht nur die hinteren und vorderen Brühler, die ganze Klause und Mödling, Brunn und Enzersdorf, sondern ja selbst den fernen Gießhübel in Alarm, und von Wien und von Baden her kam's in langen, langen Zügen auf der Eisenbahn. Die Eisenbahn ließ außerordentliche Trains abgehen: Nachts nach dem Concerte nach Wien und Baden mit der ausdrücklich beruhigenden Versicherung: daß nur die gewöhnlichen Preise zu zahlen sein werden. Kann man die Aufmerksamkeit für das Publikum weiter treiben?
Liszt braucht nicht viel, um ein Concert zu arrangieren. Er ist selber alles in allem, und das ganze Programm dreht sich allein um seinen Namen. Streicher sendet ein Paar seiner herrlichen Claviere auf die Eisenbahn, die dann, was sonst eben ihre Art nicht ist, zur Abwechslung endlich einmal auch mit – Flügeln fährt. Schon das allein ist ein gewaltiger Fortschritt.
Ich für meinen Theil habe mir noch kein Lisztsches Concert so bequem angehört, wie dieses. Ich blieb daheim in meinem Garten, der knapp an Sans-Souci angrenzt, und ließ mir die beflügelten Töne von Liszt und Strauß auf leichten Abendlüften herübertragen. Es war die schönste, mildeste Sommernacht, die man sich denken kann. – Strauß spielte schon Nachmittags und dann auch noch nach dem Lisztschen Concerte, bis spät in die Nacht, nachdem die Wiener und Badener Gäste uns schon längst verlassen hatten. Sein Orchester … ist ein ganz vortreffliches, das ebenso mit Präcision, wie mit Feuer executirt, ob es nun Walzer und Quadrillen und Ungarische sind, oder Berlioz oder Beethoven. Liszts ungarischer Sturmmarsch gefiel am meisten, man ließ ihn wiederholen.«[16]

Dieser leichtfüßig und beschwingt geschriebene Bericht des Herrn Adami ist insofern ein

Dokument von besonderer historischer Bedeutung, als es die glückliche Verzahnung und Gleichwertigkeit der Wiener Tanzmusik mit klassischer Musikliteratur (Beethoven, Schubert, Berlioz, Liszt) geradezu demonstrativ beweist.

Dem glücklichen Zusammentreffen der beiden musikalischen Magier Liszt und Strauß im Sommer 1846 war drei Monate zuvor ein künstlerisches Ereignis in Wien vorausgegangen, welches die Theaterwelt in helle Aufregung und Begeisterung versetzt hatte: Jenny Lind, eine Koloratursängerin aus Stockholm – man nannte sie die »schwedische Nachtigall« – gastierte im Theater an der Wien in der Titelpartie der »Norma« von Vincenzo Bellini.

Jetty Treffz schlug sich tapfer in der Nebenrolle der Adalgisa. Das Gastspiel der schwedischen Sängerin mit der phänomenalen Stimme brachte dem Theaterdirektor Pokorny einen mächtigen Prestigegewinn gegenüber dem Kärntnertortheater, dafür aber herbe finanzielle Verluste, da die Gage der »schwedischen Nachtigall« so exorbitant hoch war, daß sie nicht einmal durch mehrfach erhöhte Eintrittspreise wettgemacht werden konnte. Die einzigartigen Stimmqualitäten der Lind haben nicht nur Pokorny in Ekstase und in eine Art Bewußtseinstrübung versetzt, sondern auch dem griesgrämigen Franz Grillparzer erstaunliche Verse entlockt:

»... Und spenden sie des Beifalls Lohn
Den Wundern deiner Kehle,
Hier ist nicht Körper, kaum noch Ton,
Ich höre deine Seele ...«

Nach der letzten Vorstellung des schwedischen Stars am 22. Mai 1846 gab Pokorny in seiner Wohnung ein großes Fest. Die gesamte Wiener Künstlerprominenz war erschienen. Jenny Lind hatte auch noch eine Menge Gäste

Die Erfolge der Jenny Lind in Amerika. Satirisches Bild aus Bäuerles Theaterzeitung

eingeladen. Für das Orchester – man hatte Johann Strauß Vater bestellt – war schließlich kein Platz mehr. Glücklicherweise zeigte sich das Wetter von seiner besten Seite. Strauß spielte auf der Straße auf. Jenny Lind mußte sich der herbeigeeilten Bevölkerung dutzendemale am Fenster zeigen.

Das Fest hatte Pokorny ein Vermögen gekostet. Vom Defizit, welches ihm die begnadete junge Sängerin insgesamt eingebracht hatte, sollte er sich nie mehr erholen. Nichtsdestoweniger bot Pokorny für ein neuerliches dreimonatiges Gastspiel im nächsten Jahr der Sängerin ein Honorar von 40.000 Gulden C.M., wie der »Sammler« bereits im August zu berichten wußte. Süffisant recherchiert der Berichterstatter:

»Rechnet man den Monat zu 30 Tagen, also 90 Tage, so kommen auf jeden Tag für die Lind, ob sie singt oder nicht, mehr als 440 Fl. Conventionsmünze. – Theures Nachtigallenfutter!«[17]

Des Feierns war noch lange kein Ende. Am 28. Mai veranstaltete Johann Strauß junior eine Festsoirée zu Ehren der schwedischen Sängerin in Dommayers Casino. Diesmal schaffte der Sohn einen klaren Vorsprung gegenüber dem Vater im geschickt inszenierten Popularitätsstreit. Im übrigen war der von der Presse verfolgte »Wettkampf« und die daraus resultierende Berichterstattung eine sehr wirkungsvolle, zudem kostenlose Werbung für das Tanzmusikgeschäft der beiden Sträuße. Ein Aspekt, der vielfach übersehen wird.

Strauß junior präsentierte jedenfalls am 28. Mai im Dommayer seine neuesten Walzer op. 21 mit dem Titel »Lind-Gesänge«. Das einschmeichelnd sanft wiegende Motiv des ersten Walzers ist unzweifelhaft als musikalische Verbeugung vor dem grandiosen Stimmwunder aus Schweden zu verstehen. Verleger Müller hat auch nicht vergessen, das Konterfei der prominenten Sängerin auf das Titelblatt der Erstausgabe für Klavier zu setzen.

Strauß Vater hat erst ein Jahr später, als Jenny Lind neuerdings nach Wien kam, einen Walzer mit dem Titel »Schwedische Lieder« komponiert. Das Werk erregte allerdings nicht die gleiche Aufmerksamkeit, wie die »Lind-Gesänge« seines Sohnes. Beide Werke zählen heute zu den leider vergessenen Kostbarkeiten der Musikliteratur. Die »Lind-Gesänge« op. 21 von Johann Strauß Sohn sind immerhin durch die Strauß-Edition des Marco-Polo-Verlages einer kunstinteressierten Weltöffentlichkeit als Hörerlebnis zugänglich geworden.

Der Dramaturg und Bühnenautor Paul Lindau schrieb bereits im vorigen Jahrhundert die prophetischen Worte:

»Die Verdrängten und Beseitigten aber haben ihr Schicksal nicht verdient. Sie haben nur unter den Verhältnissen zu leiden gehabt, daß ihre liebenswerthen Eigenschaften durch den stärkeren Glanz der Nebenbuhler überstrahlt worden sind. Ein Mann wie Johann Strauß kann schlechterdings keine mißlungenen Tänze schreiben, ebenso wenig wie Franz Schubert schlechte Lieder. Die längst in Vergessenheit gerathenen Walzer bergen in der That wahre Schätze. Einzelne liebliche Melodien von seltener Schönheit, harmonische Feinheiten, rhythmische Keckheiten, die eben nur deshalb nicht zu dauernder Geltung gekommen sind, weil Strauß selbst alle diese Vorzüge in neuen Werken noch glücklicher … bewahrt hat. Aber wie jetzt die Liedsänger … die in Vergessenheit gerathenen Schubert'schen Lieder wieder ausgraben, und nun ungeahnte Schönheiten in diesen auferstehen, so wird man sich später auch um jene Walzer von Johann Strauß kümmern, die für die Mitwelt ohne anhaltenden Nachklang verklungen sind, und darüber staunen, wie die darin verborgenen Reize haben übersehen werden können.«[18]

Im fast hysterisch zu nennenden Trubel um die Auftritte der »schwedischen Nachtigall« ist eine echte musikalische Attraktion kaum beachtet

worden, die entsprechende Aufmerksamkeit wohl verdient hätte. Am 23. April – also einen Tag nach dem Debut der Lind – gab Josef Gung'l, der einstige »Grazer Strauß«, der sich mittlerweile höchst erfolgreich zum »Berliner Strauß« (Journalistenjargon, AdA) verwandelt hatte, sein erstes Wiener Konzert im Theater in der Josephstadt. Immerhin hat es die Theaterzeitung der Mühe für wert befunden, dem hochbegabten Tanzmusikkomponisten einen ausführlichen Bericht zu widmen:
»Vorgestern, am 23. April, erste musikalische Production des Hrn. Musik-Directors Jos. Gungl aus Berlin, mit seinem vollständigen Orchester. Wir begrüßen hier einen Landsmann, der die lebensvollen Wiener Walzer in den sandigen Boden Berlins mit Glück verpflanzt hat, wofür ihm gewiß das tanzende Berlin höchlich verpflichtet sein wird (...). Gungl wurde heute von dem ziemlich zahlreich versammelten Publikum höchst beifällig aufgenommen, er mußte beinahe jede der vorgeführten Piecen mit stürmischem Beifall wiederholen, was in Wien, dessen Publikum die erste kritische Instanz auch in Tanzmusik-Compositionen ist, gewiß ehrenvoll für den gastierenden Musik-Director sein mag (...). Daß uns Gungl eine der älteren besten Walzerparthien Lanners, die ›Hoffnungsstrahlen‹ brachte, hat gewiß das ganze versammelte Publikum innig erfreut. Wir erinnern uns gerne an diesen wackeren, gemüthlich-sinnigen Lanner, der mit in die Geschichte des heiteren Wiener Volkslebens gehört.«[19]

Wie schon der Vater vor 13 Jahren, versuchte nun auch der junge Strauß durch kleinere Tourneen innerhalb der Monarchie seinen Aktionsradius zu erweitern und neue Geldquellen

Ballettszene aus dem Theater in der Josephstadt. Am 23. April 1846 gab der »Berliner Strauß« Joseph Gungl in diesem Theater ein Konzert mit seinem aus Berlin mitgebrachten Tourneeorchester

Johann Strauß Sohn: »Pesther Csárdás« op. 23. Titelblatt der Erstausgabe für Klavier

zu erschließen. In der Zeit vom 12.–16. Juni 1846 finden wir Strauß junior mit seiner Kapelle in Pest, der ungarischen Schwesterstadt an der Donau. Als »Gastgeschenk« hatte er den musikverständigen Ungarn einen »Pesther Csárdás« op. 23 mitgebracht, welcher im »Horváth-Garten zu Ofen« jubelnd akklamiert wurde, obwohl die Veranstaltung nur mäßig besucht war.

»Herr Strauß junior hat Pesth bereits mit seinem ganzen Orchester verlassen. Seine Abschieds-Reunion, welche am 16. d. M. im Horváthgarten stattfand, versammelte eben kein zahlreiches Publikum, doch mögen wohl an 600 Personen anwesend gewesen sein, von denen der größere Theil bis gegen Mitternacht verweilte und sich an den Lust und Freuden sprudelnden Tönen dieses trefflichen Walzercompositeurs ergötzte. Herr Strauß erhielt an diesem Abende zahlreiche Beifallsbeweise des Publikums; den meisten Anklang fanden seine lieblichen Walzer unter dem Titel ›Sinngedichte‹, seine ›Altenburger-Walzer‹ [verschollen, AdA] und sein neuer, eigens für Pesth componirter ›Csárdás‹.«[20]

Tatsächlich klang der Csárdás des jungen Kapellmeisters aus Wien so »ungarisch«, daß man glauben mochte, Strauß hätte nie etwas anderes gespielt.[21] Von den Genen seines Urgroßvaters scheint Strauß doch einiges mitbekommen zu haben.

Während Johann den einmal eingeschlagenen Weg als Tanzmusiker konsequent und beharrlich weiter verfolgte und mit zwei Dutzend höchst erfolgreichen Werken seit dem Dommayer-Debut eine stolze kompositorische Bilanz aufzuweisen hatte, nahm Josef, der jüngere Bruder, nach Beendigung seines technischen Studiums im August 1846 eine Stelle als Bauzeichner bei einem Wiener Stadtbaumeister an. Und Eduard, der jüngste, trat in diesem Jahr nach Absolvierung seiner Grundschulzeit in das Wiener Akademische Gymnasium ein.

Mutter Anna aber hatte ein neues, ihr weiteres Leben zur Gänze ausfüllendes Aufgabenfeld gefunden: ihrem Erstgeborenen mit allen Kräften beim Aufbau seiner Karriere beizustehen und seine Geschäfte zu führen. Sie spürte, daß ihr Leben nun wieder einen Sinn hatte und der existenzielle Kampf der letzten Jahre nicht vergeblich durchgestanden worden war.

Strauß Vater aber war es wieder einmal zu eng geworden in der Kaiserstadt. Das Gefühl, reisen zu müssen, hatte ihn mit unwiderstehlicher Kraft gepackt. Auch die Tatsache, daß er mittlerweile in allen Ehren k. k. Hofballmusikdirektor geworden war, konnte daran nichts ändern. Ziel seiner Konzerttournee war diesmal Breslau, die Hauptstadt Niederschlesiens, welches im 19. Jahrhundert unter preußischer Herrschaft stand.[22]

Das Rathaus von Breslau

Josef Gung'l hatte schon mehrmals in Breslau musiziert, und Strauß Vater, der in früheren Jahren fast alle bedeutenden Städte Europas im Rahmen seiner Konzerttourneen bereist hatte, wurde nun in der schlesischen Hauptstadt mit größtem Interesse erwartet.

Am 31. Oktober 1846 war Strauß mit seiner Orchestertruppe am Breslauer Hauptbahnhof angekommen. Vorbei die Zeiten, wo man sich tausende Kilometer über unwegsame Straßen in holprigen Kutschen mühsam fortbewegen mußte. Technik und Zeitgeist hatten zum rasanten Ausbau des neuen Verkehrsmittels in ganz Europa geführt, dabei war ein Ende des Eisenbahnbooms noch gar nicht abzusehen.

Es ist sicher kein Zufall, wenn der ungarische Dichter Karl Beck, dessen Rolle uns im Zusammenhang mit der Entstehung des Walzertextes »An der schönen blauen Donau« noch näher beschäftigen wird, 1846 das Gedicht schrieb:

»Rasend rauschen rings die Räder,
Rollend, grollend, stürmisch brausend,
Tief im innersten Geäder
Kämpft der Zeitgeist freiheitsbrausend.
Stemmen Steine sich entgegen,
Reibt er sie zu Sand zusammen,
Seinen Fluch und seinen Segen
Speit er aus in Rauch und Flammen.«[23]

Schon am 3. November gab Strauß Vater sein erstes Konzert im Breslauer »Wintergarten«. Dieses prachtvolle Etablissement befand sich im Eigentum jenes Josef Kroll, der auch den »Kroll'schen Wintergarten« in Berlin errichten hatte lassen. Tags darauf berichtet die »Allgemeine Oder-Zeitung«:

»... daß das Leben ein Tanz sei, ist uns oft vorgegeigt worden, daß das Leben ein Strauß, wäre auch nicht schwer zu erklären, gestern hörten wir den Walzerkönig Strauß ... Ja, der Strauß, das ist ein Leben! Wie leicht, wie luftig diese Töne; wie graziös, kosend, verlockend diese Melodien; wie präzis die Ausführung; alles wie aus einem Guß ...«[24]

Die Qualität des Strauß'schen Orchesters, welche den Wienern schon längst zur Selbstverständlichkeit geworden war, wurde hier noch als Novität, als etwas Außergewöhnliches empfunden. Die Kapelle Strauß Vaters konzertierte in Breslau 9 Tage lang, Abend für Abend für ein unermüdlich lauschendes, entzücktes Publikum.

Bemerkenswert ist die Tatsache, daß nicht nur Strauß Vater, sondern auch sein Sohn Johann, weiters die Söhne Joseph und Eduard und zu guter Letzt sogar Johann Strauß Enkel in Breslau aufgetreten sind. Keine andere Stadt der Welt (außer Wien) kann einen solche Tatbestand von sich behaupten.[25]

Das ereignisreiche Jahr 1846 hatte schließlich auch noch einen künstlerischen Ausklang: Im Dezember waren Robert und Clara Schumann nach Wien gekommen, um in der Kaiserstadt zu konzertieren. An einem kalten Dezembernachmittag pilgerten sie hinaus nach Hietzing, um beim Dommayer den jungen Strauß zu hören. Und am letzten Tag des Jahres stand Strauß senior wie immer energiegeladen vor seinem Orchester, um seine »Neujahrs-Polka« op. 199 beim Sperl aus der Taufe zu heben.[26]

»Es lag eine ernste, erschütternde Weihe des Moments darin, als die Musik immer leiser und leiser verhallte und dann die zwölfte Stunde schlug. Mit Trompetengeschmetter u. Paukenwirbel wurde sodann das neue Jahr empfangen, und mit mächtigen Tönen stimmte man das ›Gott erhalte‹ an. – Und um ganz des Wieners lebenslustigen Sinn zu verzeichnen, klang gleich im neuen Jahr als zweite Melodie: ›Es ist alles ans, es ist alles ans, ob wir a Geld haben oder kans!‹«[27]

1847
Das Janusgesicht der Donaumetropole

Es war wohl kein besonders glücklicher Termin, an dem Robert Schumann erstmals den Wiener Bürgern die erste Sinfonie in B-Dur und sein (heute so berühmtes) Klavierkonzert in a-Moll vorstellte: Es war der 1. Jänner 1847. Nur langsam verzogen sich die Schwaden des Silvestertaumels, in welchen sich die Wiener so bereitwillig gestürzt hatten. Der sensible Komponist aus Deutschland erwies sich als unbeholfener Dirigent, seine Frau Clara brillierte immerhin am Klavier. Der Versuch des Komponistenehepaares, in Wien Fuß zu fassen, vielleicht sich sogar in der Donaumetropole auf Dauer anzusiedeln, dürfte spätestens zu diesem Zeitpunkt aufgegeben worden sein.

Eduard Hanslick berichtet über das musikhistorische Ereignis in seiner Autobiographie mit durchaus kritischer Anteilnahme:

»Robert Schumann dirigierte ... am 1. Jänner 1847 seine B-Dur-Symphonie und das von Clara gespielte a-Moll-Konzert (...). Nicht alle großen Tondichter sind auch gute Dirigenten. Beethoven war es nicht und auch Schumann nicht (...). Mit freudiger Erregung, zugleich mit etwas ängstlichem Herzklopfen betrat ich am Konzertabend den Saal. Der Besuch war sehr mäßig, der Applaus kühl und augenscheinlich nur für Clara gespendet. Das Klavierkonzert und die Symphonie, zwei der herrlichsten Tonschöpfungen, die wir besitzen, und beide neu für Wien, fanden wenig Anklang. Nach dem Konzert begleitete ich das Ehepaar Schumann aus dem Konzertsaal nach Hause ... Die ersten Minuten verflossen in einem unbehaglichen Stillschweigen, da jeder von uns bedrückt war von der lauen Aufnahme dieses so herrlichen Musikabends. Clara brach zuerst das Schweigen, indem sie über die Kälte und Undankbarkeit des Publikums bitter klagte. Was wir anderen auch Besänftigendes zu sagen versuchten, es steigerte nur ihren lauten Mißmut. Da sprach Schumann die uns unvergeßlichen Worte: ›Beruhige dich, liebe Clara; in zehn Jahren ist das alles anders!‹ Und er hat recht behalten. Zehn Jahre später gab es kaum mehr einen Klaviervirtuosen, der nicht Schumann auf seinem Programm hatte, und kein Konzertinstitut, das nicht Schumanns Orchesterstücke spielte.«[1]

Wesentlich mehr Attraktivität schienen den

Robert und Clara Schumann um 1850. Lithographie

vergnügungssüchtigen Wienern die verlockenden Angebote der Ballsaison zu verheißen. Auf besonderes Interesse stieß der für 18. Jänner angekündigte »Ball der Nordbahn-Beamten« im neu erbauten Tanzsaal des Sophienbades im dritten Wiener Bezirk.

Schon im Jänner vergangenen Jahres hatte Franz Morawetz, der zur Zeit des Wiener Kongresses als Tuchscherergehilfe nach Wien gekommen war und dank einer günstigen Erbschaft zu Wohlstand gelangt war, sein 1838 errichtetes »russisches Dampfbad« in der Marxergasse großzügigst ausgebaut und den mittleren Saal als Schwimmhalle eingerichtet.
Keine geringeren als Eduard van der Nüll und Sicard von Sicardsburg zeichneten 1846 als Architekten für den kühnen Entwurf des neuen Bades verantwortlich, welches im Winter durch Einbau eines Tanzbodens in einen großartigen Tanzsaal verwandelt werden konnte.

»Die edlen Formen des Baues, eigenthümlich, aber voll Harmonie und Reiz, können ihren Eindruck auf den Besucher nicht verfehlen, und die schöne Halle, im Glanze der prachtvollen Beleuchtung (welche von der hiesigen Gasbeleuchtungs-Direction auf das trefflichste in der kürzesten Zeit hergestellt ward) fesselt jedes Auge mit Wohlgefallen. Bei der Anerkennung, welche man diesem meisterhaften Bau zollt, darf die Doppelbestimmung der Räumlichkeit nicht vergessen werden, ein Umstand, der die Kenntnisse und den Geschmack der Künstler in ihrer Gestaltung doppelt verdienstlich macht. Denn so wie als Ballsaal, so wird auch als Schwimmhalle dieser Raum einen neuen, überraschenden Eindruck hervorbringen, und auch in dieser Beziehung die hohe Zweckmäßigkeit seiner Einrichtung bewähren.«[2]
Die Quadrille »Souvenir de Carneval 1847«, welche Strauß Vater für den Eisenbahnerball komponiert hatte und am 18. Jänner 1847 im

Die von den Architekten Sicardsburg und van der Nüll 1846 erbaute Schwimmhalle des Sophienbades in der Marxergasse

neuen Sophienbadsaal zum erstenmal erklungen ist, erfreute sich aufgrund seiner Vitalität und motorischen Dynamik einer begeisterten Aufnahme.[3]

Nicht minder erfolgreich startet Strauß junior in den Fasching 1847. Nur wenige Tage nach dem Erfolg des Vaters sehen wir den jungen Strauß am 27. Jänner in den »Sträußlsälen« des Josephstädter Theaters beim Architektenball musizieren. Seinen Walzer op. 36 – benannt »Architekten-Ball-Tänze« – widmet er voll Stolz »Den Hörern der Baukunst an der k. k. Akademie der bildenden Künste«.

Die Qualität dieses Walzers aus der Feder des 22jährigen Kapellmeisters ist im Balltrubel der relativ kleinen Sträußlsäle vielleicht nicht gleich erkannt worden. Wer unter den musikalisch versierten Ballbesuchern aber damals mitbekam, mit welch vollendeter Grazie und schwebender Leichtigkeit sich das schlichte, aus zwei Sekundschritten geborene erste Walzermotiv emporschwingt, muß an diesem Abend wohl begriffen haben, daß da ein ganz Großer der Wiener Tanzmusik am Beginn einer phänomenalen, einzigartigen Karriere stand.

Während Strauß Vater die »Herren Hörer der Medizin« am 29. Jänner mit seiner neuesten Walzerkreation »Herz-Töne« im Sperl beglückte, trumpft der Sohn einen Tag später im Badener Redoutensaal stolz mit einer »Industrie-Quadrille« auf. Der Titel nimmt sinnfällig Bezug auf die eben eröffnete »Industrieausstellung« in Baden, welche keineswegs als »Nachzügler« der großen Wiener Industrieausstellung vor zwei Jahren verstanden sein wollte, sondern die lokalen Produkte und Errungenschaften des niederösterreichischen Wirtschaftsraumes stolz zur Schau stellte. Das Titelblatt des neuen Wer-

Der große Tanzsaal des Sophienbades. Hier brachte Johann Strauß Vater die Quadrille »Souvenir de Carneval 1847« am 18. Jänner zur Uraufführung. Lithographie aus Auer's Zeitschrift »Faust«

duzierte, sondern im selben Jahr auch die erste Stahlkanone goß, so sollte auch das Nitroglyzerin und dessen spätere Anwendung im militärischen Bereich vor allem dazu dienen, die Technik des Tötens zu perfektionieren.

Faszinierend, ja geradezu sensationell ist Nestroys »frühe Einsicht in die menschenfeindlichen Anwendungsmöglichkeiten von Wissenschaft und Technik«.[6] In seinem grandiosen Zeit- und Sittenspiegel »Der Schützling« – dessen Uraufführung in den April 1847 fällt – läßt Nestroy die Figur des Gottlieb ahnungsvoll sinnieren:

»Es gibt so viele Ausrottungs- und Vertilgungsmittel, und doch ist noch so wenig Übles ausgerottet, so wenig Böses vertilgt auf dieser Welt, daß man deutlich sieht, sie erfinden eine Menge, aber doch 's Rechte nicht.« Am Ende des ersten Bildes im 4. Akt schließt Gottlieb mit der Erkenntnis: »Überhaupt hat der Fortschritt das an sich, daß er viel größer ausschaut, als er wirklich ist«.[7]

Die Konkurrenzsituation zwischen Johann Strauß Vater und Sohn, welche von der Presse schon seit zwei Jahren bewußt hochgeschaukelt worden war, erreichte im Februar 1847 einen vorläufigen Höhepunkt. Jenny Lind war wieder da – der vielumjubelte schwedische Gesangsstar – und Giacomo Meyerbeer war eigens nach Wien gekommen, um sich vom Erfolg seiner neuen Oper »Vielka« zu überzeugen, die der junge Kapellmeister Franz von Suppè im Theater an der Wien einstudierte. Jenny Lind war für die Titelpartie der neuen Oper vorgesehen. Daß das Werk schließlich mit größter Begeisterung aufgenommen wurde, lag nicht zuletzt an der attraktiven Besetzung durch die schwedische Sängerin.

Am 8. März präsentierte Strauß Vater seinen Zuhörern im Volksgarten die »Vielka-Ouverture« im stolzen Bewußtsein, das exklusive Aufführungsrecht für dieses Werk in Wien zu besitzen. Verleger Carl Haslinger hatte andere Kapellmeister, die sich ebenfalls um das No-

Experimente mit der Schießbaumwolle. Satirisches Bild aus Bäuerles Theaterzeitung

tenmaterial beworben hatten, abgewiesen. Dies hinderte jedoch Strauß junior keineswegs daran, sich einen Klavierauszug der »Vielka« aus Berlin zu verschaffen und die Ouverture für sein Orchester selbst zu instrumentieren. Als Haslinger Polizei und Gericht einschaltete, um Aufführungen der Ouverture durch Strauß Sohn untersagen zu lassen, erschien kurze Zeit darauf im »Pesther Spiegel« ein aggressives Pamphlet gegen den Vater, das der Sohn bei einem Wiener Journalisten bestellt hatte und dessen Inhalt in der Wiener Zeitschrift »Der Humorist« nachgedruckt wurde. Ein »Skandal«, der für die Regenbogenpresse wie gerufen kam!

Noch Monate später, im Juni 1847, schrieb Haslinger an Meyerbeer und erbat dessen Intervention.[8] Diese fiel jedoch wohl nicht so aus, wie Haslinger erhofft hatte. Der italienische Opernkomponist erteilte kurzerhand beiden »Sträußen« das konzertante Aufführungsrecht seiner Oper und lachte sich ins Fäustchen. Eine bessere Werbung für seine Musik als der absurde Streit zwischen Strauß Vater und Sohn um die »Vielka«-Ouverture hätte Meyerbeer wohl nie bekommen können.

Wie schon erwähnt, war Strauß Vaters »Schwedischen Liedern« op. 207 nicht jenes Echo beschieden, das sich dieser erhofft hatte. Aber nur wenige Tage später landete der noch immer hochkreative »Senior« einen ungeheuren Erfolg mit seiner neuen Polka »Eisele- und Beisele-Sprünge«. Ort der fulminanten Premiere: der prächtige Odeonsaal in der Leopoldstadt.

Eisele und Beisele kann man in gewissem Sinne als »Comic-Figuren« der Musik- und Theatergeschichte bezeichnen. Das satirische Münchner Witzblatt »Fliegende Blätter« hatte die beiden Kunstfiguren 1846 kreiert und die Wiener Theaterzeitung hatte sie aufgrund der begeisterten Leserakzeptanz in ihre satirischen Darstellungen aufgenommen.

Die Imaginationsfreude der Wiener kommt recht treffend in der Anzeige zum Ausdruck, welche am 11. Februar in der Wiener Zeitung groß aufgemacht erschienen ist:

»Carnevals-Schwank!!! Am Faschings-Sonntag, Montag und Dinstag große Ballfestivitäten im

»Eisele und Beisele« besuchen die Wiener Redoute. Satirisches Bild aus Bäuerles Theaterzeitung, 1847

Odeon zu Ehren der Herren Beisele und Eisele. Da die berühmten Reisenden Baron Beisele und dessen Hofmeister Dr. Eisele auf ihrer großen deutschen Rundreise in Wien angelangt sind, … ist ihnen zu Ehren … das gegenwärtige Ballfest mit bedeutendem Kostenaufwande veranstaltet und für die Erscheinung dieser außerordentlichen Gäste auf das passendste vorbereitet worden … Herr k. k. Hofball-Musikdirector Johann Strauß leitet persönlich sein Orchester und bringt seine neueste Polka ›Beisele und Eisele Sprünge‹ zuerst bey diesem Feste zur Aufführung.«[9]
Geschäftstüchtige Wiener haben mit der Eisele-Beisele-Manie gute Umsätze erzielt. In den Konditoreien konnte man Marzipanfiguren der begehrten Kultobjekte kaufen, Souvenirartikel aller Art entstanden und in den Vorstadttheatern spielte man gar Possen, welche die seltsamen Abenteuer der beiden Reisenden zum Inhalt hatten.

Zwischen den Irrealitäten des Wiener Faschings und der sozialen Wirklichkeit des Wiener Vormärz hatte sich mittlerweile eine Kluft aufgetan, die trotz Zensur und Schönfärberei nicht mehr länger im Verborgenen gehalten werden konnte. Tatsächlich ist der eruptive Ausbruch der 1848er-Revolution nur dann verständlich, wenn man die sozialpolitischen Zuspitzungen, die schon 1847 mit erschreckender Offenheit zutage traten, in die historische Betrachtung einbezieht.
Bereits im Frühjahr 1847 war das soziale Elend und das Problem der Arbeitslosigkeit in ein vorrevolutionäres Stadium getreten. Der Historiker und Straußforscher Helmut Reichenauer beschrieb den gesellschaftspolitischen Hintergrund mit folgenden Worten:
»Unter der Oberfläche der sogenannten ›Biedermeierkultur‹, die von einem politisch genügsamen und in der Privatsphäre lebenden Bürgertum getragen wurde, häufte sich, für viele unbemerkt, ein gewaltiges Potential an sozialen Konfliktstoffen an. Armut und weitverbreitete Hungersnot waren jedenfalls unübersehbare Zeichen einer Gesellschaftsordnung, die zu einer sozial gerechten Verteilung des Wirtschaftsvermögens im Lande nicht mehr fähig war.«[10]
Angesichts umherziehender Scharen von Arbeitslosen, die – zum Unterschied von heute – keinerlei Notstandshilfe von staatlichen Einrichtungen zu erwarten hatten, mußten zahlreiche Wiener Fabrikanten befürchten, »es könnte bei zunehmender Brotlosigkeit zu Gewalttaten gegen ihre Person und ihr Eigentum kommen.«[11]
In diese Stimmungslage paßt ein Bericht der Wiener Theaterzeitung, wonach auch Strauß Vater durch ein Benefizkonzert versucht hat, hilfreich einzuspringen:
»Strauß ist immer dabei, wo es gilt, den Armen zu helfen, und wenn er den Armen hilft, so geschieht es mit zeitgemäßer Berücksichtigung der Umstände, und unter diesen Umständen ist den Armen doppelt geholfen. So gibt er am 7. Juni wieder ein großes Fest am Wasserglacis, und der Ertrag ist zum Ankaufen von Brot für die Armen bestimmt. Das ist practisch, das greift ins Leben und in die Bedürfnisse der Armen (…).«[12]
Vier Monate später hat er bei einem neuerlichen Wohltätigkeitskonzert im 3. Bezirk den Reingewinn dem Vorstand des »Kreuzervereins« sogar persönlich ausgehändigt:
»Sonnabend, den 4. September 1847. – Die Fest-Soirée in Neulings Brauhausgarten auf der Landstraße zum Vortheile des Kreuzer-Vereins war glänzend, was das Arrangement, überraschend, was den Besuch, und erfreulich, was das Erträgnis anbelangt. Die Herren Capellmeister J. Strauß Vater und F. Massak waren bemüht, von ihrer Seite dem Feste eine besondere Heiterkeit zu verleihen. Es wurden im Ganzen 1928 bezahlte Billets abgesetzt, welche … die Summe von 321 fl. 20 kr. C.M. erzielten. Nach Abzug der Auslagen für Ankündigungen, Beleuchtung, Militärmusik etc. ergab

sich der reine Betrag von 238 fl.C.M., welchen der Unternehmer des Festes, Hr. Strauß, bereits dem Vorsteher des Kreuzervereines eingehändigt hat. Der Wohltätigkeitssinn des geschätzten Hofball-Musikdirectors zeigte sich bei diesem Anlasse wieder im schönsten Lichte. Er hat nicht nur mit aller Bereitwilligkeit dieses glänzende Fest veranstaltet … sondern hat zugleich auf jede Entschädigung für sich und sein Orchester verzichtet und auf diese Weise selbst eine Spende auf den Altar der Menschenfreundlichkeit gelegt …«[12]

Mit zunehmendem Unbehagen konstatierte auch das wohlhabende Bürgertum, daß zahlreiche Wiener Vororte – einst beliebte Erholungs- und Ausflugsstätten – immer mehr zu »Nestern eines bleichen, verwilderten Pöbels« herabgesunken waren. »Hier findet man Häuser, zierlich und anständig im Äußeren, aber verfault und zerfressen in ihrem Inneren, denn die Spekulation der Inhaber hat sie in Proletarierhöhlen verwandelt und versteht nach ihrer Art, selbst die tiefste Armut sich zinsbar zu machen.«[13]

Ernst Victor Zenker, dessen Standardwerk über die Wiener Revolution bis zum heutigen Tag nichts an Aktualität eingebüßt hat, berichtet über das Entstehen von sozialen Hilfsprogrammen in der Kaiserstadt:

»Im Jahr 1847, als die Noth am höchsten war, entstanden die humanitären Vereine in etwas größerer Zahl, aber sie konnten das Unvermeidliche nicht verhüten. Damals entstand als Ausfluss der zerrütteten Vermögenslage der Kleingewerbetreibenden der ›Wiener Kreuzerverein zur Unterstützung der Gewerbsleute‹, welcher arbeitslosen, bedürftigen Personen … durch Anschaffung von Arbeitsmaterialien und Werkzeugen, Zuwendung von Darlehen Hilfe leistete. Im gleichen Jahre wurde in Folge der

Ausspeisung in einem Wiener Vorstadtlokal für arme Leute. Satirische Darstellung aus Bäuerles Theaterzeitung

abnormen Nothlage der ›Allgemeine Wiener Hilfsverein‹ gegründet, welcher sogenannte ›Rumfordsuppen‹, Brot, Salz, Erdäpfel, Mehl u. dgl. an Arme verabreichte. Am 17. Mai 1847 fand die Eröffnung der von dem Vereine errichteten Rumforder Suppenanstalt statt, in welcher anfänglich täglich 6000 Portionen ausgetheilt wurden.«[14]

Über die Grenzen der Wirksamkeit solcher karitativen Maßnahmen läßt Zenker allerdings keine Unklarheiten: »Unter dem Eindrucke des massenhaft über die Strassen schleichenden Jammers, der ungestüm an die Thore der Reichen pochenden Armuth, wurde von etwas klarer sehenden Industriellen und Geschäftsleuten der schon erwähnte Verein zur Ausspeisung der Armen mit Rumfordersuppe, Brot und dgl. begründet. Allein, das karge Almosen brachte die Hungernden erst recht zum Bewußtsein ihres namenlosen Elends und weckte noch mehr das Bestialische in dem Wesen dieser Aermsten, so daß es im März 1847 wiederholt in Fünfhaus, Sechshaus und Gaudenzdorf zu gefährlichen ›Brotrummeln‹ und Plünderungen von Bäcker- und Fleischerläden seitens des Proletariats kam.«[15]

Die Wiener Historiker Feldbauer und Stekl kommen zu folgendem Resümee:

»Insgesamt waren alle diese Hilfsaktionen keineswegs geeignet, Armut im Zeitalter beginnender Industrialisierung und wachsender Urbanisierung zu bekämpfen. Im Gegenteil – die wachsende Übernahme sozialfürsorgerischer Agenden durch Wohltätigkeitsvereine bewirkte letztlich nicht nur eine verschärfte Polarisierung zwischen ›normalem‹ bürgerlichen und ›asozialem‹ proletarischen Verhalten, sondern schob auch wirkungsvolle strukturpolitische Maßnahmen hinaus. Eine solche ›Privatisierung‹ der Probleme von Armut und Verwahrlosung trug somit zur deutlichen sozialpolitischen Abstinenz des vormärzlichen Staates wesentlich bei.«[16]

Strauß Vater fühlte sich von den gravierenden sozialpolitischen Veränderungen zwar nur mar-

Johann Strauß Vater »Die Schwalben«, Walzer op. 208. Titelblatt der Erstausgabe für Klavier

ginal betroffen, war doch das wohlhabende Bürgertum der Kern seiner ihm treu ergebenen Anhängerschaft. Dennoch bekam auch er die Auswirkungen der um sich greifenden Not zu spüren. Viele einst hoffnungslos überfüllte Ballveranstaltungen waren oft nur mehr schütter besucht. Paul Fischer, der Besitzer des Odeons, war, trotz intensivster Bemühungen, innerhalb von zwei Jahren Pleite gegangen und mußte sein Etablissement verkaufen. Für viele Musikliebhaber aus einfachen sozialen Schichten reichte das Einkommen nicht mehr, um ein Eintrittsbillett zu erstehen, geschweige denn, eine Zeche zu bezahlen.

Dessen ungeachtet verdanken wir Johann Strauß Vater gerade aus jener Zeit eine Walzerkreation, die an Qualität und Originalität frühere Werke weit hinter sich ließ und neue ästhetische Maßstäbe setzte.

Das neue Werk erklang erstmals am 24. Mai 1847 in Ungers Casino in Hernals und trug den programmatischen Titel »Die Schwalben« (op. 208). Zwei Tage später kam es im Odeon-Garten zur vielumjubelten Zweitaufführung.

Dieses Meisterwerk, welches in der Tradition deutlich an Beethovens Naturschilderungen in dessen »Pastoral-Sinfonie« anknüpft, zeigt Strauß Vater als vollendeten Beherrscher naturalistischer Tonmalerei. Max Schönherr spricht von »handwerklichen Kleinigkeiten, die dieses Tanzstück zum Kunstwerk machen«[17] und der aus Breslau stammende Musikschriftsteller Oscar Bie konstatierte bereits im 19. Jahrhundert: »Es gab niemanden auf der Erde, der die Anmut des Schwalben-Walzers nicht in sein Herz schloß.«[17]

Der Rezensent der Theaterzeitung schrieb jedenfalls am 28. Mai 1847:

»Vorgestern war die erste Soirée im Odeon-Garten, und wie sich von selbst versteht, stand der Walzerfeldherr Strauß an der Spitze seines Orchesters und lenkte seine Getreuen zum entscheidenden Siege über die Ohren und Gemüther der Anwesenden. Er spielte hier seine neuen Walzer: ›Die Schwalben‹ zum ersten Male, und wir müssen gestehen, seit langem keine so charakteristische Walzerpartie gehört zu haben. Damit bringt Strauß freilich ein Opfer, denn er räumt dem Musikalisch-Feinfühlenden Concessionen ein, die dem großen Haufen nicht zusagen können; aber das ist eben das Edle und wahrhaft Poetische in der Erscheinung Straußens, daß er, seinem Genius folgend, niemals dem Gemeinen huldigt, auch wenn es von temporärem Effect wäre. ›Die Schwalben‹ sind durch und durch dem Charakter getreu erfaßt, mit so viel Zartheit und Lieblichkeit in den charakteristischen Momenten wiedergegeben, so voll Melodie und pikanter Instrumentierung, daß man einen viel nachhaltigeren Eindruck behält, als nach einem gewöhnlichen Walzer …«[18]

Dem außergewöhnlichen Walzer des Vaters hatte alsbald auch Johann Strauß junior eine Novität entgegenzusetzen, die insofern von Bedeutung ist, als es sich um die erste Kontaktaufnahme des jungen Strauß mit dem 1843 gegründeten Wiener Männergesangsverein handelte.

»Löblicher Männer-Gesangs-Verein!
Wertheste Herren!
Ihr schönes, für die Kunst so erfolgreiches Wirken, das in allen Kreisen die eklatanteste Anerkennung gefunden, regt auch mich an, Ihnen einen schwachen Beweis dessen zu geben, wie sehr ich mich über Ihre schönen Leistungen freue und wie anregend dieselben auf mich gewirkt. – Jedem liegt es ob, in seinem Kreise und nach seiner Weise zu wirken, und daher bin ich so frei, Ihnen das Anbiethen zu machen, die Dedication einer eigens von mir zu diesem Zwecke komponierten Walzerparthie: ›Die Sängerfahrten‹ betitelt, annehmen zu wollen (…).

Ihr mit aller Hochachtung zeichnender
Johann Strauß Sohn.«[19]

Schon am nächsten Tag erhielt Strauß junior Antwort: »Die schmeichelhafte Widmung einer von Ihnen componirten Walzerparthie un-

MARTHA-QUADRILLE

für das

Piano-Forte

von

Johann Strauss, Vater

k.k. Hofball-Musik-Director u. Kapellmeister.

215tes Werk.

Mit Vorbehalt des Autors für alle möglichen Arrangirungen.

Eigenthum der Verleger.

No. 10771. Eingetragen in das Archiv der Musikalien-Verleger. Pr: 45x C.M.

Wien, bei Tobias Haslinger's Witwe und Sohn,

k.k. Hof-u. priv. Kunst-u. Musikalienhändler.

Leipzig, bei B. Hermann. London, bei Cocks & Co.

Im Einverständnisse mit Herrn H.F. Müller, als Original-Verleger der Oper: Martha.

Johann Strauß Vater: »Martha-Quadrille« op. 215. Titelblatt der Erstausgabe für Klavier

ter dem Titel ›Sängerfahrten‹ nehmen wir mit Vergnügen an, und wünschen Ihnen dafür so allgemeinen Beifall, wie Ihre bisherigen Tanzdichtungen erlangt und verdient haben.«[20]

Der musikalische »Brückenschlag«, den die »Sängerfahrten« bewirkt haben, sollte sich als entscheidender Ausgangspunkt für spätere künstlerische Zusammenarbeit zwischen Johann Strauß Sohn und dem Wiener Männergesangsverein erweisen. Die Entstehung des Walzers »An der schönen blauen Donau« im Jahre 1867 wäre ohne die Aktivitäten dieser so maßgeblichen Kulturvereinigung wohl kaum denkbar gewesen.

1847 – also 20 Jahre vorher – hat der junge Strauß sein Publikum noch vorwiegend in den Randgruppen der in Wien ansässigen Bevölkerung gesucht und gefunden. So machte sich der junge Kapellmeister das ausgeprägte Nationalgefühl der slawischen Völker zunutze, um mit Werken wie dem »Slaven-Potpourri« op. 39 oder der »Alexander-Quadrille« op. 33 (die auch als »Zweite Serben-Quadrille« bekannt ist) neue Freunde zu gewinnen.

Als Johann Strauß junior im Herbst 1847 zu einer Balkan-Tournee aufbrach, leistete ihm gerade die »Alexander-Quadrille« ausgezeichnete Dienste, wobei er keinerlei Problem damit hatte, das Werk unter verschiedenen Bezeichnungen verschiedenen einflußreichen Leuten zu widmen.

Dank und Begeisterung der serbischen Bevölkerung war ihm jedenfalls sicher, als er nach höchst erfolgreichen Zwischenaufenthalten in Preßburg und Pest Mitte Oktober 1847 mit seinem Orchester in Belgrad einlangte.

Nach der wohlwollenden Aufnahme durch den regierenden serbischen Fürsten Aleksander Karadjordjevic, dem Strauß junior die »Alexander-Quadrille« gewidmet und sogar eigens zu diesem Zwecke aus Wien ein Titelblatt in serbischer Sprache mitgebracht hatte, ging die Reise weiter nach Arad, Hermannstadt und Kronstadt. Im tiefverschneiten Winter schließlich überquerte Strauß mit seiner Kapelle die Karpaten und erreichte zu Weihnachten Bukarest. Hier fand der Walzer op. 50 »Klänge aus der Walachei« seine Uraufführung. Und die

»Es ist zum Verzweifeln, alle Tag Ball und kein Kreuzer Geld im Sack«. Satirische Darstellung aus Bäuerles Theaterzeitung

prachtvolle »Marien-Quadrille« op. 51 widmete Strauß der Gattin des rumänischen Fürsten Gheorge Bibescu, was ihm und seinem Orchester etliche Annehmlichkeiten und Vorteile einbrachte.
Strauß junior scheint sich in der rumänischen Hauptstadt so wohl gefühlt zu haben, daß er sein ursprünglich angepeiltes Reiseziel Konstantinopel aufgab und bis zum Frühjahr in Bukarest blieb, wo ihn schließlich die Nachricht vom Ausbruch der Revolution in Wien überraschte.
Aber auch Strauß Vater war im Herbst 1847 auf Reisen gegangen, sollte allerdings wesentlich früher als sein Sohn in die Heimat zurückkehren. Am 12. Oktober berichtet die Theaterzeitung:
»Gestern abend verließ Vater Strauß Wien, und begab sich ohne Absicht eines Zwischenaufenthaltes nach Hamburg; sein dreißig Köpfe starkes Orchester folgt ihm morgen. Er gedenkt zuerst in Hamburg zu concertiren, sodann Bremen, Braunschweig, Hannover, Kopenhagen zu besuchen. Die Rückreise dürfte Berlin, Leipzig, Dresden berühren … Jedenfalls (und das ist die uns angenehmste Bemerkung) trifft er zur Katharinen-Redoute wieder hier ein …«[21]
Wie nicht anders zu erwarten, erzielte Strauß Vater auch diesmal wieder in Deutschland überragende Zustimmung und begeisterten Applaus, egal, in welcher Stadt auch immer er konzertierte.
Allen eifrigen Dementis zum Trotz hielt sich 1847 hartnäckig das Gerücht, Strauß Vater würde seine Heimatstadt Wien für immer verlassen und in Hamburg, Berlin oder gar London ein verlockendes Engagement annehmen. Zur allgemeinen Erleichterung der Anhänger des »Walzerkönigs« in Wien hat sich dieses Gerücht nicht bewahrheitet. Strauß Vater hat sein Versprechen gehalten und ist nach Wien zurückgekehrt.
Am 18. Dezember hat er mit seiner neukomponierten »Martha-Quadrille« (nach Motiven der jüngst in Wien aufgeführten gleichnamigen Oper von Flotow) das Publikum im Sperl in gewohnter Weise zu Begeisterungsstürmen hingerissen (siehe Abb. S. 316). Dementsprechend fiel auch das Presseecho aus:
»Strauß brachte … zwei neue Compositionen zur Aufführung: ›Martha-Quadrille‹ und ›Nádor-Kör‹. Selten hat ein Musikstück so viele Sensation erregt, wie die ›Martha-Quadrille‹. Strauß hat sie acht Male wiederholen müssen! Selten wurde auch ein Musikstück so geistreich, so voll pikanter Nuancen instrumentirt und effectvoll zusammengestellt, wie diese Quadrille (…). Überdies wird sie mit einer Vollendung executirt, die nur Straußens Orchester möglich ist und die nur von einem so dominirenden Dirigenten-Talente erzielt werden konnte.«[22]
Der Magier der Wiener Tanzmusik hatte wieder einmal seine unvergleichlichen Fähigkeiten demonstriert.
Es muß Strauß Vater angenehm berührt haben, zu lesen, was in seiner Abwesenheit ein Rezensent der Theaterzeitung am 30. November 1847 über ihn geschrieben hat:
»Wenn Strauß Wien verläßt, so stockt ein Puls des öffentlichen Lebens, die Hörsäle für Walzervorträge stehen verwaist da, der Straßenzettel-Literatur fehlt sein illustrer Name, und die Wiener werden melancholisch, als kämen sie aus einer Posse im Josephstädter Theater. Darum bildet seine Heimkehr immer ein Fest für das ›fesche‹ Wien …«[23]
Was der Berichterstatter natürlich nicht in Worte kleidete, wohl aber im Unterbewußtsein verspürt haben muß, war die Tatsache, daß das »fesche« Wien sozialpolitisch an einem Abgrund stand und die Rituale der Heiterkeit für viele nur mehr die Flucht vor der Wirklichkeit waren, einer Wirklichkeit, die man auch weiterhin gerne verdrängt hätte.
Doch die Uhr der Weltgeschichte ließ sich nicht verstellen: Die Revolution stand vor der Tür.

1848
Die gescheiterte Revolution[1]

Noch im Dezember des Jahres 1847 hatte Karl Carl, der geschäftstüchtige Theaterdirektor in der Leopoldstadt, sein großes Bauvorhaben abgeschlossen: Innerhalb weniger Monate war das alte heimelige, aber viel zu kleine Leopoldstädter Theater in der Praterstraße abgerissen und durch das neue, pompöse Carl-Theater ersetzt worden.

Eröffnet wurde der großzügig eingerichtete Musentempel mit Nestroys Posse »Die schlimmen Buben in der Schule«. Wie zu erwarten war, hatte auch diesmal die Zensur durch massive Eingriffe die politische Brisanz des Stückes entschärft und verharmlost. Doch auch was von Nestroys Intentionen übrig geblieben war, konnte nachdenklich stimmen. Im Auftrittslied des schlimmen Buben Willibald heißt es:

»In der Schul, i dank'
Die Händ' auf der Bank,
Den Vortrag anhör'n,
Ohne schlafrig zu wer'n,
Das Buch aufgeschlag'n,
Zu schwätzen nicht wag'n,
Wie ein eiserner Aff',
Sonst kriegt man a Straf'!
Dieser schreckliche Druck
Halt't im Wachstum uns z'ruck ...«

Das Publikum verstand sehr wohl die Metapher vom »schrecklichen Druck«, der nicht nur das

Das alte Leopoldstädter Theater, welches 1847 abgerissen und durch das neuerrichtete Carl-Theater ersetzt wurde

österreichische Erziehungswesen, sondern die politischen Zustände der Donaumonarchie insgesamt betraf und karikierte.

Schon mehrmals in den vergangenen Jahren waren soziale Unruhen und Aufstände in den Provinzen der Donaumonarchie mit Militärgewalt niedergeschlagen worden. Die bürokratisch erstarrte, gerontokratische Führungsriege im Dunstkreis Metternichs hatte wertvolle Jahre verstreichen lassen, ohne die dringend erforderlichen staatspolitischen Reformen auch nur in Ansätzen zu verwirklichen. Man hatte offensichtlich gar nicht bemerkt – oder nicht bemerken wollen –, welche neuen Lebensformen das Groß- und Kleinbürgertum mittlerweile entwickelt hatte, welches Gedankengut die Gefühle und Handlungen der Bevölkerung bestimmte. Selbst in aristokratischen Kreisen fehlte es nicht an mahnenden Stimmen. Erzherzog Johann – der »grüne Rebell« der Steiermark und wohl Intelligenteste der Habsburgerfamilie – schrieb am 1. Jänner 1848 in sein Tagebuch:

»Wir stehen am Vorabend von Ereignissen der bedenklichsten Art, Ereignisse, die, wenn man den bisherigen Gang beibehält, nicht ausbleiben können. Und noch will man nicht begreifen, daß es auf dem bisher eingehaltenen Wege ... nicht mehr gehen kann (...). Bald wird weder Zeit noch Kraft, noch Vorsicht ... mehr ausreichen, um jenes Gewitter zu entfernen, welches alles zur Entscheidung bringen muß.«[2]

Die ersten Blitze jenes Gewitters zuckten am Neujahrstag 1848 in Mailand, der Hauptstadt der Lombardei, auf. Die Bevölkerung in Lombardo-Venetien, welche sich nur widerwillig dem habsburgischen Militärregime gebeugt hatte – der 81jährige Feldmarschall Radetzky saß dort mit einer Besatzungstruppe von 70.000 Mann – träumte, wie alle anderen Provinzen Italiens, von der nationalen Einigung und einem italienischen Königreich, in welchem ausländische Dynastien nichts zu suchen

»Ascher-Mittwoch-Reflexionen«. Satirische Darstellung aus Bäuerles Theaterzeitung

hatten. Der Venezianer Daniele Manin umriß den italienischen Standpunkt kurz und bündig: »Wir verlangen von Österreich nicht, daß es menschlich und liberal sei, sondern daß es aus Italien verschwinde.«[3]
Am 1. Jänner probte Mailand den Aufstand: Nationalbewußte Italiener riefen zum Boykott der österreichischen Tabakregie auf. Leute, die österreichische Zigarren rauchten, wurden angepöbelt, vereinzelt kam es zwischen italienischen Provokateuren und österreichischen Soldaten zu Prügeleien. Als schließlich zwei Tote und zahlreiche Verletzte auf dem Pflaster lagen, griff das österreichische Militär ein und zerstreute die Aufständischen.
Der »Zigarrenrummel« in Italien war erstes sichtbares Zeichen eines europaweiten Erdbebens, welches die österreichische Monarchie noch im selben Jahr bis in ihre Grundfesten erschüttern sollte.
»Die große französische Revolution und die napoleonischen Kriege haben Kräfte aufgeweckt, die man nicht mehr beiseite schieben kann … Man hat die Völker als rettendes Prinzip gegen die Übermacht aufgerufen, man hat sie denken, wünschen, begehren und ihre Kraft kennen gelehrt! Wie war es möglich, zu denken, daß die alten Zustände wiederkehren sollten?«[4]
Auch diesen Satz finden wir im Tagebuch Erzherzog Johanns.
Um jene Zeit hatte in der Donaumetropole – wie jedes Jahr – der Fasching seinen Einzug gehalten. Etwas ratlos klang die Meldung der Wiener Theaterzeitung vom 13. 1. 1848: »Der Fasching ist da, aber nicht der junge Strauß. Was wird das Sträußl ohne Strauß machen.«[5]
Johann Strauß Vater aber war ganz in seinem Element. Da sein Sohn noch im Ausland weilte, war er diesmal der unbestrittene Mittelpunkt aller nur denkbaren Karnevalsveranstaltungen. Sein neuester Walzer »Tanz-Signale« op. 218 klang schon vom Titel her wie ein Auf-

Johann Strauß Vater: »Tanz-Signale«. Walzer op. 218. Titelblatt der Erstausgabe für Klavier

ruf an das tanzfreudige Bürgertum, den Eröffnungsball am 16. Jänner ja nicht zu versäumen. »Da hat Strauß an diesem Abende wieder eine neue Walzer-Partie gespielt, die ausgezeichnet ist, so ausgezeichnet, wie lange davor keine.«[6] – kommentierte die Theaterzeitung.

Im Dommayer spielte Philipp Fahrbach anstelle des jungen Strauß, und im Sophienbad-Saal beglückte Strauß Vater am 31. Jänner auf dem Techniker-Ball seine Auftraggeber mit dem neuen Walzer »Amphion-Klänge« op. 224. Und in Anspielung auf die eben erst erfolgreich durchgeführten Experimente mit einem neuartigen Narkosemittel gab Strauß am 8. Februar seinen »Mediziner-Ball-Tänzen« op. 225 den Titel »Aether-Träume«.

Adolph Bäuerle – Herausgeber der allseits beliebten Theaterzeitung – erfreute seinen Leserkreis mit einer grandiosen Bildsatire unter dem Titel »Bittersüsse Carnevals-Bonbons von Cajetan 1848«.

Der Zeichner Cajetan zeigt prophetisch-visionär die Irrationalität einer Gesellschaft, die den Boden der Realität unter den Füßen verloren hat und betäubt in den Wahnwitz flüchtet. – Der Kommentar zum Bild ist köstlich. Da wird der Leser darauf hingewiesen, daß Signor Mephisto gehörnt in den Lüften erscheint, den Taktierstock in der Rechten, worauf die Noten ängstlich das Weite suchen. Voll Energie und Selbstbewußtsein schlägt Strauß Vater den Takt, während die Musiker von diabolischem Schwefeldampf narkotisiert zu sein scheinen und auf skurrilste Weise aneinandergeraten. Der Bassist streicht mit seinem Bogen den Hals des Trompeters, der Schlagwerker malträtiert mit seinem Instrumentarium gleich zwei Orchestermitglieder, und der Mann mit der Tuba scheint einen Geiger förmlich zu verschlucken. – Harmloser Faschingsulk oder Psychogramm der letzten Tage des Wiener Biedermeier, das seine Identität verloren hat?

Am 22. Februar überraschte Strauß Vater sein Publikum im Sophienbad-Saal mit einem Walzer, der den höchst zeitgemäßen Titel »Sorgenbrecher« trug. Es war derselbe Tag, an dem Ra-

»Bittersüsse Carnevals-Bonbons« aus dem Jahre 1848. Satirisches Bild aus Bäuerles Theaterzeitung

detzky über die italienischen Provinzen der Monarchie den Belagerungszustand verhängte und in Paris die Revolution ausbrach. Nach dem Sturz des »Bürgerkönigs« Louis Philippe hatten die Franzosen innerhalb weniger Tage die Republik in Frankreich ausgerufen.
Im Hause Habsburg brannte nun das sprichwörtliche »Feuer am Dach«. War ein Übergreifen des revolutionären Funkens auf die Metropole der Donaumonarchie noch zu verhindern?

Am 1. März 1848 dirigierte Strauß Vater im »Sperl« einen Benefizball, dessen Reinertrag er dem erst kürzlich gegründeten »Kreuzerverein« zur Gänze zur Verfügung stellte. Was dem karitativen Ereignis besonderen Glanz verlieh, war der Umstand, daß Strauß sogar ein neues Werk, die »Wiener Kreuzer-Polka« op. 220 an diesem Abend zur Uraufführung brachte. Wer genau hinhörte, konnte im Trio dieser genialen Polka sogar das lautmalerische Klimpern der Münzen heraushören. In überschwenglicher Begeisterung schwärmt die Theaterzeitung einige Tage später von der neuesten Kreation Strauß Vaters:
»Wenn diese charmante, melodiöse Polka einen Kreuzer wert sein sollte, so kämen die Kreuzer bald hoch in Kurs, was in unserer schwindelnden Börsenzeit keine Unmöglichkeit wäre. Sollte die Polka jedoch nach ihrem wahren Wert taxiert werden, so müßte sie schon Dukaten- oder Banknoten-Polka heißen!«[7]

Natürlich hatte sich die Nachricht von der Ausrufung der französischen Republik am 24. Februar wie ein Lauffeuer in ganz Europa verbreitet und war auch in Wien – allen Maßnahmen der Zensur zum Trotz – zum alles beherrschenden Geprächsthema geworden. Bereits am Tag vor Straußens Benefizball – es war der 29. Februar 1848 – gab es einen großen Volksauflauf vor dem Kärntnertor: Ein Plakat verkündete die unglaubliche, ja ketzerische Nachricht:
»In einem Monat wird Fürst Metternich gestürzt sein. Es lebe das constitutionelle Oesterreich!« Das Plakat hing nur wenige Stunden dort, bis die Polizei es entfernte. Der Inhalt desselben sollte sich indessen als richtig erweisen.

Am 13. März war die Wiener Innenstadt von einer seltsamen Unruhe erfüllt. Vom Universitätsgebäude der Inneren Stadt strömten Bürger und Studenten in Scharen zum Landhaus in die Herrengasse, wo eben die traditionelle Beratung der Landstände begonnen hatte.
Die erst vor wenigen Wochen in der Hofburg vorgebrachte Petition der Buchhändler, die Zensur ein wenig zu lockern, war im Kaiserhaus auf taube Ohren gestoßen. Allen Sturmzeichen zum Trotz war Staatskanzler Metternich nicht einmal ansatzweise bereit, Willenskundsgebungen des Volkes ernst zu nehmen, geschweige denn sich mit ihnen auseinanderzusetzen. Ein verhängnisvoller Fehler, wie sich alsbald herausstellen sollte.
Den für die österreichische Geschichte so schick-

Staatskanzler Fürst Clemens Lothar Metternich

salhaften 13. März beschrieb Sigfried Becher, ein Historiker und Zeitzeuge, in bewegten Worten: »Durch Jahrhunderte … hatte man in Österreich kein lautes, freisinniges Wort gehört; der heutige Tag sollte dazu bestimmt sein. Fischhof, Doktor der Heilkunde, wagte es zuerst, die Schärfe des Wortes zu gebrauchen, um den alten morschen Baum, der uns im Schatten zu halten suchte, umzulegen. Emporgehoben auf die Schultern seiner Wissenschaftsgenossen, bleichen Angesichts, aber ernst mahnte er vor allem zur Einheit (…). Österreichs Völker dürfen nicht durch engherzige Vorurteile sich trennen. – Hoch sollen leben die freiheitslustigen Brüder im Osten – die constitutiven Magyaren! – Hoch sollen leben die heißblütigen, edlen Brüder im Süden – die kämpfenden Italiener (…) und dann rief er aus, was dem Volk noth tue – was es verlange – die Forderungen der Zeit. – Tausend Stimmen wiederholten sie und kein Ende nahm das Rufen: Preßfreiheit! – Religionsfreiheit! – Lehr- und Lernfreiheit! – Verantwortliche Minister! – Volksvertreter! – Volksbewaffnung! – Constitution!«[8]

Tatsächlich war das Zusammengehörigkeitsgefühl der Völker der Donaumonarchie im Jahre 1848 noch so groß, daß der tschechische Historiker Palacky von einem »notwendigen Völkerverein« sprach, »dessen Ader die Donau« sei, und Ungarns bedeutendster Repräsentant, Lajos Kossuth, erklärte in einer aufsehenerregenden Rede vor dem Preßburger Reichstag, es gehe um die »Verbrüderung der verschiedenen Völker Österreichs« und um die Ersetzung des »schlechten Bindemittels der Bajonette und des Beamtendrucks durch den festen Kitt einer freien Verfassung«. Den Regierungsstil der kaiserlichen Hofburg in Wien unterzog Kossuth allerdings einer vernichtenden Kritik: »Ja, auf uns ruht der schwere Fluch eines erstickenden Qualms, aus der Beinkammer des Wiener Systems weht eine verpestete Luft auf uns, die un-

Versammlung der Bürger und Studenten vor dem Ständehaus in Wien am 13. März 1848

Der ungarische Revolutionär und Staatsmann Lajos Kossuth

sere Nerven lähmt und sogar unseren Geistesflug bannt.«[9]
In diesen Tagen revolutionären Aufruhrs, wie ihn die Kaiserstadt an der Donau noch nie erlebt hatte, schrieb Johann Strauß Vater seinen »Freiheits-Marsch« op. 226.
Bezeichnenderweise fehlt der sonst so stolz ins Blickfeld gerückte Titel des »k. k. Hofball-Musikdirektors« auf dem Titelblatt der Erstausgabe für Klavier.
Der 13. März 1848 endete blutig. Erzherzog Albrecht, Kommandant der in Wien stationierten kaiserlichen Truppen, rückte mit einer berittenen Abteilung in die Herrengasse ein, um die Demonstranten vor dem Landhaus zu vertreiben. Als ihm dies nicht gelang, eröffnete er das Feuer. – Die Folgen waren schrecklich: Gewehrsalven, Schmerzensschreie, Bajonettangriff auf die unbewaffnete Bevölkerung. Die Menge floh, soweit dies in den engen, von Menschen erfüllten Straßen überhaupt möglich war. Vier Männer und eine Frau lagen tot auf der Straße. Die Revolution hatte ihre ersten Opfer.
Schon am nächsten Tag, dem 14. März, gaben Regierung und Kaiserhaus nach: Die Studenten wurden wunschgemäß mit Waffen aus dem Zeughaus versorgt. Johann Strauß junior hat wenige Wochen später – nach seiner Rückkehr aus Rumänien – mit seinem »Studenten-Marsch« op. 56 den neuen, politischen Umständen Rechnung getragen. In seltener Eintracht mit seinem Sohn schuf auch Johann Strauß Vater einen »Marsch der Studenten-Legion« op. 223, der Ende April beim Unger in Hernals zum erstenmal erklang.
Metternich hatte bereits einen Tag nach Ausbruch der Revolution das Land verlassen und war nach England geflohen. Die Zensur wurde aufgehoben und eine unübersehbare Flut von politischen Schriften, Plakaten, Aufrufen und Karikaturen ergoß sich auf ein verwirrtes Bürgertum, welches im ersten Augenblick gar nicht wußte, wie nun alles weitergehen sollte.

Nach jahrzehntelanger Stagnation und gesellschaftlicher Verkrustung erwachte die Bevölkerung Wiens nun aber doch zu erstaunlichem politischen Leben.
Am 1. April 1848 spielte Theaterdirektor Pokorny im Theater an der Wien das »erste zensurfreie Stück« mit dem Titel »Das bemooste Haupt«. Bei jeder Aufführung marschierten laut Regieanweisung Studenten singend über die Bühne. Der Erfolg war ungeheuer. Ganze Abteilungen der akademischen Studentenlegion strömten Abend für Abend ins Theater an der Wien, um sich an dem Spektakel zu ergötzen. Die allabendliche Aufführung des »Bemoosten Hauptes« wurde zum Ritual der Freiheitsbewegung. Sehnsüchtig erwarteter Höhepunkt jeder Vorstellung war die sogenannte »Katzenmusik«. – Jedesmal, wenn vor dem Fenster der »Reaktio-

näre« ein Höllenspektakel mit Lärminstrumenten, Jaulen und Kreischen auf der Bühne gespielt wurde, tobte das Publikum mit und erzwang unzählige Wiederholungen.
Was auf der Bühne so großen Spaß machte, wurde schließlich auch im wirklichen Leben ausprobiert. Am 5. April marschierten die Studenten zum Stephansplatz und rissen den Wiener Erzbischof mit Katzenmusik aus dem nächtlichen Schlaf. Einen Tag später kamen die »Ligourianer« dran. Die Redemptoristenpatres, die als habgierig und reaktionär verschrien waren und angeblich auch Spitzeldienste für Metternichs Polizeiapparat geleistet hatten, wurden aus ihrem Kloster neben der Kirche Maria am Gestade gejagt und vertrieben.

Eine wahrhaft köstliche musikalische Illustration des aktuellen Tagesgeschehens hat uns Johann Strauß junior mit seinen »Ligourianer-Seufzern« op. 57 beschert.
Mit einem keck-fröhlichen Gassenhauer wird diese geniale Scherz-Polka eröffnet. Im Trio blendet Strauß den Spottvers »Ligouri ci gouri« vokal in den gebetmühlenartigen Instrumentalsatz ein. Schließlich folgt eine »Katzenmusik« mit allen dazugehörigen Geräuschkomponenten. Dies alles vollzieht sich in musikalisch brillanter Abfolge, ohne den formalen Aufbau der Polka auch nur im geringsten zu beeinträchtigen.[10]
Aufgeführt wurde dieses kompositorische Juwel zum erstenmal am 6. August 1848 im Casino Zögernitz in Oberdöbling. Am 8. August schreibt der Berichterstatter der Zeitschrift »Demokrat«:
»Wer hätte das gedacht? Strauß Sohn führte am 6. August im Jahre des Heiles 1848 in Zögernitz' Casino ... eine neue Polka mit dem unschuldigen Titel ›Ligourianer-Seufzer‹ auf. Kein Zweifel, daß die frommen Ligourianer über diese Profanation seufzen werden. Aber besser, sie seufzen, als das durch sie geknechtete Volk ...«
Auf Drängen der aufständischen Bürger hatte sich Innenminister Pillersdorf im April schließlich herbeigelassen, eine Verfassung zu proklamieren, in denen die Grundrechte des Volkes verankert sein sollten. Doch diese »Verfassung« erwies sich sehr schnell als »trojanisches Pferd«. Das darin versprochene Wahlrecht war an eine hohe Steuerleistung gebunden, so daß Kleinbürger und Arbeiter vom politischen Leben wiederum ausgeschlossen waren. Außerdem war ein Vetorecht des Kaisers gegen alle Beschlüsse des künftigen Reichsrates vorgesehen. Damit war der Entwurf endgültig zur Farce geworden.
Der Protest der Bevölkerung gegen das ministerielle Täuschungsmanöver fiel unvergleichlich heftiger aus, als Pillersdorf sich das vorgestellt haben mochte. In den ersten Maitagen zogen bereits Studenten und Arbeiter gemeinsam

»Freiheits-Marsch« op. 225 von Johann Strauß Vater. Titelblatt der Erstausgabe für Klavier

durch die Straßen. Am 15. Mai rückten die Studenten mit ihren Forderungen in die Hofburg ein (»Sturm-Petition«). Tatsächlich wurde nun die Pillersdorf'sche Verfassung zurückgezogen und ein allgemeines Wahlrecht ohne Einschränkungen gebilligt. Kaiser Ferdinand aber, dem der Boden unter den Füßen zu heiß geworden war, floh mit dem gesamten Hofstaat nach Innsbruck.

Diese Entwicklung allerdings erfüllte nicht nur den Adel, sondern auch das wohlhabende Bürgertum mit Unbehagen.

Eduard Bauernfeld hat es in seinen »Erinnerungen« unverblümt ausgesprochen:

»Die auf dem politisch jungfräulichen Wiener Boden bisher noch nie vernommenen Ideen der Sozialdemokratie schlugen an unser Ohr und fanden in der naiven Bevölkerung gläubige, ja entzückte Hörer. Ich leugne nicht, daß mich das überraschte, ja erschreckte: Wer kann berechnen, wie weit die Utopie von Aufhebung des Eigentums, von Gütergemeinschaft und dergleichen eine wild aufgeregte und ungebildete Masse führen mögen.«[11]

Am Tag nach Ferdinands Flucht stürmten die Reichen die Börse, um ihre Wertpapiere möglichst schnell loszuschlagen. Die weniger Reichen stürmten die Sparkassen, um ihre Kreuzer herauszuholen. In den Arbeitervorstädten herrschte Aufruhr.

Die konservativen Kräfte sahen nun die Stunde gekommen, einen entscheidenden Gegenschlag zu führen. Die Regierung unterstellte die Nationalgarde kurzerhand dem Militärkommandanten Karl Auersperg. Dieser dekretierte per Maueranschlag die »Auflösung der Academischen Legion binnen 24 Stunden«. Gleichzeitig zogen kaiserliche Infanterie- und Kavallerietruppen in die Innere Stadt. Als das Militär auch noch die Universität schließen wollte, griffen die Studenten zu den Waffen und begannen spontan mit dem Bau von Barrikaden.

Man schrieb den 26. Mai 1848. Ernst Victor

»Die Ausweisung der Ligourianer von Wien, den 6. April 1848«. Satirisches Bild aus Bäuerles Theaterzeitung

Zenker, Zeitzeuge des Geschehens, beschrieb die dramatische Situation:
»Die Barricaden wuchsen aus der Erde, zwei Tage und Nächte glich Wien einem Feldlager; Studenten, Vorstadtgarden, d. h. die kleinen Bürger und Gewerbetreibenden und Proletarier bildeten wieder eine Kette, vor deren drohendem Anblicke die reactionäre Coalition der oberen Classen, ohne einen Schuß zu wagen, in sich zusammenbrach und widerspruchslos die geforderten Garantien gewährte …«[12]
Zwei Tage später – gewissermaßen am Höhepunkt der Wiener Revolution – erklangen im Casino Zögernitz in Döbling unter der schwungvollen Leitung des jungen Strauß zum erstenmal die »Barricaden-Lieder«, eine bezaubernde Walzerkette, die später unter dem Titel »Freiheits-Lieder« im Druck erschienen ist.
Die einschmeichelnden Motive der »Freiheitslieder« haben bei den zeitgenössischen Hörern ganz sicherlich keine revolutionären Assoziationen ausgelöst und tun es bis heute nicht. Der Verleger hatte offensichtlich einen eben fertiggestellten neuen Walzer des jungen Komponisten mit einem möglichst aktuellen Titel versehen, um die Umsätze der Klavierausgabe entsprechend zu erhöhen.
Daß Strauß junior auch echte Revolutionsmusik schreiben konnte, beweist sein Marsch op. 54 mit dem unmißverständlichen Titel »Revolutions-Marsch«. Das leicht orientalische Kolorit dieses Werks könnte darauf hinweisen, daß Strauß den Marsch schon während seiner Balkanreise konzipiert oder vielleicht sogar aufgeführt hat. Exakte Quellen über die Aktivitäten des jungen Strauß im April 1848 stehen bis dato leider nicht zur Verfügung.
Das Werk besticht trotz seiner Molltonalität durch grazil-elegante Leichtigkeit, durch eine markante Ostinato-Rhythmik, und setzt im

Szene aus den Maitagen 1848 (»Heilig ist das Eigentum«)

Johann Strauß Sohn: Revolutions-Marsch op. 54. Titelblatt der Erstausgabe für Klavier

Trio mit einem luftig-fröhlichen Mittelteil einen reizvollen Kontrast zum energischen Hauptmotiv des Marsches. Es ist der studentischen Jugend Wiens sicher nicht schwer gefallen, sich nach den überaus erfolgreichen Barrikadentagen des Monats Mai mit diesem Marsch zu identifizieren.

Johann Nepomuk Nestroy verdanken wir eine grandiose Revolutionssatire. Sein Stück »Freiheit in Krähwinkel« wurde vom 1. Juli an bis Anfang Oktober alltäglich vor ausverkauftem Haus im Carl-Theater gespielt. Manche Textstellen und Liedstrophen wurden so populär, daß sie sich wie ein Lauffeuer in ganz Wien verbreiteten.

Laut Regieanweisung wurde am Ende des Theaterstücks jedesmal der »Revolutions-Marsch« von Johann Strauß Sohn gespielt.[13]

Wäre die Revolution des Jahres 1848 in Wien siegreich verlaufen, würde heute – so vermuten manche Musikkenner – die ganze Welt Johann Strauß juniors »Revolutionsmarsch« mindestens so gut kennen wie den »Radetzky-Marsch« seines Vaters. Diese These bewegt sich freilich im Bereich des Spekulativen und kann nicht Gegenstand einer wissenschaftlichen Erörterung sein.

Am 18. Mai 1848 wurde in Frankfurt die Erste Nationalversammlung deutscher Staaten abgehalten. Sie sollte eine demokratisch-liberale Verfassung entwerfen und einen geeinten Nationalstaat für alle deutschsprachigen Länder Mitteleuropas schaffen. Die unterschiedlichen Standpunkte und Interessen der beiden Großmächte Österreich und Preußen haben diesen Plan jedoch bald zu Fall gebracht.

So wurde vorerst am 28. Juni eine provisorische Reichsregierung geschaffen, und der österreichische Erzherzog Johann zum »Reichsverweser« berufen. Ein starker linker Flügel verlangte die Ausrufung einer deutschen Republik anstelle der erblichen Monarchie, drang aber gegenüber der Mehrheit nicht durch. Schließlich wurde ein Entwurf ausgearbeitet, der einen Verfassungsstaat mit monarchischer Spitze vorsah. Die österreichischen Länder deutscher Sprache sollten in dieses Staatengebilde einbezogen werden. Dies hätte allerdings das Ende des habsburgischen Vielvölkerstaates bedeutet und stellte sich bald als unrealistisch heraus.

Wie immer man die Visionen der Frankfurter Nationalversammlung bewerten mag, fest steht, daß Erzherzog Johann zusammen mit bedeutenden Vertretern deutscher Intelligenz einen ersten Schritt in Richtung Demokratieverständnis in Europa gesetzt hat.

Die Idee der nationalen Einigung aller deutschen Staaten, bei gleichzeitiger Verankerung verfassungsmäßiger Grundrechte, war natürlich ebenso faszinierend wie der jahrhundertealte Traum der Magyaren von einer eigenen selbständigen Nation oder die Idee eines groß-

Erzherzog Johann, der deutsche »Reichsverweser« 1848–1849

slawischen Reichs, welches sich die zahlenmäßig überlegenen slawischen Völker der Donaumonarchie wünschten.

In bestimmten Kreisen des Wiener Großbürgertums löste der deutsche Nationalgedanke begeisterte Zustimmung aus. Musikhistorisch läßt sich dies überzeugend anhand mehrerer Titel aus der Werkstätte der Familie Strauß nachverfolgen.

Am 26. Juli präsentierte Strauß Vater bei einem Sommerfest auf dem Wasserglacis seinen neuesten Walzer »Schwarz-Rot-Gold«. Nach der Niederschlagung der Revolution wurde er allerdings unter dem nichtssagenden Titel »Landesfarben« gedruckt. Die Farbenkombination Schwarz-Rot-Gold galt ursprünglich als Symbol des Befreiungskampfes gegen Napoleon. Später wurde sie zur Chiffre fortschrittlichen und liberal-demokratischen Gedankenguts in Deutschland.

Am Tag der Uraufführung des Walzers »Schwarz-Rot-Gold« hob Strauß Vater noch ein weiteres einschlägiges Werk aus der Taufe. Es trug den Titel »Marsch des Einigen Deutschlands«. In der phantasievoll gestalteten Titelvignette sieht man eine uralte knorrige Eiche, auf der die Wappen einzelner Fürstengeschlechter in trauter Gemeinsamkeit prangen. Unter der Eiche sitzt »Reichsverweser« Erzherzog Johann mit seiner Jagdflinte (siehe S. 332).

Am 7. August vermeldet die Wiener Zeitung großformatig ein »Außerordentliches Reichtags-Fest im ganzen k. k. Volksgarten« zu Ehren der in Wien anwesenden hohen Reichsversammlung. Johann Strauß Vater tritt mit einem neuen, eigens für dieses Fest komponierten Walzer in Erscheinung, betitelt »Deutsche Jubellaute«.

Unmittelbarer Anlaß für dieses opulente Fest war der am 22. Juli in der Winterreitschule der Hofburg abgehaltene erste verfassungsgemäße Reichstag in Wien. Erzherzog Johann, die Ga-

Johann Strauß Vater »Landesfarben«, Walzer op. 232. Dieses Werk trug den ursprünglichen Titel »Schwarz-Rot-Gold«

lionsfigur einer Verbindung von Demokratie und Monarchie war eigens aus Frankfurt zur Eröffnung gekommen.

Daß die »deutsche Jubelstimmung« in der Residenzhauptstadt der Donaumonarchie trotz Strauß'scher Klänge und bunt wehender Fahnen keineswegs alle Bevölkerungsschichten in Euphorie versetzte, zeigt eine satirisch-kritische Karikatur aus Bäuerles Theaterzeitung.

Szene am Hohen Markt. – Ein Fahnenverkäufer sucht seine Ware an den Mann zu bringen. Eine arme Frau, mit einem Säugling am Arm, klagt dem Studenten ihr Leid: »Ich habe auch einen solchen Drohbrief bekommen, daß ich solle eine deutsche Fahne ausstecken, sonst wirft man mir die Fenster ein, und ich hab doch kaum so viel Geld, um mit meinen Kindern nicht zu verhungern.« (Siehe S. 332.)

Zu den populärsten Volks- und Spottliedern der deutschsprachigen Studentenschaft in Wien zählte damals das sogenannte »Fuchslied«. Es hatte eine schlichte, zündende Melodie und begann mit den harmlosen Worten: »Was kommt dort von der Höh'?«

Besonders beliebt war es, in Gesellschaft aus dem Stegreif neue Texte zu dieser Melodie zu singen. Diese waren ganz und gar nicht harmlos und transportierten nicht selten aggressive Attacken gegen Obrigkeit, Behörden oder mißliebige Personen.

Wie man simple Studentenlieder musikalisch veredeln kann, hat uns in vollendeter Weise Johann Strauß junior bewiesen. Für einen Studentenball des Wiener Polytechnikums schrieb er nämlich einen Walzer mit dem Titel »Burschen-Lieder«. Die fünf Walzerthemen dieses Werkes darf man mit Fug und Recht als musikalische Edelsteine bezeichnen, in denen das Genie des jungen Strauß bereits unverkennbar aufblitzt. Das Finale der Coda mündet in das keck-übermütige, wohlbekannte »Fuchslied« ein und beschließt ein wahrlich zauberhaftes Werk. Till Eulenspiegel läßt grüßen![14]

Der August 1848 war für Österreich innen- und außenpolitisch von entscheidenden Ereignissen geprägt. Am 6. August gelang es österreichischen Truppen unter Führung des Feldmarschalls Radetzky, die piemontesischen Truppen in Italien zu besiegen und die schon verloren geglaubte Lombardei samt Mailand neuerlich zu besetzen.

Den italienischen Nationalismus hat Radetzky damit keineswegs ausrotten können. Ganz im Gegenteil: Der italienische Befreiungskampf, das Risorgimento, stand erst am Anfang einer mächtigen dauerhaften Bewegung, die letztlich auch zur nationalen Einigung Italiens und zum Hinauswurf der habsburgischen Fremdherrschaft führen sollte.

Aber vorerst hatten die konservativen Kräfte in Wien Grund zum Jubeln. Der militärische Erfolg in Italien brachte ihnen ins Bewußtsein, daß

Feldmarschall Radetzky, Oberbefehlshaber der österreichischen Truppen in Italien

es ja noch immer ein schlagkräftiges, der Monarchie ergebenes Heer gab. In den Oberschichten des Besitzbürgertums und der Aristokratie flackerte die Hoffnung auf, dem revolutionären Treiben in der Hauptstadt endlich Einhalt gebieten zu können. Tatsächlich kehrte auch Kaiser Ferdinand am 12. August nach Wien zurück. Nur wenige Tage später, am 23. August, kam es zur blutigen Niederschlagung eines Arbeiteraufstandes durch die Nationalgarde, ein Ereignis, welches als »Praterschlacht« in die Annalen österreichischer Geschichte eingegangen ist.

Begonnen hatte die verhängnisvolle Entwicklung damit, daß Arbeitsminister Schwarzer die Notstandszahlungen für Arbeiter von täglich 20 auf 15 Kreuzer reduzierte und für Frauen gar von 15 auf 10 Kreuzer herabsetzte. Trotz massiver Proteste der Arbeiter rückte Schwarzer keinen Millimeter von seinem Entschluß ab. Am 23. August formierte sich, vom Prater ausgehend, ein Protestzug von Arbeitern, der über die Jägerzeile in die Innenstadt marschieren wollte. Die Demonstranten führten einen Esel mit sich, auf dem eine Puppe saß. Die Puppe symbolisierte den Arbeitsminister, der an seinen 5 Kreuzern erstickt war. Als der Demonstrationszug in der Praterstraße eintraf, wurde er von berittener Polizei und Einheiten der Nationalgarde umzingelt. Zenker berichtet:

»Am Eingange der Jägerzeile stießen die Arbeiter auf die Garden. Man weiß nicht, von welcher Seite die Feindseligkeiten eröffnet wurden, genug, die Garden feuerten wiederholt in den aus meist unbewaffneten Männern, Weibern und Kindern bestehenden Knäuel, sie hieben noch in die Fliehenden ein und verschonten selbst Kinder nicht. Zahlreiche Leichen und Hunderte von Verwundeten bedeckten das Pflaster.«[15]

Johann Strauß Vater »Marsch des einigen Deutschlands«. Titelblatt der Erstausgabe für Klavier

Politisch-satirische Darstellung aus Bäuerles Theaterzeitung. Wien im Mai 1848

Eduard Strauß, der jüngste der drei Straußsöhne, schrieb 1906 in seinen »Erinnerungen« über dieses Ereignis und auch über die Rolle, die sein Bruder Johann als wacheschiebender Nationalgardist dabei spielte:
»Plötzlich kam ein berittener Gardist mit der Meldung: Die Polizei-Comissäre ... seien außerstande, die vom Prater aus ... eindringenden Arbeitermassen aufzuhalten und erbäten sich die Assistenz der Nationalgarde. Allsgleich wurden zwei Companien ... dahin abgesandt. Indessen stand der Gardist Johann Strauß vor dem Wachhaus ... und mitten in seine einsame Stille fuhr ihm wie ein Blitz der Gedanke ein: Wie, wenn jetzt aus der Lilienbrunn- oder Karmelitergasse ein Trupp Arbeiter daher käme? Da wärst du verloren! Ach, rette sich, wer kann! Im Nu stand das Gewehr in dem Schilderhaus und der tapfere Gardist eilte ... beflügelten Fußes in sein Vaterhaus, das Hirschenhaus, dessen Tor am Carmeliterplatz fünf Schritte ... entfernt lag. Es wäre mir recht interessant gewesen, die Gesichter der rückkehrenden Gardisten zu sehen, als sie das einsame Gewehr so friedlich ›Wache haltend‹ fanden.«[16]
Eduard Strauß war im Jahre 1848 erst 13 Jahre alt und hat vieles, was er in seinen späteren Erinnerungen festhielt, vorwiegend aus Erzählungen seiner Brüder im Gedächtnis behalten. Grundsätzlich aber ist an der Authentizität dieser Schilderung nicht zu zweifeln. Johann Strauß aber hat nicht aus Angst die Flucht ergriffen – wie es Bruder Eduard vereinfachend darstellt – sondern konnte es vermutlich mit seinem Gewissen nicht in Einklang bringen, als Nationalgardist auf demonstrierende Arbeiter zu schießen. Eine Entscheidung, die ihm noch heute, posthum, hoch anzurechnen ist.

Am 31. August strömte halb Wien in die Parkanlagen des Wasserglacis. Strauß Vater hatte zu einem großen imposanten Siegesfest geladen »zu Ehren der tapferen Armee in Italien und zur Unterstützung der verwundeten Krieger«, wie

Der Kampf in der Stadtgutgasse (Leopoldstadt) im Oktober 1848

Johann Strauß Vater: »Radetzky-Marsch« op. 228. Titelblatt der Erstausgabe für Klavier

es auf den Plakaten hieß. Außerdem wurde die Aufführung eines neuen Marsches angekündigt. Es war nicht schwer zu erraten, daß dieser Marsch, dem Anlaß entsprechend, »Radetzky-Marsch« heißen würde.
Der Radetzkymarsch gilt weltweit als populärstes Werk Johann Strauß Vaters. Dennoch ist bedauerlich, daß Millionen Menschen kein anderes Werk aus dem Vermächtnis des ersten Walzerkönigs der Musikgeschichte kennen, ein Vermächtnis, das über 250 hochwertige Kompositionen enthält.
Das Trio des Radetzkymarsches zitiert die Melodie eines alten Wienerliedes. Wenn man sich den Einschlagrhythmus am Beginn des Werkes wegdenkt, der offensichtlich militärische Stimmung suggerieren soll, in der Originalpartitur aber nirgends zu finden ist, dann entpuppt sich dieser Marsch als fröhlich-beschwingtes Stück ohne martialisches Gehabe.[17]

Wahrhaft martialisch, ja schreckenerregend begann hingegen der letzte Akt des Wiener Revolutionsdramas in den ersten Oktobertagen des

Der Kampf an der Taborbrücke bei Wien am 6. Oktober 1848

Jahres 1848. Schlüsselfigur dieses Dramas war Kriegsminister Latour.

Am 4. Oktober wurde Nestroys »Freiheit im Krähwinkel« zum letztenmal im Carl-Theater gespielt. Am selben Tag erschien im radikalen »Studenten-Courier« ein anonymes Gedicht folgenden Inhalts:

»Sie lernen nichts, sie lernen nichts
Die Herrn Hochwohlgeboren!
Vergeblich schmettert des Gerichts
Posaune ihren Ohren:
Daß golden nur aus schwarzer Nacht
Das Morgenrot der Freiheit lacht
Nach blutig schweren Wehen.
Sie mögen's nicht verstehen!
Weil denn die Herrn von bess'rem Blut
Die neue Zeit nicht lernen,
So hängt die Herren kurz und gut,
Hoch, hoch an die Laternen!«[18]

Aus dem makaber übersteigerten revolutionären Pathos wurde zwei Tage später grausige

Kriegsminister Graf Theodor Baillet de Latour

Josef Freiherr von Jellacic, Banus von Kroatien und Slavonien. Zusammen mit Windischgrätz war er an der Niederschlagung der 1848er Revolution in Wien maßgeblich beteiligt. Johann Strauß Vater widmete ihm den »Jellacic-Marsch« op. 244

Wirklichkeit. Nach dem Gemetzel gegen die demonstrierenden Arbeiter im August war von seiten der Regierung als nächstes geplant, die Revolution im benachbarten Ungarn niederzuschlagen. Als Kriegsminister Latour kaiserliche Truppen nach Ungarn abkommandieren wollte, erhoben sich Bürger, Studenten und Arbeiter gemeinsam gegen die geplante konterrevolutionäre Militäraktion.

Am Tabor in der Leopoldstadt wurde der Abmarsch der Truppen von den Aufständischen blockiert. Die kaiserliche Truppe, die dem Einsatz in Ungarn ohnehin mit gemischten Gefühlen entgegengesehen hatte, löste sich auf und trat zu den Revolutionären über. – Als Volk und Soldaten in die Wiener Innenstadt zurück-

kehrten, wurden sie am Stephansplatz von den »Schwarz-Gelben« mit Gewehrsalven empfangen. Panikartig flüchteten etliche Menschen in den Stephansdom, doch auch sie entkamen nicht dem Gemetzel. Im Kirchenschiff wurde weitergeschossen und gemordet. Es gab 15 Tote und 95 Verwundete.
Diese Ungeheuerlichkeit brachte die Bevölkerung so sehr in Weißglut, daß sie das Kriegsministerium »Am Hof« stürmte und den für das Massaker verantwortlichen Kriegsminister Latour erschlug. Die Leiche Latours wurde an einer Laterne aufgehängt.
Noch am selben Abend stürmten Arbeiter und Studenten das Zeughaus und erzwangen die Herausgabe aller brauchbaren Waffen. 30.000 Gewehre und große Vorräte an Munition kamen so in den Besitz der Aufständischen.

Am nächsten Tag floh der Kaiser, der erst vor kurzem zurückgekehrt war, samt Hofstaat neuerlich aus Wien. Diesmal nach Olmütz. Etwa 20.000 Wiener verließen ebenfalls die Stadt. Die meisten Reichstagsabgeordneten blieben in der Stadt und stellten sich hinter die Revolution. Wien war in diesen Tagen völlig in der Hand der Aufständischen.
Oberkommandierender der zur Verteidigung der Stadt aufgestellten Mobilgarden wurde am 13. Oktober Wenzel Caesar Messenhauser, ein 35jähriger Oberleutnant, der auch Schriftsteller war und patriotische Gedichte schrieb. Messenhauser verfügte über 25.000 bewaffnete Männer, die bereit waren, die Wiener Innenstadt und die acht Bezirke innerhalb des Linienwalls zu verteidigen. Von außen her näherten sich in den Folgetagen kaiserliche Truppenverbände in einer Gesamtstärke von über 100.000 Mann. Kaiser Ferdinand in Olmütz hatte Windischgrätz zum Oberkommandierenden der kaiserlichen Armee ernannt. Fürst Windischgrätz kam direkt aus Prag, wo er die aufständischen Tschechen schon vor Monaten mit eiserner Faust niedergeschlagen hatte.

Brand in der Franzens-Allee in Wien am 26. Oktober 1848. Die Eroberung Wiens durch die konterrevolutionären Truppen dauerte insgesamt sechs Tage

Vom Osten her näherte sich der kroatische Haudegen und Desperado Jellacic, der im Auftrag des Kaisers schon seit über einem Monat die Revolution in Ungarn bekämpfte, dabei allerdings nicht sonderlich erfolgreich gewesen war.

Im Grunde genommen war der Kampf der Wiener gegen die kaiserlichen Truppen aussichtslos, doch Messenhauser klammerte sich an die Hoffnung, Kossuth werde ungarische Hilfstruppen nach Wien schicken. Diese kamen auch, allerdings zu spät.

Am 20. Oktober stellte Windischgrätz ein Ultimatum an die Aufständischen und erklärte den Belagerungszustand. Der in Wien eingeschlossene »Reichstag« betrachtete die Proklamation des Fürsten Windischgrätz als ungültig und verwies auf die Verletzung der konstitutionell verankerten Bürger- und Menschenrechte, deren Wahrung Kaiser Ferdinand noch einen Tag zuvor versprochen hatte.[19]

Die Erklärung war politisch korrekt, aber militärisch völlig bedeutungslos. Spätestens jetzt war es allen Eingeschlossenen klar: Die um Demokratie kämpfenden Bürger Wiens waren schändlich verraten worden. Das kaiserliche Wort war nicht einmal mehr das Papier wert, auf dem es geschrieben stand.

Und so kam, was kommen mußte. Am 26. Oktober wurde die Nußdorferlinie, der Tabor, der Nordbahnhof, der Prater und Teile der inneren Leopoldstadt besetzt. Durch das Bombardement der kaiserlichen Artillerie gerieten ganze Häuserzeilen in Brand. Die Verteidiger antworteten mit mehreren Gegenangriffen und drängten die Truppen wieder aus schon eroberten Stellungen. Windischgrätz hatte mit einem Blitzsieg in 24 Stunden gerechnet. Diese Rechnung ging nicht auf. Am folgenden Tag gruppierte er seine Truppenverbände neu und brachte zusätzliche Kanonen in Stellung.

Am 28. Oktober kam es dann zum Generalangriff der Konterrevolution. Nach massiven

Kampf zwischen kaiserlichen Truppen und Revolutionären am Praterspitz in der Leopoldstadt. 28. Oktober 1848

Bombardements, die unzählige Häuser Wiens zerstörten, wurde die Leopoldstadt im Sturm genommen, dann der Bezirk Landstraße. Die Matzleinsdorferlinie wurde von Bränden schwer verwüstet. Erstürmt wurde auch die Erdbergerlinie, was u. a. zum Brand des alten Gasometers führte. Schwer in Mitleidenschaft gezogen wurde auch die Favoriten-, Lerchenfelder- und Hernalser-Linie.

Wo sich die Familie Strauß in den letzten Oktobertagen während der schrecklichen Ereignisse aufgehalten hat, berichtet Eduard Strauß in seinen »Erinnerungen« recht ausführlich:
»Meine gesamte Familie, sowie viele andere Bürgerfamilien – im Ganzen an die 1000 Personen – wurden bei der Eröffnung des Bombardements der Leopoldstadt vom Prior der Barmherzigen Brüder, Pater Jahn, gastlich aufgenommen und in liebevollster Weise verpflegt (…). Das Bombardement der Stadt durch die Truppen des Feldmarschall Windischgrätz dauerte eigentlich nur zwei Tage, denn schon am zweiten Tag nachmittags setzte sich der Fürst in den Besitz der Vorstädte. Die durch das Bombardement entstandenen Brände waren grauenvoll anzusehen. In der Nacht vom 29. zum 30. Oktober, als ich in einem Frater-Zimmer des Barmherzigenklosters auf einer Matratze auf dem Fußboden lag, konnte ich von der Turmuhr der Klosterkirche durch die Helle der Feuerbrünste jede Stunde ablesen. Es brannten in dieser Schreckensnacht die Jägerzeile, die Circusgasse, die Czerningasse, die Brigittenau und die Gebäude am Tabor, ebenso die große Zuckerraffinerie am Schüttel, bei welcher die Seressaner einen Wirt niederstachen und der Frau den Leib aufschlitzten.
Ein furchtbares Bild bot der Brand des Odeon-Saales in der Circusgasse der Leopoldstadt, der größte und schönste Tanzsaal in Europa, welchen der General-Major Franck durch Grenadiere eines polnischen Regiments in Brand stecken ließ …«[20]

Der Brand des Odeon in der Leopoldstadt am 28. Oktober 1848

Die Hoffnung der Arbeiter, Handwerker und Studenten, durch das Heranrücken eines ungarischen Entsatzheeres den Kampf im letzten Augenblick noch zu gewinnen, war angesichts der feindlichen Truppenstärke eine Illusion.

Am 30. Oktober in der Früh verkündet Messenhauser die Kapitulation und fordert zur Niederlegung der Waffen auf. Während bereits Verhandlungen über die Kapitulation geführt werden, kommt die Meldung, die ungarischen Truppen seien bei Schwechat gesichtet worden. – Sofort greifen die Belagerten zu ihren Waffen und nehmen den Abwehrkampf von neuem auf. Die Ungarn aber werden bei Schwechat von den Truppen Jellacic' gestoppt und zurückgeschlagen.

Noch einmal begann Windischgrätz die Innere Stadt zu bombardieren. Schließlich erstürmten die Seressanertruppen des kroatischen Heerführers Jellacic am 31. Oktober das verbarrikadierte Burgtor. Es war die letzte Bastion gewesen. Die Revolution war zu Ende.

Nun folgte der Rachefeldzug der Konterrevolutionäre. Tausende wurden verhaftet und verschwanden hinter Festungsmauern. 24 Revolutionsführer wurden hingerichtet. Am 9. November wurde in Wien Robert Blum, Deputierter der Frankfurter Nationalversammlung, standrechtlich erschossen. Sein Tod löste in Deutschland helle Empörung aus und zeigte dem Frankfurter Parlament die Machtlosigkeit gegenüber den Kräften der Reaktion. Am 16. November starb Messenhauser unter den Kugeln des Hinrichtungskommandos im Wiener Stadtgraben. Am 2. Dezember ließ sich der 18jährige Franz Joseph zum Kaiser von Österreich krönen. Dem geistesschwachen Ferdinand hatte man die Abdankungsurkunde zum Unterschreiben vorgelegt. Der Tor hatte seine Schuldigkeit getan.

In diesen Tagen bekam Johann Strauß junior Schwierigkeiten mit der Polizeibehörde. Bei einem Konzert im Gasthaus »Zum grünen Thor« in der Josephstadt hatte er auf Wunsch der Gäste die »Marseillaise« gespielt. Am 6. Dezember wurde er in die Stadthauptmannschaft geladen. Was er zu Protokoll gab, zeugt von hohem diplomatischen Geschick im Umgang mit den Behörden: Er hätte das vehement verlangte Stück einfach spielen müssen – sagte er – um Aufsehen oder Unruhe im Publikum zu vermeiden. Wenn aber »ein diesfälliges Verbot streng gehandhabt werden soll, muß ich bitten, daß wir als Musikdirectoren vor Insulten und Exzessen durch eine Inspektionswache geschützt werden, weil unsere Weigerung, dies oder jenes nicht zu spielen, nach Beschaffenheit des oft sehr gemischten Publikums nicht hinreicht«.[21]

Die Polizei wußte darauf keine Antwort und ließ Strauß laufen. Die stockreaktionäre Zei-

Die Erstürmung des Burgtores am 31. Oktober 1848

tung »Die Geissel« aber griff den Vorfall auf und attackierte Johann Strauß wegen seiner musikalischen Unbotmäßigkeiten. Die Antwort des jungen Strauß war mutig, vor allem aber von umwerfender musikalischer Brillanz. Sie trug den Titel »Geisselhiebe« und die Opuszahl 60. Mit genialer Leichtigkeit verwob der einfallsreiche Tanzmusiker die Melodie eines kecken böhmischen Liedes mit Zitaten der Marseillaise und Teilen des nun ebenfalls verbotenen Fuchsliedes. Mit dem kurzen, aber unüberhörbaren Spottchor-Motiv aus Webers »Freischütz« setzte Strauß einen weiteren Glanzpunkt in die Partitur dieses kleinen Meisterwerks.

Die Welt des Biedermeier war zu Ende. Nur wenige Wochen nach dem Scheitern der Revolution von 1848 schrieb Heinrich Heine:

»Wir treiben jetzt Familienglück –
Was höher lockt, das ist von Übel –
Die Friedensschwalbe kehrt zurück,
Die einst genistet in des Hauses Giebel.
Gemütlich ruhen Wald und Fluß,
Von sanftem Mondlicht übergossen;
Nur manchmal knallts – ist das ein Schuß?
Es ist vielleicht ein Freund, den man erschossen.«

»Ideen können nicht erschossen werden«, schrieb der Wiener Freiheitskämpfer Hermann Jellinek vor seiner Hinrichtung am 23. November 1848. Eine Erkenntnis, die bis heute ihre Gültigkeit behalten hat. Der Wiener Historiker Wolfgang Häusler formulierte die Quintessenz jener schicksalhaften Tage:

»Die Wiener Arbeiter und Handwerker und jene Studenten und Demokraten, die sich auf ihre Seite stellten, waren … wahrhaft die »siegenden Geschlagenen« der Revolution. Ihnen, den Hingerichteten, Eingekerkerten, Verfolgten und Geächteten – und nicht den Herrschern und ihren Generälen und Henkern – sollte die Zukunft gehören.«[22]

Das Ende der Revolution von 1848. Wien wird von kaiserlichen Truppen eingeschlossen und erobert

1849
Tod und Verklärung

Ein Jahrhundert nach dem Zerfall der österreichisch-ungarischen Monarchie haben wir, die wir am Beginn des 3. Jahrtausends stehen, über viele Dinge, die in der »guten alten Kaiserzeit« passiert sind, den wohltuenden Mantel des Vergessens gebreitet. Die 68jährige Regierungszeit Kaiser Franz Josephs wurde schon bald nach seinem Tod im Jahre 1916 in zunehmendem Maße verklärt und trivialisiert. Daß der 18jährige Thronfolger aus dem Hause Habsburg im Dezember 1848 als Militärdiktator sein Amt antrat und über Wien jahrelang den militärischen Belagerungszustand verhängte, daß seine ersten Amtshandlungen darin bestanden, unzählige Todesurteile zu unterzeichnen, durch welche politisch unerwünschte Personen rasch und wirkungsvoll aus dem Weg geräumt wurden, daß in den ersten Regierungsjahren des jungen Kaisers in Österreich ein polizeilicher Überwachungsapparat installiert wurde, gegen den die Metternich'sche Spitzelagentur eine biedermeierliche Idylle war, alles das scheint in der offiziellen Geschichtsschreibung späterer Zeiten nicht mehr auf. Auch eine Art der Vergangenheitsbewältigung!

Zu Beginn des Jahres 1849 war der Kampf gegen die aufständischen Revolutionäre in Ungarn noch voll im Gange. Am 5. Jänner war Windischgrätz »an der Spitze der kaiserlichen Truppen ohne Schwertstreich in Ofen und Pesth eingezogen« – wie es im Untertitel einer damals erschienenen lithographischen Darstellung stolz vermerkt ist. Es war ein trügerisch-schneller Sieg, wie sich bald herausstellen sollte! Kossuth, der keineswegs bereit war, sich den kaiserlichen Truppen zu ergeben, flüchtete samt seiner Regierung nach Debrecen. Im Reisegepäck die heilige Stephanskrone und die ungarische Notenpresse. Im April 1849 fügten die ungarischen Revolutionstruppen unter General Görgey den kaiserlichen Invasoren aus Österreich empfindliche Verluste zu. Der ungarische Reichstag in Debrecen beschloß, Franz Joseph als Kaiser und König abzusetzen und proklamierte Ungarn als unabhängige Republik.

Kaiser Franz Joseph regierte 68 Jahre lang, von 1848 bis 1916

Windischgrätz, der militärisch versagt hatte, mußte den Oberbefehl niederlegen. Seinem Nachfolger Welden ging es nicht besser: Die österreichischen Besatzer mußten Pest räumen und sich aus Ungarn weitgehend zurückziehen.

Franz Joseph wußte, daß nur mehr die Hilfe einer monarchischen Großmacht mit entsprechendem militärischen Potential die ausweglose Situation zu seinem Gunsten wenden konnte. Uns so entstand schließlich jenes historisch bedeutsame Bittschreiben Franz Josephs an Zar Nikolaus von Rußland, mit dem Hinweis, daß sich das ungarische Debakel sehr bald zur »europäischen Kalamität« auswachsen könne, wenn Österreich keine Hilfe bekäme.
Der österreichische Absolutismus bekam Hilfe. Dem russischen Militäraufgebot – es waren 130.000 Mann, die sich von Galizien aus gegen die ungarische Tiefebene in Bewegung setzten – waren die ungarischen Revolutionäre nicht gewachsen. Gleichzeitig rückte aus Österreich General Haynau mit 80.000 Mann heran und Jellacic kam mit 35.000 Mann aus Kroatien. In Világos bei Arad ergaben sich die mit dem Mut der Verzweiflung kämpfenden ungarischen Truppen schließlich der erdrückenden Übermacht des Feindes. Dreizehn ungarische Generäle wurden hingerichtet, auch Graf Ludwig Batthyány, Ministerpräsident während der Kossuth-Republik, war unter den Delinquenten. Kossuth, der sich in die Türkei abgesetzt hatte, wurde »in Abwesenheit« zum Tode verurteilt, ebenso Graf Julius Andrássy, der in der zweiten Hälfte des 19. Jahrhunderts eine recht bemerkenswerte »Wiedergeburt« als Außenminister der österreichisch-ungarischen Monarchie feiern sollte.
Diese höchst dramatischen und weltgeschichtlich bewegenden Ereignisse in Ungarn vollzogen sich zeitgleich mit dem letzten Lebensabschnitt des Walzerkönigs Johann Strauß. Kehren wir also zurück in die ersten Monate des nachrevolutionären Wien.

Windischgrätz rückt mit den kaiserlichen Truppen am 5. Jänner 1849 in Pest ein

Zu den ersten innenpolitischen Maßnahmen des jungen Kaisers und seines konservativ-militärischen Beratungsstabes in Wien gehörte die strategische Sicherung der Basteien durch entsprechendes Bewachungspersonal und Kanonen, die jederzeit gegen aufrührerische Elemente in den Vorstädten zum Einsatz gebracht werden konnten. Die Errichtung eines gewaltigen »Arsenals« auf einer Baufläche von 33 Hektar mit insgesamt 72 Einzelbauten – sie stehen noch heute – sollte als Kaserne und gleichzeitig als Produktionsstätte für Munition und Waffen dienen.

Die Gründung der österreichischen »Gendarmerie« geht ebenfalls auf das Jahr 1849 zurück. Sie sollte zusammen mit militärischen Einheiten ein lückenlos funktionierendes Sicherheitsnetz über das gesamte Staatsgebiet der Monarchie spannen. Der k. k. Oberst Moriz Edler von Angeli hat jene Zeit als Augenzeuge erlebt:

»In Wien fiel ihr [der Gendarmerie, AdA], gemeinsam mit der Polizeiwache, der Patrouillengang in den Straßen zu. Dieser so ungemein wichtige Dienst, dem man die Hauptrolle bei ›Erhaltung der Ruhe und Ordnung‹ in der Stadt zuteilte, litt … unter der leidigen Sucht, alles zu übertreiben und überall Gespenster zu sehen. Von der Vorstellung befangen, daß mordsüchtige Verschwörer hinter jedem Prellsteine lauerten, durften weder Gendarmen noch Polizei einzeln ihrem Dienste nachgehen, sondern immer nur zu Zweien. So schritten denn diese Tapferen paarweise in voller Rüstung, die scharfgeladenen Gewehre am Riemen, tönenden Schrittes durch die Gassen. In der Ruhe der Nacht, welche damals noch viel früher als sonst eintrat, war ihr taktmäßig schwerer Schritt auf Hunderte von Metern hörbar; ein weithin hallendes Signal für alle, die irgendwelchen Grund hatten, ihnen aus dem Weg zu gehen.«[1]

Wer gehofft hatte, daß das leidige Spitzelwesen des Vormärz nun der Vergangenheit angehören würde, irrte gewaltig. Angeli berichtet:

»Niemand, auch der anerkannt loyalste Staatsbürger nicht, war sicher vor der Niedertracht dieser, noch aus der Ära Metternich stammenden Affilierten der Polizei – Naderer nannte sie seit altersher der Wiener Witz – welche jedes unbedachte Wort, ja selbst die unverfänglichste Konversation für ihre erbärmlichen Ziele zu verwerten wußten, oder wohl auch erfanden, wenn die Wirklichkeit nicht bieten wollte, was ihre Pläne förderte.«[2]

Erstaunliche Veränderungen auf dem Mode- und Bekleidungssektor vollzogen sich Anfang 1849 in der Residenzhauptstadt. Galt der »Zylinder« im Revolutionsjahr 1848 noch als Symbol freiheitsfeindlicher, reaktionärer Gesinnung, erlebte er nun eine geradezu bemerkenswerte »Wiedergeburt«. Lassen wir noch einmal Moriz von Angeli, den glänzenden Beobachter jener Zeitenwende, zu Wort kommen:

»Wie mit einem Zauberschlage vollzog sich da ein Wechsel der Szenerie, wie er selbst der modernsten Bühne unerreichbar ist. Lange Haare, struppige Bärte, Schlapphüte, Kokarden, Waffen, mit einem Worte, jedes noch so unscheinbare Anzeichen einer Teilnahme an dem ›Befreiungskampfe‹ waren wie in die Erde verschwunden. Die lange mit so wenig Respekt behandelten Zylinder erfreuten sich nun einer fast ehrfurchtsvollen Wertschätzung und erhielten in richtiger Würdigung der Motive, welche ihnen dazu verholfen, den bezeichnenden Namen ›Angströhre‹. Hutmacher und Barbiere machten glänzende Geschäfte, während jene spekulativen Kaufleute, die seit März die revolutionärsten Abzeichen an den Mann gebracht hatten, nun in heller Verzweiflung vor ihren gefährlichen Warenlagern standen. Die sozusagen über Nacht eingetretene Metamorphose gab Wien ein derart verändertes Aussehen, daß selbst gute alte Bekannte nun Mühe hatten, einander zu erkennen.«[3]

Nicht nur das Aussehen der Leute hatte sich verändert. Auch der traditionelle Fasching –

Höhepunkt des geselligen Treibens und der Lebensfreude – wollte sich diesmal nicht einstellen. Resigniert klagt die Theaterzeitung:
»Der größte Theil des sonst so gemüthlichen, lebenslustigen Publikums, ist jetzt ein politisches Publikum geworden und hat sonst für nichts Sinn, als für Politik, für das Frankfurter Parlament und Oesterreichs Frage wegen Anschluß an Deutschland …, für Windischgrätz und Jellacic, für Kremsirs linke Reichstagsdeputierte und Kossuth und seine Consorten … Theater und alles Andere ist Nebensache, daher die Klage von allen Theater-Directoren und Unternehmern öffentlicher Erlustigungsorte über schlechte Geschäfte (…). Alles, ja alles hat durch die politischen Ereignisse und Wirren im Jahre 1848 an Interesse … ziemlich verloren, und nur Meister Strauß (Vater) macht davon eine Ausnahme, und ist bei allen diesen stürmischen Zeiten der Alte, der Wiener Liebling geblieben.«[4]
Bäuerles Theaterzeitung, die sich noch im April 1848 überschwenglich die Qualitätsmarke »Censurfreies Organ für alle Erscheinungen des Tages« verliehen hatte und nun, 1849, still und bescheiden als »Oesterreichischer Courier« auftrat, versuchte verzweifelt, die düstere Faschingsatmosphäre wenigstens verbal in eine andere Richtung zu lenken, was ihr jedoch gründlich mißlang:
»In der Nacht vom 13. auf den 14. d. M. ist der Liebling der Wiener, der Fasching, samt seinem Gefolge: Leichtsinn, Putzsucht, Luxus, Schwelgerei, Tanzsucht usw., in den Mauern Wiens angelangt (…). Er wird uns zeigen, wie unzweckmäßig und schädlich unser politischer Schwindel im Jahre 1848 war, und wie wohlthuend und unterhaltend hingegen ein kleiner Tanzschwindel ist. Er wird es uns beweisen, wie unharmonisch wir jetzt eine Zeitlang gelebt, und welche Harmonien er durch Strauß Vater und Sohn, Fahrbach, Morelly und noch mehrere andere hervorbringen wird; und endlich wird er uns, nachdem wir einige Zeit ein Höllenle-

Johann Strauß Vater: »Die Friedens-Boten«. Walzer op. 241. Titelblatt der Erstausgabe für Klavier

ben führten, den sichersten Weg ins Elysium zeigen.«[5]
Doch selbst Strauß Vaters neuester Walzer mit dem vielversprechenden Titel »Friedens-Boten«, der am 28. Jänner im Sophienbad-Saal aus der Taufe gehoben wurde, konnte nichts daran ändern, daß die wenigen Ballveranstaltungen, die es noch gab, kaum besucht waren.
Auch die »Fantasiebilder« op. 64, welche Strauß junior am 10. Februar in Dommayers Casino zur Uraufführung brachte, lösten keine Begeisterungsstürme aus. Als Strauß Vater für den 13. Februar einen neuen Walzer mit dem Titel »Des Wanderers Lebewohl« für einen Ball im Sophienbad-Saal ankündigte, wußte ganz Wien, was das zu bedeuten hatte: Der Walzerkönig hatte sich entschlossen, mit seinem Orchester eine Auslandstournee anzutreten. Über Deutschland und Holland sollte es wieder einmal nach England gehen, wo zahlreiche Aufträge seiner harrten und sich die Möglichkeit bot, entsprechende Einnahmen zu erzielen, um sein hochqualifiziertes Orchester erhalten zu können. Daß Strauß auf Reisen ging, war durchaus nicht ungewöhnlich. Daß er aber inmitten der Faschingssaison Wien verließ, war noch nie vorgekommen!
In Österreich war ein Ende der politischen Repressalien seitens der neuen Machthaber noch lange nicht abzusehen. Ein geradezu exemplarisches Beispiel für den Regierungsstil des jungen Franz Joseph und seiner Berater war die brutale Auflösung des Kremsierer Reichstages im März 1849 und die gleichzeitige Verkündigung einer »oktroyierten Verfassung« (die übrigens nie in Kraft trat). Die Versprechungen des abgedankten Kaisers Ferdinand, seinen Völkern eine Verfassung zu geben, hatte Franz Joseph bei seiner Thronbesteigung nicht sogleich widerrufen. Andrerseits bestand an der geplanten Wiedereinführung einer absoluten Monarchie nach dem Sieg über die Revolutionäre nicht der geringste Zweifel.
Vorerst aber ließ man die Vertreter des Reichstages, die in der böhmischen Stadt Kremsier tagten, an einem Verfassungsentwurf arbeiten. Tatsächlich brachten sie nach intensiven Beratungen ein Modell zustande, das ein sinnvolles Fortbestehen des Vielvölkerstaates in realistische Nähe rückte: Die verfassungsrechtliche Verankerung zahlreicher Grundrechte wie Presse-, Rede-, Vereins- und Versammlungsfreiheit sollte Österreich in eine Reihe mit den liberalen Großmächten Europas stellen, die diese Rechte längst praktizierten. Die historisch überragende Bedeutung des Kremsierer Entwurfes lag vor allem darin, daß er den nationalen Pluralismus der Habsburgermonarchie berücksichtigte und den betroffenen Völkern Lösungen anbot, im Vielvölkerstaat Österreich friedlich miteinander auszukommen.
Den Verfechtern der Konterrevolution war der Kremsierer Reichstag ein Dorn im Auge. Windischgrätz sprach von einem Skandal und bezeichnete Kremsier als »Quelle des Bösen«.[6]

Die Antwort der Herrschenden ließ nicht lange auf sich warten. Am 7. März wurde zu einem zweifachen Schlag ausgeholt. Gleichzeitig mit der Verkündung einer »oktroyierten Verfassung« wurde der Kremsierer Reichstag als aufgelöst erklärt.
Die historische Chance, ein politisch handlungsfähiges, multinationales Staatengebilde zu begründen und die österreichische Monarchie erfolgreich ins 20. Jahrhundert zu führen, war an diesem Tag vermutlich zerstört worden. Wie wir alle wissen, hat der absolutistisch-monarchische Führungsstil sowie die ungelöste Problematik nationaler Interessen ein halbes Jahrhundert später zum endgültigen Zusammenbruch des Habsburgerreiches geführt.
Trotz des bravourösen Putsches gegen die Kremsierer Parlamentarier war Franz Joseph und seine aristokratische Kamarilla noch lange nicht Herr im eigenen Haus. »Noch gab es revolutionäre Glutnester, die ausgetreten werden

mußten« – wie Historiker Weissensteiner es formulierte.[7]
Die aufständischen Italiener (unter Führung König Karl Alberts von Sardinien-Piemont) besiegte Radetzky bei Novara noch im März 1849. Im August desselben Jahres kapitulierte auch Venedig, nachdem es – übrigens zum erstenmal in der Geschichte – von österreichischem Militär mittels Heißluftballons von der Luft aus bombardiert worden war.
Das lombardo-venezianische Königreich war also wieder in österreichischer Hand. Weitere militärische Konflikte für die kommenden Jahrzehnte waren damit vorprogrammiert, denn der Freiheitswille und das nationale Selbstbewußtsein der Italiener ließ sich weder mit Truppen noch mit Bomben auf Dauer niederringen.
Um jene Zeit war Johann Strauß Vater bereits auf Konzertreise in Deutschland, wo er in Darmstadt, Heilbronn und Stuttgart auftrat.
Die soziale Not und politische Unruhen, welche auch in den Städten Deutschlands deutliche Spuren hinterlassen hatten, sollten dem siegesgewohnten, applausverwöhnten Wiener Walzerkönig bald schmerzhaft spürbar werden. Viele deutsche Bürger – vor allem die Studenten – goutierten es ganz und gar nicht, daß Strauß Vater, ein »Schwarz-Gelber«, sich so schnell auf die Seite der Konterrevolution geschlagen hatte. Titelgebungen wie »Radetzky-Marsch« oder »Jellacic-Marsch« hatten an der politischen Orientierung des Walzerkönigs keine Zweifel gelassen.
Voll Ironie, aber vorsichtig distanziert schreibt die Stuttgarter »Laterne« am 20. März 1849: »Die Aufnahme, welche ihm von Seiten des Publikums zu Theil wurde, mußte ihm diesmal mehr als der klingende Beifall beweisen, in wie gutem Andenken er noch von seinem letzten Besuche her steht. Denn wenn man auch den … nicht allzu starken Andrang an der Kasse … als Folge zweier anderer Konzerte, die zu gleicher Zeit stattfanden … annimmt, so läßt sich

Darmstadt um die Mitte des 19. Jahrhunderts. Hier konzertierte Johann Strauß Vater im März 1849

doch nicht in Abrede stellen, daß Druck und Ernst der Zeiten auch viele abhielten, sich einen Genuß zu erlauben, der mit ihrer Stimmung oder mit ihrem Geldbeutel nicht harmonirt. Wie ganz anders war es, als Strauß vor etwa dreizehn Jahren hier war und nicht nur die Geister, sondern auch die Beine in Bewegung setzte.«[8]

Erfolgreicher als in Deutschland war Strauß Vater in Brüssel, wo er am 6. April einlangte und in zwei Konzerten brillierte wie in alten Zeiten. Nach weiteren Auftritten in Antwerpen und Ostende setzt das Strauß'sche Orchester am 22. April nach London über. Höhepunkt seines mehr als 50 Konzerte umfassenden Englandaufenthaltes war der prunkvolle Hofball bei Königin Victoria am 30. April im Buckingham-Palast.

Die »Illustrated London News« vom 5. Mai 1849 widmete dem gesellschaftlichen Großereignis eine ausführliche Berichterstattung:

»Nun ist der auf so sympathische Weise populäre Meister einmal mehr zu uns gekommen, und seine Kapelle spielt gegenwärtig in der Metropole mit ausgesprochenem Erfolg. Am Montag wirkte sie beim Staatsball im Buckingham Palace mit (...). Ihr Spiel zeichnete sich durch die Präzision eines Uhrwerks und eine starke Akzentuierung aus, was in den Walzern und der übrigen anfeuernden Tanzmusik große Wirkung macht.«[9]

Strauß hat es sich nicht nehmen lassen, eine apart klingende böhmische Polka »eigens für den großen Hofball Ihrer Majestät Victoria, Königin von England« zu komponieren und der Tochter der Königin, Prinzessin Alice zu widmen (»Alice-Polka« op. 238).

Zu den elegantesten und nobelsten Tanzsälen der englischen Metropole gehörten ohne Zweifel die »Almacks-Säle«, in denen Strauß mehrmals rauschende Erfolge feierte. Dies hat auch in einem Werktitel Niederschlag gefunden, der »Almacks-Quadrille«, die am 10. Mai 1849 ebendort zur Aufführung gelangte.

Die Exeter-Hall in London um die Mitte des 19. Jahrhunderts

Der Typus der »böhmischen Polka« scheint in England besonders begeisterte Resonanz gefunden zu haben. Dies hat Strauß beflügelt, noch während seines Londoner Aufenthaltes ein weiteres Werk dieser Art zu komponieren. Er nannte es »Exeter-Polka«. Wie der Titel schon verrät, wurde seine neueste Komposition in der riesengroßen Exeter-Hall zur Uraufführung gebracht (siehe Abb. S. 347).
Schweren Herzens nahm Strauß im Juli Abschied von jener faszinierenden Weltstadt, die ihn viele Wochen lang so freundlich aufgenommen hatte. Er ahnte sicher nicht, daß es das letzte Gastspiel seines Lebens im Ausland war.

Am 15. Juli 1849 tritt der »Magier der Tanzmusik« erstmals wieder in Ungers Casino in Hernals auf. Die Wiener Theaterzeitung berichtet von einem ernormen Publikumsandrang und bilanziert recht hoffnungsfroh:
»Strauß ist mit Lorbern und Guineen reich beladen nach Wien zurückgekehrt. Dies spricht am meisten für seinen Ruhm, denn wer, außer ihm, hätte in dieser, für alle Künstler so ungünstigen Zeit eine gleiche Reise und noch dazu mit einem aus 35 Personen bestehenden Orchester unternehmen können! Wenn man erwägt, was nur die Reise mit einer solchen Anzahl von Künstlern kostet, was diese durch 16 Wochen in dem über alle Begriffe theuren London verzehren, was ihre Wohnungen gekostet haben – so begreift man, welche Summe erforderlich ist, um nur ohne Verluste davon zu kommen, und nun hat Strauß auch noch eine reiche Ernte mitgebracht – dazu gehören ungewöhnliche Erfolge! – Nun ist Strauß wieder da. Er ist gerade recht gekommen, denn allgemein erwacht der heitere Sinn der Wiener wieder, die, um recht froh zu sein, ihren Liebling Strauß wieder besitzen müssen!«[10]

Feldmarschall Radetzky läßt sich nach seinem Sieg über die italienischen Truppen bei Novara in Wien feiern

So wie der Vater im Jahre 1848, hat sich nun auch Strauß junior den geänderten politischen Verhältnissen seiner Heimatstadt wohl oder übel angepaßt. Im August bringt der junge Kapellmeister in Dommayers Casino und in Denglers Bierhalle in Fünfhaus einen neuen Marsch zur Aufführung. Er trägt den Titel »Kaiser Franz Joseph-Marsch« op. 67 und wird zum musikalischen Dokument für einen ideologischen Sinneswandel, der wohl kaum politisch motiviert war, sondern eher aus der Erkenntnis erwächst, daß nur gesellschaftliche Akzeptanz und eine entsprechend hohe Zahl an Aufträgen das Fortbestehen der jungen Straußkapelle sicherstellen kann.
Der September 1849 stand ganz im Zeichen festlicher Ereignisse. Wo man auch hinsah, überall wurden Vorbereitungen getroffen, um die Ankunft des greisen und plötzlich wieder populär gewordenen Feldmarschalls Radetzky aus Italien gebührend zu feiern.

Wenige Tage nach dem Eintreffen des legendären Feldherrn, der bei Novara den letzten militärischen Sieg in der Geschichte der Habsburgermonarchie erfochten hatte, (bis zur Auflösung der Monarchie 1918 gab es nur mehr Niederlagen) spielte Johann Strauß junior erstmals seine (heute leider verschollene) »Friedenspolka« und den Walzer »Aeols-Töne« op. 68 auf dem Wasserglacis. »Der Verlauf des Festes zeigte dann, daß nicht so sehr der Triumph nach dem Erfolg auf den Kriegsschauplätzen südlich der Alpen, sondern die Wiederkehr des Friedens den Charakter der Veranstaltung bestimmt hat« – wie Franz Mailer treffend kommentiert.[11]

Für den 22. September war im großen Redoutensaal der Hofburg ein von der Gemeinde Wien arrangiertes Festbankett angekündigt worden. Strauß Vater wurde beauftragt, einen »Radetzky-Bankett-Marsch« zu komponieren und diesen in der Hofburg auch aufzuführen.

Als Strauß zum festgesetzten Zeitpunkt in den Redoutensälen nicht erschien und wegen einer plötzlich auftretenden Erkrankung absagen ließ, hatte man anfangs diesem Umstand keine besondere Bedeutung beigemessen. Eingeweihte aber, die Strauß Vater persönlich gut kannten, waren alarmiert: Ein solches Fest hätte sich der alte Strauß wegen einer harmlosen Erkrankung nie und nimmer entgehen lassen. Da mußten wohl schwerwiegende Probleme aufgetreten sein.

Auch die Bevölkerung wollte nicht so recht glauben, daß Strauß Vater ernsthaft erkrankt sei. Konnte man doch in den Zeitungen noch am 25. September lesen, daß der Walzerkönig »zu Ehren der Anwesenheit Radetzkys« abends eine Soirée im k. k. Volksgarten dirigieren würde.

Die erwartungsvolle Schar Neugieriger, die am 25. September in den Volksgarten strömte, wurde bitter enttäuscht. Das Fest fand nicht statt. In der Kumpfgasse der Wiener Innenstadt aber war Panik und Entsetzen ausgebrochen: Johann Strauß Vater, der zwei Tage und Nächte, von Fieberdelirien geschüttelt, um sein Leben gerungen hatte, war tot.

[14246] Heute Dinstag [1]
letzte diesjährige Soirée im Freien
im
k. k. Volksgarten
wobei der
k. k. Hofball-Musikdirector Herr Joh. Strauß die Musik dirigiren wird.
Hierbei wird die bereits aufgestellte, beim letzten Feste durch ungünstige Witterung vereitelte
brillante Illuminations-Decoration
zu Ehren der Anwesenheit Seiner Excellenz des Herrn Feldmarschalls
Grafen Radetzky,
im schönsten Effecte zur Schau gebracht.
J. Corti.

[14504] Morgen Mittwoch den 26. September 1849 [1]
findet in
Dommayer's Casino in Hietzing
zur Feier der Anwesenheit des allverehrten Marschalls Grafen Radetzky
ein
großes Fest mit Ball
Statt.
Eintrittskarten vorher 20 kr. CM., an der Cassa 30 kr. CM.

Zum angekündigten Zeitpunkt des Konzertes im Volksgarten war Johann Strauß Vater bereits tot

Der Wiener Johann Strauß-Gesellschaft im Verbund mit Interessenten, Musikern, Förderern und Forschern aus allen Teilen der Welt ist dafür Dank zu sagen.

Möge die nun vorliegende weltweit erste Dokumentarbiographie über Johann Strauß Vater den Bewußtseinshorizont aller Freunde Strauß'-scher Musik erweitern und vertiefen und vielleicht einen Anstoß geben, das grandiose Gesamtwerk des ersten Walzerkönigs und Begründers der Strauß-Dynastie ebenfalls einer Gesamteinspielung zuzuführen und nachfolgenden Generationen als Hörerlebnis zugänglich zu machen. Die Partituren und Stimmen liegen in den Archiven.

Quellenverzeichnis

1804
Ein Kaiserreich für einen Walzerkönig

1 Hellmut Andics, Gründerzeit. Das schwarzgelbe Wien bis 1867, Verlag Jugend und Volk Wien/München. S. 38
2 Dompfarre St. Stephan, Trauungsbuch 60, fol. 210
3 Wiener Diözesanarchiv, Pfarre St. Leopold, Taufbuch 15, pag. 179
4 Wiener Diözesanarchiv, Pfarre St. Leopold, Trauungsbuch 1797 (Eheschließung Franz Borgias Strauß mit Barbara Dollmann 23. 10. 1797)
5 Todeseintragung Anna Strauß, 23. Juli 1802 (A.St.W. Totenbeschauprotokolle, Bd. 114, Lit. S, fol. 87)
6 Taufeintragung Johann Strauß, Pfarre St. Josef in Wien II., Taufbuch 3, fol. 129
7 Heinrich Eduard Jacob, Johann Strauß und das 19. Jh., Querido-Verlag Amsterdam 1937, S. 36
8 Eduard Strauß, Erinnerungen, Deutike-Verlag Leipzig 1906. S. 6
9 Ferdinand Ries, Biographische Notizen über Ludwig van Beethoven, Wien 1838
10 Peter Csendes, Österreich 1790–1848. Das Tagebuch einer Epoche, Verlag Chr. Brandstätter Wien, S. 65

1805–1808
Vom »Heiligen Florian« zum »Guten Hirten«

1 Hellmut Andics, Das österreichische Jahrhundert, Moldenverlag Wien 1974, S. 25
2 F. Gaheis, Die Bürger Wiens im französischen Kriege 1805, Wien 1806
3 Die oft kolportierte Darstellung, wonach die Vorstellung voll von französischen Offizieren gewesen sei, denen die Oper nicht gefallen habe, muß ins Reich der Legende verwiesen werden. Vergleiche dazu den Bericht des fürstlich Esterházischen Sekretärs Rosenbaum, welcher besagter Vorstellung beiwohnte (zit. in: Rudolf Holzer, Die Wiener Vorstadtbühnen, Wien 1951, S. 45)
4 Napoleon verlangte von der Stadt Wien die sofortige Bezahlung von 32 Millionen Francs, um den rückständigen Sold seiner Soldaten zu finanzieren. Diese Summe konnte nur durch eine Sondersteuer aufgebracht werden, die man von den Hausbesitzern Wiens einhob. (Siehe auch Heinrich Penn, Die Geschichte der Stadt Wien und ihrer Vorstädte, Brünn/Wien 1880, S. 502 f.)
5 Österreichische National-Encyklopädie 1838, zit. aus: Peter Csendes, Österreich 1790–1848. Das Tagebuch einer Epoche
6 In der ehemaligen Vorstadt »Schottenfeld« (heute VII. Bezirk) siedelten sich Ende des 18. Jahrhunderts zahlreiche deutsche Einwanderer an, die die Erzeugung von Seide und Samt fabriksmäßig betrieben. Wegen des Wohlstandes, den die Eigentümer der Manufakturen dabei erzielten (um 1800 gab es auf dem Schottenfeld über 300 Fabriken mit mehr als 30.000 Arbeitern), wurde das Areal auch als »Brillantengrund« bezeichnet. In den 40er Jahren des 19. Jahrhunderts geriet die Schottenfelder Seidenindustrie in eine schwere Absatzkrise, die 1848 ihren Höhepunkt erreichte.
7 Michael Pamer (1782–1827) war einer der populärsten Tanzgeiger der Wiener Kongreßzeit. In seiner Kapelle wirkte zeitweise auch Johann Strauß (Vater) als Bratschist mit. Von 1810 bis 1819 war Pamer Musikdirektor des Etablissements »Zum Sperlbauer« in der Leopoldstadt.
8 Die Bezeichnung »Vater der Sinfonie« ist musikwissenschaftlich nicht korrekt, da bereits vor Haydn zahlreiche Komponisten sinfonische Formen geschaffen hatten, so etwa die Söhne Johann Sebastin Bachs oder der Mannheimer Komponist Johann Stamitz. Ganz falsch ist die popularisierende Bezeichnung jedoch nicht. Immerhin hat Haydn dem klassischen Formenideal der Sinfonie zu internationaler Gültigkeit verholfen, bevor Mozart und Beethoven ihre ersten sinfonischen Werke geschaffen haben.
9 Lichtental war bis 1850 selbständige Vorstadt und ist seither Teil des IX. Bezirks (Alsergrund).
10 Der französische Komponist Hector Berlioz bezeichnete die 5. Sinfonie Beethovens als »Donnerschlag der Musikgeschichte«.

1809–1810
Danse macabre. Pulverdampf und Pleiten

1 Joseph Richter (1749–1813), Wiener Schriftsteller und Journalist. Herausgeber des ältesten Wiener Witzblattes »Der Spaßvogel« (1778). Als Vertreter der josephinischen Aufklärung wurde Richter besonders durch seine, ab 1793 regelmäßig erscheinende Wochenzeitschrift »Briefe eines Eipeldauers an seinen Herrn Vetter in Kagran über d' Wienerstadt« bekannt. Richter verfaßte außerdem eine Reihe politischer und religionskritischer Schriften, sowie Theaterstücke und Pamphlete. Seine Werke sind zeit-, kultur-

und lokalgeschichtliche Dokumente und können in gewisser Hinsicht als Vorstufe zum Schaffen Nestroys betrachtet werden.

2 zit. aus: Reingard Witzmann, Der Ländler in Wien, 1976, S. 52

3 Adolf Bäuerle (1786–1859), Journalist, Dichter und Zeitungsverleger, hat das kulturelle Leben des Wiener Biedermeier maßgeblich geprägt. Mit den Berichten und Rezensionen seiner »Allgemeinen Wiener Theaterzeitung« dokumentierte er ein halbes Jahrhundert lang das Wiener Theaterleben. Bäuerle war zwischen 1809 und 1828 auch Sekretär des Leopoldstädter Theaters und machte sich als Meister des Wiener Volksstücks und der Lokalposse verdient (Vorläufer Ferdinand Raimunds). In seinem Theaterstück »Die Bürger in Wien« schuf er die beliebte Figur des »Staberl«. Bäuerle ist auch der Schöpfer des Wienerliedes »'s gibt nur a Kaiserstadt«. Die satirischen Darstellungen (kolorierte Kupferstiche von unverwechselbarer Originalität), die als Beilage zu seiner Theaterzeitung regelmäßig erschienen, machten sein Periodikum zur meistgelesenen Zeitschrift der gesamten Donaumonarchie. Bäuerle starb verarmt und verschuldet 1859 in der Schweiz.

4 siehe Anm. 2, S. 66

5 Die »Mehlgrube« existierte als Gebäude seit dem 14. Jh. und diente der Stadtgemeinde lange Zeit als Mehldepot und »Metzenleihamt«. Letzteres hatte die Aufsicht über die Mehlmesser, Sackträger und Mehlbeschauer und kontrollierte die Preise der Mehlhändler. Zu Beginn des 18. Jahrhunderts wurde das Gebäude abgerissen und als Monumentalbau neu errichtet. Die großzügig angelegten Räume im 1. Stock der neuen »Mehlgrube« dienten besonders im Fasching für Ball- und Tanzveranstaltungen. Ursprünglich Treffpunkt des Adels, wandelte sich der Festsaal des Gebäudes gegen Ende des 18. Jh.s zu einem gepflegten bürgerlichen Tanzsaal. Mozart gab hier mehrere musikalische Akademien. 1832 wurde das Etablissement in ein Casino umgewandelt, in welchem auch Joseph Lanner und Franz Morelly als Tanzmusiker auftraten. 1837 verwandelte der neue Besitzer Franz X. Munsch das Gebäude in ein Hotel, welches erst 1897 abgerissen wurde. An seiner Stelle entstand ein neues Hotel, welches im 2. Weltkrieg weitgehend zerstört wurde. Heute befindet sich an der nämlichen Stelle das Hotel Ambassador (siehe auch: F. Czeike, Historisches Lexikon Wien, Bd. 4).

6 Eva Priester verweist in ihrem Werk »Kurze Geschichte Österreichs« auf den Umstand, daß während der napoleonischen Besatzungszeit jahrhundertealte Freiheitsrechte der Tiroler Bauern angetastet wurden.

7 Gunther Martin, Zu Gast in Wien, 1980, S. 59

8 Friedrich A. von Schönholz, Traditionen zur Charakteristik Österreichs, seines Staats- und Volkslebens unter Franz I., München 1914

9 Totenbeschauprotokolle, zit. aus H. Jäger-Sunstenau, Johann Strauß, der Walzerkönig und seine Dynastie, S. 99–103

10 »Vierzig Jahre aus dem Leben eines Toten«. Hinterlassene Papiere eines französisch-preußischen Offiziers, Berlin 1915. Zit. aus: Hans Tietze, Das vormärzliche Wien in Wort und Bild, S. 32

11 Hellmut Andics, Das Österreichische Jahrhundert, Molden 1974, S. 44

1811–1815
Vom Staatsbankrott zum Wiener Kongress

1 Hellmut Andics, Gründerzeit, S. 84

2 Fred Hennings, »Fast hundert Jahre Wien«, Heroldverlag, Wien, S. 17

3 Ch. Sealsfield (eig. Karl Anton Postl), Roman- und Reiseschriftsteller. Er verließ 1823 Österreich und tauchte in Amerika unter dem Pseudonym Sealsfield wieder auf. Seine Erzählungen zeichnen sich durch kritischen Realismus und großes Einfühlungsvermögen aus. Kernpunkt seines literarischen Schaffens ist die Darstellung politischer und sozialer Verhältnisse seiner Zeit. »Austria as it is« (ein Pamphlet gegen das Metternich'sche Österreich) entstand 1828. Zu seinen berühmtesten Amerikaromanen zählt »Die Prärie am Jacinto« (1841).

4 Ch. Sealsfield, Österreich wie es ist, Verlag Schroll 1919, S. 183

5 Heinrich Penn, Die Geschichte der Stadt Wien und ihrer Vorstädte, Brünn/Wien 1880, S. 507

6 Herwig Knaus, Franz Schubert, Löckerverlag Wien, S. 12

7 Adolf Bäuerle, Alt-Wiener Kulturbilder, Wien 1926, S. 71 f.

8 Todeseintragung Barbara Strauß. A.St.W. Totenbeschauprotokoll, Bd. 131, Lit. S, fol. 90

9 Verlassenschaftsabhandlung nach Barbara Strauß. A.St.W. Magistrat Zivilgericht, 2-525/1811

10 Die nahezu 20 Jahre währenden napoleonischen Kriege, einschließlich der letzten Schlacht bei Waterloo 1815 hatten 8 Millionen Menschen das Leben gekostet. Vgl. die Angaben des Historikers Albert Meynier in Eugen Tarlès Werk »Napoleon«, S. 462 f.

11 siehe Anm. 6, S. 18

12 Peter Csendes, Österreich 1790–1848, Tagebuch einer Epoche, S. 118

13 L. Kossuth, Meine Schriften aus der Emigration, 1880, Bd. I, S. 6

14 siehe Anm. 13, S. 5

15 J. Perfahl, Wien Chronik, Kaiserverlag, S. 211 f.

16 Fr. Weissensteiner, Zwischen Idylle und Revolution, S. 20

17 R. Waissenberger, Wien 1815–1848, Bürgersinn und Aufbegehren, 1986, S. 17

18 Graf de la Garde, Gemälde des Wiener Kongresses, Rosenbaum-Verlag, S. 31
19 siehe Anm. 2, S. 16
20 zit. aus: Katalog der Österreichischen Nationalbibliothek, Wien 1797–1897, S. 87
21 Franz Mailer, »Die Walzer des Biedermeier«, zit. aus »Bürgersinn und Aufbegehren«, Sonderausstellung des Hist. Museums Wien 1987, S. 126
22 siehe Anm. 18, S. 40 f.

1816–1817
Aufbruch zu neuen Ufern

1 Hanns Jäger-Sunstenau, Johann Strauß, 1965, S. 18
2 Joseph K. Meyer, Wien im Zeitalter Napoleons, 1940, S. 127
3 Peter Cendes, Österreich 1790–1848. Das Tagebuch einer Epoche, S. 136
4 Friedrich Weissensteiner, Zwischen Idylle und Revolution, Ueberreuter 1995, S. 101
5 Otto Erich Deutsch, Schubert. Die Dokumente seines Lebens, Leipzig 1964, S. 51
6 Verlassenschaftsbericht nach F.B. Strauß, zit. aus H. Jäger-Sunstenau, S. 110
7 A. St. W., Innungsbücher 3/2 (Buchbinder 1774–1825), fol. 484
8 Rudolph Freiherr v. Procházka, Johann Strauß, Berlin 1903, 2. Auflage, S. 6
9 Herbert Krenn, Meister Polyschansky, zit. aus: Flugschriften Nr. 16. Mitteilungsblatt der Dt. Johann Strauß-Gesellschaft Coburg, S. 77
10 siehe Anm. 9, S. 78

1818–1820
Aufforderung zum Tanz

1 Nur auf den britischen Inseln war die technische Entwicklung noch schneller als auf dem europäischen Festland. In London wurde 1814 die erste Straßengaslaterne in Betrieb genommen.
2 Peter Csendes, Österreich 1790–1848. Das Tagebuch einer Epoche, S. 173
3 Reclams Klaviermusikführer Bd. II, Stuttgart, S. 25
4 Eberhard Würzl, Johann Strauß. Dissertation, Wien, S. 339
5 Herbert Krenn, Johann Strauß Vater. Dichtung und Wahrheit, zit. aus »Neues Leben«, Heft 20, Coburg 1996, S. 25
6 Die Schlagbrücke über den Donaukanal, welche 1819 abgerissen wurde, hieß ursprünglich »Schlachtbrücke«. Um die Mitte des 15. Jh.s gab es eine Verordnung, wonach Ochsen und Rinder, die auf dem Fleischmarkt beim »roten Thurm« verkauft wurden, nirgendwo anders geschlachtet (»geschlagen«) werden durften, als »auf der Schlachtpruckh bei dem rothen Turm«. Davon leitet sich auch die Namensgebung der Brücke ab.
7 Constant von Wurzbach, Biographisches Lexikon des Kaiserthums Österreich, Wien 1879, S. 328 f.
8 Reingard Witzmann, Das Wiener Kaffeehaus im Biedermeier, zit. aus dem Ausstellungskatalog »Bürgersinn und Aufbegehren«. Historisches Museum der Stadt Wien 1987, S. 326
9 Flugblatt »Der Volksgarten«, Wien um 1825, zit. aus Anm. 8, S. 330
10 Adolf Glaßbrenner, Bilder und Träume aus Wien, Rikolaverlag 1922, S. 89. Mit den »Flöten ohne Löcher« spielt der Autor auf den Rohrstock an, den so mancher Leibeigene in den ländlichen Gebieten der Donaumonarchie unbarmherzig zu spüren bekam, unterstand er doch bis 1848 der »grundherrlichen Gerichtsbarkeit« seines Feudalherrn.

1821–1822
Wien im Rampenlicht, die Stunde des Theaters

1 Franz Hadamowsky, Das Theater an der Wien, Wien 1962, S. 27
2 Eduard von Bauernfeld, Erinnerungen aus Alt-Wien, Wien 1923, S. 453
3 siehe Anm. 2, S. 454
4 Heinrich Heine, Briefe aus Berlin 1822. »...den ganzen Tag verläßt mich nicht das vermaledeite Lied. Die schönsten Momente verbittert es mir. Sogar, wenn ich bei Tisch sitze, wird es mir (...) als Dessert vorgedudelt. Den ganzen Nachmittag werde ich mit ›veilchenblauer Seide‹ gewürgt. Dort wird der ›Jungfernkranz‹ von einem Lahmen abgeorgelt, hier wird er von einem Blinden heruntergefiedelt. Am Abend geht der Spuk erst recht los. Das ist ein Flöten und ein Grölen und ein Fistulieren und ein Gurgeln, und immer die alte Melodie. Das Kasparlied und der Jägerchor wird wohl dann und wann von einem illuminierten Studenten oder Fähnrich zur Abwechslung in das Gesumme hineingebrüllt, aber der ›Jungfernkranz‹ ist permanent; wenn der eine ihn beendigt hat, fängt ihn der andere wieder von vorn an; aus allen Häusern klingt er mir entgegen; jeder pfeift ihn mit eigenen Variationen; ja ich glaube fast, die Hunde auf der Straße bellen ihn.« (Zit. aus H. Heine, Reisebilder 1822–1826, Aufbauverlag, S. 32.)
5 Fritz Grüninger, Carl Maria von Weber, Herderverlag 1954, S. 121
6 Laut Innungsbuch der Wiener Buchbinder wurde Johann Strauß am 13. 1. 1822 als Geselle freigesprochen.
7 Helmut Ahrens, Bis zum Lorbeer versteig' ich mich nicht, Societätsverlag Frankfurt, S. 35
8 Anton Bauer, Das Theater in der Josephstadt, Wien 1957, S. 48

9 Das Leopoldstädter Theater wurde 1847 abgerissen und durch das Carl-Theater ersetzt. An dieser Stelle befindet sich heute ein Bürohochhaus (Praterstraße/Nestroyplatz).
10 Otto Forst de Battaglia, Johann Nestroy, München 1962, S. 54
11 Ernst Fischer, Von Grillparzer zu Kafka, Wien 1962, S. 170

1823–1824
»Freude, schöner Götterfunken«

1 Das ehemalige Bierhaus »Zur Stadt Belgrad« lag in der Josephstadt, am Rande des Glacis (heute VIII. Bezirk, Auerspergstraße 11, Josefsgasse 1). Der Name der Wirtsstätte geht zurück auf die Einnahme Belgrads durch Prinz Eugen 1717. In der ersten Jahrhunderthälfte des 19. Jh.s trafen sich hier Musiker, die in keinem Orchester fest engagiert waren, wöchentlich zur »Musikantenbörse«, um ihre Dienste diversen Interessenten anzubieten. Insbesonders Tanzmusiker fanden auf diese Weise immer wieder Arbeit. In diesem Lokal dürfte Johann Strauß auch den Wiener Komponisten und Tanzmusiker Philipp Fahrbach kennengelernt haben.
2 Schon in der Österreichischen National-Encyklopädie des Jahres 1836 wird für die »Strauß'sche Direction der Ballmusiken im Gasthofe zum Bock auf der Wieden« das Jahr 1824 genannt. Herbert Krenn hat in seinem Artikel über Johann Strauß Vater (Mitteilungsblatt der Deutschen Johann Strauß Gesellschaft Nr. 20/1996, S. 19) darauf aufmerksam gemacht.
3 Auszug aus dem »Illustrierten Wiener Extrablatt« vom 4. 4. 1873. Daß die Uraufführung der »Täuberln-Walzer« (op. 1) und der »Gesellschafts-Walzer« (op. 5) anläßlich des Strauß'schen Debuts im »Schwarzen Bock« damals stattgefunden hat, ist durchaus denkbar. Daß auch die »Charmant-Walzer« op. 31 schon 1824 zur Aufführung gelangten, ist eher unwahrscheinlich. Die endgültige Fassung der »Charmant-Walzer« mit dem Zusatztitel »Des Verfassers beste Laune« ist nachweislich erst am 25. 11. 1829 im »Sperl« aufgeführt worden.
4 Die Uraufführung des Schauspiels »Rosamunde« fand am 13. Jänner 1824 im Theater an der Wien statt. Die »Wiener Zeitschrift für Kunst, Literatur, Theater und Mode« Nr. 6, S. 50, berichtet ausführlich darüber.
5 siehe Anm. 4, 13. Mai 1824
6 Hans Magenschab, Erzherzog Johann, Habsburgs grüner Rebell, Graz 1981, S. 281 f.

1825
Von Eisenbahnfahrten, Liebesgeschichten und Heiratssachen

1 Der Thurygrund ist heute ein Teil des 9. Wiener Gemeindebezirks (Alsergrund) und befand sich einst dort, wo sich heute Lichtensteinstraße und Alserbachstraße kreuzen. In unmittelbarer Nähe dieser Kreuzung gibt es heute noch eine Thurygasse (ehemals »Flecksiedergasse«), wo sich die Bierstube Joseph Streims vermutlich befunden hat. In den meisten Strauß-Biographien trägt diese Lokalität den Namen »Zum roten Hahn«; Wurzbach allerdings nennt in seinem Biographischen Lexikon 1879 (S. 327 f.) die Schankwirtschaft »Zum Brunnen« in der Flecksiedergasse als Streim'sches Lokal.
2 Norbert Linke, Musik erobert die Welt, Wien 1987, S. 54
3 A.St.W. Konskriptionsamt B 4/11, fol. 47, zit. aus: Jäger-Sunstenau, Johann Strauß, S. 112
4 siehe Anm. 3, S. 113
5 siehe Anm. 3
6 Ehe-Consens-Gesetz Kaiser Franz I. 1815, zit. aus »Fledermaus«, Mitteilungen des Wiener Instituts für Straußforschung, Nr. 9–10, S. 8
7 Archiv der Pfarre Lichtental, zit. aus Anm. 6, S. 11
8 Leumundszeugnis des Wohnungsgebers für Johann Strauß, zit. aus »Fledermaus«, Mitteilungen des Wiener Instituts für Straußforschung, Nr. 9–10, S. 14
9 siehe Anm. 8, S. 16
10 »Bürgersinn und Aufbegehren«, Ausstellungskatalog des Historischen Museums der Stadt Wien 1987, S. 551
11 Brief des Julius Konrad von Yelin an den Generalsekretär der Bayrischen Akademie vom 12. 10. 1825, zit. aus: Chronik des 19. Jh.s, Harenberg, S. 205

1826
Strauss kontra Lanner. Eine Rivalität, die keine war

1 Das Wirtshaus »Zum Schwarzen Bock« im IV. Bezirk (heute Margaretenstraße 27) war bereits seit 1700 bekannt und erfreute sich zu Beginn des 19. Jh.s besonderer Beliebtheit wegen seiner exzellenten Tanzmusik, die den Gästen geboten wurde. Hier traten Michael Pamer, die Brüder Drahanek, Johann Strauß Vater, Joseph Lanner, Franz Morelly und Philipp Fahrbach d.Ä. auf.
2 Constant von Wurzbach: Biographisches Lexikon des Kaiserthums Österreich, Wien 1879, S. 328 f.
3 Die Originalpartitur der Döblinger Reunion-Walzer befindet sich in der Musiksammlung der Wiener Stadt- und Landesbibliothek unter der Nummer MH 13051/C, die Stimmabschrift ist unter der Nummer MH 4300 archiviert. Die Auffindung und zeitliche

Zuordnung dieser ältesten datierten Komposition von Strauß Vater ist ein Verdienst des Wiener Straußforschers Herbert Krenn.
4 Helmut Ahrens: Bis zum Lorbeer versteig' ich mich nicht, Frankfurt 1982, S. 51
5 Ernst Fischer: Von Grillparzer zu Kafka. Sechs Essays, Wien 1962, S. 139
6 vgl. auch N. Linke: Musik erobert die Welt, S. 46 f.

1827
Generationenwechsel oder Die ertanzte Leichtigkeit des Seins

1 Helmut Ahrens: Johann Nestroy, Frankfurt 1982, S. 88
2 Ernst Fischer: Von Grillparzer zu Kafka, Wien 1962, S. 137
3 Anselm Hüttenbrenner (1794–1868), Grazer Dichter und Komponist. Schüler Salieris und Freund Beethovens und Schuberts. Er kam 1824 in den Besitz der Originalpartitur von Schuberts 8. Sinfonie (»Die Unvollendete«), welche erst 1865 durch Herbeck uraufgeführt wurde. Hüttenbrenner war 1824–1829 und 1831–1839 Leiter des Steiermärkischen Musikvereins.
4 Allgemeines Intelligenzblatt zur Oester.-Kaiserl. privil. Wiener Zeitung vom 7. 5. 1827
5 H.E. Jacob: Johann Strauß, Amsterdam 1937, S. 77 Hinweis: Eine respektable Einspielung der »Täuberln-Walzer« op. 1 befindet sich in der CD-Serie »Wiener Musik-Vol. 2« Eurodisc. Berliner Philharmoniker (R. Stolz)
6 Max Schönherr/Karl Reinöhl: Johann Strauß Vater, London 1954, S. 13
7 Wiener Zeitung vom 25. 9. 1827

1828
Von Giraffen, Musikverlegern und einem Hexenmeister

1 Wiener Zeitung vom 18. Oktober 1828
2 Die vielfach kolportierte Geschichte, wonach Lanner diesen Walzertitel wegen seiner »Trennung« von Strauß erfunden habe, ist wissenschaftlich völlig unhaltbar.
3 Harry Goldschmidt, Franz Schubert, Leipzig 1964, S. 412
4 Eduard von Bauernfeld: Erinnerungen aus Alt-Wien, 1872, Ausgabe 1923, Wien, S. 84 f.
5 Franz Pietznigg »Mitteilungen aus Wien«, 1834. Daraus Franz Günzbergs Artikel: »Strauß und Lanner«, zit. aus M. Hürlimann »Die Walzer-Dynastie Strauß«, S. 25
6 Die Allgemeine Wiener Theaterzeitung berichtet in ihrer Ausgabe vom 5. 6. 1828 (Nr. 68) ausführlich darüber.
7 Auf dem Areal des Krapfenwaldls (XIX. Bezirk, Krapfenwaldgasse 65–73) befindet sich heute ein städtisches Sommerbad mit einem großen Restaurant. Der Ausblick von dieser Freizeitanlage auf die Donau und die Stadt Wien ist einzigartig. Durch den Ausbau der Höhenstraße auf den Kahlenberg 1935 wurde das Krapfenwaldl auch verkehrstechnisch als Ausflugsort erschlossen.
8 Brief vom 22. 9. 1828 an Diabelli (Wiener Stadtbibliothek), zit. aus Fritz Racek: Ausstellungskatalog 1975, S. 21
9 Norbert Linke: Musik erobert die Welt, S. 62 f. Den Verdacht, daß Verleger Diabelli eigenmächtig Manipulationen vorgenommen hat, äußert auch N. Linke: »Den unter dem Namen Strauß erschienenen Alpenkönig-/Champagner-/Seufzer-Galoppen wurde später die Opusnummer 7–9 zugewiesen. Doch Strauß hat sie niemals von seinem Orchester aufführen lassen...«

1829
Des Verfassers beste Laune. Vom Warencharakter der Musik

1 Eduard von Bauernfeld: »Erinnerungen aus Alt-Wien«. 1872, Wien, Ausgabe 1922, S. 22
2 Der erste Gründungsversuch im Jahre 1823 war aus technischen und finanziellen Gründen gescheitert.
3 Zit. aus Herbert Weinstock. »Chopin«, München 1950, S. 61
4 Philipp Fahrbach: Alt-Wiener Erinnerungen, hgg. von Max Singer, Wien, S. 31
5 Heinrich Laube: »Reise durch das Biedermeier«, Andermann Verlag, Wien 1946, S. 275 f.

1830
Die Katastrophe

1 Kurt Pahlen: Oper der Welt, Zürich 1963, S. 29
2 Friedrich Weissensteiner: Zwischen Idylle und Revolution, Wien 1995
3 Eduard von Bauernfeld: Erinnerungen aus Alt-Wien, Ausgabe 1923, S. 51
4 Franz Grillparzer: Der arme Spielmann, zit. aus H. Ahrens: »Bis zum Lorbeer versteig' ich mich nicht«, Frankfurt 1982, S. 101
5 Eduard Hanslick: Geschichte des Concertwesens in Wien, Wien 1869, S. 17
6 Allgemeiner Musikalischer Anzeiger, Wien 30. 10. 1830
7 Philipp Fahrbach: Alt-Wiener Erinnerungen, hgg. von Max Singer, S. 32
8 Allgemeine Wiener Theaterzeitung Nr. 86 vom 20. 7. 1830.
9 Franz Herre: Kaiser Franz Joseph von Österreich, Köln 1978, S. 27

10 Allgemeine Wiener Theaterzeitung vom 4. 9. 1830
11 Allgemeine Wiener Theaterzeitung Nr. 116 vom 28. 9. 1830
12 Arthur Schopenhauer: Parerga und Paralipomena I. Kleine philosophische Schriften 1851, zit. aus: Sämtliche Werke Bd. IV, S. 494 f. Wiesbaden/Frankfurt 1960

1831
Heiter auch in ernster Zeit

1 Brief Chopins vom 22. Dezember 1830, zit. aus: B. Scharlitt: Friedrich Chopins Gesammelte Briefe, Leipzig 1911
2 Norbert Linke: »Der Lannerianer Fredéric Chopin«, zit. aus: Die Fledermaus. Mitteilungen 7–8 des Wiener Instituts für Straußforschung, Wien 1994, S. 13.
3 Wiener Allgemeine Theaterzeitung vom 26. Juni 1839.
4 Besonders hörenswert ist die Aufnahme mit den Wiener Philharmonikern unter Willi Boskowsky, 1972. CD »Straußgala« DECCA 425427-2 DA
5 Julius Kapp: Paganini, Ausgabe 1922 Berlin, S. 54
6 Allgemeine Wiener Theaterzeitung Nr. 58 vom 14. 5. 1831
7 Allgemeine Wiener Theaterzeitung Nr. 78 vom 30. 6. 1831
8 Kurt Diemann: Musik in Wien, Molden 1970, S. 138
9 N. Lenau: »Abschied«, zit. aus: Chronik Österreichs, Wien 1994, S. 326
10 Allgemeine Wiener Theaterzeitung Nr. 147 vom 8. 12. 1831
11 Eine bis heute unübertroffene Einspielung dieses Walzers bietet Robert Stolz mit den Berliner Sinfonikern. CD »Wiener Musik« Vol. 2. EURODISC (Grand Prix du Disque).
12 Gordon A. Craig: Geschichte Europas 1815–1980, München 1995, S. 72
13 Ansuchen von Johann Strauß an Kaiser Franz vom 7. 12. 1831, Österreichisches Staatsarchiv, Haus-Hof- und Staatsarchiv, Obersthofmeisteramt 1831-46/12

1832
Ein Strauss für Strauss

1 Allgemeine Wiener Theaterzeitung Nr. 18 vom 25. 1. 1832
2 Allgemeine Wiener Theaterzeitung Nr. 41 vom 27. 2. 1832, Nr. 42 vom 28. 2. 1832 und Nr. 43 vom 29. 2. 1832
3 Allgemeine Wiener Theaterzeitung Nr. 70 vom 7. 4. 1832
4 Philipp Fahrbach: Alt-Wiener Erinnerungen, hgg. von Max Singer, Wien, S. 32
5 Allgemeine Wiener Theaterzeitung Nr. 80 vom 21. 4. 1832
6 Allgemeine Wiener Theaterzeitung Nr. 102 vom 22. 5. 1832
7 Allgemeine Wiener Theaterzeitung Nr. 127 vom 26. 6. 1832
8 Richard Wagner: Mein Leben, München 1963, Bd.I. S. 71
9 Kurt Kahl: Johann Nestroy, Moldenverlag, Wien 1970, S. 76
10 Allgemeine Wiener Theaterzeitung Nr. 158 vom 8. 8. 1832
11 Norbert Linke: »Erster Gedanke« von Johann Strauß Sohn. Ein Beitrag zur Psychologie des Komponierens, zit. aus: Mitteilungen des Wiener Instituts für Straußforschung, »Fledermaus« Nr. 2, 1990, S. 35
12 Bericht von F.X. Told in der Allgemeinen Wiener Theaterzeitung Nr. 166 vom 20. 8. 1832
13 Bericht von F.C. Weidmann in der Allgemeinen Wiener Theaterzeitung Nr. 174 vom 30. 8. 1832
14 Max Schönherr/Karl Reinöhl: Johann Strauß Vater, S. 90
15 Eine bemerkenswerte Einspielung des Walzers »Die vier Temperamente« bietet das »Ensemble Wien«. CD »Souvenir aus Wien«. SONY SK 47187

1833
Der Frohsinn, mein Ziel

1 Allgemeine Theaterzeitung vom 11. 2. 1833
2 Eine bemerkenswerte Einspielung des »Tausendsapperment-Walzers« op. 61 bietet Mika Eichholz (Dir.) mit dem Slowakischen Philharmonie-Orchester. CD MARCO POLO Nr. 8.223617
3 Heinrich Eduard Jacob: Johann Strauß und das 19. Jahrhundert, Amsterdam 1937, S. 87
4 Allgemeine Theaterzeitung vom 11. 3. 1833
5 Allgemeine Theaterzeitung vom 25. 3. 1833
6 Ernst Fischer: Von Grillparzer zu Kafka, Wien 1962, S. 125
7 J. N. Nestroy: Der böse Geist Lumpazivagabundus. Achter Auftritt, zit. aus »Nestroy-Werke«, Winkler-Verlag, München, S. 58
8 Helmut Ahrens: Johann Nestroy, Frankfurt 1982, S. 130
9 siehe Anm. 6, S. 127
10 Schönherr/Reinöhl: Johann Strauß Vater, London 1954, S. 95
11 Franz Endler: Wien im Biedermeier, Wien 1978, S. 37
12 siehe Anm. 11, S. 38
13 Allgemeine Theaterzeitung vom 22. Mai 1833
14 Der Vorort Hietzing samt Schönbrunn unterstand bis 1848 der grundherrlichen Oberhoheit des Chorherrenstifts Klosterneuburg.
15 Allgemeine Theaterzeitung vom 22. 6. 1833

16 Allgemeine Theaterzeitung vom 31. 7. 1833
17 Eduard Strauß: Erinnerungen, Leipzig 1906, S. 11
18 siehe Anm. 17, S. 13
19 Régi Pesti Vigadó = alte Pester Redoute, erbaut zwischen 1829 und 1832. Berühmter Konzert- und Tanzsaal, in dem zahlreiche europäische Künstler, u. a. Franz Liszt konzertierten. Die alte Pester Redoute brannte während der Revolutionswirren 1849 ab und wurde vom Architekten Frigyes Feszl Anfang der 60er Jahre im »ungarisch-romantischem« Stil neu errichtet. Heute befinden sich darin ein großer Konzertsaal, ein Kammertheater, sowie diverse Restaurations- und Ausstellungsräume.
20 Allgemeine Theaterzeitung vom 14. 11. 1833
21 Gabriele Waleta: Die Walzer für Pesth von Johann Strauß (Vater) und Joseph Lanner. Festschrift für Eberhard Würzl 1995, Wien, Vom Pasqualatihaus 1996, S. 322
22 Allgemeine Theaterzeitung vom 20. 11. 1833
23 Allgemeine Theaterzeitung vom 20. 11. 1833

1834
Musik kennt keine Grenzen

1 Eine schwungvolle, musikalisch inspirierte Interpretation des »Gabrielen-Walzers« bieten die »Wiener Biedermeiersolisten« auf CAMERATA CD 32 CM-243
2 Heinrich Laube: Reise durch das Biedermeier, Wien 1946, S. 277
3 »Ueber den jetzigen Tanz«. Aus »Der Aufmerksame« Nr. 6 vom 14. 1. 1834, Leykamverlag, Graz.
4 Allgemeine Wiener Theaterzeitung vom 21. 6. 1834
5 Eine hervorragende Einspielung des »Elisabethen-Walzers« op. 71 durch die Berliner Symphoniker unter R. Stolz findet sich in der Serie »Wiener Musik« Vol. 2 EURODISC Nr. 258657 (ausgezeichnet mit dem Grand Prix du Disque).
6 Allgemeine Wiener Theaterzeitung vom 12. 7. 1834
7 Allgemeine Wiener Theaterzeitung vom 24. 7. 1834
8 Allgemeine Wiener Theaterzeitung vom 20. 11. 1834
9 Ludwig Eisenberg: Johann Strauß, Ein Lebensbild, Leipzig 1894, S. 27
10 Totenbeschauprotokoll A.St.W. Band 175, Lit. S, fol. 61, Wien
11 Brief Johann Strauß Vater an Herrmann und Langbein, Leipzig, Autographenkatalog v. 28. 10. 1994, Hassfurther Wien, S. 110 f.
12 Leidener Flasche: älteste Form des elektrischen Kondensators
13 Illustriertes Familien-Journal, Leipzig, Dez. 1834, S. 378

1835
Mit Dampf in die Zukunft

1 Österreichisches Staatsarchiv, Abteilung Haus-Hof-u. Staatsarchiv, Familienurkunden Nr. 2347 B, fol. 1–2
2 Taufschein der Pfarre St. Josef, Wien-Leopoldstadt für Eduard Strauß (Wiener Stadtbibliothek).
3 Hellmut Andics: Gründerzeit, Wien 1981, S. 46
4 Sitzungsprotokoll der niederösterreichischen Landesregierung vom 22. 7. 1835, zit. aus Jäger-Sunstenau: Johann Strauß, Wien 1965, S. 126
5 F. Scheichl: Ein Beitrag zur Geschichte des gemeinen Arbeitslohnes vom Jahre 1500 bis auf die Gegenwart. Eine culturgeschichtliche Studie im Anschluss an die Zimmerleut- und Maurerlöhnungen in Oberösterreich, Wien 1885, S. 24
6 Helmut Ahrens: Johann Nestroy, Frankfurt 1982, S. 170
7 Schönherr/Reinöhl: Johann Strauß Vater, London 1954, S. 126
8 Philipp Fahrbach sen.: »Geschichte der Tanzmusik seit 25 Jahren«, Wiener allgemeine Musikzeitung, 20.–25. März 1847, Nr. 34–36
9 Allgemeine Wiener Theaterzeitung vom 20. 10. 1835
10 Allgemeine Wiener Theaterzeitung vom 12. 11. 1835

1836
Reisefieber – Wahn und Wirklichkeit

1 Der Kritiker Franz Wiest hatte sich über Nestroys Erfolgsstück »Zu ebener Erde und erster Stock« in der Zeitschrift »Der Sammler« abfällig geäußert. Daraufhin extemporierte Nestroy bei der nächsten Vorstellung in der Rolle des Dieners Johann beim Herrichten der Tische für das Whistspiel: »'s is' merkwürdig, daß das geistreiche, in England erfundene Spiel den gleichen Namen mit dem dümmsten Menschen von Wien hat.« – Nestroy wurde von Wiest verklagt und in weiterer Folge zu fünf Tagen Arrest verurteilt. Ein Einspruch gegen dieses Urteil wurde abgelehnt.
2 Allgemeine Wiener Theaterzeitung vom 14. 1. 1836
3 Allgemeine Wiener Theaterzeitung vom 23. 1. 1836
4 Allgemeine Wiener Theaterzeitung vom 8. 2. 1836
5 Inserat in der »Wiener Zeitung« vom 5. April 1836
6 Allgemeine Wiener Theaterzeitung vom 9. 7. 1836. Das für 11. Juli angekündigte Fest in der goldenen Birne fand allerdings erst am 18. 7. statt.
7 Allgemeine Wiener Theaterzeitung vom 20. 7. 1836
8 Adolf Glaßbrenner: »Bilder und Träume aus Wien«, Rikola-Verlag Wien, Ausgabe 1922, S. 67 ff.
9 Johann Strauß Vater hat zwar seine »Grazien-Tänze« op. 81 der Gattin des Staatskanzlers, Melanie Fürstin Metternich-Winneburg gewidmet. Dies hat aber keinen politischen Hintergrund. Strauß schätzte die charmante, gebildete und musikliebende Fürstin als

exzellente Gastgeberin und Förderin zahlreicher musikalischer Veranstaltungen, in denen das Strauß'sche Orchester sich profilieren konnte.

10 Allgemeine Wiener Theaterzeitung vom 5. 9. 1836

11 Alfred Dreher: Johann Strauß Vater und Sohn in Leipzig und Dresden zit. aus: »Flugschriften«, Mitteilungsblatt Nr. 15 der Deutschen Johann Strauß Gesellschaft 1992, S. 81

12 Allgemeine Wiener Theaterzeitung vom 7. 11. 1836

1837
Das grosse Abenteuer

1 Allgemeine Wiener Theaterzeitung vom 14. 1. 1837

2 Allgemeine Wiener Theaterzeitung vom 30. 1. 1837

3 Die entsprechende Zahlungsanweisung des k. k. Obersthofmeisteramtes befindet sich im Österreichischen Staatsarchiv. Weitere Hinweise siehe H. Jäger-Sunstenau: Johann Strauß, Wien 1965, S. 130 f.

4 Allgemeine Wiener Theaterzeitung vom 9. 5. 1837

5 Über den illegalen Notennachdruck Strauß'scher Werke berichtet die Allgemeine Theaterzeitung vom 26. 2. 1835 ausführlich.

6 Erklärung vom 15. Jänner bzw. 10. Februar 1835, abgedruckt in der Erstausgabe für Klavier des Walzers »Erinnerung an Deutschland« op. 87

7 Allgemeine Wiener Theaterzeitung vom 17. 6. 1837

8 Karl M. Kisler: »Der Theater-Mayr«, Tagebücher des führenden Wiener Bühnenbildners im Biedermeier, Eisenstadt 1988, S. 185

9 Liselotte Denk: »Fanny Elßler«. Tänzerin eines Jahrhunderts, Wien 1984, S. 221

10 Allgemeine Wiener Theaterzeitung vom 5. 10. 1837

11 Eine musikalisch bezwingende Interpretation des »Cachucha-Galopps« bietet Robert Stolz mit den Berliner Philharmonikern. EURODISC, Wiener Musik, Vol. 2 Nr. 258657

12 Allgemeine Wiener Theaterzeitung vom 1. 8. 1837. Der Wiener Musikforscher Johannes Böck hat in der Ausgabe 2/1998 der »Wiener Bonbons« (Mitteilungsblatt der Johann-Strauß-Gesellschaft, Wien) einen informativen biographischen Abriß über Leben und Wirken der Familie Labitzky verfaßt.

13 Eberhard Würzl: »Die Brüder Johann und Joseph Strauß als Klassenkollegen in den Jahren 1836/37 bis 1841/42«, zit. aus: »Rathausball-Tänze« Nr. 28, S. 4 (Mitteilungen der Johann-Strauß-Gesellschaft Wien, Dezember 1988)

14 Eine genaue Übersicht über sämtliche Konzerttermine und Auftritte in diesem Zeitraum gibt Max Schönherr in seinem Buch: »Johann Strauß Vater«, London 1954, S. 347 ff.

15 Ludwig Eisenberg: Johann Strauß, ein Lebensbild, Leipzig 1894, S. 28 f.

16 »Courier du Bas-Rhin« vom 22. 10. 1837, zit. aus »Flugschriften« Nr. 12, S. 68, Mitteilungsblatt der Deutschen Johann Strauß-Gesellschaft. 1987

17 Zit. aus: »Malerisches altes Europa«. Topographikon 1970, Hamburg, S. 13

18 »Gazette Musicale de Paris« (Journal des Débats) Nr. 45, 5. November 1837

1838
Mit Walzerklängen ins Viktorianische Zeitalter

1 »Le Colibri« (Rouen) vom 21. 12. 1837, zit. aus »Flugschriften« Nr. 12, Mitteilungsblatt der Deutschen Johann Strauß Gesellschaft, 1987, S. 77

2 Journal du Havre, Nr. 3419 vom 22. 12. 1837, zit. aus Anm. 1, S. 82

3 Allgemeine Theaterzeitung vom 15. 2. 1838

4 Paul de Kock »Der Opernball« aus »Paris zur Biedermeierzeit«, Verlag Strache, Wien, Prag, Leipzig, o.J. S. 121 f.

5 Eberhard Würzl hat in seinem Aufsatz »La Marseillaise im Dreivierteltakt« (Rundschreiben 1992/I/S. 16 der Deutschen Johann Strauß Gesellschaft) die Entstehungs- und Rezeptionsgeschichte des Walzers op. 101 einer eingehenden Betrachtung unterzogen.

6 Allgemeine Theaterzeitung vom 7. 7. 1838

7 Heinrich Heine, Englische Fragmente 1828, zit. aus »Reisebilder 1828–1848«, Aufbauverlag Berlin, Bd. II, S. 90 f.

8 Peter Kemp: Die Familie Strauss, Kent/Stuttgart 1987, S. 39

9 Allgemeine Theaterzeitung vom 8. 5. 1838

10 Allgemeine Theaterzeitung vom 12. 5. 1838

11 Allgemeine Theaterzeitung vom 21. 5. 1838

12 Eine hervorragende Einspielung des Walzers op. 103 bietet John Georgiadis mit dem London Symphonic Orchestra. CHANDOS 8739, England.

13 Allgemeine Theaterzeitung vom 7. 7. 1838

14 Fürst Esterházy war 1838 österreichischer Gesandter in London.

15 Gazette musicale de Paris, Nr. 28, 5. Jg. vom 15. 7. 1838

16 Bert Brecht hat ein Jahrhundert später die »Arbeit« der Taschendiebe während der Krönungsfeierlichkeiten der englischen Königin zum Kernthema seiner weltberühmten »Dreigroschenoper« gemacht.

17 The Freeman's Journal, Dublin 14. 8. 1838, zit. aus Rudolf Maeder: Johann Strauß (Vater) in Dublin, Flugschriften Nr. 13, S. 44

18 Max Schönherr/Reinöhl: Johann Strauß Vater, London 1954, S. 349

19 Ludwig Eisenberg: Johann Strauß, Leipzig 1894, S. 31

20 L'Annotateur, Kunstchronik vom 20. 9. 1838, Boulogne-sur-Mer, zit. aus Flugschriften Nr. 12, S. 101

21 siehe Anm. 19, S. 32

22 Allgemeine Theaterzeitung vom 24. und 25. 12. 1838, Rubrik »Aus der Musikwelt«

23 siehe Anm. 22

24 Heinrich Heine, Memoiren des Herrn von Schnabelewopski, 1833

1839
Im Furioso-Galopp durch Wien

1 Bericht von Franz Schuselka in der Allgemeinen Theaterzeitung vom 16. 1. 1838

2 Allgemeine Theaterzeitung vom 15. 1. 1839

3 Rudolph Procházka: Johann Strauß, Berlin 1903, S. 16 ff.

4 Ernst Violand: Die Sozialgeschichte der Revolution in Österreich, hgg. von Wolfgang Häusler, Wien 1984, S. 15

5 Wolfgang Häusler: Vom Pauperismus zur Arbeiterbewegung, Wien 1978, S. 39

6 Wiener Zeitung vom 16. 3. 1839

7 Allgemeine Theaterzeitung vom 30. 3. 1839

8 Allgemeine Theaterzeitung vom 4. 5. 1839

9 Allgemeine Theaterzeitung vom 4. 6. 1839

10 Wiener Zeitung vom 22. 6. 1839

11 Der Entwurf eines solchen Antwortschreibens befindet sich im Archiv der Gesellschaft der Musikfreunde, Wien.

12 Der Wiener Straußforscher Thomas Aigner hat die Bedeutung dieses Briefentwurfs an die Direktion der russischen Eisenbahnlinie näher kommentiert. Siehe Katalog zur Ausstellung »Johann Strauß in Rußland«, Wien 1995, S. 10, hgg. vom Wiener Institut für Straußforschung.

13 Allgemeine Theaterzeitung vom 7. 8. 1839

14 Allgemeine Theaterzeitung vom 10. 12. 1839

15 Neujahrskonzert der Wiener Philharmoniker 1999. RCA 74321 616872, CD. Eine weitere sehr ansprechende Einspielung des »Furioso-Galopps« gelang auch dem Wiener Opernball-Orchester unter Uwe Theimer. ORF, Radio Wien, CD 195 (1998).

1840
Elektrische Funken

1 Max Schönherr/K.Reinöhl: Johann Strauß Vater, London 1954, S. 183

2 Autor und Verlag danken insbesonders Herrn Alfred Dreher aus Heilbronn, Forschungsmitglied der Deutschen Johann Strauß-Gesellschaft, für die großzügige Bereitstellung seines Zeitschriftenarchivs, welches die notwendigen Recherchen in der Wiener Nationalbibliothek zwar nicht ersetzt, aber doch in erheblichem Maße verkürzt und erleichtert hat.

3 Österreichisches Staatsarchiv, Haus-Hof-und Staatsarchiv, Obersthofmeisteramt, 1840-46/1

4 August Wilhelm Ambros (geb. 1816 bei Prag, gest. 1876 in Wien). Bedeutender Musikhistoriker, Komponist und Musikkritiker, 1869 Professor für Musiktheorie an der Universität Prag, 1872 Professor am Konservatorium in Wien. Er unterrichtete u. a. Kronprinz Rudolph in Musik- und Kunstgeschichte und schrieb 1862 eine dreibändige Musikgeschichte.

5 Wiener Zeitung vom 1. 10. 1840

6 Hinweis zu Lanners »Die Romantiker« op. 167: Das »Vienna String Quintett« bietet eine musikalisch phänomenale Einspielung von unübertrefflicher Sensibilität und Klangreinheit. CD CAMERATA 32 CM-241. Wer die »Romantiker« mit großem Orchesterklang musikalisch brillant erleben will, sei auf die legendäre Einspielung durch die Berliner Philharmoniker unter Robert Stolz verwiesen. CD EURODISC 258658. Wiener Musik, Vol. 1 (Grand Prix du Disque).

7 Allgemeine Theaterzeitung vom 20. 5. 1840

8 Karl Ziak: Von der Schmeltz auf den Gallitzinberg, Wien 1969, S. 75

9 Julius Marx: Die soziale Lage der Arbeiterschaft Wiens im Vormärz, Wien 1958, S. 68. Anmerkung: Es ist gewiß kein Zufall, daß sich gerade 1840 bedeutsame revolutionäre Strömungen in Frankreich artikulierten. Auguste Blanqui sprach vom »tödlichen Duell zwischen Dividenden und Löhnen«, bezeichnete den neuen Arbeiter als »mechanisierten Menschen« und forderte ihn auf, Krieg gegen die Bourgeoisie zu führen, da es zwischen ihnen keine Interessensgemeinschaft geben könne. Joseph Pierre Proudhon schrieb 1840 sein berühmtes Buch »Was ist Eigentum?«, welches in der kühnen Feststellung gipfelte, Eigentum sei Diebstahl. Natürlich meinte der französische Utopist damit nicht Nachbars Schrebergarten, sondern das Eigentum an Produktionsmitteln, welche die systematische Ausbeutung menschlicher Arbeitskraft ermöglichte. Ebenfalls 1840 erschien Louis Blanc's Kampfschrift »Die Organisation der Arbeit«. Es war ein Frontalangriff auf das Wettbewerbssystem des frühen Kapitalismus, wobei Blanc den schlüssigen Beweis führte, daß dieser »Wettbewerb« nicht nur das arbeitende Volk, sondern auch das Bürgertum ruinieren würde, da Ressourcen und Rohstoffe sinnlos verschwendet würden und zu einer ökonomischen Dauerkrise führen müßten. Heute, 150 Jahre später, haben Blanc's Erkenntnisse eine erstaunliche Aktualität.

10 Allgemeine Theaterzeitung vom 28. 11. 1840

11 Innerösterreichisches Industrie- und Gewerbe-Blatt, 2. Jg., Nr. 102 vom 19. 12. 1840

12 Ernst Fischer »Von Grillparzer zu Kafka«, Wien 1962

1841
Glanz und Elend des Biedermeier

1 »Der Humorist« vom 23. 1. 1841
2 M. Bernhard: »Das Biedermeier«. Kultur zwischen Wiener Kongress und Märzrevolution, Düsseldorf 1983, S. 205
3 Die Schuselkagasse im 15. Wiener Gemeindebezirk erinnert heute noch an den liberalen Politiker und Schriftsteller Dr. jur. Franz Schuselka, der 1842 nach Deutschland emigrierte und 1848 einer der Wortführer im Frankfurter Parlament wurde.
4 Franz Schuselka: »Karl Gutherz«. Eine Geschichte aus dem Wiener Volksleben, 1841, S. 72 f., zit. aus: »Magie der Industrie. Leben und Arbeiten im Fabrikszeitalter«. Katalog des Niederösterreichischen Landesmuseums Nr. 232, Wien 1989, S. 80
5 Allgemeine Wiener Theaterzeitung vom 25. 1. 1841
6 Allgemeine Wiener Theaterzeitung vom 26. 1. 1841
7 Allgemeine Wiener Theaterzeitung vom 16. 2. 1841
8 Allgemeine Wiener Theaterzeitung vom 2. 3. 1841
9 Wiener Zeitung vom 28. 5. 1841
10 Allgemeine Wiener Theaterzeitung vom 17. 5. 1841
11 Eine faszinierende Einspielung der »Jubel-Quadrille« op. 130 bietet Robert Stolz mit den Berliner Philharmonikern. EURODISC 258657, »Wiener Musik«, Vol. 2.
12 Lotte Eskelund: »… sah ich zum erstenmal die Donau«. Hans Christian Andersen in Österreich, Wien-München 1979, S. 150
13 Eberhard Würzl: »Schulbildung und musikalische Bildung im Haus Strauß«, zit. aus: Mitteilungsblatt Nr. 20/1996 der Deutschen Johann Strauß-Gesellschaft, S. 30 f.
14 Eduard Strauß: »Erinnerungen«, Leipzig 1906, S. 29
15 Allgemeine Wiener Theaterzeitung vom 30. 9. 1841

1842
Fantasten, Lustwandler und Dämonen

1 Allgemeine Theaterzeitung vom 29. 1. 1842
2 Adalbert Stifter: »Die Streichmacher«, Erzählungen aus dem alten Wien, hgg. von Otto Erich Deutsch, Frankfurt 1986, S. 92 f.
3 Zit. nach Schönherr/Reinöhl: »Johann Strauß Vater«, London 1954, S. 215
4 Die bedeutendsten künstlerischen Mitarbeiter Otto Nicolais und Mitbegründer der »Philharmonischen Konzerte« waren August Schmidt und Julius Becher. August Schmidt war Chefredakteur der Allgemeinen Wiener Musikzeitung (seit 1841) und Gründer des Wiener Männergesangvereins (1843), Julius Becher war Professor der Musikwissenschaft, Jurist und Journalist. Im Revolutionsjahr 1848 begann Becher sich politisch zu engagieren und übernahm die Redaktion eines der Revolution nahestehenden Zeitungsblattes. Nach der Einnahme Wiens durch die konterrevolutionären Truppen des Fürsten Windischgrätz wurde Julius Becher verhaftet und am 23. 11. 1848 standrechtlich erschossen.
5 Eine ausführliche und wissenschaftlich hervorragend fundierte Darstellung der Geschichte der Wiener Philharmoniker gibt Clemens Hellsberg in seinem 1992 erschienenen Werk »Demokratie der Könige« (Schweizer Verlagshaus/Schott/Kremayr & Scheriau).
6 Allgemeine Theaterzeitung vom 5. 8. 1842
7 Allgemeine Theaterzeitung vom 17. 8. 1842
8 Allgemeine Theaterzeitung vom 22. 10. 1842
9 Tatsächlich ist nicht von der Hand zu weisen, daß die gewaltige Expansion des Musikverlages Haslinger und der damit verbundene unermüdliche Arbeitseinsatz dem Verleger Tobias Haslinger irreparable gesundheitliche Schäden zugefügt und seinen Tod beschleunigt hat.

1843
»Nur Leben!«

1 Eduard Hanslick: »Aus meinem Leben«, Kassel 1987, S. 78
2 Die humoristisch-satirische Wochenschrift des »Hans-Jörgel« erfreute sich in Kreisen sozial minder bemittelter Schichten und im Kleinbürgertum größter Beliebtheit, war im Stile der »Eipeldauer-Briefe« gehalten und wurde in der Zeit von 1837–1850 von Johann Baptist Weis redaktionell betreut.
3 Komische Briefe des Hans-Jörgel von Gumpoldskirchen an seinen Schwager in Feselau, 1843/Zweites Heft vom 16. 1. 1843, S. 13 f.
4 siehe Anm. 3, 7. Heft, S. 4 f.
5 Max Schönherr/K.Reinöhl: Johann Strauß Vater, London 1954, S. 225
6 Allgemeine Wiener Theaterzeitung vom 17. 2. 1843
7 Österreichisches Staatsarchiv, Haus-Hof- und Staatsarchiv, Obersthofmeisteramt 1843-46/3, zit. aus H. Jäger-Sunstenau »Johann Strauß«, Wien 1965
8 Ernst Fischer: »Von Grillparzer zu Kafka«, Wien 1962, S. 167
9 Nicolais Tagebücher, S. 220 f., zit. aus Clemens Hellsberg »Demokratie der Könige«, S. 49
10 Herbert Krenn: »Lenz-Blüthen«, Wien 1994, S. 76
11 Wiener Allgemeine Theaterzeitung vom 18. 4. 1843
12 Wiener Zeitung vom 22. 6. 1843, Nr. 170, S. 1314
13 »Stiria«, Grazer Tageszeitung vom 24. 10. 1843
14 siehe Anm. 13, »Stiria«, Grazer Tageszeitung vom 14. 11. 1843
15 siehe Anm. 13, »Stiria«, Grazer Tageszeitung vom 18. 11. 1843
16 Franz Grillparzer »Der arme Spielmann«, zit. aus Edgar Weyrich: »Alt-Wien. Kulturbilder aus Wiens Glanzzeit«, Wien 1927, S. 228 f.

17 Victor von Andrian-Werburg: »Österreich und dessen Zukunft«, Bd. 1, Hamburg 1843, S. 29

1844
Das Debut

1 Adalbert Stifter: »Aus dem alten Wien«, Inselverlag Frankfurt 1986, S. 23
2 Allgemeine Theaterzeitung vom 3. Jänner 1844
3 M. Schönherr/K. Reinöhl: »Johann Strauß Vater«, London 1954, S. 236
4 Wolfgang Häusler: »Vom Pauperismus zur Arbeiterbewegung«, Wien 1978, S. 93
5 H. Jäger-Sunstenau: »Johann Strauß«, Wien 1965, S. 145 f.
6 Der gesamte Wortlaut dieses Magistratprotokolls ist bei H. Jäger-Sunstenau auf S. 147 f. nachzulesen.
7 H. Jäger-Sunstenau: »Johann Strauß«, Wien 1965, S. 148
8 Allgemeine Theaterzeitung vom 31. Juli 1844
9 Allgemeine Theaterzeitung vom 1. August 1844
10 A.St.W., H.A.-Akten, Hist. 2/1844, fol. 9–10, zit. aus: H. Jäger-Sunstenau, S. 151
11 Allgemeine Theaterzeitung vom 2. Oktober 1844, Nr. 237
12 Verwaltungsakte des Chorherrenstiftes Klosterneuburg, zit. aus: Ernst Hilmar »Dokumente zum ersten Auftreten von Strauß in Dommayers Casino« (»Fledermaus« I, Mitteilungen des Wiener Instituts für Straußforschung, S. 28) – Mit derselben Thematik befaßt sich auch die Dissertation von Susanne Kepler »Musikleben der Wiener Vorstädte im Vormärz«, Wien 1990, S. 106 ff.
13 siehe Anm. 12, S. 29
14 H. Jäger-Sunstenau »Johann Strauß«, Wien 1965, S. 153 f.
15 Franz Mailer, Briefe und Dokumente Bd. I, Tutzing 1983, S. 16
16 Allgemeine Theaterzeitung vom 17. 10. 1844
17 Franz Mailer »Freuet euch des Lebens!« Werkseinführung, Strauss-Archiv-Edition, Waidhofen an der Ybbs, 1998, S. 232
18 Hans Weigel »Flucht vor der Größe«, Wien 1960, S. 93

1845
Sommernachtsträume

1 Allgemeine Theaterzeitung vom 14. 1. 1845
2 siehe Anm. 1
3 siehe Anm. 1
4 Illustrierte Zeitung, Leipzig, 10. Mai 1845
5 siehe Anm. 4
6 John Witten: »Ein amerikanischer Dichter hörte Johann Strauß Vater«, zit. aus: »Wiener Bonbons« 1993, Heft 1, S. 18 f.
7 Allgemeine Theaterzeitung vom 27. 1. 1845
8 siehe Anm. 7
9 Franz Mailer: »Freuet euch des Lebens«, Werkseinführungen, Strauß-Archiv, Edition. Waidhofen 1998, S. 131
10 Allgemeine Theaterzeitung vom 8. 2. 1845
11 Allgemeine Theaterzeitung vom 3. 3. 1845
12 Gratzer Zeitung (Intelligenzblatt) vom 8. 4. 1845
13 Gratzer Zeitung (Intelligenzblatt) vom 15. 4. 1845
14 Gratzer Zeitung (Intelligenzblatt) vom 17. 4. 1845
15 Franz Hadamowsky: »Das Theater an der Wien«, Wien 1962, S. 39
16 Bericht über die dritte allgemeine österreichische Gewerbe-Ausstellung in Wien 1845, Wien 1846, zit. aus »Bürgersinn und Aufbegehren«, Ausstellungskatalog des Historischen Museums der Stadt Wien 1988, S. 555
17 Franz Schuselka: »Österreichische Vor- und Rückschritte«, Hamburg 1847
18 Leipziger Illustrierte Zeitung vom 14. 6. 1845
19 Allgemeine Theaterzeitung vom 31. 5. 1845
20 Allgemeine Theaterzeitung vom 5. 6. 1845. Mit den »Jubelliedern« waren offensichtlich die »Oesterreichischen Jubelklänge« op. 179 gemeint.
21 Max Schönherr/Reinöhl: »Johann Strauß Vater«, London 1954, S. 260. Eine musikalisch hervorragende Aufnahme des Walzers »Sommernachts-Träume« op. 180 bietet das Alt-Wiener Strauss-Ensemble unter der Leitung von Arthur Kulling. (Edition HERA LC 2927, Musikverlag Ralph Kulling, Augustenstraße 46, D-70178 Stuttgart).
22 »Der Wanderer« vom 8. 7. 1845. Zit. aus Franz Mailer »Freut euch des Lebens«, Strauss-Archiv-Edition, Waidhofen 1998, S. 130. Eine empfehlenswerte Aufnahme der »Jugendträume« bietet die Strauß-Edition Vol. 37, MARCO POLO. Dirigent: Christian Pollak.
23 Allgemeine Theaterzeitung vom 23. 7. 1845. Strauß juniors Verleger Mechetti hat den Walzer »Sträußchen« op. 15 offenbar nur als Klavierausgabe im Druck erscheinen lassen. Arthur Kulling hat die Instrumentierung dieses Werkes mit historischer Umsicht und großem musikalischen Sachverständnis eingerichtet. (Strauß-Edition, Vol. 33, MARCO POLO).
24 Allgemeine Theaterzeitung vom 9. 9. 1845
25 Allgemeine Theaterzeitung vom 7. 11. 1845
26 Allgemeine Theaterzeitung vom 10. 11. 1845
27 Allgemeine Theaterzeitung vom 2. 12. 1845

1846
Die Geburt eines neuen Titels: Der k. k. Hofball-Musikdirektor

1 Allgemeine Theaterzeitung vom 3. 1. 1846
2 Allgemeine Theaterzeitung vom 20. 1. 1846
3 Allgemeine Theaterzeitung vom 23. 1. 1846

4 Österreichisches Staatsarchiv, Obersthofmeisteramt, 1846 – 12/4, fol. 1,3
5 siehe Anm. 4
6 Allgemeine Theaterzeitung vom 15. 1. 1846
7 Vladimir Haklik hat in seinem Artikel »Johann Strauß Sohn und die slawischen Volksstämme« eine Reihe von Frühwerken des jungen Strauß einer profunden musikalischen Analyse unterzogen. Nachzulesen in »Die Fledermaus«, Heft 3, Wiener Institut für Straußforschung, S. 15 ff.
8 Alfred Walter hat die »Jux-Polka« op. 17 in brillanter Qualität mit dem Tschechischen Philharmonischen Orchester eingespielt. (Strauß-Edition, MARCO POLO, Vol. 3).
9 Allgemeine Theaterzeitung vom 12. 2. 1846
10 Hector Berlioz: »Memoiren«, Athenäum-Verlag 1985, S. 366
11 Eva Priester: Kurze Geschichte Österreichs, Wien 1949, S. 318
12 Franz Herre: Kaiser Franz Joseph von Österreich, Köln 1978, S. 47
13 Franz Mailer: »Freut euch des Lebens«, Werkseinführungen, Waidhofen 1998, S. 280
14 »Der Wanderer« vom 28. 2. 1846, zit. aus Anm. 13
15 Eduard Hanslick: »Aus meinem Leben«, Kassel 1987, S. 54 f.
16 Allgemeine Theaterzeitung vom 23. 7. 1846
17 »Der Sammler« vom 26. 8. 1846
18 zit. aus L. Eisenberg »Johann Strauß«, Leipzig 1894, S. 99 f.
19 Allgemeine Theaterzeitung vom 25. 4. 1846
20 Allgemeine Theaterzeitung vom 23. 6. 1846
21 Eine klassische und bis heute unübertroffene Einspielung bietet Robert Stolz mit den Berliner Philharmonikern, ausgezeichnet mit dem Grand Prix du Disque. (Wiener Musik, Vol. 3, Eurodisc 258658).
22 Breslau heißt heute Wrozlaw und gehört zu Polen.
23 Karl Beck, Gedichte, 1846, S. 21
24 Allgemeine Oder-Zeitung vom 4. 11. 1846, zit. aus Ingolf Lipski: »Von der Donau zur Oder – oder: Die Straußdynastie in Breslau«. (Flugschrift Heft Nr. 14 der Deutschen Johann Strauß Gesellschaft, S. 26 f.)
25 Straußforscher I. Lipski hat die Konzerttätigkeit der Straußfamilie in Breslau penibel recherchiert und in einem Bericht der Deutschen Johann Strauß Gesellschaft publiziert (siehe Anm. 24).
26 Seltsam, daß die aparte »Neujahrspolka« von Strauß Vater noch nie in einem Neujahrskonzert der Wiener Philharmoniker erklungen ist.
27 Allgemeine Theaterzeitung vom 4. 1. 1847

1847
Das Janusgesicht der Donaumetropole

1 Eduard Hanslick: Aus meinem Leben, Kassel 1987, S. 71 f.
2 Allgemeine Theaterzeitung vom 30. 1. 1846
3 Eine musikalisch ansprechende Interpretation der Quadrille »Souvenir de Carneval 1847« bietet das Slowakische Philharmonische Staatsorchester unter Mika Eichenholz (Marco Polo, DDD 8.223470, »Locomotiv-Musik I«).
4 Allgemeine Theaterzeitung vom 4. 2. 1847
5 Wiener Zeitung vom 8. 2. 1847
6 Wolfgang Häusler: Historische Perspektiven zu Nestroys »Der Schützling«, Programmheft des Wiener Burgtheaters vom 20. 5. 1989, S. 33
7 Johann Nepomuk Nestroy »Der Schützling«, 4. Akt, 1. Bild
8 Der Brief Haslingers an Meyerbeer befindet sich in der Wiener Stadt- und Landesbibliothek.
9 Wiener Zeitung vom 11. 2. 1847, Nr. 42
10 Helmut Reichenauer: »Strauß contra Strauß – Der Wiener Fasching 1847«, zit. aus: Wiener Bonbons, Heft 2/1997, S. 14 f.
11 Karl Glossy: Wien 1840–1848. Eine amtliche Chronik, Teil 2, Wien 1919, S. 252
12 Allgemeine Theaterzeitung vom 28. 5. 1847 und 4. 9. 1847
13 Hermann Meynert, Moderne Geheimnisse von Wien, zit. aus: »Der österreichische Nationalgardist« Nr. 13 vom 29. 4. 1848, S. 49 f.
14 Ernst Victor Zenker: Die Wiener Revolution 1848, Wien 1897, S. 86
15 siehe Anm. 14, S. 100
16 Peter Feldbauer, Hannes Stekl: Wiens Armenwesen im Vormärz, zit. aus: Forschungen und Beiträge zur Wiener Stadtgeschichte. Wien im Vormärz, Verein für Geschichte der Stadt Wien, Wien 1980, S. 201
17 Max Schönherr/K.Reinöhl: Johann Strauß Vater, London 1954, S. 291
18 Allgemeine Theaterzeitung vom 28. 5. 1847
19 Franz Mailer »Freuet euch des Lebens«, Werkseinführungen, Waidhofen 1998, S. 218
20 siehe Anm. 19, S. 219
21 Allgemeine Theaterzeitung vom 12. 10. 1847
22 Allgemeine Theaterzeitung vom 21. 12. 1847
23 Allgemeine Theaterzeitung vom 30. 11. 1847

1848
Die gescheiterte Revolution

1 Das vorliegende Kapitel entstand in Zusammenarbeit mit Prof. Helmut Reichenauer, der im Auftrag der Historischen Gesellschaft Coburg das musikalische Wirken von Johann Strauß Vater und Sohn im Revolutionsjahr 1848 eingehend erforscht hat. (Schriften-

reihe der Historischen Gesellschaft, Coburg E.V., Bd. 12, 1998). Autor und Verlag danken für die Freigabe der Forschungsergebnisse, die zur Gestaltung dieses Kapitels maßgeblich beigetragen haben.

2 Hans Magenschab: Erzherzog Johann. Habsburgs grüner Rebell, Graz-Wien 1995, S. 21

3 Franz Herre: Kaiser Franz Joseph, Köln 1978, S. 45

4 siehe Anm. 2, S. 351

5 Allgemeine Theaterzeitung vom 13. 1. 1848

6 Allgemeine Theaterzeitung vom 18. 1. 1848

7 Allgemeine Theaterzeitung vom 4. 3. 1848

8 Siegfried Becher: Album der glorreichen Ereignisse der Woche vom 12.–18. März 1848, Wien 1848, S. 28

9 siehe Anm. 8, S. 31 f.

10 Eine ausgezeichnete Einspielung der »Ligourianer-Seufzer« bietet die Johann Strauß Edition, Marco Polo, Vol. 16

11 Eduard Bauernfeld: Aus Alt- und Neu-Wien, Leipzig 1923, S. 215

12 Ernst Victor Zenker: Die Wiener Revolution in ihren sozialen Voraussetzungen und Beziehungen, Wien 1897, S. 139

13 Eine hervorragende Interpretation des »Revolutions-Marsches« von Johann Strauß Sohn befindet sich in der Strauß-Edition Marco Polo, Vol. 11.

14 Der Walzer »Burschenlieder« op. 55 von Johann Strauß Sohn befindet sich in der Strauß-Edition, Marco Polo auf Vol. 41. Da bislang von diesem Werk nur eine Klavierausgabe erhalten ist, hat Arthur Kulling diesen Walzer mit hervorragender Sachkenntnis instrumentiert und damit einem interessierten Hörerkreis weltweit zugänglich gemacht.

15 siehe Anm. 12, S. 208

16 Eduard Strauß: »Erinnerungen«, Leipzig 1906, S. 22

17 Volksliedforscher Eduard Kremser berichtet, daß der Radetzky-Marsch ursprünglich »Paradeisgartl-Marsch« geheißen hat und vermutet eine Mitautorenschaft Philipp Fahrbachs. (E. Kremser: »Die österreichische Militärmusik«, zit. aus »Franz Joseph und seine Zeit«, Wien 1898).

18 Hellmut Andics: Das österreichische Jahrhundert, Wien 1974, S. 82

19 Kurt Mellach: 1848 – Protokolle einer Revolution, Wien, S. 9

20 Eduard Strauß: »Erinnerungen«, Leipzig 1906, S. 26 f.

21 Protokoll der Stadthauptmannschaft Wien vom 6. 12. 1848, Wiener Stadt- und Landesbibliothek H.I.N. 3.621

22 Wolfgang Häusler: Demokratie und soziale Bewegungen in der Wiener Revolution von 1848, zit. aus: Bürgersinn und Aufbegehren. Biedermeier und Vormärz in Wien, Ausstellungskatalog des Historischen Museums, Wien 1988, S. 641

1849
Tod und Verklärung

1 Moriz von Angeli: »Wien nach 1848«, Leipzig 1905, S. 11 f.

2 siehe Anm. 1, S. 13 f.

3 siehe Anm. 1, S. 33 f.

4 Allgemeine Theaterzeitung vom 4. 1. 1849

5 Allgemeine Theaterzeitung vom 16. 1. 1849

6 Josef Alexander von Helfert, Geschichte Österreichs vom Ausgange des Wiener Oktober-Aufstandes, Prag 1886, Bd. IV, S. 39

7 Friedrich Weissensteiner, Große Herrscher des Hauses Habsburg. München 1995, S. 305

8 »Laterne« (Stuttgarter Wochenzeitschrift) vom 20. 3. 1849

9 Illustrated London News vom 5. 5. 1849

10 Allgemeine Theaterzeitung vom 17. 7. 1849

11 Franz Mailer »Freuet euch des Lebens«, Werkseinführungen, Waidhofen 1998, S. 4

12 Die komplette Inventaraufnahme des Nachlasses ist nachzulesen in Jäger-Sunstenau: »Johann Strauß«, S. 168 ff.

13 Allgemeine Theaterzeitung vom 25. 9. 1849

14 Ludwig Eisenberg: Johann Strauß, Leipzig 1894, S. 73

15 siehe Anm. 14, S 77

16 Eduard Hanslick: Nachruf auf Johann Strauß Vater, zit. aus: Martin Hürlimann »Die Walzer-Dynastie Strauß«, S. 124

17 Brief von Johann Strauß Sohn an Breitkopf&Härtel vom 30. 11. 1887, zit. aus: Franz Mailer »Briefe und Dokumente« Bd. IV, S. 157

Alphabetisches Titelverzeichnis der Werke von Johann Strauss Vater

Titel	OPUS	Gattung	EA (Ea)	Ort (Qu)
Adelaiden-Walzer	129	W	22. 06. 1841	VOLKSG.
Adepten, Die	216	W	1847	RED
Aeaciden	222	W	25. 05. 1848	Ea. WZ
Aether-Träume	225	W	08. 02. 1848	SOPH
Alexandra-Walzer	56	W	10. 07. 1832	DOM
Alice-Polka	238	P	30. 04. 1849	LONDON
Almacks-Quadrille	243	Qu	10. 05. 1849	LONDON
Alpenkönig-Galoppe	7	G	15. 12. 1828	Ea. WZ
Alte und neue Tempête. Altdeutscher Polstertanz. Altvater-Galoppade (Tempête)*	10	–	26. 11. 1827	SCHWAN
Amoretten-Quadrille	183	Qu	25. 07. 1845	VOLKSG.
Amors Pfeile	123	W	13. 08. 1840	DOM
Amphion-Klänge	224	W	31. 01. 1848	SOPH
Anna-Quadrille	153	Qu	28. 07. 1843	VOLKSG.
Annen-Polka, Beliebte*	137	P	02. 08. 1842	VOLKSG.
Annenfest-Gedichte (Festlieder)*	193	W	02. 06. 1846	VOLKSG.
Apollo-Walzer	128	W	27. 01. 1841	SPERL
Astraea-Tänze	156	W	17. 01. 1844	SPERL
Aurora-Festklänge	164	W	01. 05. 1844	AU
Bajaderen-Walzer	53	W	19. 05. 1832	Ea. WZ
Ballnacht-Galopp	86	G	15. 02. 1836	Ea. WZ
Ball-Racketen	96	W	26. 06. 1837	DOM
Bankett-Tänze	99	W	21. 08. 1837	G.BIRNE
Bayaderen-Galoppe	52	G	03. 03. 1832	Ea. WZ
Beliebte Annen-Polka*	137	P	02. 08. 1842	VOLKSG.
Beliebte Kathinka-Polka*	210	P	06. 10. 1847	Ea. WZ
Benefice-Walzer	33	W	16. 02. 1830	SPERL
Berggeister, Die	113	W	05. 08. 1839	SPERL
Boulogner-Galopp	104	G	13. 01. 1839	SPERL
Bouquets	197	W	24. 07. 1846	VOLKSG.
Brüder Lustig	155	W	21. 08. 1843	SPERL
Brünner National-Garde-Marsch	231	M	30. 07. 1848	WIEN
Brüssler Spitzen	95	W	31. 01. 1837	G.BIRNE
Cachucha-Galopp	97	G	07. 08. 1837	G.BIRNE
Caecilien-Walzer	120	W	03. 02. 1840	SPERL
Carneval in Paris, Der	100	G	27. 01. 1838	PARIS
Carneval in Venedig (Erinnerung an Ernst)*	126	Fant.	25. 11. 1840	SPERL
Carnevals-Spende	60	W	22. 01. 1833	SPERL
Carolinen-Galopp	21	G	16. 11. 1827	Ea. WZ
Champagner-Galoppe	8	G	15. 12. 1828	Ea. WZ
Champagner-Walzer	14	W	28. 08. 1828	Ea. WZ

*Anmerkung: Die mit * markierten Titel sind in diesem Verzeichnis ein weiteres Mal unter einer anderen Bezeichnung angeführt (z. B. Annenpolka, Beliebte = Beliebte Annenpolka).*

Titel	OPUS	Gattung	EA (Ea)	Ort (Qu)
Charivari-Quadrille	196	Qu	04. 12. 1846	Ea. WZ
Charmant-Polka	ohne	P	–	–
Charmant-Walzer (Des Verfassers beste Laune)*	31	W	25. 11. 1829	SPERL
Chineser-Galoppe	20	G	15. 12. 1828	Ea. WZ
Concert-Souvenir-Quadrille	187	Qu	04. 02. 1846	RED
Concordia-Tänze	184	W	12. 01. 1846	RED
Contratänze	54	Qu	10. 07. 1832	Ea. WZ
Contredanses	44	Qu	14. 04. 1831	Ea. AMA
Dämonen, Die	149	W	23. 11. 1842	SPERL
Damen-Souvenir-Polka	236	P	13. 02. 1849	SOPH
Debutanten, Die	132	W	23. 08. 1841	G.BIRNE
Deutsche Jubellaute	247	W	07. 08. 1848	VOLKSG.
Deutsche Lust (Donaulieder ohne Text)*	127	W	17. 02. 1841	SPERL
Döblinger Réunion-Walzer	2	W	April 1826	FINGER
Donaulieder ohne Text (Deutsche Lust)*	127	W	17. 02. 1841	SPERL
Dritte Walzer-Guirlande *	121	W	27. 10. 1840	Ea. WZ
Egerien-Tänze	134	W	17. 01. 1842	SPERL
Ein Strauß von Strauß *	55	Potp.	07. 05. 1832	TIV
Einzugs-Galopp	35	G	18. 09. 1830	Ea. WZ
Eisele-und Beisele-Sprünge	202	P	14. 02. 1847	ODEON
Eisenbahn-Lust-Walzer	89	W	18. 07. 1836	G.BIRNE
Eldorado-Quadrille	194	Qu	03. 05. 1846	ODEON
Elektrische Funken	125	W	25. 11. 1840	SPERL
Elisabethen-Walzer	71	W	26. 06. 1834	DOM
Emlék Pestre (Erinnerung an Pest)*	66	W	07. 11. 1833	PEST
Epionen-Tänze	190	W	1846	SPERL
Erinnerung an Berlin	78	W	Nov. 1834	BERLIN
Erinnerung an Deutschland	87	W	10. 02. 1836	SPERL
Erinnerung an Ernst (Carneval in Venedig)*	126	W	25. 11. 1840	SPERL
Erinnerung an Pest (Emlék Pestre)*	66	W	07. 11. 1833	PEST
Erinnerungs-Galoppe	27	G	23. 02. 1829	Ea. WZ
Erinnerungs-Ländler, Die so sehr beliebten	15	L	12. 02. 1829	Ea. WZ
Erste Walzer-Guirlande*	67	W	20. 01. 1834	Ea. WZ
Es ist nur ein Wien!	22	W	17. 02. 1829	KETTEN
Esmeralda-Marsch	192	M	06. 08. 1846	Ea. WZ
Eunomien-Tänze	171	W	17. 05. 1845	Ea. WZ
Exeter-Polka	249	P	14. 05. 1849	LONDON
Exotische Pflanzen	109	W	05. 02. 1839	SPERL
Fantasten, Die	139	W	26. 01. 1842	SPERL
Faschingspossen	175	W	29. 01. 1845	SPERL
Feldbleamel'n	213	W	30. 08. 1847	UNGER
Ferdinand-Quadrille	151	Qu	02. 06. 1843	VOLKSG.
Fest-Quadrille	165	Qu	04. 06. 1844	VOLKSG.
Festlieder (Annenfest-Gedichte)*	193	W	02. 06. 1846	VOLKSG.
Fliegende Blätter	250	Potp.	13. 06. 1847	UNGER
Flora-Quadrille	177	Qu	08. 10. 1845	Ea. WZ
Fort nacheinander!	16	W	26. 09. 1828	Ea. WZ
Fortuna-Galopp	69	G	09. 01. 1834	SPERL
Fortuna-Polka	219	P	29. 02. 1848	SOPH
Fra Diavolo	41	Cot.	28.12.1830	Ea. WZ

Titel	OPUS	Gattung	EA (Ea)	Ort (Qu)
Frederica-Polka	239	P	Juli 1849	LONDON
Freiheits-Marsch	226	M	1848	-
Freuden-Grüße	105	W	13. 01. 1839	SPERL
Friedensboten, Die	241	W	28. 01. 1849	SOPH
Frohsinn im Gebirge	26	W	11. 09. 1829	Ea. WZ
Frohsinn, mein Ziel, Der	63	W	16. 05. 1833	TIV
Frohsinns-Salven	163	W	17. 10. 1844	Ea. WZ
Furioso-Galopp	114	G	25. 11. 1839	SPERL
Gabrielen-Walzer	68	W	20. 01. 1834	SPERL
Gedankenstriche	79	W	24. 02. 1835	SPERL
Geheimnisse aus der Wiener Tanzwelt	176	W	09. 09. 1844	SPERL
Gesellschafts-Galoppe	17	G	14. 02. 1828	Ea. WZ
Gesellschafts-Walzer	5	W	05. 12. 1827	Ea. WZ
Gibellinen-Galopp	117	G	11. 01. 1840	SPERL
Gitana-Galopp	108	G	14. 05. 1839	Ea. WZ
Grazien-Tänze	81	W	07. 07. 1835	DOM
Gute Meinung für die Tanzlust	34	W	18. 09. 1830	Ea. WZ
Haimonskinder-Quadrille (Vier Haimondskinder)*	169	Qu	19. 01. 1845	RED
Haute-Volée-Quadrille	142	Qu	31. 05. 1842	VOLKSG.
Heimath-Klänge	84	W	26. 01. 1836	RED
Heiter auch in ernster Zeit	48	W	24. 08. 1831	SPERL
Heitere Lebensbilder	181	W	10. 07. 1845	WASSER
Helenen-Walzer	204	W	01. 10. 1846	PAR
Helenen-Walzer (Souvenir de Baden)*	38	W	16. 10. 1830	Ea. WZ
Herz-Töne	203	W	29. 01. 1847	SPERL
Hietzinger Reunion-Walzer oder Weißgärber Kirchweihtänze*	24	W	11. 09. 1829	Ea. WZ
Hirten-Galoppe	28	G	20. 11. 1829	Ea. WZ
Hofball-Tänze	51	W	29. 02. 1832	SPERL
Hugenotten-Cotillons	92	Cot.	07. 02. 1837	Ea. WZ
Hugenotten-Galopp	93	G	07. 02. 1837	Ea. WZ
Huldigung der Königin Victoria von Großbritannien	103	W	10. 05. 1838	LONDON
Huldigungs-Quadrille	233	Qu	28. 05. 1847	VOLKSG.
Huldigungs-Walzer	80	W	15. 06. 1835	G.BIRNE
Indianer-Galopp	111	G	11. 09. 1839	Ea. WZ
Iris-Walzer	75	W	27. 08. 1834	SPERL
Jellacic-Marsch	244	M	19. 11. 1850	-
Josefstädter Tänze	23	W	12. 08. 1829	Ea. WZ
Jubel-Quadrille	130	Qu	25. 07. 1841	VOLKSG.
Jugendfeuer	90	G	22. 08. 1836	G.BIRNE
Kathinka-Polka, Beliebte*	210	P	06. 10. 1847	Ea. WZ
Kettenbrücke-Galopp	21	G	23. 02. 1829	Ea. WZ
Kettenbrücke-Walzer	4	W	Fasching 1828	KETTEN
Kettenbrücke-Walzer (2. Lieferung)	19	W	08. 05. 1829	Ea. WZ
Krapfen-Waldel-Walzer	12	W	28. 07. 1828	Ea. WZ
Krönungs-Walzer	91	W	08. 01. 1837	G.BIRNE
Künstler-Ball-Tänze	94	W	17. 01. 1837	G.BIRNE
Künstler-Ball-Tänze	150	W	31. 01. 1843	SPERL
Landesfarben	232	W	26. 07. 1848	WASSER

Titel	OPUS	Gattung	EA (Ea)	Ort (Qu)
Landjunker, Die	182	W	31. 08. 1845	UNGER
Ländlich, sittlich!	198	W	31. 08. 1846	UNGER
Latonen-Walzer	143	W	18. 07. 1842	SPERL
Leben ein Tanz, Das	49	W	23. 11. 1831	SPERL
Lebewohl, Des Wanderers*	237	W	13. 12. 1849	SOPH
Londoner Saison-Walzer	112	W	10. 06. 1839	SPERL
Loreley-Rhein-Klänge	154	W	19. 08. 1843	WASSER
Louisen-Quadrille	234	Qu	08. 02. 1849	Ea. WZ
Lustlager-Walzer	18	W	16. 01. 1829	Ea. WZ
Lustwandler, Die	146	W	01. 07. 1842	VOLKSG.
Manövrir-Marsch (Marsch der königl. span. Nobel-Garde)*	240	M	04. 03. 1849	VOLKSG.
Marianka-Polka	173	P	01. 06. 1845	UNGER
Marien-Walzer	212	W	20. 07. 1847	PAR
Marsch der Studentenlegion	223	M	30. 04. 1848	UNGER
Marsch des einigen Deutschlands	227	M	26. 07. 1848	WASSER
Märsche der königl. span. Nobel-Garde (Manövrir-Marsch)*	240	M	04. 03. 1849	VOLKSG.
Martha-Quadrille	215	Qu	18. 12. 1847	SPERL
Maskenlieder	170	W	24. 11. 1844	RED
Mein schönster Tag in Baden	58	W	22. 08. 1832	SPERL
Melodische Tändeleien	251	Fant.	03. 06. 1845	VOLKSG.
Merkurs-Flügel	83	W	30. 08. 1835	SPERL
Minnesänger	141	W	13. 06. 1842	SPERL
Minos-Klänge	145	W	02. 05. 1843	Ea. WZ
Mittel gegen den Schlaf	65	W	28. 08. 1833	SPERL
Mode-Quadrille	138	Qu	17. 01. 1842	SPERL
Moldau-Klänge	186	W	11. 01. 1846	SPERL
Montecchi-Galopp	62	G	22. 01. 1833	PRATER
Musen-Quadrille	174	Qu	13. 01. 1845	SPERL
Musik-Verein-Tänze	140	W	19. 01. 1842	SPERL
Musikalischer Telegraph	106	Potp.	06. 03. 1839	Ea. WZ
Musikalisches Ragout	46	Potp.	06. 03. 1831	SPERL
Myrthen	118	W	11. 02. 1840	SPERL
Nachtwandler, Die	88	W	23. 06. 1836	DOM
Nádor-Kör. Palatinal-Tanz	214	–	18. 12. 1847	SPERL
Najaden-Quadrille	206	Qu	02. 02. 1847	SOPH
Neujahrs-Polka	199	P	31. 12. 1846	SPERL
Nur leben!	159	W	29. 11. 1843	SPERL
Odeon-Tänze	172	W	08. 01. 1845	ODEON
Original Parade-Marsch Nr. 1 (Wiener Bürger-Märsche)*	ohne	M	–	WIEN 1
Original Parade-Marsch Nr. 4 (Wiener Bürger-Märsche)*	73	M	15. 10. 1832	SPERL
Original Parade-Marsch Nr. 5 (Wiener Bürger-Märsche)*	102	M	14. 06. 1838	WIEN 1
Orpheus-Quadrille	162	Qu	30. 01. 1844	RED
Österreichische Jubelklänge	179	W	25. 05. 1845	ODEON
Österreichischer Defilir-Marsch	209	M	25. 08. 1847	Ea. WZ
Österreichischer Fest-Marsch	188	M	16. 06. 1846	HOFBURG

Titel	OPUS	Gattung	EA (Ea)	Ort (Qu)
Wiener Jubel-Marsch	245	M	19. 11. 1850	Ea. WZ
Wiener Kreuzer-Polka	220	P	01. 03. 1848	SPERL
Wiener Launen-Walzer	6	W	26. 11. 1827	SCHWAN
Wiener Stadt-Garde-Marsch	246	M	06. 07. 1849	LONDON
Wiener Tagesbelustigung	37	Potp.	29. 09. 1830	Ea. WZ
Wiener Tivoli-Musik (Tivoli-Rutsch-Walzer)*	39	W	09. 10. 1830	TIV
Wilhelm Tell-Galopp	29	G	20. 11. 1829	Ea. WZ
Willkommen-Rufe	168	W	20. 05. 1844	SPERL
Zampa-Galopp	62	G	22. 01. 1833	PRATER
Zampa-Walzer	57	W	02. 08. 1832	TIV
Zigeunerin-Quadrille	191	Qu	07. 08. 1846	VOLKSG.
Zweykampf, Der	72	Cot.	26. 07. 1834	Ea. WZ
Zweyte Walzer-Guirlande*	77	W	16. 02. 1835	Ea. WZ

Verzeichnis der im Titelregister verwendeten Abkürzungen

EA = Erstaufführung
Ea. = Erstanzeige in der Presse (Klavierausgabe)
Ort = Ort der Erstaufführung
Qu = Presse-Quelle

Werksgattungen
Cot. = Cotillon
Cs. = Csárdás
Fant. = Fantasie
G = Galopp
Gav. = Gavotte
L = Ländler
M = Marsch
Ou = Ouverture
Pol. = Polonaise
P = Polka
P.f. = Polka francaise
P.M. = Polka Mazurka
P.s. = Polka schnell
Potp. = Potpourri
Qu = Quadrille
W = Walzer

Erläuterungen zu den Ortsangaben und Quellenhinweisen

AMA
Allgemeiner Musikalischer Anzeiger.
Seit 1829 wöchentlich erscheinendes Informationsblatt aus dem Verlagshaus Tobias Haslinger. Diente vor allem der Propagierung eigener Verlagsprodukte, informierte aber auch in gedrängter Form über Konzerte in Wien und musikalische Nachrichten aus aller Welt.

AU
Augarten. II. Bezirk. Obere Augartenstraße 1.
Von Leopold I. errichtete barocke Gartenanlage mit Schloß. 1683 von den Türken verwüstet, durch Karl VI. wiedererrichtet und erneuert. Joseph II. vergrößerte den Augarten und machte ihn 1775 der Öffentlichkeit zugänglich. Ab 1782 wurden »Morgenkonzerte« im Augarten zur Tradition, die u. a. auch von W.A. Mozart geleitet wurden. Zu Beginn des 19. Jh.s war der Augarten Schauplatz zahlreicher Veranstaltungen für das Bürgertum (Akrobatik, Marionettentheater, Sportwettkämpfe, Sommerfeste). Zwei musikalisch-gesellschaftliche Großereignisse im Augarten verdanken wir dem Organisationstalent von Johann Strauß Vater: Im Juli 1833 und 1834 veranstaltete dieser zusammen mit seinem Beleuchtungsspezialisten Carl F. Hirsch (»Lamperl-Hirsch«) Sommerfeste unter dem Motto »Eine Nacht in Venedig«. Laut Bericht der Wiener Theaterzeitung brannten damals 22.000 Lampen zur Illumination der prachtvoll dekorierten Gartenanlage. In späteren Jahrzehnten wurde der Augarten nur mehr selten für Festveranstaltungen genutzt. Die im 2. Weltkrieg stark beschädigte Schloßanlage im Augarten wurde nach ihrer Wiederherstellung zur Heimstätte der Wiener Sängerknaben.

BRÜHL
Kaffee-Etablissement »Sans-Souci« in der Brühl bei Mödling.

DOM
Dommayers Casino. XIII. Bezirk. Hietzinger Hauptstraße 12.
1823 übernahm Ferdinand Dommayer die kleine Gastwirtschaft gegenüber dem Schönbrunner Kaiserstöckl und der Hietzinger Dorfkirche. Im folgenden Jahrzehnt erweiterte er die Gaststätte und errichtete ein prachtvolles Casino mit einem großen Ballsaal. 1833 wurde »Dommayers Casino« unter reger Anteilnahme der Wiener Bevölkerung eröffnet und war Schauplatz rauschender Reunionen und Faschingsfeste. 1843 dirigierte Joseph Lanner – drei Wochen vor seinem Tod – sein letztes Konzert bei Dommayer. Durch das Dommayer-Debut des 19jährigen Johann Strauß junior am 15. 10. 1844 ist dieser Lokalität in den Annalen der Wiener Musikgeschichte ein bleibender Platz gesichert.
1907 wurde das Casino Dommayer abgerissen und an seiner Stelle das noch heute bestehende »Schönbrunner Parkhotel« errichtet.

EISENST.
Eisenstadt. Schloß Esterházy.

FINGER
Etablissement »Zum Finger«. XIX. Bezirk. Döblinger Hauptstraße 57.
Ursprünglich ein kleines Wirtshaus, entwickelte sich die Gaststätte »Zum Finger« zu einem noblen Biedermeier-Lokal mit eigenem Tanzsaal. Die reizvolle landschaftliche Lage, vor allem aber die Auftritte von Josef Lanner und Johann Strauß trugen maßgeblich zur Attraktivität dieser Vergnügungsstätte bei. Im April 1826 erklangen hier wahrscheinlich zum erstenmal die »Döblinger Reunion-Walzer« op. 2 von Johann Strauß Vater.

G.BIRNE
Gasthof zur Goldenen Birne. III. Bezirk. Landstraße(r) Hauptstraße 31.
Beliebtes Einkehrwirtshaus, bereits 1701 gegründet. 1833 völlig umgebaut und durch einen Gartensalon sowie einen neuen Tanzsaal erweitert (»Wiener Annentempel«). Unter Michael Pamer, Josef Lanner, Philipp Fahrbach und Johann Strauß Vater erlebte die »Goldene Birne« ihre Blütezeit. In den 30er Jahren des 19. Jh.s kamen hier bedeutende Werke von Johann Strauß Vater zur UA. Zu den berühmtesten Stammgästen der »Goldenen Birne« gehörten Adalbert Stifter, der im Hinterhaus des Gasthofs logierte, und Ludwig van Beethoven, der 1823/24 in der nahegelegenen Ungargasse wohnte.
In den 60er Jahren verlor das Etablissement an Popularität, 1879 wurde der Tanzsaal abgerissen. Robert Musils Novelle »Der Vorstadtgasthof« bezieht sich auf die »Goldene Birne«.

GO.STR.
Goldener Strauss, auch »Sträußlsäle« genannt. VIII. Bezirk. Josefstädterstraße 26.
Historischer Tanz- und Ballsaal im Gebäudekomplex des Theaters in der Josefstadt. Er entstand 1822 nach Plänen

des Architekten Kornhäusl im Zuge der Umbauarbeiten des Theaters.
In den 30er und 40er Jahren des 19. Jh.s musizierten Josef Lanner und Philipp Fahrbach regelmäßig in den Sträußlsälen. Johann Strauß Vater und Sohn brachten hier mehrere Werke zur UA. 1885 wurden die Sträußlsäle geschlossen und dienten jahrzehntelang als Requisitendepot des Theaters. Max Reinhardt ließ die in Vergessenheit geratenen Räumlichkeiten 1924 restaurieren und verwendete sie für Theaterempfänge. Ein Teil davon dient auch heute noch dem Josephstädter Theater als Pausen- und Foyerraum.

HOFBURG
I. Bezirk. Regierungssitz.
Gebäudekomplex, der sich seit dem 13. Jh. ständig erweiterte und heute folgende Gebäude umfaßt: Schweizerhof, Stallburg, Amalienburg, Leopoldinischer Trakt, Reichskanzleitrakt, Hofbibliothek, Großer und kleiner Redoutensaal, Winterreitschule, Zeremoniensaal, Michaelertrakt, Neue Burg, Äußeres Burgtor.
Auftritte der Strauß-Kapelle in den Redoutensälen sind mit »RED« gekennzeichnet, alle anderen Auftritte im Bereich der Hofburg mit »HOFBURG«.

KETTEN
Kettenbrücke-Saal. II. Bezirk. Obere Donaustraße 99.
Der Kettenbrücke-Saal in unmittelbarer Nachbarschaft des Dianabades erfreute sich zu Beginn des 19. Jh.s großer Beliebtheit. In diesem Saal begründete Johann Strauß Vater seinen Ruhm als Tanzkomponist durch die Aufführung seiner »Kettenbrücke-Walzer« op. 4 im Fasching 1828. Der gewählte Titel war in mehrfacher Hinsicht aktuell gewählt: 1825 war die 1. Kettenbrücke Wiens über den Donaukanal erbaut worden (Sophienbrücke, seit 1919 Rotundenbrücke). In den Jahren 1827/28 – genau zur Entstehungszeit der oben erwähnten »Kettenbrücke-Walzer« – wurde in unmittelbarer Nähe des gleichnamigen Tanzsaales eine Stahlkettenbrücke für Fußgänger über dem Donaukanal errichtet und zu Ehren von Erzherzog Carl, dem Sieger von Aspern »Carl-Kettensteg« benannt. 1884 wurde dieser durch die größere und breitere Stephaniebrücke abgelöst (heute »Salztorbrücke«).

ODEON
Odeonsaal. II. Bezirk. Odeongasse 2a–10.
Größtes Wiener Tanz-Etablissement des Vormärz. 1844 ließ der Eisenwarenfabrikant Paul Fischer in der Leopoldstadt einen riesigen Tanzsaal errichten, der mehr als 10.000 Personen Platz bot. Der Saal hatte eine Grundfläche von 148 x 34 Metern. Rechts und links davon befanden sich zwei Wintergärten, in denen 8.000 (!) Blumenarrangements und dekorative Sträucher aufgestellt waren. Pro Abend wurden zehn Zentner Kerzen verbraucht und in den Räumlichkeiten konnten drei Musikkapellen gleichzeitig agieren, ohne einander akustisch zu stören. Der Betreiber des riesigen Etablissements geriet aber bald in finanzielle Turbulenzen, und am 28. 10. 1848 wurde das Odeon von den kaiserlichen Truppen während der Kampfhandlungen gegen die aufständischen Revolutionäre in Brand gesteckt und völlig vernichtet. Das Odeon wurde später nicht mehr aufgebaut. Die noch bestehende »Odeongasse« im II. Bezirk erinnert an jene Vergnügungsstätte, der eine so außerordentlich kurze Lebensdauer beschieden war.

PAR
Paradeisgartl. I. Bezirk.
Heute nicht mehr existierender Teil des Volksgartens, errichtet auf der Löwelbastei (etwa auf dem Areal des heutigen Burgtheaters). 1822 errichtete hier der italienische Cafetier Peter Corti ein Sommerkaffeehaus und betrieb dieses zusammen mit dem Volksgarten-Etablissement mit größtem Erfolg. Josef Lanner und Johann Strauß Vater musizierten regelmäßig im Paradeisgartl. 1873 wurde das Paradeisgartl abgetragen und später an dieser Stelle das k. k. Burgtheater errichtet.

PEST
Budapest. Hauptstadt Ungarns.
Im 19. Jh. bedeutendste Stadt der Donaumonarchie (nach Wien). Sie bestand ursprünglich aus den Stadtteilen Buda (Ofen) und Pest, welche 1872 zu Budapest vereinigt wurden.

PRATER
Zweites Kaffeehaus im Prater. II. Bezirk. Hauptallee Nr. 9.
Musikgeschichtlich das bedeutendste der 3 Praterkaffeehäuser. 1802 von Ignaz Wagner erworben und 1819 durch einen großen Neubau ersetzt, dessen Architekt Josef Kornhäusl war. Die Gartenkonzerte mit gehobener Unterhaltungsmusik waren die Hauptattraktion dieses Kaffeehauses. Johann Strauß Vater, Josef Lanner und Carl Michael Ziehrer konzertierten hier. Johann Baptist Moser, einer der bekanntesten Vertreter des Wiener Volkssängertums, feierte im 2. Kaffeehaus zahlreiche Triumphe.

RED
Redoutensäle der k. k. Hofburg. I. Bezirk. Zwischen Schweizertrakt und Winterreitschule.
Bereits 1631 als Tanzsaal errichtet. Seither mehrmals umgebaut. 1828 konzertierte Paganini im Redoutensaal, zahlreiche Gesellschaftskonzerte der Musikfreunde fanden hier statt. Die Redoutensäle waren eine repräsentative Wirkungsstätte für Johann Strauß Vater, Johann Strauß Sohn und Eduard Strauß in ihrer jeweiligen Funktion als Hofballmusikdirektor im Dienste des Kaiserhauses.
Seit 1973 werden die Redoutensäle auch als Internationales Kongreßzentrum benutzt. Nach einem Großbrand 1992 wiederhergestellt, dienen sie heute als Pressezentrum der Regierung, aber auch als Ball-, Konzert- und Theatersaal.

SCHWAN
»Zum weißen Schwan«. IX. Bezirk. Servitengasse 16, Hahngasse 19.
Der Gasthof »Zum weißen Schwan« in der Roßau erfreute sich in der Zeit nach dem Wiener Kongreß großen Zuspruchs des einfachen Bürgertums. Ein großer Gastgarten mit 13 Kegelbahnen und ein schöner Tanzsaal waren die Attraktionen dieser Gaststätte. Johann Strauß Vater hat 1827 hier nachweislich musiziert. In den 30er Jahren verschwand dieses Lokal aus dem Kulturleben des biedermeierlichen Wien. Die Gründe dafür sind nicht bekannt.

SOPH
Sophienbadsaal. III. Bezirk. Marxergasse 17.
1838 eröffnet, 1846 nach einem Entwurf der Architekten Eduard van der Nüll und Sicard von Sicardsburg neu gestaltet. Nach dem Vorbild des Dianabades mit Mehrfachfunktionen ausgestattet (Schwimmhalle, Konzertsaal, Ballsaal). Der Eröffnungsfestball nach dem Umbau wurde im Jänner 1848 von Johann Strauß Vater dirigiert. Neben Sperl und Volksgarten waren die Sophiensäle bedeutendster Uraufführungsort Strauß'scher Tanzkompositionen. Die Sophiensäle existieren heute noch in fast unverändertem Zustand.

SPERL
(ursprünglich »Sperlbauer«). Vergnügungs-Etablissement. II. Bezirk. Kleine Sperlgasse 2c.
Von Johann Georg Scherzer 1807 eröffnet, zählte der Sperl schon während des Wiener Kongresses (1814) zu den vornehmsten Vergnügungsstätten der Kaisermetropole.
1829 wird Johann Strauß Vater Musikdirektor im Sperl und führt die Wiener Faschings- und Ballkultur zu ungeahnten Höhen. Das berühmte Etablissement in der Leopoldstadt findet auch in der Titelwahl der Strauß'schen Tanzkompositionen Niederschlag (»Sperls Fest-Walzer«, »Sperl-Galopp«, »Sperl-Polka«). Die Bedeutung dieser wohl berühmtesten Vergnügungsstätte des alten Wien ist auch an der Zahl der Werksuraufführungen im Sperl ablesbar: Johann Strauß Vater: 76 Werke, Johann Strauß Sohn: 39 Werke, Josef Strauß: 18 Werke, Eduard Strauß: 2 Werke.
In den 60er Jahren verlor der Sperl allmählich an Bedeutung und wurde im Wiener Weltausstellungsjahr 1873 geschlossen. Heute befindet sich an dieser Stelle eine Volksschule und ein Gymnasium.

TÄUB
»Zu den Zwey Täuberln«. III. Bezirk. Marokkanergasse 3, Ecke Heumarkt.
Ehemalige Gastwirtschaft mit großem Garten. Erlangte durch regelmäßige Auftritte des jungen Johann Strauß große Popularität ab 1827. Der Name des Lokals hat auch im Titel des ersten Werkes von Johann Strauß Vater Niederschlag gefunden: »Täuberln-Walzer« op. 1.

TIV
Tivoli. XII. Bezirk. Hohenbergstraße 58, Tivoligasse 79, Grünbergstraße.
Nobles Vergnügungslokal für gehobene Wiener Gesellschaftsschichten am Grünen Berg unweit der Schloßanlage Schönbrunn mit herrlicher Panoramaaussicht auf Wien. Besondere Attraktion war eine auf dem Hügel angelegte Rutschbahn mit Gleisen. Das Tivoli wurde 1830 eröffnet und wurde rasch zum beliebten Treffpunkt vergnügungssüchtiger Aristokraten und gehobener Bürgerschichten.
Johann Strauß Vater brachte mehrere seiner Werke hier zur UA, u. a. den »Tivoli-Rutsch-Walzer« (1830) und die »Tivoli-Freudenfest-Tänze« (1831). 15 Jahre später konzertierte auch Johann Strauß Sohn auf dem Tivoli-Gelände.
Zu den prominentesten musikalischen Besuchern des Tivoli gehörte Frederic Chopin, der 1830/31 in Wien weilte.
Trotz erheblicher finanzieller Probleme und Konkurse blieb das Tivoli als Ausflugsort der Wiener bis zu Beginn des 2. Weltkriegs erhalten. 1991 wurde das inzwischen verfallene Hauptgebäude endgültig demoliert.

UNGER
Ungers Casino (ab 1864 Elterleins Casino). XVII. Bezirk. Hernalser Gürtel, heute U-Bahn-Station Alserstraße.
Mit Geschick und Einsatzfreude verwandelte der Gastwirt Franz Unger das schlichte Vorstadt-Beisel an der Hernalser Linie zu einem der beliebtesten Wiener Vergnügungslokale der Biedermeierzeit. Nachdem Unger sein Etablissement durch einen riesigen Gastgarten erweitert hatte, (Fassungsvermögen: 3000 Personen) und 1843 auch noch einen neuen Tanzsaal fertiggestellt hatte, engagierte er Johann Strauß Vater mit seiner Kapelle für regelmäßige Auftritte zu finanziellen Bedingungen, die für Strauß sehr attraktiv waren.
Die Strauß'schen »Reunionen« (Konzertnachmittage) bei Unger erfreuten sich eines solch guten Rufes, daß sich bald prominente Zuhörer wie Meyerbeer, Hector Berlioz und Franz Liszt beim Unger einfanden, um Strauß und seine Musikkapelle zu bewundern.
Am 16. 9. 1849 trat Strauß Vater (wenige Tage vor seinem Tod) zum letztenmal beim Unger auf. Sein Sohn setzte aber bald die Tradition der Strauß-Kapelle fort und verhalf dem Unger'schen Casino in den 50er Jahren des 19. Jh.s zu neuer Blüte und Beliebtheit. Sogar Bruder Josef Strauß debutierte mit seinem Opus 1 (»Die Ersten und Letzten«) am 28. 8. 1853 beim Unger.
1864 übernahm der Wirt Karl Elterlein das Casino Unger, konnte aber die Erfolge seines Vorgängers nicht mehr erreichen. 1895 wurde das Lokal abgerissen, da es dem Bau der Stadtbahn im Wege stand.
Heute befindet sich an der Stelle des einstigen Unger'schen Casinos die U-Bahn-Station Alserstraße (U6).

VOLKSG.
Volksgarten. I. Bezirk.
Parkanlage, die zugleich mit dem Bau des neuen Burgtores errichtet und 1823 eröffnet wurde. Bevorzugter Anziehungspunkt des Wiener Bürgertums durch Errichtung eines architektonisch eindrucksvollen Kaffee- und Tanzsalons (Cortisches Kaffeehaus).
Musikhistorisch ist der Volksgarten von erstrangiger Bedeutung durch unzählige Uraufführungen Strauß'scher Werke. Auch Lanner, Ziehrer und namhafte Militärkapellmeister fanden hier eine bedeutende Stätte ihres Wirkens.

WASSER
Wasserglacis. I. Bezirk. Parkring.
Historische Grünanlage und Promenade im Bereich des heutigen Stadtparks. Unter Kaiser Franz I. beliebter Treffpunkt der Bevölkerung. Durch Errichtung von Alleen, Ziergärten und Kaffeepavillons (um 1820) gewann das »Wasserglacis« zusätzliche Attraktivität. Im Bereich der heutigen Kreuzung Parkring/Weihburggasse befand sich eine Mineralwasser- und Trinkkuranstalt.
1843 erklangen auf dem »Wasser-Glacis« erstmals Johann Strauß Vaters »Loreley-Rhein-Klänge« und am 31. 8. 1848 kam es hier zur UA des »Radetzky-Marsches«. Mit der Demolierung der Bastei verschwand auch das Wasserglacis. An seiner Stelle wurden Stadtpark und Kursalon errichtet.

WIEN
Wien allgemein.
Erstaufführungsort innerhalb Wiens nicht genau lokalisierbar.

WIEN 1
Musikalische Auftritte der Wiener Bürgergarde.
Die militärische Tradition der Bürgermiliz reicht bis ins Mittelalter zurück. Während der Türkenbelagerungen und auch während der Franzosenkriege war der Einsatz der Bürgergarden immer wieder erforderlich, um die Stadt innerhalb des Linienwalls zu verteidigen. Darüber hinaus hatten sie hauptsächlich repräsentative Aufgaben an weltlichen und kirchlichen Festtagen. Daher waren auch ihre Uniformen sehr farbenprächtig.
Seit den 30er Jahren war Johann Strauß Vater Kapellmeister des 1. Wiener Bürgerregiments, Josef Lanner Kapellmeister des 2. Bürgerregiments. Nach Lanners Tod rückte Johann Strauß junior in die Position des Kapellmeisters im 2. Bürgerregiment nach (Sommer 1845). Nach der Revolution von 1848 wurde die Bürgermiliz abgeschafft und durch andere militärische Strukturen ersetzt.

WZ
Wiener Zeitung.
Älteste noch erscheinende Tageszeitung der Welt, deren Gründung auf das Jahr 1703 zurückgeht. Das ursprünglich private Unternehmen wurde 1812 zum offiziellen Regierungsblatt. Neben den amtlichen Mitteilungen entwickelte die WZ im Laufe des 19. Jh.s ein beachtliches Profil im Bereich der Kulturberichterstattung.

ZÖG
Casino Zögernitz. XIX. Bezirk. Döblinger Hauptstraße 76–78.
Am 10. Juli 1837 erregte die Eröffnung eines neuen Casinos in Döbling das Interesse des tanzbesessenen Wiener Bürgertums. Johann Strauß Vater bestritt die Musik des Eröffnungsballes. Da Strauß in den Folgejahren stark durch Auslandsverpflichtungen gebunden war, trat in der Folge Josef Lanner häufig mit seinem Ensemble hier auf. Im Revolutionsjahr 1848 spielte Johann Strauß Sohn seinen »Revolutions-Marsch« op. 54 und den Walzer »Freiheits-Lieder« op. 52 beim Zögernitz.
Das Casino Zögernitz ist eines der wenigen Etablissements der Biedermeierzeit, das in seiner baulichen Substanz noch heute existiert.